主编 凌 翔

当代著名作家精品·长篇小说卷

巾帼之歌

徐明成 著

文化发展出版社
Cultural Development Press
·北京·

图书在版编目(CIP)数据

巾帼之歌 / 徐明成著. — 北京：文化发展出版社，2022.4

ISBN 978-7-5142-3737-5

Ⅰ.①巾… Ⅱ.①徐… Ⅲ.①长篇小说－中国－当代 Ⅳ.①I247.5

中国版本图书馆CIP数据核字(2022)第051163号

巾帼之歌

徐明成　著

责任编辑：岳智勇
责任校对：侯　娜
责任印制：邓辉明
封面设计：邓小林
封面插画：昀　玖
出版发行：文化发展出版社（北京市翠微路 2 号　邮编：100036）
网　　址：www.wenhuafazhan.com
经　　销：全国新华书店
印　　刷：唐山楠萍印务有限公司

开　　本：710mm × 1000mm　1/16
字　　数：420 千字
印　　张：28.5
版　　次：2023 年 6 月第 1 版
印　　次：2023 年 6 月第 1 次印刷

定　　价：90.00 元
I S B N：978-7-5142-3737-5

◆ **如有印装质量问题，请电话联系：19930259557**

休言女子非英物，夜夜龙泉壁上鸣。

——（清）秋　瑾

目录

第一章

金乔庄依山傍水，景色秀美，像李清照的小令一样轻柔俊逸、晶莹剔透。庄上三十多户人家分成前后两排，一式的青砖红瓦，正房坐北朝南，灶屋坐西面东；偶有破例，那是由于女词人一时心不由己，“情动绳墨外”。后排居中的一家，户主叫金永耕。他家的砖砌小院宛若一块美玉，有岁月的包浆，有生活的烟岚，宁静而安怡。院墙正中部位有一个相公帽式的砖瓦门楼，给人一种守正不阿的感觉。小院内有一棵郁郁葱葱的梧桐树，树干挺直，枝繁叶茂。它像一位丰仪伟岸的美男子，让人惊艳。早早晚晚，树上小鸟的欢叫声像绵密丰茸的细雨，悠悠地晕染进诗意轻扬的鸡鸣狗吠里。

金永耕家院子里的梧桐树，是他父亲过世前不久亲手栽下的。这是老人留给世界的礼物，也是家庭乃至整个家族的福音书。他老人家曾说：“栽下梧桐树，不愁凤凰来。”果然不出所料，两年后，金永耕的女儿出生了。女儿满月时，“乡村孔明”乔老先生替她取名金凤。名字的寓意，你懂的。

机关用尽，九蒸九焙，老婆却生了个丫头片子，金永耕心有不甘。他想，这都怪自己技不如人，交了学费。

乔老先生得知金永耕的心思后，特意登门劝解。他说，女儿是“招商银行”兼“贴心小棉袄”，你不稀罕，反倒巴望生个不卖房子娶不上媳妇的小子，你的脑袋瓜子莫非进水了？

乔老先生的话，既钻心又地道。然而，由于传宗接代的传统观念根深蒂固，金永耕仍旧不为所动。在女婴时起时伏的啼哭声中，依然故我的金永耕攥了攥拳头，决心“筚路蓝缕，以启山林”。可是，在接下来的日子里，无论金永耕这个斫轮老手如何磨穿铁砚，如何凿壁偷光，他老婆杨月华的肚子仍像盛唐的时局一样风平浪静，好像什么事儿也没发生过。久战无果，金永耕和左邻右舍都以为杨月华就此收兵；不料她在一番休养生息之后，又踔厉骏发地“中部崛起”，一派早春景象。

她一反常态，喜欢吃咸的和酸的食物，肚子尖尖的，竹笛小曲般圆润凸显，鼻孔比以前增大。这一切无不表明，她的肚子里，像油灯的火花一样，跳动着一个八成是金永耕原创的小生命。

庄上的接生婆乔水仙见了，仿佛旧时的法官接手一个油水充足的案子，兴奋不已地扭着一握水蛇腰，显出人类学家和生理学家的脸相说，这号肚子里踢腾的不是男娃，往后要是打起仗来，又该穆桂英挂帅了！

乔水仙的面容，是一个记载着世界绝妙思想的小文库，纷繁绮丽，幽深莫测，远非风花雪月的诗词所能涵盖。她虽年过不惑，但因保养得法，穿红着绿，描眉点唇，仍然白嫩得能掐出一泡水来。她手里好像拿着一根魔杖，轻轻一挥，便能激起男人们被深深压抑着的爱情的欲望。这种爱情就像欧洲中世纪史所描绘的血迹斑斑的废墟里的鲜花，难以撷取却又令人缱绻于怀。

在金乔庄，四十岁上下的女人多了去了，她们大多粗服乱发，皮松肉垮，脸上的褶子拿熨斗也熨不平，看上去像是乔水仙的老娘。尽管如此，她们依然淡定平和，怡然自乐。这是由她们生命的品质决定的：较之养家活口、相夫教子，她们一点儿不担心生命的光华被衰老抹去。

她们似乎有一种非智慧的智慧，歪打正着，警示年轻女子走向自我深处，注重提升自己审美与自我塑造的能力，永葆质朴、纯真。

四顾裙钗，乔水仙是荨麻丛中火红的玫瑰、荆棘窝里艳丽的山茶。可是，人长得俊俏不一定说话就灵光啊！菩萨到底会不会帮这个忙，像乔水仙所说的那样，让杨月华生个男娃呢？这么一想，金永耕禁不住时常偷偷打量老婆的肚子。那神态，就像观众焦急地看着魔术师手中的帽子。

有位掉了门牙的老奶奶看出金永耕的担心，拍手打掌地笑着宽慰道：“管他男娃还是女娃，依我看，只要是两条腿的，就是好娃！”

金永耕把笑容拉开，收回，再拉开。他的笑不是一般的笑，是嘲笑。一则嘲笑老奶奶的话上不了台面；二则嘲笑老奶奶说话不关风，唾沫星子乱飞。

杨月华在怀孕的扫尾阶段，腹痛、头晕、发热、呕吐……潜流暗涌，险象环生。幸亏老天保佑，风暴过后，峰回路转，柳暗花明，杨月华兔子抛羔儿一般，一气儿产下一对男婴双胞胎。可惜的是，第二个刚出产门，大约前方吃紧，连一声招呼也不打，便跨马西去。

留守的小家伙兴许是因了未能“万里赴戎机”，洪亮的啼哭声如黄钟大吕，足以警顽立懦。

耳闻新生儿声洪震瓦的啼哭，金永耕忽然间发现了生活目标，兴奋得几乎不会走路。因为他早就听一个麻衣相士说过，婴儿降生时啼哭声洪亮，将来必然大富大贵。儿子富贵，老子也不会贫贱到哪儿去。一时间，他的欢乐像盛夏的芭蕉，在怡人的微风细雨中舒张、翻卷，好似一个风月无边的女子在卖弄风情，即便用上哲学的镇静剂，也未必能镇住他的痴狂。

与一众皇帝出生时的异相和异象相比，新生儿啼哭声洪亮，实属寻常。据史书记载，隋文帝杨坚出生时，头生龙角、身长龙鳞，有龙的下巴，两眼大放光芒；宋太祖赵匡胤出生时，浑身金光闪闪，持续三天才消退；赵匡胤的弟弟，亦即弑兄篡位的宋太宗赵光义，出生时红光直透产房，在半空凝结，犹如燎原大火，四邻街巷中弥漫着一股刺鼻浓香……天啦，较之皇室后裔，平民百姓的子孙之所以一辈子还是平民百姓，原来是因为“输在起跑线上”！

当天晚上，明月半墙，疏星历落。金永耕领着九岁的女儿金凤，踏着星光月色下浅草丛生的小道，来到村里的公用坟地。其时，田野里一片寂静。这寂静不是万籁俱寂的寂静，而是从喧闹、烦嚣中游离出来的有声的寂静。这寂静带有小花蔓泽兰的微甘。

左弯右绕，好不容易才找到金凤爷爷的坟头。金永耕跪在墓碑前，烧了三炷价值不菲的高香，磕了三个很有分量的响头。

金凤看着她爸那副陡得一缸金子的样儿，觉着很好玩，禁不住掩口而笑。其实，金永耕用不着这么兴奋。生儿育女本是寻常事。

不知不觉间，天地玄黄里，宝贝儿子满月了。

金永耕在宴请内亲外戚、故交旧友的同时，特意请“乡村孔明”乔老先生为幼子起名。

乔老先生家学渊博，为婴儿起名炉锤功深，迥出流辈。此刻，他笑吟吟地倚着板门坐在一条矮凳上，意在乘机把被学问压弯了的腰“拿”直一些。那神态，有如当年“燕居”的孔夫子，申申如也，夭夭如也。

乔老先生抽完一支烟，拿出一本皱皱巴巴的小书。那小书的封面，颜色与旧金山金门大桥相似，只不过金门大桥的色调较深，小书封面的色调较亮。乔老先生一边翻给众人看，一边神情庄重地说：“要得小儿安，就要给他起个贱名做乳名，如马牛羊、鸡犬豕之类……”老人家有点儿像山东老乡，口音浑浊，说起话来，没喝酒也像喝多了一样，反过来就是喝多了也跟没喝一样。

众人只有洗耳恭听的份儿，唯独金凤伸手摸摸老人视为珍宝的那本小书。

乔老先生记性好，连《水浒》《三国演义》人物家丁的名字都叫得出来。这会儿，他的舌头拨弄着众人的神经，就像在同时弹奏好多把三弦琴一样：“至于大名（学名），那就更加重要，它是关系到一个人的婚姻、健康、事业的人生密码。例如香港艺人刘福荣原本默默无闻，改名‘刘德华’后，便贵为天王。反派人物也如此，戴春风和毛善余改名戴笠和毛人凤之后，都成了国民党军统局的风云人物……”

乔老先生神采飞扬，老痰在喉头上发抖，漏风的声带嘶嘶作斑马鸣，出言吐语一点不干巴，有时还不忘带一点儿油荤。看样子，老人家早就了悟，学识渊博的标志，不在于知道多少东西，而在于多少知道一点东西就能抡它个昏天黑地！

大师褪去光环，便从故纸堆里凸显出来，一副“老夫耄矣”的神态，立体而又动人。

在场的人见了，想笑又不敢笑，唯独金凤咯咯咯地笑出了声。她的笑声轻盈而飘逸，花朵一般绽放在宁静的空气里。

金永耕默默地坐在一旁。他的文盲素质使他沉静，仿佛独自坐在海边看鸟飞鱼跃，听海浪天风，显出一种原始的高贵。

乔老先生朝金永耕舒过脸来，摸摸额头和败给岁月、开始大撤退的发际，笑模悠悠地说："老朽思之再三，头脑里好容易才有了一个坯儿：你家娃儿的小名（乳名）叫公丫头，大名（学名）叫金虎，你看中不中？"他把"看"字拖得很长，有一种重重叠叠的厚度，还拐了弯，听起来比唐诗宋词还怡人。

金永耕听罢，像一架老水车一样频频点头："中！中！没说的！没说的！"

金凤目不转睛，如同在台下看戏似的，一对眸子像是暮色里闪耀着的两颗星星。

太阳光花瓣一样洒在家院里，带着柔和的宁静。院子边角旁的一株栀子花，花朵已经干枯了，却硬是不落，在微风中摇摇闪闪，让人想念它的青春和芬芳。

此时，一位大嫂转身走进卧室，把乔老先生为婴儿起的名字告诉女主人。

杨月华对"大号"未作评论，听说"小名"时，乐得哈哈大笑，连连点头："好！好！好！'公丫头'，也就是带把儿的丫头……"

近在咫尺的亲友们听了，一个个笑得像张旭的草书一般，横溢奔放。

不一会儿，在似有若无的花香中，杨月华以蛋清拥抱蛋黄的姿态抱着肉嘟嘟的婴儿，笑吟吟地走了过来。小家伙圆圆的小脸蛋白得像一片阿司匹林，眉眼跟杨月华一模一样，就像把法兰绒泡在热乎乎的肥皂水中洗过也不曾走样一般。

杨月华坐月子"坐"得白白胖胖，看上去像是刚从面袋里钻出来似的。她的那对丰隆的奶子，肥大得如同良种母畜的乳房。她既丰乳，又肥臀，无论手抚到哪里，都能捧个满把。不，还不止满把，她的气息，她的韵致，她的真切的女性含义，似乎会从你的手指缝里往外溢。

在场的一位小伙子刚刚娶了水灵灵的大姑娘，这会儿触景生情，担心自己用不了多久也会收获一个彪悍的大妈。

此刻，乍看上去，杨月华平心静气，细瞧一下便不难发现，她的神情里隐含着生了男孩之后的居功自傲。是啊，生孩子，况且生的又是男孩子，可不像刨红薯那么容易！

一位老大娘轻轻地按了一下婴儿的鼻头，满面笑容地夸赞道："这孩子将来一准有出息！——你瞧他的鼻子长得多好，'狮子鼻头摆中央，呼风唤雨一国王'！"

小家伙许是受了惊吓，河马似的张开嘴，哇的一声哭了，近旁的人一搭眼便能看见他腭部两块嫩红的扁桃体。由于鼻涕量大质优，两个蜂巢一样的鼻孔里立即鼓出麻雀蛋大的鼻泡。几只受奶腥味引诱，早就像地下工作者一般驻扎在乳房周边的体形较小的苍蝇，见时机已到，连忙蜂拥而上。杨月华见状，当机立断地拎起衣角扇风，以一人之力、巾帼英雄的风采，把结伴而来的"美食家"驱逐出"襟"。

站在一旁的金凤，见到这情景忍俊不禁，俏皮地小声吟哦："小小寰球，有几个苍蝇碰壁……"

小家伙大约是被苍蝇闹烦了，跷腿蹬脚、摇头咧嘴地不安分。杨月华连忙筛糠似的，摇来晃去地哄着，一会儿低头亲小家伙一口，一会儿又轻轻地拍打拍打小家伙的肚皮。不料刚拍几下，小家伙被拍出一个屁来！——可见，小家伙不是在放屁，而是在"被放屁"，他与某些整天想一鸣惊人的人，不可同日而语。

金凤一时没有想到小弟弟此举非功利、唯美的属性，连忙嘟囔："不须放屁，试看……"

杨月华听了，一巴掌扇过来，卷起一阵旋风。她发飙时屈曲着膀子，显然不想真的打着女儿。

金凤连忙躲让，不料被一个三条腿的小凳子绊倒了，疼得她泪水涟涟。

金永耕亲眼看到了刚才的一幕，赶忙一溜小跑，小心翼翼地拉起女儿，转脸就粗声重气地数落老婆：“好不棱登的，你干吗要打丫头？我估摸，你不是手痒痒，就是浑身劲儿没处使了！”他心里有谱，只要是护惜儿女的话，牙口再重老婆也不会翻脸。话题出了这个圈儿，说啥就得有一张糜子面乖嘴了。

杨月华不理会丈夫的嘲讽。她一边拍着婴儿的腰眼，一边心疼地替婴儿鸣冤叫屈：“我娃喝奶喝多了，肚子胀得跟小鼓似的，她还不许放屁……”她不敢拍婴儿的肚皮了，生怕再拍出个什么玩意儿。

金凤急得一个劲儿跺脚：“不是‘不许’，是‘不须’！……”她微微地在嘴角上用着劲，眉心被两道柳叶眉挤窄了。

临时外出的乔老先生闻讯赶来，准备充当这场母女学术争论的仲裁。不承想，由于突然而至的内急，老人家尚未站稳脚跟，便像街头小贩看到城管大军，夺路而逃。

众人望着他的背影哈哈大笑。诚如俗话所说：先知在本乡没人当真。

向来自尊、自爱，一直活在顶天立地的错觉中的乔老先生，要是见到这场面，见到一抹轻鄙从众人眼里掠过，一颗心没准会碎成一串接一串的珠子，噼里啪啦砸在地上；抑或强颜欢笑，以他风雅的高姿态平衡内心的狼狈和屈辱。

你方走罢我登场。一位身材高大、皮肤白皙的老奶奶弯下腰身，爱怜地抚摸一下婴儿的眉眼，然后四指屈曲，用食指轻轻地点着婴儿的额头，笑吟吟地说：“小东西，快点长，快点长！长大了当主席！”

“托你们口福！我娃长大了要是当上毛主席，到时候，我一准叫他接你们到北京，看看热闹享享福！”杨月华抱着婴儿亲了一下，当众从上衣里掏出一只丰隆的足有十磅重的奶子，用右手掌托住慢慢搬运到小家伙嘴边。那奶子沉甸甸的，就像是装满了东西的羊皮袋子。小家伙一点儿也没客气，张嘴含住奶头，有滋有味地吮吸。

一个乳臭婴儿，在这些人眼里竟然成了宝贝。殊不知，现代人的脆弱，在很大程度上就是因为在未成年时得到太多的娇惯和呵护。明白这个道理，每个做父母的都应该像斯巴达人那样，新生儿一出世，就把他（她）扔到酒桶里去历练一番。

金凤淡淡挑眉，一双秀眼晶晶发亮，长睫毛瑟瑟一抖："什么？弟弟长大了当主席？"她用目光在人群里寻找乔老先生，就像小学生遇到不懂的问题时，希望得到老师的帮助。

人们差不多同时注意到这块沙漠中的绿洲，不少人主动同她打起招呼来。

说话间，摇篮里的婴儿吭吭哧哧，扭股儿糖似的不安分；皮肤松得像小老头一般的眉头，像核桃壳似的皱了起来。金凤见了，一溜小跑地去喊母亲。

杨月华听了，连忙从晒衣绳上扯了一块干尿布，揉巴揉巴夹在腋下，俯下身子，顾不上遮掩突然从胸脯上垂挂下来的一对浆水充足的妈妈穗，像打开潘多拉宝盒似的揭开摇篮里的被子，用右手把婴儿的小腿并拢起来往上一提，左手接二连三地抽出两块热烘烘、沉甸甸的湿尿布扔在地上，然后两手并用将干尿布一抻，朝婴儿的屁股下面一塞。这一系列动作的难度之大，不亚于刘姥姥用象牙筷子夹鸽蛋。

那一天，喜欢下棋的金三爷来得很早。——长日无俚，"不为无益之事，何以遣此有涯之生？"坐定后，他朝场地上一打眼，吩咐身边的人把两条长凳子并拢在一起，然后反手摸摸下巴，掉转脸朝不远处的棋牌室方向张望。

金小贵见了这阵势，知道金三爷想下棋了，一身软肉仿佛听到了战斗的号角，立刻集中成了肌肉，连忙弯腰哈背，一溜烟朝棋牌室方向跑去。约莫过了烙两张饼的工夫，他拿来一副象棋。

金三爷趁金小贵弯下腰身放棋盘的当儿，笑盈盈地拍拍他的肩膀。虽然一句话没说，但谁都看得出来，他是在夸奖金小贵办事利落呢。

站在一旁的乔大海有点不服气了。他说，三爷，我也给你拿过象棋，你怎么没夸过我？

"夸你？凭什么夸你？难不成就因为你给我拿过几回棋？"金三爷满脸堆笑地连发三问，"做点好事就想让我夸奖，没那么容易！——因为你就像算盘珠儿，不拨不动！”

“三爷，往后，只要一见到您的影子，我就立马跑步给您拿象棋！”乔大海听出了话味儿，于是一边说，一边弯腰哈背地摆出“起跑”的架势，惹得众人哈哈大笑。

金三爷笑道：“大海，好样的！只要你说到做到，三爷拍你肩膀的日子在后面哩！”

“三爷，少说两句，咱俩干正事！”棋牌室里的常客乔玉锁不请自到，随手拉了一条矮凳坐下，笑嘻嘻地说，“来得早不如来得巧！——三爷，我跟你下一盘！”

金三爷瞥了对方一眼，并不作答，慢腾腾地从衣袋里掏出一个玉制烟嘴，撮着嘴唇吹了几下，又把烟嘴大头朝向自己，木匠“吊线”似的，一眼睁一眼闭地打量了好一会儿，直到确信烟嘴贯通无碍，这才放在凳子上。烟嘴古朴典雅，那会儿，正幽幽地闪耀着凝结在釉彩里的日光。与烟卷衔接的一端配了一朵欹斜的梅花，看上去那么娴婉，那么禅寂空灵。有朝一日，如果有人首创烟具博物馆，它将有望和斯大林的超大木制烟斗成为双璧，同为该馆的镇馆之宝。金三爷一边打量、显摆自己的“所爱”，一边掏出一个铁制烟盒，扑嗒一声打开，从中取出一支烟，随手把烟盒放回衣袋，然后把取出的那支香烟拦腰折断，一截夹在耳朵边上，一截按在烟嘴上，划着了火柴，开始吞云吐雾。

乔玉锁实在等得不耐烦了，伸手捏住一颗棋子，一边颇有节奏地用棋子敲着棋盘，一边小鸡啄食一般，点头哈腰一字一顿地重复先前说过的话：“三、爷，我、跟、你、下、一、盘！”

金三爷用不屑的目光，瞥了一眼敢于叫板的对手，慢悠悠地磕打着抓在手里的棋子儿，笑道：“你这个三脚猫，哪是三爷的对手！”

“输给三爷不为输！——十里八村，谁不知道三爷下棋的能耐，掏出来能装两麻袋！”乔玉锁言毕自个儿一咂摸，觉着这话有刺没骨头，于是又加上一根魏延的反骨，“只不过，出水才见两腿泥！”

金三爷可着劲儿把棋子朝长凳上一拍，慢悠悠地吸了一口烟，以一种末代贵族的优雅磕打一下烟灰，呵呵一笑：“好小子，这话说得有劲道！今儿个，你倒是壁虎爬窗户，露一小手给三爷看看！”金三爷家境并不太好，身体也不怎么硬朗，但他硬是把琐碎的日常生活过得饶有情致，周围的人常常从他身上感到一种渗透肌肤的阳光与向上。

“露一小手？我要马皇后试新鞋，露一大脚呢！”乔玉锁摸摸胡楂，仰起脸来笑着说。

“你个小东西，三百斤野猪一张寡嘴！”金三爷看着他，讥诮而又不乏爱怜地说。言毕粲然一笑——这是只有个性与热情才能迸发、燃烧起来的精彩火花。

一老一少自恃口才好，就这么当众斗花嘴，说趣话。大伙儿一边眉开眼笑地听着，一边期待他们说出更精彩的话来。

说着说着，红黑双方各自开始排兵布阵。围观的人越来越多。他们大都站在与自己关系较好的棋手身后，抓耳挠腮地准备观战。

战幕拉开了。双方轻拈红黑棋子，以鹤的姿势优雅地飞落。

君子无所争，但下棋却是要争一争的。金三爷下得很得意，很顺手：当头炮，拦道马，跨将抽车，老帅露面，直逼死宫……三下五除二，眨眼工夫就叫乔玉锁推盘认输。

这当儿，从姨侄家刚刚喝过喜酒归来、原本心急火燎地站着观战的乔大爷，露出杏仁油一般滑腻的微笑，一屁股坐到“败将”乔玉锁刚刚让出来的油光水滑的矮凳上，拖声迈气地说：“三猴子，我来逗逗你！”

金三爷向来是台面上的人物，村里的大人小孩都敬他三分，这会儿竟然被乔大爷当众叫作“三猴子”，脸面上有些挂不住，但又没办法，两人平辈嘛！

看下棋的人齐刷刷地看着金三爷，他们担心他会丢脸子。可事实证明，人们的担心是多余的。倘若以这种浅薄的方式发泄不满，那就不是金三爷，而是“牛”三爷了。

金三爷看似漫不经心，实则下得十分严谨。一着“仙人指路”，绵里藏针，飞象平炮跳马、车巡河，陈兵拒敌、步步为营，精心谋划，深藏不露，所谓杀人于咽喉处着刀。

乔大爷起初尚能勉强应付，兵来将挡，水来土掩；可是，“棋逢对手难藏幸”，在高手面前，他的一个个“妙招”好似冷灰爆豆，白费力气，一会儿工夫便阵脚大乱，丢盔弃甲，落荒而逃。

围观人群中一位精通棋道的中年人两手抱胸，清清嗓门说：“金三爷，我看出来了，你刚才走的，是老蒋的棋路！”

金三爷瞥一眼乔大爷的背影，摸摸下巴点点头：“对这号人，就是要心狠手辣，叫他水漏完了还不晓得锅破在哪儿！”

乔大爷“逃”走后，站在人隙间观棋的金凤语出惊人：“乔太爷输就输在那匹马上，——他的马不该卧槽！”

“好眼力！”金三爷惊诧莫名，言毕，他问金凤，“丫头，你也会下棋？”一直以来，大约是出于爷爷辈分的人对晚辈的怜爱，他总是亲切地叫金凤为丫头，就像《战争与和平》里的鲍里斯·德鲁别茨科伊，总是称拿破仑为波拿巴一样。

“在学校里，我参加了周老师组织的象棋兴趣小组……”金凤不好意思地一笑，一双眼睛像微风轻扰的金色池塘。

“丫头，你说的周老师，是不是叫周雄飞？”金三爷摸摸下巴，脸色更加红润慈和了。只要提到下棋，他就有一河滩话要说。

“是呀！您认识他？”金凤扑闪着亮晶晶的眼睛。她那黑黑的头发和眉毛，就像翠绿的芦苇依恋静静的小溪，飘拂在温柔而白嫩的额头和脸颊上。

“怎么不认识？”金三爷朝金凤看了一眼，继则转着脖颈儿，竖起右手的大拇指对众人说，“我们县里举办象棋比赛，一连三次，他都是冠军！”他一边说一边抬起左手，竖起当中的三个指头摆试摆试。

看样子，他似乎想顺便演示一下搞政治的人时常放在口头的“两手抓”和“举双手赞成”；否则，他只要变换一下右手手指的伸屈状态就行了。不过，我们不能因此就疑心金三爷在为自己跻身政坛练拳脚，因为他老人家年龄过把了。施耐庵《水浒·序》云：“人生三十未娶，不应再娶；四十未仕，不应再仕。”金三爷三十一岁才秋行春令，和一个长他三岁的老姑娘结婚，大约因为有违圣教，至今膝下无子，遑论螽斯衍庆；如今年近花甲，即便有权人把乌纱帽从仓库里拿出来，吹吹拍拍，准备免费给他戴上，恐怕他也要退避三舍、敬谢不敏了。

几个象棋爱好者异口同声：“姓周的棋艺确实了得！”他们当中，有的像战国时的商鞅那样见解独到，有的则像汉代的鲍坚那样人云亦云。

金三爷觉着金凤见识过人，便和她聊起了“棋经”。他说，下棋的诀窍，比如弃子争先、舍小就大、逢危须弃、彼强自保、我弱取和等，其中隐含的道理，寻常过日子也用得着。

金凤听罢连连点头，并说，兴趣小组的指导老师也这么讲过。

一老一小谈得正对劲儿，几个帮厨的拍着巴掌招呼众人：“吃饭喽！吃饭喽！”

金凤按照有关人员的指令，一溜小跑地安排亲友入席。其时，她身穿红色上装，看上去像一朵灿烂的云霞，在人隙间轻快地游移。她小小年纪，却像企业里的老板，工人们上班以后，便在车间里踱来踱去。——金凤那天也是这么做的，她在各张饭桌间来回转悠，看到哪张饭桌上缺少餐具或是餐具摆放不当，每张餐桌上就餐的客人多寡，哪张饭桌上少放一瓶酒，哪张饭桌上多放一包烟，她都及时地进行妥善处理。

筵席共有九桌。两个草绿色的帐篷，张张扬扬地支在两个紧挨着的水泥场地上。饭桌在帐篷里分作两排，男女杂坐，喧嚣并起。最东边居中放着的一张饭桌是“主桌”，在这张饭桌旁就座的是村干部和金永耕家的主要亲友。一位“结合”该村的乡干部也屈尊就座。

邻居家的一条狗，被一位客人踩伤了一条后腿，惨叫一声，连滚带爬地向门外跑去。

金凤目送着一瘸一拐的狗，禁不住心生怜悯。它那黑色的皮毛上蹲着几朵白色的云，白是白，黑是黑，分明而干净。大约因为疼得厉害，它张着嘴，眼泪汪汪地回望着金凤。她和它四目相对相顾无言，但她觉得胜过万语千言。这种感觉在成人那里是不会有的，只能为儿童所独有。因为前者老于世故，对包括生命在内的人世间的一切一目了然、无动于衷；而后者尚未认识与接受自己的生命类属，与其他生命有着同样天真蒙昧的心灵。

筵席开始一会儿工夫，离“主桌”较远的那张饭桌上，乔大虎、金山平等人四处出击、来者不拒，恨不能在酒缸里翻跟头、耍大刀。毫无疑问，能这么干的人，都是有两下子的，“没有三两三，谁敢上梁山”。可是，他们不自量力，有“三两三”的能耐，却要做“六两六”的事。结果，只一会儿工夫便玉山颓歆、剔吐纵横。难怪有人说，从猴子变成人要成千上万年，从人变回猴子只需一瓶酒。

“‘凭栏一吐，不觉箜篌’，怎么饭没吃完，就忙着还席了？”一个老师模样的人来到乔大虎面前，拍着他的肩膀调侃道，“往后得记着：花看半开，酒喝微醺……”

这位老师哪里知道，乔大虎这等进过“号子”、正在为“二进宫”创造条件的人，体内燃着一蓬鬼火，终日内耗着他们，因此一旦有机会，他们便急不可待地用酒和食物填进去做燃料。这蓬鬼火是他们的灵魂之火，万万熄不得的。

乔大虎醉眼迷离，似懂非懂地点点头。

西首第二张饭桌上，常跑大码头的王溜子和一帮弟兄喝得正欢。因为是方桌，只有八个座位，而这张饭桌上安排了九位客人。多出的一位是个十多岁的小男孩，他是被母亲“带锅铲子”带来的。小男孩“个矮未敢忘吃菜”，时不时地踮起脚伸筷子。

在饭桌间“巡视”的金凤，觉着小男孩挺可爱，也拿起饭桌上闲置的一双筷子帮他夹菜。她没有一丝儿矫揉造作，只有一样——不瞒你说——她美！

一时间，小男孩的饭碗里，植被一般覆盖着各种菜肴。

酒意正酣时，王溜子放下筷子，两个膀弯子同时压在桌面上，用右手的大拇指和食指比了个“八”字；继则屈起大拇指，伸开其余四指，一边摆试一边说：“不瞒各位，我八年换了四个丈母娘！”

“你小子行啊！”弟兄们羡慕不已。几位公子正如曹雪芹笔下所写：“纵然生得好皮囊，可怜腹内草莽。”

“说实话，”王溜子抹抹嘴角笑着说，好像此前他一直被什么人怂恿着说谎似的，“我不行，是我老丈人行！”

话音刚落，众宾咸悦，齐声大笑。内中有一位刚喝过一口羹汤，这一笑使喉管里的羹汤岔了道，呛得他犬吠一般咳嗽起来。

金凤见了王溜子那副一脸坏笑的样子，不由得想起一个歇后语，一时又无法坐实，便掉转身子，弯腰曲背地掏出记录“好句子”的小本子，从头开始翻看，终于找到了。她用左手掌托着小本子，右手的食指在那个歇后语的下面轻轻地画线，慢慢默念道：“老奶奶喝粥——无耻（齿）下流。”

对王溜子做出这样的评价，既符合金凤的性格，也不冤屈被评价者。人不能太俗气，这个清新隽永的念头，像绿荫一样庇护着金凤的童年、少年和青春。

说话间，帮厨的端来一盘烩甲鱼。见了“大菜”，王溜子连忙举箸，三划两绕夹起一大块鳖裙塞进嘴里。兴许是因为鳖裙块头太大，王溜子噎得一个劲儿翻白眼。邻座吉春林见状，连忙帮他捶背抹胸。

待他恢复常态后，吉春林一边举杯一边对王溜子说：“老兄大难不死，我敬你一杯！”

王溜子在众人面前丢了面子，已经没了先前的神气劲儿，讪讪地说：“这话从何说起？”

“你问我从何说起？那我就从头说起！”吉春林带着一种难以掩饰的卖弄的神情，头头是道地讲起来。

他说，1971 年 4 月 24 日晚上，宋子文，也就是“国母”宋庆龄的弟弟同妻子张乐怡一道，应邀到老朋友爱德华·尤的家里做客。席间，厨师把精心烹制的大菜清炖龟肉端上桌。按规矩，宋子文只需喝点汤，意思意思就可以了；可是不知怎么的，他老人家那天晚上兴致很高，居然夹了一块龟肉，不料吞咽时卡在喉咙里。他当即面露恐惧之色倒在地上，没等送去医院，就离开了人世！

“哎哟，老弟，你可真是救我一命的上帝！”王溜子听罢，拿起羹勺舀了一勺汤，自嘲似的说，“早知道，我也喝点儿汤得了！”言毕一仰脖子喝了下去。谁知那汤太热，贴着他的食管擦出一道火花迸射的轨迹，落进肚里变成一团火，火舌舔向他全身，舔得他挤眉弄眼。

众人见了，笑得前仰后合。

酒就是这么一种东西，它会放大你的情绪，增大你的胆量。要在平时，有乡村干部在场，谁敢如此张狂！

不知打哪儿来的两条狗，吃了地上的呕吐物，也都醉了，相互乜斜着眼睛，并排走着很卡通很招笑的模特步来。它们也像喝酒且喝高了的人一样，经历了一次肺腑着火和满脑子灼热迷蒙，经历了醉酒带来的怀旧和伤感，以及豁达和通透。

筵席进入尾声，酒场老手们开始串桌。表面看来，他们都是在“喝酒”，实质上呢，动机互不相同。有的是想与交情深厚而又多时不见的人勾肩搭背地谈心，有的是想借机托对方办事儿，有的是想与有过“过节”的人一吐块垒、尽释前嫌。

聚集着社交界精英的那张桌子旁，乡村干部们荤素配搭地扯闲篇。不料“闲篇”伊始，那位醉眼迷离的乡干部因为不胜酒力，顺势躺在一张破旧的木椅里呼呼大睡。他那庞大的身躯顿时变成了锻炉风箱，张大的嘴巴和鼻孔里发出稀奇古怪、新派音乐里断然没有的音响。这里有号角声声，有战鼓咚咚，有马鸣萧萧，有旆旌猎猎，还有老母鸡下蛋后伸长脖子胡乱的喊叫……

值此关键时刻，一位村干部挺身而出，扶连台好戏于将倾。他小心翼翼地清清嗓门，摆出一副埃及雕像那样天真的姿势，双手搁在膝盖上，红头涨脸地讲了一个笑话。他说，县城里有一个局长，每天晚上的业余时间都是先喝酒再找小姐。有一次，他忽然觉得，喝过酒再“办事”，一如江河滔滔，似真亦幻。次日晚上，他把原来的程序颠倒了一下，果然尽兴。谁知喝酒时喝高了，回家时就像深秋时节的鹧鸪，转了好几个圈儿才找着窝。他稳稳神，便使劲敲门。老婆起身开门后，他三步并作两步，踉踉跄跄地进了卧室，一反手把房门关上，摸到床上倒头便睡。老婆急坏了，乒乒乓乓地敲门。他听了气急败坏地吼喊，你这个人咋搞的，我不是给过钱了吗？还找上门来了！他老婆用更加高分贝的嗓门喊叫，再来一次免费的！要是不答应，我可饶不了你！

村干部们听了，笑得牙巴骨发酸。其中有两位已经听过好几次，按理说很难笑得起来，但他俩也咧着嘴使劲地跟着笑。因为他们深知，古往今来，不用说在上下级之间，即便在最良好、朴实的人际关系中，阿谀和奉承也必不可少，有如旧时女子出嫁，需要有人抬轿子一样。

树迷山暝，百鸟归巢。一位来帮厨的中年妇女端着一摞饭碗，从帐篷里走出来。她人高马大，文胸后带下面的赘肉波澜起伏，看起来就像后背也长了两个乳房。上帝才知道眼前的娘儿们是怎样的人！

那会儿，她的表情很矜持、很自信，步态有点儿表演的成分。

可是老天爷呀，块头大并不能代替美貌啊！大多数男人更喜欢一枝芳香浓郁的丁香，而不愿意要一朵没有香味的金盏花。

就在这当儿，南河小学一位老师骑着自行车，满头大汗地赶来，通知金凤次日上午到县里领奖。

赴宴的人齐刷刷地转过脸，用询问的眼光看着来人：领奖？领啥奖？

来人告知说，一个多月前，县文教局举办全县中、小学生作文大赛，金凤获得小学组第一名！

人们一听说这冷水里冒热气的事儿，立马炸了锅：天哪！第一名，第一名不就是状元吗？

乔老先生得知作文大赛的题目叫《我最尊敬的老师》，连忙来到金凤身边，让她蹲下，自己从上衣袋里拔出钢笔，也顺势蹲下，一边用笔套在地上画字，一边念叨：“明师之恩，诚为过于天地，重于父母……”然后抬起头，用右手的食指朝地面指指点点：“这是东晋医学家、文学家葛洪的尊师名言。大意是说，开明的老师对学生恩重如山，简直胜过天地的博大，比父母付出的还要多！”他的神态端庄，好像在告诉金凤一个不为人知的秘密。

金凤刚刚站起身来，一个蓄着胡子、看上去很和善的胖老伯，啪一声放下筷子，两手叉腰走到她面前。

金凤闪动着一双黑茶藨子似的黑眼睛，有点儿腼腆地站立着。

胖老伯弯下腰，左手按着膝盖，右手点着金凤的鼻尖，眼神像刚分娩的母羊，又温和又慈祥："丫头，你咋这么厉害？"

他那老鹰抓小鸡似的架势，惹得金凤咯咯咯地笑起来。

第二章

公丫头五岁那年，城里和乡下的孩子，都着迷于一种可以喷水的塑料玩具手枪——俗称“水枪”。金永耕虽说守财小有名气，但在宝贝儿子身上花这笔钱的决心还是下得了的。由于乡下一时缺货，他在征得老婆杨月华恩准后，决定进城购买。大权旁落，他只剩下由老婆额定的一昼夜撒尿 5 次不要批准了。

那天一大早，金永耕向左邻右舍的伢子打听，得知买一支水枪要花十二元。他随即向老婆汇报了自己的调研成果，并贴船下篙，向她讨了二十元钱（其中包括来回路费八元），准备进城。他之所以没有暗中胪列计划外开支，并非因为他清正廉洁，而是因为他深知自己在老婆心目中的信用度不高。

临走时，他像婚后第二年被老婆一巴掌打青一只眼睛那个早晨一样，咕咚咕咚地喝了一大碗凉开水。——他早就听说过，在城里喝开水是要花钱的。

汽车可真比毛驴好。一个多小时后，金永耕乘坐的农村公交车便到了终点站。县城，五彩缤纷、举袂成云的县城，在乡下人的心目中好比一个理想的黄金国，眼下正披着黄金的袍褂，满头翠珠、风姿绰约地出现在金永耕的面前，哈佛一般奔放，剑桥一般梦幻。

不知从何时起，这个县城和其他城市一样，如同泡在水中的馒头，越泡越大。汽车站的周边地带，更像是一个大工地，到处是耸入云天、类人猿似的长臂缓缓旋转的塔式起重机，到处是用五花八门的材料砌成或编制的建筑围栏，到处是利刃一般触目惊心的交通限行标识。一幅印有“万众一心，打造文明城市”十个红字的白色布幔，凌空跨越公路，气势不凡。殊不知，打出这样的标语，无异于不打自招，告诉别人自己在造假。因为文明和文化一样，是时间和心灵酿造出来的，是自然积淀的成果，无法人为地“打造”。试问，苏美尔文明是打造出来的吗？玛雅文明是打造出来的吗？巴比伦文明是打造出来的吗？

刚到县城的亢奋平息后，金永耕感到浑身上下有一种潮乎乎的疲惫，好似被公交车吐在地上的一个瓜子皮。

车站离城区有一里多地，他舍不得花钱坐三轮车（何况他又没有备上这笔钱），一路步行。

沿途古木成荫，树叶绿得叫你感到它的重量，绿得仿佛要溢出树的轮廓。

进入市区后，又是一番景象。分列两侧的人行道旁，广玉兰投下匝地的浓荫，像地毯一样吸附着喧嚣的市声。

大约又过了半个小时，他来到一条熙来攘往、车水马龙的街道上。放眼望去，但见一群妙龄靓女，个个娇花照水，人人翠袖红衣，环肥燕瘦，众美辐辏。他真想问一下身边的人，这儿怎么成了女人的天下？

这个想法像一个被热气顶得快要蹦起来的瓶塞，蠢蠢欲动。

后来终于得知，那天是三八妇女节。

四顾裙钗，虽说他已不再年轻，一颗心仍然禁不住杂花生树、草长莺飞。

相比于满眼娇媚袭人、闭月羞花的美玉，他感到主宰自己的那位粗粗拉拉的婆娘，活脱脱就是一块打狗撵鸡的土疙瘩！唉，有什么办法呢？牛吃草马吃料，人的命运是天定的！老子要是生在城里，再上个大学什么的，你说我哪只眼睛能看上她！

他的这番感慨，并非孰高孰低的简单比较，而是一种内在的精神取向，一种有弹性的生命状态。

还真看不出，人们印象中老实木讷的金永耕，竟然如此见异思迁、朝秦暮楚，看到一群漂亮女人就眼迷心荡，不待见家中的发妻了！

事情明摆着，他是一个地地道道的“版本”盲。每个女人都有两个版本：精装和平装。前者妆饰艳丽，珠光宝气；后者粗服乱发，不施粉黛。杨月华丰乳肥臀，皮肤白皙，眉眼盈盈，只不过像她的本家杨玉环一样，有点儿胖。金永耕倘若手头宽绰，将她由“平装”改为“精装”，说得具体一点儿，也就是让她将一头乱发烫成具有英伦气息的欧洲古典鬈发，艳抹香奈儿炫亮魅力唇膏，脖子上戴一条宝格丽 VLGARI 项链，身着斜肩黑色连衣裙，左手无名指戴一枚奥维洛韩式钛钢戒指，走起路来一踮一踮的，不论遇到认识还是不认识的人，抬起跷着梅花指的右手，“哈罗！”打一声招呼。这么一来，恐怕就连金永耕也辨认不出，她原来就是那个“打狗撵鸡的土疙瘩”，以至于趴在路边想吻她的脚指头呢。

金永耕呀金永耕，你自己闹穷，没法子让女人穿金戴银、涂脂抹粉，反倒嫌弃起女人来了！这不正如俗话所说，“人穷怪屋基，屋漏怪瓦稀”吗？

感慨一通之后，他继续往前走。到了县教育局门前，他看到好多人围在一个报栏前。近前看时，只见一张报纸上，竟然印着金凤的照片！他不敢相信这是真的，揉揉眼睛再细瞧，没错，是自己的女儿！

此时，一位干部模样的人，指着照片对身边的人说：“一个农村伢子，参加全县中学生体育运动会，在参加比赛的将近五百多名学生中，获得体操项目冠军，真了不起啊！……我还听人说，这丫头早在读小学时，就荣获过全县小学生作文比赛第一名的桂冠！”他的这番话一气呵成，虽有个别地方不太合乎语言规范，但因其长相有点儿像贱内堂二嫂的三姨爹，为了表示敬重，特原话照录。再者，这种方式大约也是刻画人物的手法之一；否则，文学大师鲁迅小说《故乡》里的人物对话，怎么也有类似情况，而且还不止一处呢？

紧接其后，一位留着鬈发的女子说：“这孩子名字也起得好！——金凤，一只金凤凰！”

另一位中年妇女接口说，这伢子，不但名字起得好，模样儿也俊俏！

照片上的金凤，身穿手织开领衫，女童打底裤，方口布鞋，皮肤白皙，秀发飘飘。说她是孩子已经不是孩子，说她是女郎还不是女郎，她正值这个美妙的年华。大人们都在心里暗自赞叹，任谁也没有勇气拿自家的女儿和她相比。

那场面，如同一湾碧水，让金永耕心里一喜，眼睛一亮！他真想挤进人群，拍拍胸脯，竖起大拇指说："各位没想到吧？金凤是我女儿！"

不知从什么时候起，女儿就像别在他胸前的一朵花，为他增光添彩、散放芳香。

在报栏前盘桓良久，他猛然想起买水枪的事儿，只得恋恋不舍地继续前行。恍恍惚惚间，他拐进一条冷冷清清的小巷。一边走，一边伸头探脑地张望。可是张来望去，怎么也找不到卖水枪的店面。但他并不着急，甚至有几分窃喜：要是刚进城就买到水枪，那可就没有在城里溜达的理由了。好端端的八块钱，能买半斤多五花肉一家老小油油嘴呢，要是一眨眼便撒在路上，真的太亏了。只要没乘上回家的汽车，带来做路费的"孔方兄"就得跟着他姓金。

七弯八绕，走街串巷，路过一个公共厕所门前时，他忽然触景生情，有了要撒尿的感觉。再者，"将在外，君命有所不受"，老婆不在身边，不受每昼夜 5 泡尿的限制，想尿就尿，此乐何及！

所好的是，县城的街道不多，要是像大城市里密密麻麻的街道，麻烦可就大了。

他早就听一位跑过大码头的邻居说过，在城里上茅房（厕所）要花两毛钱。于是，他把右手探进衣袋，打算攥住那两枚东躲西藏的硬币。不经意间，他触到一个软绵绵的东西。掏出来一看，是一张面值五毛的纸币！——那张纸币旧得恐怕连印制它的印钞机都认不出它了。他料定是女儿金凤偷偷塞进他的衣袋的。想到这里，他不由得心里一热，把纸币重新放进衣袋。

他摸摸索索地攥住两枚硬币，走向一位守在厕所门前的年轻女子。那一刻，他仿佛听到了城市里钱币的叮当之声。

"你……你来这儿干什么？"年轻女子如临大敌。说完一咂摸，连她自己也觉着这话不地道，就像开饭店的老板娘，或开窑子的小姐，问进店的顾客同样的问题似的。

他感到对方问得蹊跷，但仍很注意文明用语："我来'小解'一下！"言毕呈上两枚角币。

年轻女子知道，人在困厄时会存有下意识的希望，于是不由分说地拦回他的手："赶紧走！别说两毛钱，就是两块钱、二十块钱、二百块钱，今儿个也不能让你进来！"

金永耕听了这话，心情就坏掉了，像电子琴上的左琶音，一个声部一个声部地往下掉。

他挠挠头皮咂咂嘴，笑容隐没于困惑、阴郁的脸色之中，颇为不解地问："茅房（厕所）不让人小解，这是作的什么怪？"

平日里，年轻女子与前来"方便"的人，相互间的关系直截了当：先交钱，后"方便"。遇到她心情好的时候，程序也可颠倒一下，就像如今的年轻人因为高兴或性急而颠倒了先恋爱后结婚的程序一样。

可眼下与往常不同。严峻的形势使她成为如厕者的一个引路人，一个顾问，一个军师，一个知交，一个诤友。

"明天上午，省级卫生城检查团就要到我们这儿检查了！到时候，要是我负责打扫的厕所不过关，我就要回……"她的一番麦兜妈妈式的直通通的话没说完，便戛然而止，眼神中有一种低回的哀怨。

金永耕鼻孔翕张，下意识地嗅了嗅，这才觉着厕所里馨香绕鼻。他怀疑自己走错了地方，就像林冲误入白虎堂。所好的是，进城前他背着老婆偷偷喝了几口干巴酒，这会儿酒壮熊人胆，他并不怎么慌乱。

年轻女子见他磨磨蹭蹭，便下达了最后通牒，要他赶紧离开她的一亩三分地。

他醒过神来，看出了没有通融的余地，只好觍着脸，默默地掉转身子，暗自决定再到别处去碰碰运气。

可是，他要找的是厕所而不是银行、棋牌室或洗头房，谈何容易？一个外地人，哪怕白天打着灯笼，晚上带着警察也很难找到。再说，就算找到了，难道那里看厕所的人是个白痴，不懂得饭碗比两毛钱更重要？

情急之中，他像一个专门寻找法律漏洞的律师，急急匆匆地来到一个在他看来很可能被管理人员疏忽的角落。不料刚扯下裤子，抬眼一看，只见电杆上贴着一张告示："此处禁止小便，违者罚款五十元。"不看则已，看后他被吓得浑身哆嗦，仿佛一个在森林里睡觉的人，一觉醒来，发现自己身旁的树干上缠绕着一条龇着獠牙的蟒蛇。

胆战心惊、万般无奈之时，他忽然想起，自家有一个远房亲戚住在城里。眼下，只要去了，一定能解燃眉之急。转而一想，又觉不妥。平时很少走动的亲戚，一朝上门，说啥也得带上一些礼品。要是两手勒空拳，到那儿扯下裤子，哗啦啦撒一泡尿就走，成何体统？

他怎么也想不通：一只瞎眼羊，在旷野里都能找到一片水草；一个大活人，何以在城里找不到一个茅房？

"人有三急，如厕为最。"金永耕急得满头大汗，眼见得就要有"稀松一裤裆"的危险。

恰在此时，迎面走来一位文质彬彬、衣着讲究的年轻人。待对方来到自己的面前时，他诉说了自己所处的困境。年轻人审时度势，挠挠头皮说："叔，依我看哪，这么硬憋下去，可不是个事儿；您干脆破费一点儿，乘坐出租车，出城撒尿！"

这位年轻人心肠挺好。不过，看来他也和他的同龄人一样，说到农村和农民，他们的脑海里浮现的，往往是田园生活、牧歌短笛、天然氧吧、青山绿水、高天流云，晚霞中蜻蜓漫天飞舞，夏夜里蛙声一片。然而，这些都是旅行者的心态。面朝黄土背朝天，分分厘厘汗水赚，一个铜板不攥出水来不撒手，这才是农民的实际情况；远非他们想的那么诗意盎然，那么罗曼蒂克，那么出手阔绰。

金永耕一听，知道自己已被逼到了八角台上，没有别的办法可想。可他心知肚明，出租车可不是好坐的，得花老鼻子钱呢！

年轻人刚走不远，他便快步来到一个十字路口，如同败走麦城的关羽，大步流星地往南走。

途中，他瞥见一个巷口的阅报栏前围着好多人。他想，这些人伸长脖子争着看的那张报纸，十之八九有女儿的照片！

要不是“水务”在身，他说什么也得去看看热闹。

十多分钟后，他出了南门，找了一个较为隐秘的角落，急急忙忙地宽衣解带。撒尿时的那个畅快，不由得让他随口小声哼了起来：“滚滚长江东逝水……”虽说没有电视上杨老头儿唱的那么有板有眼，又谈不上是什么“美声”还是“民族”的，却也耐听。

小解后，一个问题像退潮后的礁石一样凸显在他的脑海里：自己的“水枪”安顿好了，可儿子的水枪还没买到。于是，他按原路返回，并下定决心，天黑之前，哪怕挖地三尺，也要找到卖水枪的店铺！

这个决心未免有点过头了，有点瞎侃了，倘若天黑之前找不到，你莫非要把县城的大街小巷放在肩上扛回家，像捉虱子似的细细找？

路过一个小商品市场时，人流像脱土坯的泥巴那样黏稠。与日俱增的物质欲望和闲适情调，在人隙间铺张地弥漫，噎得他透不过气来。

出了小商品市场刚走不远，恰好遇到他家的远房亲戚周建林。他不由得暗自欣喜，觉着自己捡到一条命：刚才要是到你家去撒尿，你老婆认不得我，一准把我赶出门；这么一折腾，我的一条小命还不撂在城里！

周建林热情地同他打过招呼后，问他到南门外干啥的。

金永耕不知怎么回答才好，总不能说自己是出城撒尿的吧？

愣怔有顷，他忽然想起，自己在南门外小解时，无意间看到不远处的绿树丛中盖了不少式样不赖的房子，于是灵机一动，随口答道：“刚才出城看了一处房子！”

周建林听罢暗自惊讶，不由得脱口而出：“南门外新建的商品房都是独体别墅，不知你看中了哪一幢？”

他只好硬着头皮，朝刚才的话槽里倒水：“我打量来打量去，觉着最南首的那一幢蛮好的！”

“好眼力！”周建林情不自禁地赞叹。那幢耸立在绿荫蔽日的古树丛中的豪宅，他曾不止一次地亲眼见到过。他做梦也没想到，几年不见，这位不起眼的远房亲戚，竟然由穷和尚变成了富方丈，打起了买别墅的主意！

他带着几分敬畏，像朝臣进宫一样满面笑容，热诚地邀请金永耕到他家中一叙。

金永耕从未被人如此高看过。那一刻，他晕晕乎乎，觉着自己陡然成了受人尊敬的款爷，出言吐语也跟着斯文起来：“改日吧！改日吧！”

“老兄，今儿个，你不去也得去！”周建林不依不饶，“这么多年了，你还跟我来什么‘改日’，那要等到驴年马月？”

金永耕见对方真心实意，只得点头答应。

一路上，两人你一言我一语，谈个没完没了。看那样子，就像粘筋连骨、同胞共气的亲兄弟似的。

到家坐定后，时亹亹而近晌矣。周建林轻轻拍拍金永耕的肩膀，向钱玉娟介绍说：“这位就是我时常向你提起的金大哥！”

在钱玉娟的注视下，金永耕愣怔着，目光像蛇芯子似的左偏右绕。忽然，他像蔫人被挠了腋窝似的，朝女主人嘿嘿一笑。

他边笑边想，早先那会儿，我要是莽里莽撞地来撒尿，准会被你赶出门；果真那样，这会儿说不定我已被一泡尿憋得大鼻朝天（死亡）了！

周建林不解其意，又不便打问，只好按照程序，指着钱玉娟对他说：“这是你的弟妹！”

一直以来，不论在什么场合，周建林总喜欢把自己的女人说成是同辈亲友的“弟妹”或“嫂子”。他认为，这两个称谓能使年轻的女人更像女人，通体发出母性的奶质芳香。

“噢！噢！”金永耕残存的笑，还隐隐约约地僵在两颊上。

“今儿个，金大哥是到南门外看房子的！”周建林指着金永耕，话外有音地对钱玉娟说。

邻家两位外出打牌的老嫂子路过门前时，特意停下脚步，朝将要到南门外住别墅的款爷投以钦慕的目光。其中一位风韵犹存的孀妇，甚至思谋着有朝一日与之闲听鸟鸣、淡看花开。

钱玉娟听出了弦外之音，知道丈夫带回一位财神，连忙满面春风地接口说：“稀客！稀客！”

那一刻，金永耕像当年的乾隆皇帝一样，美美地过了一把“万国来朝”

的瘾。

由于一双儿女都是“花钱买考分”才得以上名校，周建林家已爆发经济危机。夫妻俩早就暗下决心：哪一天有财神上门，一定要折断它的翅膀！

“一回生二回熟，”金永耕抬起双手，在两颊上胡乱地抹了几下，“往后，只怕我给你家的门槛踩烂了，你们烦都烦不过来，赶都赶不走呢！”

钱玉娟一边倒茶一边说：“金大哥，瞧你说的！‘无亲不下路’，亲戚上门，哪里会烦？只怕请都请不来呢！”

说完，她示意丈夫陪着客人，自己到厨房里忙活午饭去了。

一会儿工夫，一种熟悉的酱油气息混合着猪肉特有的醍醐香，从厨房里浓浓地飘散过来，注射一般刺激着人的嗅觉器官，仿佛在呼唤、寻找着自己的伙伴以及一碗白米饭。

周建林鼻翼翕动，连吸几口气，不由得想起前不久从书上看到的一句“趣话”：“德语里说菜做成了，是说‘厨师恋爱了’。”进而暗自欣喜，他和夫人没准会像李准笔下的孙喜旺和李双双一样，“先结婚后恋爱”。

主客二人家长里短地谈着。

周建林从对方的言谈中得知，金永耕的儿子公丫头该上幼儿园了，特意关照说：“你和嫂子要是想让孩子到县城里的实（验）小（学）幼儿园读书，望抓紧时间来找我。我是实验小学校长，别的不敢说，这个主我还是做得了的。孩子进城后，吃住就在我家！”

金永耕听了喜出望外，连声说好。因为这些日子，他正盘算着让公丫头进城读书呢。他连做梦也没想到，刚渴睡，就有人递过来一个枕头！

为了买个铜勺饶个柄，他看似漫不经心地说：“我家的丫头已经读初中了，她也想……”

周建林知道对方要说什么，愣怔了一会儿，摸摸下巴说：“这样吧，我尽量想办法！……”

读书人的墨水被农民的智慧吸尽，露出了干裂的河床。

闲谈过程中，周建林时不时地想把话题转到改善自家住房条件，也就是向对方借钱这方面来。可是，也不知咋搞的，一直找不到合适的机会。摆渡的不问青红皂白就莽里莽撞地下篙子，弄不好会翻船的。

两人相谈正欢，钱玉娟来收拾桌子，准备吃午饭了。

在主人的安排下，金永耕“南面称孤”。周建林与之对坐，钱玉娟坐右首。三人各居一个桌面，势成鼎足。左首墙壁上的镜框里，镶着一幅活色生香的梅花。钱玉娟触景生情，不由得联想起清代诗人何钱《普和看梅云》一诗中饶有情趣的两句：“小几（桌）呼朋三面坐，留将一面与梅花。”

餐桌上，虽然没有山珍海味，却也有六菜一汤：红烧肉，糖醋排骨，清蒸黄鱼，虎皮鸡蛋，香菇炒青椒，素炒豆角丝，紫菜虾米豆腐汤。

这桌菜可真够意思的了。想当年，明太祖朱元璋下旨宴请文武群臣，为马皇后过生日，也只置办了四菜一汤，而且不是山珍海味，都是萝卜菜瓜。

金永耕自然没有小看这番丰饶的景象。在他眼里，如此丰盛的菜肴，就像批发商谈妥了买卖，不怕荷包变小摆下的那种盛宴。

他环顾室内，没见到有其他人，便问：“孩子呢？”

钱玉娟一边摆放筷子，一边笑着说：“他俩吃住都在学校里，除了礼拜天，平时不回家！”

金永耕感慨道：“如今的孩子，真是福疙瘩！我们这一辈人，小时候连饭都吃不饱，哪能住校读书！”

钱玉娟把溜到额前的头发拢向耳后，赞同地点点头：“是的呐！那会儿，连一顿好饭都吃不上呢！”

说话间，周建林从碗橱里拿来一瓶洋河大曲。由于一时找不到开酒瓶的工具，他便就地取材，用牙齿咬。几经较量，瓶盖败下阵来，不过它也没忘记杀个回马枪，不失时机地在他等着喝酒的那张嘴的近郊，划了一道口子，一道不大不小、不深不浅的口子。

钱玉娟见状，心疼不已。情急之中，她连忙掉转身子从卧室里拿来家用小药箱，用棉球蘸酒精仔仔细细地清创，临了又在伤口处贴上一小块创可贴，妥善地处理好一起流血事件。要知道，在她心目中，老公的这张嘴除了吃饭和说话，还有其他非同小可的用处呢！

为了营造良好的待客氛围，周建林一手拿着酒瓶，一手捏着酒瓶盖，慢悠悠地在钱玉娟面颊近旁的虚空里划了一下，笑嘻嘻地打趣道："我划一个口子，你也划一个口子，我们就是两口子啦！"

钱玉娟掉转脸对客人说："金大哥，你瞧他说得怪不怪？他跟我同床合枕这么多年，我不跟他是两口子，跟谁是两口子？"

俏妹当前，金永耕神思恍惚，真想顺手牵羊，吃点儿豆腐揩点儿油，来一句："跟我是两口子！"转念一想又觉着，新来乍到，这么口无遮拦许是过了头，这才没有作声，只一个劲儿咧着嘴傻笑。

周建林轻伤不下火线，拿着已经打开的酒瓶晃了晃，顺手给三个人面前的小碗和杯子满上。

金永耕见对方带伤待客，十分过意不去，但因自己好这一口，也就仅止于此。他本想说自己"滴酒不沾"，又怕弄假成真，眼睁睁地失去一次喝酒的机会，于是话到嘴边又咽了回去。

周建林倒酒时，他用左手轻抚杯沿，嘴里说："行了！行了！"心里却巴不得倒满点儿。

三人边喝酒边谈心。金永耕和周建林所谈的，既不是治国方略，也不是家长里短，而是他俩小时候在一起玩耍的趣闻逸事，十分惬意，仿佛把几十年的岁月轻而易举又练达持重地拉来拉去。

钱玉娟插不上嘴，只有当听众的份儿。

酒过三巡，菜过五味，金永耕的话越来越多。

他看到周建林的袖管上有墨迹，便问是怎么回事。

周建林朝墨迹瞥一眼，笑着解释说："前两天在学校里写标语时沾上的，玉娟洗了两次，也没洗掉！"

"噢，原来是这档子事！"金永耕抬起左手摩挲着右颊，大悟似的说。过了一会儿，他突然想起什么似的，右手攥着一双大头朝下的筷子，一边轻轻地磕打桌面一边说："赶明儿，你叫弟妹在有墨迹的地方喷点儿 84 消毒液，待会儿再洗，保管能洗干净！"

这个方法，钱玉娟早说听说并使用过。但 84 消毒液的"杀伤力"太强，在去污的同时，往往连底色也一并去掉。显然，这种方法不可取，除非弄脏的衣服是纯白的。但碍于对方的面子，她没有明说这些“洗衣经”，而是违心地说：“金大哥懂的事情可真多，待会儿我试试瞧！”

周建林觉着他俩跑题了，轻敲桌面说：“喝酒！喝酒！”

幸亏钱玉娟从未有过绯闻；否则，做丈夫的或许会感到不安的。

金永耕好像战士听到了冲锋号声，连忙端起酒杯，从自己的胸前开始在虚空里画圈，到钱玉娟面前顿了一下，画到终点时，当的一声碰在周建林端着的酒杯上。

三人同时举杯，一饮而尽。

就酒量而言，周建林和金永耕可谓一时瑜亮，难分伯仲。此时，周建林见瓶里的酒已告罄，又拿来一瓶洋河大曲。

金永耕嘴里说：“不用开了！不用开了！”心里却在想，不开咋行？三人一瓶酒，润咽喉还不够呢！

周建林打开酒瓶，给客人和自己面前的小碗满上。给钱玉娟倒酒时，他加大了“收”的力度。

一杯又一杯，说不清喝了多少杯。金永耕面如血泼，口齿不清，不时打着酒嗝，嘴唇上的酒苔打着卷儿。

忽然，他把左手卷成喇叭状，凑近周建林的耳边，压低嗓门，咴咴喘喘地边说边笑：“你还……嘿嘿，咴咴……记得吧？那天午饭后，我在前面跑，你在后面追……到后来，你弯下腰不追了……还夹着两条腿，一个劲儿喊疼！……咴咴，嘿嘿……我跑回去，扯下你的裤子一看，原来是……两个卵蛋‘不登膛’，坠下来了！……嘿嘿，咴咴……猪胆儿似的，明溜溜的……”

周建林愉快地忍受着金永耕对自己的嘲弄，显出有点儿羞涩的样子，就像正值豆蔻年华的少女，两眼盯着头一次吻了她的男孩一般。

金永耕摆出埃及雕像那样天真的姿势，双手撑在桌面上，等待着收获女主人赞许抑或惊诧的目光。

钱玉娟只微微一笑。

周建林示意他坐直身子，接着他的话茬儿说：“后来，你老太煮了一碗挂面，香喷喷的，让我打头一根一根‘吸’着吃。我平时不怎么听话，那会儿那玩意儿出了那么个问题，我只好乖乖地按照她老人家的话使劲吸溜，好容易才把那玩意儿‘吸’上去！”

金永耕摸摸胡楂：“这么说，这事儿你也没忘掉？”

“怎能忘掉呢？”周建林也摸摸胡楂，“我就是把自个儿忘了，也忘不了那碗救命的面条！”

钱玉娟一边听，一边捂着嘴笑，似乎还自言自语地说着什么，因为她的上唇时不时地下垂，触动一下绯红的下唇。她的神态仿佛说明，她和大多数女人一样，对男性的兴趣在她灵魂深处占有相当重要的地位。

此时，金永耕已喝了二十多杯高度白酒，仍旧兴致不减，大有李白“会须一饮三百杯”的气概。想当年，武松在挑有“三碗不过冈”招旗的酒店里，也只不过喝了十八碗劲道较小的“透瓶香”，到得冈上就不行了，要不是遇到猛虎惊吓，打个激灵醒了过来，他没准就成了老虎的果腹之物。两相比较，可见金永耕的酒量确实了得。他乘着酒兴把右胳膊腕子支在桌面上，五指张开，掌心朝外，摇头电扇似的摇来晃去，并用眼神和带有孩子气的微笑向周建林征求意见：我俩划拳吧？

周建林不谙此道，微笑着摇摇头，委婉地拒绝了。

主人刹车，一出穷形极相的“闹剧”，就此收场。

送走金永耕后，钱玉娟在与丈夫闲聊时，对这门远亲的“富翁身份”表示怀疑。她思忖了好一会儿，终于忍不住地说：“我总觉得，金大哥不像个有钱人。别的不说，就说他那模样、衣着……”

那一天，金永耕脸上布满黄土高原的褶皱肌理，上着带襻扣的老蓝布褂子，下穿“一把撮”便裤，头戴一把撸帽子，赤脚穿着一双圆口布鞋。老蓝布褂子只纽着中间的那个纽扣，纽扣上边和下边的衣缝向两边奓着，好似两个角顶角的等腰三角形。一眼看去，他像萝卜那样泥土气十足，像干草耙那样质朴平淡。

周建林听罢摇摇头，笑着说：“玉娟，你一向不主张‘以貌取人’，今天怎么说出这种话来？”

钱玉娟抿了一下嘴唇，没有作声。这种表情，是性格柔顺的女人常有的，表明她已准备放弃己见。

周建林像小偷下手一样敏捷地把握了这个瞬间，接着原先的话茬儿说：“北京大学的季羡林教授，你总该知道吧？他老人家因为时常穿一身灰不溜丢的中山装，戴一顶褐色毡帽，不少学生都把他当成看自行车的老头……”

那会儿，浮现在他脸上的笑容，像游鱼一样轻盈灵动。这是才高智深的人时常会有的表情。

钱玉娟听罢心头一振。

早在她读书期间，北京大学教授、著名学者季羡林，便时常在文坛舞墨、学界耍刀。在她的心目中，季老不唯学识宏富，而且独具天眼。季老的《谈人生》一书，她爱不释手，通读两遍。季老在书中平章政事，月旦人物，证之以后的历史，每每都被应验证实。通读过程中，她还曾把该书引用自《大学》的警句“苟日新，日日新，又日新”，作为自己的座右铭，激励自己不断进取，将来做一个有益于社会、有益于人民的人。再者，她从有关文章中得知，季老的长相“颇具唐诗的韵味”。想不到，就是这样一位相貌堂堂、学贯中西、著作等身的大学教授，也曾因为不修边幅而遭人小看。

她深感自己不该如此庸俗，并暗暗地憎恶自己以貌取人的低下动机。

第三章

傍晚，灰暗的天空把黄昏压得很低，一缕一缕微弱的亮光，被逼向道路两旁。星罗棋布的村舍炊烟袅袅，呈现出千年积淀的灰暗色彩。古老的大运河在一望无际的田野上舒展，波光粼粼的水面上偶有鱼儿打花。绿树掩映的河堤上，迎春花像金色的鞭子一样，一起一落地抽打着潮湿的空气。泊在岸边的乌篷小船，好似八大山人遗失的水墨画。

金永耕下了汽车，独自往家走。西南风肉乎乎地扑在脸上，他感到一种真真切切的舒坦。

进了村子西首的圩门，转脸一看，老田头家的俊俏媳妇正在门前生炉子。她微微弯着腰身，手持芭蕉扇对着炉门不紧不慢地扇风。俄尔浓烟飞升，火星迸溅。呛人的毋宁说醉人的烟火气，惹得他驻足观看，一如悲剧诗人克雷比庸在遥望壮阔的秋林。

快到家时，预感告诉他，由于自己回家晚了，老婆很可能把景阳冈老虎抓人的三个招式全都使上。

进了院门一看，杨月华正坐在洗脚桶旁边切猪草，准备喂猪。她身后不远处，自家的芦花公鸡头上鲜血淋漓，就差流出脑浆。不用说，它肯定是因为那种风流韵事，被邻居家的翻毛公鸡啄的。芦花公鸡因体形高大，素来有“鸡哥”之美誉。此时，它蹲在墙角旮旯里，嘴里咕咕有声，好似在悲愤地低吟：“壮志未酬头先破，此仇不报非鸡哥！”杨月华气呼呼的，看样子是在为她一手喂养的公鸡情场受挫打抱不平。要在往常，他准会径直走过去搭把手。那一天，因为喝酒并且喝高了，他一反常规，好似赵云突破曹军的重围，如入无人之境，大步走进卧室，倒头便睡。他的睡眠是令人羡慕的，只有那些既无痔疮和偏头痛，又不担心有小三或二奶找上门来大哭大闹的人，才能入睡这么快，睡得这么香。

不承想，杨月华如影随形，尾随而来。犹如金庸笔下身怀九阳神功的张无忌，她砰的一掌推开房门，两手叉腰，杏眼圆睁，那凶样子可真够人瞧的。

金永耕觉着事态严重，不由得心里发慌尻子发松，原先那种微醉之后潇洒自得的情趣、像羲皇上人一般悠闲安逸的神态，荡然无存。

据考证，在我国，惧内之风发端于中国古代四大刺客之一、刺杀吴王僚的专诸，恢张于明代哲学家王守仁，以及与之同时代的两位抗倭名将戚继光和任环，光大于有清一代、民国以至当今的衮衮诸公和芸芸众生。这些人在社会上威风凛凛、英姿勃勃，在老婆面前则和满地乱爬的蟑螂不差累黍。在这些家庭里，社会达尔文主义行不通，丛林法则和父权色彩更是荡然无存。

“你可别抱着葫芦不开瓢，三棍子打不出个闷屁来！我问你，今儿个，你风动火响地进城，跑了一整天，给儿子买的水枪呢？”杨月华朝前跨了一步，占领了南控床铺、北扼房门的战略要地，两道目光像是要把插翅难逃的金永耕钉在十字架上。她那冷冰冰狠巴巴的脸，好像银行里兑换回去，因为用旧了而不再流通的货币一般模糊。

“瞧你这副凶神恶煞的样子！”金永耕肚里的酒精终于被老婆带刺的话语点燃。他借酒发疯大声吼叫，一心要让听惯了软乎话的婆娘亮亮耳。他觉着，壮志不伸，枉为男人。

杨月华一听这话，嗓子眼里就蹿出了蓝色火苗，出言吐语如怒涛激浪：“你疯了？敢骂老娘！”接着，她像一个专业骂手那样口吐莲花，舌绽春雷，谤讪夫君的话语破堤裂岸、一泻千里。金永耕无可告救地被载浮，被翻转，被淹没。

骂到舌头发麻，她身子往前一探长喘了一口气，然后脸往上一仰倒抽了一口气。

“你就是耗子扛枪窝里狠！”金永耕从衣袋里掏出进城买水枪的钱，用蔫人逼急了才会有的粗鲁，重重地掷在地上：“我把城里的店面跑遍了，连水枪的影子也没见到，你叫我咋办？”

他的这种一反往昔、“重振夫纲”的革命行动，就像一个埋在地下受潮多年、哑然多年、早被人们认为“臭”掉了的炮弹的突然爆炸。这是唯一一块从他灵魂的河槽里冒出的棱角分明的礁石。自从他不幸娶了这位太太，多年来，他不知道什么叫“生活伴侣”，就像没喝过咖啡的人不知道什么叫咖啡伴侣一样。日常生活中，他忍气吞声地看脸色就算不错了，有时还要跪床脚哩。

“你是胯裆里长的卵子，不知道女人生伢子时家伙痛！”杨月华由攻势变为守势。突然而至的笑容把她绷得硬邦邦的脸撕成一朵花，让人能嗅到广玉兰最后层次的茶一般的芳香。

在夫妻俩的战争史上，她从没有过失败的记录。可是这会儿，她毅然决定就此收兵。出现这种突如其来的情况并不奇怪，当人们已经感觉到自己的力量时，便喜欢把自己打扮成一个好心人。

金永耕听罢哭笑不得。他知道，她这是在抱怨他不知道心疼人，让她在家里忙坏了。可一个妇道人家，怨气再大，也不能说这种话嘛！

“你们能不能不吵不嚷了？”金凤拉开房门，气呼呼地冲到他俩面前，那眼神可以说是从一堆乌云中露出来的闪电。

做父母的双双被女儿镇住了。那情景，犹如《遮天》里惊才绝艳的狠人大帝君临天下时，群神慑服、万灵俱寂，没有一个人敢于挑战，整个世界都匍匐在她脚下。

“吵，吵，吵，就知道吵！”金凤一边说，一边用力把她爸拉到饭桌旁的凳子旁边，打夯似的往下一按，或曰一掼。她吐出的七个字，在交响乐的伴奏中就是七声单调平直的定音鼓。

杨月华害怕遭到同样的惩罚，连忙在另一条凳子上坐下。她那小心翼翼的样子，就像生怕把凳子坐趴了似的。由于刚才和男人交锋时动了粗口，她不仅害怕，而且害羞。

“你们也不看看庄邻庄众，”金凤左手叉腰，右手的食指以父亲为起点、母亲为终点，慢慢地在虚空里画线，“男男女女，老老少少，有几个像你们？遇到事情，三句说不拢就吵架，闹得家里鸡飞狗跳、天昏地暗，你们还想不想让人活了？”

她像一杆枪，密集的子弹贴着父母的头皮呼啸而过，忒大的后坐力差点儿将她爸头顶上硕果仅存的几根头发连根拔起。

听着她脱口而出的话语，看着她指手画脚的样子，做父母的好像突然间不认识在自己眼皮底下长大的女儿了，越看越觉着女儿站在自己想象的尽头。两人目光炯炯地瞧着女儿，不亚于犹太人鉴别金刚钻。他们连做梦也想不到，女儿温婉恬静的性格里，藏匿着一种通常内敛、关键时刻奇峰突起的刚性烈度。

陌生感是幸福感的一个华美侧面。愣怔良久，两人收回黏在女儿身上的目光，你看着我我看着你，个个心里喜滋滋地难过——如果这两个词可以联系在一起的话。

金凤见他俩安静下来，自己也已说了该说的，便掉转身子，砰的一声关上房门，继续做作业去了。

先前交锋的两个人相视而笑，一改往常双峰对峙、二水分流的局面。

“这丫头，辣怪！”杨月华用责备和赞赏兼而有之的语气说。对金永耕而言，“辣怪”，这是他八辈子也想不出来、似懂非懂的一个词儿。于是他忍不住要笑，可在老婆的余威下，这笑在由心里抵达脸上的时候，就不像笑而像哭了。如果这时候有人说他惧内，也就是俗话说的怕老婆，除了比他更怕老婆的人，谁也不会反对。

殊不知，这里所说的“辣怪”，是她从娘家带来的土话，就是泼辣的意思。诸如此类的土话，是她出生地的终身证明。正如《墨子》一书中颇具韵味的鲁山方言，能证明我国古代的思想家、军事家、科学家、文学家墨子是鲁山人一样。

“是的哕！”金永耕向夫人发出一个好丈夫似的微笑，“不过呢，我觉着伢子说得蛮有道理的！”他一边说一边瞧着女儿所在的房间，把自己当作她的猎物那样，浑身都是放弃。

“都怪我不好！”杨月华抽了一下鼻子，眼里似乎有泪光一闪，这是她婚后破题儿第一遭认错。因为鼻子里没有什么违章建筑，她抽起来毫不费力，比老于世故的人看问题还要通透。

“依我看哪，今儿个，金凤这孩子着实是被我俩气坏了。要不然，她说啥也不会对大人（长辈）丢脸子！”金永耕仿佛揭去了眼中的翳子，突然发现自己错在哪里。

话音刚落，大约是由于擅长闪电战的蠓虫入侵，他的眼角旁溢出一滴泪，困厄而又抒情地向下蜿蜒。

杨月华赞同地点点头，甚至抬起手来，用衣袖给丈夫拭泪。她那蛾眉淑眼的样子，看上去就像在说：“我这是在你面前撒娇哩！”

金永耕顿时体会到一种安泰、更新和复活的快感，也许还带有一点点诗意。

为了表示自己赞同丈夫的论断，杨月华朝金凤的房间指了一下：“没错，这孩子，准是叫我俩气坏了！”

以往，不论遇着什么事，两人都尿不到一个壶里去。没想到，这回子，他俩在对待女儿“犯上作乱”的问题上，哪怕尿壶离得再远，也不成问题。

金永耕见天下太平，宇宙和合，便把自己在周建林家喝酒，以及周建林同意让自家一双儿女进城读书、在他家食宿的事儿，历历如数家珍地说了一遍。但自始至终，他没有提及自己在周建林家所受到的出乎意料的礼遇。这倒不是非隐瞒不可，也不是有什么目的要隐瞒，而是隐瞒本身吸引了他。

其实，由于乌纱帽太小，罩不住中学那块地盘，让金凤进城上初中一事，周建林并没有多大把握。但当时碍于金永耕的面子，只好答应想想办法，尽力而为。金永耕为了取悦老婆，便把还在天上飞的鸟、在水里游的鱼也说成是盘中菜了。

东南方向传来马打喷嚏的声音。杨月华知道，那是小吴庄杨老头喂养的一匹母马，快生骡子了，有一种要生杂种的兴奋。她生两个孩子的前前后后，都未曾有过这种兴奋。为此，她感到很自豪，腰板儿挺了又挺。

为了打探老婆对子女进城读书的态度，金永耕不惮烦琐，重提周建林答应让公丫头和金凤进城读书一事。

“周建林？周建林是什么人？”杨月华连声发问，目光如羽毛一般拂过丈夫胸中涌动与宁静的交界处。她宁愿相信她家的老母鸡能生下小熊猫或狗崽子，也决不相信天下有丈夫说的这等好事。

金永耕抬起右手在脸上抹了一把，抹去残留在面部的屈服于异性的徽记，挠挠头皮，笑模悠悠地回答道：“周建林是县城里实验小学校长，他妈是我老太的嫡堂侄孙女儿。”

“我的亲妈妈！”杨月华咧嘴一笑，“猪大肠绕桌腿，九曲十八弯，这是哪门子亲？再说，我嫁给你这么多年，从一掐水一冒的细妹子变成烀不熟煮不烂的老妈子，几时见他上过门？”杨月华过谦了，她压根儿没有这么老。金永耕倘若是小心眼儿，也就是说，他如果是双鱼座、巨蟹座或狮子座，对她说这话的动机大可存疑。

女菩萨的这番话，犹如荒村叩荆、试问野人一般平和随意，实质上犹如合金铸剑，别有锋芒。

“这门亲远是远了点儿，两家人走动的次数也不多；但让公丫头进城读书的事儿，当真是他红口白牙对我说的嘛！”金永耕低声下气、慢条斯理地说，并像赠送礼物似的送给她一个微笑。

女菩萨一脸疑云。

为了博得红颜一笑，他很想更大幅度地放下架子，苟作谀辞，可一时又不知从何说起：说她“美若天仙”吧，分明言过其实；说她“不偷鸡摸狗”吧，评价又太低；说她“不偷汉子”吧，有可能接近事实，但没准会被她掌嘴……他一时不知怎么说才好，情急之中，只得朝先前的话槽里倒水：“我俩结婚后，周建林到我家来过两次，恰巧你都回娘家了。他每次都说，见不到你就浑身出汗……”

他没有拜过孔夫子，以至于把对方喝酒喝高了时说的“深为遗憾”，听成了“浑身出汗”，这会儿适时用上，虽说有点儿搞笑，但却更能打动人心。几句话词淡如水，杨月华却觉着味浓如酎。

尽管金永耕弭患及时，杨月华对周家愿意让公丫头进城读书一事，仍旧将信将疑。这是因为，在她的潜意识里，亲戚就像舌头一样，是世界上最好的东西，也是世界上最坏的东西。

愣怔良久，她耐着性子说："公丫头进城读书，哪能像剪烛花、剔牙缝那么容易？城里楼上楼下黑压压的人家，有几家愿意让亲戚家的小孩住在家里？别说远亲，亲兄妹又怎样？去年，小李庄的李春梅，起早带晚地朝城里跑，鞋子跑破几双，想让孩子吃、住在他哥哥家，并说一准按时送去生活费。一连几天，李春梅费的唾沫星子，和泥盖房都够用了。到后来，她哥哥同意了，可她嫂子……"言犹未了，她眯起眼睛，仿佛不愿看到生活的全貌。

金永耕咽了一口唾沫，脸上带着庄重的神情，点点头说："这事儿我也听说过。可一事归一事，一码归一码，周建林确实亲口对我说的嘛！"

谎话说三遍，尚且能让人信以为真，何况他三遍说的大体上都是真话呢！

在丈夫的说教下，杨月华素养渐深，事理渐达。她深深地吸了一口气，暗自欣喜，就像一个被流放的犯人重新见到了祖国一样。

只有才华绝代的拉斐尔，才能用画笔准确地勾勒出彼时彼地她那稍纵即逝的愉悦表情。

未雨绸缪是女人的天性，正如护崽是大多数雌性动物的天性。确信丈夫的话真实不假后，杨月华开始考虑新的问题，就像一个剧作家在酝酿一场喜剧一样：公丫头进城读书，由谁去陪读？

其实，事情明摆着：杨月华自己去呗！

两人意见统一后，金永耕提醒说，那你得赶紧学骑自行车，周建林家离实小比较远，接送伢子上学，总不能光靠两条腿吧！

"学！是得学！"杨月华用力点点头，表示自己学骑车的决心很大。如果有一个更为广阔的舞台，这样的决心将会具有不朽的意义。

稍停，她又接着说："我娘家有一辆旧自行车，隔天我叫金凤他舅送来！”

“好！好！好！”金永耕像喜奶奶似的连声说好，“有了自行车，我就帮你学，不愁学不会！”

两天后，金凤的舅舅果真送来一辆半成新的飞鸽牌自行车。

那年头，自行车可是个稀罕物。在人们的印象中，绝不亚于十多年后十几万元的小轿车。

为了表示谢意，杨月华赶街上集，买这买那，回家后争分夺秒地忙了半天，置办了一桌像模像样、花了老鼻子钱的饭菜。要是这位小老弟往后每隔十天半月来一次，她家准得宣告破产。庄邻庄众见了，以为她家有什么喜事，私下里叽叽喳喳地议论，有几户还张罗着准备出份子钱。

杨月华向来看重娘家人。这差不多是女人的天性，古往今来，从村妇到皇后，大多如此。比如汉高祖刘邦去世之后，吕后临朝称制，随即大肆重用吕氏族人，市井庸愚，照样沐猴而冠。外戚势力作为一支重要的、腐朽的政治力量，贯穿了汉朝的历史，成为一种挥之不去的魔咒。较之吕后，两人同为女人，但杨月华只是想让很少登门的胞弟吃好喝好，实在无可厚非。更何况，人家还送来一辆名牌自行车呢！

午饭开局不久，杨月华轻手轻脚地从厨房里端来一盘黄亮亮的清蒸大肥蟹。那情景，就像蹩脚影院突然有大红大紫的名角登场，让人惊得差点儿叫出声来！

金永耕一脸堆笑，左手握着开了盖的酒瓶杵在桌面上，忙着给客人斟酒。他的右手也没闲着，不时地举箸让菜。酒是好酒，一瓶珍藏多年的泸州老窖。他一杯接一杯地陪，一杯接一杯地敬。

小舅子生来好这一口，第九杯也许是第十杯酒下肚，他打心眼里觉着，姐姐哪怕傍上大官或大款，也不如嫁给眼前这个人。

学骑自行车，通常要先学“趟车”。所谓“趟车”，就是两手握住车把，左脚踩在脚踏上，右脚着地并用力后蹬。这样，学骑车的人便能脚不着地随车向前。“趟车”有了一定的基础，可把右腿跨过车杠，屁股坐到坐垫上，右脚踩着另一侧的脚踏，双手握住龙头，两脚轮流蹬“脚踏”，如能保持平稳，并经常练习上、下车，便离“大功告成”的目标不远了。

杨月华学“趟车”倒是没花多少工夫，待到骑着行走时，却时常摔跤，有几次还摔得很重，鼻子虽未“青”，脸却分明地“肿”了。更有甚者，有一天傍晚，她甚至跌得口角流血。

夫人血洒疆场，金永耕心疼不轻。为了避免悲剧再度上演，他灵机一动，找了一根长长的木棍。那木棍中间部位好似一块砧板，两端的木棍微微上翘。金永耕又翻箱倒柜地找来一根筷子粗的麻绳，把“砧板”牢牢地绑在自行车的后架上。杨月华学骑车时，他用力适度地扶着车后架，尽量使车体保持平衡；万一失去平衡，无论向哪一边倾倒，先着地的木棍都能在自行车倾斜到一定角度时支撑住，学骑车的人即便摔跤，也不至于摔得过重。

一天傍晚，西下的夕阳给村前的小河装上一抹胭脂的薄媚，天空飘浮着奇异的珍珠母似的彩云。金永耕摆出一副新近刚刚养成的教练派头，领着老婆到村子西边一条南北走向的水泥路上学骑车，就像博士生导师带领学生参加生产实习和社会实践。

不一会儿，放晚学的金凤背着书包，跳跳蹦蹦地迎面走来。到了跟前，她放下书包，走到母亲身边拍着车龙头说：“妈，给我骑骑瞧！”

“瞎说啥呀！”老两口不约而同地诧异道，“你啥时候学过骑自行车？”

“我这就学嘛！”

“学骑车，哪有你想的那么轻巧？”

“我学学瞧嘛！”

“疯丫头，”杨月华没奈何，只好把自行车交给女儿，“当心，可别把腿跌断了！”

金永耕瞪了老婆一眼。那意思是：你没长脑子还是怎么的，怎能把车子交给一个不懂事的伢子？

金凤放下书包，风风火火地推着自行车，沿着河堤上的土路往南走。金永耕连忙一溜小跑地赶上去，两手笨拙地扶着车后架。金凤感觉自行车像硬头驴子一样不听使唤，连忙转脸朝身后瞥一眼。看到实情后，她一迭连声、有点不耐烦地说：“爸，不用扶！不用扶！”

“不用就不用！”金永耕见女儿这么拗，气不打一处来。他想，学骑车是闹着玩儿的吗？不要我扶，待会儿跌得鼻青脸肿，只怕你哭都哭不出个调调来！

金凤不管不顾，开始趟车。起初歪歪扭扭，踉踉跄跄，稍后也就好多了。趟了没多远，前面的路上有一个凹槽，金凤不敢造次，推着自行车走了过去。过了凹槽后，她又开始趟车。趟着趟着，她径自抬起右腿跨过车杠，屁股坐到坐垫上，歪歪扭扭地骑了起来。老两口都捏着一把汗，引颈而望。金凤那一连串的动作是流淌的波纹，中间没有一丝断裂。一个好动而动作敏捷、靓丽的青春躯体，成了一股疼痛让做父母的险些儿发出呻吟。

时间一分一秒地过去，骑着自行车的女儿，渐渐变成了一个小黑点儿。

过了好久，小黑点越来越大，越来越大；渐渐地，能看出女儿的轮廓；又过了一会儿，终于能看清女儿的脸。

女儿越骑越快，越骑越快。过了凹槽上坡时，她俯下腰身，后车架两边向上翘起的木棍，如同凤凰张开的两翼。看上去，女儿好似一只展翅飞翔的雏凤！

到了跟前，金凤跳下车。架好车子后，她一手拍着车坐垫，一手抹着脸上的汗水说：“爸！妈！你们学吧！我要回家做作业了！”

说完，她接过妈妈递过来的书包，跳跳蹦蹦地走了。

庄上一位路过这儿的王老奶奶，正好看到了刚才那一幕。她手搭凉棚望着金凤的背影，然后朝杨月华掉转脸，诧异道：“你家金凤啥时候学会骑车的？”

“学？”杨月华心里的喜悦再也兜不住了，红粉粉地飘在双颊上，“自打出了娘胎，她连自行车把儿也没摸过！”

“金凤，金凤！”王老奶奶听罢，用左手的食指和中指点着右掌心，乐呵呵地笑着说，“你家这丫头，百里挑一，果真是一只金凤凰！”

有人夸赞女儿，杨月华心里挺受用！——一直以来，是她以慈祥的母亲、崇高的女性和固执的老太太的三重关心，精心着意地抚养着金凤。

王老奶奶走后，老两口重操旧业。

杨月华有了一定的基础，加之有了女儿作参照，心里充溢着菜鸟式的兴奋，骑车的速度比以往快得多。

骑着骑着，她像一只用时间焐熟的水果，慢慢变得老练起来。不料快到路面上的凹槽时，她突然心慌意乱、六神无主，车龙头摇来晃去地不听使唤，如同春秋战国后期，诸侯王拥兵自重不听周天子的号令。

金永耕连忙追上去，使尽吃奶力气稳住车后架，可是为时已晚，两口子连人带车摔到路旁干涸的深沟里！更为要命的是，那深沟里躺着一根多年弃置不用的电线杆，从高处摔下的自行车，刚好与电线杆相撞，发出震耳的声响、耀眼的火花。

夫妻俩惊魂甫定，想爬起来看个究竟。哪知道，谁也无法爬起来了。原来，老天爷依照“男左女右”的成例，让他俩的股骨同时跌断了。

可怜的两口子并排儿躺着，犹如四海之在天地之间，礨空之在大泽中，微乎其微，很难被人发现。夫妻俩意识到这一点，两颗心被可怕的绝望攫住了，眼神比倒台的内阁还要凄凉。

俗话说得好：“不该死就会遇救星。”约莫过了一支烟工夫，传来马达由远而近的轰鸣声。夫妻俩仿佛败将听到了援军的号角，苦涩而又会心地一笑，真如“如来拈花，迦叶微笑”，“心有灵犀一点通”了。

轰鸣声由远及近。一个开手扶拖拉机的中年汉子停下来，径自走到他俩身边。中年汉子长得高高气气，穿戴得周周正正。他问明情况后，一个子儿没要，冒着“惹祸上身”的风险把两个落难人送回家。

中年汉子走后，他俩一如所有遭遇不幸的人，在内心深处认同了施恩受恩的动人盟约——其中头一条就是，一切伟大的心灵完全平等；而维系施受双方的善举，是跟真正的爱情一样绝无仅有、常人难以理解的天国激情。

金永耕夫妇当中倘有一人具备三毛或琼瑶那样的才情，事后一定会用塔列朗式的精彩句子感恩戴德。

按照伤势的严重程度，他俩应该住院治疗。可夫妻俩既舍不得花费，又花费不起。所好的是，苏集镇有一个姓邱的专治跌打损伤的民间医生，他家摊制的膏药远近闻名，别说附近县、市，就连外省都时常有人专程到他家，替伤筋断骨的家庭成员或亲友“摊”膏药。金永耕夫妇“出事”后，立马达成共识：叫女儿金凤到邱家去，多“摊”几张“接骨丹”膏药。

就这样，他俩一张接一张，连续贴了三个多月，两人的股骨终于“接”好了。美中不足的是，由于邱医生没有 X 光等先进的医疗设备，只凭手感接骨头，结果股骨的断面“不对榫”，两人都变成了瘸子。他俩一个左腿瘸，一个右腿瘸，一前一后或一左一右行走时，让人看了心里酸酸的。

这一来，金凤的奶奶失去了精神支柱，加之本来就体弱多病，身子骨一天不如一天，城池一座一座失守，守军一节一节败退，脸皮焦黄，两颊凹陷，目光游移，眼神放空，干巴打皱的嘴唇，除了吃药和吃饭，一天到晚老是抿得紧紧的。卧床时间长了，背上的褥疮数不胜数，布局严谨而又变幻莫测，血淋淋像侦探小说里谋杀案的线索。夕阳向晚，一至于斯！

几个月后，老人家安详辞世。正如窗外的花儿，开也优雅，落也从容。

老人去世后，晚辈及众亲广戚虽未“叩心绝气，行号巷哭”，丧事办得也还算风光。

乔老先生得知金永耕家老丧少残的遭遇后，逢人便大谈特谈一家、一地方乃至一国，“其兴也勃焉，其亡也忽焉”的“兴亡周期率”。

金凤的奶奶去世不到一个月，也就是“六七”尚未过，周建林让人给金永耕夫妇捎来口信，大概意思是，小孩进城上实小幼儿园，届时要进行简单的入学考试，希望家长早做准备。

夫妻俩得知消息后，首先想到的是，要给公丫头提供一个良好的学习环境。单从对环境的重视程度便不难看出，他俩虽说是一介村夫、村妇，但是对马克思主义哲学的理解，不见得比读过大部头哲学著作的人差到哪儿去，因为马克思说过：“人创造环境，同样环境也创造人。”

他家宅基宽敞。堂屋正门的左侧是一个长方形的菜园，四周围着一个正对窗户的篱笆。每逢刮风下雨，窗户就是雨的小鼓，篱笆就是风的排箫。门的右侧有一棵梧桐树，其形如高帆摇曳，主干粗壮、笔直，树冠庞大无比，枝繁叶茂，像一桩错综复杂的事件；树根疙里疙瘩，盘绕横卧，蜿蜒蛇行，好似呼延灼横扫千军的水磨八棱钢鞭。一家人对它的感情很深，有如陶渊明之于宅边五柳，冯友兰之于堂前三松。按理说，这是一个读书的好地方，“阅世长松下，读书秋树根”。可是，让人为难的是，每天傍晚，野地里好像有一位神秘的巨人，用一把硕大无比的木锨，老农扬场似的，一锨接一锨地把无数腰芒状的麻雀扬上天。此后，它们便沿着一条无形的抛物线争先恐后地朝梧桐树方向飞行。等到抛物线下行到令人担心它们会摔到地上时，好像有另外一位早就守候在那儿的巨人，用同样的方法把它们扬上天。于是，它们又沿着新的无形的抛物线继续向前飞行……如是再三。落到梧桐丫杈上后，它们便像老友聚会一般叽叽喳喳地叫个不停，大人听了都心烦，孩子怎能安心学习？苏东坡“赏心十六事”的第八件事是“飞来佳禽自语”，盖因他是“出入儒释，而得禅风习习”的诗人而不是常人，更不是为了应对名目繁多的考试、需要静下心来读书的小孩。更何况，麻雀曾被一位伟人钦定为“四害”之一，并像打鬼子那样举全国之力消灭之。由于它们擅长忽聚忽散、来去无踪的“麻雀战”以及具有“子孙绵绵不绝”超强的繁殖力，这才幸免全军覆没。时隔多年，虽有明君为对方营垒中的阵亡将士和幸存者平反昭雪、恢复名誉；但麻雀总归是麻雀，别的不说，单说它那灰不溜丢的羽毛、五音不全的叫声，也很难称得上是“佳禽”呢。

为了排除麻雀的干扰，让家中能放下一张安静的书桌，老两口准备用猎枪打或者下毒饵。

消息传出后，一位辞迈翰林、经常盱衡国是的老者，特意登门对金永耕说，使不得！万万使不得！麻雀早已“鞋帮改帽檐，陡升三级”，由原先“四害”（老鼠、麻雀、苍蝇、蚊虫）中的老二变成了国家二级保护动物；你们要是这么胡来，没准要坐班房！

金永耕像音乐爱好者听到一个走调的音那样，蹙了一下眉头，不以为然地说，至于吗？

他说话的时候，颇像条汉子，大有“鼎镬置之于前，武士环之于后”而色不变的气概！

老者见状，一屁股坐在门旁的一张方凳上，抬起右腿高高地架在左腿上，十指穿插，两个巴掌呈伞状按在膝盖上，然后把脑袋偏向一旁，脸上露出一种鄙夷的表情。这种表情，因为可以被人看出，他认为自己有责任把它掩饰起来，结果弄巧成拙，变得越发咄咄逼人了。

金永耕看出他是生气了，连忙赔笑脸，是那种浓稠得能贴春联的笑。

老者见对方识相，这么快就推盘认输，也勉强一笑，然后深长地叹了一口气，并把面部表情切换成原来的样子，接着先前的话题，轻咳一声，说此前不久，百里之外有一对年轻夫妻，由于贪恋床笫之欢，时隔不久，女的倒是没什么，男的成天觉着腰酸背疼，昏昏沉沉，以致赶集时因打盹撞到路旁的树干上，磕掉了两颗门牙。到了这地步，为了补肾，他不得不按照一位民间医生的指点捕食麻雀。不承想，他因为捕麻雀被派出所关了十多天禁闭，并且罚款一千元。

金永耕听了，暗自一惊，只觉得如醍醐灌顶、佛陀棒喝！

但是，为了不让对方看出自己前后“判若两人”，他仍戴着一副“无所谓”的面具，用一种戏谑的口吻说：“听着听着，我就知道这家伙没有好果子吃！”他显出一副机灵的傻相，如果可以把这两个词连用在一起的话。

这话他倒是说对了。可不是吗！这确实不是一个好果子！对于一个寻常人家，如此高昂的代价，简直不亚于春秋时代晋献公和骊姬“一晌贪欢”造成的五世之乱。

老者本想继续说下去，不料忽觉脘腹饱胀，这才打住。要不是“贵体违和”，天晓得他在雄辩的大海中荡舟，什么时候才肯上岸。

金永耕夫妇听罢，长了见识，知道麻雀今非昔比，只好另想办法。什么办法呢？总不能把它们捉住了一只只系在胡子上吧！

他俩左思右想，定下一个总原则：变捕杀为驱赶。为此，每有麻雀光临，两人便站在树下大声吆喝，朝树上扔泥疙瘩、碎砖烂瓦……结果收效甚微。不唯如此，有时连人身安全都难以保证。农历十三那天，东山月出，西轩日晚，麻雀以大兵团作战的态势，采用阵地战而非麻雀战，全方位地占领梧桐庞大的树冠。金永耕夫妇联手奋起反击，发起一场声势浩大的梧桐保卫战。他俩像飞镖投掷高手那样，接二连三地朝梧桐树上扔瓦片。奋战犹酣，冷不防一块瓦片杀了个回马枪，腾地一下从树干上反弹回来，冲锋在前的女将杨月华额部挂彩，血染沙场。所幸她颜值不高，并无“暴跌”之虞。

多种方法难以奏效，夫妻俩急得像陀螺一样团团转。

后来，他俩灵机一动，采取“敲山震虎”的方法，效果很好。具体办法是：每人手持一根短棍，使劲敲打树干。树干震动，波及树冠，犹如挖出一个贪官带出一窝，从而惊飞众多麻雀。

一天傍晚，瓦蓝瓦蓝的天空没有一丝云彩。“小诸葛”黄天智路过他家门前。其时，他家院门的左边，蹾着一个马桶，一大一小两个马桶盖子架在一旁晾晒。金永耕夫妇像往常一样，两人等距离地站在梧桐的两侧，各自手持一根短棍，仰面朝天，一瘸一拐地相向而行。到了树下，便抡起棍子，你一棍我一棍地左右开弓，使劲敲打梧桐的主干。落在树冠上的麻雀受到惊吓，叽叽喳喳地纷纷飞走。

见此情景，黄天智思接千载，神游万仞，当即口占古风两首。

其一

两个瘸子敲梧桐，一行麻雀上晴空。
窗含村前香石竹，门泊敞口臭马桶。

其二

只为陪读学骑车，夫妻双双跌断腿。
静夜抚股不成眠，难忘当年草上飞。

尊重、保护残疾人的生存权利，是中华民族的优良传统。据《史记·平原君列传》记载，有一次，一个瘸子到平原君家楼下不远处的井上挑水，走路歪歪扭扭，像在跳探戈。平原君的美妾见了，忍不住哈哈大笑。那个瘸子上门向平原君告状，说他的小妾讥笑残疾人。平原君一怒之下杀了爱妾，并亲自登门把她的首级献给那个瘸子。

如果平原君再世，黄天智大约早就要脑袋搬家了。

第四章

杨月华的生活智慧海一般宽广。灾难来临时，不经人世的金凤随手从中打捞一点儿，便足以当家过日子。眼下，父母早早晚晚、家前屋后蹬巴蹬巴地跛行，她看在眼里，急在心里。思来想去，她决定辍学，进城陪读。做了这样的决定后，她的眼泪夺眶而出，犹如献给家庭圣坛的两炷香。

她知道，自己正置身于人生的分水岭：一边天高地阔，十里杨柳，十里桃花；一边山高水远，一片灰暗，一片迷茫。

斗转星移，她变得沉默寡言。

一天吃晚饭时，月亮的清辉给建筑物的凸出部分镶了边，乡村的夜晚如同一首希腊梦幻曲那样优美。

想起女儿这些日子经常闷声不响，杨月华竟然像李清照那样对月伤怀，目光笼罩着一抹愁云。她问女儿："丫头，这些日子，你是咋的了？"

金凤脱口而出："我想进城去陪读！"

她爸她妈听罢吃了一惊，脸上挂着厚厚的失望，差不多同时讶然反问："你说啥？"

他俩有所不知，女孩子大多都是这样，平日里遇到事情藏着捂着，一露就是一个峥嵘。

金凤把先前的话又说了一遍。

她爸她妈越听越糊涂，异口同声地责问："你去陪读？你自己不是也在读书吗？"

她回答说："我不想再读了！"

"闺女，你别瞎说！"金永耕脸色陡然变了。女儿的话，好似一块砖头拍在他的脑门上。

"我没瞎说，"金凤看着她爸，"我想了好久了！"

"金凤，你为啥不念了？谁让你不念了？"杨月华接二连三地问。她有点像法院开庭时的律师翻阅法律条文，寻找法律漏洞。

金凤没有作声。她觉着该说的都已经说过了。

金永耕摸摸胡子拉碴的下巴颏儿："金凤，你才吃过几粒盐疙瘩？蚂蚱还没扎齐膀子，你懂个啥呀？何家坞何正宾家的大儿子，读书读了十多年，如今还在读，听说明年还要去'烤盐'（考研）；你才读到初中一年级，同人家比起来，你读书才开了个头儿，咋就不想再读了？你倒是……"

没等老爸把话说完，金凤便倏地掉转脸来，说话声像静夜里的一颗流星，绚丽而又急促："农村中学的教学质量差，大多数学生连高中都考不上；就算考上高中，也只有百里挑一的学生能上大学。弟弟这次要是失去进城读书的机会，将来十有八九上不了大学！"她小小年纪，竟然像弗洛伊德所说的那样，"没有本我、自我和超我，她是原欲的具体体现"。

说到这里，她的眼角旁边悬着一滴泪。她自己何尝没有上大学的梦想？梦想是一块执着燃烧的火炭，它是在天上赶路的流星遗失的坠陨，窝在心里灼烧每个有梦的胸膛。不幸的是，金凤的梦想被家里的现状打破了！

"金凤，我和你妈正在想办法，让你们姐弟俩一块儿进城读书！"金永耕右手托着下巴，肘关节抵在桌面上，面部表情就像资深的思想家。

金凤说："爸，我和弟弟一起到城里的亲戚家吃、住，人家忙得过来吗？再说，进城读书要好多钱，我家能'供应'得起吗？"

"你别担心，家里就是砸锅卖铁，也要给你姐弟俩把钱准备好！"金永耕用右手的大拇指和食指捏捏鼻头，两个指头顿觉油腻腻的，这让他恍恍惚惚地觉着自己富得流油，于是连忙信心满满地重复一句："你别担心！"

金凤轻咬下唇，狐疑地看着他。

金凤的怀疑是有道理的。农村里的小家小户让一双儿女进城读书，好比铁桶里放炮仗——空响（想）！

金永耕嘴上这么说，等到“油腻感”消失后，他又成了“低保户”。他觉着，女儿的话说得地道，说到了根子上。自家家底薄，日常萝卜菜瓜地糊口还能将就，供两个孩子进城读书，可就吃劲了。再就是，周建林是小学校长，碰头照面的大多是小学的老师和领导，叫人家替读初中的金凤转学，恐怕也就如同赶鸭子上架。

杨月华知道，女儿金凤说的是实情话。可真的要做出决定，让女儿退学，她还是不忍心。

金凤这孩子，懂事实在太早了！

夫妻俩你望着我，我望着你，默默无语，好像两位同一流派的哲学家在整理胸中哲思。

墙角旮旯里有一只花脚蚊子在飞舞、吟唱，仿佛它不是在伺机噬血，而是在想方设法打开一家人的思路。多好的蚊子，你莫不是变成蜜蜂了吧？

良久，金永耕在心里开导自己：咱村没念书的女娃多着呢！

杨月华在心里安慰自己：金凤要退学，那就让她退吧，反正我没逼着她！

两天后，女儿旧话重提。父母一并就坡下驴，点头同意了。

星期一下午，金凤到学校向老师和同学告别。

如此品学兼优的学生退学，犹如青天飞霹雳，整个校园掀起一股巨大的冲击波。

金凤的班主任是位年轻的女老师，姓方，叫方玉萍。对金凤而言，她既是老师，又像大姐。得知金凤要退学进城陪读，她用愤愤不平的语气说，金凤，你的父母咋就对你这么不负责任？难道他们自己不能进城去陪读吗？要知道，再过几年，你就是一个正南齐北的大学生了！

金凤说了自己的父母为了进城陪读学骑自行车，双双跌断了腿的事儿后，方老师深长地叹息一声，语调低沉、痛心疾首地说，这真是城门失火，殃及池鱼啊！

暑假过后，金永耕像征伐开疆的主帅，带着老婆和一双儿女，进城“投靠”远房亲戚周建林。其时，金永耕涌动着一腔豪情。这是因为，他曾不止一次地在街头巷尾听过说书人“摆古”，深知名将出征时的情景。那是一个多么激动人心的时刻，亮甲怒马，旌旗飘扬，成千上万的人听从自己的号令，大漠挥刀，所向无敌！

与此同时，他又有点儿怯阵。带人打仗是很容易的，正如俗话所说，是骡子是马牵出来遛一遛就得了；问题是，能像白起、韩信那样保证每战必胜的“战神”太少了！

金凤跟随父母来到了村口。抬眼一看，但见柳荫垂碧，小草涌绿。一条两旁长满野花的小路，弯弯曲曲地伸向远方。童年时代，她时常和小伙伴们一道，在这儿挖野菜、打猪草。休息时，大伙儿便三五成群地围在一起做游戏：跳城、斗鸡、抬花轿、接龙、打梭子……

如今，往事如同隔着一层毛玻璃，朦朦胧胧地难以触及。她突然想起一位作家对乡情的了悟：我们感怀的从来不是真正的故乡，而是在故乡里流淌的童年和青春！

由于途中堵车，汽车开了两个多小时才进城。路过街心广场时，因了人多拥挤，他们乘坐的汽车又一次停了下来。其时，广场上空，黄灿灿的穹隆好像一口铜钟，空旷得犹如一个荒唐的梦境。广场中央的花圃里，盛开的各式花朵壮丽交杂，成了街市中令人心醉的点缀。

几经磨难，汽车总算到站了。一家四口下了汽车，转乘市内公交车来到周建林家。

寒暄过后，金永耕对周建林说，他的女儿金凤是来陪读的；姐弟俩年龄都还小，只给一张床就得了。他俩的口粮，保证按时送来。

周建林听罢十分诧异。这是因为，上一次金永耕来他家时，曾经拜托自己给金凤转学。想到这里，他问金永耕：“你说什么？叫金凤来陪读？她本人不是也在上学吗？”

杨月华抢着回答：“是呀！在家读到初中一年级了。本想请你替她转学，她说弟弟年龄小，得有人陪读。原本是该由我来陪读的，可是……”

金永耕——一个原本“讷于言”的庄稼汉，见孩他妈喃喃讷讷，觉着脸皮子有些挂不住。于是，他一反常态，有如神助，用《明朝那些事儿》的手法、近乎流畅的语言，讲述了新近发生在“家中的那些事儿”。他说，为了让杨月华进城陪读，他教她学骑自行车。可是，人算不如天算，“买个铜勺饶个柄”，学骑车时一头栽下深沟，夫妻俩的腿都跌断了！……事后，两人都成了瘸子。女儿金凤见船到浅滩，不顾父母劝阻，决定自己退学，进城陪读。也不知祖上积了什么德，过了不久，我俩的腿被一位民间医生硬生生地“拿”直了，不瘸不拐了。我和老伴儿叫她复学，可她担心父母旧伤复发，怎么也不答应！……

此时，金凤正站在妈妈身边。看上去，她与妈妈既有一目了然的血缘关系，又有另一个新生命的迷人风采。

周建林爱莫能助，搓着两手说：“你家的女孩这么漂亮，听说成绩也很好，如今辍学陪读，真是煮……”他想用成语“煮鹤焚琴”来表述，后又觉着不太准确，自己一时又想不出一种通俗的说法，便没有把话说全。

金永耕听到周建林的话语中冒出一个“煮”字，以为他不好意思当面锣对面鼓地把话说完，连忙接口说：“你放心，烧呀煮的，我家金凤早就会了！”

其时，钱玉娟因为去卫生间，没有在场，未及以家庭主妇的身份发表评论。这真是中国女权运动史上的一件憾事。

周建林爱怜地看了金凤一眼。自打金永耕言及他想让金凤转学到城里读书后，他曾东奔西跑找门路，终因中学的门槛太高，未能办妥。但他怎么也没有想到，金凤已经退学了。

金凤比弟弟大八岁，眼见得就满十三岁了，按照古人的说法，已是“豆蔻年华”。这是一个让人眼睛发亮的女孩，清丽得像一首可人的小诗；难怪周建林在为她惋惜的同时，又那么疼爱她呢！

那天刚好是星期天，周建林的儿子周新龙、女儿周倩倩都在家。

为着给金永耕全家人接风洗尘，周建林与钱玉娟一合计，在桃园酒家摆了一桌。在这个酒家林立的县城里，桃园酒家首屈一指。不仅环境幽雅，价格公道；更为重要的是，二十多年来，在蟠空缭隙的火光和油烟的熏陶下，该酒家的刘师傅在看似枯燥、刻板的工作中追求嬗变，逐步形成了形式与内容、食用与实用相统一的执厨风格，以及恢宏大气、自然古朴、新意盎然的菜式品位，颇得明代人韩奕所撰食经之作《易牙遗意》之“遗意”。特别是他做的软脰长鱼，独出手眼，色、香、味、形都很上水平，几臻化境，顾客莫不视如拱璧。有人说，刘师傅做这道特色菜的秘诀在于善用作料。信哉斯言！恰到好处的作料，犹如旺火里的干柴、手枪里的撞针，能把那些沉睡在食材里的精气神儿，一股脑儿唤醒并挤对出来。

或许正是因为有了软脰长鱼这道特色菜，桃园酒家才得以“木秀于林”，在县城的酒店之林中崭露头角。

中午，宾主两家人准时来到这个酒家的梅花厅。

这是一个颇为宽敞的近乎正方形的单间，装潢考究，美轮美奂。由于这个单间所在的楼层较高，凭窗望去，但见高楼林立，远山苍翠。环视室内，沿墙摆放的红木茶几，垫着褐色地毯、紫檀木的太师椅，饰以古色古香的图案。正面墙上一块长方形的玻璃框内，镶嵌着书法名家费新我的左笔中堂：

春有百花秋有月，夏有凉风冬有雪。
若无闲事挂心头，便是人间好时节。

从书法角度看，中堂笔力雄赡，气势古淡，颇有唐代书法家褚遂良《阴符经》的韵味。

钱玉娟依稀记得，这是宋代禅宗无门禅师写的一首诗偈。她觉着，这首诗偈拙朴典雅，字里行间隐含着一种淡泊名利、物我两忘的禅机，迥异于关山阻隔、人各一方的感伤，时移岁迁、人生几何的喟叹，月夜雨夕吟哦玩味，可以荡涤尘胸，洗去污浊之气。然而，在如今这个既精彩刺激也急功近利的大时代，人们焦急又亢奋、忙碌又疲惫，很难“偷得浮生半日闲”，每每忽略了自然的四季、内心的风景和生活的本来面目。如今，懂得并追求无门禅师所倡导的这种精神享受的人，实在太少，太少！

中堂左侧的墙壁上，悬挂着一幅气派非凡的山水画。画面上，连绵不绝的山脉，涵纳了苍天古木，收容了小花小草。半山腰一块暗红色的岩石上，红蓝相间的纹理勾勒出阿拉伯式的装饰图案，气势雄伟，风格粗犷，好像是蛮荒时代的艺术家为海王后妃的浴室所画的壁画。

金凤站在画前正看得出神，忽觉有人拍拍她的肩膀。转脸一看，同来的人已经围桌而坐，并用各不相同的神态朝她微笑着。她带着几分不舍和眷恋，跟随母亲一起入席。

两家共八人，四个大人，四个孩子。周新龙十六岁，因为上学早，已经读高一；周倩倩比金凤大两个月，十三岁，和金凤一样，也读初一。只有公丫头是个小不点儿，五岁。

虽说是第一次见面，两家的孩子都像秦叔宝和单雄信那样一见如故。过了不久，随着筵席气氛的不断融洽和高涨，他们很快便亲如一娘所生了！——这是后话，但提前说出来也不会有谁见怪。

筵席上的菜肴丰盛但不奢华。虽不是山珍海味，却也不是萝卜菜瓜。先是四个凉拼：虾米菱白、芥末鸭掌、甜食青梅、冻粉鸡丝；接着是六个热菜：软脰长鱼、酸辣海双味、干贝烧鱼翅、清炒虾球、香菇炒腰花、锡包鳕鱼；点心是芝麻薄脆、麻油茶馓、荠菜水饺、火腿粽子。真可谓荤素兼备，凉热无缺。白酒是主人家自带的五粮液，那是周建林的外甥春节前送的“年礼”；甜酒为长城干红；孩子们喝的则是高钙牛奶。餐具不仅精致，摆放得也愣是讲究：碗下有碟，碟旁有酒杯；筷下摆筷托，托下放餐巾纸……看上去光怪陆离，斑驳漫漶。

金永耕见了这阵势，吃惊不小，就像一头已经习惯于戈壁漫步的骆驼，突然被牵到了灯火辉煌、乐声震天的豪华溜冰场上。

他看着满桌菜肴，嗅着弥漫在空气中的河南小磨麻油似的清香，一时像失了“通灵宝玉”的宝二爷一般直犯迷瞪：我的乖乖！这塌山的酒、菜，得花老鼻子钱哩！

周建林说了几句开场白，筵宴便在欢快而又略带拘谨的气氛中开始了。

金永耕和杨月华初次见到这种吃饭的阵仗，尽管饿得肚子前膛贴后腔，吃时还是温良恭俭让。幸亏时空阻隔，否则，旧时富人家的小姐知道他俩坐在饭桌上挨饿，准会笑得满脸脂粉往下掉。这也难怪，那会儿富人家的小姐，通常是在厨房里吃饱喝足了，抹抹嘴唇，重施粉黛，再手捂心口、款款移步到厅堂里宴客的餐桌上充秀气。

不大工夫，好像刚睡醒的人看到窗外有一朵花从枝头坠落，也就是不经意间，服务员端来看上去没有克扣分量的软脰长鱼。周建林和钱玉娟觉着，重头戏已经揭幕，名角已经出场，于是两人频频举箸让菜。谁知客人们并不怎么感兴趣，杨月华甚至有难以下咽的感觉。

“什么‘软兜’‘硬兜’的，不就是炒长鱼吗？”杨月华掉转脸，挨着老伴金永耕的耳朵眼小声小气地说。

软脰长鱼原来叫软兜长鱼，后经许嘉璐考证，得知应为“软脰长鱼”。有一次，他在一家迎宾馆就餐时，看到菜单上有一道菜名为“软兜长鱼”，便提笔将菜单上“软兜”的“兜”改为“脰”，旁注“项后也”，还在菜单上写上“脰”字的源流：“脰，古语古字也，首见于汉代《说文解字》，犹存于淮语中，可贵也。然今人多不知，以‘兜’字代之，误会也，今为改正之。”

原来，软脰长鱼是由名厨用长鱼脖颈后面那块肉烹饪出来的一道特色菜，犹如武汉热干面、北京烤鸭，是美食中的独行侠。可思想和味觉一样“守旧”，不随大流不跟风的杨月华，就是不拿它当回事儿。

往常，杨月华随便到哪儿都风风火火的，有说有笑；可那一天呢，也不知怎么回事，她竟然像刘姥姥进了大观园，显得十分迷茫、拘谨和不安。

周建林像一位运筹帷幄的统帅，牢牢把握着筵宴的进程。轮到向杨月华敬酒时，他一语双关地打趣道：“嫂子，这一次，你一定得（喝）干，可不能再‘留一手’！”说着说着就去拉杨月华的左手。

金永耕见了，左手卷成喇叭状，喇叭口对准周建林的耳朵小声劝阻：“你嫂子的手……”

周建林不由得一怔，感到自己就像一个野蛮的食人族后裔遇上了从文明社会过来传教的牧师，羞愧难当。刹那间，他的面部肌肉疾速地向四面八方扭动，形成一个舒展而又含有歉意的笑容：“对不起！对不起！……我自罚一杯！”言毕仰起脖子一饮而尽。

“我的手怎么了？”杨月华瞪了丈夫一眼，八卦地问。

亢奋之中，她竟然“好了伤疤忘了痛”：自己左手的小拇指曾被毒蛇咬伤，为了省下去医院的钱和防止蛇毒入身，她一狠心砍掉了它。

金永耕本想讨好老婆，没想到一把粉扑在她的后颈窝——釉子上反了。

邻居家的一只小花猫，静穆地蹲在门前的方凳上，两条前腿直立，像古希腊神庙前的石柱。

为了打破意想不到的尴尬局面，钱玉娟提议，他们一家四口，一起敬金永耕全家人一杯。

老实面瓜金永耕得救了。但不幸的是，大约因为拿不住酒劲，他觉得自己的脸干枯了、麻木了，脑袋变得像芥菜籽那样大小。

此后，金永耕一家四口，又回敬了东道主一家人。

公丫头望着满桌菜肴，握着筷子，难以取舍。过了好一会儿，他像猎人发现了猎物，两眼盯着一盘炖鸡蛋，并伺机把盘子“拖”到自己面前，连着吃了几口。

金永耕笑着问：“你这是咋的了？”

公丫头亮着嗓门回答：“鸡蛋最好吃！”

杨月华用筷子敲了敲碗边，然后捂着嘴发笑。那意思是：你瞧这伢子，真是打乡下来的，没见过世面，鸡蛋有啥好吃的？

同桌的人，全都笑嘻嘻地看着公丫头，流露出与杨月华相似的表情。

金凤忍不住开口了：“妈，鸡蛋最好吃，这话可是大诗人但丁说的！”

她虽面朝她妈，话却是说给众人听的。

一桌人面面相觑。他们对但丁一无所知，可是又不便打问，生怕露底。

原来，金凤早就读过十三世纪末意大利大诗人但丁的代表作《神曲》，并怀着崇敬的心情，看了一些有关但丁的逸事。其中有一则是，一天晚上，一个陌生人径直向坐在广场上仰望星空的但丁走去，躬下身子说：“久仰您的诗名，我想请教一个问题：世界上最好吃的东西是什么？”但丁毫不犹豫地回答说：“鸡蛋！”他的意思是，好吃的东西就在我们身边，不一定是什么人参燕窝、熊掌鱼翅。

“鬼丫头，就你知道的事情多！”杨月华笑眯眯地看着女儿，似贬实褒地说，“什么‘单钉’‘双钉’的！”

她的话惹得一桌人笑起来，宴会的气氛又活跃起来。

大约是鸡蛋引发了公丫头的联想，小家伙两手抱颈，侧转身子仰面朝天地躺在椅背上，咿咿呀呀地唱起来。

公丫头的做派说怪也不怪。对任何一个幼稚的童子而言，幸福，正如对伏尔泰小说中的那些主人公一样，主要在于吃得好。那会儿，小家伙吃得满嘴流油，怎能不高兴得像西班牙戏剧里的无忧少年呢？

“你这个捣蛋鬼！”金永耕笑吟吟地把小家伙拉到自己面前，亲了又亲，眼里透出仁慈的光辉，就像骄阳穿过蒙蒙细雨。他对儿子的爱，已经到了非理性的程度。诚如老话所说：财东家惯骡马，穷汉家惯娃娃。

公丫头倚小卖小，扮了个令人忍俊不禁的鬼脸。

漠然滞重的生活，从来没像酒桌上这样新鲜、轻盈。金永耕像被一双神奇的手猛地撕去眼里的一层翳子，突然之间，眼前金光闪亮。他将永远忘不了这次筵宴，就像女人到老也忘不了少女时代大出风头的舞会。

笑得最开心的，要数钱玉娟。她特别喜欢这个虎头虎脑的“懵懂顽童”。她认为，神圣而有益的无知，向来都是陶冶人的浴池。那会儿，她的笑容像晨曦一样照射在公丫头的脸上和身上。

筵席进入尾声，赴宴的人可以随意离席。杨月华带着几分酒意，像一个苏丹母后，浑身软绵绵地像放了三天的黄瓜，悄无声息地埋在一张靠背椅子里，面露笑容欣赏着公丫头——她的希望、骄傲和生命。

此时，阳光透过窗户，斜斜地打进来，在地面上投下一道道细长的、闪闪跳跳的亮光。公丫头以为那是一条条小甲虫，弯下身子用手去扑打；扑打不住，又直起身子用脚去踏，引得众人大笑。

从酒店出来，金永耕夫妇急着要回家。周建林和钱玉娟知道，庄户人不喜欢在外过宿，便叫了一辆三轮车，送他俩去车站。金凤牵着弟弟目送父母，直到三轮车工人拐进一条小巷。

人真是感情动物。曾几何时，一顿饭吃下来，周倩倩和金凤已亲如姐妹、情同手足。周新龙见金凤长相俊美，也主动与她交谈，有时甚至想拉拉她的手。乱花飞絮里，得来俏丽人。从那一刻起，儿女情长成了他挥之不去的缠绵，给他疯长的少年岁月留下了甘甜的回忆。

当天晚上，周建林语重心长地对金凤说："依叔叔看，你辍学陪读的做法未必妥当！著名的社会学家张伟教授认为，一个爱家的人，不应该简单地把自己当成家庭的'肥料'；而是应该认识到，并非完全牺牲自己就意味着对家庭贡献最大！每一个人，只有像建设祖国那样建设自己，让自己充分发展，自我需求充分得到满足，从而让自己变得更有力量、更有本领，才能给家庭、给社会做出更大的贡献！"

金凤听得很认真，就像水手在聆听美人鱼的歌声。她想，如果在自己要求退学时，班主任方老师能用这番话来开导自己，那该多好啊！

殊不知，那会儿，在刚刚走出校门的班主任的心目中，天地之大不超过自己罗裙的幅员，她哪能想得这么多！

金凤不由得回忆起与班主任相处的诸多往事。那些往事光芒闪烁，比俄罗斯草原上旅人留在雪地上的篝火还明亮。

想着想着，金凤眼里闪出泪花，就像暴风雨过后，蓝莹莹的花萼里滚动着的水珠。

其时，她的脸色虽然有点儿苍白，但显出的却是欢愉多于痛苦。凡是艺术家，都会不由自主地欣赏这种情感的一正一反。

第五章

父母回家后，金凤担当起陪读的重任。

生活揭开神秘的面纱，让这位来自乡下的小姑娘领略它的神奇。

刚开始时，她忙得手足无措。每天早饭后、午饭后，她骑着从家里带来的女式自行车，送弟弟到学校大门口；中午、晚上快放学时，她再骑车到学校门口去接弟弟。一天往返三趟，六个单程。虽说累积起来路程不算太远，但因人地生疏，她时常感到力不从心。

时间不仅能焐熟水果，也能焐熟生活技巧。半个月后，她便感到轻松多了，甚至觉得太过清闲。

一个偶然的机会，她看到周倩倩的母亲钱玉娟在厨房里忙得满头大汗，便一溜小跑地赶去做帮手。

钱玉娟连忙拦住她："用不着！阿姨忙得过来！你快点儿去接弟弟回来吃午饭吧！"

金凤不顾阿姨双手和目光里的阻拦，笑着说："放学还早着哩！我帮您做好饭菜，再去接弟弟，肯定来得及！"

女主人见她心诚意切，加之新添两个人吃饭，时常手忙脚乱，可谓"目矖鼎俎，耳听康衢"。权衡良久，好不容易才同意让她打下手。这可是不得已而为之。——烟火中人，谁能不事炊爨？

金凤天资聪颖，锅头灶脑，针头线脑，凡是女孩子该做的活计，她一看就懂，一学就会。在家时，她也时常帮妈妈做饭，炒菜烧汤熬粥煮饭，没有哪一样难得住她。左邻右舍的婶婶嫂嫂们，人前人后都夸她能干。

过了一段时间，她感到自己完全能够独当一面，独自一人做饭，让阿姨一门心思地教好学生。自打上学起，她就知道小学老师十分辛苦，假日都得加班加点。阿姨既要上班，又要忙家务，原本就够忙的了；眼下，她和弟弟来了，阿姨家的灶台上多了两个碗，房间里多了一张床，阿姨不是忙上加忙了吗？我不呆不傻，不缺胳膊不少腿，难道连几个人的饭菜也做不好吗？

一天晚饭后，她对叔叔和阿姨说了自己的想法。

对方听了她的话，一时反应不过来，不知怎么回答才好。

金凤又接着原先的话茬儿说："每天早晨，你们只管到菜场里把菜买回家，剩下的事情，包在我身上！"

周建林觉着，金凤所说的办法不可取。他思索有顷，掉转脸以商讨的口气对钱玉娟说："这么做不妥吧？果真如此，金凤岂不是成了我家的保姆了？"

钱玉娟听了夫君这番看似漫不经心的话语，深感它的英锐和透辟，可与思想家、社会学家相埒。于是，她赞同地点点头："我也这么想呢！"

夫妻俩统一认识后，周建林思索有顷，不容置辩地对金凤说："不行，不行！不能按你说的办！你想想瞧，要是真的像你说的那样，你不就成了我家的用人了？"

金凤急得都快掉泪了。她说："叔叔，阿姨，一家人不说两家话！哪怕真的做用人，也是我情愿的！"

周建林和钱玉娟头靠头说着什么，声音轻得让金凤疑心自己出现了幻听和幻觉。因为明摆着有事情要商量，他俩谁也不担心眼前的晚辈把他们的亲热劲儿，当成忙中偷闲"秀恩爱"。

过了好一会儿，周建林掉转脸来说："金凤，依我看，等你爸你妈来了，我们一起和他俩谈谈，他们同意你这么做，再作决定；你看怎么样？"

金凤说："眼下正是农村里的大忙季节，他们正忙着哩，说不准啥时候才能来呢！"

周建林笑了："金凤，你咋这么着急呀？"

金凤说："看着你们成天忙这忙那的，我能不急吗？不急，那才怪呢！"

钱玉娟站起身来，抚摸着金凤的肩头说："金凤，依我看，这事儿就算了吧！你既要接送弟弟，又要辅导弟弟学习，时间也很紧……"

金凤见阿姨要走，连忙拉着她的衣襟说："阿姨，你说的这些，我都想过了，没事儿的！"

"要不这样吧：你先干着；等你爸你妈来了再作定夺，你看呢？"钱玉娟不知道怎样才能说服金凤。她巴不得自己拥孙子之兵论、鬼谷之韬略。

"太好了！太好了！"金凤高兴极了，脸上的笑容宛如曙光映照下的幽谷。她知道，在帮助叔叔阿姨做家务这件事情上，父母决不会打坝。

次日早饭后，金凤把弟弟送到学校大门口，直到弟弟站在教室门前掉转身子朝她挥手，她才返回。

快到家时，她一抬头，见院门锁着。开了院门一看，阿姨已买好一篮子菜，放在灶屋门前。她心里一喜，架好自行车，也没歇会儿，便忙着择菜。不料刚刚坐下，自行车扑通一声，像一头麻翻了的毛驴一样，直挺挺地栽倒在地上。她连忙站起身跑过去，手脚麻利地架好自行车。她按着自行车的坐垫来回晃了几下，确信不会再次倒下，这才重新坐到矮凳上去择菜。

阿姨真细心，既没忘记买她爱吃的芹菜，也没忘记买弟弟爱吃的西红柿。择完菜后，她忙着洗，忙着切。切好后，她又有点儿后悔。因为她忽然想起来，有个电视节目上说，菜切得太早，其中有一部分营养成分会流失掉。

紧接着，她忙里偷闲地看了一会儿书。——书，这是她心中永不凋谢的玫瑰！明知不会有杨素那样的大官来赏识自己，她照样怀着李密牛角挂书那样的情操，看得很认真、很投入。她读书时的样子，如同淡淡的工笔彩绘，清澈、美丽。这本书是她进城第二天，从一个地摊上淘来的一本外国文学名著，书名叫《简·爱》，作者是十九世纪英国著名女作家夏洛蒂·勃朗特。实事求是地说，像她这样的年龄和文化水平，读这样的书固然不是绝对不可以，但毕竟有点儿早了。她既不可能真正理解造成英国下层人民无边苦难的原因，也不可能真正理解女主人公简·爱的爱情观，以及她与罗切斯特的爱情。她读这样的书，一方面是出于好奇；另一方面也是更为主要的，则是为了追寻自己萌生于童年时代的文学梦。

她看书时，专注得睫毛如同暴风雨前的草尖。一本半旧的书，将一个乡下女孩的平淡时光，撑得饱满而芳馨。

囿于条件，在读书这件事情上，她只能这么小打小敲。如果条件允许，她真想像老一辈读书人那样博览群书，上接先贤之经典，横贯西方之时尚。

十点半左右，她经心着意地把烧菜做好了放在草焐子里。炒菜呢，她则根据事先的约定，留给阿姨回来炒。

菜烧好、焐好后，又过了一会儿，她去接回弟弟。到家一看，阿姨正在忙着炒菜。见到他们姐弟俩，阿姨满面春风地点点头，并特意多看了她一眼。她觉着，阿姨的眼神里，明显地含有赞许的成分。

吃午饭时，叔叔阿姨你一句我一句，赞不绝口，好像他俩从来没有吃过这么好吃的饭菜。

半个月后的一天早晨，阿姨因为当天上午要上公开课，便给金凤二十元钱，关照她早饭后到西隔壁的菜场里买菜。

早饭后，她送走弟弟，返回后又忙着去买菜。

到了菜场门口，已经买好菜出了菜场大门的奶奶婶婶们，都停下脚步朝她看，好像见到了仙女下凡。她们三三两两地凑在一起，窃窃私语。这些奶奶婶婶，买菜往往不只是买菜，大多还兼顾搜集小道消息和奇闻逸事。从“职责”角度看，她们有点像官场的调研员或巡视员。

“这个漂亮丫头是哪家的，咋没见过呀？”

“听说是打乡下来的。”

“难怪老话说，深山出俊鸟呢！”

后面这一句“老话”说得地道。人世间的美色，都紧贴着大地，深藏在谷底。

围观的人群中，还有一些上了年纪的人，或安安静静，或面露微笑，头发和皮肤都呈灰白色，脑袋就像蒙了一层水汽的银质奖章，黯淡无光。另有一位身着黑衣服，下巴颏儿上留着一小撮尖尖的胡子，看上去像福楼拜笔下的路易十三。

在人们赞赏之风的吹拂下，金凤神态自若地走进了菜场的入口处。

这是一个兴建不久的菜场，整洁、清新、敞亮。屋顶选用各种不同规格的不锈钢空管做成支架，乳白色的阳光板各抱地势，春云舒卷般覆盖其上。天气晴好时，耀眼的阳光透过阳光板，优雅地向菜场里洒下花花搭搭、摇摇闪闪的碎影，恰到好处地营造出一种梦幻般的境界。菜场内部分割成若干小块，让人联想到欧洲星罗棋布的小国，分别出售家禽、肉类、蛋类、水产、蔬菜、水果等等。一个个贴有白色瓷砖的摊位排列整齐，疏密有致，宛如学生的课桌。难怪民国京派代表作家、“吃货老头儿”汪曾祺先生爱逛菜市场。他说：“到了一个新地方，有人爱逛百货公司，有人爱逛书店，我宁可去逛逛菜市。看看生鸡活鱼、新鲜水灵的瓜菜、彤红的辣椒，热热闹闹，挨挨挤挤，让人感到一种生之乐趣。”

金凤第一次见到如此高品位的菜场，颇有一点儿刘姥姥进了大观园的感觉。因此，她的注意力，差不多都集中到“观赏”和“看热闹”上了。

此时，一个卖菜的小伙子，正用杆秤称菜给一位老奶奶，待见到她时，不由得望呆了，秤砣骨碌一下，重重地砸在他的脚面上；翘起来的秤杆，猛地打在他的下巴颏儿上！老奶奶不知发生了什么事，连忙循着小伙子的目光望去，看到站在自己身后的姑娘，这才明白了是怎么回事。于是，老人家咧着没牙抑或还残存一两颗牙的嘴，近前两步拍着金凤的肩膀，笑着说：“鬼丫头，谁叫你长得这么俊俏，害得这位小哥哥好苦！”

卖菜的小伙子红着脸，半晌说不出话来。而此刻的金凤，没有一丝一毫娇媚的表情。恰恰相反，她好像在为自己的美貌深感羞愧，很希望减轻自己美貌的诱惑力，只是身不由己。

金凤遵照阿姨的吩咐，买了一斤猪肉、两条鲫鱼、两块豆腐、一把青菜、一斤蘑菇、两节嫩藕。此外还买了一些调味用的葱和生姜。

值得一提的是，买猪肉时，金凤见一个肉案前买手多，便也“随大溜”去排队。轮到她时，卖猪肉的女子抬头一看，目光陡然往后一缩。这是漂亮女人见到比自己更为漂亮的女人时常有的表情，是上帝也会原谅的女人的天性。不一会儿，金凤说了要买多少猪肉，生意人的本能使她恢复了常态，目光像蛇芯子那样伸出来，在金凤的脸上舔了舔，并友好地露齿一笑。然后，她用左手从案板的一端，拿起一根约莫拇指粗、一尺多长的黑黝黝的铁棍，右手拿着剔骨尖刀，两臂屈曲，双手绕绒线似的上下转动，铁棍和尖刀打闪一般左右翻飞，霍霍有声。“磨”了十几下，也许是几十下，她把铁棍笃的一声撂在一个油渍麻花的篓子里，腾出手来按住已经被解构得面目全非的“半边猪”，目光沿“半边猪”的边缘往前一扫，如同木匠“吊线”一般。差不多与此同时，她用右手持刀摁住肉片，刀尖保持一定的仰角，沿着一条无形的直线缓缓向前推进，转眼之间便“片”下一块长条形的猪肉。此刻，她颇为惬意地“直”了一下腰，接着用左手的大拇指和中指夹起那块“妙手偶得”的猪肉，一个鹞子翻身托在掌上，旋又轻轻地一反手，放在电子秤上称。

金凤转脸一看，天哪，不多不少，刚好一斤！

尽管如此，卖猪肉的女子还是按照常规，“饶”了一块大小如同猫耳朵的暗红色的精肉。对于生意人的这种故作大度的小恩小惠，金凤知之甚稔。让她惊诧的是对方的“一刀准”。

金凤付钱取货后，饶有兴致地站在一旁看热闹。其时，她的脸上熠熠生辉，就像钻石一样。

这是一个特殊的例外。通常情况下，她不喜欢看热闹，不喜欢在众人纷纷探出脑袋的地方再加上一颗脑袋。

一位两肩稍稍扛起、脖子凹陷、长相有点儿像京剧里的谋士的老爹爹，大约看出了金凤眼神中的惊讶，连忙近前一步，捋捋看不出是特意蓄下还是未及刮去的黄黄的胡须，老中医般将她审视一下，微微笑着说：“姑娘，看样子，你有所不知，这位嫂子的刀功、人品好生了得，人称‘女关帝’。为啥？因为人品盖世的关大将军的功夫也在一把刀上，过五关，斩六将，杀颜良，诛文丑，于万军之阵取上将头颅如探囊取物……”老人说话时的神情，有如某人在一件他最熟悉的事情上不听他人的话，只注意自己的思路，一个劲儿地说下去。

稍停，他又朝金凤掉转脸来压低音量说：“现如今，她财大气粗，随手拔下一根汗毛，也比爷们儿的大腿粗！”

金凤莞尔一笑，用她那双像马蹄莲花瓣一样妩媚的眼睛看了看老者，表示谢意，洁白的牙齿像草书的笔锋一样闪着微光。

老者见状微微颔首，一边掉转身子往菜场门口方向走，一边细声细气地哼起京剧《文昭关》里武子胥的那一段唱词：“一轮明月照窗前，愁人心中似箭穿，实指望到吴国借兵回转，谁知昭关有阻拦……”

早在乡下时，金凤就曾听中学里教语文、时常耍笔杆的冯老师说过，县城里有一个卖猪肉的女子，因为刀功好，长相俊俏，待人和气，生意好得像发酵的水沟，蹿起色彩斑斓的泡泡。县工商行政管理局一位年轻帅气的干部，曾三番五次地面带仔狮或大猫那样迟钝、沉溺的情欲向她献过殷勤，最终总是毫无例外地一无所获，铩羽而归，这件事给她的圣洁罩上了一层夺目的光彩。因为在现实生活中，有些女人挥金如土，要是丈夫供不起，就出卖自己；倘若卖不出去，就剖开母亲的肚子，去翻找可供自己炫耀于人的东西。而这个卖猪肉的女人，好比弼马温回到了水帘洞，聪明才智大发挥，几年工夫，便率先领着一家老小走出棚户区，到开发区买了一套拥有大片绿地的复式结构的单元房，并购置了一辆崭新的奥迪轿车。可以毫不夸张地说，她家要什么有什么，可谓一应俱全。对她本人而言，豪华无缺，美梦成真，风流倜傥的生活诗意，她都领略到了。眼下，如果硬要说她缺少什么东西的话，似乎只有一样，那就是能叫女人再现青春的情书。

那会儿，金凤对这些说法怎么也不相信。她想，杀猪卖肉并不需要多么高超的技巧，只要心狠手辣、见血不晕就行，来钱哪能这么快？胡屠户大半辈子杀猪、卖猪肉，女婿范进中举时，他也身无长物，只送了一挂油腻腻的猪大肠……没想到，今儿个的所见所闻，总算让自己长见识了！

返回途中，忽然刮起一阵大风。抬眼一望，西南方向，铺天盖地的乌云滚滚而来，速度比维吉尔笔下的骏马嗅到远处传来的发情气息还快。后面，一道道阳光越过云头，像一支支金箭高悬空中，而天空的其余部分，如同水洗似的，看不到一丝云翳。经验告诉她，滚滚而来的不是积雨云，如果没有特殊情况，短时间内不会下雨。

平日里，她挺喜欢下雨天。下雨时，光与影的界线被抹去，漫山遍野水乳交融，像画家的调色板。

离家不远时，她看到她爸侧着身子站在院门口，身边的石凳上放着两个由爸爸起早带晚割荆条、请人编制的筐。在乡下老家时，妈妈时常用荆条筐同她一道抬土。眼下，金凤知道，爸爸一定挑来了姐弟俩的口粮和乡下的土特产。唉，爸爸一年到头省吃俭用，连一包稍微好一点儿的香烟也舍不得抽，抽的大多是两块多钱一包的劣质烟。如今，自己和弟弟吃住在城里的亲戚家，他和妈妈肯定要比往常更加节俭了。爸爸妈妈就是这么个脾性，与人共事，宁愿自个儿吃点亏，也不愿让对方指着自己的脊梁骨说闲话。有一次，爸爸喝酒喝高了，竟然像老教授讲课似的，长篇大论地讲了一番。他说，闺女，普天下只有一个便宜，那就是王华买爹。当年，乾隆皇帝下江南找儿子，装成又老又穷的病老头，当着众人说，谁肯出钱他就到他家当爹。众人都当他是个疯子，只有一个叫王华的傻乎乎的穷小子愿意花钱买爹。谁也没想到，他竟买了个皇帝！……这样的便宜，不会再有了。往后，不管做什么事，要吃亏在前。你占便宜，别人就要吃亏了。人家吃了亏，嘴上不说，可心中有数，谁也不傻，谁也不憨。你要是今天占张三的便宜，明天占李四的便宜，时间长了，人人都会躲着你！

到家后，金凤开了院门，和爸爸一道把沉甸甸的荆条筐抬进灶屋里。过了一会儿，她根根节节地把自己进城后的情况告诉爸爸。知道女儿主动要帮助阿姨家做饭，爸爸高兴地说："丫头，这就对了！你叔叔阿姨在小学里工作，原本就够忙的；现在，你和弟弟吃住在他们家，他俩就忙上加忙了。城里也好，乡下也罢，别说多了两个人，就是多上一个，家里……"

说到这里，她爸一时语塞，不知怎么表达才好，真可谓"伊挚不能言鼎，轮扁不能语斤"。他要是上过学又爱读书，并且恰巧和女儿一样，已经读过毕飞宇的小说《家里乱了》，完全可以模仿作者的口气，不无幽默地对爱好文学的女儿说："就是多上一个，家里也乱了。托尔斯泰说，奥布朗斯基的家里乱了。周建林和钱玉娟的家里也乱了……”

父女俩一边择菜，一边拉家常。择完菜后，歇了一会儿，父女俩又像古希腊诗人、到处行吟的盲者荷马一样，自己动手忙活午饭。

眼看快到十一点了，她和爸爸打了个关照，骑上自行车，沿着一条穿城而过、流水潺潺的小河，到学校门口去接弟弟。

一路上，车水马龙，人来人往。微风轻拂着岸边的萋萋芳草，绵绵新柳。不知哪家违规放养的几只鸭子，正悠然自得地在水中觅食、嬉戏。其中一只还忙里偷闲，仰起胸脯拍打翅膀，呱呱喊叫，好像在嘲笑城管部门的那些甩手掌柜们：人说城管一出手，拉登立马来自首；俺在水中呱呱叫，你们为啥绕着走？

中午，阿姨因为上公开课，学校里招待听课的领导和老师，按照惯例把她留下去陪客了。

吃午饭时，周建林坚持要喝酒，并说：“今儿下午，文教局要借用实验小学的教室，我饭后不必上班，可以在家陪你喝两杯！”

喝酒是金永耕的最爱，犹如曲线玲珑的裸女是提香等古典派绘画大师的最爱，革命和读书是孙中山的最爱，香槟和砌墙是丘吉尔的最爱。

眼下，听主人周建林说要喝酒，他也就顺水推舟，以退为进地“客气”一下：“人老了，拿不住酒劲了，要喝也只能喝个二十多杯。”

周建林一时搞不清：这位仁兄是说漏嘴了，还是故意幽他一默？

吃饭时，金虎小声告诉姐姐，下午实小放假。

姐姐说：“那我俩快点儿吃，饭后到新华书店去看书，那儿有好多好多小画书，你爱看哪一本就拿哪一本！”

金永耕听了，压低嗓门关照女儿说：“你得照顾好弟弟，他是个‘没尾巴猴子’，喜欢到处乱跑！”

金凤听罢连连点头：“爸，你放心吧！”

因为急着到新华书店看书，姐弟俩、特别是金虎，吃饭的速度之快，较之二战时德国占领丹麦有过之无不及。

两人放下饭碗，也没打一声关照，便飞也似的走了。

这时，饭桌旁只剩下周建林和金永耕。

由于饭前男女主人都不在家，金永耕和女儿只做了两菜一汤，这会儿已所剩不多。周建林见了这局面，连忙给向阳饭店打了个电话，让店主尽快送几样菜来。

两人正有一搭没一搭地闲聊着，饭店服务员端着一个两层的托盘，送来几样热菜。其中有一样，是该饭店赵师傅最拿手的炖猪蹄。赵师傅曾不无自得地对食客说，一个猪蹄有四十二个碎骨，四根主筋，文火两个钟头，紧火三十分钟，炖好后，上至八十三，下自手中搀，谁吃了都会觉着像龙虾一样弹牙鲜香。

沧海月明，蓝田日暖。一生只入一行、精益求精的人，势必技艺过人。

金永耕两道目光在饭桌上一转悠，搓着两手说："谁让你这么破费了？"

"你无事不登三宝殿，好不容易来一趟，我总不能让你喝干巴酒吧？再说，就这几样菜，也花不了几个钱！"周建林轻描淡写地说。他知道，对方说的是交际层面的话。

由此可见，即便是在酒桌上，周建林对人心的把握，也超越人类智慧的平均水平。

两人一杯接一杯地喝。不知不觉间，一瓶泸州老窖已所剩不多。

周建林拿起酒瓶晃了晃，给两人面前的小碗满上，放下酒瓶说："这么闷声不响地喝酒，我觉着有点儿郁闷……"

金永耕问："啥叫郁闷？"

周建林有意改变宴饮的沉闷气氛，用俏皮的口吻说："啥叫郁闷？下象棋让人抽了，三打一让人抠了，打麻将让人搂了，进商店让人偷了，老婆跟人走了！……"

金永耕笑了："这么多的倒霉事，聚到一块儿开会啦！"

为了更上一层楼，周建林提议说："我们每人讲一个笑话，你看怎样？"

他虽然身为小学校长，但像眼下这种时光也不是太多的，一旦际遇，他就要尽量从中榨取最大限度的快乐。

是呀，这山一程水一程的人生，氤氤氲氲，风光旖旎，倘若一味地做苦行僧，岂不是太过愧对自己，太过异类？别说小学校长，就连美国总统罗斯福那样的大人物，都有他的私生活，业余时间钓个鱼什么的。嗜钱如命的豪商巨贾，有时也会缩回生意人的利爪，一意追求人生乐趣，其中就包括喝酒。苦中有乐，这才是人们甘愿为生活奔波的一抹甘油吧！再说，喝酒也不一定就是坏事，嗜好威士忌酒的美国人，不是十分优雅地使戒酒的西班牙人拱手交出了他们的财产了吗？

“讲笑话？”金永耕满脸热汗，滚豆子一般。

周建林点点头：“是啊！”

“中！中！你先讲！你先讲！”金永耕微微颔首，脸上油光闪亮。由于燥热难忍，他侧着身子低着头，使劲抓挠头发所剩不多的脑袋。看样子，用不了多久，他再贪杯时，面部的酡颜将以燎原之势漫向头顶，山上山下两块红色根据地将连成一片。这种态势，必将极大地提升对与之对垒的酒徒的震慑力。

“行啊！你让我先讲我就先讲！”周建林放下筷子，两手一合，双臂劈开撑在桌面上，犹如在胸前竖起一块透明的三角板。他好像在用这个动作表示，这故事十分有趣，非常动听，与听这故事相比，吃喝只是小事一桩，不值一谈。

金永耕好似戏迷进了戏院，全神贯注。

周建林清清嗓门讲开了：“诸葛亮小时候和徐庶、庞统等人一同拜司马徽为师。三年师满，司马先生说，从现在开始到午时三刻，谁能得到我的允许走出水镜庄，谁就算出师了。弟子们一听，个个开动脑筋想办法。有的说，父亲病危，要我速回！有的说，庄外小河里有人落水，我水性好，让我去救！……这么瞎叨叨的人，都没有得到先生的允许。眼看午时三刻就要到了，诸葛亮怒气冲天地来到先生面前，指着先生的鼻尖怒叫道：你刁钻古怪，尽出歪题坑害人，我不当你的弟子了，赶快还我三年学费！几句话把先生气得脸色发紫，浑身直抖。先生当场怒喝道：快把这小畜生赶走！诸葛亮却赖着不走，徐庶、庞统等人七手八脚地把他拉了出去。可一出庄，诸葛亮就像戏台上的花脸或须生一样大笑起来，捡了一根草棒跑回庄，跪在先生面前谢罪：刚才为了应对考试，弟子对恩师多有得罪，万望多多原谅！先生立刻转怒为喜，弯腰拉起诸葛亮说：你可以出师了！”

金永耕听罢怔忡了好一会儿，挠挠头皮说：“这叫啥笑话？没盐没醋的，你边讲边胳肢，也没法让人笑嘛！”

见对方一脸的不屑，周建林觉着自己面子上有点儿挂不住。他身为小学校长，官虽不大，恭维话却听过不少，几时像眼下这样被人当面讥诮过？

想到这里，他当即表态：重讲一个！

与此同时，他开始考虑究竟讲什么，才能引起对方的兴趣。那神态，就像教会里早期的基督徒，期待着在旧社会的粪土上重建一个完美的新社会一样。

思索有顷，他像一个心怀积愫、忽然决意吐露的人那样，绘声绘色地说，有一次，一个小男孩对妈妈说，妈妈，有人说我的头长得像砖头，这是真的吗？妈妈怕伤了儿子的自尊心，说哪能呢，你去井边照照就知道了。小男孩刚走到井边，井底便有人大声喊：上边别扔砖头啊！

金永耕听罢笑呛了，犬吠一般咳嗽起来，继则张开嘴巴，将左手的食指和中指探进喉咙的入口处，摸索了好一会，拽出喉咙深处一根细长的牛肉丝来，擎在面前左看右看，直到“验明正身”，这才弹打到地上。两只羽毛未丰的小母鸡见了，连忙从不同方向跑过来，各自用尖喙啄着牛肉丝的一端，拔河一般互不相让。

“怎么，你们城里也让养鸡？”金永耕看着两只鸡，惊讶地问。

周建林说：“按规定，城里不准养鸡养鸭；我家这两只鸡子从来不出院门，又是小不点儿，也就没人过问。”

言毕，他呷了一口酒，抬起手来慢慢撕去嘴角旁边一块灰暗的酒苔，目不转睛地看着对方，如同一个商务法警逮住了一个债务人一样，说起话来开始爬音阶：“这下子，该你讲了！”

金永耕忽然觉着小腹饱胀。

“懒牛上场屎尿多！”他自嘲着，“我得‘方便’一下！”

周建林朝卫生间方向指了一下，意为“请便”。

不过，诸位要知道，这一指非同小可，类似于“牧童遥指杏花村”——他家的卫生间建在小院的墙角旮旯，离他们栖身之地颇有一段距离。如厕时，必须途经走廊兼厨房、杂物众多的幽暗地带；出了厨房门还得由西北往东南，迤逦而行数十步。

周建林意识到行程艰难，便起身前导。

到了洗手间门前，金永耕好似情不能已，亟须搦管挥毫、一吐为快的抒情诗人那样破门而入。

良久，涧闭水声远。周建林料他已经完事，大声说：“别忙冲水，让我接着来！”

少顷，周建林既放了该放的水，又省了能省的水，心里格外舒坦。殊不知，首开这种节水方法先河的，是一位名头不小的作家。要是那位作家申请了专利，周建林没准会因为这泡尿而倾家荡产。

打卫生间返回后，两人各就各位，再作冯妇。为了庆贺凯旋，周建林递给金永耕一支烟，并站起身，揿着了打火机近前替他点烟。坐回原位后，出于好奇，他一会儿前俯，一会儿后仰，只见金永耕的胡须如拂晓清露，中夜细霰，远望之有，近视之无。他不由得忍俊不禁，心想，这可真是“草色遥看近却无”啊！

看罢“草色”，他又不依不饶地催金永耕快点儿讲。

金永耕偏着脸，吭儿吭儿地清着喉咙，准备开讲。

烟雾被他咳嗽的气流冲得四分五裂，像五代十国。

周建林置身于缥缈蒸腾的烟雾里，让人有一种半人半仙亦真亦幻的感觉，以致一时迷离恍惚，不知今夕何夕，身在何处。

恰在五代十国归于宋（北宋）的当口，也就是在烟雾被周建林打开的落地电扇聚拢在墙角旮旯的时候，金凤和公丫头冷着脸回来了。

姐弟俩虽不是五虎上将关张赵马黄，却也如入无人之境，径直走进房间。

金永耕朝周建林投以询问的目光，那意思是：你瞧瞧，这是咋回事？

就在这时，忽然听到金凤在小声训斥弟弟。她并非想用张飞在长坂坡上的怒吼，而是想用她其时的气势使弟弟慑服。她知道，教训弟弟是一项系统工程，除了晓之以理、动之以情，同他说话时，眉梢眼角也要带点霜。

金永耕一时束手无策。

这也难怪。以往，姐弟俩闹矛盾，不论谁是谁非，金凤为了息事宁人，大多会以托尔斯泰那种“基督教”式的谦卑，承认“一切都是我不好”。

周建林见状，用眼神示意他去看个究竟。

金永耕会意地点点头。

周建林家三个房间，金凤和她弟弟公丫头住的房间在客厅南边，通风向阳，与客厅只有一门之隔。

金永耕推开房门一看，只见女儿坐在床沿上，气得泪眼婆娑。见爸爸来了，她连忙起身让座，并细说了事情的来龙去脉。

原来，开学时，金凤给公丫头买了一个新书包。谁知在从新华书店返回的途中，金凤从同行的人口中得知，书包已被弟弟玩耍时弄丢了。公丫头不仅不认错，还撒谎说，书包没有丢，借给同桌用了。

金凤越想越生气，她不想让弟弟变成一只小灰蝶。小灰蝶有两个脑袋，一个是真的，一个是假的。假的专门用来迷惑人。

金永耕知道后，也感到事态严重：撒谎，这还了得！

静场片刻，金永耕把公丫头拉到身边，一边抚慰，一边把他的脑袋当球拍，像一个至仁至爱的耶稣：“没事！做了错事，改正就得了！”

英国人杨格说：“男人哪怕铁石心肠，只要当了父亲，就会有一颗温柔的心。”金永耕好像在用实际行动，印证异域圣贤的话。这不，刚一会儿工夫，他对儿子说谎的担心，便熔化、消解在父爱的坩埚里。

公丫头拊髀雀跃。一股喜悦的激情就像飓风，肆意地把他吹来吹去。

金永耕十六七岁时，时常在本村小学篮球场上看别人打篮球，有时也应邀或径自混迹其间，拍拍球，跑个三步上篮什么的。这会儿拍着拍着，幻觉出现了，——他觉着球“运”得差不多了，两手上按下托，准备抱“球”去投篮，直到公丫头疼得叫出声来，这才醒过神来！

“小东西，嚷什么？爸给你‘端头’呢！”金永耕笑眯眯地说。因为对自己应变能力的自我欣赏，也因为爱子心切，在这句话的尾音里，他脸上的皱纹瞬间改变了形状，就像女人扑进情人的怀抱一样舒展、滋蔓。

单从这句话便不难看出，他有着应付裕如的随机应变的潜质。

“端头”是这一带的长辈和年龄幼小的晚辈之间，时常会有的一种超越游戏的游戏。具体方法是，长辈（大多是父母或祖父母）一手按着小孩的脑袋，一手托着小孩的下巴，用力往上提升，直到小孩双脚离地，再尽量多坚持一段时间。据说，常玩这种游戏，能使小孩快速长高。

“我不要‘端’嘛！”公丫头气呼呼地说。

“那好，不要就拉倒！”金永耕就坡下驴。

言毕，他递给金凤一张百元大钞，小声关照她给弟弟买个新书包。这位乡下人的豪举，庶几可与西汉皇帝相埒。史书上说，西汉多金，皇帝赏金，出手都是百金千金。不过，要是金凤丢了书包的话，做父亲的是不会这么慷慨的。思想感情对利害关系的影响，伦理学家往往含糊其词，永远说不清楚。这个影响，同利害关系对思想感情的影响不相上下。一切自然规律都有双重的相反的作用，比如人能制服水，水也能制服人。在这方面，金凤不但了解父亲，而且气量很大，愿意原谅他。

这个姗姗来迟的儿子，就是他的整个宇宙，就是引导他在天地这座迷宫里行走的纱线。

金虎像众多娇生惯养的孩童那样，脸上流露出一丝淡淡的、俏皮的笑意，表示他已经意识到自己的小缺点，不过暂时他不想，也无法而且认为没有必要去改正它。

金永耕重返酒桌后，对周建林说了自己是如何“哄”好儿子的，意在炫耀自己有两下子。

想不到周建林摆摆手说，老兄，你这么做，我可不赞成！

金永耕脖子一拧，咋的？

周建林说，孩子和大人一样，甚至比大人有过之无不及，大多畏威而不怀德。你凶，吹胡子瞪眼睛，他就害怕，就听话：可是你对他好，他就会不听你的，拿你不当一盘菜！

“哎呀，你说得不错！”金永耕一拍大腿，仿佛枯坐炉边，坐了好几个冬夜，才有了这样的顿悟。

他那后悔的样子，就像手里拿着海绵，非要把印在心上的痕迹抹掉不可。

周建林见自己的思想小放光芒，兴奋地卷起两手对接成喇叭，靠近对方的耳根，用闹着玩儿的神情和语调小声问：“你的故事讲还是不讲？”

“咋不讲？讲！”金永耕说得铿锵有力，语气里有一种类似稀粥开锅的响声，咕嘟得快要漕出来了。

酒壮熊人胆，这话千真万确，放之四海而皆准。

周建林笑道，那好，你讲！你讲！

金永耕本来打算讲一个“荤段子”，金凤和公丫头姐弟俩回来后，他只得改“荤”为“素”，另起炉灶。稍停，他把那一次进城给公丫头买水枪，恰逢城里卫生大检查，看厕所的人不让他进去撒尿，万般无奈，他只得一溜小跑，到南门外撒尿的事儿，从头至尾讲了一遍。

周建林听了金永耕以自嘲的口吻讲述的那件往事，不但没有发笑，反倒像一个步向法庭的被告一样，变得沉思默想。

过了好一会儿，他抬起右手摸摸胡子巴叉的下巴颏儿，向金永耕投以能够穿透头骨的目光。

金永耕愣愣怔怔地看着对方，不知发生了什么事。他想，你爱看就看吧！今儿个，我这张老脸由你糊，你就是撕下脸皮当抹布，我也不吭一声！

周建林轻轻咳嗽一声，朝前探着身子问：“你刚才说的事儿，是不是发生在我俩在南门口相遇那一天？”

金永耕说：“是呀，就是呀！”

周建林听罢没头没脑地说：“原来如此！”

第六章

金虎（乳名公丫头）上小学五年级那一年，刚放暑假，姐姐金凤便带着他一起回到乡下老家。

一天傍晚，雄风拂槛，微收残暑。娘从灶屋里出来，微微笑着对她说："金凤，明儿个，你舅舅五十大寿，你去'出礼'吧！"

言毕，母亲把一张挺括的百元大钞塞进女儿手里，满面春风地说："金凤，去吧！在乡下，这样的礼份子，一准替你长脸呢！"

金凤俏皮地一笑："那好啊，我正愁自己的脸盘子太小呢！"

女儿心情好，杨月华觉着心里怪受用。稍停，她忽然想起什么似的对女儿说："金凤，我差一点儿忘了！——你舅舅十多天前同我拉呱时，说他家附近的黄庄小学，有一位教算术（数学）的女老师特别灵光！十个指头数不过来的学生，她都有办法叫他开窍！那位女老师姓吉，上中学时，和你舅舅是同学……"

金凤听出了弦外之音。她问："娘，你是不是想让金虎去补（习）数学？"

"是啊，就是啊！"娘说，"只是到时候，你还得陪着他……"

"行啊！"金凤脆生生地回答。

在金凤的记忆里，舅舅家所在的黄庄，东西两头各有一盘石磨，风水先生说是左青龙右白虎；可惜缺少南朱雀北玄武。庄子四周像烙饼一样平坦，多而密集的房屋，好似嵌在"烙饼"上的芝麻。小时候，金凤时常跟随母亲一道去舅舅家，少则住两天，多则住十天八日。舅舅家的门前，有一棵高大的枇杷树。麦收时节，一嘟噜一嘟噜金黄色的枇杷挂满枝头。有一次，她刚到那儿，舅舅就一手托着草帽，一手举过头顶，在伸手可及的枝丫上摘枇杷，摘了满满当当一草帽，再用双手捧着，一边往家走一边招呼她："金凤，快来吃，快来吃！……"

这会儿，母亲提及舅舅，像春潮搅动了沉积，一幕幕往事涌上了她的心头，她恨不能立即就置身于舅舅家。

第二天，她特意提前吃早饭。饭后，她和父母打了个关照，便骑着从邻居家借来的自行车上了路。

张爱玲说，人生最得意处不在于升官发财，而是在你年少时，骑一辆脚踏车，转弯时小撒把，在人家的惊叫声中溅起一地的水花，意气扬扬地远去。一路上，她虽无"弯"可转、无"水"可溅，也不敢"小撒把"，但仍旧体味到了什么叫"意气扬扬"。她觉着自己好像是中古时期的骑士，骑着高头大马，尽情驰骋，一腔风云入怀的豪情难以言表。在城里周叔叔家，她有时也忙里偷闲，推着一辆自行车，走到行人稀少的地方骗腿儿上车，自由自在地深入城市的毛细血管。有时候，她也会骑车去柳浪闻莺、岸边看花，或者无拘无束地穿行在蓝天丽日下、青山绿水中。

半个多小时后，飞架在摇头河上的胜利大桥遥遥在望。大桥那种凌空飞渡的气势，超拔尘世。她想早点儿领略骑车或行走在桥上的那种恍如隔世之感，不由得脚下生风，越骑越快。上了引桥，不少骑自行车的中老年人纷纷"落马"。一位精瘦干练的老人，像一只昆虫爬向顶点那样坚忍，直线向前。在这条直线的制高点，凯旋的乐曲和胜利的成果，正在等待这位有着鼠妇一般耐心的老者。谁知道，由于路面坡度愈来愈大，老人终于像一个用情过深的女人想到情人正专一地爱着自己，浑身瘫软，完全失去了自制的能力，连人带车倒下了。

金凤血气方刚，没有下车。她想，青春真好，雨果不是说嘛，看见了青春，年老的帝王愿意用社稷去换取。

万万没想到，她骑到陡坡的中央，只听嘎吱一声，自行车掉链了！

她没好气地下了车，连推带搡地松开把手，自行车像喝酒喝高了的酒鬼一样，扑通一声，直挺挺地躺到地上。她左摆弄右摆弄，怎么也摆弄不好。

正在她左右为难、百般无奈的当儿，一个年轻小伙子架好自行车，径自走到她的身边，神情专注地看了看。

她注意到，他的表情是沉吟中的肯定。

稍停，他从挂在车把上的提包里取出一张旧报纸，叠作几层按在油腻腻的链条上，左手捏着链条往后拉，右手轻摇“脚踏拐”，摇了几圈后，只听咯噔一声，链条像脱臼的关节一样复原了！

她如释重负，深深地吸了一口气。

说实话，要她自个儿解决这么“戛戛乎难矣哉！”的问题，就像要一个不知道世界上还存在国家债权人名册的人理解交易所一样困难。

自行车终于修好了，金凤这才得闲打量一下乐于助人的小伙子。他没戴帽子，好看的发型与浓眉大眼高鼻梁，构成一种和谐的美。先前她只是对他心存感激，没有注意到，他的仪表如此端庄精锐，透着一股咄咄逼人的堂堂帅气！

苏联生物学家巴甫洛夫通过多次实验，得出一个结论：一个人对另一个人的好恶，决定于见面后的头 7 秒钟。大约正是在这位生物学家界定的时间内（不含修理自行车的时间），金凤对站在自己面前的这个小伙子产生了好感。

过了一会儿，她不显山不露水地通报了自己的姓名，并告诉对方，今天，她是到家住黄庄的舅舅家“出礼”的。

“太巧了，我是黄庄小学教师！”小伙子的说话声带有吟咏的质感。看得出来，他打心眼里为这种“太巧”而高兴。

犹豫片刻，为了礼节上的对等，他也通报了自己的姓名：“我姓侯，叫侯军。”

她本想与小伙子作别先走，眼下见对方欣喜的神色中流露出“一块儿走”的意思，便推着自行车与他边走边谈。

侯军谈话时，一笑一个酒窝儿，就像王宏伟唱歌时的神态一样。这就再一次证明，酒窝并非女人的专利。然而，平心而论，男人的酒窝终究是上帝的笔误。

她从侯军的言谈中得知，黄庄小学教师今年暑假要集训一个月。炊事员许老头十多天前因病住院，短时间内好不利索。因了这个缘故，他们学校急需找一个临时做饭的人。

她听罢心里一忽悠：我要是利用这个机会，一边陪着补课的弟弟，一边挣点儿钱，岂不是两全其美的事情吗？

想到这里，她转弯抹角地表示，自己略通厨艺，愿意到黄庄小学去给老师们做饭，并拜托对方跟校长说一说。

侯军说："做饭是粗活，哪能劳你大驾？"

她转脸看着他，笑着说："君看随阳雁，各有稻粱谋。"

侯军惊诧道："论年龄，你正该在大树下乘凉，何以口出此言？"

她说："我的父母不是大树，而是两棵长在山沟里的小草；还有，我弟弟正在城里上学……"

侯军听罢心里一怔忡：进城读书，是要大把花钱的！

少顷，他就城乡教育资源不平等的现状，发表了一通感慨。他认为，农村学校的教学设备差、师资严重流失，是导致农村孩子争相进城读书的主要原因。而孩子读书地点的错位，从客观上大幅度地加重了家长的经济负担。接着，他还讲了一个不知是听来还是从报刊上看来的故事。他说，一位家住农村的离异母亲，为了供养在城里读初中的女儿，特意在女儿就读的学校旁边租住一间小屋，白天外出捡废品，晚上帮人洗衣服。可是，无论怎么辛劳，她仍入不敷出……

她听罢，好像有一股秋风从心头掠过。然而，正是这股秋风刺激了她，使她在给老师们做饭这件事情上，不仅没有退缩，反而如同韦尔托神甫写作《马尔他史》一书时所说的那样：我的主意已定！

侯军意识到，自己面临着一个负债的人。

思索有顷，他带着怜惜的神情说："我懂了！请放心，你托办的事，我一定尽力而为！"

“那我就谢谢你了！”她喜出望外，脸上解冻似的出现了活力和笑容。

过了胜利大桥，转脸朝西望去，黄庄小学近在眼前。此时，铺展在他俩眼前的，是一条车可方轨、马能并行的大道，骑自行车再好不过。然而，为了多聊一会儿，他俩谁也不想骑车。

一路上，他俩像爱尔兰人一样健谈，说了很多话，浑涵汪茫，千汇万状，兼古今而有之，没有逻辑，时空也相当混杂，完全是现代派的叙述方式。

“千里之行，终有一别。”走到一个十字路口，两人依依不舍地分手。

她转弯向南上了一条土路。由于路面太窄，加之凹凸不平，她没有骑车。大约走了烙两张饼的工夫，她看到小路右前方有一个十来户人家的小村庄，最西首一户的屋后有一棵歪脖子国槐。那国槐的脖子歪得恰到好处，好似一位娇滴滴的少女见到恋人时，粉面含羞地将头侧向一旁。歪脖子国槐上有一个喜鹊窝，它是舅舅家的标志性“建筑”，犹如金茂大厦之于上海、鸟巢之于北京、大剧院之于苏州。那会儿，两只花喜鹊正在国槐的枝头上欢快地拍着翅膀，不停地跳着、叫着。花喜鹊的叫声很敞亮、很宽阔。敞亮和宽阔并非只有空间才能给予，鸟儿的叫声同样能。邻居家屋后那株高大的钻天杨上，一对雪白的鹭鸶交颈相吻。

啊，村庄，你是银河遗落的珍珠，你是孕育童谣的温床！

到了舅舅家门口，正在灶屋里忙着的舅母，像发现宝藏似的，连忙放下手中的活计，抬脚支开在灶屋门口蹭痒痒的小花狗，撩起崭新的蓝布围裙，一溜小跑地迎上来，笑着说：“金凤，快到堂屋里坐！”

她见舅母的肩头有一只蚂蚁，连忙伸手“捏”在两指间。蚂蚁蠕动着，她想起了古语“蝼蚁贪生”，心一软，默默地把它弹打到路旁的菜地里。

舅母有点儿后怕，两手交叉轮番拍打着肩头说：“金凤，幸亏你眼尖；要不，蚂蚁没准会爬到我的衣领里呢！”

“爬到衣领里有啥好看的？……要是我嘛，还得往下爬！”一个头戴鸭舌帽的中年汉子插科打诨道。他家住在庄子中间，其时刚好路过这里。

“快滚！”金凤的舅母冷着脸，瞪着眼睛说。但细心的金凤觉着，舅母的神情里好像有几分作假的痕迹。

鸭舌帽形干修颀，目光摄人。不知怎么的，直到这时他才发觉有生人在场。于是，他连忙把目光放平，收回微微上翘的嘴角，任谁看上去都是个好人的样子。尽管如此，他从眼睛的余光中，发觉昔日好性子的女主人，仍然不同于以往。没奈何，他只好一声不吭地离去。

金凤有点儿不悦。她不知道自己该怎样评判这场闹剧。她真想透过它的帷幕，张望舅母的生活。

然而谈何容易，面对晚辈，再蠢笨、再开放的女人，也一定会把有关这事儿的秘密遮盖得胜过可口可乐配方。

良久，金凤拂去心头的不悦，执意要到灶房里去帮厨。

“用不着，我忙得过来！你快到堂屋去坐！”舅母不容置疑地拦住她，热情的程度超出常规，以致金凤有失恭敬地认为，超出的热情很可能是由潜藏在刚才那场闹剧中的杂质繁衍出来的。

遵照舅母的吩咐，金凤抿抿嘴，扯扯衣襟，拢拢头发，掉转身子大大方方地走进堂屋。抬眼一看，已经来了不少客人。虽说都是村民，但他们的外貌已经完全颠覆了“农村”的概念——个个衣冠楚楚，人人举止优雅，年轻妇女大多化了淡妆，戴着首饰。一位粗眉亮眼的半老徐爹，肚腩渐显，秃顶微露，两耳大得向下耷拉，有一种怪异的违和感，可与“大耳贼”刘备相埒。他侧身倚着老爷柜，心不在焉地倾听或参与身边几位老者的谈话。别人给他让座，他不是摇头，就是摆手，目光不与任何人交流，仿佛在望着另一个世界，一举一动都有一种“尘外孤标，云间独步”的超脱。他给人的总体印象，犹如传说中的“仙鹤”，一身傲骨，难以接近。

金凤发觉，人们的谈话总是游移不定，时常在等候和摸索话题的过程中，被寒暄、咳嗽、招呼声打断。

这时，与金凤相识的亲友，一个接一个地同她打招呼，有的还起身让座；不相识的则用惊讶、询问的目光打量她。金凤虽说新来乍到，但一点儿也不“怯场”，有时还主动与亲友们搭讪、拉呱。

半老徐爹面露淡淡的、高深莫测的笑意，仿佛他来这里是一种临幸，如同文明人涉足非洲或南太平洋岛国。

正午时分，舅舅的寿宴开始了。参加筵席的共有三桌人，大多数人按年龄长幼、辈分大小自动入座。这种方式，与城市里的迥然不同。近年来，城市里有些人家遇到红白喜事宴客时，时常仿照各级政府召开各种会议时的做法，在饭桌上放上人名牌，大有“请君入瓮”的意味；有的甚至效法科举考试后“放榜”的套路，依照来客的官阶、来客与主人或来客相互间的亲疏关系，将客人的姓名写在一张张大红纸上张贴上墙。据说，采取这种方式，可以最大限度地避免混乱现象。实质上，这是一种托词。采用这种方式宴客的人，生怕亲友中的男宾或女客与另一半同来，以致不得不多开一桌或几桌，大大降低礼尚往来的回收率。老天爷啊，沾上铜臭的礼尚往来，还能叫礼尚往来吗?

舅舅的长子，也就是金凤的大表兄安排客人入座时，有少数几个人出于礼节相互谦让。其实，谁该坐“上席（首席）”，明眼人一看便知；但当事人仍故作姿态，好像不如此这般，就会让人觉着他不懂礼数似的。

自古至今，社会的陈规总是把无谓的仪式和感情混在一起。时间长了，人们也就习以为常。

安排就绪后，金凤的大表兄掏出一张巴掌大的纸片，以寿宴主持人的身份，照本宣科、战战兢兢地说了几句开场白。他说：“今儿个，老爸五十大寿，各位亲友前来祝贺，特置家宴。唯因在下点金乏术，只有薄酒一杯，园蔬几样，希望者（诸）位开怀畅饮！”

按理说，这一番套话、“洋话”大可不说。然而，由于这一开场白里有个读别字的“亮点”，却歪打正着，十分引人入胜。这不，话音刚落，有个教师模样的人便捂着嘴哧哧地笑。其实呢，这位自以为有见识的人是少见多怪、孤陋寡闻。早在明代，一个村学里的塾师就把《论语·八佾》里的“郁郁乎文哉”读作“都都平丈我”。一位路过的饱学宿儒听了，觉着很好笑，连忙告诉学生正确读音。不料学生听了，以为是胡说八道，一哄而散。于是有人编成歌谣："都都平丈我，学生满堂坐；郁郁乎文哉，学生都不来！"

有位胖大嫂听罢金凤大表兄的开场白，笑道："孔夫子放屁，文气冲天！"

一语既出，众亲友齐声大笑，好像陷在地下的炮弹突然爆炸起来，宴会的序幕再一次掀起高潮。

笑声止息后，主人宣布筵宴开始。

这种以家族成员为主、亲戚故旧次之的宴席，往往带有宗教或山寨的色彩，相互间称呼不是"张书记""李局长""王主任"，而是"大太爷""二老爹""三侄媳"。因此，虽说酒是寻常酒，菜是园中蔬，但气氛相当热烈。

酒过三巡，菜过五味，对面桌旁一个秃顶放光的矮胖子端着酒杯站起身来。他穿着家常服，有一种富人低调的朴素。

"在座的哪一位是金凤？"许是腿脚坐麻了，矮胖子一边说话，一边在小范围内歪歪扭扭地活动着身子，仿佛在跳华尔兹开头的慢步舞。在这一带，凡是村民办红白喜事的场所，都少不了他。

金凤听罢一愣，连忙站起身来："我是！我是！"

众人转脸看时，不由得眼前一亮。这位风华正茂的姑娘，出落得一枝花儿似的。她弯弯的两道秀眉，楚楚的一把细腰，一双乌溜溜的眼睛像樱桃，皮肤白得如象牙。她身着高翻领黑色羊毛衣，隐条烟色凡立丁长裤，白丝袜配棕色方鞋，亭亭玉立，风雅洒脱。系着肖像颈饰的黑丝绒带子，优雅而又舒展地绕着她的脖子。她的美，有如马尔克斯笔下蕾梅黛丝具备的美，是上界误落尘世的美。这种美，没有怨，没有恨，没有嫉妒，没有贪欲。她的这种本能的爱美之心，与上流社会舞厅里热衷于卖弄风情的贵妇人自有不同之处。那些贵妇人喜欢暴露本该柔媚在纱缕丝绸下的肉体，一直暴露到她们确信足以摧毁男人的意志，又不足以使男人送命的程度。她们在一个地方现身，或曰亮相，往往比吉普赛女郎进入偏僻的乡村小镇掀起的浪潮更高昂、更激越，因而也更让人乏味。

在场的人大气不敢出，生怕一不小心，把眼前这朵漂亮的蒲公英吹散了。

面对此情此景，金凤深有感触：作为女人，你必须精致，这是女人的尊严。

“你就是金凤？”矮胖子道，“能不能过来跟我喝一杯酒？”

金凤拿不定主意，犹豫着。

未几，矮胖子端着酒杯，慢慢地踱了过来。

金凤见对方“移樽就教”，受宠若惊。

矮胖子见状，绘声绘色地讲起了《古兰经》里所说的那位移山大师。他说，某天某日，有人央求移山大师当众表演一下。大师在一座山的对面坐了一会儿，就起身跑到山的另一面，然后就宣布表演成功。众人大惑不解。大师说道：这世界上根本就没有什么移山大法，唯一能移山的方法就是：山不过来，我就过去！

金凤听罢赧颜一笑，笑出一个“笑”的经典：面孔朝下，眼睛猛一聚光，再让这凝聚起来的目光顶开眉毛、额头低垂造成的压迫，笑容如同被释放出笼的小鸟一样扑出去。

“移山大师”举起酒杯，走到金凤面前，大大咧咧地说：“我代表党中央、国务院……”

由于他出语惊人，一时间，全场笼罩在理性的宁静之中。

矮胖子知道自己的玩笑开大了，豁边了，要是在“文革”期间该到班房里去数瓦屋椽子了，于是连忙转圜，抬起左手抹了一下嘴巴，嘿嘿一笑：“你瞧！你瞧！我又说溜了嘴！——我代表黄庄小学全体老师欢迎你！”

言毕，他歪着脑袋，鼓起腮帮子，摆出一副要“掌嘴”的样子，轻佻得让人想起旧社会上海的拆白党。金凤的舅母见了，连忙按下他的巴掌。其实，他只是故作姿态，虚晃一枪；要是没有女主人在场，他准会适时地收拢巴掌，用指头在嘴巴上揉一揉，挠一挠，然后说：“怪呀，酒未沾唇，我这半边脸咋就痒痒的了？”

矮胖子姓刘，是本村的小学校长。这些年来，在方圆数里的乡村宴会中，他的出镜率最高。此人身材粗短，幽默风趣。他的老婆是他麾下的一名语文教师，人品出众。当年，她曾后悔自己嫁了个“二等残废”。他知道后一点儿也不气恼。

在对待女性问题上，刘校长是朱丽叶·米切尔的追随者。他坚定地认为，这位女权主义代表人物是后现代解构派的大师。

由于身体力行，刘校长家的小日子像《诗篇》一般美好，夫妻感情像《雅歌书》一般和睦。

外出游玩的大黑狗，带着一股旋风跑到金凤的舅母身边撒欢。它两眼亮晶晶地围着正在忙活的女主人兜圈子，一会儿摇尾巴，一会儿拱爪子。女主人跺着脚，大声叱喝黑狗。黑狗见状，掉头便跑。

金凤的舅母忙活停当，笑吟吟地走近酒桌旁，抬起右手轻轻地拍拍外甥女的肩膀，指着矮胖子说："金凤，这位是黄庄小学刘校长！"

刘校长听了，缓缓地扭过脖颈，伸出舌头舔舔嘴唇下方长着一根黄毛的黑痣，朝金凤嘿嘿一笑。原先被唾液黏附在嘴唇下方皮肤上的黄毛，瞬间恢复常态，沿水平方向立在黑痣的中央，有如风中旗杆。

见了舅母介绍刘校长时的谦恭神态，金凤意识到，在乡下，小学校长也是一方诸侯，台面上的人物，难怪他眼下如潜龙归渊、虎入山林，笑傲村民。

由于自己正有求于刘校长，金凤连忙举起酒杯说："谢谢刘校长！"言毕仰起脖子，一饮而尽。

刘校长喜悦如徐霞客的漫走，畅快如大海的怒吼。喜悦和畅快好似美人的一双纤纤素手，轮番轻轻地拍打。他被拍得心猿意马、迷离恍惚中，他将一杯酒沿水平方向猛一下倒进嘴里，眯着眼睛咕咚一声咽下肚，然后喷着酒气，瞳孔里闪着"之"字形蓝光。

人们见刘校长纡尊降贵地同金凤杯来盏去，对他的好感又增添了几分。殊不知，跟小人物套近乎，历来是要人、名人们最爱玩弄的把戏之一，就好像美国总统奥巴马在韦克菲尔德高中开学典礼上讲话（开头一句就是草根气息噎人的"嗨，大家好！"）、好莱坞影星安吉丽娜拥抱非洲孤儿一样。眼下的刘校长，虽说也货真价实地喝了一杯，可这酒，是喝给众人看的，是一个小小的秀。秀他的风度、秀他的官气、秀他的政客潜质。

“不要谢，不要谢！”作秀告一段落，刘校长摇摇头说，“实在要谢，你就谢侯军！”其间，他那充满高蛋白和高脂肪的两个耳垂也凑热闹，跟着摇晃。

金凤听说侯军已经替她说项了，不由得心头一热。

席间，金凤向舅舅敬酒时，言及金虎补习数学一事，舅舅满打满包：“没事儿，没事儿！吉老师今天也来了，待会儿我同她打个关照。”听口气，好像他是拿破仑，吉老师是他手下一兵似的。

宴席到了豪气干云的高潮时，有几位吆五喝六地划拳。金凤的舅母担心他们喝醉了，温言细语地劝阻。其中一位“酒鬼”脸红脖子粗，压根儿不买账，像阮籍那样轮着白眼珠，看着女主人说：“唠叨个啥？你是不是想省下酒来自家喝？再唠叨，没准我一反手，把你家的酒桌掀得四腿朝天！”

金凤的舅母吓得连连摆手：“怪我多管闲事，你们喝！你们喝！”

支走女主人后，“酒鬼”及其同伙的兴致更加高涨，手口并用地划拳：“人在江湖飘啊，哪能不喝高啊，三碗喝倒你啊，五碗喝倒我啊！”稍停又脱口而出：“五魁首啊，六六顺啊，骑（七）个烂摩托啊，八方找感觉啊……”大家笑得前仰后合，另外两桌上的客人也争相效仿，吆五喝六地划起拳来。

赴宴的人闹得天翻地覆，一波接一波的声浪此起彼伏。

金凤很少出入这样的场所，加之有了些许酒意，在她的眼里，众人的面孔色彩斑斓、光怪陆离。

“亲友如抟沙，放手还复散。”席终人散后，金凤连忙赶回家，把自己打算给黄庄小学老师们做饭，以及给弟弟补课的事儿，打头到尾对父母说了一遍。

母亲听了，先点头后摆手：“陪你弟弟去补课，这事儿行；给小学老师做饭，万万不能！”

“为啥不能？”

“除了撑船、打铁、磨豆腐，世上的苦差事，就数做饭，——‘宁当十年兵，不做一天火头军’！”母亲一边说，一边用眼神向丈夫求援。

“金凤，你妈说得不错！”金永耕不敢怠慢，像篮球运动员尽力避免“篮下三秒”那样，身手敏捷地投出了献媚之球。

金凤看着两个篮球队员的拙劣表演，感到又心疼又好笑。

良久，她对父母说：“你们放心吧！再苦再累，我也不怕！”

她知道，单凭这句干巴巴的话，是很难让父母改变主张的。为此，她不得不使使小性子——拔腿就走。

做父母的知道女儿的脾性，说得再多，也说不转她。两人望着女儿的背影，像卸了轭的老牛一样，深长地叹息一声。

第七章

《龙图耳录》有句云："在家千日好。"半个多月的时间，不知不觉中就被妈妈的笑声驮走。

金虎像一条拖船，寸步不离地跟着姐姐金凤，前往黄庄小学。此刻，他们需要面对的是开满牵牛花、落满蓝蜻蜓的小径之外的坚实人生。

临行前，父母再三叮嘱金虎，出门在外，一定要听姐姐的话，好好学习，别贪玩，别惹姐姐生气。

金虎小鸡啄米似的一劲儿点头。其实呢，他连父母到底说些什么，也没听清楚。

姐弟俩来到黄庄小学后，刘校长得知，金凤除了要帮老师们做饭外，还要请吉老师给他弟弟补习数学。为此，他让负责后勤事务的冯老头给金凤安排住地时，要兼顾到她的弟弟。

午饭后，金凤到住地看了看，然后领着弟弟去面见吉老师，并开门见山地说明了来意。

吉老师看上去有三十五六岁。她像众多这个年龄的女人一样，正值丰腴之美的峰巅。谁说要美就得瘦？杨玉环和赵飞燕，"环肥燕瘦"，两人不同为中国历史上的著名美女吗？

其时，吉老师上着橘红色的轻纱衬衫，下穿米色宽松裤，脚蹬黑色半高跟皮鞋。这身装束，尤其是从上衣领口处露出的内衣绣花领子，犹如弥漫在瑞士群山中的蔚蓝色的雾霭，笼罩并勾勒出吉老师的倩影，显示出她对美的本能的追求。

金凤落座后，吉老师挨着她坐下。不一会儿，女主人站起身，走到桌子对面，与金凤隔桌而坐。——她意识到，两人并排而坐不便于交谈。隔开她们的是一张木质小方桌，上面铺着花纹复杂却又不失淡雅的桌布。大约是因为刚洗过，桌布散发着栀子花一般怡人的清香。

小方桌金玉其外，显然是主人为了提升客厅档次而置办的一个摆设，而不是供吃饭用的。

金凤用右手的食指和中指在桌布上搓了搓，然后把两个手指凑近鼻子，饶有兴致地嗅了嗅。这一细节，过了很久，还让吉老师感到，即便是居家过日子，适当地装潢门面也挺重要。

吉老师从交谈中得知，眼前的姐弟俩，来自偏远的农村，弟弟在县城里的实验小学读书，姐姐“陪读”，不由得感慨系之。她说，欧·亨利笔下的人物把百科全书从头翻到尾，没有找到有了钱还办不成的事；我把《辞海》从头翻到尾，没有找到“陪读”这个词！……难怪有人说，“陪读”是“三陪”之外的又一“陪”！

金凤在座位上换了一个姿势，重新坐好，没奈何地苦笑道：“可不是吗？这股陪读风，也不知是从什么时候开始、从什么地方刮来的！不管你愿意还是不愿意，有条件还是没条件，都得跟风跑……”

仿佛是为了对等似的，吉老师也换了一个坐姿，拢拢头发说：“我们国家的教育成本原来就偏高；陪读一事，犹如雪上加霜，给家长带来更大的经济压力。别的不说，在县城‘名校’附近租住一套两室一厅的单元房，三年就要花费房租 7 万多元，而且要在入住前一次付清！”

“是的呐！”金凤轻轻地叹息一声。

吉老师吹了一口气，赶走一只刚刚飞到她眼前的蚊子。那蚊子改变“航向”后，径直朝金凤飞去。吉老师觉察到了，连忙站起身，张开两掌，啪的一声，拍死了蚊子，两手一合搓了搓，笑着说：“不知好歹的东西，竟然敢打我客人的主意！”

金凤听罢，咯咯咯地笑起来。

吉老师掉转身，到水池上洗了手，坐到原来的座位上，轻咳一声问金凤：“你和弟弟在城里，一年的房租是多少？”

“我们没租房，住在亲戚家！”金凤回答道。直到此时，她才更进一步地意识到，周叔叔和钱阿姨给了她家多大的方便。

“这门亲戚，可给你们家解决了一个大问题！”吉老师感慨良多，“难怪有人说，亲戚是一棵老树衍生出来的枝枝蔓蔓的风景！下面还有一句，可惜我忘记了……”

金凤略一思忖，笑着接口说：“下面一句好像是：亲戚之间的走动是民间的最高礼节。”

吉老师见面前的姑娘博闻强记，不由得另眼相看。

与吉老师对坐，金凤仿佛步入了一个绿树掩映、诗意盎然的化境。

顺着吉老师的思路，她想，何止是住房问题，要不是周叔叔身为实小校长，父母哪怕拆屋卖地，弟弟金虎也很难进城读书！

接着，吉老师对金虎补习数学一事做了具体安排。此外，她还特意关照金凤，一定要帮助弟弟树立学好数学的信心，而不是相反。她举例说，三毛就是因为老师把她的两只眼睛圈起来，嘲笑她数学总是零分，而打下了终身挥之不去的抑郁的烙印。

黄庄小学是一所单轨完小，全校共有 15 位老师，男多女少，年轻的多年老的少。老师们从刘校长那儿得知，长相俊俏的金凤姑娘是来给他们做饭的，个个都很高兴。要是来了一个瘪嘴老太婆，恐怕大伙儿都不愿正眼相看，生怕影响自己的食欲呢！旧时只有青楼女子是吃青春饭的，如今吃这份饭的人越来越多了，真可谓“人心不古”。据史料记载，粟红贯朽的唐朝，寻常人家自不用说，就连官宦人家也不养高颜值的歌妓，伺候老爷太太的女佣，都是些年过五旬、丑陋不堪的老婆子。时至今日，官老爷或款爷们，有谁愿意正眼相看奶奶级别、既老又丑的“婆子兵”？

按理说，买菜一事，应该由刘校长指派他人，因为由做饭的人自个儿买菜，收支一本账，容易有猫腻。可是，从刘校长到每一位老师，不知是大智若愚还是怎么的，众口一词地主张由她“全程服务”。

“这可不行喽！”金凤笑着推辞道，“前不久，我偶尔看到一则‘秘闻’，说慈禧太后每天的生活开支是四万两银子（晚清一两银子约等于现在150元人民币）。这个钱财数量十分吓人，但其中只有一小部分为实际开支，大部分都被经办人员捞上身了。比如那时市面上的鸡蛋几毛钱一个，到了老佛爷嘴里一个值十两银子……”

没等金凤把话说完，刘校长便哈哈大笑：“你就放心吧，哪怕挖地三尺，不留一块土疙瘩，我们学校也不值四万两银子；你就是在贪腐方面‘自学成才’，想捞油水也没那么多油水可捞！……更为重要的是，我们相信你，绝不是那种‘经手三分肥’的小人！”

“谢谢您如此高看我！”金凤十指交叉，略显羞涩地说，“既然如此，那我就先干着再说吧！”

刚开始的时候，金凤做好了应对《纸牌屋》所讲述的艰苦工作环境的准备。开头几天，她也确实有点儿颠三倒四、手忙脚乱：买菜时，不是忘了生姜，就是忘了大蒜；做饭时，不是米淘得少了，就是水放得多了……一个礼拜后，她逐渐进入角色，凡事得心应手。侯军和他的女友夏春兰，也时常抽空给她搭把手。这一来，她觉着一身轻松，有时还能看看书、散散步。

侯军的女友夏春兰在“恋爱”之余，还有“另爱”：和侯军一样爱写诗。正因为如此，她和侯军相爱，绝非一段《港囧》之类的故事，而是颇有些类似于《罗马假日》的剧情：唯美、浪漫。两年前，因为看了一则“名人逸事”，她便只读不写了。那则“逸事”记载说，有一次，上海《新闻报》副刊《快活林》笔政严独鹤去探访一位写白话诗的朋友，适逢朋友外出，他便“坐等”。无意之间，他发现书桌上有一首未完稿的白话诗，题为《咏石榴花》：“越开越红的石榴花，红得不能再红了……”文采斐然的严独鹤觉得很好笑，便提笔接写两句：“越作越白的白话诗，白得不能再白了。”又过了一些日子，她在一本书中看到一代伟人毛泽东说过这样的话：我反正不看新诗歌，除非给我一百块大洋。此后，她不仅不写，而且也不读白话诗了。

一天傍晚，鸟儿在天上飞，看上去有点儿倦；阳光斜斜地打过来，有一股咸咸的味道。金凤和夏春兰按照事先的约定，沿着一条闪着弯儿的乡间小路，来到学校南边的河堤上。河堤两旁，玄荫耽耽，清流亹亹。不远处，另一条小河的岸边，历落有芦苇生焉，雪白的芦花仿佛樵夫担子上一缕悠然飘起的阳光，似村姑月下幽会时眉宇间一抹娇艳欲滴的妩媚。

两人一前一后，款款而行，临风摇曳如灯心草。在黄狗黑狗村头懒睡的宁静悠闲的乡村，这一画面成了一道亮丽的风景，洋溢着春风风人、夏雨雨人的古朴风韵。

四周一片静寂，唯有依依杨柳、翛翛凉风。由于蚯蚓和昆虫拱弄，隔年枯叶发出爆裂似的飒飒声。一条粗如筷子的蚯蚓从洞穴中探出小半截身子，沿洞口边缘缓缓地、诗意地转动着。一见之下，很容易让人联想起心向田园的历代圣贤的“静气”——“天子呼来不上朝，一心只谋三分田，餐风饮露好风雅，被天席地度韶华。”

快到河堤的拐弯处，金凤一转脸，发现不远处一棵颤悠悠地向小河水面斜曳的芦苇上，一只漂亮的翠鸟把一条小鱼横衔在嘴里，好像在思考究竟是自个儿把鱼吞下去还是带回去喂雏鸟。与此同时，它还时不时地朝左侧岸边瞥视，原来那里有另一只翠鸟，正微微眯着眼睛，做出法官们受贿时的神情。从它们相互间关心而不是倾心的神态上不难看出，两者是配偶而非情人。可能因为触景生情，金凤紧走两步，对夏春兰说：“我很喜欢李清照抒写情爱的诗、词，婉约清丽，回环吞吐……”

夏春兰对此未作评论，拢拢秀发，另辟蹊径说：“我爱读余光中的散文，丽而不绮，纤而不佻，意境深邃，耐人寻味……”

金凤认为，余光中的散文确实不错。不过，在她看来，散文并不是余光中的强项。他在文学方面的建树是多方面的，可惜大多“藏在深闺人未识”，没有像他的散文那样漂洋过海，广为人知。散文像一张名片，一方面介绍了他，另一方面也掩盖了他。晚唐文人温庭筠的诗名为词誉所掩，也是这种情况。凡此种种，她没有明说。她觉着，对文学作品的评价，见仁见智，这很正常。比如，高尔基盛赞莎士比亚是“人类为自己所建造的纪念碑”；而托尔斯泰则公开表示，“莎士比亚根本不懂得描写人物，连第四流诗人都算不上”。因此，在读书问题上，不能被别人牵着鼻子走，否则会使自己无所适从，应该善于从浩瀚的书海中打捞出适合自己阅读的书。这样才能激发自己的阅读兴趣，构建自己的择书罗盘。

金凤来到黄庄小学，除了“公干”——替老师们做饭外，还有一个“私活”，那就是督促弟弟认真学习。弟弟没有方仲永那样的天赋，却像方仲永一样地贪玩、随性和懈怠。

这些天来，弟弟给她的总体印象一如既往：学习积极性不高，就像一盘磨，不推不动。有一次，她因有急事需要出去一下。临走时，她叫他抓紧做好吉老师布置的作业。待她回来时，他已趴在桌上睡得像土拨鼠一样熟，作业一题也没做。他像一只小猫，呼吸均匀，鼾声尖细，后背轻轻起伏，像春天小河里升起又降落的暖洋洋的气泡。让人哭笑不得的是，他用红、黄、蓝几种颜色的水彩笔在废弃的作业本上，胡乱、潦草地涂抹了一幅似鸟非鸟、非驴非马的图案。广漠辽阔的色彩洪荒中，小而脆弱的主体在大而强暴的客观面前，像是最终极的不愈。

她又着急又生气，全身血液里流窜着一股特殊的生化物质。那种生化物质可以使血液迅速升温，迅速达到沸点。可转而一想，说他“偷懒”或“不求上进”吧，这些词语对他早已失去了它当初的尖锐意义。

“猴子不上树，再敲一遍锣！”情急之中，她灵机一动，拍着弟弟的肩头说：“小弟，醒一醒，醒一醒！姐想和你说说话儿！”

金虎刺棱醒了。他见姐姐没像某些喜欢批评人的人那样，满口犀利的大言与堂皇的谈吐，不由得暗自欣喜。他睡眼惺忪地站起身来问：“你想和我说些什么？”

说到这里，他耸耸肩膀，让缩上去的内衣滑下一些；因为没有滑到位，他又耸耸肩膀，内衣又滑下一些。那会儿，他的样子很滑稽，就像一只大口吃食而被噎住了的鸭子似的。

“随便！”金凤竭力不让弟弟觉察，她已经看出他内衣上缩是因为趴在桌子上睡觉。

“姐，你先说！”

“好！你让我先说，我就先说！”金凤兴致勃勃地说，“不过，我得先问问你：‘圣人’是什么意思？”

“‘圣人’就是最有本领的人！”金虎乐了，“要不，孙悟空怎么会叫齐天大圣呢？”

“对！正是你说的这个意思！”她摸摸弟弟的脑袋，“我们中国历史上，这样的人很多！比如，杜甫为诗圣，顾恺之为画圣，张仲景为医圣，张旭为书圣，东方朔为智圣，关羽为武圣……就差睡圣……”

说到这儿，她停了下来，看着刚才那些话渗入他的知觉。

“姐，你绕来绕去，不就是想批评我不该打盹吗？”金虎一脸的不以为然，“打个盹算什么！我听人说，唐朝有一位大诗人，还挺喜欢睡懒觉呢！”

弟弟的态度完全出乎金凤的意料。她手按额头想了一会儿，掉转脸来问：“你所说的大诗人，是不是白居易？”

“对呀，对呀！”弟弟神气活现。

“你说得对，白居易确实爱睡懒觉。关于这一点，他本人不仅不隐瞒，还在一首诗中直来直去地写道：‘日高睡足犹慵起，小阁重衾不怕寒。’……”金凤以退为进，蓄势待发：“可正是这位‘爱睡懒觉’的人，一生写了两千七百九十首诗……小弟，你觉得自己能和这样的人相比吗？”

金虎先是石化，接着连连摇头：“不能！不能！”

“既然天赋不如人家，”金凤直视着弟弟，“要想有所作为，就得靠刻苦、靠勤奋，你说对不对？”

“对！对！对！”金虎如同小鸡啄米，连连点头。他的声音很小，加上韩国式的没有起伏的语调，一米之外很难听到。

次日上午，金凤趁弟弟不在场的当儿，把自己这一“从教”经过告诉吉老师，借以表明自己对弟弟补习数学一事的重视。

“高明的禅师有时只在弟子的头上轻轻敲一下，让他好好想一想，弟子就顿然妙悟。”吉老师笑着赞许道，“你的做法，与禅师异曲同工！”

话刚落音，金虎一溜小跑地来到她俩的身旁。

“小朋友，往后学习数学的时候，千万不能打瞌睡啊！”吉老师爱怜地抚摸着他硬扎扎的头发，语重心长地说，“哈佛大学校训的第一条便是：此刻打盹，你将做梦；此刻学习，你将圆梦。……我问你，你到底想‘做梦’还是‘圆梦’呀？”

金虎欢快地拍着手回答说：“我想做……不，我想圆梦！”

吉老师和金凤看到金虎活泼可爱的样子，一齐笑出声来。

第八章

天波易谢，寸暑难留。一个月的时间转瞬即过，黄庄小学的“集训”工作结束了。

傍晚，桂花落瓣成雨，晚霞收拢夕阳。临别之际，领导和老师们设宴为金凤饯行。饯别筵席虽谈不上琼筵坐花、羽觞醉月，却也垒盘叠碗、肴馔纷呈。

酒至半酣，刘校长端起酒杯抿了一口，闷在舌尖上品味一会儿，咕咚一声咽下去。待微微的烧灼感窜入胃里，他把端着酒杯的右手朝金凤的背影一耸，自言自语地说：“我要是有这样一个女儿，那该多好！”

其时，金凤正领着弟弟去卫生间。

朱副校长朝金凤的背影瞥了一眼，一边抽烟一边转脸对刘校长说：“刘校长，要不要我做你的‘一字之师’？”

刘校长用右手拂拭着在他鼻尖处缭绕的烟雾，不耐烦地说：“依我看，你还是早点儿把烟戒掉！”

“哎，对抽烟这件事，你可是看走眼了！”朱副校长吸了一口烟，慢悠悠地吐着烟圈儿。无意中，他见烟头红光霍闪，不由得意趣盎然，“据李考克说，剑桥的研究生教育是这样的：每个礼拜都有一天，导师要请你到他家谈学问。其间，导师就是靠一柄烟斗，不停地向你冒烟，一直冒到把你的灵魂冒出火来。与君一席话，胜读十年书，就是这个意思！……”

刘校长听罢，不无讥诮地笑着说：“看来，为了献身教育，你要与烟共存亡了？！”

“那还用说！”朱副校长弹了一下烟灰，继则朝刘校长掉转脸来，“哎，你还没有回答我的问题呢！”

“问题？什么问题？”刘校长一脸茫然。

“我不是已经问过了：要不要我做你的‘一字之师’啊？”朱副校长竖着一根手指，让人想起古庙前的旗杆。

刘校长听了，颜色像鲜牛奶般的额角，修士般红润的脸颊，似乎还不足以容纳他的快乐：“要啊！当然要啊！”

朱副校长是全县小教界的元老，临近退休，和光同尘，与世无争，又值更年期，右嘴角时常松弛地下垂，一副看破红尘的样子，说起话来常会夹杂着顽皮和幽默，甚至花边和风流。

这会儿，他接着刘校长的话茬儿，用手指笃笃笃地点着桌面说：“你刚才说的那句话，还记得吧？”

刘校长不以为然地嘿嘿一笑：“记得！当然记得！——老兄，你以为我患上老年痴呆症了吗？”

“记得就好！”朱副校长环顾左右，那张马克·吐温式的世界级的笑脸波诡云谲，压低嗓门说，“我认为，对你而言，必得把那句话里的‘女儿’改作‘女人’，才能称得上是言为心声！”

“朱校（长）何出此言？”刘校长放下筷子和酒杯，用足以穿透头骨的目光看着朱副校长，面孔板得如同美国海员养老院里的老水手在樱桃核上雕刻出来的男人头像。

朱副校长抬眼一看，见刘校长拉下脸来，一时不知所措，更不知道应该如何回答。

平心而论，刘校长“变脸”是有缘由的：他有一个女儿，是尽人皆知的美人儿。多年来，刘校长对她既严厉又慈悲，赛过牙科医生的钳子。可惜的是，她不思长进，耽于吃喝玩乐。中学毕业后，足有十打年轻才俊愿意同她到花前月下同坐长椅、共享缱绻，结果都被她用不屑一顾的目光晾在一旁，无一幸免。此后，她用美貌这根柔韧的线，像小孩子拴金壳虫一般，拴住一个比刘校长还年长一岁的房地产开发商。时隔不久，她便不顾家人特别是刘校长的反对，嫁给了他，心安理得地当上了“全职奶奶”，过上了锦衣玉食的日子。

朱副校长许是见“剑桥教育”失灵，随手扔下烟卷，抬起脚来连着踏了几下，然后僵僵地一笑，脸皮变得很重，笑容怎么也推不动它。直到此时，他才知道自己无意中触碰到刘校长的痛处。他觉着自己的玩笑开大了，连忙站起身来，端起酒杯说：“罪过，罪过！都怪我这张老鸦嘴！我自罚一杯！”言毕蹙眉闭眼，喝中药似的一饮而尽。喝完酒，他并未像通常情况下那样抹抹嘴唇坐下，而是端着空酒杯，杯口微微前倾，在刘校长胸前不远处擎起又放下，放下又擎起，如是再三，仿佛在刮拭从刘校长心头汩汩流淌出来的血。

过了好一会儿，筵宴才摆脱朱副校长引发的阴影，由低潮进入高潮。

此时，老师们的重要课题，自然是向金凤敬酒。金凤不善此道，但是盛情难却，只得一杯接一杯地喝，直到有行家看出她不能再喝为止。

晚宴结束后，老师们前呼后拥地为金凤送行。临别时，个个争着同她握手。夏春兰和另外两位女老师，每人洒下十多磅眼泪。最先结识金凤的侯军，尽管害怕打翻未婚已孕的老婆大人的醋罐子，仍旧泪下一行——他的左眼因角膜发炎蒙着纱布，是否流泪暂不可考，参照司法界“疑案从无”的法规，权当它没有流泪。

夏春兰流着眼泪同她相约：今后一定要多多联系！

此情此景，不由得让人联想起易水河畔的古离别。

辞别众人，金凤带着弟弟，乘上了一辆途经胜利大桥的面包车。这是一辆没有办理营运线路的“黑车”，为了逃避交警的检查，通常只在晚间行驶。诚如俗话所说，“鱼过千层网”，这么多年了，“法网”虽密，却从未把它“网”住过。

面包车开动后，不大工夫，行至护堤树长势茂盛、浓荫匝地的路段。微风过后，密密匝匝的树叶在皓月的清辉下摇摇闪闪、熠熠发光。在车身有节奏的颠簸中，乘客们睡意渐浓。突然，金凤发现，前方不远处，在车灯雪亮的光柱里，一个中年汉子举着一只手，侧转身子朝面包车的方向张望。她想，这个人一定是想搭车的夜行者。

司机减速慢行，缓缓停下，并打开车门，候人上车。谁知那个中年汉子转眼之间不见了，上车的竟然是一个手持匕首的蒙面人！

车上一阵骚动。蒙面人像蜻蜓那样转动着眼睛环视一下车厢，然后把锃亮的匕首在乘客面前挨个儿一过，侧身走近司机，单刀直入地说："开车的，别忙开车，大爷我要给车上的人清清口袋！"

司机见来者不善，不敢造次。

一位老奶奶见半路上杀出个程咬金来，不由得侧目而视，气狠狠地说："你这个人真不像话，装猫变狗地拦路抢钱（劫），没有王法啦？"

"啊？"蒙面人挨刀似的怪叫一声，攥着匕首走到老奶奶身边，拿捏着嗓门凶神恶煞似的骂道："老不死的！说什么来着？活得不耐烦了吧？"说完，一个扫堂腿扫在老奶奶的腰眼间！

蒙面人似乎觉着自己的恶气没有发泄完，随手按着身旁一位年轻姑娘的头，就势在车厢上恶狠狠地撞了两下。那姑娘与老奶奶坐在一起，此前也曾小声骂了他一句。

蒙面人走近金凤，单刀直入地说："俏妹子，身上要是有钱，借几张给大爷我花花！"话刚落音，他猛地一反手，把匕首沿垂直方向轻轻一抛，又十分老到地乘势接住。

金凤的衣袋里装着五百元人民币，那是她一个月辛勤劳动的结晶。她准备在新学期开学后，用这笔钱替弟弟买这买那呢！

"快点儿！"蒙面人晃了一下匕首，"要是没钱给大爷花，莫怪大爷在你的脸上花（划）！"

金凤面不改色。她深知，越是危险的地方越安全。要不，小蜂鸟怎么会在鳄鱼口中做窝呢？

转而一想，车上乘客少，且都是老人、小孩和妇女，在这种情况下，如果跟歹徒硬拼，余勇可贾而章法不对，这可是兵家大忌。

想到这里，她掏出五张百元大钞，掷在蒙面人面前。

金凤怎么也没有想到，自己辛辛苦苦忙了一个月，却落了个《红楼梦》结局式的一片白茫茫大地真干净。

蒙面人见到钞票，犹如雪山飞狐，以惊人的速度弯下腰，双手捧起。

人无耻到这种地步，也是挺不容易的。

微风拂面，疏星凸显。下了汽车后，姐弟俩踏着月色并肩而行。夜色正好，像件薄薄的黑绢衫子，亲密贴身。

几分钟后，姐弟俩路过奶奶墓地旁。小时候，金凤时常跟着奶奶到这一带挖野菜、打猪草，一老一少的欢声笑语，时常惊飞在草丛中觅食的小鸟……曾几何时，这里一片死寂，没有一丝生命流动的迹象。墓堆上有一朵野花正艳丽地绽放，宣告另一种生命的开始。面对此情此景，已经逝去的岁月以视觉化的形式呈现，仿佛瞬间打开的画轴，往事像潮水一样冲刷过来。记忆中，奶奶的生命仿佛一条长河，以灵活的姿态向前流淌，带着微笑蜿蜒越过一个又一个暗礁，在阳光下舞动，波光粼粼……而今风物依旧，斯人已去。想到这些，金凤不胜黄公酒垆之悲。

孟子云："所谓故国者，非谓有乔木之谓也，有世臣之谓也。"在回家的金凤看来，所谓桑梓者，乃有亲人之谓也。当她看到奶奶的墓已被荒草覆盖，不由得清泪如雨。正所谓："醉别西楼醒不记。春梦秋云，聚散真容易。"

她在心里安慰自己：寒来暑往生老病死是自然法则，谁能阻止潮起汐落日升月沉？

与此同时，她虽青春年少，竟也抚景伤情，萌发"人生几何，譬如朝露"的感慨。她想，孔子的七十三（岁），孟子的八十四（岁），也如石火风灯，瞬间即逝。即便人人都能如自己期望的那样"长命百岁"，也只不过是一千二百番的盈月、三万六千五百回的破晓以及八个岁星周期罢了。

这种一闪而过的想法与她现在对人生的看法格格不入，因而一瞬间便被她彻底抹去；或者也可以说，被她紧紧地封锁在潜意识的某个角落里，就像蜜蜂把那些糟蹋它们劳动成果的蚁螟封起来，不留一点儿缝隙一样。

风掠过大地，没有树的呼应，没有山的阻挡。她不仅感受到寒冷的厚度，更感受到寒冷的高度。

她泪眼模糊地跪在奶奶的墓前，虔诚地磕了三个头，祈求奶奶在地下安息。她真想倚在塌陷的墓石上，聆听被远古的深渊吞没了的时代发出的呻吟。

那一刻，悲伤悄然袭来，一下子把她打得粉碎。

遭遇薄云拦截的月亮突围而出，炫耀地夸张了亮度，墓地的一切顿时有了柔软的乳白色轮廓，像是被考古工作者用刷子刷去最后一层泥沙的器皿。

金凤站起身来，一转脸，看到另一座坟墓旁，有人用黑漆在墓碑的背面写了四个街边小广告式的刷墙体大字："寿比南山。"她这才想起，在这座坟墓里"安息"的，是一个人人唾骂的街头混混。此时，她情不自禁地想起一句当年在法国流传甚广、嘲讽剥削制度的谚语："国王已死，国王万岁！"

薄云游移，玉兔渐低。到家一看，堂屋和灶房都是铁将军把门。

她正急着要找人问个究竟，恰好在一盏路灯下遇到邻居王二爹。其时，老人家不顾年事已高、多病缠身，急急火火地朝本庄一家开设的棋牌室方向走去。

名为棋牌室，实际上就是一个麻将场、一个赌场、一个封闭而又开放的灰色地带。王二爹原本就爱打麻将，但时常受到老伴王二奶的指斥甚至叫骂。后来，王二爹的一位牌友以苏秦说六国的口才比东说西，说打麻将能养神，能治病，甚至能叫王二奶的小脚变成不大不小的脚。阅人无数的王二奶凭直觉知道，他的话里假中有真，好似咕嘟咕嘟熬圆骨的砂锅，里面不光有水，也有骨头。这么一想，她老人家渐渐地变指斥和叫骂为默许。谁说乡下老奶奶没有真知灼见？王二奶的转变就是她本人真知灼见的闪光。不是吗？老年人年龄过了把，不再当家了，由当年的老癞雕变成了小雀儿，头上没有多少血，打麻将只能小来小去的，决不会有那种不是横财不稀罕的匪劲。跟他们相比，本地靠豪赌发家的张大本，简直像爵爷一样雍容贵气。有了老伴的恩准，王二爹在麻将场上，就像刚入伍的新兵蛋子一样，筋疲力尽而又精神焕发地摸爬滚打。隔日无多，他果然不再像往常那样，三天两头哼哼唧唧地到医院去“进贡”了。

“二爹，我家怎么关门上锁？”金凤迎上去问。

王二爹仍旧径自朝前走，眼神里有一种茫然的期盼。

王二爹在牌场上耳朵、眼睛都挺灵光，三万五饼七条，一听就清楚，一看就明白。

人类的大多数活动都可以升华到这种空灵境界。其时，活动本身已不重要，重要的是这活动抹杀一切杂念和功利心的独立存在。拂晓握管或敲键盘的诗人，薄暮打坐或诵经的僧侣，雁归洛阳时思乡的游子，手术台前执刀的医生，都是这种升华的结果。

美中不足的是，在牌场上计算输赢多少时，他老人家就像一首那不勒斯民歌中的包利希奈，此人算起账来十五加五老是等于二十二!

“二爹！”金凤加大音量又喊了一声。

这回子，他倒是听清爽了，可眼睛又不够使。

于是，他手搭凉棚儿，凑近金凤看了好一会儿，这才和颜悦色说：“你不是金凤吗？”

和颜悦色是成功者的侧面，跋涉者的远见，青春的流光溢彩，长者的慈眉善目。

“你不是金凤吗？”王二爹再次发问。据说，北京大学光华管理学院的老教授们，对报考 MBA（工商管理硕士研究生）的考生进行面试时，于同一个有深度的问题也会反复考问，只不过表述方式有所改变罢了。

金凤点点头，一脸的精灵和顽皮。

“鬼丫头，回来好，回来好！”王二爹脸上忽然迸发出一种光芒，干裂的皱纹和慈祥的笑容在光芒里游动，仿佛水中的鱼儿。

“二爹，我爸我妈呢？”金凤歪着脖颈儿问，一副撒娇的神态惹人怜爱。她知道，王二爹就像老爷爷喜欢孙女儿一样地喜欢她。

“我哪知道啊？”大约是担心牌友等急了，王二爹爱怜地抚摸着金凤的肩头说，“伢子，要不这样吧：你到我家去坐会儿，顺便看看电视。——庄上连三岁伢子都知道，你爸你妈都是有名的‘恋家鬼’，在外面一准待不了多久，待会儿肯定要回家！”

“二爹，我自己在这里等一会儿，您去忙吧！”金凤见老人左眉直跳，知道他心急如火，便自觉、适时地放行。倘若没有观察到这个细节，她没准还要没完没了地问这问那呢！难怪福尔摩斯对其助手华生说：“你是在看，我是在观察。这有很明显的差别。”

按照王二爹当时的心境，他还得苦口婆心地劝说一番；那一天，兴许他是害怕棋牌室里那张藤椅被别人坐了去，待金凤说“您去忙吧！”他便就坡下驴，急匆匆地走了。到过那个棋牌室的人都知道，那张油污浓厚的藤椅，足以供抽象派画家用指甲在上面作画。藤椅虽然肮脏丑陋，但王二爹只要一坐上去，就如同作战的士兵占领了山头，控制了战则必胜的制高点，转瞬间心理上就进入主动和强势。

望着王二爹渐去渐远的背影，金凤想，麻将这种由明代的纸牌“马吊”演变而来的玩意儿，着实害人不浅。从前的革新家说中国有三害：鸦片、八股和小脚；其实，中国还有第四害，这就是麻将。据统计，民国时全国每天至少有一百万张麻将桌，若以每桌只打八圈，每圈半小时计，就要消耗四百万个小时，相当于损失了十六万七千天的光阴；金钱的输赢、精力的消磨，都还不算。对此，大学者胡适曾经痛心疾首地感慨道：“我们走遍世界，可曾看到过哪一个长进的民族、文明的国度肯这么荒时废业的？”时至今日，“全国山河一片麻（麻将）”，泱泱华夏每天恐怕远不止一百万张麻将桌了，这笔账又该怎么算呢？

当然，如果爱打麻将的都像梁启超那样，则又另当别论。头顶思想家、政治家、教育家、史学家、文学家一长串光环的梁启超，也挺喜欢“四人功课”（打麻将）。他曾说自己“只有读书可以忘记打牌，只有打牌可以忘记读书”，但他并没有因为打麻将而影响工作。他在天津时为几家报社撰写文章，经常深更半夜一边吆喝“三万”“五饼”“七条”“红中”，一边口述文章，让身边的人记下来，一字不易，径付剞劂。

接着，她又想起了一组令人痛心的统计数字：中国国民每年人均读书四点三五本；而法国为二十本，日本为四十本，以色列为六十本……中国国民年人均读书数世界最少，打麻将的人则世界最多。那么，打麻将和读书，究竟哪个对人类更有价值？应当说，这个问题是三岁小孩都能回答的。可是在现实生活中，到棋牌室（赌场的“昵称”）打麻将要交钱，图书馆、新华书店则可免费出入。这种令人费解的做法，岂不是在颠覆人们对读书和赌博两种活动的对比价值的正确估价吗？

其实，尽管我们对包括打麻将在内的赌博深恶痛绝，但它自有其存在的理由。和平年代，我们的生存状况，具有“缺乏悬念”的共性，庸常、平铺直叙的日子，钝化我们的好奇心和想象力，于是便本能地寻求刺激，而最为简单易行的刺激便来自赌博。——不过，话得说回来，在赌场之外，我们完全可以寻求更积极、更健康的刺激，比如读书、写作、绘画、唱歌、体育运动……凡此种种，不一而足。总而言之，只要选择自己最爱好的事，身入、心入其中，就能找到比赌博更为销魂蚀骨的刺激，或曰享乐。

王二爹走后不一会儿，金凤的父母果然像他预言的那样，双双回来了。可见，他老人家与二十世纪美国著名的预言家珍妮·狄克逊不遑多让。后者曾挑战另一位大预言家诺查丹玛斯，认为人类不会在 1999 年灭亡，而东方将拯救世界。事实证明，其预言准确无误。此后，许多国家的政要、名流纷纷向她请教。

见到一双儿女，他俩的第一印象是：女儿瘦了，儿子胖了。

金凤本想不提及自己被蒙面人抢劫一事，就像少女们把自己失败的初恋封存在心底一样。转而一想，感到这么做不好，最终还是把事情的来龙去脉原原本本地说了。

杨月华听了，闪着泪花轻轻地抚摸着女儿的肩头说：“闺女，财去人安乐，你俩平平安安地回来，比什么都好！”

金凤觉着，母亲的心如同一颗鲜嫩的核桃被敲打开，一股清流汩汩而出。

她忽然想起了一位诗人说过的话：我们的母亲河——黄河并不总是奔腾咆哮的。它的中游有一段，看上去是凝滞不动的浑浊的泥浆，然而，连搏击过风浪的黄河船夫，也不敢在那里放船，因为河心是活的，没有谁能说清它究竟有多深！

第九章

秋光正好，分明地云淡水清。

开学了，金凤带着弟弟进城，像候鸟迁徙似的来到周建林家。生活的齿轮嘤嘤作响，庸常而又新鲜。

岁月的吸引力正在于此，循环往复，从不间断，仅仅静坐便可悟出它所蕴含着的万千禅意。

一个桂花飘香的傍晚，金凤骑车到实验小学去接弟弟。对她而言，这件事就像冬天覆盖在地面上的第一层白雪，下面已经有过好多层，有一种重重叠叠的厚度。

正是下班的时候，人们从朝九晚五的时间围城里蜂拥而出，好似逃避地震灾害似的。

到了实验小学大门前，她把电动车停放在免费停车的场地上，和众多家长站在一起，望眼欲穿地注视着电动伸缩门的出口处。

实验小学的校门一派复古风格。两旁是等高的女墙，校门居中，由四根深红色的柱子和两层琉璃瓦的房顶构成，门两旁有一对威风凛凛的石狮子。远望近观，可谓美哉轮焉，美哉奂焉！然而可惜的是，那道电动伸缩门破坏了古典之美。看上去，仿佛眼前立着一位束着棕黑色牛皮腰带的古代人。

这所小学与城区其他有名气的小学一样，每天中午、晚上放学时，家长们都提早守候在校门前。他们当中，有些人原本就是同事、同窗或亲友；原来互不相识的，因为时常见面，大多也都熟识了。在等候子女的间隙，聊天、拉闲呱儿，便成了老爹老奶大爷大妈们不可或缺的功课；文化层次、理论水平较高的离、退休老干部则聚在一起，或议论国是，或慨叹人生……等到子女所在班级的“旗手”举着小红旗，领着一队人马出来时，家长们便全神贯注，用两道目光从“旗手”开始向后扫描；与此同时，学生也在队列中一边行走一边注视如潮水涌动似的人流，从中寻找家长的身影。率先“发现目标”的一方，总是惊喜地举起一只手左摇右摆，以吸引对方的视线。

一队又一队小学生走出校门来了。金凤左等右等，就是不见弟弟所在的班级五（3）班学生出来。

她疑心自己看花了眼。可一想又觉得，这种可能性不大。因为即便自己没看到弟弟，弟弟也能看到她。

于是，她问门卫，五（3）班的学生到哪儿去了?

门卫告诉她，五（3）班正在“排座位”，你再等一会儿吧!

她掉转身子，把这一情况告诉守候在校门口的家长们。

其时有一位家长说：“这才几天，又出新花招了！”

另一位家长皱着眉头说：“我也这么想呢！”

金凤听了，觉着这两位家长的话有点儿费解，但她并没往心里去。

大约又过了一刻钟，五（3）班的学生好似花果山上的小猴子，前呼后拥地从楼道里冲下来。由于其他班级的学生都已走光，老师也就不再要求他们排队了。几十个小学生像快到终点的竞跑运动员，你追我赶地朝校门方向跑来。不一会儿，守候在校门口的家长们便“各得其所”。

其时，一位两鬓花白的老者，一边走一边轻轻拍打着身旁一个男孩的肩膀，自嘲似的说：“一天跑三趟（六个单程），换你一根哭丧棒！”

接送孙子（女）上学的爹爹奶奶们听了他的冷幽默，想笑，笑不起来；想哭，哭不出声。

一路上，金虎拉着姐姐的衣襟，不停地说这说那。金凤因为担心出交通事故，很少搭理他。

晚上，金凤按照常规检查完弟弟的作业，然后叫他早点儿休息。

她拿起当天刚从旧书店买来的《围城》，读了没两页，便爱不释手。她把书签夹在第一章结束的那一页，打算读到那儿再睡觉。

谁知就在这当儿，已经睡觉的弟弟忽然一个鱼打挺从床上坐起来，一边揉眼睛一边掉转脸，语调幽幽地对她说："姐，我的座位太偏，上课时看不清黑板上的字！"

她放下书，走到弟弟身边，母亲一般抚摸着弟弟的脑袋说："那么多同学坐在一个教室里，总要有人坐在'偏位'上嘛！别着急，待些日子，班主任张老师会给你调换的！"

弟弟第一次向她诉苦，她便显出一种与生俱来的、心理学家一般的抚慰能力。不经意间，一丝淡淡的忧愁袭上她的心头。她想，我如此抚慰弟弟，岂不正是在疗救自己充满孤寂的生活吗？

"王亚飞和李正宇都调换过两次了，可我一次也没调换过！"金虎在姐姐的"抚慰"过了短暂的保质期后，又开始诉苦。

"真的是这样吗？"

"真的！"

星期天下午，她乘上一辆三轮车，径往龙舟巷。此前，她与弟弟闲聊时，得知王亚飞家就住在那个巷子里。弟弟还说，王亚飞他爸的名字才吓人呢，叫王惊天。

临行前，她生怕对方不肯说出实情，特意花了 16 块钱买了一包南京牌香烟。她不抽烟，加之贫穷限制了她在这方面的想象力，自以为这就是最好的香烟。殊不知，世界上最贵的香烟——好彩香烟，每盒售价高达 66 万美元。普通工人汗流水爬地干一年，未必买得起一个烟屁股呢！

快下车时，她问三轮车工人："大叔，您认识不认识王惊天？他家就住在龙舟巷！"

对方问她："你找他干啥？"

她莞尔一笑："他家的小孩和我弟弟同在一个班级……"

“王惊天？”三轮车工人听罢连连摆手，“不认识！不认识！”

言毕，他掉转车头，绝尘而去。——如果可以这么夸张的话。

下车后，她拐进一条小巷。一位老奶奶许是刚忙完家务，正坐在门口的一条小板凳上，迎着“溜巷风”，晾汗呢！

走到老奶奶身边时，她问：“您老可认识王惊天？”

老奶奶拍手打掌地说：“哎呀！姑娘，刚才‘拉’你的三轮车工人，不就是王惊天吗？”

她的心里咯噔了一下。

老奶奶见她一劲儿愣神，忙又安慰道：“不打紧，不打紧！他家住在这条巷子的北首，比我家的门牌号码整整多五十，五十四号。”

她谢过老奶奶，继续往前走。她一边走一边想，五十四，这个门牌号码好记！——刚好与一副扑克牌的张数相同。这么一想，每路过一户，她就有一种“打”掉一张扑克牌的感觉。

她行走在一条如同秦砖汉瓦一般古老的小巷里。青石板被岁月的年轮打磨出一道道深深的印痕，每走一步，都好像是对小巷历史的一次追问。街道两边，带有古典建筑风格的房屋鳞次栉比，黛瓦苍苔。从商业功能的角度看，商店、茶楼、酒家、旅馆、浴室，应有尽有，目不暇接。房屋的墙大多呈暗灰色，窄窄的漏光花窗，看上去更像是墙的装饰，但丝毫没有蹩脚演员叽叽歪歪的矫情。在偶尔可见的悬鱼惹草的勾勒下，小巷的一切美得沧桑悠远。看得出来，它坚定地拒绝新世界流行的水泥和钢筋，坚守自己源自传统的栖居方式、美学风尚和与此相依为命的日常生活，任何企图以光怪陆离取代古旧斑斓的努力在这里都没有市场。在这里，历史首先是作为一种气息存在的，它带着时代的遗痕，将一缕悠长婉妙的诗意，倾泻在每个人的心中，成为他们身体里的一种养分。

小巷被一种长长的幽静笼罩着。她脚高步低地走到五十四号住户门前，轻轻地叩响了朱漆大门。不一会儿，里面传来清脆的女声：“来啦！”接着门闩一响，大门朝两旁闪开。出现在她眼前的，是一位青春靓丽的女孩。那女孩头戴一顶盆形牛仔帽，身着一袭玫瑰红的毛线衣，眼睛黑得像榛子，水汪汪能照见人影。她涂着亮晶晶的彩唇，眼皮绿油油蓝莹莹。脸上笑意盈盈，酒窝甜甜的，自有一种吴越女子的清丽娇白。她的笑，有春风里飘浮着的花香气息。金凤真切地感受到，女孩的美丽像一朵花，一伸手就可以摘下来，拿在手里看，凑近鼻子闻。

她问女孩："请问，王师傅在家吗？"

"王师傅？"女孩的目光像月亮躲进云层，忽明忽暗。要弄清她的潜台词，需要大山拔出泥足、抖落雪峰的思考。

"就是踏三轮车的王惊天！"金凤说话时的神态，就像小学老师向学生解释某个词语。

女孩仿佛受了侮辱似的，皱着眉头说："他家住在五十七号！"言毕砰的一声关上大门。

金凤大脑里一片空白，像森林大火后的废墟，树木烧光了，只剩下一些残灰余烬，零星地散落在内心深处。

她搞不清是老奶奶说错了还是自己听岔了，愣怔良久，她掉转身子走到五十七号门前。定神一看，门上挂着一把"将军不下马"式的大铁锁。它折射出的光，是旖旎的、迷幻的、旋转的、令人迷茫的。

她从门缝里张望一下，选择离开。

自此，那条狭窄、幽长的小巷，成了她生命中总在跳动的一根神经。

当天晚上，她躺在床上翻烙饼。

乳白色的月光从窗口泻进来。她知道，月亮正高悬在空中，在群星拱抱中挑逗着大地。她一向喜欢仰望月亮，这会儿，月亮对她的魅力却荡然无存。她觉着，月亮悬浮在太多的被忘却的蹩脚的诗歌之上，它是音乐家和诗人的危险的启迪者，是浅薄的形象和乏味的激情的母亲。

冷月临窗，一只油蛐蛐在窗下低鸣。离窗不远的花台上，瑟缩在花盆中的水绣球开着几朵小花。它是在慨叹她的楚楚可怜吗？

金凤辗转反侧，翻来覆去地难以入睡。这倒不是由于她像《西厢记》里的崔莺莺那样，期盼张生翻过墙头来和自己幽会，也不是害怕梁上君子光临寒舍；她在想，生活在社会最底层的三轮车工人，都有办法让自己的子女身心愉悦地坐在教室内；而我呢，竟然长时间地让弟弟像个旁听生似的屈居“偏位”，岂不是太无能了吗？

恍恍惚惚中，她觉得自己抓住了一端固定在桩上的绳子的另一端，打秋千一般破门而出，飞临壁立千仞的高空。秋千到了最高点时，地心吸力忽然不复存在，于是她就像流星一样，拖着长长的尾巴消逝在万里长空……

日出日落又一天。

沈从文先生从前喜欢用“打发日子”四个字来形容生活；现在很少有人再用了，可见大多数人日子过好了，有奔头了。但是，金凤还在“打发日子”。

那天晚饭后，她买了一张二百元的购物卡，径自来到绿树掩映的实小门前。在枝形路灯的照耀下，那连绵不断的绿又清新又理直气壮，春草似的嘹亮霸气。

实小的门卫，是一个身材矮小、瘦骨嶙峋的老头儿。见到那场面，你准会想，这里的领导一准是个昏官；要不，怎能把一个类似国防部长的重要职位，安排给手无缚鸡之力的垂暮老人？殊不知，老人老当益壮，他朝值班室里一坐，俨然一尊关帝雕像。

老门卫的考古学价值，以及那似有若无的笑容如回声般在众人眼里传来传去的模样，激起金凤的好奇心。

面对金凤，老门卫仿佛见到八国联军犯我中华，连忙拦截：“停！”

金凤只好停住脚步。

“你找谁？”老门卫见自己有事可做，突然精神焕发。

“我找五（3）班班主任张老师！”金凤恭恭敬敬地回答，一双眼睛如同被微风轻抚的金色池塘。

“姑娘，你年纪轻轻的，”老门卫突然变得和善起来，笑眯眯地问，“咋会窗户眼里递礼盒——送礼都找不着门儿了？”

金凤颇为不解：“您怎么知道我给老师送礼？”

“丫头，你把我当成老糊涂了吧？”老门卫微微一笑，脸上的皱纹足以夹死苍蝇，“现如今，找老师哪有不送礼的！”

金凤如同一个暴露了身份的卧底，一时不知道说什么才好。

“去吧！”老门卫意味深长地一笑，抬起右手慢悠悠地朝教工宿舍楼方向一扬，好似舞台上的青衣甩水袖，“二楼最西首那一间！”

言毕，他伸出暗红色的舌头舔舔嘴唇。这是老门卫由来已久的习惯动作，倘不如此，时间长了，两片嘴唇便会粘在一起。有几回，由于一劲儿琢磨小儿媳怀的是男娃还是女娃，上下唇紧紧地粘在一起，嘴怎么也张不开。情急之中，他不得不诉诸武力，动用特警和武警——大拇指和食指，强行把它们分开。

金凤暗自思量，上二楼，先得经过一楼；上了二楼，还得转弯向西。这么一路走去，得打多少个门前路过，得有多少双眼睛盯着自己！

犹豫再三，她终于以侦察兵通过封锁线的勇气，成功地来到张老师的门前。

巧的是，宿舍门敞开着。

其时，张老师正在批改作业。听到门外有脚步声，她掉转脸来看着来人，轻声问：“你找谁？”

她立在门外回答：“我找五（3）班班主任张老师！”

“我就是！我就是！”张老师笑吟吟地迎上来，侧转身子打着手势说，“请进！请进！”

她大大方方地走了进去。因为张老师也是女流之辈，且与自己年龄差不多，金凤觉着，自己没有理由不大方。

张老师的住处不大，布置得十分素雅。正面墙上挂着一幅颜体楷书中堂：“虚心竹有低头叶，傲骨梅无仰面花。”手笔格调清远，拙朴古淡，结体宽博而气势恢宏，骨力遒劲而风致整峻。两张栗壳色的真皮沙发，沿犄角贴墙摆放。南北方向的那张沙发前，有一个玻璃茶几，颜色是一种平常很少见到的中间过渡色，上面很有条理地放着几款老式茶具。其中有两款，看上去像宜兴紫砂，泥质细腻，呈色丰富，纹饰多样，简直可作案头清供，堪与商鼎周彝一比高下。北面墙上有一扇硕大的窗户，薄如蝉翼的乳白色窗帘，散发着《诗经》一般的古奥清香。

张老师朝来人身边走了两步，抬起右手指着一张沿墙摆放的单人沙发，意在“请坐”。

金凤落座后，张老师倒了两杯水放在茶几上，并在茶几另一侧的一张皮革罩面的棕色单人沙发上坐下。

简单、朴素的室内装修，缓解了新来乍到的金凤对外界的注意力的本能对抗。事实也正是如此，奢华、豪横的物质环境容易给人肉质的心灵带来压抑，反之能使人的灵魂进入风平浪静的港湾。

张老师身材纤细，肤如凝脂，齿如瓠犀，鼻子娇俏，明亮的双眸好似清澈见底的山泉。她身穿橘红色的细呢上装，一条藏青色的毛料裤子，脚蹬棕色半高跟皮鞋。看上去，女主人端庄、沉静，像一棵没有杂念的秋天的树，临风流韵，恣意高扬。她的美，宁静地生长在时间里，而非颜面上，是祥和态，是书卷气。再高傲的人，再浮躁的人，在张老师面前，也会涌起对已逝岁月、特别是对青春岁月的怀想。

寒暄过后，不待张老师询问，来人便自报家门说，我是金虎的姐姐，叫金凤。

张老师听罢，抬起右手拢拢头发，朝她微微一笑：“无事不登三宝殿，找我一定有事呀！”

“是有点儿小事！”她搓着两手，自觉言不及义，——既然是“小事”，何必风尘仆仆地赶来呢！

“什么事？”张老师没有抠字眼儿，“你说！”

“我想请您……给我弟弟调一下座位！”她鼓起勇气说明了来意。

张老师呷了一口茶水，随手把水杯放在沙发的木质平面扶手上，抬起空着的左手拉拉衣领，轻声说：“金虎的座位早就该调换了，但我考虑再三，最终还是决定：暂时不给他调换！”

金凤一声不响，洗耳恭听。她想，班主任给学生调一下座位，犹如拨拉一下算盘珠，何至于需要“考虑再三”？

张老师站起身，拿起水瓶，象征性地给客人的杯子里续了一点儿水，又给自己的杯子续上，然后坐回原处继续说：“我们班上五十四名学生，除了两个孤儿及金虎外，其他学生的家长，每隔十天半月就来找我，了解子女的学习成绩、在校表现；而你呢，直到今天，要不是为着给你弟弟调换座位，你还不一定来，甚至一定不来……”

金凤有点不耐烦了，心想，这个张老师也真是的，说什么绕口令，有什么话你就直说吧！

“按理说，与其培养孩子的竞争能力，不如培养他们的良好品质。因为假以时日，每一种好品质都可以转化为待人接物、立身处世的才略。而这种才略，是那些从小就被家长牵着鼻子走进‘罗马斗兽场’，参与竞争、角斗的孩子很难具备，甚至终身或缺的！——这就是老子所说的‘夫唯不争，故莫能与之争’。可是，‘高考’这个游戏规则，没有哪个牛人能够突破，除非你置身场外。现如今，‘高考’这座独木桥，引桥的桥墩已经挨在小学的围墙外。在小学阶段，家长如果不想方设法把子女的成绩搞上去，那他们连‘高考’的引桥——中考——也过不去，将来还能有机会上大学吗？”张老师越说越激动，“童年本应是一次愉快的旅行；可是，应试教育硬是把它变成一场不要命的赛跑！”

金凤听着，心里的弦越绷越紧。

张老师继续说：“据我所知，现如今，就连本该十分严肃的公务员考试，特别是笔试之后的面试，都有猫腻；唯一一座有荷枪实弹的重兵把守的‘通天大桥’，就是一年一度的高考了。高考是一种平等的残酷、残酷的平等。唯其平等，生活在社会底层的人，才有机会参与竞争；唯其残酷，作为家长，才更应该不遗余力，千方百计地关心、帮助自己的子女或弟妹，鼓励他们去拼搏、去竞争！……”

金凤听罢眼前一亮，仿佛登上了莫莫高山，进入了逶迤幽谷。她觉着，张老师的这番话语，弥漫着一股浓郁的苏格拉底式的哲学气息，能让人在瞬息中触摸永恒，在微粒中进入广远。

“可是你呢？你是怎么关心、帮助你的弟弟金虎的呢？我不敢贸然地说你在家中对他的关心、帮助不够；但是有一点可以肯定，和我们班的其他任何一位家长相比，你在主动与老师——不仅仅指班主任，还应包括所有的任课老师——沟通方面，做得很不够！”张老师朝她唯一的听众舒过脸来，那神情，不像是在看她，而是在读她，读她脑子，读她心思。

金凤很少插话，听得很认真、很投入，就像新教徒听教义课一样。

张老师慢条斯理地呷了一口茶水，接着说：“有些家长奉行‘世路难行钱作马，愁城欲破酒为军’的处世之道，隔三岔五地给老师送礼、请老师吃饭，有的甚至送什么购物卡，出手就成百上千，误认为这样做就是‘沟通’。在这样的环境里，孩子们要想找到道德中心，实在太难了！我相信自己还不至于那么庸俗，醉心于吃请、受礼！——‘师哉，师哉，桐（童）子之命也’，千百年来，家长对老师的期望是何等迫切、感人啊！作为一个教育工作者，在为人师表方面，完全应该像汉碑和唐楷那样严守法度！我不敢说自己是一个不负众望的好老师，但我坚信，起码能守住师德的底线……然而，毋庸讳言，热衷于吃请、受礼的老师不仅有，而且人数还不少！由于送礼已经异化为送钱，因此不少家长已经啧有烦言……不过，出现这种情况说怪也不怪，可谓古今中外，概莫能外！——例如，果戈理在其名著《死魂灵》里，便通过中学生尼科拉沙与主人公乞乞科夫闲谈，揭露了弥漫在俄国校园里的不正之风：‘如果妈妈给老师送来的礼物比较丰厚，学生就会得到老师的宠爱。’……然而，尽管如此，在我看来，给老师送礼这个‘包袱’完全可以甩掉，老师们真正在意的是学生的学习成绩，而不是其他。真正甩不掉的‘包袱’，是各级各类学校动辄上万元、数万元的高收费。包括你在内的家长们，应该把本钱押在这个赌局上；没有本钱的，要早做准备……”

金凤像一个被妈妈发现在暗中谈恋爱的女孩，一时找不到合适的表情，满脸绯红。

稍停，张老师如同刚刚吟罢欧阳修的千古名句——“人生自是有情痴，此恨不关风与月”，感慨万千地说：“不知从何时起，中国的礼仪模式越来越庸俗化，叫人承受不了！夜深人静之时，我时常会想起歌德《浮士德》中的一句台词：上帝，你把同样的酒让我喝，我为什么昨天没醉，今天却醉了？”

张老师咳唾成珠，金凤不由得刮目相看。因为在她的心目中，时下的女人大多是烟花爆竹式的，猛一看花花绿绿、珠光宝气，但只要开口说话，立刻就显得底气不足，如同一桌酒席没有一道特色菜，尽是打春的萝卜立秋的瓜，让人没有回味的余地。

至此，张老师超凡脱俗的内心世界，及其洁身慎行的狷介个性，帛画一般历历在目。金凤感到自己带来的一门重炮——购物卡，在这圣洁的住所已经成了没有用武之地的废物。

夜已深。一只受了惊吓而又迷路的野蜂，带着几分忧伤飞进门来，碰壁后又踅回，贴着金凤的耳根从窗口向屋外飞去，发出子弹一般的啸音。

张老师兜马回头，眼风带着一股热浪扑面而来："我认为，座位与学生学习成绩的优劣，压根儿没有关系！解放前，有些穷人家的孩子上不起学，在教室外面旁听，学到的知识，却远远超过正儿八经地坐在教室里听讲的学生！……不过，话得说回来，我不打算把自己的观点强加给你。既然你把座位看得如此重要，过两天，我就给你弟弟调换一下吧！"

"谢谢张老师！"金凤听了，顿时有一种想与对方握手的冲动。

其实，此时的金凤，已经不再把调换座位看得多么重要；她之所以还要调换，主要是因为得向弟弟"交差"。

临别时，张老师把她送到楼下。这是张老师待客史上孤峰突兀的礼节，正如晋代的慧远法师把造访的陶渊明、陆修静送过门前虎溪，毛泽东把客人送到丰泽园的门口一样。

出了实小大门，横亘在金凤面前的，是一条南北走向的马路。电杆的挺拔与等距，勾勒出长街的空旷和寂寥。一条野狗衔着巡警的威严和吆喝，在城市梦境的源头东跑西溜。枝繁叶茂的绿化树的浓荫里，偶有情侣相拥而过。

一路上，金凤感到自己不虚此行。因为只有亲自登门，才能听到张老师发自肺腑的话语，正如只有在林荫深处，才能听到夜莺流利的鸣啭。

第十章

美国苹果公司前行政总裁乔布斯说，他愿以手中所有的科技，换取与苏格拉底闲谈的一个下午。金凤对于同有识人士交谈的重要性的认识，与乔布斯所见略同。她想，张老师有关如何应对“高学费”的一番话，可真说到了点子上，自己从中获益匪浅。

金凤知道，弟弟是父母的心上肉，是父母的未来和希望。但她并不因此而妒忌弟弟，嫉恨父母。相反，她要像日本七保子（即后来的黛薇夫人）对弟弟八增男那样，把弟弟当作是自己在这个世界上最重要的亲人，不遗余力地为之献身。

金凤家世代务农。从她的父辈往上数，贫困像烈焰一样上了房。要不是几代人舍命打拼，她家早就化作一片焦土。这样的家庭，自然也就没有能力让孩子去拜见孔夫子。

庄上的老辈人说，有一年除夕，金凤的曾祖父请当地一位私塾先生写春联。私塾先生捏捏耳垂，说你家独扇柴笆门，犯不着贴什么春联，“刷锅把儿铜丝绕，打扮死了也不妙”！我晓得，你家最缺的就是钱，今儿个，我就给你写个“钱”字吧！曾祖父听了，觉着也对，便满脸堆笑地点点头。不一会儿，他千恩万谢地辞别私塾先生，拿着“春联”回到家中，火急忙慌地打了点儿糨糊贴上。——他想让外出有事的老伴回家后见“钱”乐一乐。当天傍晚，邻居家的小男孩在村头遇到金凤的曾祖母，近前仰着小脸说：“奶奶，爷爷倒贴钱！”金凤的曾祖母俯下腰身问：“伢子，你说啥，他倒贴钱？”

小男孩点点头："嗯！庄上好几个人都看见了！"曾祖母听了，气不打一处出，一溜小跑往家赶。路过乔小寡妇门前时，她特意多看了一眼。到家后，她老人家不问青红皂白，一把扯下被倒贴了的"钱"字，揉成一团"啪！"一下扔到丈夫的鼻子上："老东西，我叫你倒贴钱！我叫你倒贴钱！"要是把鼻尖比作靶心，老人家起码中了九环！

老天爷！这是怎样一个让人哭笑不得的黑色幽默？

抚今思昔，金凤恨不能把造币厂的大锤子借用过来，打造一个坚实的经济基础，让弟弟好好读书。

不过，这只是说说而已。依据她的性格，即便有人把造币厂的大锤送上门，她还不一定肯要呢！——她不想让尘世的浮华蒙住自己的眼睛，湮没自己的心灵。

她需要钱，但必须是从自己的汗水中漂浮过来的钱。

自古至今，挣钱得有一技之长，否则只能靠出卖体力。在这方面，她有自知之明，认为自己目前只能走后一条路。

进而她想，我曾坐过别人的三轮车；如今，我为什么不能踏车载客？

"逆境是一根金色的鞭子，它能鞭策人们去抗争、去奋斗。"信哉斯言！周文王和孔子要不是身处逆境，青史上怎么会有"文王拘而演《周易》""仲尼厄而作《春秋》"一类史诗般的千古绝唱呢？倘若不是迫于经济压力，我们的金凤小姐，怎么会想到踏三轮车挣钱呢？

当天晚上，她把自己的想法对周建林和钱玉娟讲了。夫妻俩听罢惊诧不已，两人如同有约在先似的，嘴唇全都撮成一个小圆孔儿。

良久，钱玉娟轻轻地拍着她的肩膀说："大姑娘踏三轮车，你不怕人家笑话，我们还怕呢！"

金凤拉着钱玉娟的手说："阿姨，我一不偷，二不抢，靠体力挣钱，别人能有什么闲话可说？"

周建林朝她舒过脸来说："金凤，你以为踏三轮车挣钱就那么容易？即便没人说闲话，你能竞争得过人家吗？据我所知，县城里已经办证的三轮车就有一千二百多辆，此外还有不少没办证的'黑车'；巴掌大点儿的县城，哪有那么多的人要坐三轮车？……金凤，我跟你说，我们可不能像法国鹰师那样，不管看见什么就撒出鹰去！”

金凤说：“叔叔，阿姨，你们的话都很有道理。不过我想，我不缺胳膊不少腿，咋就竞争不过别人？”

此时的金凤，如同一个经历了十年苦练即将登台的演员，带着满腔激情和排练的辛酸，带着成功的决心和对美好生活的向往站在舞台旁边，没有任何人能够阻止她！

钱玉娟见金凤一头撞南墙，知道一时半会儿拉不回来，于是说：“金凤，我看这样吧：我想办法借一辆三轮车，让你先试试。你看怎样？”

金凤听罢十分高兴，不假思索地说：“对！这样不至于把钱‘焊’在三轮车上，可进可退。太好了，太好了！”

第二天下午，钱玉娟到邻村一位熟人家去借三轮车。来回只花了两个多小时，果然借来一辆。

金凤练了三个晚上，便到离家不远的一个桥头“试营业”。

其时，那儿已经停了一辆三轮车。车主坐在自己的车上，边看报纸边候客。

那位车主看上去五十开外，方脸大耳，虎背熊腰，身着熨烫得十分服帖的蓝衬衫，衬衫外边罩着一个像股票经纪人一样的马甲，看上去温文尔雅，一点儿不像三轮车夫的装扮。

原来，这个县城里，好多踏三轮车的都是退休工人。他们一不打麻将，二不“斗地主”，于是花仨瓜俩枣买辆三轮车，有客搭客，没客健身，每天多则挣几十块钱，少则挣十几块钱。哪怕再不景气，扯平了算，每天也能一家人吃一顿“免费午餐”。

那位三轮车工人用昏昏欲睡的眼神，把金凤打量得昏昏欲睡。难怪有人说，瞌睡会“传染”呢！

她在阵前提醒自己，一定要“忠于职守”，干一行爱一行。因为干同样一件事情，成败与否，主要决定于具体操作的人。比如，凯恩斯炒股大赚特赚，个人致富之外，还帮助母校把 3 万英镑炒到 38 万英镑。

正想着，一个左腕部位文有螃蟹图案的年轻人，腋下夹着一个黑色手提包，发现新大陆一般大步走近她，一抬腿登上三轮车，仰面朝天地躺着，两条腿好像钟摆似的，不停地晃来晃去。

金凤笑着问："去哪儿？"

她一边问，一边瞥了一眼他左腕上的螃蟹图案。

螃蟹抬起右手，朝街心花园方向指了一下。

金凤稳稳地骑上三轮车。她惊喜地发现，车上坐了一个人，非但不比踏空车费力，反而更加平稳、更加轻快。

一路上，不少行人用惊讶的目光打量她。

正值青春年华的金凤，头发油黑，皮肤细白，明眸皓齿，小口薄唇，看上去如同春柳一样清爽单纯、可爱飘飞。

在行人眼里，她是沙漠中的一块绿洲、荨麻中的一株玫瑰。

到了街心花园旁边，金凤转脸一看，但见群芳绚丽，婀娜多姿。

她微笑着示意螃蟹下车。

螃蟹一抬头，便看到她霞一般灿烂的脸、湖一般清澈的眼、玉一般晶莹的牙。他觉着车主美不胜收，恨不能再长一只眼。

一只横穿马路的癞蛤蟆，从三轮车下面惊慌失措地跳过去。到了路旁的草丛里，它用一只前爪在头上抓挠几下，两眼眨巴眨巴地望着金凤。

螃蟹愣怔了一会儿，似笑非笑地一挥手："走！继续走！"

她气愤之情溢于言表："请你自尊点！"

"自尊？对不起，我不懂什么叫自尊！"他阴阳怪气地说，"你打算拿我怎么办？杀了煲汤？王八炖鸡？"

她说："莫非你是上杀场，让我拉着你游街？"

他答："按照现行的法律，要我上杀场，像你这样的妹子，起码得强奸三个至五个；这还不够，另外还得抢银行三次以上！"那副样子让人觉着，他的肉体被踏三轮车的姑娘载来了，至于灵魂在哪儿，只有天晓得！

她知道自己遇上了一个无赖，怒不可遏地说："请你下车！"

"既是'请'我下车，那我就无须破费了！"螃蟹大模大样地下了车，扬长而去。

望着螃蟹渐去渐远的背影，她简直难以置信：这也算是从娘胎里出来的人？莫非他妈生他时，错把伢子扔了把胎盘养大？

金凤有所不知，这个髀肉复生的街头混混，居无定所，终日无所事事到处晃荡，辛稼轩之词、王摩诘之诗、贝多芬之乐、王实甫之曲，是与他无关的。据柏拉图《菲得洛斯》对话篇说，促织进化，变成诗人。照此推论，此公前世无疑是癞皮狗了。

她欲哭无泪，告状无门，只好骑着空车回家。

你瞧，某些时候、某些场合，“邪不压正”这个在理论上成立的词，实质上是一种多么勉强、多么脆弱的平衡啊！

由于神思恍惚，在一条街道的拐弯处，她连人带车摔倒了。其时，路上行人很多，但是由于世风的熏陶，他们都已懂得，未经公证，不能随便救助跌倒的人，以免到时候有理说不清，捏着鼻子忍气吞声地为被救助的人支付医药费、营养费、误工费。她在众目睽睽之下，像木工打开的折尺似的，一节一节地从地上爬起来。她试着举举胳膊抬抬腿，还好，除了左腿疼得厉害外，其他没有什么异样。

一位涉世不深的小学生帮她架好三轮车，她朝他感激地笑了笑。她想，难怪有人说，小孩子生活在“问题”里，成年人生活在答案中。

离家还有一里多路。如果骑车，一会儿就到。但她觉着左腿不听使唤，只好推着三轮车回家。

走了不远，她遇到读初中时的同学居丽芸。当年，居丽芸是一个表情庄重、一本正经的小姑娘。闲暇时，她正襟危坐、目不斜视，像是专门经过这种坐式训练；双脚放得平平的，好似怕把鞋子弄歪。大约是因为生活的打磨，如今，她已变得风风火火。一见面，她就拍着金凤的肩头问：“妹子，有对象了吗？”

金凤摇摇头。她又接口说：“那得抓紧喽，我已经快要结婚了！”稍停又说，“结婚那天，我真想把手上捧着的香槟色花球抛给你，因为我认为，你才是接花球最适合的人选……”

金凤觉着，在耍嘴皮方面，居丽芸已遥遥领先，远非自己所能比；加之左脚隐隐作痛，无心恋战，便找了一个告辞的借口。

到家后，钱阿姨见她神色不对劲，忙问是怎么回事。

她笑着回答："没什么！没什么！"

钱阿姨阅人无数，她早已看出她没说真话。于是，她进三步退两步，用介于生物学家和老中医之间的目光打量金凤。后者感到钱阿姨的目光穿透了肌肤，直达她的意识深处。

愣怔有顷，她如实说了途中跌跤一事。

钱阿姨听罢吃了一惊，连忙问她跌伤了没有。

她回答说，只是左腿有点疼，别的没什么。

钱阿姨当机立断："我俩赶快吃午饭！下午我陪你去医院看骨科！"

她知道伤筋断骨的厉害。读初中时，她的同桌房丽娟，一个阴雨天上学时不慎跌断了左臂。由于没有及时地进行正规治疗，迁延成骨髓炎，县医院骨科医生束手无策，建议她截肢。她无法接受这一残酷的现实，辗转投医北京骨髓炎专科医院。该院骨科专家采用"自体骨移植"的治疗方案，历时半年多，好不容易才保住她的左臂。

想到这些，她连忙点点头，表示同意阿姨的安排。

吃饭时，她问："周叔叔呢？"

钱阿姨回答说："他呀，到市里开会去了，得好几天才能回来！"

下午两点多，她对钱阿姨说："医院离得不远，我坐三轮车去，您在家里备课吧！"

钱阿姨怔忡了一下，一边递零钱给她一边关切地说："可别舍不得花钱！三轮车，你一定得坐啊！"

"阿姨，我身边有零钱！"金凤推让着。

"你有归你有，"钱阿姨把零钱塞到她的衣袋里，"今儿个，你坐车一定要用我给的钱！"

她没再拒绝。

为了减轻振动对腿部的影响，她乘坐一辆人力三轮车而非机动三轮车来到县医院。

挂号后，走进骨科门诊室一看，天哪，当班的医生竟然是她读初中时的同学、后来因病休学的纪玉萍！她虽然不再像学生时代那样年轻得像青苹果上的一滴露，一对可以淹死人的酒窝也已被面部肌肉填平，却在时间的金矿里变成了女儿红酒，有着一种经过世俗生活的打磨越来越醇厚、越来越浓烈的女人味，温柔敦厚，优雅沉静。金凤从对方断断续续的谈话中得知，纪玉萍的父亲纪正武是一个花花公子，早就和她母亲离婚。父母离异后，母亲改嫁给宁海县卫生局副局长孔冶年。后父见继女一心向学，便让她继续读书。高中毕业后，她顺理成章地报考了医学院校。医专毕业后，因为后父的人脉关系，她免下乡镇，得以到县医院骨科做医生。说完这些，纪玉萍问及金凤退学后的情况。而后开始问诊，并象征性地在她的左腿上这儿按按，那儿捏捏。金凤估摸着，接下来肯定要建议她拍片检查。果然不错，她一猜即中。

一个多小时后，她在人潮涌动的窗口拿到了“DR 检查报告单”。报告单上的结论是：左侧股骨未见明显异常，周围软组织轻度肿胀。

纪玉萍看后，建议她贴膏药消炎。

听说需要贴膏药，金凤脱口而出：“我老家那儿，邱家祖传秘制的膏药，远近闻名！”

“你瞧，我咋把邱家膏药忘记了？你回去后，赶紧到他家摊膏药！”纪玉萍大悟似的说。

金凤赞同地点点头。

纪玉萍见对方主意已定，随手把刚刚写好的处方揉成一团，用它在桌面上来回擦拭，擦去桌面上一团将干未干的墨迹，然后轻轻地扔到字纸篓里。

金凤从医院回来后，钱阿姨从她口中得知检查结果，十分高兴。她说：“只要没伤筋断骨，就无大碍！赶明儿，你就抓紧到邱家去摊膏药吧！”

第二天早晨，钱阿姨要包饺子给她吃。她不肯，仍要吃粥，外加炒饭。除了中午，早、晚她最爱吃粥。她觉着，诸般食物里，粥就像中国的传统夫妻，都是寻常烟火慢慢熬出来的，哪怕皇帝御厨里的鸾脯凤腊，也比不上一碗浓稠缠绵的粥啊。

吃过早饭，她乘车来到邱家所在的小镇。

下车后，她沿着一条石子铺就的小路往北走，不一会儿，便来到坐落在街道北首的邱家小院门前。小院坐西面东，红砖砌就的院墙，南北长约十五米，居中部位有一个徽式简约风格的门楼。

她摇了几下门环，没有人应。刚准备拍打门板，她无意中从门缝里看到，母亲正在一位胖老奶奶的陪同下，从堂屋出来朝院门方向走。

刹那间，一道电光石火在她的脑海里一闪而过！

她意识到，母亲一定也是来摊膏药的！因为她早就知道，母亲为了挣钱给弟弟上学，早就累出了“腰疼病”，不得不隔三岔五地到邱家摊膏药。

为了不让母亲难受，她轻手轻脚地躲到院子的墙拐角旁边。母亲沿着一条小巷，步履蹒跚地朝前走。直到母亲的身影快要消失在小巷的尽头，她还在眼含热泪极目眺望。那一刻，在潜意识里，她决心有朝一日，自己要笔蘸亲情写一篇散文，作为朱自清先生《背影》的母女版。

待母亲的身影从视野里消失，她拭去泪水掉转身子，推开邱家虚掩的大门。邱老奶奶问明情况，给她摊了三张膏药，收了三十元钱。她把膏药揣进衣袋，急急忙忙地返回车站，乘上回县城的班车。

邱家膏药真是名不虚传。半个多月后，她受伤的左腿便恢复如常。

揭去最后一张膏药的那天傍晚，她路过县政府门前时，只见好多人围在那儿，目不转睛地看着张贴在墙上的一刷溜儿“招聘启事”，并忙中偷闲交头接耳地小声议论，好似买股票的人就着 K 线图分析股票走势。

在这个小县城，此类现象是一种生活常态，不足为奇。她本来不打算停留；但是，就在那当儿，她想起了本县报社要招聘合同制工作人员的传闻，又禁不住要看个究竟。

她平心静气地把招聘启事从头至尾看了一遍；紧接着，她又把自身的条件与“启事”上要求的条件逐一对照。结果，她心灰意冷：自己是农村户口，不合招聘条件。

不过，细看“备注”之后，她又有了一线希望。“备注”一共有三条，其中的第二条是，凡在省级以上报刊发表过两篇（首）以上作品的人员，应聘记者和编辑职位的，可以不受户口性质限制。而她本人呢，曾于去年上半年在三家省报上发表过两首抒情诗，一篇小说。

她的心里像揣着一只小兔子，一劲儿乱跳：自打小学三年级起，县报就曾多次发表过自己的文章；今后要是能到这个报社工作，那就太好了！

到家后，她闭口不谈报社招聘工作人员一事。她想，兴许周叔叔和钱阿姨也已经知道这个消息了。假使果真如此，他们一定会敦促她去应聘；届时，自己装出一副好容易才勉强从命的样子。她觉着，这样做，可以给叔叔阿姨留下“听话”的好印象。

果然不出所料，钱玉娟已经知道报社招聘工作人员一事，并积极主张金凤应聘。

金凤故作惊讶地说：“让我去参加报社招聘考试？我能行吗？”

“怎么不行？”钱玉娟惊讶于金凤的惊讶，“我把招聘启事从头至尾看了，你符合应聘条件！”

金凤正要开口说什么，钱玉娟朝她摆摆手。

稍停，她转脸问丈夫：“我想问一下，你对金凤‘参（加）考（试）’一事咋看？”

周建林朝钱玉娟舒过脸来说：“这还用问吗？这种打着灯笼也找不到的好事儿，我当然举双手赞成！”

钱玉娟拉着金凤的手说：“我也这么想呢，像你这样既美丽又有才华的女子，到报社做记者、当编辑最好！……依我看哪，你一定能马到成功！我记得一位名人说过，美丽而又有才华的女子，就是上帝最满意的作品！你想，连上帝都满意了，还有谁不满意呢？”

周建林提醒说：“可是玉娟，你要知道，在我们这个偏僻的小县城里，金凤这回子能不能过关，全在县太爷一句话！”

钱玉娟朝丈夫身边跨了一步，不以为然地说：“县太爷怎么了？县太爷也得按章办事！”

金凤报名后没多久，和几个相处较好的女友一道，从有关部门领回一本厚厚的学习资料。

从报名到笔试只有一个多月时间。为了让金凤安心学习有关资料，周建林夫妇包揽了包括做饭在内的一切家务。不唯如此，就连接送金虎上学一事，也由他们夫妻俩分摊了。

即便在迎考的日子里，金凤也像平时一样，一丝一毫没有放松对弟弟的督促和辅导。

这是因为，她心里十分清楚，自己无论做什么，包括参加这次应聘考试，以至有朝一日真的有幸到报社工作，都是为了给弟弟铺就一条通往象牙之塔的金光大道。如果仅从自身角度考虑，她就不会中途退学、进城陪读了。

回想起那天晚上张老师语重心长的一席话，她的这一思路更为清晰，决心也更大了。

指缝很宽，时间很瘦，悄悄从指缝间溜走。一个月的时间说长不长，说短不短，转眼间便已不留痕迹地“溜走”。

真是无巧不成书，她参加应聘考试和弟弟参加“小升初考试”的日子，竟然是同一天。

考试那天，钱玉娟天未亮就起身，忙里忙外，特意按照土得掉渣的民俗，让金凤和弟弟金虎每人吃了一根油条，两个鸡蛋，预祝姐弟俩考试得满分。

姐弟俩快要离开家门时，她又给他俩每人五元钱，以备不时之需。

上午八点半，金凤进了考场。

看到偌大教室里“高朋满座”，她不由得紧张起来。我的妈呀，这么多的人竞争四个岗位，岂不是要比高考那座独木桥更难通过吗？

打开试卷，她依据钱玉娟传授的经验，先挑难度不大的题目做。

她由第一题开始，一题接着一题往下看。

看到第三题时，她心里一亮，因为这一题她有把握能做好。

原题是这样的：某小学有一个五年级学生，语文成绩极差，每次考试他都“挂红灯”。期末考试时，他竟然在试卷上写下了这样一段没有标点、错别字连篇的话：“红灯我的好明友你又斩斩的向我靠进红灯你如此多情难到你也把我当着一个无用的人红灯我不是一个无用的人我是人我也有一棵自遵心再见吧红灯。”

请根据以上提供的材料，回答如下问题：

（1）如果你是一位小学语文教师，你将怎样对待这个学生？

（2）如果你是县报编辑部编辑人员，你将怎样处理这篇来稿？

她以手托腮思索有顷，拿起笔来飞快地写出一行行娟秀的钢笔字，用以作答：

答案（1）：我将把该生带到办公室，让他把自己写的话从头到尾读一遍，然后帮助他订正错别字，再指导他重新组织一下，加上题目，使之成为一首短小精悍的诗：

向红灯告别

红灯，
我的好朋友，
你又渐渐地向我靠近。

红灯，
你如此多情，
难道你也把我当作一个无用的人？

红灯，
我有一颗自尊心，
我不是一个无用的人。
再见吧，红灯！

改好以后，我告诉该生，你写了一首形象、生动，抒情言志的好诗！只要你继续努力，将来一定能在文学创作方面有所作为！

答案（2）：如果我是县报编辑，将会像当年《盐阜大众报》编辑对待成名前的陈登科的来稿一样，精准帮扶，多加鼓励；决不高高在上，大泼冷水。

两个小时的笔试只剩下几分钟了，倒数第二小题她还没有做好。那道题是这样的："说说你对幸福的理解。"

她觉得这道题很难答。因为无论你如何回答，改卷老师都可以根据自己的"理解"，全部或者部分地否定你的"理解"。

为了稳操胜券，她灵机一动，写出如下答案："毛主席万岁万岁万万岁！"

她如此答题，并非因为一时心血来潮，而是"以史为鉴"的结果：隋朝长于谋略的李靖，有一次参加《周易》考试时，因为一窍不通，只好在试卷上写下"大隋皇帝万岁万岁万万岁"，再署上自己的姓名交上去。这样的卷子，谁也不敢给低分！——事实上，他得了满分。

第十一章

时隔不久，有关部门公布了应试人员的笔试成绩。在应聘同一岗位的人员中，金凤名列第一，有资格参加面试和体检。

面试是一个至关重要的环节。因此，应试者无一例外地经过培训。面试时，男的人人潇洒得令唐伯虎显不出一点光彩，出言吐语教苏秦无地自容；女的则个个貌比王嫱，才堪文君。

金凤一向不喜欢涂脂抹粉。不过，她早就听人说，面试人员非常注重应试者的品貌。因此，她也只好随大众，由传统的“女为悦己者容”变为“女为考己者容”，面试前，去了一家美容美发店。该店的大门两侧贴着一副对联：

磨砺以须，问天下头颅几许；
及锋而试，看老夫手段如何。

金凤知道，这副对联是太平天国翼王石达开为剃头铺所撰。她觉得，美容美发店用这副对联，有以偏概全之嫌。究其原因，大约是店主想利用“名人效应”的缘故吧！

几位师傅前仆后继地忙活了好一阵子，最后一位拍拍她的肩膀说：“好了！”她站起身，一转脸，镜子里出现了一个陌生女人：额头前是边分的斜刘海，直顺而有层次感；发梢部分微卷且蓬松，看上去活泼而有动感。镜子里的女人面容柔和，唇红齿白。在斜刘海的映衬下，显得恬静温婉，风情万种。

从美容美发店出来，她的光鲜亮丽，她的仪表风度，让一条大街也跟着敞亮了，每个见了她的人连眼珠子都差点儿掉下来。考官们见了她，好似隋朝的史万岁（人名）见到美貌的盼盼（隋炀帝妃子），禁不住暗自赞叹：“此女只应天上有，人间岂得见！”一位上了年纪的考官由于太过激动，满脸皱纹荡微波，一头银发起白浪。

面试结果，金凤再次折桂。她憬然有悟：保持好看，是一个人向外的体面、向内的尊重。为外在做出努力，便能让一切努力有一个更好的开始和继续。

接下来的一个环节是体检。体检那天，各式人等涌进医院，军团般势不可当。大多数人手持体检表，在熟人的带领下，逐一到有关科室请医生签字。医生碍于情面，有时连看也不看，便签上自己的大名，犹如忙碌或盲目的领导人圈阅文件。原本应该十分严肃的事，不知从何时起，竟然像过期的食品一样变了味。更有甚者，一位男医生签名签昏了头，忙乱中接过一位年轻女士的体检表，竟将自己的大名签在“配偶姓名”一栏里。

金凤自信身体没有问题，加之医院里又没有熟人，便循规蹈矩地参加体检。结果还好，一路绿灯。这种情况，正如“打虎”和“拍蝇”，只有漏网的坏人，没有受冤屈的好人。

一晃又是半个月过去了。“政审”已经结束，不知什么原因，县委宣传部有关人员还像熬鹰一般，捧着录用人员名单让人等。直到“鹰”被“熬”得快要不行了，这才张榜公布。

还好，金凤榜上有名。

金凤感到自己与幸福碰了个满怀，她已被它像小伙子搂情侣一般，搂进柔软温馨的怀抱里。

古人说人生的四个最高境界是：他乡遇故知，久旱逢甘霖，洞房花烛夜，金榜题名时。金榜题名者，旧时可以做官，光宗耀祖；而今虽然不一定做官，但是可以就业。金凤最为企盼的，正是就业，而不是做官。她和阿姨钱玉娟一样，认为女人如果热衷于权力、权术和权经，从某种意义上讲，她已经不再是女人了。

正因为如此，她喜不自胜。彼时彼地，她甚至认为，“就业”比皇冠上的钻石更为宝贵。

“看榜”回家后，她把这一喜讯告诉周建林夫妇和弟弟金虎。

话音刚落，钱玉娟喜形于色地说：“这真是双喜临门啊！”

金凤诧异道：“双喜临门？”

钱玉娟笑着点点头：“是啊！”

接着，她便对金凤说了另外一“喜”：小升初考试时，在报考红星外国语学校的考生中，金虎的总分刚好排在第一百名。按照该校规定，总分排在五十名以上一百名以内的学生，只收三万元择校费：而一百名之外的学生呢，要收六万元！

金凤听了这番话，一种前所未有的自豪感油然而生。这种自豪感属于一个家庭，一支血脉；是一种无法用任何言语比喻，无法用世界上任何东西替代的骨肉亲情衍生出来的。

她身不由己地抱起弟弟，转着圈子，在他的脸上亲了又亲，弄得弟弟怪不好意思的。她好像有点儿醉了，步态零乱颠踬，脚起脚落处，灰尘仿佛被阳光照穿了似的，金雨一般纷纷下落。

红星外国语学校是一所私立学校，董事长是一位姓冯的小姐。冯小姐纤腰一束，后身有极丰厚的天生皮肉坐垫，正合天方夜谭里阿拉伯诗人所描摹、歌颂的美人条件：腰围小，臀部肥。冯小姐的眼睛虽不太大，但是灵活温柔，烟水迷茫；相比之下，有些女人的大眼睛好像政治家讲的空话，大而无当。她不会做饭，不会持家，甚至不怎么落屋，成天风吹头雨打脸地在外面闯荡。然而，这有什么要紧！中国历史上著名的四大美女，除了西施，其他三位都不会做这些琐碎的家务，那又何妨？

建校十多年来，她一步一个脚印，把学校打造成享誉全市、全省乃至全国的名校。

由于办学有方，她一路爬楼梯似的当选为县、市、省、全国人大代表。与此同时，她的荷包也撑得断了线脚。据说，她特意为在北京工作的妹妹租了一幢带家具的豪华别墅，每年房租就高达数十万元。

为了庆贺“双喜临门”，周建林夫妇在县城小有名气的锦江酒家翡翠厅摆了一桌，并通知金凤的父母及自己的一双儿女一起赴宴。难怪某些国外的“中国通”这样理解中国文化：中国文化，尤其是中国的礼仪文化离不开餐饮，有如难易相成、长短相较、高下相倾、音声相和。

开宴的前一天晚上，周建林的儿子周新龙和妹妹周倩倩各自从工作单位赶回家，金凤的父亲金永耕也来了。他说，家里鸡鸡鸭鸭的，老伴实在走不开，不来了。其实，老婆原本打算同他一块儿进城，后来因为学骑自行车时跌伤了的右腿隐隐作痛，这才作罢。

周建林的一双儿女都是寄宿生，平时很少回家。儿子周新龙刚上高中时，为了顺利通过高考这座独木桥，就连礼拜天和节假日都很少回家。可自打和金凤第一次见面后，他回家的次数渐渐多了起来。上大学期间，他一直与金凤保持书信往来。给金凤写信时，他在潜意识里是把她当作女朋友对待的。大学毕业参加工作以后，只要一有机会，他就“回家看看”；但他回家后，很少为父母“捶捶后背捏捏肩”，而是家鸽哄信鸽似的哄着金凤，两个人关起房门谈天说地，有时甚至彻夜长谈。时间长了，左邻右舍难免有些闲言碎语。为此，周建林感到不安。这种不安，放印子钱似的本上加利，与日俱增。钱玉娟知道后不以为然地哈哈一笑，温言细语、以过来人的口吻开导说，一男一女在一起，人家就要说闲话，正如两根树枝相接近，蜘蛛就要结网，属于正常现象，你赶紧别往心里去！

她嘴上这么说，心里却在想：这一男一女，一个未娶，一个未嫁，别说在一块儿拉拉家常，就是谈情说爱也名正言顺，别人管得着吗？更何况，她早就觉着，金凤许配给周新龙，就如同朱丽叶许配给罗密欧、七仙女许配给董永，可谓天生一对、地造一双。

她说了自己的想法后，周建林觉着夫人的话也挺有道理。

周新龙接到家中的电话时，适逢他所在的红宝县税务局安排职工到九寨沟旅游，第二天就要出发。九寨沟早就是他心驰神往的旅游胜地，但是一想到金凤，他还是选择回家，放弃旅游，并且像寓言故事里吃不到葡萄的狐狸一样在心里安慰自己：什么山川形胜！——几堆石头一汪水，怎及我的“林妹妹”？

次日中午，来自两个家庭的一行七人，分乘两辆出租车前往锦江酒家。那情景，颇有一点儿“御史出朝，地动山摇”的况味。

锦江酒家坐落在一个车水马龙的繁华地段。大门两旁，各有一尊石狮，石狮的脖子上拴着红色的绸带。门楣上的“锦江酒家”四个字皇皇石刻巍巍居中，铁画银钩让你感到它的泰山压顶似的重量，乍一看，就像公安部大楼一样令人肃然起敬，胆小的人能被吓得脸色比水仙花瓣还要白。只看门脸，这里压根儿不像独自小酌或宴请亲友的酒家，倒像是旧时山大王胡吃海喝的场所。——不知道究竟蠢到何种程度的人，才能具备如此文不对题的设计理念！要是梁思成和林徽因夫妇再世，说不定会当众羞辱他，直到把他的鹰钩鼻子（传言如此）刮成蒜头鼻子。

在前面开道的那辆出租车在酒店门前停下后，一个打扮得如同民国元帅似的门童迎上来，小心翼翼地打开车门。金永耕此前从未被人如此殷勤地伺候过，受宠若惊地说了声：“谢谢！”原本毕恭毕敬的门童，脸色顿时由舞女的百般娇媚变为常人的云淡风轻，甚至还有几分鄙夷。

推开翡翠厅那扇沉甸甸的大门，展现在眼前的是一个装潢华丽的阔大空间。华美的欧式桌椅，小巧精致的吧台，都漆成了纯白色，与周围的幽雅环境搭配得十分和谐。四壁墙上挂着大师级画家的名画，有齐白石的虾，边寿民的雁，黄胄的驴，徐悲鸿的马。天花板上吊着意大利饰灯，地上铺着北欧红地毯。金永耕觉着一双脚没处放，连忙弯腰脱鞋。守在一旁的女服务员捂着嘴扑哧一笑，近前劝阻：“大爷，不用脱！不用脱！”

与豪华的餐厅相比，宴席上的菜肴显得有点不太般配，但总体说来还算得上丰盛。这倒不是因为周建林夫妇担心“老饕未餍，微禄半销”；而是因为，他俩觉着，都是自家人，没有必要搞什么花架子，两家人在一起，图的是热闹，吃啥喝啥都在其次。当然，如果周建林的官再大一些，并且有损公肥私的胆量和“魄力”，酒桌上就会是另一番景象，山珍海味自不必说，来一盆中华大补汤也未尝不可。

筵宴开始后，“双喜临门”仍是主要话题。周建林言及金虎只需交三万元择校费一“喜”时，金永耕怎么也想不通，就像他想不通隔壁邻居家的芦花鸡隔三岔五下双黄蛋一样。

门前三杯结束后，周建林对金永耕说：“老兄，事情明摆着，你的心肝宝贝金虎，几年后就是大学生；你的女儿金凤马上就要到报社上班，报社里工资高、福利好。往后，你们老两口子就等着享清福吧！”

金永耕掏心掏肺地说：“这还不都亏你们一大家子！要不，他俩到了城里，连个落脚的地方都没处找呢！”

说完，他相跟着敬了周建林夫妇两杯酒。敬第二杯时，他像外交部发言人那样严正声明：“这一杯是我替金凤她妈代敬你俩的！”

言毕，他仰起脖子一饮而尽。

稍停，一滴酒小虫一般顺着他的右嘴角往下爬。他意识到这一点，连忙端起酒杯，用杯沿贴着下巴的右侧，迎着“小虫”往上一推，好像在演示“请君入瓮”，而后可着劲儿一连甩了几下，直到把“小虫”甩到地上。

酒真是个奇妙的东西，要是平时，在这样的场合，你就是打金永耕八板子，十八板子，他说话时也不会这么伶牙俐齿、彬彬有礼；喝酒时也不会这么落落大方、无拘无束。

“来而不往，非礼也。”周建林夫妇适时地回敬他两杯。

至此，金永耕喝了不少酒，肚里热烘烘的。——用阿拉伯人的话来说，那就是，太阳升上来了。

桌肚里一条比猫大不了多少的哈巴狗，大约是等骨头等得不耐烦了，汪汪地叫起来。一位女服务员闻声赶过来，弯下身子从桌肚里拽出哈巴狗，宝贝似的抱在怀里，还嗞儿嗞儿地亲了几口。

金永耕心想，都说小姐娇气、爱干净，可今儿个是咋的了？眼前这一位，咋会跟狗亲嘴呢？

席间，周新龙常会乘金永耕不在意的当儿，转脸朝金凤瞥一眼，那眼神像十九世纪英国风景画一样意味深长。他一会儿觉着自己好像坐在《清明上河图》的彩虹桥旁边的酒楼里，一会儿又觉着自己是西门庆，真想挟金凤到隔壁单间里另开一桌。这也难怪，在他的心目中，金凤早就成了古希腊史诗《伊利亚特》中的女神。他巴不得一转眼天就黑下来，自己好拉着她跑到一个街灯明亮、人心欢畅、盟誓纷繁、歌声迭起的地方，用诗一般的语言向她吐露心曲。

周新龙的一举一动，金永耕早就看在眼里。他喜滋滋地想：好小子！在老子面前，你还玩这小把戏哩！

饭后，金永耕说家里事情多，得赶快回去。周建林夫妇不便挽留，叫了一辆三轮车，送他去汽车站。

其实，周建林不信金永耕家里会忙到这种程度，正如大多数人不信街边卖塑料核桃的文玩小贩怀里会揣着传国玉玺。他心知肚明，金永耕说家里忙，分明是一个托词。他急于回家，是为了把两件“喜事”告诉老婆，让她也欢喜欢喜。

金永耕走后，周建林和钱玉娟如同老母鸡领小鸡似的，一路领着几个孩子回家。几个孩子当中，除了金虎，都已长大成人了。做父母的都是这样，他们很难觉察自己的孩子在像玉米拔节似的慢慢生长，直到某一个早晨或傍晚，蓦然回首，才发觉自己的身后挺起了青春的胸膛！

到家后，周建林和钱玉娟首先考虑的，是住宿问题。

他家共有五间房子，三间堂屋，两间灶屋。堂屋原为传统的一明（客厅，俗称“明间”）两暗（客厅左右的两个房间），金凤姐弟俩刚进城时，周新龙和他妹妹周倩倩虽是寄宿生，但周末也时常回家。这样一来，卧室就远远不够了。为了解决这一问题，周建林和夫人一合计，决定把原来的两个卧室全都一分为二。具体办法是：在每个房间东西方向的中轴线上，砌一堵单砖墙。方案既定，他们择日找来木瓦工，只花了两天时间，便大功告成，由“一明两暗”变为“一明四暗”，也就是除客厅还是原来的客厅外，卧室由两个变成四个。正常情况下，他们夫妻俩住一间，金凤和金虎各住一间，剩下的一间作“机动”。周末，如果新龙和妹妹一起回来，他们一家四口就“合并同类项”：父子同住一室，母女同住一室。

他俩思来想去，觉着除了“合并同类项”，没有其他更好的办法。就在这当儿，金凤邀周倩倩与她同住。

周倩倩似乎直到此时才想起来似的，一劲儿拍着巴掌说：“哎呀！不好了！不好了！今儿个，无论如何，我也要赶回学校！”

钱玉娟抱怨道：“瞧你，总是这么火急火燎的！难道就不能在家住一宿，陪陪金凤？”

周倩倩说：“妈，我何尝不想在家陪陪金凤！可明天上午第一节，我就要上课！”

钱玉娟是老教师了，当然知道，对一个老师来说，没有比上课更重要的事情了。

想到这里，她连忙帮女儿收拾东西，并把事先买好的零食取出一小半，放在一个提包里，让她带上；剩下的留给金凤和金虎。忙活停当，她开始不厌其烦地嘱告女儿，路上要注意安全。见女儿漫不经心，她又列举最近听来或从报纸上看到的三起车祸。其中一起是，电动三轮车追尾，一位青春玉女夹在两车之间，后面那辆的把手从她的胸部顶过去，抵达前面那辆的靠背，像死神销魂蚀骨的一个拥抱。

周倩倩听了，捂着嘴巴短促地叫了一声，之后，便化大哀于无形。这并非因为她没有怜悯之心。在几吨重的杀人利器（汽车）满世界横冲直撞的今天，一个死于车祸的人，只不过是上帝偶尔掉落的一滴眼泪。

金凤听说周倩倩要回学校，自告奋勇地用电动车送她。一路上，两人像亲姐妹一般，边走边谈。作为同龄人，周倩倩不可能看不出金凤和哥哥周新龙之间的微妙关系。她说了自己的想法后，很坦诚地对金凤说：“你的眼力不错！——我也觉着，我哥是个挺不错的人，长相好，有思想，有格调。将来，我找对象，一定要找一个像哥哥那样，坐在椅子上像个男人的人；决不要那种像小孩的扑满，一天到晚只会叮当作响的公子哥儿！”

“谢谢你！你的意见，我一定认真考虑！”金凤的说话声如空谷幽兰。她凤眼赛花，脸色红红的，看上去有些兴奋。如果说得抒情一点儿的话，那神态，就像当年邓丽君在美国洛杉矶初见成龙，或在巴黎唐人街初见保罗。

快到汽车站时，周倩倩问金凤，有没有什么话需要她转告哥哥。

金凤说，她希望周新龙保重身体，他比原来瘦多了。

“金凤，你是不是觉得，我哥将来会像萧伯纳那样既高且瘦？依我看，这可不必担心喽！”周倩倩笑着打趣道，“情场的得意与否如果取决于油脂的多寡，那么，瘦骨嶙峋的罗密欧就不可能获得朱丽叶的芳心了！”

“你可真会开玩笑！”金凤满脸绯红。

说话间，两人抬眼一看，只见横贯汽车站门头上方的金字招牌，像星期五斋戒日爱尔兰人胡子上沾的蛋黄那样引人注目。一个看上去刚到入学年龄的小男孩，正笨手笨脚地用手机对准金字招牌拍照。大约是因为家长爱子心切，那小孩被打扮得浑身上下花花绿绿、五光十色，以致失去了几分天真。这也难怪，从清代开始，中国的上流社会和戏剧舞台就淹没在光怪陆离的彩色洪荒中。

进了汽车站，买好车票，她俩在两个相邻的空座位上坐下。不一会儿，一个声音啪嗒啪嗒地由远而近。定睛一看，原来是一个兼有残疾人和乞丐双重身份、很难看出多大年龄的男人，仰着脸，左手拿着一只破瓷碗，向她俩所在的方向匍匐前进。见到这情景，金凤本能地把右手探进衣袋，摸摸索索地从几张纸币中“分拣”出一枚面值一元的硬币；待乞丐快到面前时，她用三个指头捏着那枚硬币，慢悠悠地试巴试巴，虚握的拳头朝左前方一耸，那枚硬币拖着长长的抛物线，笃的一声落到那个破瓷碗里。乞丐倏地收回目光，朝破瓷碗里看了看，好像在检验那枚从天而降的硬币的真伪。他掉转脸来时，不再向前爬行，目光定定地看着周倩倩。大约从她的神色上看不出有施舍的意思，乞丐嘀咕了一声，转而向另一个方向爬去。

乞丐离去后，周倩倩小声对金凤说，如今的乞丐三教九流，让人难辨真假。比如，少数人天生就有“乞丐癖”，他们如同北齐后主高纬一样，与生俱来地爱当乞丐……接着，她又讲了一个“假乞丐”的故事。大意是，一个好逸恶劳的中年男子以乞讨为业，攒钱无数，活得很是潇洒，甚至有了“二奶”和“小三”。他曾志得意满地宣扬，他的人生哲学就是：白天趴地皮，晚上趴肚皮！

天哪，要是确有其人其事，岂不是对那些有着悲悯情怀的诗人的一个嘲讽，对最走红的小说题材的一种颠覆和反动！

出人意料的是，金凤对故事中“假乞丐”的做派，非但没有横加指责，反而哈哈一笑，有些暧昧地为之辩解：“这事儿一点儿也不奇怪！旧时有些书画家，声称卖字卖画聊以糊口，说不定他时常在大宅门里拥着美女扯闲话呢！”

大约过了半个小时的光景，周倩倩乘上了汽车。直到她乘坐的汽车出了车站并转弯向东，两人才依依不舍地挥手告别。

金凤返回时，特意绕道而行，目的在于到自己平时很少涉足的城西地界看一看。所谓城西，指的就是大运河西边的城区。波光粼粼、穿城而过的大运河，像王母娘娘的银簪，把小城划为大体上均等的两块。促使她产生舍近求远这种念头的原因是，她忽然想起县志办一位资深的研究人员说，宁海县城虽小，却也有自己独特的故事和内涵。早在晚唐，不少富商巨贾和达官显贵便在宁海建豪宅，娶妻妾，接高堂。大运河两岸，古色古香的建筑鳞次栉比，风格各异。到了晚上，整个城市沉浸在一片歌舞升平之中。人们的各种欲望如同一锅黏稠的粥，从四面八方铺天盖地、争先恐后地涌来，其中不乏七行八作、三教九流的人……这些故事和内涵，有一部分至今还体现在城西的建筑风格和历史遗存中。她曾问过那位研究人员，城东、城西同属一城，何以城西一枝独秀？对方面容沉静得如同花岗岩一般，深长地叹息一声，痛心疾首地说，这个问题，得由侵华日军来回答了！

城西是军事要地。抗战期间，日军企图用强攻的方式夺取它，以为据点；但因慑于我军的军事潜力和指挥官粟裕的战略纵深，每每收手。转而像盲人放火一般，从附近地带用长枪短炮玩命地扫射、轰炸。由于旷日持久，城西一带损失惨重……想到这些，她心里一阵隐痛，耳边响起抗日志士江上青在抗日烽火中填写的一首《浪淘沙》。其词曰：

心事到眉梢，扶枕风萧，而今只合梦中邀。一夜催诗都是泪，便做愁浇。

隔雨听芭蕉，孤馆牢骚，破书囊里恨无刀。关外马蹄惊塞野，鼙鼓频敲。

金凤觉着，这首词自开堂奥，尽削前规，清远超脱，畅于众志，通于众耳，堪称振聋发聩之作；作者戎马一生，书剑飘零，短暂的生命一直被战云笼罩，我们从这首词的字里行间偶露的光芒，便能感受到他那旷远的辉煌。他把遗爱长留人间，虽《甘棠》之咏召公，郑人之歌子产，无以远譬也。

快到通往城西的解放桥时，她感到人声嘈杂，脚下的地皮在微微颤抖。抬眼一看，原来是桥上堵车了。堵车——城市的肠梗阻，如今已是各个城市的常见病、多发病。一旦“犯病”，少则半小时、多则几小时才能“抢救”过来。金凤感到自己耗费不起，加之天色渐晚，便半途而返。尽管如此，通过途中的所思所想，她还是从内心深处弄懂了城西作为历史遗存、红色纪念地的价值所在。她觉着，不懂历史的民族没有根，淡忘英雄的民族没有魂。一个民族，如果不去追求壮丽和崇高，不去呼吸英雄的气息，整个社会就会失去正能量的风向标。

到家时，钱玉娟已经做好了晚饭。由于中午吃在饭店，与往常相比，这顿晚饭做得十分清淡，只有稀饭、馒头、霉干菜。

晚饭后，金凤陪着弟弟，要他写一篇日记。弟弟写好后，她又帮他修改了一遍，并叫弟弟把当天日记中出现的三个错别字，各写两遍。此时，她又听到栖息在檐下的油蛐蛐那仿佛从地壳深处传来的叫声。经验告诉她，到了该休息的时候了。为了验证油蛐蛐报时是否准确，她转脸看看时钟，果然是晚间十点半。她让弟弟赶快睡觉，明天早点儿起床。弟弟上床后，她听着油蛐蛐纡徐舒缓、细如游丝的叫声，情不自禁地想，人类总以为自己“我能”，好像“能”得要上天了，其实远不是那么一回事。时至今日，别说“天上”，就连“地上”都有好多事情没有搞懂，这只油蛐蛐每天晚上都准确地“报时”，便是一例。

出了弟弟的卧室，只见叔叔、阿姨已熄灯睡觉了。住在“机动房间”里的周新龙，仍旧亮着灯。

她进了自己的卧室，随手带上门。然后从写字台上拿起列夫·托尔斯泰的名著《复活》，斜倚在床上，接着往下读。这本书和其他书一样，也是她前不久从地摊上“淘”来的。她之所以喜欢“淘书”，主要是因为较之买书和借书，前者具有花钱少、使用方便、随意的优点。同样的一本书，到新华书店购买得花十几元、几十元；而在地摊上“淘”只需几块钱。同样的一本书，如果是从图书馆借来的，那就只能“读”，不能在书上圈点勾画；而读自己“淘”来的书，你可以像革命老前辈徐特立主张的那样，“不动笔墨不读书”，在书上圈圈点点，写写画画，直至在书眉、页边以及其他空白处写批语、评点乃至读后感。

说不清从什么时候起，在她的心目中，独处一室读书之乐，犹如面对江上之清风与山间之明月，“耳得之而为声，目遇之而成色，取之无禁，用之不竭”，精骛八极，心游万仞，“书味在胸中，甘于饮陈酒”。

夜色温柔，灯光缱绻。她手捧书本，沉浸于自己心驰神往的人文世界。

她的卧室有一扇朝南的窗户，夜晚坐在床上，便能看见一角平静如无字真经的天空，以及一轮卧在疏淡云层上的月亮。起初，在这个可以用窗帘和房门与外界隔绝的小屋里，她时常躺在床上，目光在墙面上游走。每逢这时候，家的感觉便如爬墙虎一样贴墙而生，茂密而又纷乱。习以为常后，她又时常像小家碧玉那样地顾影自怜，感到心里空落落的，既没有理想支持，也没有希望指引。在心灵深处，她时时期盼着某种事变。她睁大一双眼睛，在自己孤寂的生活中搜寻，就像遇难的水手遥望烟雾迷蒙的天际，寻找一叶白帆。你如果有机会见到她的那双眼睛，就会发现它的暗影中透露着隐约的失望和哀伤，就会知道她只有依靠回忆过去或憧憬未来才能生活。直到这一天的深夜，回家探亲的周新龙第一次敲响她的房门时，她才感到自己的生命有了转机。

那一刻，她正读到《复活》的最后一页。听到门外传来脚步声，她充满了警觉和期待。那脚步声很轻、很碎，好像小鸟行走在蛋壳上。不一会儿，在温暖固密、春夜一般的潜意识中，忽然悄悄进来一个人，哦，原来是他！

面对不速之客，她意识到，这是由于自己关门时用力太轻，司必灵锁没有合上。不过，她并未感到太过惊讶——她像海燕能预知暴风雨一样，知道这样的时刻迟早要到来。

看到周新龙，她的内心像水母一样充盈和舞动起来。要知道，幽会是上帝送给世人的贺卡，一个没有幽会的女人是被上帝遗弃的不幸的女人，男人也一样。

周新龙关上房门，司必灵锁发出一声轻微的脆响。他确信房门已经关好并且锁上了，这才掉转身子走过来，挨着她坐在床沿上。

窗外，新月朦胧，流云飞走。它们动静结合，共同营造出城市之夜的斑斓和纵深。

因为早已相识，无须客套和铺垫，两人很快便天南地北、古今中外地聊起来。她虽然不是“科班”出身，不知道大学教授蓄不蓄山羊胡子、留不留披肩长发，不知道大学生谈不谈恋爱、男女生同居不同居，不知道大学图书馆是不是知识的坟墓……但是因为爱看书，记忆力好，两人谈话的内容涉及的范围很广。不过就总体而言，他俩所谈的，大多是名人逸事或文学作品中的艺术形象。比如，卢梭生性阴郁、与疯子相差无几；14 世纪的法国国王查尔斯，一直以为自己是用玻璃制成的狼，他经常在自己的城堡周围号叫着追逐别人，并且不准别人碰他，因为他害怕自己会被碰碎；等等。谈到这些，金凤说，这不奇怪，每一个人都有着不为人知的私密地，其中藏匿着另一个自己。在文学作品的艺术形象方面，他们谈到了雨果《巴黎圣母院》里的加西莫多，塞万提斯《堂·吉诃德》里的堂·吉诃德，巴尔扎克《幻灭》里的特·巴日东太太，孔尚任《桃花扇》里的李香君，钱钟书《围城》里的方鸿渐……谈到特·巴日东太太那会儿，金凤热情高涨，神采飞扬。她说：

“特·巴日东太太这个人可真有意思！她谈吐时喜欢滥用极端的形容词，把小事说得比天还大，样样东西被她典型化、戏剧化、极端化、圣洁化……”

其时，周新龙暗自欣喜，是考生猜对了一道试题、“金风玉露一相逢”的欣喜：“特·巴日东太太真不简单！——毛主席说：‘化’者，彻头彻尾彻里彻外之谓也。特·巴日东太太竟然能把‘样样东西’‘化’到这种程度，她简直是炼钢厂的一座高炉嘛！”

一个接一个的话题，成了连接两人友谊的链条，每谈一个，就在链条上增加一环。

两人谈得正高兴，金凤突然想起一件令她不解的往事。她扑闪着睫毛，用探讨的语气问：“我们村里有一对年轻夫妻，两人曾经是同班同学，后来同为小学教师，婚后已经有了一个小孩，又天翻地覆地闹离婚。你说说看，他们这是何苦呢？”

周新龙听罢长长地舒了一口气，一脸高古地回答说：“爱是不需要理由、也没有理由可讲的，不爱也一样。因为，凡是能用道理说明白的东西，那不叫爱情，叫事情。美国影星伊丽莎白·泰勒一生结过八次婚，离过八次婚，她把结婚进行到底，也把离婚进行到底，最后才得出结论：她不适合婚姻，婚姻也不适合她！”停了一会儿，他又闪闪睫毛，意犹未尽似的接着说：“爱情是一个不解之谜。不知从何时起，传统意义上的爱情已被关进了历史的庙堂，而庙堂之门是不会随意向一般人开放的。”

说话时，他看着她的眼睛，一直看到她那变幻不定的瞳仁的深处，只见里面闪耀着蓝色、黑色和紫色的火焰。

金凤听罢心头一振，一双美丽的眼睛，粉妆玉琢。她觉着，这种充满思辨色彩的话语，犹如瓦格纳歌剧的序幕，需要加以发挥才能显示出它的意义。一般说来，这样的话语，只能出自象牙之塔里的天之骄子之口。这当儿，她不由得想起周新龙曾经有过的辉煌——金凤从周倩倩的言谈中得知，早在中学时代，她的哥哥周新龙就小有名气，文章才调，莫不逸群。她想，我虽然连初中都未读完，但读过的中外名著，起码不少于当今大学生们的平均数；一般意义上的“文化水平”，也不会比大学生们差到哪儿去……想到这些，金凤再与周新龙对视时，不禁有了一种灵魂高高飞翔的感觉。

明亮的灯光下，金凤灼目的光彩扑面而来。她的脸色微红，头发黑得像乌鸦的翅膀，身材纤细得似乎不盈一握，透溢出现代诗人在中世纪小雕像身上所发现的那种秀美，很像歌德笔下的弥浓。

周新龙看了一眼《复活》的封面，微微笑着问："你也爱读托翁的作品？"

金凤莞尔一笑："高尔基曾经说过：莎士比亚、巴尔扎克、托尔斯泰，是'人类为自己所建造的三座纪念碑'……出自'纪念碑'手笔的作品，岂可不读？"

周新龙接过书来，随手翻弄着说："这本书我早在上初中时就读过了，如今只记得故事梗概。"

金凤听罢莞尔一笑，以商讨的口气问："小说名为《复活》，那么作者所塑造的两个主要人物形象——聂赫留朵夫和玛丝洛娃，必有一人'复活'。依你看，'复活'的是前者还是后者？"她天真地睁大眼睛，里面两江海蓝似的无邪。

周新龙觉着自己的智力受到了挑战，眼皮像盲人那样抻了一下，然后摸摸下巴说："这个问题，古老得好似万里长城，当年，我也曾不止一次地思考过。我认为，'复活'的人应该是聂赫留朵夫。这是因为，在聂赫留朵夫身上'隐藏'着两个人，一个是精神的人，一个是肉体的人，两个人争来斗去，互不相让。有一个时期，肉体的人曾占据上风；但是在见到玛丝洛娃之后，聂赫留朵夫又一次体验到自己当初对她的那种感情，于是'精神的人'又抬起头来……"

稍停，他又以自嘲的口吻说："你瞧，我滔滔不绝地说了这么多，长得像一篇主教训谕！"

金凤觉着，周新龙的一番话，堪称句句经典。如果人生需要几个锦囊的话，她愿把他的几句话放进锦囊里，伴自己同行。

"说得太好了！"金凤笑道。她的笑声如黄莺出谷，如梦似幻。这是上帝吻过的声音。她难得这样激情，他甚至从她的声音中听出了诗意。

“随便说说，不必当真！”周新龙抬起右手轻轻地摆了一下，谁知无意中触碰到金凤交叉在胸前的左手。她觉得那种微风拂柳一般的触碰，不是来自一具肉体，而是来自那肉体的知觉；接受那种触碰的，也不是实存的另一具肉体，而是镜花水月一般不可捉摸的感知。

周新龙一番质朴无华的话语和精辟独到的分析，满足了金凤感官的享受和对知识的渴求。这种怡人的感觉与昔日的欲望掺和在一起，好似一股清凉的晨风，久久地回旋在她的心灵间。

金凤陶醉在温馨而又神秘的书香气息里。她那动人的妩媚，她那迷人的娇艳，掩藏在慵懒散淡的外表之下，一搭眼，你便会领悟到什么叫小鸟依人、柔情蜜意。

周新龙心想，这里的情调太缠绵了，缠绵的情调显然在呼唤嚣张和狂放！

金凤闻到了周新龙那湿漉漉的咻咻鼻息、雄性动物发情时的浓重体味。

看得出来，他的身体里聚集着一个拥抱，心底涌动着一个愿望。金凤知道他的愿望是什么，因为她心里涌动着同样的愿望。

恰在此时，金凤放在枕边的书不知怎么掉到了地上。她探下身子去捡，周新龙突然拦腰抱住她，劲道之猛犹如强悍的土耳其人。

金凤一时反应不过来，弄不清他此举是护卫还是偷袭。

容不得她多想，周新龙就势把她放在床上，就像猎豹把小鹿放在草地上一样。没等她平静下来，他便剥笋似的脱光了她的衣服。

他的武断在金凤的知觉中是巨大的雨点。雨点暴砸下来，带着那样的力量，连旱土都感到微痛。她要的正是这种微痛。

金凤全身的神经犹如琴轴上的弦，越绷越紧，从手指到脚趾都在瑟瑟颤抖。她觉着自己如同战时处于劣势一方的军事目标，详细坐标已被对方输入轰炸机先进的制导系统。这种咄咄逼人的形势，使她缩小了回旋的余地。

最终，在他的瑞士表匠般的耐心抚摸和索吻的眼神里，她终于放弃了反抗的念头，丰腴的脸颊上掠过一片淡淡的红晕。

直到那一刻，她才懵懵懂懂地知道，身体生猛的、不由控制的动作是怎么回事。她只觉得身体冲破了极限，无拘无束，自由自在……终于，她由着性子，笨拙而又带着几分陶醉地把自己献了出去。

假如说，女人一生中有无数次被荷尔蒙或内分泌左右，那个众星拱北、荷香千里的夜晚，便是她头一次清楚地感受到体内那阵神经质的痉挛。

冷静下来后，她弄不清自己是在“爱”，还是在“卖”！越是弄不清她就越想弄清，因为她羞于让知觉躺在生物性与灵性之间，迥异于享受肉体欢愉后不去追究它的情感属性的那类人。人生最要命的就是这种悲剧。这种悲剧不是莎士比亚式的，而是一种只能意会、无法言传，而又确确实实存在于感觉中的悲剧。

她厌恶这种夹杂着肉欲味道的意大利式的爱情；向往法兰西式的爱情，那种爱情是缠绵悱恻的、绮丽多彩的。换言之，她需要的是那种能够抓住她的整个身心、整个灵魂、整个理性的爱，那种能够给她思想、给她生活方向、温暖她的心灵的爱。

她认为，爱情是两颗高尚的心灵在一块富饶、肥沃、不会变质的土地上开出来的花，应该像教堂的圣坛一样，要有漂亮的铺陈才行。周新龙不仅毁掉了她对爱的接受和给予的能力，更重要的是毁掉了她对爱的胃口。

按照她的性格、她的理智，现在还远远没到把自己生命的主要段落“卖”出去的时候。

她之所以就坡下驴地“卖”出自己，乃是因为她觉着实在有“卖”出去的必要。

在她的潜意识里，早就有这样的念头，那就是，只要有一个男人享有她，或是占有她，他将来就是她的丈夫或情人。到了那种地步，一旦她为弟弟的上学费用发愁时，他就不会无动于衷、冷眼旁观。

是的，娇小柔弱的她，需要倚靠一个坚实的胸膛。

别说是她，再强悍的女人，也需要一个男人看穿她的脆弱。

在具有张力与定力的静穆里，金凤无声无息地咽下了苦水，默默地承载人生的凄风苦雨、波诡云谲，以保持自己苦涩的尊严。

第十二章

宁海县报社办公楼坐落在一幢带院子的老式楼房里。由于楼房大、院子小，整个建筑给人的感觉，就像一个腰围二十六英寸的少女硬给自己束上一条二十二英寸的腰带。楼后有两排水杉，乍一看，好似舞台上的角色大腕，傲然屹立。严冬过后，翠绿女神总是最先在这儿报告小城春天到来的消息。

每天曙光初照时，这儿便显得生机勃勃、气象万千。那道不锈钢电动大门后面，是一个类似欧·亨利笔下的“忙碌的经纪人”所面临的繁忙世界。从早到晚，各种信息通过电话、传真、信件等汇集到这里，经过编辑人员的润色和编排，送进激光胶印车间，在卷筒机的轰鸣声中印制成一份份报纸，然后通过发行渠道，天女散花一般撒向全县的每一个角落。

初春的早晨，残梅散香，柳梢泛金，刚刚跃出海面的太阳像婚后的新娘，美丽而又疲惫。

金凤吃罢早饭，关照钱阿姨一声，便急急忙忙地乘上公交车，到报社副刊部上班。

由于是第一次上班，一路上，她像求婚者一样紧张、激动和不安。

下车后朝西一拐，沿着一条宽阔平坦的柏油路，向前大约走了十分钟，她到了报社大门口。抬头一看，只见一位头发花白的老者，正同传达室的保安人员谈论着什么。

看样子，老者可能在什么场合见过她。这会儿，他缓步走到门口，笑着问："你是小金同志吧？"

她微笑着点点头，连声作答："是啊，是啊！"

老者转脸对那位保安人员说："小马，我到外面有点事儿，请你把小金同志送到副刊部，水主任在办公室里候着呢！"

小马放下刚刚拿起来的报纸，笑着说："好的，好的！"

说罢，他朝金凤打了个手势，示意她与自己一道走。

两人并肩而行。金凤从小马的言谈中得知，刚才那位老者是副刊部汪主任，人很随和。他是从部队来的转业干部，堪称一肩明月、两袖清风之循吏。为官多年，虽事繁政紊，案牍纷然，却从不为冗务所拘牵，埋头苦干，不求闻达。可惜他不懂官场潜规则：即便在最良好、融洽的上下级关系中，阿谀和奉承也必不可少，犹如马车行驶，车轴需要抹油一样。一直以来，他不仅不"抹油"，还时常因为仗义执言而顶撞上司。为此，工作做得再好，领导也不赏识，甚至视他为异类，至今还是一个没有法定的股级干部。再过两三年，他老人家就要谢别政坛，子嗣同娱了。

金凤忽然想起福尔摩斯那句经典的名言：莫里亚蒂教授之所以是伦敦犯罪界中最伟大的罪犯，是因为他在整个伦敦的罪犯中毫无名气。

两人边走边谈，不一会儿便到了副刊部门口。

小马掉转脸对她说："你进去吧，今儿个，传达室只有我一人值班，我得快点儿回去！"

"好的！谢谢你！"金凤伸出右手，意在与对方握手道别。也不知怎么的，伸至半途又缩回，和迎上来的左手合在一起搓了搓，而后伴以莞尔一笑。

小马觉察到了这个细节，但他没往心里去。他倒是觉着，这才像个娇羞的姑娘；要是初次见面就拉着异性的手，货郎摇鼓似的摇来摇去，那可就是名副其实的傻大姐了。

目送小马一程，金凤转身往北走。这是一条被鲜花和小草拥抱着的林荫道，阳光透过茂密的枝杈和树叶洒下来，显出一种梦幻般的色彩。

进了副刊部，她忽觉眼前一亮。这是一个三人合用的办公室，约有二十平方米，陈设简单，窗明几净。三张办公桌木质极好，沿墙一溜儿排开，带着一副公堂的威严气派。墙上挂着的那幅由意大利记者拍摄的周总理晚年的照片，看后令人肃然起敬。大约是因为室内空气潮湿，水汽像一层银色的薄膜贴在镶嵌照片的镜框上。

坐在西首那张办公桌前的一位中年汉子，像古董商打量一件艺术品似的打量着光彩照人的不速之客。

中年汉子圆脸大眼，鼻子高而挺直，看上去既正统又和善。他身着铁灰色的克罗丁两用衫，米黄色凡尔丁裤子，脚蹬棕色意大利皮鞋。

金凤心想，这位大概就是水主任吧！

就在这当儿，中年汉子恍然大悟，边说边站起身来："哎呀，你是金凤同志吧？刚才汪主任告诉我，说有位新同事马上要来上班。看样子……"

在口香糖的作用下，他的说话声显得柔韧而迷离。

"是呀！"金凤笑着应答。随后，她采取入乡随俗的办法，先行三拜如仪大礼，再请教对方尊姓大名。

中年汉子把口香糖的残渣吐到办公桌旁的字纸篓子里，掏出一包小巧玲珑的手帕纸，从中抽出一张，抹抹嘴巴，慢条斯理地说："我姓汪名亮……"

几个米粒一般大小的纸屑，被他下巴上的胡楂拉扯住。他本能地觉察到这伙企图潜伏下来的"草莽英雄"，连忙随手抹去。

金凤听罢对方的自我介绍，不由得一愣："您不是水主任吗？"

"说来好笑！"对方带着自嘲的神情嘿嘿一笑，"你没来之前，副刊部只有两员大将，两人都姓汪，都是主任，只不过我的头衔上多个'副'字。同事们知道喊'汪副主任'不讨人喜，便依据'汪'字的偏旁，叫我水主任……唉，可怜，可怜！因为一个芝麻官，我都改姓了！……这就好比西汉时，臣下有时称皇帝叫'县官'；这么一来，真正的县官，不仅自己不敢、别人也不敢叫他'县官'，而是改叫'县长'或'县令'了！……"稍停，他似乎觉着意犹未尽，又呵呵一笑，继续拿自己开涮："提到我这顶乌纱帽，我便会想起太平天国战争。那时，朝廷为了鼓舞士气，可着劲儿大发特发官帽子，结果是官帽子满天飞，单单从一品的提督就发了七千多顶，总兵、副将的帽子比海滩上的贝壳还多，俯拾即是。至于千总把总，连妓院里伺候小姐的茶壶，都有一顶！……我头上的这一顶，与茶壶戴的毫无二致！换句话说，我这脑袋就是伺候小姐的茶壶！”

金凤从对方貌似谐趣的话语中，觉察到他的情绪有点儿不对劲，连忙从正面“鼓舞士气”，微微笑着说：“您不要太过小看自己嘛！这不，大伙儿给您改姓‘水’，明摆着是出于敬重，——‘上善若水’嘛！”

“但愿如此！”水主任笑道。他觉着，这个年轻的女同事，不仅长得漂亮，连说出来的话也漂亮，分明是上苍抖落在他未来生活里的胡椒粉。

平常，汪主任很少来坐班，他一个人守在空荡荡的办公室里，孤孤单单，跟猫头鹰一样。路过办公室门口三次，还听不到他拉长声音的呵欠的，那可比老鼠吓猫还要怪。

水主任堪称宁海县的文化昆仑。他博览群书，通天晓地，肚子里的学问，可谓江河湖海、浩瀚无涯；执笔为文雄辞宏辩，如骏马之奔驰，箕踞放谈，纵横捭阖。但报社里的各式人等，却一直不怎么拿他当回事。主要原因是，众人稔知，对报社的领导层而言，他并非梁山晁盖、宋江那帮兄弟的嫡系，也不是二龙山入伙的鲁智深、杨志、武松、曹正、施恩、张青等强势人物，而只是少华山入伙的史进、朱武等辈。因而他虽然双脚踏进梁山的大门，却一直未能得到人们的敬慕。随着时间的推移，他的影响也就成了蜥蜴的梦——恐龙的时代一去不复返了。

想到这些，他有点儿伤感地说：“我和汪主任，别人叫起来都是‘主任’。但一个是副职，一个是正职，就像假钞和真钞，表面看起来差不多，却经不起搓捏。何况报社内部，人人眼里都有验钞机……”

初次见面，水主任就这么袒露心迹，毫无先到为主、占山为王的霸气、骄气和傲气，这让金凤觉着，对方是一个胸无城府、可以交往的人。

她认为，言行的坦率和诚实是男人和女人心灵上的主要光辉。假如自己今后真心爱上某一个人的话，那个人首先要具备这种品质。

她很想温言细语地安慰他几句，可是一时又不知从何说起。自尊自爱的女人们都是这样，到了一个陌生的地方，或是在一个陌生人面前，她们决不会口若悬河、妙语如珠。

“哎呀，我差点儿忘了！——”水主任掉转脸来，指着金凤办公桌上的一篇稿件说，“刚才汪主任关照，你上班后，抓紧时间把那篇据说内容与宁海县中学有关的稿子处理一下！”

她像士兵听到元帅、元帅听到路易十八的命令一样，连忙坐到办公桌前的椅子上，拿过那篇稿子，一页一页地往下看。

看完之后，她心潮难平，觉着作者是个思想深刻，敢于坚持真理、秉笔直书的人。

原来，宁海县中学是一所建校已逾百年的“完中”，即既有初中部，又有高中部。多年来，这所“公孙树”式的百年名校，为国家培养了一批又一批栋梁之材。解放后，除了“文革”期间高校没有招生的十多年，宁海县中学的高考升学率，一直高踞全市同类学校之首。在全县百万人民的心目中，这所学校就是一座炼金炉；加之校风正，收费少，家长们都愿意让子女到县中读书。可是，两年前，县太爷殷大东不知哪根神经搭错了，竟然把“炼金炉”卖给一个来路不明的黄毛丫头。黄毛丫头神通广大，只花了仨瓜俩枣，“炼金炉”便到了她的名下。这下可好，哪家的孩子想读书，不花个三万五万，连校门也进不了。黄毛丫头见钱眼开，对办学一事则像重伤风患者的鼻子一样，一窍不通，转瞬间便把“炼金炉”变成了“炼铁炉”。平民百姓即便咬着牙让子女进去读书，高考时也都像滑铁卢战役中的拿破仑，一败涂地。县太爷们和黄毛丫头的合伙交易，遭到家长们的一致反对。可学生家长都是一些名不见经传的平头百姓，人微言轻，这就从客观上使县太爷们在买卖公办学校的问题上，显得果敢而又从容。在随后的日子里，他们不仅用花花绿绿的钞票修饰和点缀自己的成功，而且像波德莱尔所说的那样“毫不迟疑地喝（庆功）酒”。

这篇揭批上述不正之风的稿件，题目极具震撼力，颇像二战时美军投向广岛和长崎的原子弹:《是谁胆大包天，让县中改名换姓？》

金凤看罢全文，觉着作者抓住了要害，切中了时弊，让人领略到一种“在齐太史简，在晋董狐笔”的汉魏风骨。

“水老师，这篇稿子您看过没有？”她把那篇稿子擎在手里，掉转脸来问。那模样儿娇羞而又可爱，就像孩提时捏着自己捉来的花蝴蝶的双翅，高高举起让妈妈看。

“我因俗事缠身，还没来得及看！”正在喝茶的水主任呸的一声，吐掉嘴里的茶叶末子，摸摸下巴回答道。由于仓促之间未及进行精准的进阶式的狙击瞄准，茶叶末子偏离了战略目标——痰盂子，像一群苍蝇似的叮在痰盂旁边的一张椅背上。

“那就请您看一下吧！”金凤一边说，一边站起身把稿件递过去。在破窗而入的微风的吹拂下，稿纸像蝴蝶扑棱翅膀一样瑟瑟抖动。它们是在撩拨金凤对童年的怀想吗？

水主任戴上眼镜，把稿件从头至尾连着看了两遍，一如哥伦布或卡波特当年陶醉在新大陆的神秘里。

“怎么样？”金凤很想听听对方的意见。

“这篇稿子文辞严正，恰如一弯牛角，一根大刺！”水主任用右手的食指和中指轻轻地敲着桌面，周身透溢出一种戎马式的豪情，“看完全文，我不由得想起骆宾王为徐敬业写的声讨武则天的檄文！有朝一日，鄙人如果黄袍加身，也一定会发出‘宰相安得失此人’的感慨！”

“水老师说话真幽默！”金凤听罢笑出声来。她本来还想加上一句：“比林语堂还幽默！”转而一想，那样会让自己显得轻浮乃至油滑，甚至会让自己在对方眼里由娇柔的姑娘变成彪悍的大妈，于是话到嘴边又咽回去了。

“我幽默？怪不得我从未与他人怒目相向！”水主任满像回事儿地一愣怔，“难怪有专家指出，好战之人之所以爱发动战争，就是因为他们缺乏幽默感！”

金凤又一次被对方故作姿态的幽默逗笑了。稍停，她拢拢溜到耳际的一绺秀发——那绺秀发弯曲得就像豌豆蔓上的卷须——近前一步问：“水主任，这篇稿子可以见报吧？”

水主任呷了一口茶水，捏捏耳垂正色道：“这样的稿子，我们这些编报纸的，只能把它放在抽屉里，想看的时候就拿出来看一看，连相互传阅都不适宜，更不用说见报！”

“这是为什么？”金凤不解地问。她省略被问的主体“水主任”，这在某种程度上有点像《天问》。《天问》为屈原所作，题目为何不叫“问天”？因为天是尊贵的，不能向其发问。同理，在下属的眼里，水主任也是尊贵的。

水主任朝金凤舒过脸来：“这篇文章的锋芒所向，直指我们的县太爷殷大东。这不是在太岁头上动土吗？”

恰在此时，汪主任回来了。——在包括名著在内的众多小说里，每逢需要有人“救场”，都需要来一个“恰在此时”。这就如同一个人烟瘾上来了，就需要来一支香烟或雪茄；抑或如同年轻男子发育成熟了，就需要娶一个老婆。

水主任捂着口鼻轻咳一声，掉转脸对金凤说：“你把刚才那篇稿子给汪主任看看，他是我们副刊部的掌舵人。”

金凤遵命，连忙把稿件送到汪主任的办公桌上。

汪主任拿起桌上的眼镜盒，啪嗒一声打开来，取出玳瑁镜架的老花眼镜戴上，捧着稿件一页一页朝下看。

汪主任饱读诗书，文章山斗，胸中大有丘壑；但因官场失意，风尘劳攘之时，每怀长林丰草之思。

“写得不错！”汪主任把擎在手中的稿件抖得哗哗作响：“不过，不错归不错，还是不能见报！”

接着，他说了文章好在何处，以及不能见报的原因。——对宁海县某些领导来说，这样的文章犹如红布之于公牛。

汪主任的话进入金凤的脑海里，就像金属倒进熔炉里一样。她觉得自己迷迷糊糊、恍恍惚惚，好像是刚从轮船或飞机上下来的人，处于一种进入梦乡的幻觉之中。

下班后，金凤连饭也顾不上吃，便把处理那篇稿件的前后经过，根根节节地对周建林夫妇说了。

周建林听罢摇头叹息道：“我早在前两年就曾听说过，县太爷上司的上司发下话来，要他把宁海县中卖给一个黄毛丫头。平时，县太爷为了讨好上司，磕起头来连拜垫儿都不带；这会儿有了讨好的机会，别说县中，哪怕是他家里的老爷柜，他也舍得卖！”

钱玉娟说：“前两天，我听我们办公室的柏老师说，眼下，大干部叫小干部办私事，就等于给他送礼！”

周建林点头赞同：“而且是一份厚礼！”

金凤对此百思不得其解。她认为，干部是人民群众的勤务员，不论哪一级干部，替老百姓办事比给上级办事更重要，正如卢梭认为，看望一个煤炭商的老婆比看望一位国王的情妇还要重要一样。

两位长辈不再说话，好像在静静地等候金凤说说自己的想法。

金凤把目光在他俩面前挨个儿一过：“难道县太爷做了错事，老百姓批评批评、指责指责都不行吗？”

周建林苦笑道：“在小街背巷谈谈可以，甚至骂几句也行，只是不能白纸黑字地登在报上！”

钱玉娟扯扯衣角，接着丈夫的话茬儿说：“金凤，现如今，我们县里的报纸也好，电视也罢，大多报喜不报忧。从今往后，你一定要学乖，千万别自找麻烦！”

金凤轻咬下唇思索良久，终于忍不住皱起眉头问：“叔叔，阿姨，司汤达在《红与黑》里写了一个不择手段攀高枝的野心家于连，你们难道会喜欢这样的人？”

周建林知道金凤何以口出此言。他思忖片刻回答说：“金凤，时势造英雄。说到底，野心家也是他所处的那个时代的英雄。于连出身于权力编织的网络中，成长于利益交会的世界里，凡是有利益的地方就会有纷争。当竞争缺乏平等机制的时候，不择手段便成了合情合理的手段。更何况，于连身上有着许多不同凡响的品质，他不畏世俗偏见，勇于抗争……”

金凤听出了周叔叔的弦外之音。

稍停，他拂拭一下衣襟，接着说：“由于时代不同了，我们的县太爷和于连不可同日而语！”

金凤欲言又止，犹如哲学家陷入了哲思。

周建林觉着，自己已经说得够多的了，也就没有再说什么。

幸亏他弭患及时；否则，他将变成“快嘴李翠莲”了。在中国尚未承认同性婚姻合法的今天，他必得与钱玉娟分手，或双双移居美国了。

此刻，他或许还没意识到，时至今日，要想和在自己眼皮底下长大的金凤交谈，不但要有“四书”“五经”诸子百家汉赋唐诗的学养，而且要有声光化电格物致知的常识。

第十三章

宁海县报有一个文学副刊《旗飞》，每逢周末出一期，每期约二万五千字。《旗飞》的责任编辑原来由汪、水两位主任轮流担任；金凤上班后，上述二位便理所当然地把这副担子压到她的肩上了。因为字数的巧合，同事们戏称她是“长征路上的女旗手”。

金凤爱好文学，自然也就乐意接受这个任务。更为重要的是，早在学生时代，她就担任过本班黑板报的责任编辑。在一次全校性的黑板报评比中，她曾荣获优秀编辑的光荣称号。这次有关领导让她接手编辑《旗飞》，她颇有点儿轻车熟路、求之不得之感。

风尘天外飞沙，日月窗间过马。不知不觉间，又一个周末快到了。她在为新的一期《旗飞》组稿时，看到一篇小说稿件，题为《轻浮的代价》。其文横空盘硬语，妥帖力排奡，猛烈抨击本县某些人以“改制”为名，行拍卖公办学校之实的不正之风。她认为，无论从思想性还是艺术性方面看，该篇小说都是上乘之作。

责任编辑是稿件的第一个上帝。不过这一关，再好的稿子也休想面世。

金凤把那篇小说修改、润色后，本打算按照惯例，交给汪、水二位主任过目；可是不巧得很，他俩都到省城出差去了。由于排版在即，她便把稿件径送总编室。

时隔一天，该篇小说见报后，广大读者看罢无不拍手称快。县太爷们很少看报；偶尔翻翻，关心的也只是有没有刊登自己的照片，以及照片上自己的笑容是否“可掬”。因为这个缘故,《轻浮的代价》这个“包子”刚出笼时，只有赞叹之声，未闻讨伐之音。

可是好景不长，两天后，“包子”尚有余温，县太爷便怪罪下来，要报社总编辑牛维尚就县报发表《轻浮的代价》一事给个说法。

“给个说法”是上司的专利。它是上司知道下属明摆着有说法也不敢说出来时，常常采用的一种说法。“给个说法”这一说法气势凌厉，犹如击剑中的一剑封喉，棋局中的直逼死宫。

按理说，每一篇稿件——起码是重要或比较重要的稿件——都得由牛总编签字，才能见报。可牛总编是个甩手掌柜，那期报纸付印前，他未及与《旗飞》的稿件照面，就不知到哪儿“甩手”去了。

牛总编年届五十（岁），但他只承认四十五（岁）。无独有偶，巴尔扎克《高老头》中的伏盖太太四十八（岁），而她本人只承认三十九（岁）。相比之下不难看出，与国外的老娘儿们相比，牛总编在为自己的年龄“缩水”方面，还是挺有底线的。

我们提到牛总编就不能不提到牛总编的外表，正如提到洋葱就不能不提到洋葱的皮。

那一天，牛总编像悲剧诗人克雷比庸一样衣冠楚楚，脚蹬锃亮的意大利皮鞋，胸前挂一条饰有玛瑙的金达莱领带，裤管上刀削似的折痕让人想起大马士革匕首或瑞士军刀。他的头发让理发师抹了鸡蛋清，具有极佳的可塑性。蛋清违反了头发的天然走向，勾销了他惯常的懒散和轻狂。这身装束和打扮，让他可与巴黎或伦敦街头的花花公子比时髦。

看到牛总编，金凤没有像报社的某些人那样倏忽站起来，恭恭敬敬地立在办公桌前，以示欢迎和敬意。因为冥冥之中，似乎有人在向她暗示，英国作家乔治·奥威尔或许是对的。他在自己的名著《狮子和独角兽》一文中写道:“几乎每个英格兰知识分子都觉得，奏《上帝保佑国王》时立正比从教堂的济贫募捐箱里偷钱还要难为情。”

看着牛总编一身“皇帝的新衣”和花里胡哨的打扮，金凤有点儿惶惶不安，好似看到一只不宜于此地栖身的巨大怪物突然出现在眼前似的。

县报副刊“出事”后，牛总编便在心里就如何“善后”下“盲棋”，车驰马跳，炮轰卒走，一盘棋在他脑海里清晰可见。这会儿终于按部就班，顺藤摸瓜，逮到了《旗飞》的责任编辑金凤。

其时，他面孔板着，两道眉毛横着，牙帮骨一拧一拧的，仿佛在嚼着牛筋，一根霹雳形的天蓝色血管在他太阳穴上闪动。为了避开通常只需要在情感小儿科就诊，连最蹩脚的医生也能一眼看出、一治就好的怒形于色，他把右手按在身旁的办公桌上，以便把满腔愤怒狠狠地按到木纹里去。很显然，他是想以传统戏剧的序幕惯用的宏大场面震慑对手。那会儿，气氛凝重得像一条向地上滴水的湿毛巾。

面对脸色铁青的牛总编，金凤突然想起，胡适见证其两位嫂子“闹气”后，曾经发过这样的感慨：世间最可厌恶的，莫如一张生气的脸；世间最下流的，莫如把生气的脸摆给旁人看。新文化运动的领袖人物尚且受不了一张生气的脸，何况常人，更何况一个初出茅庐的姑娘！

牛总编用两只手的拇指勾着腰带，摆出一副池中老大、居高临下的架势。她感到他的眼睛里有一股很强的光漫过她的头顶发射出去，就像电影院里的放映孔。

“我问你：你新来乍到，有关县委为宁海县中改制的事情，你究竟了解多少？你干吗要发那些不着调的稿子？”牛总编依旧一副蛮娘面孔，右眉时常会不经意地跳动几下。

他说话时虽然是站着的，但你又感到他并非站着，而是被威风、气势、气派和庄严架着的。那架势，不由得让金凤想起俄国诗歌的太阳——普希金的诗剧《鲍里斯·戈都诺夫》中的名句：“独裁者的王冠沉得很！”

看样子，他的处世哲学与十六世纪意大利政治家、思想家马基雅维利不谋而合。马基雅维利的《君主论》有一个著名论点：如果必须在让人尊敬和让人恐惧中做出选择，领导人必须选择后者。因为受人尊敬依赖于他人的情感，而让人恐惧则是自己主动的选择。这个不读书的人能与异域先哲所见略同，全凭本能和天性，“如同蜜蜂懂得几何学”。

没错，他生命中所有的高峰体验，全都来源于他在政坛上的荣辱升降。

为此，他把自己所有的精力与心智、坚忍与自制，全盘用于缔交奥援、阴谋统摄。这些年来，他的权力就像一件大衣，严严实实地盖在报社这个不大不小的社会圈子上。

金凤坚信自己不会被对方的架势击垮。她想，好个牛总编，哪怕你再造玄黄，也不该这样跟下属说话！法官审讯犯人，也不能横空扫棍子、立地劈大刀啊！看错人了，我才不吃你这一套呢！

“由于这个问题太简单，我不妨引用威利·萨顿的话来回答你！”金凤如同面对司马懿率领大军压境时的诸葛亮，镇定自若，只差没唱空城计，“当他被问及为什么要抢银行时，他回答说：银行里有很多钱。”

这番话语，如同约瑟夫·海勒的小说《第22条军规》，读者看完故事后，需要把自己所获取的似乎互不相干的材料重新组织，方能梳理出头绪。这种进攻方式含蓄小巧，如同一把闺秀气十足的漂亮匕首。

她原本知道眼前这个人得罪不起，得罪他会让自己吃罪不起。但她又觉得，得罪一个得罪不起的人特别痛快。谁都痛快得起，痛快就是不顾后果。得罪和冲动不同，冲动是魔鬼，得罪是痛快。

牛总编一时无语，嘴唇抿得像一条刚刚愈合的伤口，脸白了又黑，黑了又青，乱云飞渡，眼神凌厉，面部表情里有一种近乎终极的冷漠。他一向以为，在自己的势力范围内，只要他一瞪眼，属下一定会表现出一种被打服了的小媳妇的恐惧和柔顺。万万没想到，一个丫头片子，竟敢如此抗颜高议。这也难怪，权力与服从，这是人类自从出现苏格拉底、毕达哥拉斯那样的哲人以来一直在思考的问题。这种与冥想共生的思考，不仅困扰着约翰·福尔斯、米歇尔·福柯那样的哲学家，也折磨着像牛总编这样的凡夫俗子。

“金小姐，我怎么听不懂你的话？”牛总编以右拳轻抵下颌，左手托着右膀弯，向她投以愤懑、探究的目光。嫁不出去的老姑娘们，大多是在暗处或不显眼的地方，用这种目光把毒液射向男人的。

“我该怎么回答你呢？噢，想起来了！……有一次，俄罗斯某大学一位教授讲授量子力学。下课时，一个女生跑到教授身边，愁眉苦脸地说：老师，你讲来讲去，我怎么就听不懂？教授不紧不慢地回答：这不奇怪，量子力学不是人人都能听懂的！”

牛总编破天荒地感到辩论不是自己的强项，于是避虚就实，再一次大幅度地拉长像被烙铁熨过的脸，气急败坏地怒吼起来：“我问你，付印前，为什么不找我签字？”

金凤从眼睛的余光里发现牛总编在笑，而且不是一般的笑。可转脸细看时，她又发觉那不是笑，而是一种想镇住对手的龇牙咧嘴。西伯利亚的坚韧生命雪狐和平原狼，同类之间相互争斗时，为了显示自己的威猛和强大，也会这样龇牙咧嘴。

毫无疑问，上面那番话，是他此行最想说的。这也难怪，权力是官员们的命根子。因此，他们对于自己的势力范围，如同美女守护自己的敏感地带一样，除非自己愿意，绝不允许他人触碰。

面对视权如命的牛总编，金凤不由得怀着崇敬的心情，想起英国首相丘吉尔。二战刚结束，丘吉丘就下台了，但他毫无怨言。在一次会见中，斯大林嘲笑丘吉尔：“先生，你为你的人民打赢了战争，但你的人民却罢免了你。”丘吉尔平静地回答说：“我之所以打仗，就是为了保护人民罢免我（首相权力）的权利！”

想到这些，金凤冷冷地说：“找了，但是没找到！”

言毕，她随手用报纸盖上她尚未看完的一篇稿件。那神态，就像首饰商看到身边有一个手脚利落的小偷，连忙关上抽屉一样。

“我没工夫跟你扯闲篇！”牛总编像克罗多人米龙劈开了橡树，一双手被树干紧紧地卡住了一样，气得面如血泼，心里如同放着一个乱了节奏的架子鼓。

金凤觉着，牛总编这样装腔作势地和下属讲话，比酸酸的现代后现代诗还要空虚，还要恼人。

他呆呆地瞪着金凤。她在他的眼前变得朦朦胧胧、摇摇晃晃，而且成了一个三角形，她的头一直顶到天花板上去了。

该说的话说过了，该发的火发过了。然而，他说的话如同当年奥匈帝国扔下的炸弹，数量虽多却没有一个击中要害。

“牛总编，”金凤把溜到脸旁的头发拢向耳后，“你现在站在山顶，往下看我这个无名小卒，把我看得很渺小；不过你也应该知道，我在山下往上看你，你也同样很渺小！”

尽管无法预知牛总编今后的战略纵深和战术谋划，但她毫不畏惧，出言吐语有如鲁迅为文，孤傲冷峻足以把人打倒。

金凤如此与牛总编“死磕”，寸步不让，这种不向权势者低头的精神固然可圈可点，但方法是否恰当，似应存疑。她年轻气盛，不懂得抑或是虽然懂得却不屑于屈从这样的生活哲学：成功和失败的区别，并不在于谁跑得更快，而在于谁曾在危险的时候停了下来。南宋陈元靓所著《事林广记·象棋十诀》中，也有几“诀”与上述生活哲学异曲同工：“逢危须弃，慎勿欲速，彼强自保，我弱求和。”

“谁伟大谁渺小，咱们走着瞧！”牛总编愣怔了一下，丢下一个重磅炸弹，顺利地金蝉脱壳。他的话笔直到底，一览无余，就像一个身段缺乏曲线的娘儿们。

奇怪的是，望着牛总编渐去渐远的背影，金凤突然觉得，这是一个十分可怜、值得同情的人。他权力欲超强，却又缺少雄才大略，既没有政治家的霹雳手段，又缺乏应有的雅量。

同样奇怪的是，经过一番唇枪舌剑，待到冷静下来后，金凤的形象在牛总编的脑海里发生了逆转。她那娇媚袭人的相貌，她那堂庑阔大的气场，她的高才逸度，她的幽微玄妙，都给他留下了很好的印象。

晚上，皎洁的月光静静地穿过金凤的肉身，穿过金凤的灵魂。她不由得对月感怀，久久无法入睡。

牛总编的“造访”，以及他“造访”时流露出来的宋玉对“东家之子”式的傲气，给她留下喜马拉雅山似的阴影。在这种阴影的笼罩下，多年来由社会、老师、家人灌输的各种理念、信条、规范，在她的心里人仰马翻、尸横遍野。郁闷的、悒悒不乐的情绪，成了包围着她的以太，无时不有，无处不在。她在当天的日记中写了这样一段话：“《封神》第十九回说，我本将心托明月，谁知明月照沟渠？”借以表达自己一向任劳任怨、克尽厥职，却备受排挤和打击的愤懑痛苦之情。

她怎么也想不通，自己担任责编的县报副刊，原本像伏尔泰所说的那样，是一个情趣高尚的稳重的姑娘；为什么在牛总编等人的眼里，却成了闹过许多乱子的情妇？

夜半时分，老家具发出一声声细微的脆响。她知道，那是叔叔阿姨用了多年的旧衣柜收紧榫头的岁月回声。

她踱到窗前，撩开窗帘。窗外的花台上，放着一盆滴水观音。在暗淡的月光映照下，滴水观音绿意葱茏，几片宽大的叶子安安静静，像朱自清笔下的荷叶，让人看着心疼。两口养金鱼的水缸，与花台齐高，里面的水墨黑墨黑，像抒情诗人的瞳孔。

抬眼望去，但见繁星点点，灯火寥落。远处，从一个高耸的烟囱里冒出的乳白色的烟雾，穿过边缘模糊的红光袅袅而上，一直到那倒扣的铜钟似的天穹上才融化开来。一片朦胧的天幕上，一架夜航的飞机穿云破雾，机翼和机尾上的红灯明明灭灭地闪烁，那种挣扎和猩红色的悲伤，再一次让她想起自己的处境，想起让自己陷于这种处境的顶头上司牛总编。她怎么也想不通，牛总编为什么要不遗余力地拿一个忠于职守的员工开涮？莫非他的血管里，流淌的是《红楼梦》中荣国府里王夫人的血液？

她清楚地记得，据有关资料记载，美国哈佛大学前任校长拉里·萨莫斯在一次演讲时，有过极为精彩的表述：“在哈佛，一个刚进大学的新生可以对校长说‘你错了’，这就是哈佛的文化：思想胜于权威。”其实，无须“言必称希腊”，我们自己也有这方面的传统。比如明朝规定，内阁首辅如果认为皇帝的意见不对，就可以把圣旨退回去，这种权力的历史学名叫作“封驳”。到了近现代，这方面堪称典范的人和事也很多，大学者胡适先生便是一例。抗日战争爆发前，胡适任北京大学文科研究所主任。其时，该研究所经常举办研究报告会，由研究生提出研究报告，研究所主任及导师加以批评。有一次一位姓韩的研究生，宣读一篇有关隋唐之际佛学的研究报告。宣读完毕之后，胡适先生以研究所主任资格首作批评，言辞谦和却滔滔不绝。

谁知刚说到中途，姓韩的研究生突然打断他的话头说：“胡先生，你别再说下去了，你越说越外行了！”继则把胡适批错了的地方一一指点出来。胡适立即停止批评，毫不动气，并请韩姓学生的导师、佛学权威汤用彤对报告继续加以批评。报告会结束时，胡适对有关人员说：“以后举办报告会，最好事先让我们知道题目，以便略做准备，免得像我这次对韩君的报告做错误的批评啊！”此后，胡适先生并未因此怀恨那位学生，反而对他特别重视，为其学习、谋生提供很多帮助……“思想胜于权威”，既是哈佛的文化，也是人类共同进步的文化。牛总编用权威遏制思想，从理论上讲，必有肉袒牵羊之日。

在彷徨、苦闷的日子里，在充满工业文明的浮尘和噪声的天空下，她真想到深山老林里露宿几个夜晚，因为那里有豪奢的安静和孤绝。

此后，她在一位女友的建议下阅读叔本华。这种哲学曾经给她以心灵上的慰藉；但当它与现实生活发生碰撞时，随即就不攻自破，成为一件千疮百孔、不能御寒的薄纱衣服。

第十四章

汪、水二位主任出差数日，双双回来了。真是万幸，在这直径将近八千英里的地球上，条条大道通罗马，而不是条条大道通宁海，他们竟然没有走错地方，而是像新媳妇婚后第二天，伴着夫君到娘家“回门”一样，大体完好地回来了。看来，他俩起码有一人读过《后西游记》，并且记住了老猴通臂仙对将要外出求仙的小石猴的告诫：“你但出门，便有千歧万径，须要认准正道，不可走差了路头。”

当天下午，金凤向水主任诉苦说：“我连做梦也没想到，一篇小说竟然能引起一场轩然大波！”

“小金，你就想开点儿吧！这样的怪事，不仅国内有，国外也有！”水主任用力伸展一下被学问压弯了的腰，以近乎长辈的语调安慰道，“肯尼亚总统莫依有一次听人说，有个叫马迪加里的青年在全国宣传革命，便命令警察头子逮捕这个人。警察头子在全国进行拉网式的搜索，结果发现，这个革命家是小说里的人物。谁知总统得知底细后，声色俱厉地说，小说人物也不行，赶快禁止了小说吧！”

金凤默默不语。

水主任又接着说，在我们国家源远流长的历史上，有不少官员乃至帝王也和上述总统一样，“老虎屁股摸不得”。更有甚者，有时别人明明离他八丈远，他疑神疑鬼，偏说人家摸了他的屁股。据清代文学家、史学家赵翼《二十四史劄记》卷三十二记载，杭州徐一夔在呈给皇上的贺表中，有“光天之下，天生圣人，为世作则”等语，明太祖朱元璋览之大怒，说：“生者僧也，以我尝为僧也；光，则剃发也；则字，音近贼也。”他据此认为，徐一夔讥讽他做过和尚，当了皇帝犹如盗贼，随即令人把徐一夔斩了。

金凤听罢目瞪口呆，不敢相信人世间竟然会有这样的事情。

水主任见金凤默不作声，又上纲上线地说：“时下，某些执掌权力的人，往往想当然地把人们对权力的崇拜，当成对权力拥有者的崇拜……”

“可是，我们这里既不是肯尼亚，更没有总统！”金凤急切地发表自己的见解。不管是繁花似锦还是天寒地冻，她都要直播自己的人生。

“对！我们这里不是肯尼亚，但是有总统！——这里的总统就是县太爷！小金，‘识时务者为俊杰’……”水主任突然掉转话题，进而开导说，“小金，你听我说，世界上什么事情都能发生。正因为如此，世界才能真实地存在下去……人生就像置身于一片撒满珠宝的荒原，人人都在寻找发光的宝石，但大部分时间，却只能看到荒原上的孤烟衰草！”

金凤带着抵触情绪接口说：“难道要我像喇嘛一样，磕长头磕到县太爷的府上去吗？”

“我不是那个意思！”水主任像药剂师往瓶子里灌阿魏酊剂一般，把右臂伸得直直的，又抬起左手拍拍右臂的肘关节。

金凤目不转睛地等待着他的下文。

他歉然一笑，循着自己的思路说：“你最好在适当的时候，像《射雕英雄传》里的黄蓉用一席菜哄骗洪七公那样，写一份检讨，权当练笔……我想，就因为这档子事，他们也不至于不让你过关吧！”

金凤思想斗争之激烈，良久，她在审时度势之后，闪着泪花说：“水主任，您的意见，容我考虑考虑！”

汪主任闷声不响，降尊纡贵地当听众，一双眼睛迷迷蒙蒙，看上去像是蔽日薄云一样的半透明体。他很像南唐的李后主，无言独上西楼，别有一番滋味在心头。不过，此时此刻，他内心深处，正像潮水一样波翻浪涌。他感到金凤面前长路漫漫，荆棘多多，有个目标需要去冲刺，有把战斧需要去磨砺，有场击剑需要去拼杀，有个事理需要去争辩……

良久，他问金凤：“那一天，牛总编有没有骂你？”

“他不敢！”

“有没有打你？”

“他更不敢！”

“如此看来，事情真的不那么好办了！”汪主任长长地吁了一口气，“牛总编和当年的李鸿章有一拼。李鸿章喜欢骂人，越是他的心腹，他越是要对其怒形于色，及至晚年，他的霸王作风更上一层楼，动辄掌批人颊（打嘴巴或扇耳光）……但其人一经批颊，两三日内即可有佳音。正因为如此，日思夜想被其打骂者如蚁附膻，多不胜数！而你既没挨骂，又没……”

金凤听罢，知道汪主任是同她闹着玩儿的，咯咯咯地笑得不能自已。

金凤下班后回到家里，正在忙着做饭的钱玉娟见她气色不好，连忙问：“金凤，你怎么了？”

她抬起右手一抹，一下子把笑容像脂粉一样均匀地抹到脸上，接口说：“没怎么呀！”

钱玉娟见她笑得满像回事儿，这才放下心来，欣慰地笑着说：“没怎么，那就好，那就好！”

金凤转身进了卧室后，她又关切地看了一眼。

自打金凤她爸金永耕那次“酒后失言”起，钱玉娟和丈夫都已知道，金凤家只是一个平平常常的农户。但她和丈夫周建林都不后悔。要不是那一次周建林和金永耕在南门口邂逅，她家和金永耕家的关系，必将一如既往地停留在原先那种疏于往来的“远房亲戚”的水平上。果真如此，百里挑一、人见人夸的好姑娘金凤，也不会带着弟弟住进她家，儿子周新龙也就找不到这么好的女朋友。

这么一想，钱玉娟觉着还是要给金凤以更多的关爱。于是，她推开虚掩的房门，打算和金凤拉一会儿家常。

其时，金凤正和衣躺在床上暗自流泪。泪滴有点小，好像来不及变大就停止了生长。

钱玉娟吃了一惊，仿佛听到金凤内心孤独的长啸。

她连忙坐到床沿上，拉着金凤的手，关切地问：“金凤，你生病了吗？”

金凤摇摇头。这一来，好像牵扯到某一根抑制屈辱的神经，她禁不住哭了起来。这是一种很深的哭泣，完全没有声响，只有滂沱而下的泪雨。

钱玉娟慌了手脚，连声问她到底是怎么回事。

冷静下来后，她终于把郁结在心里的苦水倒了出来。

钱玉娟听罢气愤地说：“他们怎能这么欺侮人？要不，咱回家，不在那儿受窝囊气、吃下眼食！”

话刚落音，周建林回来了。

他感到气氛不对，知道自己所担心的事情发生了。为了缓和气氛，他装出一副天地不醒、一片混沌的样子问：“你们这是怎么了？”

钱玉娟忙朝丈夫使了个眼色，然后和他一起走到外间，小声小气地把金凤“出事”的事儿，根根节节地说了一遍。

“金凤，你听我说，生活可以有低谷，但心情不能有低谷。”周建林掉转身子走近床边安慰道，“人生在世，要学会自寻乐趣，像蚯蚓把自个儿截成九段，凑两桌打麻将的，还有一个端茶倒水的！”

金凤听了，想笑但没笑成。

周建林紧接着上纲上线：“美国第十六任总统林肯说过这样一句很有哲理的话：每个人都可以像自己所希望的那样快乐。事实也的确如此，快乐是非常唯心的东西。换句话说，快乐是可以从技术层面上做到的，不快乐是可以从技术层面上消除的。那种不健康的情绪，不洒脱的人生观，对我们是没有任何意义的。动辄悲哀、哭泣，那是一种感情浪费！”停了一会儿，他又接着说：“这个世界，既不公平，又公平。清风玉露、朗月飞花，无论乞丐还是富翁都能欣赏到；糙米园蔬，些许作料，在会生活的人手里，就能变成令人口舌生津的美食……”

这些带有哲学倾向、富有诗意的语言，潜流暗涌一般渗进金凤的知觉里。她像一个被贫困的家长富养的孩子，感动得泪流满面。

“流点儿泪也好，”钱玉娟不知此泪非彼泪，心疼地抚摸着金凤的肩膀，

“委屈随泪走，泪去心静，待会儿也许会舒坦些！”

这话说得挺有道理。每个人在成长过程中，都离不开眼泪以及擦掉眼泪。

周建林进而安慰她说：“金凤，我知道，你打心眼里痛恨牛总编，担心自己被非议、被孤立，这很正常。日本诗人小林一茶写了无数清丽绝俗的俳句，那些诗句里，竟然有这么一句：飞雁们，咕哝咕哝地，聊我的是非吗？那么一个诗意的人，依然担心被传是非，何况我们这些人！……可是，事实表明，担心没必要，痛恨没有用！——万事不由人，台风挟着暴雨，把你爷爷奶奶栽的果树连根拔起，雨水代替树根占领泥坑，家前屋后一片汪洋……你能因此而痛恨风雨吗？你要是偏要恨，那就尽管恨吧！只不过，它们连世界上有一个名叫金凤、在报社里做编辑的女孩子都不知道，你恨有什么用呢？我们没有能力控制风雨，同样也没有能力控制他人。恨别人，倒霉的是自己：一肚子闷气，血压升高，吃不下饭，睡不着觉！正如法国作家圣埃克苏佩里在其短篇童话《小王子》里所说的那样：如果你要驯服一个人，就要冒着掉眼泪的危险……总而言之，人生是否精彩，取决于他有怎样的情怀！”

一道亮光如同接近太阳时的彗星，拖着长长的尾巴，从金凤的头脑里一闪而过。

她感到周叔叔看问题真准，仿佛听见她内心激愤的长啸！——没错，她正准备找个机会，把满腔怨恨倾泻到牛某人的头上、脸上。

周建林凭借第六感，从她的脸上看出了一闪而过的激动、怨恨，于是微笑着用打趣的口吻说：“金凤，你要想控制别人，除非让自己成为秦始皇和斯大林那样的人。其实，即便如此也不行！陈胜、吴广、刘邦、项羽以及他们麾下的人众，几时把秦始皇放在眼里？斯大林何等威风，可他管得了罗斯福和丘吉尔吗？”

金凤总算被说服了。她拢拢头发，搓着两手问：“叔叔，依您看，我该怎么办？”

“这还不简单，”周建林两手一摊，“把‘怨恨’这个包袱甩到一旁；然后花上个把钟头，写一份检讨不就得了？”

金凤心想，怪呀，周叔叔怎么也叫我写检讨呢？

于是，她手扶床沿坐起来，揉揉眼睛，接着用一种含有抵触情绪的口吻说：“周叔叔，我怎么也弄不懂，自己究竟错在哪儿！”

周建林表面上装得风平浪静，实际上他的心里也很不是个味儿。这是因为，他在此前已经知道金凤因为编发一篇针砭中小学乱收费、高收费的小说，惹得县太爷和牛总编大动肝火的事儿了。

“金凤，我知道你没错；但在目前情况下，你必须‘认错’！”周建林这会儿变成了《艳阳天》里的弯弯绕，说起话来弯来绕去的。

他知道，从理论上讲，官员和平民，应该完全平等，无轻重之分，无高下之别，正如在月球上，铁锤和羽毛会同速降落。可是，在现实生活中，被某些人妖魔化了的世俗的权力，使人世间“生而平等”的天平发生了倾斜，“有权的人享有被宽容的权利，没权的人享有宽容的权利”。在特定的时空里，我们不得不承认这种倾斜。

金凤要起了小孩子脾气：“既然没错，为什么要认错？”周叔叔越是劝她认错，她就越不想认错。

“金凤，你要知道，牛总编早就对你有了偏见；而偏见是无法用逻辑来矫正的，因为它本身就是一个逻辑起点。”周建林平时喜欢翻看社科类的书，这会儿总算派上用场了。稍停，他又接着说：“尼采说过，与恶龙缠斗过久，自己也会成为恶龙；凝视深渊过久，深渊将回以凝望……你是一个有知识的人，怎么就想不通呢？”

金凤听罢一怔，心头似有一缕不尽的柔风漫过去又拂过来。

周建林趁热打铁：“金凤，你对眼前这桩明显不公平的事情困惑不安，感到它与自己理想世界中的美好事物相去甚远……有理想当然很好，不过与此同时，我们也要懂得理想的珍贵、脆弱和正义感在面对现实后的合理妥协！宝拉·霍金斯在《火车上的女孩》中说得好：人生中，有些伤痕永远无法痊愈，你必须带着伤痕前行，就像树根绕过水泥生长。”

钱玉娟接着说：“金凤，眼下，既然咬人狗咬住你的裤管不松口，你就扔下块把骨头，也就是写一份检讨书，他不就放开你去啃骨头了？”说到这里，她突然觉着自己的话太过土俗，与夫君的话不在一个档次，长此以往，没准会被他瞧不起。于是，她就像那些说话喜欢“中英夹杂”的人一样，另换一种表述方式接着说：“金凤啊，在人生旅途上，有些时候，为了操守，我们被人群里的某些人百般欺压，以致被他们远远抛在后面。可是，当道德转身的时候，你一定能置身人先，且被人仰望！”

周建林听得一愣一愣的。他深知，夫人属于“佳人”之列，自己如果不是“才子”，尽管儿女已经长大成人，婚姻也未必稳定！——西汉卓文君和辞赋家司马相如私奔，不就是前车之鉴吗？这么一想，他不由得搜肠刮肚，犹如恃才傲物的纪晓岚在乾隆面前卖弄才华一般，接着先前的话题更上一层楼、倒注不穷，对金凤进行史诗级别的劝说：“金凤啊！人生的坎坷，一半是生活挖的坑，一半是自己的棱角刺的洞。我们行路那么艰难，往往不是因为缺乏努力，而是因为浑身长满了我们喜欢、生活却不喜欢的刺。在前进的路上遇到绕不过去的矮门，如果不知道弯腰，肯定要碰得鼻青脸肿、头破血流！……你想，当年的韩信要是为了保住面子，不肯从那个屠夫的胯下过去，还能有彪炳史册的胯下将军吗？……生活将我们磨圆，只是为了让我们滚得更远！”

两位长辈“高端论谈”式的话语歪打正着，金凤听得入心入脑。与此同时，她忽然想起一位老资格的文人说过的话：因为常常需要转弯子，中国人的全身关节都必须安装滚珠轴承。

她思来想去，决定把委屈埋在心底，权且安装“滚珠轴承”——也就是写一份检讨书，并用德国的哲学之花把它掩盖起来。

第十五章

月色朦胧，云影徘徊。

金凤揿亮台灯，独坐窗前。在台灯游丝一般的絮语中，一种前所未有的感时伤怀，刹那间被童话般的寂寞催生了。

自打懂事起，她就渴望过上一种比自由更为自由的自主生活。所谓自主生活，就是人在自始至终的生命过程中，自己决定自己的生活方式、恋爱方式、娱乐方式等；一旦遇到自己不高兴的事、不喜欢的人，便及时地避开、远离，就像一个人遇到负能量的事物要赶快避开、远离一样。初一上学期，带有塞缪尔·斯迈斯思想倾向的政治老师，有意或无意之中向学生灌输的关于自立和自主的道德说教，进一步强化了她对自主生活的向往。

而今，因为一个莫须有的罪名，自己非但不能“自主”，竟然还得卑躬屈节地“弯腰”！她像行吟泽畔的屈原那样，在内心深处发出“天问”：公理安在？正义何存？

她蘸着月光，含泪写好一份检讨书。落款时，她忽然感到自己是一个被剥夺了生活权利的人。这是因为，在她看来，人类的一切努力、一切生存的动机，都是为了争取、增进自由。快乐和忧愁、赫赫有名和默默无闻、成功和失败、金榜题名和名落孙山、权力和屈服、情投意合和分道扬镳、手镯和镣铐、洞房花烛和牢狱暗夜、山珍海味和粗茶淡饭、豪宅和茅舍、教养和无知、京城帝都和穷乡僻壤……两者的区别，都不过是有没有自由或自由的程度如何罢了。

停了一会儿，她又想起一则在西方广为流传的故事：有人把污泥塘里的鲤鱼捕来，放到用大理石砌成的清水池里，以便供德·曼特浓夫人观赏。德·曼特浓夫人喜不自胜，一日三餐用国王餐桌上的残羹剩肴喂养。结果，鲤鱼日渐衰亡！……“它们在怀念自己的池塘”，有如中国人遥想汉唐盛世，印度人怀念孔雀帝国、笈多王朝！

她也怀念起自己的“池塘”——没有纷争、没有倾轧的金乔庄。

突然，她把已经写好的检讨书撕得粉碎，用力朝窗外一扬！

金凤的这一举动，犹如一位恪守清规的高僧被困在满是酒肉的山洞里，为了不违逆自己的宗教信仰，宁愿活活渴死饿死，也不喝酒不吃肉。

次日上午，她把自己的想法和做法对水主任说了。

水主任对金凤的愁苦和屈辱感同身受，于是劝解道：“我记得莱斯利说过：人生的游戏不在于拿了一副好牌，而在于怎样去打好坏牌。”

下午，金凤到办公室刚坐下，一位陌生的小伙子走了进来。

她连忙起身让座，并用一次性纸杯给来人倒了一杯开水。

小伙子起身接在手里。他早就渴了，原本打算先喝一口润润嗓子；孰料水杯烫手，他只得急速地把它蹾在身边的办公桌上。

金凤带着歉意笑了笑。

这一笑，让小伙子懂得了什么叫“回眸一笑百媚生”。

稍停，来人自知自己的出镜率还处于正负数的交界处，出了家门很少有人认识，只好自我介绍说：“我叫汤一夫……你不认识我，我可认识你！”

金凤听罢一愣：“汤一夫？小说《轻浮的代价》是你写的？”

“正是！正是！”小伙子连声答应。那神情似乎在表明，这样的文章岂是凡夫俗子写得了的！

“久闻大名！”金凤一边说，一边落落大方地伸出右手。

“幸会幸会！”汤一夫握了一下送上门来的纤纤玉手，顿觉自己不虚此行。

金凤向对方投以询问的目光。

“今天，我来找你有两件事，”汤一夫读懂了女主人目光里的含义，“准确地说，是一件事的两个方面。——其一，向你道歉：我不该一稿两投，给你带来麻烦；其二，向你报喜：《轻浮的代价》已被省委机关报——《东方日报》采用！”

稍停，他又喜形于色地说：“尤其让我高兴的是，《东方日报》还破例地为文艺作品加了按语。按语指出，尽管《轻浮的代价》是文艺作品，但它所反映的‘教育部门乱收费、高收费’的问题带有普遍性，应该引起我省各级领导同志的高度重视……”

金凤听了，顿时有一种“松绑”的感觉。可惜的是，由于经费紧张，她所在的办公室未订《东方日报》，否则她一定会当场拿来看一看。

汤一夫转脸朝报架上看了看，颇为遗憾地说：“早知道你们没订《东方日报》，我就把刚刚收到的那张样报带来了！”

言毕，他从衣袋里掏出手机，给弟弟汤一纯打电话，让他把那张装在大信封里的《东方日报》，快点儿送到县报副刊部。

金凤问：“汤一纯是你弟弟？”

“是呀！”汤一夫朝她舒过脸来，“你认识他？”

金凤点点头：“前年春节期间，在市文联举办的周永民作品讨论会上，我俩见过面！”

“周永民？在我们这一带，他可是小有名气的文坛愤青呀！几天前，我刚读过他的短篇小说《一个小偷和被偷者的友情》，读时、读后的感觉，那可只有一个词儿能表达：爽！”

说话间，汤一纯骑着小鸟牌电动车，热汗涔涔地飞来了。也真难为他，那是夏天，是一串红、美女樱、茉莉花疯狂开放的夏天。

汤一纯人高马大，皮肤白皙，浓眉大眼加上一个挺挺的希腊式的鼻子，看上去十分英武。他身穿浅灰色派克衫，肥瘦合体，款式入时，只是带拉链的口袋太多。

进了副刊部办公室，他像常来常往的老熟人似的，风风火火地拉过一张木椅，挨着金凤坐下。由于他用力过猛，木椅被拖曳过程中唯一着地的那条腿，发出刺耳的噪声。

金凤见到来人，十分讶异，不由得脱口而出："哎哟！你是不是到马提尼克岛住了一阵子？"

"金小姐，此话怎讲？"汤一纯颇为不解。

金凤本来不想再说下去。然而，自己惹出的话题，怎能自己把它打断？于是，她拢拢头发解释说，马提尼克岛是法国的一个海外省，位于加勒比海的最北端。这个岛上的居民非常高大，成年男子平均身高 190 厘米左右，成年女子的平均身高也超过 184 厘米。更为离奇的是，但凡游客在这个岛上逗留一段时间，也会不知不觉地长高几厘米！

汤一纯挠挠头皮，摸摸下巴："金小姐，你是不是想说，鄙人长得傻大黑粗？"

"不是，不是！"汤一夫抢先作答，"金小姐言及你的身高，那是'高富帅'的'高'！"

"但愿如此！"汤一纯扯起嘴角一笑。不是因为滑稽，而是由于心头一甜，恋爱般的甜啊。

"前年春节期间，你给我的印象是：身材单薄，文雅秀气……"金凤朝汤一纯舒过脸来，进而笑着解释说。她的笑丰润饱满，让人想起红艳艳的石榴。

"这倒是！"汤一纯忽有所悟，"这两年，我妈把我当架子猪喂养，成天害怕饿着我，只要我肚里有鸡蛋大的空，她就赶忙拿一个鹅蛋填上！"他一边说一边隔着上衣抚摸微微凸起的肚皮，完全颠覆了其潇洒疏放、主小城风雅的才子形象。

"我妈老是偏向他，"汤一夫趁热打铁，指着弟弟微笑着对金凤说，"他肚里的板油，往少里说，也能扒出一箩筐！"

"你就别不服气啦，"金凤笑着对汤一夫说，"'老巴子'受宠，这是规律，天下父母都一样！……"

汤一纯摆摆手："金小姐，你别听我哥瞎编排！"

汤一夫不作声，只是一个劲儿地笑。

闲聊一会儿，汤一纯掉转话题正色道："金小姐，听说你最近遇到一点儿麻烦？"

金凤觉着，正戏已经开场，于是迅捷站起身来，忙着给汤一纯倒水，给汤一夫续水。

汤一纯接过金凤端来的水杯，点头致谢。因为水杯太烫，一臂之内又没地方可放，他连忙用左手接过水杯，把腾出来的右手放在嘴边"呵"了一下，这才接着原先的话题说："一点儿小事，你可千万别往心里去！"

金凤见状，颇为过意不去，连忙站起身，从报架旁边搬来一个小方凳，让他放水杯。

"我叫你送《东方日报》来，"汤一夫从弟弟汤一纯手中接过一个大信封，从中抽出报纸，慢慢打开来，顺便瞥了一眼，然后一边伸手递给金凤，一边转脸对弟弟说，"就是为着给这位金小姐压惊的！"

金凤接过报纸，注目于用黑体字排印的"编者按"。她双手捧着报纸，微蹙蛾眉，轻启朱唇，默念完毕，她觉着有一把熨斗缓缓地从心头熨过。兴奋之余，她转脸对汤一夫说："省报如此高看这篇小说，不仅为我解了围，对你作者本人也是一个莫大的鼓舞！"

汤一夫摆摆手："我从不稀罕别人为我抬轿子！"

"话可不能这么说！有没有人抬轿子，情况大不相同！"金凤以打趣的口吻说，"'孤篇诗人'张若虚的《春江花月夜》写于盛唐，直到 1200 年后的晚清，因为清代文学大师王闿运一句'孤篇横绝'，才让张若虚这个名不见经传的小人物，凌驾于诗仙李白、诗圣杜甫之上！"

汤一夫听罢哈哈大笑："省报的轿夫，莫非想把我抬上诺奖的领奖台？"

汤一纯打了一个手势，掉转话题说："金小姐，等着瞧，不出十天，我也要'亮剑'！——值此教育部门乱收费、高收费之际，我等不群起而攻之，更待何时？"

汤一夫以兄长的口吻提醒道："哎！一纯，亮剑归亮剑，你可不能再像我一样，给金小姐添麻烦啊！——一之为甚，岂可再乎？"

"'剑'还是要'亮'的！"汤一纯把攥成拳头的右手摆试摆试，好似正握着一把利剑，“当年，拿破仑·波拿巴——那个默默无闻而又没有任何财产的少尉，正是靠着手里的那把剑，成了世界的主人！”

“瞧你，又豪气冲天了！”汤一夫没好气地一笑。他知道弟弟在想些什么，就像薄伽丘知道神父的梦里藏着几位情人。

汤一纯搓搓手，那神态好像战士要出征：“哥，你就放心吧！我这一次的目标和你一样，也是省报！”

汤一夫说：“省报刚刚用过此类题材的文章……”

“哥，你这话可就有点儿外道了！”汤一纯未等哥哥把话说完，便接口说，“编辑选稿的着眼点，不是看你写什么，而是看你怎么写！”

汤一夫凝神一想，觉着事情也确实如此。尽管反映读书难、读书贵的文章多得如同穿越大西洋的鲞鱼，多得如同进香求升迁的官员，当他以澎湃的激情和飞动的灵性，创作了小说《轻浮的代价》后，省报不是很快就刊发并且加了按语吗？

汤一纯等待着哥哥的反驳。见哥哥没有开口，他又接着原来的话茬儿说：“长期以来，我们国家的‘读书难’问题，就像哥德巴赫猜想一样，让我看不懂、想不通！”

“瞧你，说起教育问题就慷慨激昂！”汤一夫褒贬兼顾，“难怪有人说，你也是文坛愤青呢！”

“文坛愤青怎么了？有些事情，让人不能不‘愤’嘛！”汤一纯两道目光环室一扫。

“得了，得了！你的一张嘴简直就是一挺机关枪！你要是仰着脸走路，天都碍事！”汤一夫抬起双手一连拍了几下，然后顺势拱了拱，“你要记住，芬兰著名作曲家西贝柳斯说过：世界上没有哪个城市愿意为批评家竖碑！”

不难看出，汤一夫对自己的弟弟汤一纯，犹如魔术师玩的飞刀，放手而并没有脱手。每时每刻，他都想掌控弟弟。至于能否掌控得住，那是另外一回事，魔术师也难免有失手的时候呢。

“我倒是觉着，你弟弟谈得蛮好的！”金凤一边说，一边将凳子朝汤一夫身边挪了挪。因为她知道，按照大众传播学的说法，两个人面对面交流，相互间的距离应该在 150 厘米之内。大于这个距离被称作社交距离，其亲密性和私密性将大打折扣。

“金小姐，感谢你能听完我的唠叨！”汤一纯闪闪眉毛笑着说，“前两天，我读了据说是你‘偶尔为之’的《爱神》一诗，感到你手中的笔力透纸背，《谷风》之怨、《死麕》之悲，抒写得淋漓尽致、催人泪下……可见，诗不一定要多，关键要好！……与你相比，我总觉得，自己的作品未能从自我中提炼出超越自我的内在元素和情感符号，读起来给人的感觉就像我们今天喝的白开水一样，淡而无味！”

“哎哟！你绕道好望角，说了这么多，原来是‘结句压全篇’，意在批评我没给你们泡茶呀！”金凤笑着打趣道，“说来好笑，我们办公室办公经费少得可怜；每年只能靠年终卖旧报纸的钱买点儿茶叶，喝完了就得‘收拾雄心待来年’！”

“白开水挺好嘛！”汤一夫连忙解围，“当年，马南邨写过一篇文章，题目就叫《白开水最好喝》！这原本是一篇谈养生之道的文章；‘文革’期间，竟然有人写大字报，说作者旁敲侧击，讥讽生活在社会主义制度下的人民大众买不起茶叶，只得喝白开水……”

“看来，报社才真的是一个清水衙门呢！”汤一纯轻轻地拍打着椅背说，“学校这个衙门的水已经不很清甚至很不清了。据我所知，大、中、小学乃至幼儿园，除了乱收费、高收费外，不少老师还吃请、受礼……”

汤一夫接口说：“眼下有些老师，特别是名校的班主任老师以及语文、数学、外语老师，由于他们在学生的成长和学习文化知识方面起关键、主导作用，每学期开学或是农历‘三大节’（端午节、中秋节、春节）前后，都有不少学生家长给他们送购物卡，其‘含金量’少则二三百元，多则五六百元，有的甚至上千元，他们都照收不误……”

汤一纯接着其兄的话茬儿说：“这还不算，还有些老师，逼迫或引诱学生‘补课’。所谓‘补课’，就是把学生带到家里做作业。一个月作业做下来，往少里说也得花上三百元。有的老师甚至成了补课专业户，平时补，假日补。不愿补课的学生，老师就对他另眼相看，甚至给学生穿小鞋……凡此种种。”

汤一夫瞥了弟弟一眼：“瞧你！说起话来和写的文章一样，大发宏论，哲学家似的！”

汤一纯不以为然：“如果有一天，我真能达到你刚才所评价的高度，那真是三生有幸！——马克思的学生和女婿拉法格认为：不发表哲学议论的作家，只不过是一个艺术工匠而已。”

兄弟二人、特别是汤一纯越说话越多，且屡出惊人壮语，数黑道黄，议论长短，大有夺席谈经的架势。尽管听众不多，但他们并不计较。这让人想起京剧大师程砚秋的职业道德：哪怕台下只有一个观众，也要把戏认认真真地演下去！

正当他们决心把程派传统发扬光大的时候，水主任回来了。他大多是在某一个关键的时候出场，有人据此认为，下界有违上苍的旨意，给他戴了一顶缩过水的乌纱帽。

兄弟二人连忙起身让座。金凤拿起水主任刚刚放到办公桌上的玻璃茶杯，续上热气腾腾的开水。

汤一夫和水主任常有交往，在某种程度上也可以说，两人是文友。

汤一纯就不一样了。初入文坛时，因为想在县报副刊上登文章，和水主任接触的时间较多；后来文章写顺手了，一篇篇稿子就像放飞的鸽子，越飞越远，越飞越高，飞到目的地后，就择巢而居。日复一日，年复一年，汤一纯眼界高了，心气也跟着高了，大脑娩出的“产儿”——他的文稿，也就不愿再进县报这样的绳枢之门。他本人呢，则像王小波、韩寒、海子、郭敬明们一样，始终挺拔地站在文学青年向往的彼岸。这些人当中有两位英年早逝，但他们只是换一种生存方式——活在文学青年的心中，活在中国文学史的某一页上。

阅人无数、阅事无数的水主任，对汤一纯不愿“纡尊降贵”的做法，并不怎么计较。他想，爱因斯坦第一任妻子米列娃，在事业上亲手将丈夫送入云霄；后者成名后，竟然离她而去，自己单飞。就连这样的不公，米列娃都能坦然面对。汤一纯给不给县报副刊写稿，能算什么大不了的事情呢？

“稀客！稀客！”水主任以拥抱的姿态，紧紧地握住汤一纯的手。

汤一夫站起身，以兄长的口吻说：“一纯，你千万要记住，水主任可是你文学创作的领路人啊！不论到哪一天，哪怕你胜过毛姆，写出一部能够‘使泰晤士河起火’的作品，在水主任面前，你都不要以为自己是一头蒜噢！”他温柔敦厚地看着弟弟，把一种保护式的专有权以这目光烙进对方的心里。

“那当然！”汤一纯点头称是，“我哪怕写出一部能使小水沟‘起火’的作品，届时一定不惜破费，‘八盘五簋宴王公’，恭请水主任端坐首席，在下敬陪末座……”

“岂敢，岂敢！”水主任连连摆手，“高档次的宴席，那是有些来头的人，才有资格‘光临’的；我只是个中才之资，年近五十，道德文章难及常人……”

汤一纯觉着水主任话中有话，破题儿第一遭动了真情：“水主任，我因俗事缠身，近几年来一直穷忙，未能给我们县报写稿……说句心里话，我对我们的县报还是挺有感情的。纳兰词有句云：‘人到情多情转薄，而今真个不多情’，可为我咏！”

“我何尝不想你给我们来稿呢！有时甚至想照搬巴金夫人萧珊的做法……”水主任在汤一纯的身旁坐下，左手轻轻地拍了一下膝盖，“萧珊任《上海文学》和《收获》编辑时，曾多次写信向冰心约稿，有时甚至调皮地写道：你再不来稿，我就要上吊了！”

“水主任，你可不能这么办！”金凤插话说，“冰心和巴金亲如姐弟，书信往来将近六十年；萧珊和冰心又是好朋友……”

水主任接口说：“正因为考虑到私交不一样，我才一直没敢给一纯写这样的信呀！”

“水主任，你要是这样写，那可就好了！”汤一纯说话时的神情，就像珠宝商丢失一件宝贝似的，“我收信后，势必名声大振！届时，不是你要‘上吊’，而是我要‘上调’，一来二去，我说不定一下子就脚踏马镫，上了路啦！”

众人听罢哈哈大笑。笑声像一窝遭到鹰隼突袭的小鸟，疾速飞行中一会儿分离一会儿聚拢。其间有一丝忒儿忒儿的声音忽远忽近，该是险遭不测的那一只在欢快地同天敌兜圈子。

汤一夫把目光在众人脸上挨个儿一过，拍拍汤一纯的肩头说："我的这位小老弟，这些年在外边没白闯荡，嘴皮子练出来了！"

金凤笑着说："何止是嘴皮子，笔头子也练出来了！"

"多谢金小姐夸奖！"汤一纯恭谦而又斯文地朝金凤行了一个拱手礼，"不怕你见笑，刚开始的时候，我在兴头上，确实像下冰雹似的，在大大小小的报刊上噼里啪啦地发表一大堆文章……可是发表得再多有什么用呢？诚如巴尔扎克所说，今天看了明天就忘的报刊文章，只能用稿费衡量它的价值！"

金凤听罢，觉着他的这番话里有着一种深藏不露的自诩，因而笑着打趣道："据我所知，在人类历史上，墨尔基阿德斯部落因为太聪明，超越了人类智慧的极限，已经从地球上灭亡了。你可得当心呀！"

"金小姐，如果因为聪明而死，哪怕每天死一次，我都心甘情愿！"汤一纯心驰神往，仿佛置身于早在原罪之前就已经存在的天堂之中。

"一纯，你这是美国政治家的思维模式，"水主任笑道，"他们老是说，美国的原子弹能把人类毁灭成百上千次。其实呢，无须这么多次，只须一次就够了！"

"水主任，您和金小姐真是火眼金睛！在你们面前，我无可逃遁！"汤一纯出言吐语似虚若实，让人真假难辨。

静场片刻，汤一纯双手呈给水主任一张名片。

水主任接过来一看，只见名片的背面，如同一堵用水泥勾缝的砖墙，印着路路成行的头衔，不禁面露惊讶之色。

汤一纯见状自嘲道："水主任，您别见笑！这些年，贴在我身上的标签，可比贴在覆盆子果酱瓶上的还要多呢！"

水主任笑道："幸亏递给我，要是你生不逢时，递给张宗昌……"

"递给他怎么了？"汤一纯诧为奇事，"愿闻其详！"

水主任轻咳一声说：“好吧，那我就来说一说：1925 年夏天的一个傍晚，张宗昌与张学良、卢筱嘉等人在一块儿闲聊时，某报一位姓王的记者递上名片求见。张宗昌看了名片后皱了皱眉头，转脸对侍卫说：切了吧！侍卫出去后，过了半晌回来报告：已遵命将那记者毙了。卢筱嘉闻言大惊，问：为什么要杀他？张宗昌若无其事地答道：那记者的名片上，光头衔就列了十几条，足见他绝不是个好人，还是切了好！”

“妈的！”汤一纯听罢吐了一下舌头，“妈的！鄙人若遭此劫难，我那媳妇儿准得上三回吊，跳六次井！”

在场的人被他逗得哈哈大笑。

附近一所中学的钟声响了，肃穆雍雍。水主任站起身，把金凤叫到一旁，与之耳语。汤氏兄弟看得出来，水主任叫金凤到饭店里备饭。汤一夫朝汤一纯使了个眼色，后者心领神会。

由于兄弟二人对吃饭一事一再“坚辞”，水主任只好不再坚持。

两人刚要走，汤一纯忽然提醒汤一夫：“哥，你何不顺便把《轻浮的代价》一文的稿费领走？”

“仨瓜俩枣的，犯不着嘛！”汤一夫摇摇头说，“这事儿我早就忘记了！”

他果真忘记了。汤一夫之所以才华过人，正是因为他对某些事物的大意。他的大聪明和小糊涂是他人格、性格、气质、气度的拼镶，是他无数小糊涂累加后对于大聪明的相反相成。

这绝不是个案，大器之才莫不如此。比如，钱钟书总是记不得自己出生的年月日，小时候穿鞋子不辨左右。

“哥，话可不能这么说，这可不是钱多钱少的问题！”汤一纯连连摆手。

“你说得有理有据，可惜现金会计今天没来上班……”水主任微笑着拍拍汤一纯的肩膀，“不过，你尽管放心，我们决不‘白嫖’你哥！”

第十六章

青蛙在池塘里欢叫，小鸟在枝头上跳跃。

早饭后，金凤在上班途中，遇到自己退学前的班主任方老师。由于时隔多年，班主任没能一眼认出金凤。后者迎上去叫她“方老师”时，她一劲儿愣神，似乎在脑海里将某个学生的面影与名字相对应，并不住地肯定和否决。

“方老师！”金凤又一次深情地呼唤，多年来对老师的思念全都包含在这声呼唤里，“我是金凤啊！”

“我说呢！”方老师喜出望外，像蛋清拥抱蛋黄一样紧紧地拥抱着金凤。那一刻，金凤感到有热热的东西濡湿了自己的脖颈。

过了好一会儿，方老师松开臂膀，端详着金凤说：“当年的黄毛丫头，如今出落成大姑娘了！”

在接下来的交谈中，两人各自将分别后自己的情况告诉对方。金凤这才得知，在自己退学后的第三年，方老师已奉调到当地一所中学任教。如今，她的儿子已经上小学了。

得知方老师到中学任教，金凤对她的敬重又增添了几分。诚如爱因斯坦所说的那样：“使学生对教师尊敬的唯一源泉在于教师的德和才。”

快分手时，方老师忽然两手合掌一拍，笑着说，差点儿忘了告诉你一件事！

金凤从对方的神情中看出，一定不会是什么坏事儿，便也笑着问：“方老师，什么事？”

方老师说，几天前，她的儿子从学校里带回一本《小学生作文选》，装帧漂亮，印制精美。她打开来细看目录，惊喜地发现，书中收录了金凤读小学时写的《我的爸爸妈妈》。编者在篇末的评语中认为，“这篇出自小学生之手的作文，可与作家鲍十的《我的父亲母亲》媲美；起码可以说，前者是后者的雏形！”

金凤听罢笑弯了腰，好一会儿才站直身子说，编辑老师也太高看我了，都快要把我当成少年成名的才女蒋方舟了！

方老师面带惋惜的神情说，如果家庭条件好，你能小学、中学、大学地一路深造，可以肯定地说，时至今日，你在写作方面一定有所成就了！

金凤谦恭地笑了笑，好像在说：那得看自己的造化了！

其实，她本想说，上大学，对文学创作有一定的作用，但不是决定的作用。仔细一掂量，她把已到嘴边的话又咽回去了。她觉着，面对面同老师“唱反调”，难免会在有意无意之中，显出自己的傲气，有损老师的颜面。

作别方老师，金凤加快脚步，急急火火地来到办公室。刚刚坐定，水主任笑着说：“金凤迟到，这可是特大新闻，说什么也得上头版头条！”

金凤听得出来，水主任的话似贬实褒，同时还带有一探究竟的意思。于是，她适时地把自己遇到昔日老师的经过，从头至尾细说了一遍。

水主任听罢挠挠额头，若有所思地问：“你刚才提到的方老师，是不是何桥中学初三甲班的语文老师？”

“是啊，是啊！”金凤连声作答，“你认识她？”

“方老师是我外甥女的班主任兼语文老师，”水主任习惯性地轻咳一声，仿佛有好多话要说，不咳嗽就难以为继似的，“我妹妹的公公——我似乎应该称之为亲家爷——六十大寿，我妹妹特意以家长的身份，邀请方老师赴宴。席间，我恰巧和她同桌，这才有一面之缘……”

水主任言犹未了，汪主任不是“迟到”，而是“早到”了——通常情况下，还得再过一小时，他老人家才能来上班。

两位下属连忙掉转脸，用一种探究的目光看着老领导。

汪主任右手虚握，单让食指伸着，看上去像一支单动式转轮手枪，这会儿“枪口”正对着水主任：“你呀！只要见过漂亮女人，就念念不忘！——我估摸，方老师一定长得挺漂亮！”

“小金，你瞧瞧，汪主任这话说得多难听！”水主任向金凤求援，“我是那样的人吗？”

“水主任，你别紧张嘛！”金凤连忙替他解围，“汪主任是同你闹着玩儿的！”

其实，水主任也隐隐约约地知道，老领导是同他开玩笑的。但因自己的私生活有点儿不检点，他也不希望别人同他开此类玩笑，以免擦枪走火。

稍停，汪主任坐到办公桌前，清清嗓门正色道：“我听说，汤氏兄弟昨天到我们这儿来报喜了？”

水主任连忙点头：“是的！是的！”

汪主任又问：“他俩所说的‘喜’，是不是指省报发表《轻浮的代价》并加按语一事？”

水主任再一次点头：“是的！是的！”

话音刚落，传达室小马站在门外说，大门口有人找汪主任。

“我出去一下，马上就来！”汪主任打了个关照，转身就走。刚走两步，前脚还未迈出办公室的门，又掉转身来说，“看样子，我这个人没有坐办公室的命，屁股一靠凳子就有人找！”

汪主任刚走，水主任端起刚刚放下的茶杯呷了一口。大约因了茶水太热，他的面部肌肉痛苦地痉挛了一下，以致把左眼挤得合缝起来，右眼也比平时小了好多。那模样，就如同木匠“吊线”似的。

金凤想笑又不敢笑。

恢复常态后，他自我解嘲地说：“电视、报纸上天天大讲‘舌尖上的中国’，殊不知，舌尖接触的不仅仅是美味，比如我刚才……”

言毕，他嘿嘿嘿地笑起来，脸部肌肉松了松，皱纹很快显出来，又在眼角嘴边绾了一个结。

金凤笑道："怪就怪您的茶杯保温性能太好！"

水主任点点头："对呀，对呀！任何事情有一利必有一弊！"

言毕，他指着身旁的另一张椅子，示意金凤坐下。

金凤坐下后，他微微笑着说："小金，我估摸着，这下子，县太爷和牛总编八成要'熄火'了！"

话音刚落，汪主任急急火火地返回办公室，突然想起什么似的问水主任："小金的检讨书，你交给牛总编没有？"

水主任摇摇头："她倒是写了，只是写好后又撕了！"

"撕了最好！——太阳出来了，哪个角落照不到？"汪主任站起身来，激动地在屋子里转着圈子，就像马克思在思考问题似的。

金凤对现实始终保持着一份清醒与理性。她凝神细想了一会儿，掉转脸来问："下一步棋，我该怎么走？"

汪主任沉吟有顷，神情凝重地说："小金，咱得沉住气，先听听风声再说！你要知道，这事儿不光是你个人的问题！你的荣辱毁誉，与副刊部、与我和水主任都密切相关！我想，这个道理，无须我多说！"

话音刚落，金凤转脸一看，只见在传达室值班的赵保安急急火火地赶来。走到副刊部门口，他一脚站在门内一脚站在门外，急切而又有点拘谨地对汪主任说，门口又有人找您。他把重音落在"又"字上，以表明自己已经知道先前有人找过汪主任了。

汪主任问，找我的是个什么样的人？

赵保安说，个子不高，还是个驼背。

汪主任打趣道，莫非是刘罗锅再世吧？

从办公室门口经过的一趟人听了，大约是为了表示认同或恭维上司的幽默，人人"为君一解颐"，笑声殊异。

汪主任临走时，把先前说过的"我没有坐办公室的命"又"戏说"了一遍，然后特意关照："你俩下班时，务必要关好门窗！——天气预报说，今天夜里有七级至八级大风！"

水主任说："行！你放心走吧！"

其实，他压根儿不把天气预报当回事。这也难怪，他们县里的气象台，天气预报十有九错。由于日复一日地误农时、误家事，老百姓气得牙痒，恨不得把气象台的人扭送劳改农场。这样看待天气预报，与英国人正好相反。哲学家罗素说，英国人喜欢收听天气预报，就像收听熟悉的祷词，仿佛可以从中得到灵魂的安慰。再者，如此激昂、愤慨的情绪，也不太可取。无论是面包烤焦了还是遭遇恐怖分子袭击，都应该予以淡定的回应。

汪主任走后，水主任又分肌劈理地说："牛总编是一个上司一瞪眼，他就尿裤子的人。现如今，他哪里还敢跟省委机关报《东方日报》较劲呢？哪怕有人借给他一个胆，他也不敢嘛！"

金凤凝神一想，觉着也是这么个理儿，于是长长地舒了一口气，笑着说："照理说，他不敢！"

直到此时，她才觉着自己的心理杠杆有了一个支点。

阳光透过窗玻璃照在她的右臂上，像趴着一只毛茸茸的猫，暖烘烘的。她感到惬意极了。

没想到，已经快到下班时间了，汪主任又返回办公室，原来他是来取《资治通鉴》（珍藏版），准备晚间继续研读的。

水主任问："汪主任，刚才是谁找你的？"

汪主任听罢，啪嗒一声放下厚如城砖的书，忍俊不禁地说："我要是说出找我的那个人的来头，你俩没准会笑破肚皮！"

水主任故作惊讶地说："啊？世上有这么好笑的人吗？"

汪主任说："这话很难说。也许只是我个人认为好笑，你俩并不认为有什么好笑。"

水主任说："汪主任，你说说瞧，我俩洗耳恭听！"

汪主任把右手按在"城砖"上，慢悠悠地说："好，那我就说说瞧。刚才那个驼子，是我家的一个远房亲戚。今儿个，他来找我，是来'要官'或曰'跑官'的！"

水主任问："他想要多大的官？"

汪主任说：“你别急，听我慢慢说。驼子是县环卫处粪便管理所工人。最近，他所在单位的领导，也不知出于何种考虑，决定将城区及近郊的一百五十个公厕，按东、南、西、北方向分为四片，每片任命一个片长。这下可好，想做片长的人，就像春天的竹笋，齐刷刷地冒了出来，到处走后门、拉关系……你们说，这些人好笑不好笑？”

水主任插话说：“看样子，你家的亲戚想做片长？”

汪主任点点头：“正是！正是！”

金凤听罢莞尔一笑，凝着眉头，清清嗓门说：“好笑是好笑，但也不难理解。现如今，有个一官半职，到哪儿办事，都要比一般人容易一些。对一个残疾人而言，尤其如此！”

汪主任转脸看着金凤，嘎巴嘎巴地拉着指关节。告一段落后，慢悠悠地解释说：“我所谓的好笑，指的是“要官”这件事本身，而不是因为他是驼子。驼子怎么了？刘罗锅还不是照样做宰相！”

金凤觉着老领导言之成理，不由得连连点头称是。

水主任笑着问：“汪主任，你答应给那位亲戚帮忙了吗？”

汪主任说：“答应帮忙，但未答应赴宴。”

水主任一愣：“什么，赴宴？”

汪主任点点头：“是呀！——后天晚上，驼子将在县城最上档次的蓝天宾馆摆一桌，宴请各路神仙！”

水主任夸张地一拍大腿：“哎哟，早知道有饭吃、有酒喝，你就推荐我去得了，我有绝对的把握把这事儿搞定！——环卫处主任是我小舅子的大舅子！”

金凤又一次笑弯了腰。

水主任这次说的可是实情话，只不过把亲戚关系说乱了：环卫处主任不是他小舅子的大舅子，而是他大舅子的小舅子。

金凤的笑声甫定，汪主任感慨万千地说：“我怎么也想不通，如今，某些人怎么会把‘官’看得那么重！想当年，梁武帝萧衍连皇帝都不肯做，宁愿去做和尚……”

“汪主任，你说什么？”水主任听罢诧为奇事，“天下竟然有人不肯做皇帝？这到底是怎么一回事，你能不能说得详细点儿？”

汪主任装作未听见，低头拂拭裤管。看样子，他老人家对此事只知其然，不知其所以然。

一把手无言以对，二把手又等着要答案，场面颇为尴尬。金凤稔知汪主任的为人，毫无“功高盖主”之虞，连忙像当年饰包公的演员，为了满足观众的心理需求，由宋代穿越到清末，在传统古装戏《铡美案》里怒铡陈世美那样地“救场”。她说：“古代众多凡夫俗子的梦想是当皇帝。而梁武帝萧衍和他们截然不同，他的理想是，被佛学院录取，然后出家当和尚。为了实现这个梦想，萧衍先后四次擅离职守，最后干脆‘跳槽’，跑到同泰寺把身子舍给了寺庙，再也不管江山社稷这些‘俗事’，也就是再也不做皇帝了……”

汪主任和水主任见部下说得头头是道、如流似水，不由得同时高看她一眼。那来自两位既是领导又是长辈的四道目光，好似两双无形的手，要托举起他们心目中的凤凰，让它展翅高飞。

第十七章

宁海县报社这只麻雀虽小，却也害上了“衙门病”：光吃皇粮不打枪的人，多得能叫上帝笑细双眼。这些人大多是总编或总编上司的三叔五婶、七姑八舅。从谋生的角度看，他们大体上分为两拨子，一拨子是来混饭吃的，另一拨子是来混官当的。这种状况，正应了东欧政治学家米奇尼克在访问中国之后说的那句话：面对中国，整个世界都缺乏想象力。

下面，我们遵循顾恺之“倒吃甘蔗”的理论而行之，先来看一下到报社混官当的人何其多。

有一次，上级来人，牛总编依照抗战时期国统区“前方吃紧，后方紧吃”的成例，向来人许下金诺，说要留他们吃午饭，并叫马副总编到宾馆预订酒席。

马副总编领命后，马不停蹄地来到蓝天宾馆。其时，一个临时代班的男子正趴在服务台上打着呼噜，声音宛如德国的空心陀螺，嘴角边挂着粉条似的哈喇子。马副总编用右手当中的三个指尖敲敲服务台，意在招呼那男子魂兮归来，不料对方风雨不动。所好的是，此时女老板从洗手间回来了。由于生意太过清淡，她像一头被饥饿和孤独吓坏了的丛林母兽，绿眼烁烁地朝来人一笑，然后问他，来就餐的一共有多少人。马副总编运用《易经》最高层次的预测学掐指一算，打着手势说，一共十二个人。

那手势很潇洒、很优雅，用时下流行的话来说，就是“酷毙了”。

谁知中午吃饭时，络绎不绝地来了十三个人。这下可麻烦了，因为餐具、椅子等，都是按照既定人数配置的；临时添加，势必弄得烟尘抖乱、地动山摇，好似当年日本的广岛和长崎挨了美军的原子弹，让客人吃不消。这还不算什么，更为重要的是，这样的结果挑战且颠覆了传统经典《易经》的权威——据说用《易经》算命，连人的死期都能算出来；曾经走马观花地读过《易经》的马副总编，眼下何以算不出有几多活人共进午餐？

“咋搞的？”牛总编冷冰冰地看着马副总编，昌言无隐地问。

等候吃饭的人，连忙齐刷刷地围拢过来。人在浅薄时，特别容易被说话声音大的人吸引，也更容易从众。

可怜的马副总编一声不吭。出现这种情况并不奇怪，因为他闲暇无事常会“斗地主”，早就受到启发：老大在场，老二最好不要发话！——在牌场上，小王一出，十之八九被大王拍死。更何况，预订酒席时，他疏漏在先呢。

众人大眼瞪小眼。就像一个老奶奶看到一个十四五岁的丫头就起了胸、圆了腰、宽了胯，担心她早晚要出事儿。

马副总编估摸着，差错很可能出在“副总编”这个人堆里。于是，他像创世纪里原人阿大唱新生禽兽名字似的，暗自在心里把这个人堆里的张王李赵马公孙默念了一遍又一遍，看看有没有不是副总编的混账东西混进来。默念到第三遍才发现，由于“骑马找马”，他把自己没有计算在内！要是在家里，特别是在老婆面前，遇到这种情况，他准会笑得打跌！

尽管他平时在下属面前像金庸笔下的杨过一样跳脱飞扬、擅长应对，这会儿也感到事态严重：宁落一村，不落一人，今儿个来的谁不是有头有脸的！

危急关头，他灵机一动，说不多不少，正好十二个人嘛！

牛总编的脸一直阴着，不肯开晴。他那短平的眉宇之间，一道压抑的目光直向马副总编射来，就连复仇女神的目光也没有那么可怕。

平时，牛马二人就像大车上的辕马和拉套的大骡子，表面上在一条道上扑腾，骨子里各使各的劲。眼下出现这一叫人哭笑不得的局面，马副总编自知理亏，当然不敢在这位蜀中廖化的眼皮底下抖膀奓翅。

这些年来，报社里举凡有点儿斤两的事，都得由姓牛的铁口直断。其余副字当头的总编都像斗败的公鸡，耷拉着翅膀站在一旁，不敢吭一声。他们如同用一个模子倒出来的，在权力场上遇到争斗或是给谁伤了心，就默默地走开、走开。面对这种情况，姓牛的毫不谦让。他就像《伊索寓言》里坐在车轮轴心上的苍蝇，自认为“车子的前进，都是我的力量”。

其实，报社班底是姓马的一手组建的。出人意料的是，万事齐备后，坐帐掌帅印的是牛某人，姓马的白溜了一阵子腿儿。这种情况正好应了一句俗语：“马打江山牛坐殿。”

很显然，牛某人是被一位大权在握的神秘人物，驮在凝脂般的肩头上捧出山的。报社里的聪明人看出他有来头，便决心做他的卫星，钻山打洞地巴结他。这也难怪，在某种程度上，牛某人就像赵匡胤和后世的朱元璋一样，都是从底层白手起家的，都有一股不信邪的勇猛气度，但又心思缜密，任人唯亲。倘若有谁不善或不屑于卑谄足恭，那么，官场没有你的事，好事没有你的份，洗洗早点儿睡吧！

江山既定，人们在私下里笑谈，说姓马的下位，成了为姓牛的托盘拿袍的弄臣，主要原因是寡妇睡觉——上边没人啊！

此后，牛、马二人，就如同京剧《三岔口》里的那两个人一样，在暗中互相猜疑、胡乱殴斗。倘若论是非，按照斯大林的观点，错在姓马的一方。因为斯大林曾经说过这样的话：“胜利者是不受审判的。不能谴责胜利者，这是一般的公理。”

其实，他俩原本可以向巴西人学习。旅居巴西的奥地利作家茨威格曾经言及，由于巴西人擅长运用异族通婚的方式整合民族文化，几乎从来没有打过仗，就连建国和独立，都轻盈得如同一片飘然落地的羽毛，没有经过血与火的洗礼。如果由双方家长做主或疏通，将牛囡嫁给马驹，抑或反向嫁娶，也就是变异族通婚为异姓通婚，两位亲家何至于闹得如此石破天惊、东海扬尘？

官大一级压死人，官小一级人下人。马副总编尽管对牛总编心怀不满，但是为了避免小不忍而酿成终天之恨，他表面上仍装得如同进宫的朝臣，谦恭而又满像回事儿地说，自己的妻子王敏芝患病已经好几天了，需要有人晨昏伺候，联系吃饭事宜时，他原本就没把自己算在就餐人数之内。

稍有常识的人都不难发现，他的这番不着调的话，是需要有考订学家所说的外证据才能断定其真伪的。

在场的人，也都知道他给出的答案是蒙骗人的，就像奶粉公司推销产品，海报上印出的那个胖娃娃，其实并没有吃该公司生产的奶粉。但是，没有一个人说穿。因为他们深知，看破不说破，历来是行走江湖、安身立命的秘籍。

因了饥肠辘辘，就连像威尼斯人一样多疑的牛总编，也哈哈一笑，对属下的话姑妄听之。

牛总编此刻玩弄的“外圣内王”的权术，是历朝历代皇帝治理天下的秘籍。由于表里不一，因而让人捉摸不透。唯其如此，玩弄这一权术者也就笼罩着一层神秘的、令人敬畏的光环。

马副总编离开饭店那一刻，好似关云长败走麦城。他憬然醒悟，乌纱帽上缀个副字，好像顶着一泡溏薄的鸡屎，一点做人的感觉都没有。

离开饭店后，马副总编轻车熟路，来到一个包子店，扔掉在上司面前可怜巴巴的面具，以乌克兰式的慵懒，一屁股坐到饭桌旁边一张散发着老旧气息的沙发上。

包子店里的女老板，是他的红颜知己，这里自然也就成了他的乐土、沾满幸福粒子的小屋，成了他心灵休憩的隐地，好似晚唐宰相李德裕之于洛阳郊外的平泉山居，清代第一才子袁枚之于南京小仓山的随园。

女老板已近中年，仍是妙龄春色，甜怡诱人。想当初，艳遇当前，他没有像法国前辈萨特那样，“像征服野兽一样征服女人”。他知道，拈花弄柳和玩潇洒一样，是男人体内的上层建筑，它需要一个世俗的经济基础，也就是钱作支撑。可是由于他的乌纱帽太小，再怎么摇晃也盛不了几个钱，加之“副”字当头，有时还要往外漏钱。因此，他只能时不时地给她带上一个牛角梳、指甲钳之类的小玩意儿。谁知这一四两拨千斤的手法，如同当年成吉思汗之运用草原上的铁骑流动战术，具有空前的革命性，令对方手足无措、全盘皆翻。

这会儿，女老板笑靥如花，浑身上下装扮得花花绿绿，如同日本的神像。他知道，女人的亲昵举动，是她向男人出示的免征关税的意向书；美丽、性感，就是女人征服男人的长矛短剑。尽管如此，他仍旧提不起精神来，和她对不上劲儿，仿佛是一个享受过度而百无聊赖的人。

通常情况下，对他而言，包子店女老板的内心与外形，是窗明几净、带有壁炉的屋子。他只要进入这屋子，浑身便炸起活力四射的细小火花。

不知从什么时候起，他时常怀念这里以及这里的女老板，怀念的程度罪过地超过了怀念他的家室和子女。日本一位女作家要是知道邻邦有这么个男人，没准早就和他有一腿了，因为她奉行的爱情哲学是："爱的美妙，就在于偷情。"

马副总编此行不同于以往，除了因为"尼姑思凡，动了一念红尘"之外，更重要的是生活的利刃又在他的心里划了一道带血的印痕。

温柔和高贵不相上下的女老板并不怪罪他，因为情妇最能了解男人的孩子气。她身上的每一个毛孔都相信，马副总编绝不是那种"需要了就搂在怀里，玩腻了就掀到崖下"的负心郎。此时的女老板是大泼墨、大写意的，因而显得超凡脱俗、高雅美丽。

也许是她的妇人之仁，也许是她的没商量，这位生意场上的女老板让人觉着没有心机，或虽有心机但没有对马副总编玩心机。

尽管他俩的私情已经到了是非不分、以假乱真的程度，但外界一直风平浪静，知晓者寥寥可数。

这种情况说怪也不怪。有妇之夫与有夫之妇同他们的配偶之间的并行存在，就像一条繁华大街和街道下面的下水道，只要下水道不泛滥，不往街面上涌出乌烟瘴气的大潮，繁华大街一般意识不到下水道的存在。

正因为如此，岁月移易，他俩谁也没见过丈夫找姘夫、大奶找二奶拼命的火花。

然而，男人老是在女人的石榴裙下避风头、找乐子，绝不是个事儿。各行各业，尤其是在政界，想向上爬的人，非跟大队人马走不可。

扯远了。吃闲饭的副总编尚且多得成堆结块，以致把我们可爱的马副总编“挤”到包子店里与情人幽会，其他闲杂人员之多可想而知。

该打枪的人不打枪，像金凤这类新录用的人员就得多打枪。这不，金凤既是编辑又是记者，上班时还得打水扫地抹桌子，成天忙得团团转，连节假日都得在单位里食宿。她觉得，分内分外的工作就像砂纸一样，正在日胜一日地打磨自己身上的文弱之气。

这种状况可急坏了周新龙。对金凤的思念，让他心生一种痛楚的甜。为此，他每逢节假日就回家，回家后就千方百计地想和她重温旧梦。其心之诚、意之切，可以令人感泣而不能自已者焉。

金凤由于自身特殊的处境，时常为此寝食难安；牛总编为了讨好上司，抓住所谓的“把柄”与她交火之后，她更加自危。尽管事后省报无意中为她解了围，但她认为，事情还远远没有过去。一有机会，牛总编就会秋后算账，像拨拉算盘珠一样，轻而易举地把她拨拉掉。其时，周新龙很可能兜马回头，另觅新欢。到了那一天，她一准会欲哭无泪。再者，她认为，除了情欲，我们还可以有其他一些更为销魂蚀髓的快乐。这种快乐，只能由两个人，最好是两个诗人，心对着心，细细体味，细细吟咏，从而让生活的诗意在每个人用情感刻画出来的沟槽中开花。她崇拜雪莱、卢梭、莎士比亚、莫里哀、徐志摩、邓丽君，崇拜一切富有诗意和戏剧色彩的人。为此，周新龙每次俗不可耐、直奔主题地冲着她回家时，她总是想方设法避开他。再往后，她便以工作忙为借口，干脆住进报社的宿舍。

她认为，只有这样做，在未来的日子里，自己在婚姻问题上方可进退自如。

由于与周新龙的婚姻问题一时难以逆睹成败，她觉着，弟弟金虎上初中的三万元择校费，必须尽快还给周新龙家。不错，他家为她弟弟代交择校费，的确代表爱她，但也代表着她的未来已由这个家庭、这个男人量身定制好框架，自己几乎没有什么选择权。

金凤向来不服输。她认为，无论社会怎么为自己定位，她都是生活的主人，永远都是。现时迫在眉睫的问题是，如何处理好自己与周家的关系。

她心知肚明，她家和周家的关系，在很大程度上是靠自己维系的。说白了，就是周新龙本人，连同周新龙的家人，都想把她由“远房亲戚”转变成周家的家庭成员，就像一个用人单位把一个临时工转变为正式工一样。亲戚不同于父母。亲戚对待你的方式就是社会对待你的方式，非常现实，而现实常常很骨感。

三万元，对于贪官或大腕而言，只是小菜一碟；可她爸她妈都是两腿插在泥沟子里的农民，哪怕给他俩每人的脖子上坠一盘磨，也比叫他们拿出这笔钱来轻松得多！

她自己呢，每月工资才一千多元，除去吃用开支，所剩无几；光指望靠余下的工资还这笔债，那真得等到驴下蛋马抱窝。

恍恍惚惚中，她仿佛听到一个来自地壳深处的声音：无论如何要有钱！而今，把学校教育产业化的人，只有见了黄金才下跪！

为了摆脱困境，她也曾想和那些才智过人的人一样，躲到阁楼上，耗时十年八年，写出伟大的作品来。与此同时，她又想起巴尔扎克带有告诫性的名言：文艺界和外交界一样，成千上万个庸才中才有一个天才。有些人，单从他的笔头功夫看，做三个诗人或小说家都绰有余裕；可是，他如果要靠写诗或写小说吃饭，没有出头先得饿死六次！

此路不通换条路。

一个偶然的机会，她从人们的闲谈中得知，城郊乡有一个地下血站。据说，那里的人大多不愿献血，乡里无法完成上级下达的献血指标。万般无奈，乡干部们在几个杨修、蒋干式谋士的策划下，暗中于该乡黄荡村的隐秘处设了一个血站。一时间，这个消息像风中野火，声光四射，因为各种原因而去血站卖血的外村人、外乡人乃至外地人很多。

金凤想到这些，心里像是揣了一只小兔子，扑扑直跳。

她之所以如此兴奋，一方面是因为有了一个能够“来钱”的机会；另一方面则是因为她可以利用这个机会，更广泛地接触“社会”这台庞大的机器。

这台机器她虽然接触过，并且正在接触着，但这只是蜻蜓点水，浮在表面。这回子，她要摸摸它的底盘，碰碰它的轮轴，给它拧一拧螺丝、上一上机油、看一看轮子的飞转、听一听马达的轰鸣。

经济上的拮据和接触社会的热望拧成一条金色的鞭子，鞭策她的坐骑去闯荡。

一个周末的下午，她以城市姑娘的精明把自己打扮成乡下姑娘的样子，怀揣血型卡和体检资料，好似童话中的王子不怕恶魔放在公主身旁的毒龙，义无反顾地踏上了卖血之路。

出了城，金凤很想领略一下“黄狗黑狗村头懒睡”的乡村风情，可惜未能如愿。揆其原因，大约是由于“狗畜生”认为，幕天席地已成了落伍的时髦。

一个多小时后，金凤跟着两位大嫂走进了一个既宽大又敞亮的院子。

她定神一看，院子里既无屏风，也无花草，一条好似从契诃夫《变色龙》中钻出来的小狗，在院子里溜达，一会儿嗅嗅张三的鞋帮，一会儿舔舔李四的裤脚。早来的几十个人，已经按照有关人员的指点，在一个狭长的窗户前分疆划土地排成两列长队。

一打听，才知道这里并不是什么地下血站，而是县人民医院的一个分院。为了方便周边群众献血，经过有关领导研究，特意在分院里设了一个血站。

弄清事实真相后，金凤不仅不后悔，反而更加高兴。她想，这里的群众献血积极性如此之高，作为一个在报社工作的年轻人，有什么理由不好好地向他们学习呢？

一位眉清目秀的年轻姑娘告诉金凤，那个耳根夹着一支香烟的高个子中年汉子是血站的中坚分子，绰号“血头”。金凤觉着，这个贴切的绰号，就像用免钉胶粘在他脑门上的一块膏药，别说用手撕，就是拿斧头也砍不下来了。那位姑娘还说，凡是新来乍到的人，都得由“血头”目测并查看有关资料。在此之前，谁也不知道自己能否被纳入献血人员名单。

金凤思谋着，该怎么同“血头”说话，说些什么话。

“我说那个啥，——小姐，欢迎，欢迎！”恰在此时，“血头”看出了她的犹豫，连忙满面春风地迎上来。“哪个啥”是他的口头禅，正如“朕本淮右布衣”是明朝开国皇帝朱元璋登基后的口头禅一样。

“血头”肥头大耳，红光满面，很像当年罗马帝国的总督。

农家姑娘的装束掩饰不了金凤的天生丽质。“血头”见她像一只娇小可人的深山俊鸟，不由得热血上涌，面红耳赤，秃顶放光，成了名副其实的“血头”。

人的性格就写在脸上。“血头”其貌不扬，胖得像路易十八，多少还有点儿傻。

“血头”查看了金凤带来的有关资料，问了几个与“血”有关的问题。她逐一作答。

“血头”听罢，脸上浮现出招牌似的微笑：“我说那个啥，——小姐，请跟我走！”他似乎把全身的力气都放在句末的“走”字上。这就如同乡下人点黄豆，到了最后一穴，不管豆种剩下多少，丢豆子（下种）的人都一股脑儿倒进去。

言毕，他领着金凤走向二号窗口。一路上，为了抵御带着寒意的秋风，他侧着身子，把衣服裹得很紧，面部的线条显得非常醒目。这种效果是欧洲中世纪的雕刻家在他们的雕像上追求过的，他们把雕像侧放在神龛之前，显得十分突出。

到了目的地，“血头”用虚握的右手笃笃笃地拍着窗户的边框，粗声大气地对室内一个戴着口罩的年轻姑娘说：“我说小秦那个啥，——停一停，先给这位小姐抽！”

他说话时，目不转睛地盯着小秦。那模样，就像游天堂时的但丁，并未因天堂好玩而像乡下人进城那样东张西望，反倒丧魂落魄，专去注视琵雅德丽史的美丽的眼睛。

小秦没敢像琵雅德丽史数落但丁那样数落他，只是愤愤地瞪了他一眼，并在心里暗自骂了他一句。

这也难怪，按照常规，他应该这样说：“我说那个啥，——小秦，先给这位小姐抽！”可那回子也不知有心还是无意，他把“那个啥”后移，成了“小秦那个啥”，当事人听了怎能不生气？怎能不浑身起鸡皮疙瘩？——你想想瞧，“小秦那个啥”指的不是小秦的“那个”，还能是啥呢？

可生气归生气，命令还得执行。有什么办法呢？“血头”是大观园里的薛宝钗，能让冰雪聪明的林黛玉难诉委屈；是大西洋里的大冰山，撞沉超级豪华客轮“泰坦尼克号”没商量。

“血头”说话时，脸上挂着微笑。他仿佛想让在场的人知道，决定谁先抽谁后抽，这个在别人看来也许是很难甚至是无法办到的事；但对他而言，却是小事一桩、小菜一碟。

金凤心知肚明，“血头”如此热情，另有所图。这个丢人现眼的唐璜，真是好笑！

事实也正是如此。平日里，人们听他讲话时暗中扔出的鞋，还不如听到猫叫春时扔出去打猫的鞋好。

小秦姑娘把口罩向下拉了拉，以便让受到挤压的下眼睑恢复常态。接着，她目不转睛地看着金凤，一直看到她那变幻不定的瞳仁的深处，好像在探究她的来头。良久，她发自内心地笑了一下，细密的笑纹漫过面部白皙的肌肤，让人想起水波潋滟的湖面。她从一个长方形的瓷盘里拿了一个一次性针头装在针管上，颇为优雅地朝窗外打了一个手势，示意金凤做好准备。那个手势很优雅，好似京剧里的青衣甩水袖。

金凤会意地点点头，然后撸起袖子，把左臂平放在窗台上面一个枕头似的软垫子上，闭上眼睛准备“吃一针”。

那是一个绝对形而下、缺少厚重感和创造欲望的瞬间，她感觉到针头扎进肌肤的似曾相识的疼痛。似曾相识是幸福感的一个华美侧面，或者说是一个华丽转身。这种疼痛好似一杯水泼在她的臂上，开了叉，困厄而又开放地向全身流淌。

德国人说听觉敏锐的人能听到跳蚤的咳嗽。如果听觉不因人的种族而异，那一刻，金凤完全能够听到自己的血正像输油管道里的油一样，汩汩往外流，正如老农能听到玉米的拔节声。

返回途中，金凤意外地遇到母亲。原来，母亲是到家在城郊的一位亲戚家“出礼”的。母女俩边走边谈。母亲问女儿工作忙不忙，身体好不好。女儿一一作答后，她又问及女儿的婚姻大事。做母亲的想通过旁敲侧击，试探一下女儿和周新龙在谈情说爱方面有无进展。

女儿当然知道母亲的用意。但她觉着，这是一个难以回答的问题，便不着边际地说：“妈，这事儿早着呢！”她的说话声带着梦呓般的质感。

“还‘早’什么？你已老大不小，早该考虑了！”母亲说这话的时候，面部表情很安详，不过，在安详的背后，隐藏着一份巨大的茫然，“你可别把我的话当成耳边风，妈妈也是‘大碗吃过兰花菜，小船漂过大江心’的人啊！”她的劝导显然来自内心的辛酸，来自一个过来人的见识。这也难怪，金凤都快满二十三岁了，在婚恋问题上的心思，对母亲而言，仍像打着七重封印的秘籍。

女儿知道，自己和母亲在这个问题上，就像国与国之间的边界谈判那样，各有各的想法，意见很难一致，于是随口答道：“行啊！行啊！”

可与此同时，金凤的思绪一如钱塘大潮。情爱，两个清纯的汉字，或在深夜明灯的案头，或在霞光万道的黎明，曾在几多少男少女的耳畔发出令人心醉的微响。可令人痛心的是，对自己而言，情爱，早已成了青春时代的淡远裂帛。

快分手时，母亲说：“闺女，我和你爸要是能像白娘子和许仙那样多好！孩子一出生，人家两口子一个被压在塔底，一个出家，都不用带孩子，不用辅导作业，更不用缴这费那费，两人再相见时，孩子都中状元了！”

女儿知道，母亲并非因为突然有了前所未有的幽默心态，而是在埋怨弟弟读书花钱太多，让她这个做姐姐的受苦受累。

“妈，您快别这么想！……那是神话！”她耐心地劝慰母亲。

“什么神话鬼话的？”母亲不以为然地说，“这可是乔老先生当众讲的！”

她知道三言两语说服不了母亲。因为在母亲这档子人的心目中，乔老先生就是一尊神。于是，她改变思路，笑着说："既是乔老先生讲的，那一定不会有错！不过，要是弟弟将来中了'状元'，你和我爸又都不受那份罪，那不是更好吗？"

"那敢情好！"母亲拉拉女儿的手，"怕只怕，我家祖坟上长不出那棵蒿子来！"

无意中，她触到了母亲的残指，不由得想起遥远的往事。有一次，母亲在割猪草时被毒蛇咬伤了手指，为了不到医院大把花钱又不让蛇毒入身，母亲毅然把受伤的手指按在路边的一个树墩上，一刀砍了下去……

金凤觉着，母亲的心好似唐装襟上的襻扣，一个布环紧扣着一个布锁。她老人家长年累月陷于烟火深处，过着和所有农妇一般无二的烟火日子。然而，母亲赋予生命、生活的深度和广度，要比一本大部头的哲学书更周全。

是啊，母亲的爱沉默无言、沉重如山。它能使人甘愿牺牲自己的一切，去穿越所有的不幸和苦难。

分手时，金凤站在路旁的一棵柳树下目送母亲。她老人家一步三回首，走了好远，亦复如是。母亲年老眼花，但她混浊的目光总能锁住女儿的面影。

亲情这个坐标，母亲说什么也不会丢失。

第十八章

微风拂面，流云飞走。

金凤上班后，内内外外洒扫一遍，走到室外拍打拍打衣服上的灰尘，返回室内，坐到办公桌前。

稍停，她倒了一杯温开水，从上衣袋里掏出一个精致的小药瓶，倒出几粒治感冒的药丸，分作两次服了下去。

看着刚刚打开的药瓶，不知为什么，她突然想起了一位名人打过的比方："已打开的药瓶，好比嫁过的女人，减低了市价。"恍惚间，她觉着有一股带着凉意的秋风掠过心头。

愣怔了好一会儿，她打开抽屉，取出一篇尚未看完的稿件。这是一篇小小说，题为《萤火虫》，作者是吴迟仁。

小小说是她的最爱，犹如曲线玲珑的裸女是提香等古典派绘画大师的最爱。

上午，她把这篇小小说匆匆浏览了一下，觉着写得颇有新意，且文笔优美，风流自立，打算稍加润色后采用。

此刻，她决定从头看起。刚看了几行字，她听到走廊里传来脚步声。这种脚步声，属于人们到外单位找有关人员办事时，这个办公室门前张张、那个办公室门前望望，走走停停的那一种。

脚步声停了。金凤掉转脸，只见弟弟的班主任张老师正站在门前。那一刻，她仿佛在野外杂草丛生的路边上，忽然看到一枝艳丽的山茶。

她连忙起身迎至门口，把客人让进屋内，接着便把待客的仪式从头至尾演绎一遍：让座，泡茶，嘘寒问暖。

在日常生活中，这种看似演戏的仪式随处可见。这倒并非因为人人都像特·巴日东太太那样，喜欢把一切事物都戏剧化；而是因为，礼节离不开仪式，没有仪式就没有礼节。仪式与礼节的关系，正如万物之与造物主、妖精之与神仙、魔鬼之与撒旦、肉体之与灵魂。

张老师皮肤白皙，身材纤细，明亮的双眸好似清澈见底的山泉。她身着栗壳色弹力尼夹克，隐条烟色凡立丁长裤，脚穿半高跟棕红色皮鞋，肩挎黑色坤包。倘是双十年华，哪怕是刚从莫斯科溃败下来的拿破仑，也会鼓起生活的勇气，进而跪倒在她的石榴裙下。

“张老师，找我有事吗？”话一出口，金凤后悔不该明知故问。因为她知道张老师惜时如金，没事不可能找上门来。更何况，她本人和张老师都是有文化的人，而文化的本性是沟通和被理解。因此，即便“没事”，上门喝喝茶、谈谈心也很正常。一行禅师说，两个人在一起喝茶、谈心，虽然挣不到钱，但可以拥有生活。

“我写了两篇散文，想请你指点指点！”张老师拉开坤包的拉链，拿出一个日记本，翻到夹着书签的那一页，递到金凤面前。她说话带着南方口音，这是她出生地的终身证明。

“不敢当！不敢当！”金凤接过日记本，“让我好好拜读！”

言毕，她示意张老师喝茶，自己全神贯注地看了起来。

看稿时，她的样子很动人：皮肤白皙，额头饱满，鼻子秀气，鼻翼微微翘起，眼珠在眉棱下转动仿佛要夺眶而出。一搭眼看上去，她就如同文艺复兴时期，某些画家画在圣像背景上的那些神秘感超过现实感的天使。

可以毫不夸张地说，她是绝代的尤物，美梦的闪光；没有这样的女子，便没有伟大的世纪。

两个漂亮女人在一起，相互间都会较之他人更加留神对方的容貌，张老师也不能免俗。面对金凤美得“达到人类进化极致的脸”，张老师简直不愿赞同“君不见高堂明镜悲白发，朝如青丝暮成雪”式的感叹。她倒是要看看，无情的岁月，究竟是怎样在这个美妙的容颜上步步紧逼，以致最后收回它曾经给予她的美丽。

张老师端起茶杯呷了一口，细细品味。恍惚间，她不由得联想起北宋诗人黄庭坚的《茶词》："恰如灯下故人，万里归来对影；口不能言，心下快活自省。"她觉着，作者以吃茶比交友，可谓匠心独运、别开生面。

金凤抬起头来，笑容满面地朝张老师瞥了一眼。这一瞥并非常情恒态，大有深意存焉。

张老师又时断时续地呷了几口，然后转脸看看女主人，继则将水杯放回原处。不料没有放稳，茶水溢出一点儿。溢出的茶水有两处，每处大小如碟子，汪汪的，亮亮的。它们颤抖着合在一起，然后辟出一条路，困厄地向前蜿蜒。

金凤见状，连忙拿来抹布，端起茶杯递给张老师，手脚麻利地抹去了小蛇一样在桌面上游动的茶水。

"这可是你对我的特殊招待呀！"张老师接过茶杯，一边用手指轻轻地敲着杯子，一边笑着说出了自己早就想说的话，"我听不少人说，你们副刊部向来都用白开水待客！"

"这不是什么特殊招待，而是因为您来得巧！"金凤微笑着实话实说，并不纡婉其词，"昨天下午，有关领导开恩，允许我们动用公款买点儿茶叶待客！"

"嗯，不错，茶是好茶！"张老师呷了一口茶水，一边闷在舌尖上品尝，一边环顾室内，"不过，这稍许带有公堂气息的办公室，可不是喝茶的地方！喝茶当于书屋花窗之下，与几位友人临窗而坐，清泉绿茶，壶小如香橼，杯小如核桃，每斟无一两，先闻其香，再品其甘。自始至终，各个不思量'青史几番春梦，黄泉多少奇才'，只顾及共品香茗，同消永昼……"

金凤听罢莞尔一笑："张老师，您可真有点儿像魏晋文人，既特立独行，又颇喜雅集！"

张老师没有再说"茶话"，而是自出机杼，另开话题："金编辑，自打我俩第一次见面后，我老是觉着，你的名字经得起推敲：金凤——金色的凤凰！”

金凤听罢忍不住笑了：“张老师说话真有意思，名字还要经得起推敲？”

“怎么不要？”张老师朝金凤舒过脸来，“毛主席他老人家就很喜欢推敲别人的名字！”

“对！对！”有关毛主席这方面的逸事，金凤看过不少，张老师这一说，她不由得恍然大悟。

张老师呷了一口茶水，接着说：“章太炎先生的高足黄侃，也挺喜欢拿别人的名字说事。”

“黄侃可是赫赫有名的国学大师啊！”金凤以赞叹的口吻说，“我想不通，做学问的人，怎么会舍得在这方面耗时费力？”

“金小姐，你把做学问的人，看成不食人间烟火的怪物了！”张老师双手交叉放在桌面上，“他们在一块儿开起玩笑来，只怕不买门票还没法进场呢！”

“世上竟有这么金贵的玩笑？”金凤站起身，拿来水瓶给客人续水。

“你不相信呀？那我就给你讲个和姓名有关的趣闻吧！”张老师难得地产生一种逮着个话题的兴奋，“你刚才所说的那位国学大师黄侃，有一次就拿他在北京大学的同事胡适的姓名开涮。他说：胡先生，你口口声声说要推广白话文，我看你未必出于真心。胡适闻言，不解地问：此话怎讲？黄侃回答说：如果你身体力行的话，大名就不该叫‘胡适’，而应该叫‘嫁给谁’才对啊！……胡适一咂摸，觉着从‘古文今译’的角度看，对方的话无懈可击，便自我解嘲说：除了你，我谁也不嫁！”

金凤听罢，笑得泪光闪闪。她觉着，张老师是一个知识面广博辽阔的人，远非那些襟裾马牛、饰智矜愚的绣花枕头所能比。

张老师带来的两篇散文，篇幅都不长，每篇千字左右。金凤看后，觉着第二篇《南山的灯》比第一篇《晨雾》更贴近于缪斯，清润疏朗，迷离徜徉，迥出时作，像张老师本人一样诗意浑成。

她谈了自己的读后感后，紧接着说：“张老师，如果您不嫌庙小，能不能屈尊把《南山的灯》在县报副刊《旗飞》上发表？”

“金编辑，你这么高看拙作，莫不是害怕挫伤我的自尊心，以致像凡·高那样，由于对自己的作品不满意，气得割掉自己的耳朵吧？”张老师亦庄亦谐地说，“说实在的，我写的东西与你的以及《旗飞》上发表的散文相比，可以说是王奶奶遇见汪奶奶，相差可不是一点、两点噢！”

“张老师，您过谦了！”金凤被逗得笑出声来，“我记得，林语堂先生创办的民国著名文学刊物《论语》杂志，每一期的封二都刊有论语社同人的十大戒条。其中的第十条，也就是最后一条是：不说自己的文章不好！”

“巧了，巧了！”张老师两手虚握，只留出两根食指用指肚相互磕打，“你所说的‘十大戒条’，我刚看过没几天，记得很清楚，其中第六条为：不互相标榜，反对肉麻主义。”

两人打了个平手，不由得相视而笑。

稍停，张老师正色道：“我看这样吧：回去后，我把《南山的灯》再修改修改，等我觉着有鼻子有眼睛了再说，你看好不好？”

“好的！好的！”金凤点头赞同，“在这一点上，您很像民国学人金岳霖——无论在什么情况下，绝不把自己不满意的作品问世飨人！”

张老师两手同时向下抻了一下衣襟，仿佛要“矮化”自己：“我怎能同金先生相比？他可是一位才贯二酉、学富五车的大师级人物，连旷世才女、绝代佳人林徽因，对他都青眼相看！”

一直以来，在金凤的心目中，林徽因是自己做人的高标。她认为，林徽因是一个值得人们全方位敬重的人；不像某些人，只是有学问，其他方面、特别是人品则令人不敢恭维。

张老师瞥一眼手表。那一刻，她的仪态颇有标格，亲历者可以一睹其夺人心魄的高雅气质。

金凤下意识地看了一下时钟，连忙警觉地收回目光。因为她知道，主人抬腕看表或扭头看钟，隐含着逐客的意思。

张老师再一次抬腕看表，金凤看出客人有告辞的意思，连忙向对方询问弟弟金虎近来的表现。

“他呀，很好，很好！……期中考试后，已被初评为三好学生！”张老师微笑着以赞赏的语气说。她的微笑有如晨曦一样照在金凤的脸上。

“让您费心了，谢谢您！”金凤激动地拉着张老师的手，一边说话一边轻轻摇晃。

“如果不出现意外情况，”说不清为什么，张老师急于给金凤透透风，“学期结束时，除了一张奖状，你弟弟还能得到价值二十元的奖品！”

“哎呀，能评上三好学生就谢天谢地了！”金凤如同清官拒贿似的连连摆手，“哪里还用得着什么奖品！”

张老师摇摇头，用一种不聚焦的、近乎烟雾的目光笼罩着金凤：“从某种意义上说，学习也是一场竞技比赛。既是竞技，自要有彩，免得‘胜敌无封爵之赏，获地无兼土之实’。”

女人给人以安慰时，总有细致之处，带着某种母性的温柔，既富有远见，又十分周到。

“也是！也是！”金凤不再坚持己见。其实，她先前的“己见”，只不过是社交场合的客套。人与人聚在一起，免不了要做戏，哪怕他们是很要好的朋友乃至情人。

张老师刚走，两位外出有事的主任回来了。

金凤把《萤火虫》看完改好后，抬头看看墙上的挂钟。那神气，就像一个家庭主妇一边看钟，一边思量眼下做饭早了还是迟了。见时间还早，她把《萤火虫》改好后，又拆阅了另一份稿件。这是一首小诗，诗题叫《女诗人》。作者未署真名，署的是一个怪怪的笔名：俄莱卓尼。全诗四个自然节，写得情深意浓、柔和优美：

女诗人

俄莱卓尼

胸围变小腹围增大
脸上开满菊花

来不及解下油腻的围裙
又去整理书架

今天的太阳照着昨日的尘埃
日子一个接一个不绝如缕
琐碎的唠叨是五味豆是葱花饼
书本成了催眠的工具

久违的笔蘸着爱人的鼾声
跳跃成纷乱的思绪
写下一些
无关紧要的字句

孩子是圆心
爱人是半径
女人便是圆周上滑动的车轮
走完一圈已是昔日黄昏

她好像探险家发现新大陆一样地惊喜，当即决定录用这首清新亮丽的小诗。

可是汪主任终审时，认为这首诗写得太直白，不够含蓄。

在这关键时刻，难得水主任和她所见略同。他对汪主任说："您所说的缺点，正是我所看重的优点！"

稍停，为了证明自己的看法是对的，他又引经据典地说："记不清是哪本书中看到，诗歌和女人，只有委身于她们的情人时才赤身裸体！"

向来不苟言笑的汪主任听罢笑道："只要你舍得，就让你的情人'赤身裸体'地同大伙儿见见面吧！"

汪主任虽是开玩笑，但老话说得好，骑马的看不得《三国》，心虚的吃不得热粥，水主任听后颇为心虚。因为早在三年前，水主任便同县城里蜗牛巷的一个年轻貌美的寡妇柳曼芸“窝在一起”。柳曼芸三十刚出头，正值女人绽蕾放苞的年龄。几年前，她的丈夫在煤矿的瓦斯爆炸事故中不幸丧生，给她留下一个不满周岁的男孩。她一来嫌她男人老实木讷，既无高仓健的风流倜傥，也无杨子荣的武概雄风；二来嫌她男人没能耐，只留给她一双眼睛好落泪，两间茅屋好栖身。因而夫妻分手，她也就不怎么伤心，既没投河，又没跳井。有一次，柳曼芸偶遇水主任。一见之下，她不能自已，以后便经常主动投怀送抱。每次与水主任幽会时，她就像拉·封丹所形容的那样“直扑菜肴”。水主任觉着却之不恭，经常与之颠鸾倒凤。按照常规，按照人的本性、本能，水主任的夫人庞玉荷，“文”则应该巧设机关，捉奸在床；“武”则应该搬起醋罐子，劈头盖脸地砸向一对“狗男女”。可是，日复一日，文武双全的庞玉荷，既没动文，又没动武，和丈夫水主任的关系一如既往、风和日丽。压根儿没像赫鲁晓夫那样，和人家有了龃龉，便把自己降格为光屁股玩泥巴的毛孩子，拉下脸来撒（援助）项目、讨贷款。好多人对庞玉荷弥勒佛式的大度（肚）百思不得其解。其实，这个“解”一点儿也不复杂。原来，庞玉荷的娘家世代信佛，她本人也是一个虔诚的佛教徒，信鬼不信神。她曾听父母说过，不管是谁，只要看见或听见两条狗说话，必有牢狱之灾。丈夫有了外遇后，她想，两个“狗男女”在一起，能不卿卿我我地甜言蜜语吗？为此，每当“狗男女”苟合时，她唯恐躲之不及、避之不远。

庞玉荷的“理论”，似乎太过浅薄、荒诞。不过，也有一些并不怎么浅薄的人认为未必如此。他们责问说，圣如传说中的汉字创造者仓颉，造字时为何就如此警示后人？难道他也浅薄、荒诞吗？再者，拿破仑、穆罕默德以及其他许多伟大的政治家都相信宿命，大多数思想家都相信上帝，难道他们也浅薄、荒诞吗？还有，《说岳全传》里有这么一节，写的是岳飞临难之前梦见两条狗说话，醒来后去求阴阳，先生说：两狗对话，就是“狱”字，看来，你将要有牢狱之灾。时隔不久，岳元帅果真入了狱。这难道仅仅是巧合吗？

因了佛光普照，水主任至今仍平安无事地游离于“一夫一妻制”的法规之外，从未有人拿他的“生活作风”开涮。他一向低调，待人随和，年终评比时，他红花没少戴，奖金没少拿。红花是纸扎的，钞票是纸印的，纸印的钞票虽说没有纸扎的红花那么好看、亮丽，到了水主任手里，却能赢得美人儿柳曼芸如玉的胴体、如水的温情。

你可不要因此把他俩看作是金钱的授受关系。他俩之所以“家外有家”，实乃因为此家胜彼家。这不奇怪，在烽烟迭起的人生旅途上，情投意合的伴侣远比因荷尔蒙而冲动的“爱人”难找得多。

因为他与柳曼芸的暧昧关系，有人曾仿照狄更斯《双城记》中的经典桥段，做出“他是最好的水主任，同时也是最坏的水主任”这样一种温和的嘲讽。水主任知道后一笑置之，既不瞪眼，又不皱眉。那神情好像在说：你看，你看，我是那号人吗？这种“软着陆”式的表态，更加坐实了别人的猜疑。

由于水主任投了赞成票，三天后，《萤火虫》和《女诗人》同时见报。

让人想不到的是，水主任的这一“善举”，竟然结出了恶果。

第十九章

蓝天澄碧，纤尘不染。

金凤像往常一样，沐浴着午后的阳光，率先来到办公室，聚精会神地审阅稿件。刚看完一篇字迹娟秀的小小说稿件，水主任像张天翼笔下的华威先生似的，夹着皮包匆匆走进办公室，径直坐到自己办公桌前的椅子上。

“小金！”水主任把腋下的皮包放到办公桌上，两手抱胸；左腿架在屈曲的右腿上，但是没有像往常那样上下摆动。

金凤掉转脸微微一笑，算是同水主任打招呼。早些时候，她每次见到两位上司来上班，都要站起身来同他们打招呼，以示尊敬。后来，两位主任一再说，不要这样，“家不拘常礼”嘛！时间长了，她也就免掉这一“常礼”了。

“小金，”水主任迎着她的目光，开门见山地说，“看样子，《女诗人》要给你——不，要给我们带来麻烦！”

“诗写得不好？”金凤问。

“不是！”水主任说，“不出乱子的报刊曾被伏尔泰比作‘稳重的姑娘’，从来不会有人谈论的！”

金凤觉着不对劲，连忙把座椅朝水主任跟前移了一点儿：“照您这么说，莫非我们的报纸出了乱子？”

水主任点点头：“有读者反映，《女诗人》是抄袭他人的……”

他的话音刚落，汪主任急急火火地走进办公室，急急火火地说：“好，好！你们二位都在这儿……”

“怎么了？”水主任问。他想，汪主任是有名的慢性牛，平日里，哪怕青蛇入腚、火烧眉毛，他也不急不躁；眼下急成这个样子，一定遇到了什么不同寻常的事儿。

汪主任打了一个手势，示意对方坐下，自己到报架前取下《宁海县报》返回自己的办公桌旁。落座后，他便一张接一张地翻阅报夹上的报纸，翻到刊载有《女诗人》的那一张，他用右手的食指和中指笃笃笃地敲着报纸近旁的桌面：“麻烦来了，麻烦来了！”

此时，两个部下已双星拱月一般站在他的身旁。水主任意识到，汪主任要讲的，很可能就是自己正在同金凤谈着的问题。

“据读者来信、来电反映，”汪主任望望自己的两个部下，然后掉转脸，改用左手的食指轻轻地磕打着带来“麻烦”的那一张报纸：“这一期《旗飞》副刊上的《萤火虫》《女诗人》，纯系抄袭！”

稍停，他又接着说，“要是果真如此，一期总共只有五篇文章的《旗飞》，竟然有两篇是‘文抄公’的‘作品’，我们该如何向读者交代？”

水主任和金凤相互看了一眼。

汪主任接着说：“‘欺人之心不可有，防人之心不可无。’依我看哪，很可能有人在暗地里算计我们！在我们生活的这个圈子里，有些人聪明太过、心肠太坏，就像《三国演义》里的杨修一样！”

水主任没有想到事情这么复杂，问题这么严重。少顷，他像炉灶似的叹息一声，拧着眉头说：“我们前世没作孽，今生未作恶，他们为什么……”

未等他把话说完，汪主任接着原先的话茬儿，分肌劈理地对水主任说：“此前，由于文艺副刊《旗飞》发表抨击拍卖公办学校不正之风的小说《轻浮的代价》，牛总编为了拍县太爷的马屁，与小金的矛盾已经到了白热化的程度……我估摸着，牛总编这一次很可能要‘两场芝麻一起打’，老账新账一起算！”

“汪主任，你分析得很有道理！”水主任搓着两手说，“同一期《旗飞》里，两篇文章‘有问题’，这件事本身就说明有人在算计我们！——具体做法就是用这两篇稿件的‘作者’当枪手……说得通俗一些，也就是放出几条狗来咬我们的腿肚子！”

“算计我俩是假，算计小金是真！——你早已站稳脚跟，可谓‘扳摇不动’，谁也奈何不了你！我嘛，已是五日京兆，死活一个价，算计我的人，自己想想也会觉着没趣……”

水主任连连点头，表示赞同。

稍停，汪主任掉转脸对金凤说：“小金，你把《来稿登记簿》拿给我看看！”

金凤走到资料橱前，打开橱门取出《来稿登记簿》呈在汪主任面前。

汪主任细看之后，按照下方寄信人的地址，给《萤火虫》《女诗人》两位“作者”所在的村打电话，询问有关情况。谁知对方全都回答说，他们村“查无此人”。村是中国最小、“不入流”的行政单位，一个村，上自八十三，下至手中搀，一般只有几千人。在这些人当中，能要笔杆且能要到诗歌和小说这个份儿上的，接电话的村干部怎能不知道？

正在他们百思不得其解的当儿，收发员送来当天的报纸和来稿。这两天，他们关心的既不是报纸，也不是“来稿”，而是“来信”。三人一齐动手，拆开信封一看，怪了，信封里装的，有半数以上都是揭发抄袭行为、指责编者工作失责的读者来信。其中有两封除了署名不同外，内容完全一样。篇末署名分别为武勇飞和许天俊。

他们把上述两封读者来信传阅一遍。良久，汪主任拧着眉头说：“你们想过没有，在如此短暂的时间内，这两个人，不仅能同时发现《旗飞》上的两篇文章是抄袭他人的，而且能指出抄自哪一本书、哪一期刊物，原来的作者是谁，这得有多大的阅读量？不仅要‘博览群书’，还得‘博览群刊’……”

金凤听罢恍然大悟：“两天前我到县图书馆借书时，曾经随手翻阅《世界经典微型小说》一册至三册的目录。其中有一篇，题目带有一个‘虫’字；不过，是不是‘萤火虫’，我记不清了……”

汪主任说：“那你赶快到县图书馆去一趟，看个究竟！”

金凤听罢，连忙点头赞同。

水主任抬起右手，手背朝外轻轻一挥："快去！"

阿根廷著名的图书管理员博尔赫斯说过："如果有天堂，大概就是图书馆的模样。"事情虽然闹心，但是因为要去的地方是图书馆，金凤的心情还是蛮不错的。

报社离县图书馆两里多路，乘公交车只有两个站头。

十几分钟后，金凤下了公交车，向东大约走了50米，恰好遇到她要找的图书管理员郑凤英。后者问她去哪儿，她说哪儿也不去，找你有点儿小事。

郑凤英说："好！你在这儿等一会儿，我到前面那家文具店买一个订书机，马上就来。"

金凤站在路边的一个报栏前一边看报一边等。这个报栏好像刚刚受过战火的洗礼，油漆剥落，玻璃残破，张贴的大多是十几天前乃至几个月前的旧报纸。因时间紧迫，她只能浏览一下报头：《人民日报》《东方日报》《宁海县报》……一个个报头，像一列列微型火车从她的视觉神经上飞驶而过。

"走吧，这地方不能站得太久，玻璃屑子落到眼里，麻烦可就大了！"她正在浏览报纸，郑凤英买好东西返回了。听话听音，她明显地感到郑凤英对这个弹丸小城的管理水平很不满意。

两人肩并肩，边走边谈。郑凤英问她："找我有啥事？是不是请我吃喜酒？"

她说："'愁'还'愁'不过来呢，哪儿来的'喜'？"

郑凤英眉头一舒，微微一笑说："你呀，好端端地愁什么？尼采说，每一个不起舞的日子，都是对生命的浪费！你竟然还有闲工夫"愁"，这岂不是对生命的扼杀吗？"

直到此时，金凤才发觉，郑凤英虽已结过婚，但还没有沾染那种所谓的娘儿们的习气，也就是说，没有普通娘儿们身上那种太过"娘儿们"的东西。想到这里，她抓住对方的手轻轻抖了一下说："瞧你，上纲上线，引经据典，说得怪怕人的！”

说着说着，两人进了“成人借书室”。

室内只有几位准备借书的老人。这也难怪，时至当下，新一代已被切分成越来越多、越来越细的文化部落。这些人成长于信息社会，习惯于通过电子设备获取知识，对他们而言，图书馆已经成了鸡肋般的存在。

这个图书馆为了便于管理、方便读者，把图书按内容分成两类，一类供成人借阅，另一类供儿童借阅。郑凤英在成人借书室上班，金凤时常来借书、还书，天长日久，两人成了很要好的朋友。

“我们图书馆的书，都快给你读遍了！今天打算借《三坟》《五典》，还是《八索》《九丘》？”郑凤英朝办公桌旁的双人沙发指了指，示意她坐下。

金凤知道，对方是同她闹着玩儿的，因为这几部书早已失传，便也笑着同她打趣道：“你们这儿哪怕能有一部这样的书，恐怕就连大英图书馆、美国国会图书馆都自愧弗如了！”

“真有那一天，哪怕那些图书馆有人来敝馆参观，我还不一定愿意接待呢！”郑凤英把一杯开水递给她，转而正色道，“今儿个想借什么书？”

“今天呀，今天想借《世界经典微型小说》，”她接过郑凤英端来的水杯，“内蒙古文化出版社出版的。”

“你不是爱好写诗吗？”郑凤英走到一个书架旁边，一双秀气的眼睛在书脊上扫描，“怎么又想看小说了？”

“我这个人怪得很，”金凤用指甲刮着裤子膝盖上的一个小污点，“平时爱看小说，动起笔来想写诗。”

“说怪也不怪，各类文体在艺术上都是相通的嘛！”郑凤英很内行地说，“比如我们家的那一位，写诗写了十多年，诗集出了一本又一本，可每有闲暇，他就捧起小说书……有一次，我问他何以读、写分离？他回答说，我也说不出个子丑寅卯来；不过潜意识里觉着，写诗的人读小说，就如同糕点工人爱吃黄瓜、斗牛士爱玩鸽子、结了婚的人爱找情人……”

“吃黄瓜、玩鸽子不要紧，”金凤笑着打趣道，“我担心你们家的那一位，喜欢找情人，你可得多加注意呀！”

“岂止我们家那一位！男人都是花花肠子，别说凡夫俗子，圣如孔子者，见了卫灵公的夫人南子还眼迷心乱呢！”郑凤英的思路，如同热衷于搞群众运动的政治家那样先放后收，“不过，再不上路的男人，他也得先掂量掂量自己和夫人的斤两！”

“听口气，你比苏格拉底的太太还厉害呀！”金凤笑容和语气里的顽皮，伸手就能接住，“她一怒之下，把一盆脏水泼在丈夫头上……”

“那得看具体情况了！”郑凤英把重音放在“具体”二字上，“我可不会像昏庸的法官那样冤枉好人！”

因时间关系，加之心境又不太好，金凤见好就收，适时地把话题转到借书的事儿上来：“哎！凤英，你快点儿把书借给我！”

“你急什么？”

“我得抽空给弟弟洗衣服，他每周得洗两次澡、换两次衣服，否则身上就要生虱子。脏衣服换下后，就送给我洗……”

“可秦少游说，虱子是生在棉絮里的，与洗澡不洗澡毫无关系……”

金凤知道，郑凤英之所以有此一说，肯定是因为她看了苏东坡和秦少游的故事而故意卖关子。她本想像苏东坡与秦少游争执那样与之争执，进而引出佛印禅师的那首诗偈，但因急于回去，她决定绕过这一幕，急急火火地说：“生虱子与洗澡有无关系，以后再说，你先把书借给我！”

郑凤英问：“《世界经典微型小说》分为三册，你想借哪一册？”

她回答说：“一、三两册我已经看过，这次就借第二册吧！”

郑凤英把另外两册放回书架，随手翻看一下第二册。不看则已，看了以后，她气得差点儿骂出声来。

原来，几天前，一个像刘备那样大耳垂肩的中年人来借书。郑凤英问他借什么书，他说随便。郑凤英看了他一眼，没有作声，心想，世上哪有这么“随便”的人？停了一会儿，她耐着性子告诉他，你得办个借书证。对方回答说，办就办呗！郑凤英告诉他，办理借书证得收取 100 元押金。他好像听到了海外奇谈，连忙摇头摆手，说办个借书证还要交这么多押金？郑凤英说，这是图书馆领导定下的规矩，我无权更改！大耳朵说，那我就不办了，随便翻翻吧！过了约莫烙两张饼的工夫，大耳朵走了。眼下，郑凤英拿起被他随手撂在书架上的书，发现书中有缺页痕迹，打开一看，93-96页被撕掉了，对照目录一看，被撕去的是刊登《萤火虫》的全文，以及《爱情的钥匙》的一部分。

听到这儿，金凤一阵欣喜，心口像有一只小兔子似的扑扑直跳。她想，我需要的正是这样一本缺页的书！于是，她假装大度地一笑："一本厚厚的书，缺一页两页算不了什么，还是借第二册吧！"

言毕，她因为自己对朋友没说实话而心有不安。但她扪心自问，自己并非有意为之，实因时间紧迫，无暇细谈。好在来日方长，以后找机会向她好好解释吧！

此后，金凤又到阅览室里翻看了最近几年的《诗刊》合订本，结果发现，有一期《诗刊》果然刊登着《女诗人》一诗。她当即决定借用。

返回报社后，她向汪、水二位主任汇报了有关情况。

汪主任听罢抬起右手，摩挲一会儿下巴颏儿，微微一笑说："老牛闹圈拱槽不吃草，大黄狗对天狂叫咬日头，这帮人肚里果然藏着牛黄狗宝呢！"

第二天上班时，三人默坐，不交一语。窗帘绳坠轻轻地叩击着窗户的玻璃，发出干燥而又滞重的响声。

办公室内出现了冷场。三个人都像《钦差大臣》的最后一幕那样，一劲儿僵在那里，纹丝不动。

墙上圆形的挂钟像一轮满月，秒针嗒嗒作响。在这柄人世间最娟秀的铡刀之下，时间被细细地切碎，撒向东去的流水。

"汪主任，"水主任终于打破沉闷，朝老领导舒过脸来说，"山雨欲来，我们总不能坐着不动，等着淋雨吧？"

"依你看，"汪主任闪闪睫毛，"眼下该怎么办？"

水主任两根食指相对，一分一合地连着戳了几下。

汪主任懂得，这位部下主张和对方刀兵相见，于是微微颔首道："你的想法有一定的道理！"

两位听众觉着，这话和自己的想法合卯对榫了。

“不过，凡事得以史为鉴。据《唐书》记载，张公艺九世同堂，唐高宗问他睦族之道，公艺提笔写了一百多个‘忍’字！……要知道，有些时候，妥协、忍让也是成功的因素之一！”没想到，汪主任话锋陡转，犹如浩浩江水流经长江要塞石牌古镇时，突然向右拐了一个急弯。熟悉抗战史的金凤，由此联想起在石碑保卫战中，国军第 18 军 11 师师长胡琏率部与日寇殊死肉搏，及其在恶战前夕所写慰父嘱妻、安顿家小的家书。那两封充溢着男儿血性的家书，写得静水深流而又义薄云天。

水主任和金凤不由得一愣，目光同时转向老领导。可老领导的面部表情并没有什么鲜明的指向，让人越看越摸不着头脑。

“历朝历代，皇后都要忍了三宫六院；我们是谁？我们就是在时间的某个瞬间、空间的某个旮旯里活着的‘我们仨’，如此而已……”汪主任见两位部下不解其意，斟词酌句地说。这番话如同南唐冯延巳为词，言情缠绵而不儇薄，达意明白而不发露，优柔善入，玩味无斁。

汪主任从“不过”这个垛口后面连续不断地发射出来的“忍”字，让水主任由怒不可遏变为平心静气、由惊涛汹涌变为清波容与。

水主任思前想后，越想越觉着，处理棘手的问题时，你对汪主任想不服都不行！他似乎总能在别人思考结束的地方，再翻出一层。而这翻出的一层，正是他的思想深邃之处。他甚至疑惑起来，汪主任到底是有心说法的长者，还是以无心度脱的异人？

汪主任掉转脸，和蔼可亲、慈眉善目地看着金凤，并飨以比对水主任稍多稍浓的微笑。

面对汪主任等待回应的目光，金凤的思绪突然如同繁殖季节的鲑鱼一样溯流而上。她觉着，如果一事当前，首先想到的是把话语权交给汪主任，唯其马首是瞻，那么自己的生命、智慧、孤特和独立，岂不都失去存在价值了吗？

那一刻，金凤就像山峰卓越地背叛了大地母亲，并且执拗地想抓住大地随自己冲天而起。

第二十章

改革开放以后，西风渐进，在中国广袤的大地上，人类传统家庭模式中的主干家庭和扩大家庭愈来愈少；而核心家庭，即由夫妻及其未成年子女组成的家庭，则如雨后春笋，遍布各地。还有一些人，也就是人们常说的“丁克一族”，为了尽情地享受人生，连孩子都不要。他们的父母自然也就知趣，压根儿不敢去打扰。

钱玉娟的父母含辛茹苦地把儿女拉扯成人后，还想就手拉扯第三代。难怪一位外国友人用诗一般的语言大发感慨。他说，如今世上有四强：德国的车，瑞士的房，日本的老婆，中国的爹娘。谁知，不知是嫌公婆“强”得不达标还是怎么的，钱家的两个儿媳并不领情，成天摔碗掼碟，明里暗里闹着要分家。用行家的话来说，妯娌俩想完成由主干家庭到核心家庭的华丽转身。

两位老人，特别是钱玉娟的母亲，原本对“三世同堂”式的主干家庭，就像文学院教授对三角函数一样，压根儿不感兴趣。待“家患”闹到一定的火候，差不多能代替温箱孵小鸡时，钱老奶顺水推舟，庖丁解牛似的，将八口之家一分为三：两个儿子各自带着妻小“出宅”，分居异爨。自己和老伴守着老屋。那情景，就像当年马其顿王国国王亚历山大死后，他的帝国就分崩离析，各省自立为王国一样。

这一举措，使钱老奶成为五庄八舍老少爷们心目中的铁娘子，正如英国人心目中的撒切尔夫人、德国人心目中的安格拉·默克尔总理。

“夫大块劳我以生，息我以死。”庄子的话，是真正的见道之言。孔子的七十三（岁），孟子的八十四（岁），也如电光石火，一闪即逝。分家十多年后，钱父不敢僭越，快到七十三岁时，赶紧去世。钱老奶原本打算和老伴共赴黄泉，转而一想，又怕阎王爷说她太过新潮，一把年纪还耐不住夫妻两地分居的寂寞，这才决定暂且活在世上，等攒够积分、条件成熟了再到阎王爷旗下和老伴团聚。

时移岁迁，金老奶江河日下，老眼昏花，体力不支。没奈何，只得忍气吞声地到两个儿子家轮着过，每家一个月，叫花子似的。要说这也活该，谁叫你不自觉，活得这么久，以至于老得跟世界文不对题！

墨菲定律的论点之一是：如果你担心某种情况发生，那么它就更有可能发生。钱老奶早就担心两个儿媳不孝顺，结果不出所料，百分百地准确。

自打公公——一个慈父、一个贤夫、一个至仁至爱的耶稣——去世后，凤珍和桂花把钱老奶当成一个沉甸甸的累赘，恨不能像运动员掷铁饼那样把她扔出去，扔得越远越好。媳妇们的想法也有道理，柠檬榨干了，剩下的皮固然可以用来驱赶灶台上的蚂蚁；不过，驱赶乃至杀灭蚂蚁的方法多得很，柠檬皮还是扔掉好。

两个儿子到底是亲骨肉，他们舍不得“扔”，只是一心想把老妈当成排球“推”给对方，哪怕因为用力过猛，一下子“推”到场外，被他们的老妹子钱玉娟捡了去，也比“扔”掉好。

可见，“养儿防老”这句古语还没过时。两个儿子推来推去，明摆着是在帮助老妈妈做有氧运动嘛！

有一次，大儿子钱玉山一家三口外出有事。晌午，正轮到在大儿子家食宿的钱老奶手搭凉棚儿，巴望儿子、儿媳早点儿回家。可是直到日照西墙，还不见一个人影儿。

两个儿子家相距虽说不太远，但是往少里说，起码也得有两华里。饥肠辘辘的钱老奶提着一双半解放式的小脚，磕磕绊绊地踏上新的征程——前往二儿子钱玉河家。

途中，好像暗中有一个声音在嘲笑她：这个老奶奶也真是的，眼珠子都指望不上，你还指望什么眼眶子！

二儿子家有一个红砖院墙，院门左边有一棵高大的银杏树。微风过后，银杏树一片片淡黄色的叶子在阳光下摇摇闪闪，纷纷飘落，平添几分秋意。银杏树又叫公孙树，意思是说，这种树不像其他果树那样，三年五载就结果；它得由爷爷栽植，到孙子辈才能结果。这棵银杏树，正是钱老奶的老伴亲手栽下的。栽树时，老伴一不小心划破了左手，流了不少血，“害”了十多天。睹物思人，钱老奶心里颇不是滋味。

站在银杏树下愣怔良久，直到有两片树叶落在脖颈里，她才醒过神来。

钱老奶拂去树叶，推开虚掩的院门。

院内空无一人，堂屋铁将军把门，灶屋的门半开半掩。

钱老奶走到灶屋门前，推门进屋，鼻腔里立刻涌进一股熟山芋的清香。她两手分开，朝灶台外侧那口“小锅”锅盖梁子的两边一按，双手立刻像被熨斗熨着似的，温乎乎地舒坦。揭开锅盖一看，锅里有两三碗山芋稀饭，一个个白皮山芋斜躺在稠乎乎的稀饭里，好似北极熊陷进了泥潭。

钱老奶饥不择食，打开碗橱，拿了一个蓝花碗，抄起木柄铜勺，一个海底捞月，稀稠兼顾地盛了满满一碗，就势坐在灶台旁边的木凳上。谁知就在她将吃未吃的当口，二儿媳如从天降，一把夺过她手中的碗，粗声大气地说：“这山芋粥是留着喂猪的！”

钱老奶心想，二儿媳兴许是要给我另做好吃的，便说：“我就这么将就吃一顿吧！”由于太激动，她的声音又虚又小，像一片揉皱了的纸条。

“你‘将就’吃了，猪拿什么‘将就’？”二儿媳鼻翼两侧的纹路凹下去，向下延伸到两个嘴角旁边，以神笔马良的速度，勾勒出厉害女人酸溜溜的笑容。

钱老奶听罢两眼发直，心口发堵。她愣在那里，木然地望着二儿媳，咋也想不通：老伴在世时的一只小绵羊，如今怎么变成了一只狼？

要不是因为年纪大了泪腺萎缩，老人家没准会像靖康事变之后的李清照那样，泪下千行。

退一步说，即便老人家哭成泪人儿，也打动不了二儿媳桂花的心。她的心可以防水，如同可以洗的海狸皮帽被雨水淋过后反而更加挺括、漂亮一样，经过眼泪的洗礼，她将变得更加泰然自若。

过了好一会儿，直到确信自己不是在做噩梦，钱老奶伸长脖颈，收紧小腹，像一只美丽的母狼那样长啸："桂花，我当真不如你家的猪吗？"在狭小而又辽阔的空间内，她的责问升华成一种概括、一种笼统，一种抽象，一种懵懂。

墙角旮旯里有一只不知名的虫儿在细声细气地吟唱，其声凄怆哀切，仿佛在讲述一个忧伤的故事，让人想起寂寞深闺、绿窗红泪。

桂花没有学过比较学，因而对婆婆提出的问题无以回答。

钱老奶饿着肚子，晕乎乎地重返大儿子家。一路上，她犹如一条孤单的蓝鲸，在冰冷的海域独自洄游，两颊被泪水杀得火辣辣地疼。泪水把她的脸弄成了一朵出水芙蓉，一朵萎蔫的、快要凋谢的芙蓉。

其实，她心知肚明，大儿媳凤珍也不是省油的灯，时常嘴不像嘴脸不像脸的。尽管如此，她也不得不像"澳门金沙"门口的那些游客一样，抱着侥幸心理去博弈。

钱老奶像梦游似的，磕磕绊绊地来到大儿子的家门口。

推开院门，一眼看到墙角旮旯里放着一瓶敌敌畏。她紧走几步，鬼使神差地拿起农药瓶，摇了又摇，晃了又晃。

敌敌畏农药在玻璃瓶子里翻泡冒花，她真想"开怀畅饮"，无奈药瓶尚未开过头。她依稀记得，立在灶台旁边的碗橱里，放着一个开瓶盖的扳子。她既想去拿，却又没勇气去拿。因为万一拿来扳子，啪嗒一下撬开农药瓶盖，结果又没胆量喝，让邻居看到了，往后还有脸见人吗？

况且在此之前，她曾听别人讲过一个笑话。大意是，从前，一位老奶奶的两个儿子都很忤逆。老奶奶一气之下去投河，可到了河边，又像刚刚出道的跳水运动员一样，没有勇气往水里跳。恰在此时，路过河边的大儿子问她，既然来到岸边，咋不往下跳呀？老奶奶回答说，儿啊，娘怕河里有癞蛤蟆！

正值她"举瓶不定"的当儿，大儿子钱玉山从背后一把夺过农药瓶，砰地一下掼在一块长方形的石头上！刹那间，浓烈的敌敌畏农药气味弥漫到大半个村庄。

大儿子钱玉山的举动，既是为了拯救母亲，也是为了给点儿颜色让母亲看看。这是因为，自古至今，举凡父母投河上吊喝农药的，子女都没有好名声。不肖子孙的最高理想是父母遭遇空难，他们只要花费少则几滴多则一捧眼泪，便可换回大把大把的钞票；最低目标是父母遭遇车祸后穷酸的司机逃逸，这样虽白淌几滴眼泪却落得个好名声。如果老而不死，做晚辈的过起日子来多不爽气！

农药瓶被大儿子钱玉山掼碎后，她像一个做了错事的孩子，怯怯地走进了堂屋的西厢房，上床睡了。女人的卧室每个时期都有不同的气味，这时钱老奶卧室的气味，已经比主人更为老旧，且透着沧桑了。

进入梦乡后，她因没有学过几何学，不会画圆，况且又没有随身带着圆规，因而没敢画饼充饥，而是画山芋充饥。由于预算不太准确，结果多画了一个大山芋。老人家节俭惯了，舍不得浪费，硬是把多画的一个也吃了，结果胀得肚子隐隐作痛。

第二天上午，钱老奶坐在院墙外晒太阳，怀里抱着一根简易手杖，脸上呈现出一种残废的老牲口反刍当下、回首往事的凄怆。

如此深广的寂寞，即便辽阔无垠的宇宙也难以容纳得下。

“唉！”她深长地叹息一声，一如寒夜里的流浪者，对他们耳闻目睹的一切质疑或抒怀、诅咒或评点。

兴许是累了，她倾身向前，胳膊支在膝盖上，时不时地朝地上吐唾沫。一会儿工夫，她的面前已出现一片小小的沼泽地。她打年轻时就贪杯，顺理成章地患上了肠胃炎，时至今日，老人大概想用分期付款的方式，把喝下去的液体一点点吐出来吧。

恍惚间，手杖变成了儿时的玉山。她十分怜爱地上上下下、反反复复地抚摸着心爱的长子。浑身摸遍了，终于摸到了小家伙的小鸡鸡。这小鸡鸡非比一般，硬茬茬的，好似处于临战状态。钱老奶喜不自胜，一边抚摸一边想，小小年纪，就有这么一把硬刷子，长大了准是传宗接代的好手！就在这当儿，小鸡鸡刺疼了她的右掌心。她睁眼一看，刺疼掌心的不是什么小鸡鸡，而是手杖节疤上的毛刺！

白花花的阳光暖暖地盖下来，带着一股咸咸的味道。怅然若失的钱老奶，很快又打起盹儿来——她想再续前梦。

一只芦花鸡看到老人左脚的鞋脸上粘着一块早已干巴了的山芋皮，想近前啄食。不料刚走几步，钱老奶白发皤然的头颅，随着突然袭来的睡意猛地往下一沉，吓得芦花鸡一劲儿往后退。如是再三，芦花鸡终于发现，钱老奶“技止此耳”！于是，在钱老奶的头颅两次下沉的间歇，芦花鸡火速近前猛啄几下，转瞬之间把山芋皮吃个精光。钱老奶口角流涎地醒来时，芦花鸡伸伸脖子，拍拍翅膀，扬长而去。明媚的阳光下，草末夹带着灰尘在飞旋、曼舞。刹那间，阳光有了质感、有了密度。

正值钱老奶梦醒时分，隔壁赵二奶串门子来了。

她挨着钱老奶坐在长凳上，转脸一看，只见钱老奶嘴边的碎褶子比往常多，也比往常密，好似反复加热过的打了蔫儿的烧卖，于是惊讶地说：“你的精气神不对头呀！”

“我的精气神咋能对头呀？”钱老奶用手指戳一下自己的脸颊，语气凄凉悱恻，让人想起落霞中的孤雁、戏台上陈述悲情的老旦。

“咋的了？”赵二奶不解地问。

她那惊讶、费解的神情，正如文学院教授面对一个对唐诗宋词一无所知的学生。

钱老奶睁大两眼，谨防泪水“夺眶而出”。良久，她掉转脸朝两旁瞥了一眼，这才一层层打开她情感的木乃伊，让赵二奶进入她封存已久、不堪回首的过往。

“谁叫你当年那么宠着两个宝贝儿子！——我早就对你说过：娇狗上灶娇儿不孝，你总是当作耳边风！”赵二奶拍手打掌地抱怨道。

钱老奶闷声不响地低着头，好像在重演十八岁那年头一回与夫君见面那一出，只可惜当年的妩媚艳丽已荡然无存。

“你咋就这么死脑筋？为啥不到闺女家去住？——常言说得好：闺女是妈妈的小棉袄……”赵二奶见老邻居可怜巴巴，心尖变得柔柔的，感怀不已。

“哎呀，这真是死人就靠活人提（醒）！”钱老奶像牛顿看到苹果落地那样地恍然大悟，“赶明儿我就离开这几个孽种，住到闺女家去！”

钱老奶骂得痛快，骂得在理。中华民族是一个极富人情味的民族，即便在现代工业和现代商业的风暴中远离家园，进入了高度流动和完全生疏的社会，进入了以货币兑换人情的服务网络和以法规取代人情的公约体系，大多数人也不耐“人情淡薄”，尤其是“亲情淡薄”的心理缺氧。

以汉文帝刘恒为代表的孝子孝女的背影虽然渐去渐远，但他们已名书竹帛、遗风长存。

是的，一个民族的文化内核，总有非常坚硬、挥之不去的东西。

钱老奶幡然醒悟，归功于赵二奶引用的“常言”恰到好处，正如公诉人在法庭的“举证”阶段，当众说出有关事例或拿出有关实物一样。须知，“常言”和公理一样，是不需要证明的真理。它能像春风化雨那样，让人打心眼里信服。

两位老人谈得体己、贴心，有一种外人进不去的默契。

自打得到高人指点，做出“战略转移”的决策后，钱老奶浑身上下好像注入了一股神奇的力量。她原先走路时低头哈腰、脚轻步细，好似生怕踩死路上的蚂蚁；如今走路时腰板挺得嘎巴嘎巴响，路上若有碎砖烂瓦，哪怕是秦砖汉瓦，她也会毫不迟疑地提起先裹后放的半解放式的小脚，猛一下把它踢得老远，一次又一次地挑战世界排名第一的女足运动员克里斯蒂娜·辛克莱，一次又一次地创造物理学上的奇迹。

“玉山！让两天，我到你老妹子玉娟家去住！”次日吃午饭时，一家人正嘀里嘟噜地吃着热汤杂面，钱老奶突然用筷子敲着碗边，高分贝地亮着嗓门说。那口气，那神色，那气派，那声威，颇似铁娘子撒切尔夫人。

大儿子玉山知道母亲铁了心要走，便送了一个顺水人情，说了几句挽留的话。不唯如此，他还暗自打算原谅母亲活得这么久。

其时，大儿媳凤珍也在场。在凤珍眼里，钱老奶的脸上明明写着这样的话：什么凤真（珍）凤假的，滚！

“妈！今儿的杂面好吃，我给您再添一点儿！”凤珍站起身，谄词令色地说。一个关心老人还不如关心自己破鞋烂袜子多的人，眼下竟能像驼子唱喏一样，毫不费力地说出如此孝心满满的话，连她自己都感到惊讶，仿佛是另一个陌生人在借她的嘴讲话似的。要是在以往，此时她应对婆婆的肯定是一张鹰鼻鹞眼的脸孔。

钱老奶瞪了她一眼，没有作声。老人家终于崛起，不失辈分和体统了。

凤珍以为钱老奶没听清，重新戴上“孝顺”牌面具，并把先前说过的话又重复一遍。她知道，只要演好一个小品，自己没准能摇身一变，成为一个家喻户晓的孝顺媳妇。

此时，一种欲望的颤抖使她变得年轻，看上去有如一枝妖艳的玫瑰。

“还有呢，还有呢！犯不着添，犯不着添！”钱老奶一眼就看出，这是凤珍自编自演的小品。为了强化语势，老人家无意之中运用了《诗经》中常用的复沓手法。她一边说，一边用筷子敲着碗边，说话时轻音与重音抑扬抗坠、起伏变化，听来激昂蹈厉，倍增壮采豪情。与此相匹配的是，她那冷峻摄人的眼神，足以镇住疯人院里的武痴子。近两天，老人家发现，每当自己试图进入儿媳心灵的密室时，对方总有点狼狈，生怕婆婆识破她。正因为如此，老人家对她的厌恶压倒了对她的怜悯。

凤珍自讨没趣，坐下后便端起碗来喝汤。她尽管胖得脸庞像一条怀孕的河豚，喝起汤来，仍像追捕犯人的警察，两眼不放过在汤里神出鬼没的油花子。

钱老奶握着竹筷，在自己面前慢慢晃悠。手指和竹筷一样干瘪，那动作饱满得却像快要坠落下来的水珠子。晃悠了一会儿，她用竹筷的大头直直地抵着桌面，虚握竹筷的右手由上至下滑落。竹筷上的一根毛刺刺得她钻心地疼，为了保持尊严，她一点儿不露声色。待右手滑落到桌面上，也就是带伤着陆后，她转着脖颈儿瞥了一圈。目光里既有岁月的力量，也有她内心深处原本不愿皈依的移民信仰——哪里有面包，哪里就是家！

风珍与老人的目光刚一触碰就错开，闪电在云层里明灭也没有那么快。

正像暴雨是炎热的积聚，地震是岩石在外力作用下破裂而产生的震动，老人家的性格变得更加凌厉了。

和钱老奶同桌吃饭的鸦雀无声，就像被鹞鹰刚刚发现的一窝麻雀。

钱老奶以老迈之身验证了契诃夫的名言：要想成为生活中的强者，一点儿也不难！

主意既定，钱老奶翻箱倒柜，找出自己准备随身携带的衣物；那些破得不能再破的，都被她随手扔掉。这一举动，对于短暂的人生该有多少讽刺意味呀！这些衣物曾和它们的主人一起走过辉煌、一起经历颓唐，它们也曾有过自己青春靓丽、风流倜傥的岁月！岂止衣物本身，就连这些衣物上的气息，也是需要几十年岁月才能孕育出的悠远、沉郁——这是昂贵物什的昂贵所在，如今，怎么说扔就扔了？莫非在老人家漫无边际的记忆的海洋里，藏纳着对这些物什的非功利、唯美属性的彻底忘却？

老伴去世后，钱老奶一直在谋求由两个儿子组成的小家庭、哪怕是其中一个小家庭的认同感，就像鲑鱼，一直希望能够逆流而上，回到家族体系中。应当说，钱老奶有这种想法一点儿也不奇怪。这是因为，“穷家难舍，故土难离”是中华民族由来已久的文化情怀。两千多年前，汉高祖刘邦得了天下后，太上皇刘煓在宫里住不惯，执意要回到故乡丰邑（今江苏丰县）去住。因为那边有吃狗肉的流氓朋友，有喝酒斗鸡赌钱的小铺子。高祖思来想去，只好在京城长安附近仿造一个丰邑，叫作新丰，又让他的那些吃狗肉的朋友一并迁宅，他老人家这才勉强住下来。钱老奶与太上皇刘煓不可同日而语，两个儿子又都不像刘邦那样孝顺，结果只能离自己繁衍的家族以及庄邻庄众越来越远。这种场景，光是想一想，也令人浩叹。

两天后，钱老奶如同一个刚从遭遇天灾人祸的地方逃出来的幸存者一样，由乡下来到城里的女儿家，完成了她一生中伟大的战略转移。与此同时，她也就丢失了世界上最甜蜜、最宝贵的东西——家的响声、家的气味、家的颜色和家的场景。

离家时，她没有像迁徙的鸟儿那样承诺归来。自此，老人家犹如二战时赴缅甸作战的中国远征军，回归之日遥不可期。

第二十一章

钱钟书先生在《围城》一书中说："在西洋家庭里，丈母娘跟女婿间的争斗，是至今保存的古风。我们中国家庭里婆婆和媳妇的敌视，也不输于他们那悠久的历史。"生活在有着五千年悠久历史的文明古国，凭借先裹后放的半文明小脚，便完成"战略转移"的钱老奶，真是三生有幸，既避开了妇姑勃谿，与女婿周建林又没有争斗，真可谓两全其美，犹如战争年代从烽火连天的战场，回到了阳光普照、莺歌燕舞的解放区。

岳母大人驾到后，周建林比钱玉娟想得还周到，给老人打扫卧室，铺床，新买了牙刷、牙膏、毛巾、眼镊子、指甲钳之类的生活用品。这还不算，他还放下小学校长的身架，亲自给老人家梳头、捶背、捏肩膀、镊眼毛，剪指（趾）甲，恨不能把丈母娘的每一个毛孔都温存到。

钱老奶在心里把儿子、儿媳同女婿周建林一比较，觉着二者天差地别。于是，老人家选择一个适当的场合，当着女儿钱玉娟的面夸奖道："老话说，'女婿半个儿'；我要说，建林抵得上十个儿！——你那两个倒霉鬼哥哥和嫂子，几时像建林这么细心周到地服侍过我？"老人提及女婿时，说"建林"而没说"周建林"，一字之省，包含着几多心疼和怜爱之意呀！

假如包含在语言里的情绪可以放在天平上称量的话，一定没有一个砝码能够称量出老人声音里的那种被儿子和儿媳屈辱、被女婿恢复了的尊严。

钱老奶通过反复比较，一下子失去了现实感，好像是从地狱来到了天堂，悲观、厌世的情绪云飞泥沉，一扫而空。在老家时，钱老奶和《追捕》

《远山的呼唤》中的高仓健一样，从来没有笑过，已经到了再过几天就不再会笑的地步；来到女婿家以后，老人家已停止发育多年的笑神经，违反人类的生理规律再次发育，时常掩着缺了一颗门牙的嘴暗自发笑。这真是：世有菊花，陶潜足矣；世有周建林，钱老奶足矣！

是啊，一个可怜的老人，无助又潦倒，就像一块干透了的海绵，只需亲人一滴情感的滋润，就会心满意足，感激涕零。

“您把三个子女拉扯大，不容易呀！我们做晚辈的服侍您，理所应当啊！”每当钱老奶夸赞时，周建林总用带有泥土、萝卜、草耙子气息的家乡话作答，从未掉书袋，以致闹出“阁下谬奖，羞煞我也”之类的笑话。

站在一旁的钱玉娟听了这番发自肺腑的话语，心里暖烘烘的，就像少女听到自己所倾心的男子对她说：“晚上见！”

她突然领悟到，婚姻的真谛，既不是代表爱情永恒久远的闪亮钻石，也不是恣意飞扬情丝绵长的青春岁月，更不是微笑到天荒地老的华丽婚纱照，而是这看来寻常的善待对方父母的一片孝心。

当天傍晚，一鸦掠空，群山苍苍，暮色冥冥。夕月一弯，淡若清梦。

金虎背着书包，边跑边唱地回来了。一老一少见了面，兴许是因为年龄太过悬殊，没有像隋末羽骑尉房玄龄和秦王李世民相见时那样一见如故，而是双方都认为对方是不速之客。

“孩子，你来这儿找谁？”钱老奶问。

“谁也不找，我就住这儿！”金虎把书包放在饭桌上，“奶奶，您找谁？”

“我是周新龙的婆奶！”钱老奶笑着回答。

有人说，萍水相逢也许是一种缘；但错误的相逢，却是一种伤感，一种美丽的误会。看来，这话有可能要应验了。

夜幕降临，蔚蓝色的天空缀满星星。

钱玉娟料理好家务，刚刚坐下，未及擦去脸上的汗水，钱老奶便急不可待地问：“玉娟，一个姓金的伢子，怎么会住到你家来了？”

钱玉娟早就料到，母亲势必有此一问。于是删繁就简地回答："建林和他家是亲戚！"

"哪门子亲戚？"钱老奶拢拢头发。她满头银发乱七八糟，原本就有淡淡的诗意，经主人一拨弄，犹如北宋刘徽之的《鹭鸶》一诗，经过他的学生苏东坡的润色，更加诗意盎然。

"您问得这么仔细干啥？"钱玉娟两手按着母亲的双肩，随后又撒娇似的叫了一声"妈"。一直以来，她善于用一颗纤细的心处理各种人际关系，应对从容，进退裕如，有若天启。

老人家凛着脸："我打问一下不中吗？"

钱玉娟有点儿想不通：已经是七十大几的人了，火气咋还这么大？

做女儿的怕是忘记了：她出嫁时，老人家曾置办一套蛮不错的嫁妆。这会儿，母亲已暗自把当年的嫁妆兑换成发言权。

老人家幸亏生活在当下，要是在厚嫁风盛行的宋代，准会让人笑掉大牙。据苏辙（苏东坡弟弟）的孙子苏籀所著《栾城先生遗言》一书记载，宋徽宗即位那年，苏辙在小女儿"于归"，也就是出嫁时，特意卖掉早年在开封购置的田产，售价九千四百贯，全部作为陪嫁。按照购买力，这笔钱相当于现在的人民币750多万元。与之相比，钱老奶为女儿陪嫁所花的钱，简直连毛毛雨也算不上！

"老年人想保养好身体，就要少管闲事！"关键时刻，钱玉娟不得不用养生之道作为挡箭牌。她心知肚明，人一旦上了年纪，没有不把性命当回事儿的。要是直通通地说出金、周两家曲里拐弯的亲戚关系，母亲一定会倒抽一口冷气，接下来便会不由分说地责怪她和丈夫周建林多管闲事。

钱老奶灵感扑飞，觉着女儿很可能有难言之隐。说不定是在玉娟没有同意的情况下，女婿独自做主，让姓金的伢子住到家里。怪不得他对我这个老婆子，照顾得这么周到，原来是怕我撺掇玉娟不同意这码子事！

年事渐高后，钱老奶的头脑里常会闪现出诸如此类奇奇怪怪的联想。这些联想乍看起来不可思议，但仔细一琢磨却又觉得，它们跟抽象派或超现实主义的绘画和雕塑一样，给人一种似是而非而又似非而是之感。

此后，钱老奶在探究金、周两家亲戚关系方面，正如居里夫人研究钋和镭的放射性一样，始终保持着不可遏止的热情。

老人家越想越生气，大有“路见不平一声吼”的冲动。殊不知，丈母娘干涉女婿、女儿的家事，有如旧时皇室的外戚干政。无数事实表明，只有昏庸或年龄幼小的皇帝登基，强势且有才干的外戚才能“干政”。同理，只有女婿羸弱无能，岳母才有可能干涉其家事。而周建林好歹也是个小学校长，在小范围内也算得上是马中赤兔、人中吕布，怎么会因为一个气量狭小的老奶奶的要挟，就忍心赶走金凤的弟弟金虎呢？女婿对你照顾周到，那是尽孝，那是客气，而不是怕你，就像皇上见到包拯，镇关西见到鲁智深。你要是想改变女婿的行事作风和行事方向，别说女婿本人，就连你的女儿钱玉娟也不会答应！到时候，你老人家也只能是有心报国，无力回天了。

斗转星移，朝去暮来。

夏末秋初，一个有着完美妆容的上午，钱老奶在与女儿家的隔壁邻居程老奶的闲谈中，终于对上述问题以及诸多与此相关的事情，有了一个粗略的了解。当对方言及周建林和钱玉娟为金虎代交三万元择校费，以及周新龙追求金凤，后者不予应允且另择住所时，钱老奶愤愤不平，火冒三丈。首先，她认为，女儿家花钱给远房亲戚念书，这是割自家人身上的肉往别人身上贴；再者，她认为，金凤翻脸不认人，不通情理，不知天有多高地有多厚！

然而，金凤早已住进报社宿舍，她抓不着捞不着，只得拿金虎当出气筒。

树叶飘零的季节，日头落山总是那么漫不经心。在学校里劳累了一整天的钱玉娟，踩着漠漠余晖踉跄而归。到家后，她问母亲吃过晚饭没有。老妇人看了女儿一眼，冷冷地说：“我吃过了，小老太爷还没吃呢！”

这句不寻常的话，就像一块石头丢进深渊，显出了它的深度。

钱玉娟觉着，母亲的话太过离弦走板！她搞不清，如此尖刻的话语，究竟是母亲慨乎言之的不平之声，还是昏沉中的梦呓之音。思之再三，她终于忍不住抱怨道："妈，你这说的是什么话？"

钱老奶仍然自说自话，缺牙而微微张着的嘴，看上去就像一个干瘪得谁也不稀罕的荷包。

钱玉娟只好用哲学家的态度对待母亲的喋喋不休，也就是说，她把母亲上不了台面的话当作耳边风。

钱玉娟是钱老奶暖在心窝、托在掌心长大的。而今呢，女儿对一个异姓人家的孩子金虎关爱备至，在钱老奶看来，不啻是对她慈爱的背叛，是对属于她的情感的侵犯。还有，从老家带来的痛苦和寂寞的余绪，此时在她的头脑里变成了自私、变成了冷漠、变成了刻薄。刚来女儿家时，她时常伤心地默默地注视着金虎，就像一个辛劳一生忽然破了产的人，在一个月色朦胧的夜晚，隔着玻璃窗，眼睁睁地看到别人在自己的旧宅里吃喝玩乐。其时，她的眼睛里有股控诉，似乎是对一种巨大的背信弃义的控诉。

钱老奶那句"有深度"的话，金虎在隔壁房间里听得清清楚楚。其实，在此之前，钱老奶已经不止一次称他为"小老太爷"了。这种有辱人格的怪异称呼，像一把把利剑刺在他的心窝上，深深地植根于他的心头，就像在黄花闺女的记忆中，刻下了兜售脂粉的老婆子的丑恶面目。

金虎——这个早熟得令人惊讶的初中生，早就觉着，钱老奶既可怜又可恶——真乃"可怜之人必有可恶之处"。这个看法有一定的道理，"旧说相沿"亦能切中"浮世薄俗"。他认为，先贤和先辈们在这个老妇人心目中播下的与他人等量的金粉，由于她不懂珍惜，已经被社会这个巨大的碾压机碾压、扬弃殆尽；留存在她心灵深处的，只有一摊乏善可陈的废铜烂铁。

金虎不亚于门萨协会成员的高智商（智力商数一般都在 140 以上），以至于让主人对钱老奶做出了过火的评判。

一天傍晚，钱老奶在沙发上盘腿坐着，手掌托着额角，两眼盯着墙壁，浑浊的眼珠一动不动，仿佛哲学家在整理胸中哲思。

老人家终于忍不住了，气呼呼地对刚刚忙完家务的钱玉娟说："谁家的孩子谁抱着，这是古理。姓金的孩子，怎么会住到你家来？"老人家整张脸往下垮，说话声像枯树丫杈上的蛛网一般破旧，仿佛还荡起一股扑脸的干粉。

难怪有人说，女人都是天生的政治家。单从钱老奶的思维方式和出言吐语看，如果年龄没有“过线”，做个县委书记乃至市委书记绰有余裕。想当年，不少地方在控制三人以上的上访时，上级在有关文件里的要求是属地负责。上级领导对这种做法有一个形象的比喻，这个比喻就是“谁家的孩子谁抱着”。你瞧，能够下发文件的领导，竟然拾了钱老奶的牙慧。其实质就是，钱老奶成了领导们的精神偶像和文化高标。

钱玉娟不知如何作答。她曾经尝试着把母亲和金虎像白菜和山羊一样，两头都顾着。可钱老奶总是不能接受既成现实，就像托尔斯泰笔下的公爵夫人，不能接受有朝一日实弹手枪将成为五岁孩子的日常玩具这种说法一样。现实的一切，必须经由她所积累的生活经验折射出来，她才认为是现实的。

自打金虎从乡下进城上幼儿园后，多年来，周建林、钱玉娟夫妇对他视如己出，在生活上、学习上给予无微不至的关心和照顾。随着时间的推移，金虎已经全身心地融入这个家，全然没有“独在异乡为异客”的孤独感。正因为如此，他在受到钱老奶的讥刺、排斥时，宁可忍辱含垢，也不愿离开这个曾经给他以温暖和安全感的家。

然而，人的忍耐是有限度的。古罗马的恺撒大帝能容忍自己的妻子与别人通奸，韩信能忍受胯下之辱，关羽能忍受刮骨疗伤之痛，那是因为他们是杰出的政治家和军事统帅，胸怀天下，对自己的未来有极强的自信；常人，特别是一个十多岁的孩子是很难做到的。

按理说，这种令人不愉快的事情是在牧羊人之间进行的，而不是羊群本身的事情，金虎完全可以不管不顾，安之若素，让他们去争、让他们去斗。然而，金虎就是金虎，他不这么想。他觉着，钱老奶入住周家后，他远不如被关在啤酒厂谷仓里的一头猪。

“良禽择枝而栖。”他打定主意，择日另觅住所。

第二十二章

星期天上午，金虎乘公交车来到宁海县报社，几经周折，好不容易才找到在办公室里加班的姐姐金凤。

“小弟！”金凤又惊又喜，“你怎么来了？”

“我……”金虎欲言又止，好像遇到险情的火车突然刹车。

做姐姐的觉着情况不妙。依据她对弟弟的了解，姐弟俩久别重逢，这会儿弟弟应该吊在她的脖颈上撒娇才是。

“金虎，有什么事吗？”金凤母亲一般抚摸着弟弟的肩头。她觉着，弟弟为了求学，过早地离开了母亲的怀抱，缺失的母爱应该由她这个做姐姐的给以补偿。

金虎细说了钱老奶来到周家之后，自己的艰难处境。他明知姐姐听了这番话心里一定很难受，但又不得不说。

果然，听了弟弟的话，金凤一时无语。她怎么也没想到，一个十多岁的孩子，竟然像先辈们那样居无定所，以至于要“走西口，闯关东”。

“小弟，”金凤以手当梳子，轻轻梳理着弟弟粗硬凌乱的头发，“等两天，你来这里和姐姐一块儿住吧！”

金虎迟疑着，没有作声。他知道，这是姐姐唯一的办法。但是，即便采取这个办法，也还有一定的困难。这是因为，姐姐势必要费尽口舌，征得报社领导同意才行。

“别担心！你来这里住，没有一点儿难处！”金凤从弟弟偷偷地朝她一瞥的眼神里，发现他在观察她，于是连忙故作轻松地说。

“好啊，那我就回去了！”他拂去姐姐膀弯上的一个草节，轻声说。

“别急，吃了午饭再走！”

“我要回去做作业，不在这儿吃午饭！”

听了弟弟的话，金凤不再挽留了。她觉着，对她及她的家庭而言，没有什么比弟弟的学习更为重要的事情了。当年，作为一个名闻全校的优等生，为了弟弟的未来，她毅然决然地中止了自己的学业，进城陪读；自己以处女之身，与周新龙的一夜情；为了省下医疗费以便缴纳名目繁多的学杂费，妈妈砍去被毒蛇咬伤的小拇指……凡此种种，不都是为了给弟弟一个良好的学习环境，让他好好学习吗？

“好吧！”金凤站起身，掉转脸把摊在办公桌上的东西归拢了一下，“姐送送你！”

言毕，她转脸一看，弟弟正站在门外等着她。

她随手带上门，一股淡淡的霉味呛得她一连打了几个喷嚏。

“姐，你是不是感冒了？”金虎走到金凤身边问。

“没有！没有！”金凤伸手拍拍弟弟的肩膀，“我也不是楼上小姐，哪会这么娇贵？”

姐弟俩出了报社大门，一前一后，沿着一条绿树掩映的人行道向南走。阳光透过枝繁叶茂的树冠，洒下花花搭搭、摇摇闪闪的碎影，有一股咸中带甜的味道。

快到公交车站牌时，姐弟俩看到惊人的一幕：城南公园的露天舞场里，一个又矮又胖的“老来俏”，正搂着一位年轻貌美、衣着时髦的女子跳“四步”。老来俏的发式是月亮升起型——中间秃得放光，看上去像一轮柠檬黄的满月跃出海面，转圈儿又像护栏一样的头发围绕着。往少里说，他也要比时髦女子老出一个父亲的年龄来。但他年既老而不衰，身手敏捷地搂住舞伴的细腰，进步退步，转弯转圈，轻车熟路，从心所欲。

金凤紧走几步，赶上了走在前面的弟弟。她压低嗓门，告诉似乎正在为眼前这一幕寻求答案的弟弟，秃顶老头是报社牛总编，年轻女子是牛总编的第三个老婆。

“姐，我弄不懂，他干吗要像换衣服似的，换这么多的老婆？”金虎指着秃顶老头，粗声大气地问。

“小声点！”金凤生怕顶头上司听见，凑近弟弟的耳根说，“弄不懂就算了，你干吗要管这些乱七八糟的事儿？”她模仿弟弟说“干吗”两字时的模样和腔调，逗得弟弟捂着嘴笑。

金凤曾听水主任说，牛总编像卡夫卡一样，有过多段情史；但每一段都不像卡夫卡那么刻骨铭心，那么凄美。

姐弟俩边走边谈，不知不觉来到公交车站。

不一会儿，一辆周身打满广告的公交车缓缓驶来。弟弟上车后，她站在车厢右侧的窗口，关照这关照那，好似慈母在叮嘱即将远行的游子。

公交车离去后，她又目送了好一会儿，这才转身往回走。

到了报社大门口，只见老保安仍旧纹丝不动地坐在藤椅上，好像生怕藤椅被别人抢走似的。

见金凤来了，他仰面朝天，两手上举，一边伸懒腰一边口齿不清地对侧身站在他身旁的姑娘说：“周小姐，你要找的人……回来了！”

老保安的话音刚落，金凤觉着眼前一亮，定睛一看，原来是青春靓丽的周倩倩！那个瞬间，她的心情像用慢镜头拍摄的花朵画面，一瓣挤着一瓣地绽放。

金凤到报社上班后，周倩倩成了这里的常客，保安人员没有不认识她的。想当年，周倩倩第一次来报社时，曾被眼前这位老保安拦住，问了三个哲学上的终极问题：“你是谁？”“你从哪里来？”“你要到哪里去？”

其实，她那会儿即便回答不上，老保安也不会赶她走。因为天下的难事，莫过于对一个美女下哀的美敦书。

“倩倩姐！什么风把你吹来了？”她喜不自胜地迎上前去，紧紧地握着对方的右手，说话声像静夜里的一颗流星，绚烂而又急促。

周倩倩喜笑颜开，热情地回握对方，“我来这儿开会，顺道看看你！”

老保安打趣道："瞧你们俩！比恋人见面还热乎哩！"

金凤笑着说："恋人哪能比得上友人！"

也许是由于"喜不择言"，这话经受不起推敲，只能做戏剧里的台词，因为它不符合人的天性，不符合事物的本来面目。当然喽，她口出此言的另一种可能就是，她还没有经受过轰轰烈烈的恋爱烈火的历练，没有进入爱情的堂奥；她与周新龙的拍拖，只是一碗温吞水，刚刚涉足爱情。别说烈火，那儿连亮亮眼的火星子都还没有呢！

浓荫匝地的甬道上，她和周倩倩并肩朝办公室方向走去。

说着说着，两人进了办公室。

按照主人的指点，周倩倩在办公桌前坐下。

办公桌木质极好，做工考究，式样既新潮，又有对老式家具在制作细节方面的退让，带着一副公堂的威严气派。但因年深日久，光泽已很柔顺，好似一方温润的和田。这就如同一个快要"拔牙"（退休）的官员，已经不再像年轻气盛时那么踌躇满志、咄咄逼人。

周倩倩转脸看看墙上的日历，在确信自己的记忆没错后，好奇地问："今天不是礼拜天吗？你咋还上班？"

金凤好像做了什么错事似的，搓着两手回答说："有两篇稿子急等要见报，我得抓紧看一看、改一改！"

"你简直像托尔斯泰笔下的那个德国钟表师，为了给钟表上发条，自己一辈子都上足发条了！"周倩倩以姐姐的口吻提醒道，"这么拼命可不行啊！我国文化上的一个哲学高标是'不疾而速'，它是医治当下日常生活'快节奏'的特效良药。古人深谙此道，杜甫在兵荒马乱之中，仍然不疾不徐，闲适自得，'水流心不竞，云在意俱迟'……"

金凤笑着解释道："我最近确实忙，不过远没有你想的那么严重！"

"哥白尼说得好：'每一个不曾起舞的日子，都是对生命的浪费！'"周倩倩觉着尚未尽兴，便又友善地数落道，"可是你呢，恐怕直到现在，肖邦的一分钟圆舞曲还没听过，更不用说开头那三十秒钟的乐曲……"

"好啊！从明天起，我就开始补课——学跳舞！"金凤颇为俏皮地说。

她记得，“起舞”那句话是德国哲学家尼采说的，但她又不好意思当面纠正。

“学跳舞？好啊！”周倩倩兴致未减，高兴得在女友肩头轻拍一巴掌。

金凤随口答道：“是啊！什么伦巴、桑巴、恰恰、斗牛、牛仔、探戈、快步、华尔兹，我都要尝一尝、试一试！争做中国的舞蹈皇后！”

周倩倩顺着对方的思路煽风点火：“早就应该这么着了！美国人及欧洲人，十分重视休闲聊天、度假旅游、文化娱乐等非物质生活，因为它们与生活质量密切相关。较之美国和欧洲各国，我们中国的文化传统更为悠久。我们有《诗经》，有《论语》，有围棋，有美食，有武术……可惜的是，游戏的心态和健康休闲的习惯，在大多数人的行为层面上中断了。看样子，我们面临着一个怎样学会休闲和消遣的重大课题！”

听了这番引经据典的话，金凤感到蛮有道理，心境跟着好多了。于是，她赞同地点点头：“我也这么想呢！”

言毕，她从竹篮里拿了一个苹果。周倩倩见了，连忙按住她的手：“苹果我可不敢吃！”

“为什么？”

“《圣经》上说，亚当 1 月 13 日吃了苹果，11 月 30 日就被赶出伊甸园……”

“亚当是上帝用泥捏的大男人，你是娇艳欲滴的美小姐，他怎么能跟你相比！”金凤一边说，一边顺手拿来水果刀，准备削苹果，“有本小姐在，没人胆敢把你赶出伊甸园！——哎，你有‘伊甸园’了吗？”

“没有！没有！”周倩倩连忙回答，就像担心说迟了会出事儿似的。接着，她说了实情：不吃苹果是因为牙疼。

了解实情后，金凤泡了两杯茶，人各一杯。这茶叶每片长约半寸，色泽光亮，形同雀舌。待用沸水冲泡后，先浮后沉，一会儿像水里的游鱼四处乱窜，一会儿像空中的小鸟上下翻飞。少顷，只见热气顺着杯子的内壁打转儿，转了一圈后便折向杯子中间，直线向上；升高尺许，又慢悠悠地转了一个圈儿，渐渐散成一缕热气飘散开来，顿时满屋清香。

“这是什么茶叶？”周倩倩擎着茶杯，目不转睛地望着在杯子里上下翻转的茶叶。那专注、认真的神情，就像旧式文人读诗词时那样，心向之，目注之。

“黄山毛峰。”金凤尽量用平缓的语气回答。因为用在自己看来颇上档次的茶叶待客，她有一种难以抑制的自豪感，就像一个二八年华的少女，协同品貌出众的情侣出席盛况空前、灯红酒绿的晚宴。

“黄山毛峰？”周倩倩呷了一口茶水，若有所思地闷在舌尖上品尝一会儿，“不错！几天前，我在一位同事家喝的也是黄山毛峰，他还给我讲了一个有关黄山毛峰的传说。”

“什么传说？可以讲给我听听吗？”

“当然可以！”

接着，周倩倩把有关黄山毛峰的传说，从头到尾、绘声绘色地讲了一遍。

“真遗憾！”金凤听罢若有所失，“如果有黄山泉水冲泡，我俩今天不是也能看到‘白莲奇景’了吗？”

“遗憾？这可是一件好事！”周倩倩接口说，“遗憾可以彰显出悲壮之美。有了遗憾，才有可供回忆的片段，才有令我们一生永远无法忘怀的东西。试想，如果梁山伯与祝英台真的走到了一起，朝朝暮暮，白头偕老，他俩的爱情故事，怎能有千古绝唱的凄婉？”

“倩倩姐，”金凤笑着打趣道，“听了这番话，我感到你做三个诗人都绰绰有余！”

周倩倩接着对方的话茬儿说：“不过，要是靠写诗吃饭，出头之前，我先得饿死六次！”

金凤笑道，瞧你说得！

周倩倩意犹未尽，接着又讲了一个与“遗憾”有关的故事。她说，清代康熙年间，著名文学家金圣叹因“哭庙案”而受牵连，被判死刑。受刑前，他对刽子手说，我有一封家书，请转交家人。刽子手行刑后不敢隐瞒，将信交给了监斩官。那监斩官疑心金圣叹在信中谩骂朝廷，拆开查阅，只见信上写着：“字付大儿看：盐菜与黄豆同吃，大有胡桃滋味。此法一传，我无遗憾矣！”监斩官讨了个没趣，自嘲地说：“没想到，金先生临死还这么捉弄人！”

金凤听罢，说依我看，这不是遗憾，而是一个幽默，一个冷幽默。

周倩倩赞同地点点头说，这是金圣叹殒命前投向朝廷的匕首！

金凤情不自禁地赞赏说，还真看不出，你可是个故事大王！

“故事大王？这顶帽子我领受不起！”周倩倩摆摆手，接着说，“故事大王都是做领导的料子。为什么百年企业难有，而千年寺庙常在？为什么宗教可以千年传承，生生不息？答案就是故事性。大多数人都不喜欢听别人讲道理，而喜欢听故事。领导者深谙此道，所以他们都想方设法把自己打造成讲故事的高手……”

“你越说我越认定你是故事大王！”金凤笑道，“有朝一日，你当上某个单位的头头，开会时，你在主席台上正襟危坐，黑发锃亮，印堂放光，英姿飒爽，气宇轩昂……到那时，我就到你的旗下混饭吃！”

“好啊，那你就耐着性子等，只要你不怕红颜变白首！”周倩倩拍拍身旁的凳子，示意对方坐到自己身旁，好似在预演“领导关心下属”的做派，“不过，你还没有把我未来的人生蓝图描绘齐全。乌纱压顶后，我不仅要多多开会，还要多多外出视察。视察途中，前有警车开道，后有护卫车断后，中间有随从车陪同，一行队伍，浩浩荡荡，气壮山河……”

金凤微微一笑，表示“闹”到这儿可以告一段落了。接着，她转身拿来一块抹布，一边抹桌子一边掉转话题问：“近来忙吧？”

周倩倩点点头说：“还可以！”

“你也得劳逸结合啊！”金凤关切地说。

周倩倩点点头，然后话题一转：“我听老保安说，刚才你送一个男娃去公交车站，那男娃是不是金虎？”

“是呀！”金凤一边应答，一边把自己的座椅朝周倩倩的身边挪了挪。椅腿着地的声音像麻雀撞到玻璃上又飞走似的，既悦耳又惊心。

周倩倩说：“我听我妈说，我外婆对你弟弟有失长者之风……”

金凤若无其事地说：“小事一桩！”

“这可绝不是小事！”周倩倩连连摆手说，“这事儿让我爸我妈伤透了脑筋！他们知道，外婆比较听得进我的话，几次打电话叫我回来……果然不错，来你这儿之前，我和外婆谈了好久。她当场再三向我表示，从今往后，她一定会善待金虎！”

“谢谢你！谢谢叔叔、阿姨！”金凤连声道谢。

“我俩谁跟谁？”周倩倩两臂前伸，掌心向上摆试摆试，“用不着说客气话嘛！”

金凤正要说话，周倩倩端起水杯喝了一口茶，拢拢头发掉转话题问：“最近，你和我哥有联系吗？”

这是一个既容易又很难回答的问题。自从那次与周新龙“一夜情”之后，金凤时常后悔得痛不欲生。她恨自己太幼稚、太单纯、太没有自制力。而周新龙呢，则像一只馋嘴猫，每逢周末便回家，总想重温旧梦。为了摆脱他的纠缠，她找了个借口“离家出走”，住进报社宿舍。此后，周新龙又多次到报社，每次都因受到冷遇扫兴而归。然而，凡此种种，怎能对周倩倩说呢？周新龙可是她心目中的好哥哥啊！

想到这些，金凤随口敷衍道：“联系不太多。”

“这样倒好！——我哥那个人，太不像话！”周倩倩面露怒容，仿佛“太不像话”的哥哥正站在她面前。

“他怎么了？”金凤问。

周倩倩把水杯晃了晃，待茶叶快要沉到杯底时，撮着嘴唇抿了一口茶水，这才根根节节地说起来。

原来，周新龙大学毕业走上工作岗位不久，在可见范围内，想把他一口吞掉的靓妹成群结队，可是没有一个有幸能入他的法眼。时隔不久，他却和本单位一把手家相貌丑陋、俗不可耐的女儿打得火热。为了成为乘龙快婿，以便捞个一官半职，他像一只大蜘蛛，朝一把手父女吐出千丝万缕——卑躬屈节、低声下气、小恩小惠、阿谀奉承——试图把他们缠绕住。可是，尽管他费尽心机，狗扯羊皮地与领导的女儿拍拖了一阵子，最终还是因为门户不当，双方成为胡萝卜和大头菜，各自被端上了人生的不同餐桌。换成别人，脸皮早就掉到地上了，可他就是不怕跌份子。此后，他不得已而求其次，又黏上了二把手的女儿。二把手的女儿叫纪妮娜，已经有了一个三岁的女儿，刚刚离异，今年三十有五，两人在一起，不知内情的人都以为是母子俩。人们时常三五成群地在私下里议论说：周新龙不是想和人结婚，而是想和权结婚。不仅如此，他在和二把手女儿“交火”的同时，还左手云右手雨，依红偎翠，拈花惹草。至于传统的“愿得一人心，白首不相离”的爱情观，早就被他弃之如敝屣！

金凤朝女友身边靠近一些，深长地叹息一声，拢拢头发问：“那你怎么不提醒提醒他？”

周倩倩用右手背拍打着左掌心，锁着眉头，用一种恨铁不成钢的语调说：“怎么没提醒呢？可是，每次不等我把话说完，他便把眉毛一立眼一翻，说黄毛丫头，你快别听张三李四胡咧咧，你哥是那样的人吗？”

金凤追问一句：“你会不会冤枉他？”

周倩倩鼻孔翕张，微微一笑：“哪能呢？直到现在，他和二把手的女儿还黏糊着呢！”

停了一会儿，她又说：“可在我面前，他总是装出一副道貌岸然、正人君子的样子，甚至摆出一副独得天下真理的架势，‘教育’我要正确对待婚恋问题……”

金凤目不转睛地等待着下文。

周倩倩越说越激动：“我觉得，他很像列夫·托尔斯泰笔下的德米特里奇，在重大事情上，一半才能用来自欺欺人，另外一半用来为这种欺骗进行辩护！”

金凤的心突地跳了一下，像一个被脚尖踢起的小石子，往上跃了一下就落下了。想当初，自己既有陀思妥耶夫斯基《白夜》中的纳丝曲佳对爱情那样的痴迷，也有屠格涅夫《贵族之家》中的丽莎对爱情那种深沉的义务感。想不到，如今，这一切看来都将付之东流。

她十分痛心而又真切地感受到，爱情是多么乌托邦，多么与生活相反！

周倩倩见对方的表情里有一种沧桑而又孤绝的成分，连忙安慰道：“西方有句谚语，‘女人要吻过很多只青蛙，才能吻到王子’。你就把我哥当作第一只青蛙吧！”

“这个道理我懂。婚姻是女人的第二次投胎，可不光是成家过日子，连古代皇帝立后选妃，还得前思后想、权衡利弊呢！”金凤知道，一个女人，即便艳压群芳冰雪聪明，在婚姻问题上也未必能稳操胜券。从某种意义上说，女人嫁人就是嫁给一种命运。

“对！女人不比男人，女人没有第二春，女人一辈子就是一锤子的买卖！”周倩倩十分赞同地点点头，“金凤，别傻了，人生就像一场舞会，最初教你跳舞的人，怎么可能陪你跳到散场？赶紧趁大好年华，另找一个男朋友吧！”

“话是这么说，可是……”金凤思想斗争很激烈，不知怎么说才好。

她俩对婚姻问题的见解，可谓鞭辟入里，并被无数血淋淋的事例所证实。不是吗？明末清初女诗人、秦淮八艳“大姐大”柳如是，那么才艺盖世、风华绝代，并且也曾像红拂女那样，大胆地追求真爱，用情之深，不必读蓼莪之章，足可令人感泣不能自已者焉。国学大师、历史学家、诗人陈寅恪对她评价极高，并不惮辛苦，钩深索隐，前后花费十年时间，写就长达八十万言的《柳如是别传》。按理说，像她这样一个美艳绝代、才气过人，足以让现代的新新人类女郎都自叹弗如的女子，应该斩获另类风景，有一个好的归属。可是到头来，还不是一仍其旧，因“嫁错郎”未得善终！

为了缓和一下气氛，周倩倩笑着打趣道：“金凤，如果真的有那么一天，要和我哥分手时，你会不会像古时高楼上的女子，倚遍栏干，天涯望断，为着心中相思的男子？”

金凤抬起右手，把一绺头发拢向耳后，微微一笑：“宋朝人唐子西在《唐子西文录》里记载一句话：‘天不生仲尼，万古如长夜。’叔叔阿姨不生你，我的爱情之路也将一片黑暗！……这下子你就放心吧，我绝不会上高楼、倚栏干，更不会把脖子引断、把秋水望穿！”

周倩倩有点搞不清，对方脱口而出的话，究竟是发自灵魂深处的心曲呢，还是出于应激反应中的谐谑之语？

金凤悄声问周倩倩："周叔叔和钱阿姨知道你哥的情况吗？"

周倩倩摇摇头说："我怕他们承受不了，没有勇气告诉他们！——你是晓得的，我哥是他们的心头肉。"

"藏着掖着也不是个事儿！"金凤朝周倩倩舒过脸来，"依我看，你得尽早把实情告诉他们！"

"我也这么想呢！"周倩倩点点头，"不过，我不敢设想，他们一旦知道自己的'心头肉'已经哈喇变味，会痛苦到什么程度！"

金凤迟疑片刻，没有作声，目光游移不定。她对外界的这种反应模式，以往很少见。

"依我看哪，金虎还住在我家吧，"周倩倩再申前悃，"我已经做好了外婆的思想工作！"

"你就不要强人所难了！"金凤摇摇头，"我认为，要想叫你外婆从感情上接纳我弟弟，或者相反，叫我弟弟从感情上接纳你外婆，几乎是不可能的！这倒不是说，这一老一小如何不好，如何'顽固'，而是由代沟造成的。因为一代人有一代人的社会环境、生活习惯和思维方式，看待事物和处理问题的方式、方法会迥然不同，从而导致矛盾和冲突。其实，他们自己也很不幸——老与少，生活在世界的两端，各有各的苦恼，各有各的孤独……"说到这里，她端起水杯呷了一口，再一次强调自己对"代沟"的看法："代沟问题由来已久，不知困惑、困扰着多少老人。宋代词人朱敦儒，晚年就曾慨叹自己'难与儿童谈旧事，夜攀庭树数星辰'……"

"金凤，你就放心吧！"周倩倩听罢忍不住笑起来，"我家庭院里压根儿没有树；退一步说，即便有树，我外婆老胳膊老腿的，哪怕她一心想'攀'也'攀'不上去！更不用说像唐代大诗人杜甫那样身手敏捷，'一日上树能千回'！"

对此，金凤有点儿想不通。她说："宋朝以前，文人的身体没有被学问所掩，或曰没有被学问所累、所损，这是事实。比如，晋代的陶渊明年老辞官回家后，还时常'晨兴理荒秽，带月荷锄归'；南北朝时的傅修期'上马能击贼，下马作露布'。杜甫作为唐代文人，'上树'固然不足为奇，但是

‘一日上树能千回’，未免太过夸张了吧？要知道，他不是浪漫主义诗人李白，而是现实主义诗人杜甫啊！”

周倩倩凝神想了一会儿，两手交叉按在膝盖上，以商讨的口气说：“对于这个问题，我是这样想的，不知对不对。说某人是浪漫主义还是现实主义诗人，这是就他创作的总体情况、全部作品而言的；不能用这个标准去观照他的每一首具体的诗。也就是说，浪漫主义诗人偶尔也可能写出现实主义的诗篇，现实主义诗人偶尔也可能写出浪漫主义诗篇……”

“哎呀，对！对！”金凤恍然大悟，“你刚才所言，几如金科铁案，令人信服。我怎么就没朝这方面想呢？……看样子，关键时候，还是离不开你这个‘小大姐’！”由于两人同年，周倩倩只大两个月，金凤便难得地幽了一默。

“我现在需要的不是高帽，而是需要和你谈一谈你先前所说的‘代沟’问题。”周倩倩微笑着在金凤的肩头拍了一下，接着拢拢头发正色道：“金凤，在‘代沟’这个问题上，我的看法和你不一样！我认为，再复杂的事物、再无共同之处的人，也有可能配合得非常完美。比方说，凸凹不平的核桃仁，比人的大脑皮层的纹路还复杂；却自有核桃壳，凹其所凸，凸其所凹，与它配合得天衣无缝……”

金凤听罢笑了：“我担心你的‘核桃论’行不通！”

“你先别过早下结论，我们不妨试试瞧！”周倩倩面露激动的神色，“我回去后再做做外婆的思想工作，直到她心甘情愿为止……”

“行啊！行啊！”金凤感激之情溢于言表。

这两位女友，自打结识以来，友情与日俱增。时至今日，她们觉着，这座友谊的桥梁，让自己走进了一个崭新的世界。这是一个崇高而又美丽的世界，从它的高处既可观察往事，又可正视现在，展望未来。

第二十三章

解放初期，周总理看到胞弟周恩寿一家人的住房太逼仄，由此联想到劳苦大众的住房困难，曾经发誓说："巴金写了长篇小说《家》，等我退休后，我要写一篇小说《房》。"可见开国总理对住房问题何等重视。

弟弟要"搬家"到报社宿舍，金凤首先考虑的也是住房问题。

她知道，单靠挪桌椅、抛杂物，很难从蜗居中"拿下"另放一张板床的空间。思之再三，她决定拆除走廊与卧室之间的隔墙，将走廊和卧室连成一体。正如拆除了柏林墙之后，东柏林和西柏林便连成一体一样。

她在做出这一决定之前，也曾想到过自己在必要时"重返周家"的承诺；但一想起周新龙的为人，她又感到"不能走那条路"。

主意既定，她开始想办法联系泥瓦工。为此，星期天一大早，她便到县城"牛皮癣"（小广告）最多的龙窝巷，查找泥瓦工的联系电话。到了那里一看，好家伙，小巷二面的墙上，挨挨挤挤地打满了各式各样的广告，让人目不暇接、眼花缭乱。逐一细看时，大多是"办证""专修下水道""专业打孔""专治性病"之类的广告，有关房屋维修的，看了好长时间，一个也没看到。她不甘心无功而返，耐着性子继续往下看。她边看边想，替别人"办证"的，十有八九办的是假证，其中不乏假身份证、假毕业证，诸如此类的假证，不知给社会带来多大的危害！而这些以办假证为职业的人，肆无忌惮，还时不时地把小广告"打"在要道口的路面上。如果公安人员按照小广告上标示的电话号码顺藤摸瓜，岂不是一逮一个准？

她正看得头晕、想得入神时，弟弟金虎从身后拍拍她的腰眼说：“姐，你看这玩意儿干啥？”

她说明来意后，弟弟不以为然地说：“哪里用得着请泥瓦匠？有我就行了！”

金凤笑了：“墙可不是纸糊的！你别逞能！”

“姐，你信不过我？”金虎撩起衣襟，咚咚咚地拍着凸起的胸大肌。

尽管如此，金凤仍旧不忍心让弟弟干这么重的活。她迂回道：“‘没有金刚钻，不揽细瓷活’，你总不能用拳头把墙砸碎吧？”

“姐，你别想这想那的！要‘拿’的，不就是那一尺长的墙吗？”他一边说一边双手侧平举，做了一个“尺”的手势。让人始料不及的是，一位骑电动车且载着一个小男孩的年轻妇女，被他的手臂挡住了去路，连人带车轰隆一下倒在地上！

金凤大惊失色，连忙把跌得头破血流的年轻妇女拉起来。而此时，被跌得“倒憋气”的小男孩尚未哭出声来。年轻妇女紧张得大气不敢出，鲜血流到嘴角边，也顾不上擦拭。她把小男孩托在臂弯里，一边轻轻地拍着他的后背，一边细声细气“乖乖、儿子”地呼唤。直到小男孩像刚出生时那么嘹亮而又抒情地哭出声，她才回过神来。

“大姐，抓紧时间，我们快点儿去医院吧！”金凤没等年轻妇女开口，连忙叫来一辆马自达，接着又掉转脸对吓呆了的金虎说，“小弟，我们快送这母子俩去医院！”

到了医院急诊室，几位医生像农人抢收抢种似的，兵分两路给受伤的母子俩做了检查。年轻妇女是外伤，并无大碍，医生给她清创、包扎之后，又开了一些消炎药，便告一段落。小男孩呢，医生认为也没啥问题；但年轻妇女坚持己见，要金凤给她宝贝儿子的头部和胸部做磁共振检查。金凤知道，做这种检查费用很可观，但对方既然提出这个要求，花钱再多也得应允。

万幸的是，检查结果，小男孩一切正常。

金凤主动提出，赔偿年轻妇女的误工费和小男孩的营养费，合计三百元。年轻妇女听罢连连摆手：“算了，这个钱我不要！”言毕，她好像在一瞬间受到此类事件的启发，神情严肃地说：“但是有一条，往后，我家孩子的身体要是出现异常，我还得找你！”

在回报社宿舍的路上，金虎闷闷不乐地跟在姐姐身后。走了老远，他终于忍不住地问：“姐，今天一共花了多少钱？”

“你问这干啥？”金凤停下脚步，掉转脸爱怜地看着弟弟，“财去人安乐——在家时，我们不是时常听到爸爸、妈妈说这句俗语吗？”

“都怪我！”金虎的眼眶里噙着泪水，像酒，饱含着热烈和孤寂。

“怪你？谁怪你了？你又不是故意的！”金凤替弟弟拭去流到嘴角边的泪水，“走，快点儿跟姐回去！”

“姐，我不跟你去了！”金虎突然改变主意，“我要回去做作业！”他那战战兢兢的样子，就像诗人普希金早期的短篇小说《驿站长》里的小人物维林。

金凤感到很诧异，仿佛看到老鼠吃猫、青蛙吞蛇：“你的作业还没做好？”

“还没呢！昨天同桌请我帮他家买煤球……”金虎点点头。其实，这是他的托词。早在昨天晚上，他已把作业做好了。他的托词，或曰谎言——尽管这是善意的谎言——像中国的史书一样逻辑严密，因果相连，无懈可击。

听到弟弟说作业尚未做好，金凤连忙催他快点儿回去；并再三叮嘱，做作业时不要把刚才发生的事情放在心上，以免出错。

当天下午，金虎不知打哪儿借了一把铁锤，独自来到姐姐所住的报社宿舍门前。

其时，姐姐已经外出。所好的是，他有门上的钥匙。开门后，他定定地看着那堵需要“拿”掉的墙，就像见了仇人似的，心想，都怪你害得我和姐姐不得安身！想到这里，他的目光好像嫌视野不够，竭力想找堡垒来攻克。于是，他按照“既定方针”，开始砸墙。他准备花费半天时间，彻底攻克这堵给姐弟俩带来祸害的“柏林墙”。谁知刚砸第一锤，由于用力过猛，锤子带着耀眼的火花反弹回来，顿时，他的脖子血流如注！

在这危急关头，外出有事的姐姐回来了。她一下子慌了神，同时也明白了是怎么回事。她没有抱怨弟弟，连忙把他带到医院。

那天是 4 月 1 日，好像是为了让他记住这个“受难日”，医生替他缝了 4 针，打了 1 针“破抗”。

晚上，皓月当空。透过枝叶繁茂的绿化树的空隙，可以看见银光灿烂的金星在西方闪耀着温柔的光辉；光耀夺目的大角星与之遥相呼应，在东方发出橘红色的光芒。

一只流浪猫抬头望了一眼，好像是对月伤怀，凄厉地叫了一声，掉转脸跑到河堤下去了。

金凤躺在床上，受着烦恼、痛苦的侵蚀，好比被老鹰啄食的普罗米修斯。她想，一个小小的“鸡窝”，就把姐弟俩弄得找不着北，连哭都哭不出调调来！不仅白白花了那么多钱，而且差点儿让弟弟毁容！

更有甚者，每每想起小男孩母亲提出的那一条警告，她便觉着自己像一个永远无法还清债务的人，随时随地都能遇到眼神里带着钩子的债主。

这绝非庸人自扰——拿破仑说过：“什么都说得出的人，结果什么都做得出。”

第二天上午，她向一位熟人打听，到哪儿能“找”到泥瓦匠。对方回答说，你到友谊大桥那儿看看瞧，那桥头附近常有手艺人扎堆招徕顾客。

友谊大桥地处闹市，素有“小香港”之称。

下午上班前，她骑着电动车向友谊大桥方向驶去。由于路上车辆、行人稀少，她的车速很快，不一会儿便来到友谊大桥的引桥。

抬眼看时，只见桥头附近坐着好多人，每人面前放着一个近乎直立的纸牌牌，好似开会时，有资格坐在主席台上的人面前放的人名牌。近前细看，那些纸牌上写的，都是标明工种或与工种有关的词语，例如，“家教”“钟点工”“保姆”“吊天花（板）”“木工”“油漆工”“泥瓦工”等，不一而足。他们当中，有不少人的口音和衣着打扮不同于本地人。其中有一位两手抱胸，大大咧咧的神情中蕴含着机敏和自信，甚至还有几分嘲讽，仿佛在说：你瞧瞧，凭我这手艺，居然被冷落在街头！这儿的人，咋就这么没眼力！

金凤来到一个年轻的泥瓦工面前，向他说明家中急需“拿墙”一事。对方大约觉着工程不大，油水太少，好长时间一言不发，既不问何时开工，也不说工钱多少。金凤看得出来，对方不想接手这活。在日常生活中，这种情况并不少见。比如说，微风吊扇坏了，你跑遍大街小巷的家电维修店，也不可能有哪一家给你修。这倒不是因为他们不会修，而是因为，一个崭新的微风吊扇售价才十多元，维修时往往要花费一两个小时，要是再需要更换零件，店主向你要十多元甚至二十元，不算多吧？问题是，你愿意干这样的傻事吗？反之，你如果只答应给三元五元，人家愿意给你修吗？

正当金凤准备离开时，一位五十开外的年长者来到现场。金凤一看便知，他和年轻的泥瓦匠有“工作关系”。年长者向金凤问明情况后，拍拍年轻泥瓦工的肩膀说：“大侄子，这回子你说啥也得听我的，咱俩只当帮这位姑娘一回忙，抓紧时间把她说的那堵墙‘拿’掉！”

年轻的泥瓦匠狡黠地一笑：“你已说出口的话，我就是吃了豹子胆，也不敢不听啊！”

就这样，金凤总算请来了两位泥瓦匠。交谈中，金凤得知，年长的叫孙长庚，年轻的叫孙如山，前者是后者的堂叔。

动工前，金凤曾先后三次询问年长的泥瓦匠，拆除卧室与走廊相连的隔墙，会不会带来安全隐患？

对方每一次都回答说：“不会的，不会的！”

其理由是：隔墙并非承重墙，且拆除后仍保留横梁，因而决不会造成安全隐患。

金凤吃了定心丸，便兀自忙其他事情去了。

事有凑巧，当天下午，两位泥瓦匠朝金凤宿舍西侧的污水塘里倾倒建筑垃圾时，刚好被县委宣传部牛部长（原任县报总编辑）以及随行的办公室主任魏廷照看到了。

因了巴结上司有功，县委宣传部褚部长病逝之后，经上级批准，由报社牛总编任代理部长。他走到这一步真的不容易，好似当年上海滩的杜月笙从高桥镇爬到十六铺，又从十六铺攀到黄公馆，再从黄公馆走到杜公馆。长期以来，对他这个正科级的县报总编而言，这个副处级的职位犹如一头怎么也骑不上去的烈马，但他一直目不转睛地盯着它，就像法国已经当上了议员的律师盯着大法官的长袍，意大利神甫盯着教皇的三重冕。他巴不得乘势而上，像拿破仑那样由炮兵中尉摇身一变当上皇帝。

由此可见，在“作秀”这方面，牛总编的火候还远不及《水浒》里的宋江。晁盖死后，宋江无论如何不肯继位，直到“无法推辞”，才“勉为其难”地答应。牛总编则迫不及待，如同少男少女谈情说爱时急吼吼地说出“我爱你”三个字一样。

这种假模假式抑或赤裸裸地对权力的觊觎和崇拜，不由得让人想起中国历史上的皇帝。为了让天下人成为自己的奴隶，皇帝自己首先成了权力的奴隶，以致大多享年不永。

看到有人朝污水塘里倾倒建筑垃圾，牛部长感到很惊讶，近前几步问年长的泥瓦匠孙长庚：“哎！这垃圾是打哪儿来的？”

孙长庚以为他是在指责他俩垃圾倒得不是地方，便说：“水塘迟早是要填平的，朝里面倒垃圾，不是鼻涕往嘴里淌，顺势（事）儿吗？”

陪在一旁的魏廷照见他答非所问，连忙把牛部长的问话复述一遍。复述时，他的脸上明明写着这样的意思：咋搞的，一把年纪的人，连这么简单的话也听不懂？

牛部长瞪他一眼，示意他免开尊口。

魏廷照顺从地谄笑着，暗自赞叹顶头上司瞪得及时，瞪得恰到好处，瞪得被瞪者心悦诚服。这不禁让人想起法国历史学家亚历桑德罗对于被奴役的命运浑然不觉者所作的评论：在笼子里出生的鸟认为，飞翔是一种病。

孙长庚憬然有悟，知道他是在讨好上司，心里十分恼火。他想，我也没在你手下刨食吃，你少来这一套！

想到这里，他瞪了魏廷照一眼，掉转脸拍拍孙如山的肩膀说：“走！耗在这里干啥？干活去！”

孙如山自然懂得他叔的意思，连忙答应：“好的，咱俩干活去！”

牛部长和魏廷照走后，一老一小两位泥瓦匠返回主人家，坐在屋子角落里的小方桌旁，各自喝了一杯凉茶，然后继续干活。这茶是女主人事先倒好，放在小方桌上晾着的。要说气氛与先前有什么不同的话，那就是，牛部长成了他俩的笑资谈屑。

年长的泥瓦匠用右手擤了一把鼻涕，抬起左脚抹在鞋后跟；左脚落地过程中，他将右手顺着左腿的内侧上移，意在把残留在几个手指上的鼻涕顺势抹在裤管上。也不知碰到了啥地方，这下子，他的灵感被激活了。

“如山，依你看，刚才那个胖子，有没有姘头？”他掉转脸，摸摸胡儿八杈的下巴颏儿，嘿嘿嘿地笑着问。

如山笑道：“叔，连你都有相好的，人家怎能……”

“你这个东西，快给我闭嘴！”年长的泥瓦匠笑着命令道。看他那样子，不像是要侄子“闭嘴”，而是希望侄子说出个米麦黄豆来，替他在刚刚回来的女主人金凤面前显摆显摆。

其实，爱显摆是人的本性、本能。小自单个的张三李四，大至一个民族，莫不如此。比如，华夏子孙一开口便说自己是“龙的传人”；然而，据考证，说华夏子孙是“羊的传人”更靠谱。试问，即便有朝一日人人知道事实真相，有谁愿意在外国人面前竖起大拇指说：“阿拉是羊的传人！”为什么会这样？还不是因为羊的形象猥琐、柔弱，而龙能翻江倒海、呼风唤雨！

平心而论，孙长庚是有资格“显摆”的。三年前，他们庄上的陈雨平死了，撂下结婚十多年不曾生育的季月花。有人说，这都怪陈雨平生前下的种不管用。也有人说，怪就怪在季月花那一亩三分地碱性大，不立苗。季月花虽然徐娘半老，但风韵犹存。她生就一双桃花眼，乌黑浓密的头发盘得高高的像座炮台。每当笑起来，荡漾在她眼里的妩媚便溢出眼窝，锥子一般直朝人心里钻。陈雨平去世那一年的秋收时节，孙如山的堂叔，也就是眼前这位年长的泥瓦匠，时常帮季月花搭把手。一来二去，两人的感情越来越深，心心相印，难舍难分，火花闪闪，以至到了干柴烈火加草木灰搅在一起不可收拾的地步。结果，水稻还未上场，两人便上了床。

如山像他堂叔所希望的那样，把他的“艳史”讲给女主人金凤听。金凤本来不想听，但又生怕败坏叔侄俩的兴致，便装作津津有味、越听越想听的样子，一边听一边笑。听完了，她向他俩打了个关照，外出买包子去了。

原来，这儿有一个约定俗成的规矩：请泥瓦匠等手艺人做工的人家不供饭，但早餐与午餐之间、午餐与晚餐之间必须给他们加餐。有些人家为了调动手艺人的积极性，每天还给他们每人一包香烟。

吃包子的当儿，年轻的泥瓦匠孙如山对金凤说：“刚才去倒垃圾时，有一个胖子拦住我们，盘问来盘问去……”

金凤问：“那人什么样子？”

孙如山的堂叔用左手的食指敲敲额头，一边回忆一边说：“那个人嘛，马脸，秃顶，走路不紧不慢，像是带着老婆遛弯儿。”

孙如山把一支没吸完的香烟踩在脚下碾灭，绘声绘色地补充道，我们那儿的俗语说：前秃是科学家，后秃是资本家，中间秃是阴谋家。我俩看到的那人，是中间秃。金小姐，你可得当心呀！

堂叔掉转脸对金凤说：“你瞧瞧，他看得还挺仔细的哩！”

孙如山昂起头：“那还用说！”

堂叔把如山的得意劲儿看在眼里，忍不住嘿嘿一笑：“小子，说你胖，你立马走路就扶墙！”

金凤看罢这场小闹剧，心想：不好，接下来有戏看了！

第二十四章

“卧薪尝胆，三千越甲可吞吴。”那一天，牛部长讨了个没趣，心里很不是滋味。为此，他决心以越王勾践为榜样，报仇雪耻。

时隔两天，他指派魏廷照明察暗访，把事情搞个水落石出。

魏廷照领命后，马不停蹄，风雨兼程。不数日，满载而归，当即根根节节地讲了事情的来龙去脉。

牛部长听罢，心想，好个金凤，这回我得让你喝一壶；要不，你一准不知道马王爷有三只眼！

其实，在这件事情上，金凤并没有和牛部长发生正面冲突；但正如年长的泥瓦匠所说，他和堂侄没在牛部长的手下刨食吃，后者奈何不了他俩。于是，他只得“聋子欺不了欺哑巴”，拿金凤当出气筒；更何况，这个“哑巴”同他有隙在先呢！

由于金凤在自己负责的文艺副刊《旗飞》上，发表“影射”县里“卖学校”，以及全县中、小学高收费、乱收费的文章，县委书记殷大东十分恼火。为了替上司分忧，牛某人曾经暗中指使三教九流的人，绞尽脑汁落井下石。现在看来，那些办法纯属小儿科。没想到，今儿个，金凤请来的泥瓦匠竟然撞到他的枪口上，双手呈上足以一剑封喉、整治金凤的材料！

一个礼拜六的早晨，金凤刚做好早饭，报社广告部副主任宗跃宽从县医院打来电话，说他母亲因了心脏病发作住院治疗，望她去服侍几天。

放下话筒，她疑心对方打错了电话。因为两人虽是同事，但平时交往很少，见了面，甚至连招呼也不打。再者，两家虽同住一幢楼，但并不在一个单元；不唯如此，两家还不在同一个楼层，她家住一楼，宗家住三楼。

稍停，她转而一想，两人交往虽然不多，但毕竟是同事；两家虽然不住同一单元、同一楼层，但毕竟是广义上的邻居。既然是同事和邻居，人家的母亲生病住院，自己为什么不能去服侍几天呢?

安顿好弟弟，她骑车朝医院方向疾驶。她平时骑车很少骑得这么快，因为她知道，自行车、电动车和汽车一样，“十次事故九次快”。

大约是因为城管部门的弦在紧绷一阵之后放松了，一路上，店主们争相占道经营，店外店比比皆是。店内店外，店主与顾客们讨价还价，有的温言细语，有的高声争论。买卖、买卖、买卖，生意、生意、生意，在这里看到、听到和读到的，就是这些。还有一家商店，当场捉住了店铺扒手，围观者势如潮涌。

快到十字路口时，由于一辆洒水车刚刚过去，街道上一片泥泞。此时，一位头发花白、举步蹒跚的老奶奶横穿马路时，脚下一滑，跌倒在地。就在这当口，一辆锃亮的宝马轿车疾驶而来。突然，前方的红灯亮了，它像一条游鱼被关在闸门之外，缓缓行进了几米远，刚好停在老奶奶的身旁。老奶奶像一个被严刑拷打的人刚刚苏醒，左手本能地搭在轿车上，挣扎着站起身来。谁知老人立身未稳，一个戴墨镜的长发青年打开车门走了下来。他转脸一看，这才发现，事情正像他所担心的那样，车身上留下了老奶奶的泥手印！愣怔良久，长发青年摘下墨镜，转过身来虎视眈眈地看着老奶奶。老奶奶觉着自己的身子骨在缩小，不由得后退了两步。长发青年怒不可遏地逼上前来，随着一声“真讨厌！”一下子将老奶奶推倒在地。长发青年的壮举，引来众多围观者。老奶奶在泥水地上痛苦地挣扎、呻吟。她那哀求的目光，在椭圆形的人墙上移动。围观人群中知道内情的告诉身边的人说：长发青年家住名校旁边，陪读的人一拨接一拨，他家靠出租房屋和开“陪读饭店”发家，每年收入都在一百万元以上……在围观者敬畏的目光中，长发青年上了车，砰的一声关上车门，扬长而去。恰在此时，一位与老奶奶素不相识的红脸汉子急急匆匆地赶来，朝长发青年离去的方向呸地啐了一口，骂了一句什么，然后背起老奶奶朝附近的一个诊所走去。

金凤原本不喜欢看热闹，尤其不喜欢看刚才这一类的热闹。但因当时围观的人太多，交通堵塞，她不看也得看。

县医院离报社不太远。交通恢复正常后，她很快便来到医院住院部大门前。进了大门后，只见东西走向的甬道两旁，病员们三三两两，或站或坐，有的在相互交谈，有的在独自踱步。还有一位拄着拐杖，一瘸一拐地行走，并微笑着同熟人打招呼，好像自己刚从战场上载誉归来。

见到这番情景，她不由得想起工愁善病的诺凡利斯。此公在他的《碎金集》里说，疾病是“教人学会休息的女教师”。如果此言不谬，这位“女教师”可真是堂庑阔大、桃李满天下啊！

进了心内科病房，她按照宗跃宽事先告知的病床号，推门而入。

这是一个单人病房，宽大、敞亮的房间里，电视、电话、空调、沙发、卫生间，一应俱全。刹那间，她对宗副主任产生一种敬畏乃至崇拜的感觉。去年，她母亲因病住院时，连十多个病人共住一室的“大通铺”都住不上，只能睡在走廊里的临时病床上。结果，直至出院，母女俩也不知病房门朝哪儿！

思来想去，她觉着，与宗副主任相比，自己枉为人子！

听到响动，正在给病人输液的年轻护士转脸看着她，刻意压低嗓门问：“你找谁？”

她回答说：“谁也不找，我是来服侍病人的！”

护士说：“那好，那好！病人的儿子有急事……”

护士临走时，凑近她的耳根说：“‘水’挂完了，请你及时拉响病人床头的呼叫铃！”

她点点头：“好，好！你放心去忙吧！”

护士走后，老人舒过脸来，声音嘶哑地问：“跃宽呢？”

金凤音量适度地回答说：“奶奶，他有急事要办，让我来接替他！”

老人用一声深长的叹息，作为对儿子擅离职守的评价。她的面部表情，显示出对于命运的屈服。

金凤替老人掖好被子。

老人似睡非睡，一言不发，恰如一个站在众愚之上、倦于生活的人呢！

金凤知道，心脏不好的病人，较之一般病人更需要安静，便也不再说话。

空气中弥漫着一种说不清道不明的气味。这种气味，没有来苏水那么刺鼻，没有液化气那么臭，没有米粥汤那么稠，没有雪茄烟雾那么辣。这种气味，是医院里特有的，正如每一个窃贼家里都有偷来的钱财的气味，官场有官场的气味，商界有商界的气味，学界有学界的气味。世界上的每一个男人和女人，也都有自己特有的气味。正因为“气味相投”，同性的人才成为朋友，异性的人才结为夫妇。

直到老人挂完两瓶水，宗副主任才回来。他身材高大，衣着朴素，看上去像个庄稼汉子。不过，只要认真思索一番人情世态就会懂得，较之油头粉面、衣着光鲜，不修边幅更容易掩饰城府。可是当我们圆滑到足以成为干练的外交家的时候，往往年事已高，这种人生经验已成明日黄花。

金凤欠欠身子，意在同他打招呼。

宗副主任就像压根儿没有看见她似的，很有力道地拍拍衣襟，绕过他母亲的病床，同她隔床而坐。

为了打破难堪的沉默，她微笑着明知故问：“宗主任，回来了？”

“回来了！”他的说话声像锈铁器敲着新铁器，尖锐里含着浑浊，如同是从鼻子里哼出来的，又腻又黏，跟鼻子的主产品具有同样的品性。

幸亏他长着长长的翠鸟鼻子，否则无法包容他那弯绕连绵的声音。

她想，这个宗副主任也真是的，怎能用这样的语气，同自己请来服侍病人的人说话呢？

就在这当儿，先前那位年轻护士脚步轻盈地走到病床旁边，一边用电子血压计给病人量血压，一边用眼角的余光看着宗副主任说：“你呀，你怎么到这会儿才回来，让这位姑娘一个人在这儿服侍病人！”

看样子，听口气，这位护士和宗副主任早就熟识了。

“她不服侍，谁服侍？”宗副主任的说话声像掺铅的伪币，重浊呆木。

金凤以为他是在“幽”她一“默”。这种没来由的幽默，让她感到很不舒服：母亲有病，别人来服侍，他竟然“戏说”成理所当然！

然而，金凤和宗副主任虽然不在同一科室，但从广义上讲，仍是宗副主任的下属。正因为如此，听不惯的话她也只好“姑妄听之”。

她这才隐隐约约地觉察到，世界上的道理可以像捏泥巴一样，捏成人们所需要的形状，就看由谁来捏了。

病人不合时宜地咳嗽起来。宗副主任皱着眉头，朝床头柜方向扬扬下巴。金凤自然懂得，他在示意她：病人要吐痰了，赶快拿面巾纸！

金凤拿了两张面巾纸让病人吐痰；稍后又另拿一张，替病人擦去嘴角上的黏痰。

快晌午时，她的手机响了。因为怕打扰病人，她起身来到廊檐下，按了接听键。电话是邻居秦阿姨打来的。对方在电话中说，你弟弟到外边溜达了一会儿，因为没有随身带着钥匙，回来时无法进门了！

接了电话，她心急如火，连忙返回病房，对宗副主任小声说了秦阿姨的电话内容。言犹未了，对方慢悠悠地转过脸来，拧着眉头说：“行啊，你回去吧，下午早一点儿来！”

她点点头：“好的！”

一路上，她闷闷不乐。心想，宗副主任究竟是怎么回事？他母亲有病住院，他只不过打了一个招呼，我便撇下弟弟，到医院服侍了整整一个上午。对此，他不仅没有说过一句表示感谢的话，还一直板着面孔，就像我借了他家白米还给他家黑豆似的！看他那个样子，似乎认为，我去服侍他母亲是理所当然的！我见过不讲理的，可没见过这么不讲理的！

到家后，她一边开门一边委婉地批评弟弟。进门后，到水池上洗洗手，便忙着做午饭。

由于来报社食宿前，她曾在周家和黄庄小学做过好长时间的“厨师”，积累了不少经验。与此同时，她认为，传统的、常规的厨艺有一定的常理，但不宜过于看重它，重要的是权变，而不是演绎既有的程式。正因为如此，煎、炒、蒸、煮、烩、焖、扒、熬，她行行都懂，样样皆精。如今做姐弟俩的饭、菜，可谓手拿把掐，毫不费力。

她为自己学会这种生存技能而感到十分欣慰。因为诺贝尔文学奖获得者、冰岛作家哈德尔·拉克斯内斯曾经这样慨叹：“世间的喧嚣聒噪终将停止，所有荣华富贵都如过眼云烟。当一切都结束后你会发现，人生最重要的东西就是咸鱼。”他所说的咸鱼，并非修辞学上的比喻，而是泛指吃饭问题。这位老兄与香港作家、美食家蔡澜所见略同。蔡澜被人问及人生观，想也没想，便说：“吃吃喝喝咯。”

只一会儿工夫，她便把午饭忙活得妥妥当当。

吃饭时，金虎问：“姐，你下午还去医院吗？”

她回答说：“到时候再说吧！”

金虎追根究底：“姐，我搞不懂，我们和姓宗的非亲非故，怎么轮到你去服侍他母亲？”

“谁说非亲非故？”金凤开始卖关子，“你别着急，我讲一个故事给你听听！到时候，不用我说，你就知道我们家和宗家是不是亲戚了！”

“什么故事？讲给我听听！”

“好的！你听嘛：四岁就懂得让梨的孔融，十岁时随父亲到了洛阳。时任司隶校尉的李膺名气很大，孔融很想拜见他。到李家门前，他对看门的老头说，我是李家的亲戚！老头听罢，只好让他进去。见到孔融，李膺没好气地问：好个乳臭小儿！你和我是哪门子亲戚？孔融故作惊讶地说，李伯伯，你真是贵人多忘事！过去我的祖先孔子曾经拜你的祖先李聃为师，多少辈子的亲戚关系了，可谓世交……”

听到这里，金虎笑了：“姐，你是不是想再转几个弯子，然后让我承认：我家和宗家‘五百年前是一家’？”

“算你聪明！”金凤也笑了。

饭后小憩时，她突然有一种时光倒流的感觉——上午在医院里的情景，像电影画面一样，一幕接一幕地从她的脑海里闪过。

宗副主任那奴视一切、不近情理的神态和面孔，一次又一次地在电影画面中“闪亮登场”。他的傲慢无礼，让她想起接见小国外交使节时的赫鲁晓夫。

她越想越生气，越想越伤心，觉得宗副主任的言行太过离弦走板。

此刻，对于已经接手的这件事，她感到很后悔，后悔自己当时为什么不找一个拒绝的理由、一个反抗的支点。

其实，金凤是在不经意间，把一个外在事件和她孤苦的内心连在了一起，致使宗副主任那烧包、浅薄的外表一下子有了形而上的意味。对，形而上，她是不会受制于形而下的。

下午，她又鬼使神差般来到医院。可见，直到此时，她还没嗅出这件差事的西伯利亚味儿。

出人意料的是，一走进病房，宗副主任就像朝臣进宫、小职员见到部长大人一般，连忙迎了上来。他满面春风地看着金凤，真脸却在污垢结成的假脸后微微痉挛。

她隐隐约约地觉着，他的这一招，是哈姆雷特曾经用过的。

少顷，两人按照上午的格局，各就各位。

宗副主任的母亲咂咂嘴，咽了一口唾沫，又闭上了眼睛。整个下午，她几乎都是以这种似睡非睡的神态，“活跃”在人生舞台上的。

是的，人生是一个大舞台。年轻时，她也曾像世俗和不俗的男人女人们一样，一个劲儿地朝台上扔花束。眼下扔不动了，最后一个花束要留给自己了。

“衰老不是一场战争，而是一场屠杀。”菲利普·罗斯如是说。除非蒙召早退，谁也逃不出这环链条。宗副主任的母亲年过七旬，形销骨立，白发苍苍，两道凸出的眉弓让人想起断裂的城墙，兀立在脸颊两旁的颧骨好似平原上的两个土丘。在她的面部，对人生的留恋跟死亡的必然性两相对照着，一眼便可看出上帝对人类的小小嘲笑。

谁也说不清，衰老与疾患，粗暴地掠走了多少人的自尊和自信，多少人在屈辱中含泪弯腰，捡起那碎落一地的尊严。

尽管如此，金凤仍旧觉着，老人安静的存在，对粗犷的生命来说，是一种奇妙的从感官到精神的抚慰、一次芬芳与香甜之饮……既形而上，又形而下。

“小宽子，你再说谎，妈就撕烂你的嘴！”忽然间，寡言的老人像迷失在时空错乱的小径中，开口说起梦话来。“小宽子”，无疑是宗副主任的乳名了。

白日做梦，此之谓欤？

金凤抬起右手拢拢头发，掉转脸看看宗副主任：“小时候，你妈对你的管教，一定挺严吧？”

宗副主任心知肚明，对方何以有此一问。

金凤朝病人指了指，示意对方说话尽量小声点，免得打扰她老人家。

宗副主任把双手的食指和中指弯成鱼钩状，在两耳旁边的虚空里朝耳孔方向戳了戳，啄木鸟觅食似的；然后又将两手同时摆了摆。那意思是：她两耳失聪，我们谈我们的！

你瞧，多孝顺的儿子！

眼前这位风烛残年的老人，因为耳背，早已被人们推得远离尘世，没人理会。做儿子的似乎觉着，较之“诗和远方”中的“远方”，她母亲尚未达标，于是又推了一把。

触景生情，金凤不由得想起丘吉尔《一战回忆录》中所描述的亲情蜕变及其根源：从战壕里归来的战士，会发现他们与后方的家属无话可说，因为他们没有一同在炮弹的尖啸声中求生存，没有共同体验过在泥泞中枕着一个树桩或一块石头入睡的幸福……想到这些，她觉着，护士和护工才是眼前这位老人的亲人；而老人在职场摸爬滚打的儿子，已经退却、起码很想退却到后方。

宗副主任像在记者招待会上答记者问的某些官员，避开提问者所提问题的锋芒和实质，大谈梦境和现实的关系，并特意强调：日有所思夜有所梦只是个案。金凤则像提问的记者，不想听也得听，不满意也得满意。

“记者招待会”刚结束，宗副主任的母亲白日梦回。老人侧转脸，望着铁架上的吊针。针剂明丽剔透，像少女初恋时的眼泪。老人失望地摇摇头，接着又无奈地叹息一声。很显然，老人家嫌药水“滴”得太慢。

老天爷呀，一个卧病在床、风烛残年的老人，药水滴得慢一点儿，有什么大不了的呢？莫非你马上就要穿红着绿、环佩叮当，和恋人勾肩搭背，到舞厅里轻移莲步，一展功夫竞风流？

如此戏谑病中的老人，无疑是大错特错的。人要保持初心，只要看待世界的眼光没变，人就无所谓衰老。苏东坡“谁道人生无再少？门前流水尚能西”这一响彻行云的绝唱，生动地体现了他永不自伤衰老的积极进取的人生观。只可惜，古人对衰老的终极理解，通常都在人类历史中沉睡。滚滚红尘里，芸芸众生轻易丧失的，那终生难以收复的失地，正是儿童看待世界的眼光。

明知老人听不见，金凤还是耐心地解释说：“您心脏有毛病，药水不能‘滴’得太快；要不然，容易出事儿！”

老人愣怔好一会儿，慢慢地点点头。看样子，她是在努力打扫时光里的孤独和苦楚，擦拭命运里的阴霾，尽量让每一个日子都变得明亮、欢快而健康。可惜事与愿违，她的身体像一把浸泡在盐水中的镰刀，日复一日无可告救地锈蚀。

停了一会儿，她皱着眉头啧啧嘴，右手艰难地向上举，看样子是想打手势。可是，大约因为体力不支，结果半途而废，她的右臂像含羞草一样，慢慢回落到身旁。

其时，宗副主任的注意力正集中在金凤身上，没有发现这一细节。

这一来，除了法官、间谍、情人和观察家，没有其他人能捉摸出老人究竟有什么诉求。

宗副主任对他唯一的听众（其母勉强可以算是一个旁听者）金凤说：“家母生性急躁。我小时候骨瘦如柴，她从牙缝里省下钱来买鱼买肉，恨不能让我一口吃成个胖子；我患黄疸肝炎那年，她领着我四处求医，巴不得一把给我把病抓掉！每年收获季节，我家的新粮总是先登场、先进仓，从未遭过雨，从未烂过场！……”

金凤起身给老人掖好被子，又回到原处坐下，微微一笑："依我看，你也是个'性急'之人嘛！"

宗副主任带着一种既像面具，又似旗号的神色，摆摆手说："你不了解我！我是一头慢性牛，一年三百六十五日，不知道哪股绳紧，哪股绳松！"

傍晚，金凤回家时，宗副主任热情相随。

两人走到住院部南北方向的甬道上时，他带着一脸德国人的忠厚样儿，明眸皓齿地露出他惯常的招牌笑容。为了掩饰笑容里的荒诞和作态，他用温和得像甜食果冻的嗓音，女腔女调地说："今天上午，我因宿醉未醒，多有得罪，务请包涵！"他那并非发自内心，而是靠面部神经支撑起来的笑容，勉强得像一把破雨伞。这笑其实等于没笑，只是嘴角像抽筋似的朝两边扯了扯。

不知为什么，面对宗副主任，金凤老是想到溥仪退位时清点内宫物品，发现的那个青花瓷瓶。它的款识是：大明康熙年制。

同他早就熟识的赵护士，听到宗副主任说自己"宿醉未醒"，连忙近前一步，笑着同他打趣道："依我看，宗主任今儿个能喝两盅，一准是得到夫人的恩准了吧？"

赵护士一出场，这儿一下子成了通俗剧的露天舞台，一个个不请自到的演员，演技能让刚从枪战里被拖下来的嫌疑犯自愧弗如，有力地印证了亚里士多德"演技是天生的"论断的正确性。

"是呀！我家那一位的舌头不打滚，我就是吃了豹子胆，也不敢喝酒啊！"宗副主任停下脚步，笑得既像山谷里雾霭弥漫，又像峰巅上阳光灿烂，"周郎雄姿英发、羽扇纶巾，尚且一切听从娘子的，何况我是一个三寸丁谷树皮、窝窝囊囊的武大郎呢！"

"喝酒没有什么不好嘛！"赵护士意味深长地一笑，"我时常听人说，喝酒能美容呢！"

"可不是吗？"宗副主任来神了，脖颈足足往上抻了一公分，"小时候，我长得姥姥不疼、舅舅不爱，长得对不起人民对不起党；妈妈带我逛街，常有人问：大姐，你这猴多少钱买的？”

这种场面真是天惠神赐，就好比德国人心目中最能吸人眼球的报纸或俱乐部，引来一群刚下班的护士。从绿化树上筛下来的丝丝缕缕的阳光，被人群中的一副翡翠耳环晃得一劲儿颤悠，颤悠得姓宗的忘了自己的乌纱帽上还多个让人闹心的“副”字。

“怪不得有人说，普天下的美男子，都是从酒坛子里爬出来的！”人称“凤辣子”的护士长姚凤珍边笑边说，“大伙儿瞧瞧，现如今，主任大人长得多帅呀！”

“只要长得帅，走到哪儿都有菜！”不知是谁嘻嘻哈哈地插了一句。

“你们可别拿我开涮噢！”宗副主任嘴里这么说，实质上觉得自己被“涮”得挺舒服，不由得用目光挨个儿在护士们各有千秋的脸蛋上抚摸一把，“且别说我不漂亮，就是漂亮又有啥用？如今家母住院，你们医院里有一只无形却有色的黑手，每天都大把大把地从鄙人的口袋里掏钞票；我就是貌若潘安，也不能到银行里用脸盘子刷卡呀！”

“长得帅，除了好找老婆，还能升官！……当了大官，还愁没钱花？”因事迟来的“快嘴李翠连”李玉娇，刚站稳脚跟便逮着了说话的机会。

“长得帅能升官？哪有这回事！”宗副主任故作惊讶，好像他真的长得帅似的。

“怎么没有？”李玉娇打开了话匣子，“几天前我看过一场戏，大致内容是，明朝有个人叫杨言，本来是衙门里一个小跑腿的，由于长得眉清目朗和一把好胡子，很快就被嘉靖皇帝提升为军事方面的大官；后来又成了尚书，内阁大学士，直到一人之下万人之上的内阁首辅……”

“哎呀，鄙人要是能有那么一天，”宗副主任两手叉腰，遥望北京，自言自语似的说，“我到京城做官，一定请诸位到京城做客，决不食言！”护士们真假莫辨、嗲溜溜地恭维，让他感到一种近乎气绝的欢乐。他适时地掉转脸来，蛮像回事儿地关照说，“到时候，各位务必要带上老公和孩子！”

女士们听了，咯咯地笑，哈哈地笑，直笑得浑身起浪。

别看他平时像个没嘴葫芦，一旦珠环翠绕，还是挺能神聊，挺能卖俏的。

出现这种情况并不奇怪。在人类历史上，诸多冷面杀手，无不擅长把权力及其负面外延与处世哲学的敏感度融入一种文艺复兴时代君主犯罪的欢愉中。

装腔作势欺骗不了最迟钝的孩子，却能欺骗最精明老练的成年人。作为成年人，金凤最终是否会“吞招”，那就要看她的造化了。

第二十五章

草长莺飞，浅夏胜春。

刚过“立夏”，弟弟来报社食宿。此时，弟弟已经读高一，金凤成了名副其实的“陪读”。因为除了语文课，其他各科，她已无法辅导。更为要命的是，弟弟的外语成绩一直上不去。

时隔几天，弟弟向她提出，自己想进外语补习班。

金凤当场答应：“行！让两天，我就给你去报名、缴费。”

金虎听了很高兴，带着羡慕的神情说：“我们班的庞晓春和房正平，都是在超级玛丽补习班补习外语的。原来，每次外语考试，他俩都不及格；上一次月考时，两人在班里已经排在前十名了！”

听到“庞晓春”这个名字，她不由得怔忡了一下：庞晓春？他不是庞晓芸的弟弟吗？

在金凤的印象中，庞晓春是一个挺机灵的孩子。有一段时间，金凤和庞晓芸同住一个宿舍，他曾去看过姐姐。

金凤笑着说：“超级玛丽补习班，这个名字气魄好大啊！”

弟弟也笑着说：“有些补习班，名字比这更吓人呢！”

“要是名实相符就好了！”金凤感慨道。

她深知，现如今，补习班和其他行业一样，名字一个比一个响亮、一个比一个玄乎。

为了打消姐姐的顾虑，金虎眉飞色舞地说：“超级玛丽补习班，水平确实挺‘超级’的！”

金凤问：“这个补习班在什么地方？老师叫什么名字？”

他告诉姐姐：“补习班在龙虎巷。老师姓马，叫马丽。”

星期五下班后，金凤没有回家，径直去龙虎巷。

正值下班时间，一路上，车水马龙，人如潮涌。每隔不远，便会看到由各种类型的补习班张贴在电杆或墙壁上的广告。这些广告言辞恳切，看后让人顿生“相见恨晚”的感慨。不少广告上还印有补习班首席老师俨乎其然的标准像，并附有介绍该老师简历的文字。这样的“简历”看得多了，你便会对中国北京的中关村，以及美国加州的硅谷是人才荟萃之地的说法产生怀疑。

快到龙虎巷时，金凤看到，在一家银行门前的绿化树上，挂着大小不等、形状各异的鸟笼，老人们正仰着脸，一个个张着足以叫牙刷牙膏专卖店关门大吉的嘴，一脸笑意地在赏鸟。其中有几位正坐在路旁，手抚鸟笼“摆古”，诸如，狸猫换太子，慈禧老佛爷出殡时棺椁里填了三斗四升乌龙珍珠的豪华气派……不一而足。一般说来，县城里养鸟的人不会太多。宁海县城则不同，养鸟的大有人在。这得归功于晚清时一位姓王的举人。其时，王举人在京城任一闲职，有的是时间，经常到旗人居住的地方溜达。旗人养鸟的居多，因为旗人按月领饷，加之大清律法规定，旗人不得“下海”经商。光拿钱不干活，活得不耐烦，干脆养鸟玩吧！“近朱者赤，近墨者黑”，一来二去，王举人也染上了“鸟”瘾，时常混迹于养鸟的人群中。年届六十，王举人带着一身病和一笼鸟“荣归故里”。经过多年的孕育、熏陶，提笼架鸟在宁海县城的老人之间已蔚成风气。

金凤刚走到银行门前，十几个鸟笼里的鹦鹉不约而同地欢叫，如喷壶下注，万流齐发：“美人儿，美人儿！”

老人们转脸一看，惊讶得说不出话来。醒过神来后，他们“触类旁通”，你一言我一语地谈起杨贵妃、王昭君、貂蝉和西施。仿佛这四大美女是他们的同时代人，而且还和她们中的某一位跳过舞，甚至和她拍拖过。他们把按数学级数向前推进的时间给搅浑了。这是上了年纪的人常有的情形。在他们看来，过去的岁月不是一条越来越窄的路，而是一片广袤无垠的大草地，只是近十年来才像狭小的瓶口一样，把他们同过去隔离了。

金凤没有搭理他们，尽管他们已经活到了应当受人尊敬甚至大受尊敬的年纪。她对养鸟的人从来没有好感。她认为，一个鸟笼就是一个微型监狱，被关押的小鸟就是含冤受屈的窦娥，提笼架鸟的就是偏执一己“雅兴”的牢头。失去自由的鸟，其实跟死了没有什么两样，顶多算是人类刻意保存下来的活标本。然而，自古至今，我们这个民族却硬是把好多精力花费在鸟笼的制作和养鸟方法的研究、探讨上，实在匪夷所思。

进了龙虎巷，抬眼一看，写有各种补习班名称的招牌琳琅满目，其中以“超级玛丽补习班”的招牌最为“超级”：白底红字，大小不亚于银幕。

金凤按图索骥，不一会儿走进了自己要找的补习班的大门。刚刚停下脚步，她的耳畔便响起一个年轻女人的说话声：“请问，你找谁？”

金凤转脸一看，发问的是一个三十多岁的女人。她眉目修长，鼻梁高挑，肩削、臂长、腰细、胯宽、腿直，天生就是一副衣裳架子。其时，她身着银灰色弹力呢夹克衫，隐条烟色凡尔丁长裤，脚穿棕色半高跟皮鞋。一头蓬松的长发，用一个亮光闪闪的大卡子别在脑后。她的脸上有一种特殊的表情，仿佛是被强行抑制着的、随时准备释放的欢乐。

金凤微微笑着问：“你是……”

对方回答道：“我姓马，叫马丽。”

金凤暗自庆幸，没费什么周折就找到了要找的主儿。她说明来意后，马丽抬起右手，朝里边的小房间方向一指，说：“请你到营会计那儿登记、交钱！”

金凤按照她的指点，走进那个小房间。房间不大，近于正方形，收拾得井井有条，清清亮亮。迎门摆放的办公桌后面，坐着一位十八九岁的俊俏姑娘。她留着齐耳短发，白果脸，明眸皓齿，小口薄唇。

“你是营会计吧？”金凤笑吟吟地问。

“是啊，是啊！”对方笑嘻嘻地回答。

言毕，她欠欠身子，算是打招呼；接着从桌肚底下“推”出一张方凳，让来人坐下。由于用力过大，那方凳在平移过程中，差点儿倒下。

稍停，她把一个登记簿拿起来看了一眼，又放在桌面上朝来人面前一推。待金凤逐项登记后，那姑娘把登记簿平移到面前，从上到下溜了一眼，抬起头来问：“金虎是你弟弟？”

“是的，是的！”

“下一次再来，顺便把你弟弟的照片带来！”

“要几张？具体要求？”

“三张，二寸彩色免冠彩照。”

过了一会儿，金凤问及此行的核心问题——正如两个国家的元首在谈判桌前谈到某一块领土的归属——补课费所需几何。

营会计避而不答，像来人肚里的蛔虫似的笑着说：“听说你弟弟和你一样爱好文学。搞文学的人不懂外语，那可是床肚里面放风筝，没多大长进！中国很多近现代文学大师，外语说得可溜了，比如鲁迅精通日语、德语，懂英语和俄语；巴金精通法语、英语、俄语；钱钟书精通英语、法语、意大利语、德语、拉丁语和西班牙语。民国时期的国学大师辜鸿铭是这方面的冠军，精通九门外语，那是真正能和八国联军对着骂街不重样儿的！……可惜的是，自从台湾作家林语堂去世后，中国当代作家几乎都不懂外语！”

金凤笑道：“看来，我弟弟非补习外语不可喽！”

“那还用说！”营会计一笑。那不是一般的笑，是京剧舞台上青衣那种笑不露齿的笑。

金凤问及补课费所需几何。

营会计说了一个数字后，金凤站起身，从上衣袋里掏出一个票夹，轻缓地拉开拉链，从中抽出一百五十元钱放在桌面上。

营会计瞥了一眼，然后把右膀弯撑在桌面上，右手掌心向上、五指微微挓挲并颇有节奏地旋转，眼睛盯着与她隔桌相望、俊俏秀丽的脸。这两个人，一个冷峻高傲，一个茫然不解，仿佛两种可爱亮丽、收藏价值极高的物品在寻求平衡，一旦失衡坠地就会摔成碎片。

金凤以为她没看到已经放下的钱，便用手指点着桌面，那意思是：钱在这儿呢！

营会计收回一无所获的右手，低头看看桌面上的一百五十元钱，抬起头来问："你这是怎么了？只给你弟弟补一堂课？"

她想：什么？一百五十元钱只能补（习）一节课？如此说来，弟弟每月补（习）八堂课，得花一千二百块！

她这才醒过神来：一百五十元钱，只能补（习）一节外语课，而不是她以为的一个月。

愣怔了一下，她装出一副大宗钞票不知放在哪儿的样子，一个衣袋一个衣袋地掏、一个衣袋一个衣袋地摸。可是掏来摸去，她只摸到衣袋底边的线头，圆圆的，如同油菜籽。

营会计知道，自己遇到了小学课本中《穷人》里的桑娜，带着怜悯的神情对金凤说："忘了带钱，下次再来吧！"

金凤点点头，遇赦似的逃了出来。

契诃夫说过：乌克兰的女人不是哭就是笑，不哭不笑的心情她们是没有的。彼时彼地，金凤比"乌克兰女人"还要"乌克兰女人"，——不仅想哭，而且想笑。

她记不清自己是怎么回到家里，怎么坐到床沿上的。只记得路过那家银行门前时，老人们已提着鸟笼，准备回家。

不一会儿，弟弟回来了。他一进门就问："姐，给我报过名了吗？"

她回答说："报过了。"

弟弟高兴得跳起来，情不自禁地在姐姐的脸上亲了几口。

为了让弟弟活在谎言带给他的虚幻的幸福中，金凤添油加醋地说："名报了，钱也交了；只是马老师一时忙不过来，你得让几天再去。"

弟弟说："行啊，让几天就让几天！"

晚上，她躺在床上，想着自己面临的"金融危机"，左思右想睡不着。

这也难怪：她月薪一千二百五十元，姐弟俩用于吃饭的，每月约需六百元，其他开支约需一百元。剩下的，她都存在银行里。每学期开学时，弟弟都得花去她存款的一多半。弟弟住在周家的日子里，周叔叔、钱阿姨坚持不要他的生活费。因此，她每月还能多结余一点儿。但她心里一刻儿也没消停过。

这是因为，弟弟尚未跨进大学这道门槛。她曾听人说，去年高考时，本县一个考生报考一所部属重点大学，由于该考生高考成绩比那所大学的录取分数线低二分，结果交了二十万。弟弟金虎的成绩虽说还可以，但没人能保证他高考时，能像早年的跳高世界冠军陈镜开那样，利利索索地跳过重点大学的分数线。不用说差得太多，就是差个三分两分，结果到底要交二十万还是 30 万，还不就是校方舌头打个滚的事儿！

想到补习班一事，她更是心烦意乱。天哪，补（习）一节课得花一百五十元，弟弟每周补（习）两节，一个月补（习）八节，如此算下来，一个月用于补课的钱就得一千二百元！这么一来，姐弟俩只有辟谷，剩下五十元留着买水喝了！

万般无奈，她想临敌卖阵：不让弟弟进补习班了。她想，我又不是没有读过书，儿时进过劳什子补习班？读书，只要上课认真听讲，课后认真复习，按时、认真地做作业，不就得了！至于努力的程度一样、成绩有好坏之分，那是由学习认真不认真、方法对头不对头以及智力因素决定的。只要学习认真、方法对头，哪怕智力比别人差点儿，也没什么要紧的。“笨鸟先飞”“勤能补拙”“天道酬勤”等流传千古的格言，就是一剂“补智”良药。更何况，从幼儿园到小学、从小学到中学，从未有哪一位老师说金虎的智商低呢！

如果补习班要的钱在她能够承受的范围之内，金凤决不会作上述带有哲学意味的思考。可见，时势不仅造英雄，也造哲学家。

两天过后，金凤接到弟弟现任班主任的电话，叫她星期一课外活动时，到学校参加家长会。

金虎初中毕业时，以优异的成绩考取省属宁海市中学。由于宁海县中被书记大人殷大东卖给了私人，教学质量每况愈下，要起钱来却“每况愈上”，学生和家长唯恐躲之不及、避之不远。然而，宁海市中学每年在宁海县招收的新生人数是极其有限的。这样一来，对“主政”宁海县中的女老板而言，大部分初中毕业生还得“入吾彀中”。金虎这只惊弓之鸟，虽然生活在女老板的箭程之内，但最终总算未被射中，真是三生有幸。

宁海市之于宁海县，犹如香港之于深圳，虽然分属两个行政区，在地理位置上却只有一桥之隔。正因为如此，金虎考取宁海市中学后，校方因“宿（舍）少生多”，动员像金虎这类情况的学生走读。这真是天赐良机！否则，按照时下的风气，得由学生家长“陪读”。“陪读”是“三陪”之外的又一“陪”，且此“陪”非彼“陪”。“三陪”小姐只需一个电话，随叫随到，驴槽马棚都可以，“陪”完走人。“陪读”不同，“陪读”得租房子。租住的房子，起码得两室一厅；太小了，学生没有安静的学习环境，“陪读”岂不就失去意义了吗？不过，“房子好租钱难出”，两室一厅的房子，三年房租就得六万元，一个子儿不能少，还要一次交清。如果考虑到安全问题，租住与就读学校坐落在某条街道同一侧的房屋，三年的房租还得再加一万元！少了这一万元，一天几趟过马路去！万一出了车祸，轻则休学住医院，重则到阎王爷那儿报到！

星期一下午，报社召开全体职工大会，首先由总编大人一国际、二国内、三本部地大讲一番；接着由各部门的头头脑脑汇报本部门的工作情况、近期打算和远景规划。

由于太过程式化，内容老旧，除了想捞个一官半职的人像新教徒听教义课一般认真听讲外，其余的人都表现出明显的不耐烦情绪。

然而不耐烦归不耐烦，会还是要开的，板凳还是要坐的。

金凤心急如火，只得与并肩而坐的水主任告假，提前离开会场，骑上电动车，前往宁海市中学参加高一（8）班的家长会。

进了会场，不少与会者掉转脸来，看得她怪不好意思的。有些人甚至把她当成是这个班上的学生，交头接耳地议论。他们百思不得其解：怪呀！盛老师怎么没叫我家的小孩和我一起来？

金凤在墙角旮旯里找了一个空位刚坐下。抬眼一看，只见两个学生模样的人每人拿着一个方凳，走在后面的那一位，腋下夹着一块折叠好了的白布。他俩分别把方凳放在黑板的两侧，先后站了上去。站稳后，站在南边的那一位把折叠着的白布的一端递给站在北边的那一位，自己抓着另一端，然后两人同时向相反方向一拉。刹那间，一条白底红字的横幅出现在与会者的眼前，横幅上印有六个颜体大字：攀清华，上北大。

不一会儿，两人把横幅两头的布扣子分别套在事先钉好的壁钉上。

忙活停当，班主任盛春霞老师满面春风地走进教室。

她一出现，与会者顿时轰动起来。

时不分古今，地不分南北，举凡上一点儿档次的会议，主要人物一露面，总会全场轰动。

盛春霞老师人如其名，果然是个女的。有些人唯恐天下不乱，明明是须眉，却起名“玉芳”；明明是裙钗，却起名叫“男生”。

人如其名的盛老师人到中年，皮肤白皙，丰乳肥臀。她健步走上讲台，反剪双手朝大伙儿抿嘴一笑；然后用左手按着讲台的一角，弯腰低头，右手探进讲台肚里，摸摸索索地拿出一根细长的教鞭，侧身站在讲台的中点偏右部位，仰脸看着横幅。她的目光成了领头羊，几十双眼睛寸步不离地跟着它。

静场片刻，盛老师举起教鞭在“攀清华”三个字下面画了一下，稍停又在“上北大”三个字下面画了一下。这一画又一画，组成了一个无形的、硕大无朋的、断裂的破折号。稍停，盛老师放下教鞭，双手按着讲台，像藤野先生一样，抑扬顿挫地说：“学生能上清华、上北大，意味着将来有一份好工作！”

她说完“上清华”后特意停顿一下，以便把先前那个无形的破折号镶嵌到有声语言里。

稍停，她气宇轩昂地更上一层楼：“往大处说，上清华、北大，现如今已算不了什么；我们更为远大的目标应该是出国留学，沐浴一下欧风美雨……”

别具一格的开场白过后，盛老师笑容可掬地说：“今天这个家长会，我想这样安排：首先由我有重点地介绍部分学生的学习情况、在校表现，向有关家长提提建议；然后请几位家长谈谈自己教育孩子的经验。大家看怎么样？”

盛老师的话音刚落，大家齐声说好。

少顷，一位头戴瓜皮帽的家长为了让盛老师高兴，笑着说：“盛老师，这样安排挺好的！我参加过好多次家长会，其他老师也都是这么安排的！”

盛老师听了这番话，脸色有点儿变了。

这也难怪，你这么说，就等于一个读者当着作家的面，指责他的作品是抄袭别人的！

幸亏盛老师的母亲姓张，和昔日的“东北王”张作霖五百年前是一家。张作霖虽然在政治上不怎么的，肚量却堪比我佛如来：三姨太戴夫人摺给他一顶绿帽子，他竟然如同戴礼帽一般，戴得周周正正；不唯如此，他还自掏腰包，赞助三姨太的情人出国留学……或许是因了广义上的遗传基因的缘故，眼下的盛老师对瓜皮帽也没太计较，脸色很快由阴转晴。

盛老师讲了自己该讲的，几位家长也讲了自己该讲的。眼看就要散会了，盛老师忽然像阿基米德在浴缸里发现水的浮力似的，恍然大悟似的说：“务请各位家长注意，你们的孩子不论哪一门学科，尤其是主要学科的成绩差，一定要让他们到补习班去补习！”

停了一会儿，她又重点推荐了几个办得好的补习班，居首位的就是超级玛丽补习班。

盛老师宣布散会后，不少家长就像朝鲜美女在公开场合，团团围住金正恩那样把她围住。不同的是，围住张老师的家长们你一言我一语地问这问那，围住金正恩的美女们则是为自己有幸见到“伟大领袖”而哽哽咽咽、眼泪汪汪。

金凤原本也准备问一下弟弟的学习情况，但因人多拥挤，她感到很难得到提问的机会，于是带着遗憾走出了会场。

在返回的路上，金凤觉着，快散会时，盛老师的那番话，似乎就是讲给她听的！外语是主要学科，弟弟的外语成绩差，对照这两条，弟弟一定得进补习班。只是一想到超级玛丽补习班，她就不寒而栗：天哪，补（习）一节课得花 150 元!

到家时，弟弟已经把晚饭做好。

见了姐姐，他问："姐，今天开家长会，你迟到没有？"

她回答说："没有呀！"

弟弟说："今天下午第二节课后，老师说要腾地方开家长会，催我们快点儿离开教室。我和我们第一小组的同学把教室打扫干净后就回家了。路过鹊桥时，看到你骑着电动车。我喊你一声，你没听见！"

说话间，弟弟已把晚饭盛好了端上桌子，一边递筷子一边说："姐，你尝尝我做的'鳖打汪'！"

"鳖打汪"是一种地道的农家饭。具体做法是：将面粉用适量的水调和，然后用两手"拍"成比碗底略大一些的饼子，等到锅里的水开了，再将饼子和青菜放进去，盖好锅盖。等一会儿，便可连汤带饼一块儿食用了。无论在锅里还是盛到碗里，在菜叶子的掩映下，饼子就像在水草丰茂的汪塘里"打汪"（洗浴）的甲鱼。

金凤用筷子在碗里拨了一下，一只形状如同甲鱼的饼子，沿着碗的内壁侧身上浮了一下，又沉到碗底。那情景，让人心里溢满了宁馨生活的安怡和美好。

金凤用筷子夹住一只醇香绕鼻的"甲鱼"，在边上咬了一小口，像吃泥螺那样轻轻一吮。顿时，鲜味像一只翠鸟，直奔口腔舌尖。"甲鱼"半销，她又喝了一口汤，像品酒师一样闷在舌头上。渐渐地，一股先前没有觉察到的蒜香微辣的味道溢满口腔，仿佛跨越时空，喝到了《金瓶梅》里孙雪娥的拿手好戏酸辣鸡尖汤。

金虎指着金凤面前盛酱的小碟子："姐，你怎么不蘸酱吃呀？"

"哎呀，已经很好吃了，还蘸什么酱呀！"金凤笑着回答。

"姐，你太小看酱了！古人认为，酱是八珍（泛指天下美食）之主。孔子甚至主张'不得其酱不食'。他周游列国时，每次吃肉都要蘸酱！"

"听你这么一说，姐也来试试瞧！"金凤夹了一个"鳖打汪"蘸着酱咬了一口，细细品尝后大加赞赏，“果然比原来好吃得多了！”

“肯定是的嘛！”金虎神气活现，“往后，我们也要像孔子那样：吃饭时，非得有酱不可！”

孔子不愧是圣人，即便在吃饭这件事上的见解，也无出其右。酱和醋、酒、腐乳一样，都是时间叠加了复杂变化的结果。这些变化驯化了人类的味蕾，让我们从茹毛饮血的简单粗暴，走向了丰富迷人。

“看来，好吃的东西并不一定是山珍海味……”金凤有感而发。

“我也这么想呢！”金虎接口说，“只要厨艺好，做出的青菜、萝卜，吃起来照样可口！”

“小弟不简单！既爱吃，又懂吃，看样子是受了画家张大千的影响，立志要做张大千一样的人啊！”金凤总是寻找各种机会，用生命中的快乐和美好感染弟弟。

金虎喜不自胜，觉着自己被生活亲吻了额头。

“纸上绘画不过是雕虫小技！”金虎伸出右手的小拇指摆试摆试，“将来我要报考工科。国家要富强，还是要靠工业技术。”看他那架势，可谓金鱼岂是池中物，一到下雨就翻身，很有几把刷子。

“水牛打哈欠——好大的口气！”金凤用左手的食指按了一下弟弟的鼻尖，咯咯咯地笑着说。

因为笑点新鲜出炉，金虎也笑得合不拢嘴。

一会儿工夫，两人都嘘嘘地吃出一身热汗和泪花。那种感觉是农耕时代才会有的，好似老友坐着牛车来看你。

可怜现在的孩子，大多是肯德基、汉堡、海南鸡饭之类速食的牺牲品。工业配方的滋味使他们的味觉变得简单而粗暴，无论什么食品，只要达不到人工的鲜度和浓度，他们都难以下咽。

姐姐朝碗里瞥一眼，笑着和弟弟打趣道：“这甲鱼，看样子还是‘野生’的呢！”

弟弟被她逗乐了：“姐，你为我进城读书吃辛受苦，我怎能让你吃‘家养’的甲鱼？野生的甲鱼二百块钱一斤，家养的才二十块钱一斤，一斤顶十斤呢！”

姐姐惊讶地问：“野生甲鱼这么贵？”

弟弟说：“早就是这个价了！报刊上不少文章说，野生甲鱼除了能滋补、养颜外，更重要的是能抗癌。有钱的人，大把钞票在手里攥着，还愁买不到呢！”

姐姐说：“有钱的人，命就是金贵！”

弟弟忽然放下筷子，双手一拍大腿：“姐，我会逮甲鱼！”

姐姐怔忡了一下，抬眼看着弟弟问：“你说什么？”

弟弟说：“姐，你忘了？我们村上有个人叫武二耙？”

“记得！记得！”金凤点点头。

在金凤的记忆中，武二耙家里穷得叮当响，三十五岁才娶上老婆。不过，人穷志不短，娶上老婆后，他以明朝开国皇帝朱元璋为榜样，没要任何人帮忙，只凭一己之力，便让老婆一连生了五个带把儿的。只不过与朱元璋相比，那可真是小巫见大巫。据有关资料记载，朱元璋有二十六个儿子，十多个女儿。

“他经常带着三个儿子，到衡河里逮甲鱼，”金虎继续说，“这事儿你知道不知道？”

“这事儿我没亲眼见到过，”金凤用惋惜的口吻说，“不过曾听村上的吴大爹讲过……”

言毕，武二耙带着几个儿子捉甲鱼，几年工夫便发家致富的往事，又像一幅幅图画一般浮现在她的眼前。

停了一会儿，她问弟弟：“武二耙会逮甲鱼，与你有什么关系？”

金虎早就等着姐姐这么问他了，于是目光闪闪、兴致勃勃地说：“那年我回家过暑假，有一天到衡河堤上割猪草，武二耙的三儿子小勾头正好在衡河边逮甲鱼。他早就和我合得来，见我对逮甲鱼感兴趣，便兜头到底把下河捉甲鱼的秘诀教给了我！”

“舍得把‘秘诀’教给你，真不简单啊！”金凤拍着弟弟的肩膀逗趣道，“你是不是想请人家吃‘谢师宴’啊？”

“总有一天要请的！”金虎把目光投向门外，好像在目测那一天离自己还有多远。

金凤出神地看着他。

“姐，等到有钱的时候，我也要向郁达夫学习！”金虎目光闪闪地说。其时，四周一片寂静，只有他的思想像流星飞驰而过。

金凤想不到弟弟会说出这种出人意料的话来，不解地问：“你向他学习什么？”

金虎绘声绘色地说，郁达夫由穷变富后，请朋友到饭馆吃饭。饭后付账时，他从鞋里抽出钞票交给堂倌。朋友好奇地问：“你怎么把钱藏在鞋子里？”郁达夫笑了笑，抖着手里剩下的钞票说：“这东西过去一直压迫我，现在我要压迫它！”

“小弟，你真的还未脱孩子气！”金凤笑弯了腰，“郁达夫是著名的新文学团体创造社的发起人之一，他的第一本小说集《沉沦》，被公认为是惊世骇俗的作品。他的散文、旧体诗词、文艺评论和杂文政论也都自成一家，不同凡响……小弟，你应该向人家学习写作的本领，而不是你刚才说的……”

“写作本领当然要学；但是，挣钱的路子并非只此一家！”金虎红着脸说，“我要磨炼一把挣钱的‘硬刷子’；要不然，一旦掉到‘穷窝’里，想爬都爬不上来！”

“小弟，懂得这个道理就好！”金凤用手指给弟弟梳理着粗硬的头发，“希望你今后能像韩寒说的那样：打死也不放弃，穷死也不叹气，要让笑话你的人成为笑话！”

“行啊！”金虎搓着两手，点头答应。稍停，他又回到原来的话题：“姐，县城附近有好几条河，里面肯定有甲鱼！往后，一有空闲，我就到河边溜达溜达；要是捉到甲鱼就把它卖了，卖出钱来交补课费！”

金凤听罢明显地感觉到，“补课费”犹如一座大山，沉甸甸地压在弟弟的心头。她想，难怪弟弟要学郁达夫“压迫”钱的做派呢！

眼见得“鳖打汪”只剩下两块了，金虎放下筷子，打着饱嗝说：“姐，你吃吧，我已经吃饱了！”

金凤看得出来，弟弟是故作姿态，便劝他再吃一块。

“我真的吃饱了，你瞧！”说到这里，他搂起衣襟，咚咚咚地敲着使劲鼓起的肚皮。

金凤拿起弟弟放下的筷子，戳着一块“鳖打汪”递过去：“小弟，你大胆地吃，别担心它找不到落脚的地方！——我听人讲过一个故事：一天傍晚，礼堂里挤满了人，连一只麻雀也飞不进去。忽然间，市长来了，礼堂里立马空出位子啦！”

金虎知道自己的作假行为被姐姐识破了，只好接过“鳖打汪”闷声不响地吃起来。

第二十六章

天淡云闲，山清水秀。

傍晚时分，金凤在超市里买好东西下楼后，走了不远，刚好遇到打那儿路过的庞晓芸。

尽管她俩同在报社工作，但因一个是编辑兼记者，一个是记者兼编辑，工作的侧重点不同，生活半径不一样，见面的机会并不太多。

初到报社时，她俩见面几乎连招呼都不打。促使两人第一次语言交流的，是一件与方言有关的事儿。有一次，金凤到育才中学采访，顺便参加了该校的师生员工大会。第二天，她路遇一位一手抱公鸡、一手牵母猪的老农。金凤问他去哪儿，对方回答说，去学校开会。金凤好奇地问，到学校开会，干吗带着公鸡和母猪？老农回答说，我也这么想呢，可我家那崽哭天抹泪，连饭也不肯吃，非让我来不可。他说，他们校长在会上说："叫鸡公开会，家畜也参加。"金凤听罢笑坏了："大叔，育才中学昨天开会，我也在场。校长是苏州人，说话蛮叽格啦的，大多数人都听不懂。我从坐在我身边的老师口中才得知，会议临近结束时，校长发的口头通知是：（明天）教职工开会，家属也参加！"……当天晚上，她把这事儿告诉庞晓芸，两人笑得抱成一团。她俩虽非一男一女，这一抱，也还就抱出感情来了。可见，男女相爱，不可不抱。

庞晓芸已经知道金虎搬来报社宿舍与她同住，便问："你弟弟学习成绩怎么样？"

金凤想不到对方突然有此一问，连忙回答说："总体上还可以，只是外语不行。前两天，我已给他到超级玛丽补习班报过名了。"

"哎呀，我妈早就让我弟弟去了，你怎么磨蹭到现在？"庞晓芸抬起左手在同侧的耳畔扇了扇，赶走了一个花脚蚊子。

金凤顿了顿，拢拢头发说："我弟弟原来外语成绩还行；'滑坡'也就是最近的事！"

"那你得赶紧让他上补习班！"庞晓芸讲话时十指交叉反剪在身后。可见她对学生上补习班一事，是极为重视的。因为英国约克大学心理学家皮特·布鲁教授说，人们在叙述自己极力主张的观点或重要事件时，常会交叉十指。

金凤诉苦似的说："补习班狮子大张口！"

庞晓芸两手抱胸叹息一声，拧着眉头说："有什么办法呢？明知对方手里的刀吹可断发，你也得伸着脖子给他砍！"

金凤皱着眉头说："我搞不懂，上补习班咋就这么重要？上课认真听讲，不就免得到补习班去'吃炒饭'了吗？"

庞晓芸不再抱胸，一是为了让受到挤压的乳房放松放松；二是为了腾出手来做手势。她说话时十分喜欢运用肢体语言。这会儿，她轻缓地摆动双臂，带着几分孩子气笑着说："你错了！不是这么回事，压根儿不是这么回事！比如你弟弟金虎，无论他在外语课上怎么'洗耳恭听'，也是白搭！"

"难道你怀疑我弟弟听力有问题？"金凤不解地问，"你要是怀疑他的听力，那可就错了！他的一双耳朵能听见蚂蚁打架的声音呢！"

庞晓芸摇摇头，抬起左脚挠挠孤拐，站稳后用申辩的口吻说："不是，不是！我怎么能无缘无故地怀疑他的听力呢？"

金凤一听更急了："依你看，到底是怎么回事？"

庞晓芸又开始两手抱胸。她的乳房因了未婚夫锲而不舍地开发，如同泡在水中的馒头，越来越大。正如《红楼梦》里的王熙凤所说，"大有大的难处"，她跑遍县城和省城所有的超市和大部分专卖店，也未买到尺寸够大的乳罩。后来，在一位长辈的指点下，她用旧衣服改制，公开场合则兼用两手抱胸的方式，恩威并施地约束喜欢抛头露面的豪乳。尽管如此，除了宦官和唐三藏，男人们只要朝她膨亨饱满的胸部一搭眼，内心深处仍然会有一种销魂蚀骨的迷乱。更为与众不同的是，她那白嫩秀气的鼻子两翼有时会神经质地呼扇几下。她的丈夫要是在暗中看到了，也许会感到不安的。

她调节好双臂，感到通体舒适，顿时觉着对不起自己两个未来的“妈妈穗”，它们并非如同某些人担心的那么不好调教。

一阵暗喜之后，她又接着说：“金凤，我说出事情的真相，也许你不敢相信！现如今，有些老师，特别是名校的某些老师，为了捞钱，已经到了不择手段的地步。我一向以为，课堂是老师传授知识的殿堂，是神圣不可侵犯的。令人吃惊的是，有少数老师竟然打起了‘殿堂’的主意。上课时，凡是便于学生理解问题的关节渡口，他们就少讲或干脆不讲，留给与他们‘有约在先’的补习班的老师讲……”

金凤惊讶得眉动目张。

“难怪有人说，人世间有些事情是不能看透的，一旦看透，仿佛把人剥了皮，血淋淋的，惨不忍睹！”庞晓芸又接着原来的话题说，“北京有一位中学生的家长，为了让儿子上名校，先后找了三位‘中间人’，每次花费五万元，结果全部泡汤。后来，这位家长另辟蹊径，通过另一位‘中间人’找到校长，这才大功告成。至于最后一次花了多少钱，不得而知！……难怪一位从教三十年、知道学校内幕的老师感慨万千地说，我们这些人，比行贿受贿、贪污腐败分子更可怕！”

金凤惊呆了，好一会儿说不出话来。待到回过神，某些学校的领导、老师以及补习班老师的形象，如山一样在她的心目中坍塌了。

庞晓芸见她缄默无语，慢悠悠地仰起脸来问：“金凤，你这是怎么了？难道还没听明白吗？”

金凤带着几分尴尬的神情说：“听明白了。你的意思是，补习班非去不可！”

言毕，她挺了挺腰板，似乎要把自己承受经济压力的胆量和勇气，从胸膛里挤对出来。

庞晓芸好像并未看出对方神情中的尴尬，神态自若地说："这就对了！如果经济上有困难，跟我说一声！"

金凤心头一热。她觉着，自己和庞晓芸并无深交，除了有一个时期曾经同住一个宿舍外，剩下的只有同事关系。在物欲横流的今天，能够像她这样热心助人，实在难能可贵！

想到这些，她满怀感激之情对庞晓芸说："谢谢你对我这么关心！我先想想其他办法……"

庞晓芸皱着眉头说："你这话可就有点儿生分了！'想想其他办法'，难道我在你心目中的位置，还排在'其他'人之后吗？"

金凤连忙声明："晓芸，你听我说！我绝不是这个意思！——我知道，你最近正在筹办喜事！"

"我的事儿，根本无'喜'可言！"庞晓芸说罢，用上齿咬着下唇沉吟有顷，颇为伤感地摇摇头。

金凤听罢一愣怔，心里咯噔一跳。她万万没想到，自己一句发自内心的话，竟然触到了对方的痛处。

原来，庞晓芸也来自农村，父母都是老实巴交的农民。他的弟弟如同年少时的方仲永一样，聪颖过人。然而，由于包括老师在内的教育资源严重缺失，农村中、小学的教育质量日渐滑坡。弟弟读到小学三年级时，她从市里的一所中等师范学校毕业，被分配到宁海县报社工作；她学生时代的恋人房树勇，则到本县的一所村小当老师。此后不久，父母见村上有门路的人家，争相让子女进城读书，且毫无例外地有人陪读，便也委婉地向她提出，想想办法让弟弟进城读书。然而，进城读书，谈何容易！这是因为，所谓进城读书，说全了就是到县城里的名校读书。即便世世代代家在城里的人，如果老祖宗选错了宅基，住宅不在名校的学区之内，子女上名校都得交数万元择校费，何况与城里的名校八竿子打不着的农村伢子！试想，几万元，对一个小报社小编辑庞晓芸来说，岂非天文数字？恰在她一筹莫展之时，一个房产开发商的公子看上了她，并以其父辈为了拿下某一块地皮而向掌权者发动攻势的旺盛精力，向她发起进攻，不拿下她的"一亩三分地"誓不罢休。让她感到奇怪的是，他好像是她肚里的蛔虫，竟然知道她正盘算着让弟弟进城读书，并信誓旦旦地说，只要她愿意做他的女朋友，她弟弟进城读书，城里的三所名校任她做姐姐的挑！在他的强大攻势下，在让弟弟进城读书的“糖果”的引诱下，她只好举手投降，彩凤随鸦。

对方带有商品交易性质的不幸的婚姻，金凤以前也曾从各种不同的渠道，隐隐约约地知道一些。不过，这些零散、杂乱的消息，就像一盘散沙，因为缺乏黏合剂，亦即有价值的消息而粿合不到一起；即便强行粿合到一起，由于太过芜杂，也提炼不出一个准确的结论来。这就如同一个人的面前放着一盆面粉，但是没有水，任你怎么搓、怎么揉，一盆面粉还是一盆面粉。至于庞晓芸本人对这桩婚姻持什么态度，她更是一无所知。

庞晓芸用拇指和食指掐起一朵粘在袖管上的飞絮，擎到口边轻轻一吹。那飞絮毫无挂碍，扶摇直上。

金凤留心看了一眼，发现女友的神情不同于寻常。

“金凤，我最近听人说，做过十次以上傧相，自己就不想结婚了。早知如此，说什么我也得做第十次傧相！”庞晓芸拢拢头发，目光笼罩着一抹愁云，“由于一时糊涂，现如今，我是蛤蟆拴在鳖腿上，想跑也跑不了！这真是罪有应得！”

“晓芸，我希望你少抱怨自己！这是因为，面对苦难，除了家人和知心朋友，没有人喜欢听你的抱怨。苦而不言，才是我们最好的选择！”金凤劝解道，“写下‘而今识尽愁滋味’的辛弃疾，难道不想抱怨命运不公吗？事实证明，他没有抱怨，而是把自己的一腔孤愤化作词中沟壑，酿成了青史留名的底气！”

庞晓芸听了金凤的一番话，微微怔了一下。

金凤趁热打铁，接着又问：“你刚才的话，从何说起？”

庞晓芸苦涩地一笑，眉梢眼角现出失意女子常有的沧桑：“我的那一位，正如时下有些人所讥诮的，是一个‘除了钱什么也没有’的穷人！要不是为了弟弟，我宁愿嫁给藏獒，也不嫁给他！”说到这里，她忽然停了下来，对她自己的激昂情绪流露出一种俄罗斯式的嘲讽的微笑。

原来，订婚不久，庞晓芸便对她的未婚夫产生一种宗教式的反感。不论何时何地，只要想起他，她那年轻而又漂亮的脸要么毫无表情，就像举行庆典时公主的脸一般；要么像英国人一样严肃，像外交家一样镇静。总而言之，看不出有任何欢乐、欣喜的成分。很显然，在一个娱乐至死的年代，这种心态和表情是不合时宜的！——一位讲授后现代主义的大学教授，曾就这个问题在课堂上慷慨陈词。

她时常感到自己的生活像伦敦的星期天一样无聊；尽管如此，她仍旧像和她处境差不多的人一样，顺从命运的安排，接受生活的平庸。

她怎么也弄不明白，自己是怎样从一个倚门嗅青梅的少女，一秒一分、一刻一时、一天一旬、一月一年地变成了一个杀梦的人。

让人想不到的是，环佩叮当、珠光宝气的“富婆”，此刻竟然羡慕起寅吃卯粮、一身素打扮的金凤来了。她说金凤玩文字，笔头会随着岁月的沉淀而越来越有分量，有朝一日说不定能出人头地、一飞冲天；而她本人，只能无声无息、缓缓地沉入永夜，不再有任何发光的可能。

站在时间的年轮后，回看当年，她终于发现，生活玩弄了她！为此，她也要玩弄生活！此后，在未婚夫面前，她有时很霸道，有时又很柔顺。正如日本人爱美而又黩武，尚礼而又好斗，喜新而又顽固，服从而又不驯，忠贞而又易于叛变，勇敢而又懦弱，保守而又求新。

“听口气，你好像嫌你的那一位有些俗，”金凤观言察色，出语谨慎，“依我看哪，俗一些也未尝不好。道理很简单：俗人大多能疼人；而不俗之人，疼的往往是自己或上帝。”

庞晓芸用上齿轻咬下唇，没有作声。大约是想掩饰尴尬，她捏住左侧腰部的衣缝处抖了抖。阳光下，一袭白地紫花的丝绸上衣就像泛着波痕的小河，清幽动人。

为了让对方从伤感情绪中解脱出来，金凤进而劝解道：“美国著名影星玛丽莲·梦露曾说，‘如果你不能接受我最糟糕的一面，那么你也不配得到我最好的一面。’别说凡人，就连圣如孔子者，都有缺点；你是不是应该尝试一下，接受你家那一位的‘最糟糕的一面’？……”

金凤原本以为，对眼前这样一个敏感过人的人，用这样的泛泛劝导就想使她心悦诚服，简直是异想天开。没想到，这番话经过发酵，功效卓著，正如废旧饮料瓶经过简单的制作、组合，变成了“洗碗神器”一样奇妙。

庞晓芸听罢，像舞台上的演员似的，舒展双臂轻盈地在原地转了一个圈儿，亦真亦幻地笑着说：“好吧，如果这就是结局，我会留下的！”

那一刻，她有如从高墙铁窗里挣出，来到鲜花盛开的田野舒展双臂深呼吸一般雍容、欣慰。因为忘了后悔，忘了委屈，她苍白的脸庞显得空旷、辽阔，像雪融后的大山，静穆地栖着一朵晚霞。

“这就对了！”金凤脸庞上泛起的笑容，如同版画家用刻刀固定在木板上一样，“只要你善待生活，快乐便离你不远，只不过你要耐心等待！——任何一个人，即便向空谷喊话，也要等上一阵子，才能听到绵长的回音呢！……生活会给你答案的，但不是现在！”

“但愿如此！”庞晓芸像南方守旧的农妇，晚祷后听到窗外一串虫鸣时那样，心头掠过一丝欣喜，对未来的信心也轻柔着陆。

临别时，金凤笑着打趣道：“让两天，我得闲时，一定到你家去求援！到时候，你可不要把我赶出门噢！”

“瞧你说的，哪能呢！”庞晓芸倒是觉着有人要借钱给自己似的，搓着两手恳切地说。

请注意，恳切是个分量很重的词，虚情假意的人扛不起来。

“天南地北有归路，四海九州无故人。”兴许是因为朋友在庞晓芸的生命中缺席太久了，哪怕一滴友情——尽管这种友情是她争来的——落入死寂的生活里，她都能感觉到心里龟裂的旱土刺的一声，冒起缕缕青烟。

金凤感激涕零地握着庞晓芸的手。因为在现实生活中，你一旦陷入秦琼卖马、关羽败走麦城的困境，有些人往往坐视不管，甚至看你的笑话。如果伸手向这些人求援，无异于求马唐肆、缘木求鱼。正因为如此，连雅人张船山也以困境中朋友是否愿意借钱及借钱多少，定友谊的高下。

较之庞晓芸，也有那么几个“朋友”令金凤寒心。她们原本和金凤好得一塌糊涂，可当金凤跌入人生低谷时，她们便一个接一个悄无声息地转身而去，一地势利的碎片从此无法拼合、无法收拾。

显而易见，与某些“朋友”相比，庞晓芸属于那种将身体钻到马车下面去救助跌倒了的马匹的人。

两人分手后，金凤担心弟弟回家后吃不上晚饭，难得地花了两块钱乘坐三轮车。

由于庞晓芸伸出援手，她就像一个人在房间里待久了，一下子来到露天地里，心情好极了。因为她心知肚明，要想做成一件事，往往只要有一个成功的因素就足够了。

途经一个十字路口时，金凤情不自禁地想起当年拿破仑在东征途中，置战争成败于不顾——犹如一个人格健全、思维正常的人，为了成全某件事而忘记对家庭、友谊、爱情、诗歌、音乐、金钱、名誉、地位的关注——毅然到雅法鼠疫病院向鼠疫患者伸出援助之手的往事。金凤认为，拿破仑如果没有其他“令人难以辩解”的行为，那么，她要第十次告诉诸位，仅凭这一点，他便足以成为举世公认的伟人。

她到家好一会儿，弟弟才回来。

弟弟把书包挂在门后的壁钉上，告诉姐姐说：“今天放学后，外语老师找我和另外两位同学谈话，谈了很长时间。”

“谈话？他谈了些什么？”她一边说，一边指了一下面前的方凳。

弟弟接到指令后，像土耳其人那样盘腿坐在方凳上，挠挠头皮说：“外语老师谈了很多，我已记不清了：只记得他翻来覆去地强调，要抓紧时间到超级玛丽补习班补习外语！”

“噢，知道了，知道了！”她连连点头。

晚饭后，天黑下来了。

正值月初，又是阴天，没有星光，没有月色，仿佛能用刀把那满天的乌漆墨黑一块一块地割下来。

屋内，日光灯发出游丝一般细微的声响。

姐弟俩像往常一样，隔桌而坐。弟弟做作业，她则修改带回家的稿件。直到十一点半，才各自休息。

奇怪的是，那天晚上，无论她怎么敛神屏气，也没有听到油蛐蛐那熟悉的叫声。她不免有点担心，因为当天下午，她曾看到一只足有鸽子蛋大的蜘蛛在檐下结网，阳光一照，蛛网闪闪发光。那只好像活在时空之外的油蛐蛐，难道已经成了蜘蛛的果腹之物了吗？

窗外月明，午夜梦回，金凤打开了记忆的闸门。

她想起自己的童年，想起自己短暂的学生时代，想起自己的父母，想起进城陪读的前前后后，想起自己目前的艰难处境。

后来，她又想起了庞晓芸的婚姻现状。彼时彼地，她感同身受，辗转反侧。她想，婚姻，自古圣洁。东方文明以夫妻为五伦中最亲密的一伦，西方文明认为夫妻关系是“最牢不可破的神圣契约”。可是，在教育产业化的链条上，庞晓芸尚未触及婚姻的起跑线，圣洁的爱情和婚姻就被铜臭玷污了！

岂止庞晓芸，她本人又何尝不是如此呢？为了让弟弟进城读书，她不仅放弃了上学的机会，进城后心甘情愿地做“厨娘”、踏三轮车、摆摊卖菜，而且早已失身于人！

由于忧伤，由于压抑，由于孤独，由于落寞，她感到自己的心情无形如水、无色如风、无边如天、沉重如山。

正如有上帝就有魔鬼撒旦一样，人的正、负面情绪往往配对出现，使人生成为一场不折不扣的充满撕裂感的混合双打。

每一次负面情绪袭来时，她总会想起意大利的一位造船工匠。他一辈子造船，却从来没有坐过自己造的船。他最愉悦的享受，就是伏在码头附近的栏杆上，观看由自己亲手造出的船从港口出发，驶向波翻浪涌、百鸟竞飞的大海深处。

第二十七章

“花开不并百花丛，独立疏篱趣未穷。”在读书人越来越少的当下，金凤像盛开在秋天的菊花一样，特立独行，与众不同。这不，星期天下午，她小憩片刻，便开始聚精会神地阅读英国作家毛姆的长篇小说《人生的枷锁》。这部小说幽默风趣的喜剧风格，令她爱不释手。而以往，在外国作家中，她最爱读巴尔扎克、托尔斯泰、海明威、泰戈尔等文学大师的作品，尤以巴尔扎克的作品为最。

正看得入神，弟弟从背后拍拍她的肩膀，撒娇似的说：“姐，我俩去捉甲鱼吧！”

她知道，弟弟生性急躁，他要干什么，就像春天急着要破土而出的嫩芽，多耽误一时一刻也等不及。于是，她恋恋不舍地放下书本，打定主意跟弟弟去走一遭。

其实，她对此行压根儿不抱什么希望。

弟弟看出她的态度有点儿勉强，便夸大其词地说：“姐，牛皮不是吹的，火车不是推的，今儿个，你就去看看我这个‘水鸭子’的能耐吧！”

她拍拍弟弟的肩膀，拉拉弟弟的衣领，笑吟吟地说：“好啊！我早就想看一看，你到底有多大的本事！”

宁海县城虽小，但四面开阔，一条大河穿城而过。这种地势，很像巴黎、布达佩斯、莫斯科，得天独厚。县城附近尚有两条不同走向的河流，以及其他一些无名小河和池塘。总而言之一句话，县城虽小，却也有着自己的优势，那就是水资源丰富。县太爷们莫不以此为荣，声称自己掌管着一个“漂在水上的城市”。——之所以没有号称“中国的威尼斯”，不是因为他们有谦谦君子之风，而是因为他们压根儿不知道世界上有个水城威尼斯。发现长处就要利用长处，以便让长处像兰州拉面一样，越抻越长。县太爷们深谙此道，大做与“水”有关的文章。比如，搞水产养殖，养鱼养虾养螃蟹；沿河堤修建绿化带，打造旅游城市，等等。然而，一个个计划犹如一张张美人画，至今还贴在墙上。

姐弟俩横穿爱华医院内南北走向的甬道时，忽然听到有人大声喊：“金凤！金凤！”

金凤转脸一看，吕护士正从输液室的窗口探出头来，急切地向她招手。

她一边答应，一边掉转脸对守在一旁的弟弟说：“你在这里等着，我待会儿就来！”

“行啊！姐，你去吧！”金虎心急如火，巴不得早一点儿找到大显身手的地方，但又不得不答应姐姐。

金凤走进输液室，吕护士朝她点点头，又掉转脸朝配液室的一位年轻姑娘招招手：“小陆，请你过来接替我一下，我要和报社的金小姐说个事儿，一会儿就来！”

配液室与注射室只有一墙之隔。小陆走到吕护士身边，笑着打趣道：“你看你，这么会见缝插针！依我看，你要是和比尔·盖茨配对子，倒挺般配！”

“比尔·盖茨？”吕护士笑道，“别说我，就连你这‘小城一枝花’，给他拎草鞋，人家还不一定肯要呢！”

“长他人志气，灭自己威风！”小陆友好而又俏皮地瞪了吕护士一眼，转而言归正传，“有事你就快点儿去吧！”

原来，小陆那天该休假。她在家闲得慌，出来散散心，谁知一抬脚，就不知不觉地走到这儿来了。

吕护士提前向她道了谢，拉着金凤走出注射室，来到屋后的僻静处，开门见山地说：“今儿个，你来得正好，我正打算去找你说个事儿！”

金凤问：“你出了什么事？”

吕护士说："我没出事，可你出事了！"

金凤吃了一惊："你说啥？我出事了？"

"对！"吕护士点点头，语调低沉地说，"我问你，报社的头儿要开除你，你知道不知道？"

"我不知道。不过，头儿这么做，我并不感到意外，因为我早就料到，迟早会有这一天！"金凤锁着眉头回答说。她确实早就预料到，报社原来的头儿牛总编会和上司联手，对她进行珍珠港式的偷袭。

"话可不能这么说！"吕护士不以为然，"这个世界是不该倒过来的，是头儿亏欠了你，而不是相反。从道理上讲，'正义在我方'，你是强者，不应该受制于人！就好比自然界的食物链，难道羊能吃狼、猪能吃老虎吗？"

金凤一时无语。她觉着，对方的话，好像出自一个社会达尔文主义者之口，颇有说服力。

接着，吕护士告诉金凤事情的来龙去脉：两天前，她的老公耿进之到人事局局长办公室办事儿。进门时，无意中同一个身穿旗袍、花枝招展的女人碰了个满怀。那女的走后，她老公刚落座，"留级"多年的副局长王天顺意味深长地笑着说，身着旗袍的女子到县报副刊部《旗飞》做编辑，也算人尽其才呀！耿进之诧异道，《旗飞》的责任编辑小金，不是干得挺好的吗？王副局长撂给耿进之一支"玉溪"，一边伸手在上衣袋里摸索打火机一边说，你这话说得可就外道了！——干得好不好，你我说了能算数吗？……小金姑娘少不更事，不懂"老虎屁股摸不得"的古训，在《旗飞》上发表影射县里出售公办学校，以及全县中、小学高收费、乱收费的文章，惹下了大祸。

金凤听到这里，心存感激地对吕护士说："谢谢你这么关心我！"

吕护士说："难道你就这么任人摆弄吗？"

金凤苦笑道："我是案板上的一团面，别人爱怎么搓揉就怎么搓揉，我能有什么办法？"

吕护士眉头一锁，嗔道："你咋成了这样的软胚子？兔子急了也咬人，老母猪被逼到墙角旮旯里还两眼放光打哼哼哩！"

话音刚落，一个戴着大墨镜的男子耸着肩踱过来。他西装笔挺，皮鞋锃亮；与此相映成趣的是，他的脖颈耳后土壤肥沃，可以种麦。此人名叫艾开友，念书念成了秧子货。他成天明星赶场走穴似的四下里晃荡，每到一处都能像小说里的亲王那样大把大把地花钱，早就是有名的街头唐璜。他生就一张荷兰大黄瓜似的脸，留着法国人所说的“活见鬼”的怪发型。此刻，兴许是在什么地方和狐朋狗友刚喝过酒，他就像当年签署完《巴巴罗萨计划》的希特勒，踌躇满志，觉着拿破仑征服沙俄的未竟事业将由他来完成，他将要成为最伟大的征服者。

吕护士见了，如同看到猪猡闯进土豆地里的人那样叱喝道：“瞧你这德行！快滚，哪儿凉快到哪儿待着去！”

艾开友被吕护士的叱喝触到了某个隐秘的痛点，背上掠过一道恐怖的寒噤，放浪江湖的豪气顿失泰半。他掉转脸看看金凤，用求援和倾诉兼而有之的语气说：“金小姐，你瞧瞧，我们的吕大护士……”

吕护士好似他的典礼官，再度高分贝地叱喝道：“听见没有？滚一边去！”

“这是你的哀的美敦书吗？”艾开友身姿一直，像是从被迫的长期弯曲中弹直了似的。他把“哀”字拖得很长，还拐了弯，充满了别样的诗意。

“人模狗样的东西，你也会说外国话？……你一天到晚鬼混，不就是倚仗有个当官的老子吗？你有什么了不起，从河蚌里出来的小疙瘩都是珍珠呀？……混账东西，快滚！”吕护士像《三国演义》里的祢衡那样，骂得艾开友三魂出窍、二佛涅槃。

艾开友小声嘀咕着什么，灰头土脸地走了。

“往后不要理他！”金凤把面孔朝向吕护士，五官静止着，要她看见：“这种人就像一条盘在树林里的竹叶青，你不理它，可以把它当成一道风景；一旦你去撩拨它，那它就要想方设法给你添麻烦！”

“常与同好争高下，不与傻瓜论短长。”同艾开友这样的人饶舌，超出了金凤的心理价位。在她看来，艾开友的动物性老是骑在理性背上，他的头去了该他放脚的地方，因而此前她一直没有作声。在她的心目中，艾开友这种人，是一种终极境界，一种最坏的因而也是最好的对比参照。

吕护士也意识到，金凤把艾开友当成一头牛，她的琴不对牛弹。

待艾开友的背影消失在门诊大楼的拐弯处，吕护士掉转脸来对金凤说：“这个无赖，老子在县里当副县长。他倚仗自家有一张大脸面在县城里楦着，成天东跑西溜，满嘴粗话浑身匪气，叫人听着硌耳看着碍眼……这样的人，也有脸活着！”吕护士就像埃及考古学家解开木乃伊身上的包裹那样，把艾开友的画皮一一揭去。

“跟这种人生气，犯不着啊！”金凤说，“活着和有生命大不一样。有些人就是生命本身；而另一些人，只是寄居在自己的生命里。”她的话有如左丘明的散文，飘逸灵动，婉约成章，但骨子里是重的。

吕护士叹息道：“如今这世道，到底是咋的了？艾开友这号人，一年到头手不提篮肩不担担，一日三餐吃香的、喝辣的；而你，一心一意扑在工作上，反倒连个饭碗也保不住！”

“大千世界，各人有各人的活法，”金凤劝解说，“你就不要跟这种人一般见识了！”

“你这是文王之仁！”很少较真的吕护士真假难辨地较起真来，“宁可让商纣方命虐民，也不愿加以诛戮！”

此言一出，金凤这才想起，眼前这位女友既是平凡如常的护士，又是高洁几近狂狷的才女。除了本职工作，她还另有天地。尽管女友说话时没有太过激动，但金凤却敏锐地感觉到，吕护士身上那种文艺女青年的韵味，那种路见不平就要“醉里挑灯看剑”的豪情，有增无减。

才女遇到才女，常会发酸，骨子里各自透着一种优越感。然而，同为“才女”的金凤和吕护士却不同于此，两人亲如姊妹。

金凤正思谋着如何回答一直以来倾诉和感怀的对象，吕护士的老公耿进之来了。

吕护士诧异道：“你怎么来了？”

耿进之掉转脸朝金凤一笑：“金大编辑，你看她问得怪不怪？据我所知，这里并未跻身世界十大禁地，我怎么不能来？”他的说话声里夹带着几个哈哈。那种平起平坐的微笑，不乏心照不宣。

金凤出言吐语坦荡如砥："她问你'怎么'来了，并未说你'不能'来嘛！"

耿进之听罢摸摸下巴，点点头说："没错！没错！到底是编辑，字眼儿抠得准！"

原来，他是送一位朋友去长途汽车站的，返回时顺便到医院看看老婆。小陆告诉他，她正在外面和朋友谈话。

金凤说："别给我戴高帽了，快给我出出主意吧！"

因了对方是女友吕护士的丈夫，金凤同他说话也就比较随便。

"是呀，快点儿给金凤拿拿章程吧！"吕护士瞥了丈夫一眼，拢拢从护士帽里翀出的秀发，林黛玉似的皱着眉头说。在不明就里的局外人看来，没准以为她是抽象地吃了他一回豆腐，具象地请他吃了一回豆腐哩。

耿进之是何等人物。此时，他不仅听得出，而且也看得出，金凤已经知道"鹊巢"将要被"鸠占"的消息了。

沉吟有顷，他正色道："据我所知，在少数人的把持下，我们这个弹丸小县，官场盘根错节、胡作非为。要想搬掉压在你身上的大石块，只有上访！"

金凤和吕护士异口同声地问："上访？"

耿进之点点头说："是的，上访！"

吕护士拍拍金凤的膀弯，指着小河边的石凳说："走！我们到那边坐下细细谈！"

金凤提醒道："改日再谈吧，注射室里那么多病人呢！"

吕护士说："不要紧，不要紧！接替我的小陆，是我们全院护士中的全能标兵呢！"

金凤见短时间内走不了，便来到弟弟金虎身边，向他说明情况，让他先走。

三人坐下后，耿进之见她俩你望着我、我望着你，便又接着原来的话茬儿说："县太爷们最怕群众上访，尤其怕群众到北京上访！"接着，他还讲了一件县太爷们“怕上访”的往事。

吕护士听罢一笑：“这个事儿，我早就听说过了，只是没有你说的这么搞笑、传神！”

耿进之说：“这事儿在口耳相传的过程中，可能经过某些人的艺术加工，但核心内容绝对无误！”

金凤朝他舒过脸来说：“这件事，我也听说过了。不过，那人没有你说的这么详细！”

临别时，吕护士关切地说：“金凤，你也该抽空子考虑考虑‘个人问题’；再拖延下去，那可真的要成为一个‘问题’了！”

“我这副焦头烂额的样子，哪有这份闲心思？”金凤一边说话，一边把溜到脸颊旁的一绺头发拢向耳后，“现如今，不用说别人，就连我自己都不认识自己，正像法国人说的那样：我只认识自己的胃口……”

“你要是这么想，那可就错了！别说在和平年代，就是在炮火连天的战争岁月里，好多官至将军的人物，还在考虑自己或部下的婚姻大事呢！”

“好！”金凤随口答应，“我听你的！”

“女人的‘个人问题’可是个大问题，你一定要认真对待，丝毫不能马虎呀！”吕护士亦庄亦谐，“别的不说，单就婚后女人的名分而言，便分为三、六、九等：要是嫁给种地的，你就被称作烧锅的；嫁给机关干部，你就被称作爱人；嫁给当官的，你就被称作夫人……”

“好！”金凤照搬原先的语调和说词儿，“我听你的！”

“你瞧，我咋说你咋听，”吕护士在金凤的肩头轻轻拍了一下，“你都快要成了我的‘随身听’了！”

“你的话，我就是爱听嘛！”金凤微微一笑，“谁不知道你见识过人！”

“你把我捧得那么高，”吕护士双手掌心向上连推几下，“要是掉下来摔伤或摔死，你可要吃官司！”

金凤笑着说：“放心吧！有老天保佑，你掉不下来！”

最后，吕护士正色道：“金凤，你可千万别把婚姻问题当儿戏呀！”

金凤若有所思地点点头。

她觉着，在适当的时候，是得找一个志同道合的人，共筑爱巢。和这样的人在一起，一盏红烛，一杯烧酒，可饮风霜可润喉。

金虎得知姐姐要同别人谈事儿，便独自出城捉甲鱼。

县城附近，河倒是不少，但由于农田里滥用化肥、农药，污染严重，河里连水草都显出死寂的枯黄，与老家后边恒河里水草青青的景象无法相比，让人压根儿不存捉到甲鱼的想头。

金虎怅然若失，沿原路返回。十多分钟后，无意之中，他朝左边的河里一搭眼，只见河面上漂浮着一串长长的弓形的气泡；气泡的形状、大小、疏密等，正是自己所希望的那一种。他不由分说，连忙脱去外衣，只穿一条裤衩，便走下河堤，探到水中，蹚着水朝前走。河水越来越深，及至双脚触不到河底时，他顺势往水面上一趴，从弓背的起点向不断往前延伸的终点游去。快要追上那个活动着的终点时，他长长地吸了一口气，水鸭子似的一个猛子扎下去，鱼雷跟踪一般潜入水底，双脚后蹬使身体前行，一双手在河淤中摸索。不一会儿，他摸到一个中间硬邦邦、边缘软乎乎的罗盘一样的东西……他不由得心头鹿撞：啊，好大的甲鱼呀！百般激动中，他双手捧着甲鱼，一个鹞子翻身，急速浮向水面。他知道，甲鱼在水里不咬人；一旦出了水，则见啥咬啥。因此，快浮出水面时，他把左手掌张得挺挺儿的，用力朝甲鱼的头部一按，逼迫它把头缩进肚里。至此，他的左掌心便成了一道铜墙铁壁，甲鱼想伸头伸不出来，想咬人无法下口。他浮出水面时，睁眼一看，甲鱼果真不小！可再细瞧瞧，他又大失所望！——原来，这只甲鱼不是野生的，而是家养的！地球人都知道，无论是天上飞的、地上跑的、水里游的，野生的与家养的区别之大，类似于真币和假币！

他穿好衣服，提着甲鱼，加快脚步往回走。他边走边想，这只甲鱼虽说是家养的，但毕竟是甲鱼。回家后，放在砂锅里慢慢煲，煲好了，我和姐姐美美地品尝品尝！这回子，姐姐要是再像往常那样，有了好东西就省着给我吃，我可不答应！

“喂！喂！喂！”快要进城时，忽听有人喊他，声侔鬼神，惮赫千里。

他转脸一看，一个满脸络腮胡子的中年汉子，从河堤下的一个窝棚里走出来。

络腮胡子比一般胖子还要胖出一袋面，两眼和鼻头红得发亮，脸盘子很大，看上去像一块红白相间、熏制得法的五花肉。他的左腿有残疾，一走一瘸，一走一瘸。为了稳住重心，他一手叉腰，一手划拉，仿佛要从虚空里抓点儿东西。他裹着一条灰不溜丢的毯子，鞋子破得不需另开洞也装不住胡桃，既像是落难的款爷，又像是中兴的乞丐。由于他人高马大，身子骨像阿尔卑斯山一样结实，毯子下面露出的两条毛茸茸的粗腿，堪与水牛相比。一见之下让人觉着，必得给他的右腿拴上一块石头或其他重物；否则难免叫人担心，就凭那一条好腿，他照样能让这一地带不得安宁。

络腮胡子向他走来，大有“我胡汉三回来了”那种称雄一时的豪横与霸道，看上去就不是块面饼。

金虎停下脚步，不知所措，就像一个夜宿森林的人，一觉醒来发觉身旁站着一头饥肠辘辘的母狮。

“好大的甲鱼！你是打哪儿弄来的？”因为逮着一个显摆自己的机会，络腮胡子深藏不露的那份激动赶得上偷情。

金虎觉着，络腮胡子问得好生奇怪！他转脸朝来路方向一指：“在那条河里捉的！”

“老子走南闯北，从未见过像你这么有本事的人！”络腮胡子顾盼自雄，眼神中流露出宋玉对“东家之子”的傲气，“能不能再捉一只给我看看？”

见到这阵势，不少人从四面八方赶来围观。

这些人当中，大多数是为了看看名声不好的络腮胡子的能耐，正如巴黎有了雨果在《巴黎圣母院》里的负面描写，反而更加引人注目、令人神往一样。

金虎沉默得像函授学校的午夜，两道透着委屈的目光仿佛在寻找许诺过真理的乐园。

“说呀！人都到齐了，你倒是快点儿说呀！”络腮胡子带着西塞罗式的讥讽，踉踉跄跄地朝前跨了一步，两眼扑闪着阵阵匪气和天生杀手的凶光。

他的身上有一种可怕的气质，那气质有些刁钻、有些古怪、有些连西北狼身上也见不到的凶狠和荒野。

那个场面，真像古罗马的贵族小姐拿美丽的女奴取乐，用金针深深刺进女奴的胸脯。

当年巴比伦末代国王巴尔泰查，看到神秘的手在墙上写下“寿限，倾覆，分裂”六个字，预告他寿命即将终结、王位即将倾覆、国土即将分裂时，所感受到的震惊和愤怒，也无法与此时金虎的震惊和愤怒相比！这种震惊和愤怒沉静而深潜，黑沉沉的。它像一杆子弹上膛的卡宾枪一样，指向一个突然冒出来的目标。

“洪生！”一位老大爷叫着络腮胡子的“大号”（学名），迈着王者的、占领军的步伐，声若洪钟地骂着。

平日里，骂街是老大爷的口头禅；紧要关头，则是他的“路见不平一声吼”。不过，他这次吼得有点儿搞笑——他自己就是络腮胡子的大爷！

络腮胡子想笑又不敢笑。

在场的人也一样，各自扯一下嘴角，一朵朵笑的蓓蕾便兀自枯萎了。

“你这个四六不懂的小崽子，遇事就蒙的浑球子！……在野河里捉到家养的甲鱼，这事儿我见得多了！”老者的嗓音洪亮，有一种独特的杀气。那是战场上只剩下几条命，要拼出去迎接一场白刃战的嗓音，是壮烈、嘶哑的最后呐喊。

老者岩岩如孤松之独立，充溢胸间的正义感使他显得年轻，牛虻式的年轻。

络腮胡子顿时方寸大乱，进退失据。

其时，若疾雷破柱、怒涛震海，老者的愤怒不可遏止。幸亏理智令他将愤怒牢牢地按捺在胸前，叫它动弹不得；否则，他准会冲上去给络腮胡子几个耳光。

世界上的事情总是这样，哪里有可悲的利己主义，哪里也会有悲壮的舍己救人。

老人姓张，身材高挑，萧萧肃肃，爽朗清举，气息宏大、吐纳不凡，出言吐语有如钟磬一般洪亮清澈，嗡嗡有铿锵之响，挺挺有魏征之风，闻之如深山古寺的梵音法鼓。人们很容易从他身上看出《红旗谱》中朱老忠的影子，看出某些稀有金属的光芒。

这样的老者，每人都是一本书、一幅画、一把剑、一面旗。

围观的人觉着老人家问得好，但又不敢叫好——在这一带，络腮胡子雄张四邻、威震乡里，是水泊梁山忠义堂里山大王一类人物。

原来，老人曾亲眼看见，甲鱼是金虎在"野河"里捉到的。

老人是络腮胡子的同族长辈，像士兵公认的领袖拿破仑一样，得到同族人的信任和尊敬。尽管络腮胡子是一个如同用英国工艺淬火的钢棍一样强硬的家伙，到了这会儿，也如同一只被人按在案板上的绵羊，任由张大爷摆布，要剪毛就剪毛，要割蛋就割蛋。

可见，宗族制度虽时常遭人诟病，却也能沾丐一时。

"大爷，您别生气，刚才我是同他闹着玩儿的！"络腮胡子就像一只奓毛的猫，终于被捋顺了毛，收敛了一身杀气。

那一刻，在场的人显得很轻松，就像孩子受过处分，大人结束了一次难堪的官场应酬一样。

良久，凤毛鸡胆的络腮胡子，于无意中发现金虎搭在肩头的衬衫上，别着一枚校徽，连忙近前细看，眼神像考古学家审视凝聚着史前文明的化石那样专注。那校徽石榴花一般地鲜艳着。

"咱俩走着瞧！"络腮胡子乘老人不备，示威似的朝金虎攥了攥拳头。

金虎觉着，有一种尊严在心中升腾。正是这种尊严，使他怒目圆睁，双拳紧攥，吓得络腮胡子一劲儿往后退，差点儿掉到身后的水塘里。

这是一种非常值得注意的情形。它表明，无论是谁，只有捍卫了自己的尊严，信念才不会缺失，人生的阵地才不会陷落。

"孩子，别理他！"老人看出了金虎的激愤，抚摸着他的肩头，瞥一眼络腮胡子，掉转脸对金虎说，"狗咬咱一口，咱不必再咬狗一口！"

金虎泪光闪闪，感激地点点头。

"赶紧给我滚！"老人转而面朝络腮胡子，下达逐客令。

络腮胡子听了，连忙得救似的掉转身子，闷声不响、一瘸一拐地走了。

老人望着络腮胡子渐去渐远的背影，陡然怅怅不乐。他觉着，这会儿，自己把这个不争气的侄儿“驱逐出境”，就好像为了处分黑鱼或昂刺，把它们放到河里去一样。

金虎到了没人的地方，痛定思痛，一任无名泪水雄性地挥洒。

他原本想捉野生甲鱼卖钱，让姐姐替他交补习外语的费用，哪里想到会发生这样一件丢尽脸面的事情呢？小雀儿都有指甲盖大的脸，这回子，自己真是活得没脸了！

一气之下，他抡起胳膊，嗖地一甩，那甲鱼在空中画了一道优美的弧线，扑通一声掉进河里！

到家后，金凤见弟弟两手空空、脸色不好，以为他是因为没有捉到甲鱼而不开心。于是，她连忙用开玩笑的口吻说：“小弟辛苦了！姐给你讲个故事吧！”

“姐，我不想听！”金虎没精打采地说。

“不想听？那我就更得讲！”金凤两手分开按着弟弟的双肩，让他在凳子上坐下。然后，她和弟弟并肩坐在一起，绘声绘色地讲了一个“约翰要在鸡蛋上剪羊毛”的故事，惹得金虎扑哧一声笑起来。

像西班牙姑娘一样恬静、如志士一般坚忍的金凤，要用自己的心血引领弟弟沿着一条既定的路线前进。

在这条路线的终点，凯旋的乐曲抑或铩羽的悲凉正在等待着她。

第二十八章

时间好像长了玫瑰色的翅膀，转眼间，一个月过去了。惜时如金的金凤，真想像浮士德那样，对瞬息即逝的时间大喊："逗留一会儿吧！"

星期一上午，金凤进了办公室，转眼一看，见汪主任和水主任正面对面地坐在椅子上，各自倾身向前，压低嗓门谈论着什么。以前，这种情况不能说没有，但是很少有。

采编部的小韩，很早就曾把汪主任和水主任说成是太阳和月亮，见面的机会极少。有一次，一位年长的同事老祁说，小韩，你这个比方挺有创意，既形象生动，又很贴切。

汪主任见金凤来了，抬起右手朝身边空着的一张方凳指了一下，示意她过来坐下。

金凤坐下后，两位主任同时向窗外扫了一眼。

见窗外没人，汪主任说："小金，广告部那位姓宗的，把你告上法庭了！你知道不知道？"

金凤坠入五里雾中，不解地问："哪个姓宗的？"

汪主任觉着对方问得蹊跷："广告部能有几个姓宗的？还不就是那个副主任宗跃宽！"

金凤听罢连连摇头："不可能！不可能！"

汪主任没好气地嘿嘿一笑，转脸问他的助手："水主任，把已经发生的事情说成不可能，这叫什么来着？"

水主任知道，汪主任要他用一个成语，来表述他上面所说的那层意思。他想了好一会儿，还是不能回答。

到了这会儿，金凤知道，不管自己相信还是不相信，宗副主任状告她，肯定是“已经发生的事情”了。可她转而又想，这“已经发生的事情”，会不会是因为宗副主任给媒体或其他有关部门写了一封表扬信，表扬她前不久到医院服侍他母亲，事后人们口耳相传，结果就像唐诗宋词译成外文那样，弄得面目全非了？

汪主任见她一劲儿愣神，忍不住问：“小金，前些日子，你有没有到医院服侍过宗副主任的母亲？”

汪主任这么一问，金凤一直悬着的心不再悬着了。她连声应答道：“服侍过！服侍过！”

这时，电话铃响了。

水主任接了电话后，掉转脸来说：“汪主任，我家那个淘气包和同学打架了，老师让我去一下！”

汪主任朝水主任舒过脸来：“前线吃紧，你快去，快去！”

水主任临走时，朝金凤歉然一笑，亦庄亦谐地说：“小金，你和汪主任先谈着，我会用魂斗罗第六代的速度快去快回！”

金凤站起身来说：“好的，好的！”

“你为啥要去服侍他母亲？”金凤坐下后，汪主任问。

金凤说：“宗副主任打电话叫我去的！”

“叫你去你就去了？”汪主任拧着眉头，喝热粥挨烫了似的吸溜一下，“你这么做，不是拿指头放在他嘴里让他咬吗？”

金凤心想，汪主任今天到底是怎么了？作为一个部门的带头人，知道下属做了好事，不但没有一句表扬的话，还要倒树刨根地责问，世界上哪有这样的道理？

汪主任继续问：“你和姓宗的非亲非故，只不过是一般的同事，他为什么不叫别人，偏偏叫你去服侍他母亲？”

金凤心想，听话听音，汪主任这一问，岂不是意味着：他怀疑我和宗副主任有暧昧关系吗？天哪，难道汪主任真的要把我冤屈死了吗？

汪主任不待对方回答，又掉转话题问：“小金，前些日子，你是不是装修住房了？”

金凤好似从沉闷的小屋子里来到屋外，长长地叹了一口气，说：“汪主任，那压根儿谈不上是什么‘装修’，只不过拆了一堵墙。”

接着，她把弟弟到报社宿舍与她同住，不得不拆墙另放一张床的事儿，从头到尾说了一遍。

汪主任自言自语似的说：“这就对了，这就对了！”

金凤不解地问：“汪主任，您说的‘对了’，指的是什么？”

汪主任说：“姓宗的‘状告’你，说你擅自拆墙，致使她母亲心脏病突发，医治无效身亡！”

金凤惊讶地说：“宗副主任的母亲死了？”

汪主任点点头说：“死了！”

金凤带着落网的鸟儿的那份紧张：“多会儿死的？”

汪主任竖起右手的食指和中指，在金凤眼前摆试摆试，慢悠悠地说：“二十多天前！”

金凤说：“真没想到，我在医院服侍那会儿，老人精神挺好的！”

汪主任说：“这不奇怪！奇怪的是，他母亲为什么偏偏在你家‘砸墙’的时候住院？”

金凤愣怔着。她怎么也无法把老人的死与“拆墙”这件事联系在一起。

整理好纷乱的思绪后，金凤说：“汪主任，我家和宗副主任家不仅不在一个单元，而且不在一个楼层，加之我们住的那座楼又是典型的豆腐渣工程，两位姓孙的泥瓦匠除了开头用水泥钉打开一个缺口外，其余的砖头都是用双手扳下来的。您想想看，这怎么会惹得宗副主任的母亲心脏病复发？”

“事情到了这个份儿上，”汪主任掌心向上摊开双手，“还不是‘雌黄出其唇吻，朱紫由其月旦’，姓宗的爱怎么说就怎么说！”

“做人得讲良心嘛！”金凤左顾右盼，两道灼热的目光仿佛在寻找许诺过真理的乐园。

“这个问题暂且存而不论，”汪主任摆摆手，“我问你：你不呆不傻，为什么要去服侍他母亲，以至于重演周大都督损兵折将吃苦受累，却让刘皇叔坐收荆州的悲剧？”

“宗副主任叫我去的嘛！”金凤急得都快哭了。

汪主任笑了笑，摊开两手，旧话重提：“报社里这么多人，他为什么不叫别人去，偏偏叫你去？”

金凤语塞了，好一会儿才说：“这个嘛……”

“小金，”汪主任长长地舒了一口气，“宗某人的所作所为，不仅给我们提供了思考的契机，也是一次智商升级的邀约。我今天这么追根究底，就是为了让你切身体验一下宗某人的逻辑和思维方式；换句话说，我在扮演宗某人的角色，在法庭上和你辩论。既然你刚才没法回答我的问题；那么，到了法庭上，你也照样会被宗某人逼到死胡同里！”

金凤觉着自己仿佛面对着炮口一样，噙着泪水说：“汪主任，我实在想不通，姓宗的为什么要来这一手？”

“小金，别紧张！‘青蝇不能秽垂棘，邪论不能惑孔墨’，现实世界对于一个类似天方夜谭的荒谬玩笑，是极其不屑的。宗某人这种蹩脚计谋之所以能得逞，就是因为他对你了解的程度，已经与诸葛亮对司马懿的了解一样深入骨髓。明末清初著名散文家魏禧在《日录》里说，诸葛亮也就是遇到了司马懿，‘若遇今日山贼，直入城门，捉将孔明去矣’。于此可见，诸葛计成，是因为他稔知对方晓得他一生谨慎，因此怀疑城中不空。同理，宗某计成……”

听到这里，金凤不由得茅塞顿开，进而想起了吕护士的丈夫耿进之告知她的消息。

她复述了那个消息的主要内容后，汪主任说：“这个事儿，我也听说了，准备来接替你的那个胖女人，有背景，没能力；一天能抽两包玉溪烟，喝起酒来能同男子汉当面锣对面鼓地‘吹洋号’！不用考，不用试，连看都能看出来，她的专业素质好不到哪儿去，很可能把梁实秋当成林语堂，关山月当成张大千……”

她听得很认真。撇开听话时的心情，仅就认真的程度而言，犹如医生在听患者的心音。

汪主任的面部表情变得像《时代》杂志一样严肃，继续分肌劈理地说：“姓宗的起初当然不会料到，她的母亲会一命归天；不过，即便他的母亲恢复如常，他仍旧会拿你擅自拆墙害得他母亲住院来说事。——如果说，犹大为了三十块银币不惜出卖自己的导师，宗某人则是为了一官半职而出卖自己的同事！……现在，老人不幸去世了，他觉着自己有了撒手锏。尽管他与你今日无冤、往日无仇，但是为了在官场上把屁股往高处挪一挪，他也得利用这一天赐良机！……自古至今，在官场争权夺利的斗争中，方式、手段从来都不重要，重要的是目的！”

金凤默默无语。

汪主任接着说：“小金，常言说得好：事出反常必有妖，蹊跷之处定有因。从根子上讲，还是因为你在《旗飞》上发表了所谓‘影射’县太爷出卖公办学校、全县中小学乱收费的文章，得罪了县太爷。想当年，一帮小喽啰为了讨得主子的欢心，曾不择手段，暗中找人当枪手，抄录诗文投给《旗飞》，以便给你加上‘工作不负责’‘不称职’之类的帽子。早知姓宗的能提供这么一个撒手锏，那些人也就不会那么枉费心机，玩弄那个‘小儿科’了！”

金凤揉揉眼睛，迫不及待地问：“依您看，我该怎么办？”

“以其人之道，还治其人之身！”汪主任打了一个异常有力的手势，“在这方面，典型的战例便是周瑜巧借蒋干之手，让曹阿瞒晕头晕脑地找不着北，在渡江战役前误杀了自家营垒里的两员水军大将，那可是擅长陆战的曹军绝无仅有的两个宝贝呀！”

金凤未及说话，水主任回来了。

汪主任站起身来问：“出了什么事？”

水主任挠挠头皮说：“我家的‘猢狲’与本班一个学生，像三国时代王朗与诸葛亮阵前对骂一样，在教室门口大骂一场，还动了手脚，所幸双方都无大碍！”

汪主任朝水主任舒过脸来："打也好，骂也罢，都不是什么大不了的事情。至于骂人，那就更不值得一提。别说孩子，就是成年人，当众骂街的也多着呢！"

"您这么一说，我就放心了！"水主任知道，上司如此引经据典，与其说是在安慰他，还不如说是在开导金凤。

稍停，汪主任从自己临时搭建的流光溢彩的高端论坛上走下来，忽然想起什么似的问："你怎么到现在才回来？"

水主任摸摸下巴说："我原本很早就可以回来；谁知刚出校门，金虎的班主任郝老师追上我，咬着我的耳根说，请你捎个话，叫金虎的姐姐抽空到学校来一趟……"

金凤略显紧张地问："水主任，郝老师没说有什么事儿吗？"

"郝老师说，你弟弟偷了人家的东西！"水主任说话时，尽量把脑袋等距离地置于两位听众之间，两眼不住地扫来扫去，以示两位听众在他的心目中同等重要。

可是，他的这种努力很难奏效。主要原因是，他患有严重的颈椎病，这两天正急性发作，脑袋像一颗偏离弹道的导弹，不可救药地偏向金凤，这就难免让汪主任有被冷落的感觉。

他发觉这一"失误"后，吃惊不小，连忙转着身子，装成追打在他身后飞舞的小虫子的模样，来了一个 180 度的"华丽转身"。转身时，他仍不间断地自说自话。

听说弟弟偷了人家的东西，金凤怎么也不敢相信。她连连摇头说："不可能！不可能！"

汪主任掰馍说馅，慢条斯理分析道："金凤，如今，社会上的小混混多得很；你弟弟跟着学坏了，应当说，这并非什么出人意料的事情！"

下班后，金凤心事重重地回到家里。进门一看，桌上放着一张纸条。她拿起来一看，上面写着：

"姐，今天我要去参加好朋友王劲松的生日宴会，中午不回家了。"

她见纸条的背面似乎还有一行小字，翻过来一看，果然不错，纸条的背面是用铅笔写的小字：

“姐，你别担心，我早就买好了生日礼物，决不会给你丢脸，空着两手去‘吃白食’！”

她一眼便看出，这是调皮的弟弟在撒娇，在逗姐姐玩儿。要是往常，遇到这样的情况，她的高兴劲儿真是没法说。可是这一次，想起汪主任的提醒，她不仅高兴不起来，还心存疑窦：他会不会跟“小混混”们混到一起去了？

她连午饭也没吃，便和衣躺在床上。尽管连日劳累，仍然睡意全无。她觉着自己好像掉进了刺猬窝里，浑身刺刺挠挠的，难受极了。

下午上班后，她从办公室的茶几上拿来热水瓶，倒了一杯开水。不料由于心神不定，杯子里的开水已经快满时，她的手朝前一耸，开水溢出些许，并兵分两路，如同下乡扫荡的日本鬼子，向摊在桌面上的一篇未及看完的稿件包抄过去。她连忙放下水瓶，以八路军反“扫荡”的态势“救”出稿件。一场虚惊之后，她无心喝水，拿起稿件接着往下看。看后，她觉着写得还可以。加之这是一位年轻作者的第一次来稿，她近乎本能地放低了取稿的尺度，正如革命烈士钱毅任《盐阜大众》报编辑时的做法一样。带着这种奖掖后进的心态，她将那篇稿件从头至尾又细读一遍。那情景，犹如一位农妇拂晓时分伏在枕上，怀着殷切的心情聆听窗外鸡栏里的小公鸡扑打着翅膀初试啼声。

恰在此时，她忽然听到熟悉的脚步声，转脸一看，原来是惯于姗姗来迟的水主任。

她依照惯例，起身给水主任倒了一杯水，放在水主任的办公桌上。水主任一如既往地说了一声“谢谢”，端起水杯喝了一口，笑着自嘲道：“大伙儿给我这个水葫芦改姓水，可真是改对了！”

因为遇到了闹心的事，她无心接这个话茬儿。再者，按照她的身份和脾性，即便在正常情况下，她也会避开这个话题。“水往低处流”，与水有关的话题，是很容易流向道德洼地的。

水主任知道，他的下属一定还在惦记着自己的弟弟。于是他问："中午回家，你没问一问你弟弟，到底是怎么一回事吗？"

她摇摇头说："他中午没回家吃饭。"

水主任有点儿紧张地问："为什么？"

她回答说："一个和他要好的同学过生日，他'出礼'去了。"

水主任正想就郝老师所说的事儿谈谈自己的看法，忽然间电话铃响了。

她站起身，走到电话机旁，拿起话筒一听，是一位中年妇女的说话声。听口气，打电话的人有要事相告。

金凤问："您找谁？"

对方回答说："我找金凤同志！"

金凤连忙说："我就是！我就是！"

对方高兴地说："太巧了，太巧了！请你晚饭后到我们学校来一趟！"

金凤问："您是哪一位？"

对方回答说："我姓郝，金虎的班主任。"

金凤恍然大悟："郝老师，知道了！……水主任已经告诉过我了！"

水主任见她放下话筒，略带责怪地说："小金，你刚才怎么不问一下，到底出了什么事？"

金凤叹息着说："除了您已经告诉过我的，还能有什么事？"

水主任安慰道："小金，你务必要想开点，年轻人哪能步步走在道儿上？记不清是哪位名人说过，谁要是在年轻时代不做一些荒唐的事，那他就要在年老的时候加倍补上这一课！"

金凤深长地叹息一声："水主任，我们家的情况您是知道的；说一句不要脸面的话，我和弟弟连做错事的资格也没有啊！"

快下班时，水主任因家中有事，先走了。

金凤从抽屉里拿出一篇千字左右的稿件，从头至尾看了一遍。这篇稿件她先前已经看过了，当时的印象还不错，可现在却觉着不怎么样。她这才意识到，评价一个人或事物，与评价者的心情好坏是密切相关的。由此她又联想到，由于此前在工作中得罪了某些当权者，现如今，哪怕自己是一朵花，对方也会把你看成是一团豆腐渣。想到这些，她不由得心乱如麻。

她掉转脸看看墙上的时钟，下班的时间早就过了。因为忙着回家做晚饭，她收拾好东西，急急忙忙地往回赶。

未进家门，她便看到，弟弟正坐在饭桌旁，把玩着一个棕色的小陀螺。弟弟一脸阳光，像个淘气的孩子。

见她回来，金虎站起身来说："姐，下班啦？"

她懒得作答，指着倒在桌子上一劲儿晃悠的陀螺，不解地问："你买这玩意儿干啥？你以为自己还是个三岁伢子呀？"

金虎连忙解释说："我们班上好多同学都买了。他们说，家长一年到头忙得团团转，可我们很少想到这一点！买个陀螺装在衣袋里，它就能时常提醒我们了！"

听到这里，她不由得心里一热。

她脱下外套，晾在自制的衣架上，掉转脸走到锅灶旁，揭开锅盖一看，晚饭已经做好了。

"姐，你当心点儿，别着凉！"

"你放心，没事儿！你姐又不是大家闺秀，哪能那么娇气！"

"是啊，姐姐不是'大家闺秀'，而是'小家碧玉'……"他竟然同姐姐开起了玩笑。

金凤见弟弟失其常度，笑道："小弟，你的一张嘴是啥时候'练'出来的？挺会说话的嘛！"

他搞不清姐姐是在夸奖他还是在批评他，不由得脸红了。

停了一会儿，他招呼姐姐坐下，自己忙着盛饭盛菜。

金凤听从他的安排，坐在饭桌右边的凳子上。

忙活好了，姐弟俩隔桌而坐。

她抓起桌子上的筷子，轻轻地甩了几下，直到甩不下一星一点水珠儿，她才示意弟弟拿筷子吃饭。

金虎伸手去拿时，她又把手缩回，用筷子轻轻地敲着桌子的边沿说："别急，姐想问你个事儿……”

金虎有点儿紧张地挠着头皮问：“什么事？”

她朝门外瞥了一眼，尽量压低嗓门：“最近，你有没有做过自己认为不太合适的事儿？”

金虎把右手按在脑门上，拧着眉头想了好一会儿，摇摇头说：“没有！没有！绝对没有！”

她把筷子递给弟弟，点点头说：“没有就好！”

金虎心想，今儿个，姐姐到底是怎么了？但他又不便多问，只好闷声不响地吃饭。

饭后，她对弟弟说：“姐出去有个事儿，你洗一下锅碗！”

金虎一迭连声地说：“好的！好的！姐，你放心去吧！”

他喜滋滋地想，看样子，姐姐没准是去和小伙子约会的。为此，他感到十分高兴。是呀，姐姐已经是个大姑娘了，应该找个心上人了。

她经心着意地化了淡妆，骑上电动车，宛如一只小鸟，轻快地出了城。

连接宁海县和宁海市的，是一条宽阔笔直的大道。大道两旁，绿树成荫，流水淙淙。浓密厚重的树荫下，开阔的景色向远方伸展，大地散发着诱人的清香。两个城市的中间部位，有一座古朴典雅的拱形桥。据传说，朱元璋发迹前，时常与马姑娘亦即后来的马皇后在这儿嬉戏。因为马姑娘脚长盈尺，时人戏称为“脚桥”。朱元璋当上皇帝后，姑娘小伙子们为了叨光沾喜，经常到这儿约会，有人便据此将它改称为“鹊桥”。我们的金凤姑娘早就知道了这一掌故，因而过桥时，也有一种朦朦胧胧的“约会”的需求。但这想法只是像流星那样，从她的脑海里一闪而过。——生活像一块沉重的石头，压制着她青春的萌动。

第二十九章

宁海市中学是一所省属重点中学，全校有一百多个班级，教职工一千多人。到这样的学校里找人，犹如大海捞针。所好的是，在这偌大的学校里，郝老师像荨麻丛中的一枝玫瑰——她是特级教师、省人大代表。由于这种特殊身份，她的音容笑貌便像舰队中的旗舰一样，时常游弋在保安人员的脑海里。要是换了一个无名之辈，保安没准会说：我们学校没有这个人！

听说要找郝老师，一位年轻的保安殷勤有加，立刻前导，把金凤带到教工宿舍区的十二号楼前，指着三楼东首一个亮着灯的房间说："看清了吧？就是那一间！"

她按照保安的指点，沿着楼梯转弯抹角地上了三楼。巧得很，郝老师刚好送学生出来。她立在一旁，待学生走后，连忙迎上去，向郝老师作自我介绍。郝老师把她让进屋里，转脸一看，禁不住脱口而出："哎呀！好漂亮的姑娘！"细瞧之后，又点点头说，"你和你弟弟金虎长得蛮像的！"

两人落座后，她才得闲打量一下女主人郝老师。这是一位如同春末夏初的桃子一样成熟的女性，无情的岁月似乎对她特别多情，四十多岁的人，别说脸颊上，就连额角也看不出明显的皱纹。她的衣着十分考究、得体，传统风格的服装上糅进了对时尚品位在细节方面的退让。巴尔扎克说过，服饰是人物性格的外显。如果此言不谬，郝老师涉足政坛，很可能成为吕端那样的政治家，大事不糊涂，小事能变通。她的仪表、衣着和风韵，不由得让金凤想起当年人们赞美宋庆龄时所说的话：她朝那儿一站，就为国家争了光！

金凤以前曾和郝老师见过面。那一次，郝老师为全市语文学科骨干教师上公开课，她和宁海县报社的另一名女记者到现场采访。起初，她俩与老师们一道，坐在教室后面临时放置的木椅上听课。做学生的感觉，让她回忆起久违了的学生时代。那时，她所在班级的语文老师姓顾，也是一位女老师。由于她作文写得好，顾老师很喜欢她。她辍学进城陪读后，顾老师还两次写信，勉励她抓紧时间，多看报、多读书、多接触社会，争取自学成才。

听课和采访过程中，郝老师的面容时常和她记忆中的顾老师的面容重合。她多么想突破时间的樊篱，回到从前，回到她的少女和学生时代啊！

她感到失望的是，郝老师对她似乎一点儿印象也没有！她在心里安慰自己：兴许是因为当年的"丑小鸭"，如今变得清秀一点儿了吧！

郝老师递给她一杯水，笑着说："我这个人从来不吃水果，今天也只好用白开水招待你了！"

她一边接水杯一边说："我也是！我也是！平时连白开水也很少喝！"

说了后一句，她有点儿后悔：这样说，是不是对主人有点儿不礼貌？

郝老师似乎没有计较，笑着说："今天请你来，是因为你的弟弟金虎出了点事儿！"

她问："什么事？"

郝老师尽量用平淡的语气说："城郊乡有人到学校来告状，说你弟弟偷了他家汪塘里的甲鱼！"

尽管她早就有了思想准备，听了郝老师的话，仍然感到很吃惊：偷——这个专门用人的品质果腹的怪物，竟然真的侵入弟弟金虎健康的肌体！

愣怔良久，她生怕惊动什么似的小声问："郝老师，这是多会儿发生的事？"

郝老师用右手的食指和中指按着额头，想了好一会儿，这才轻轻地咳嗽一声，慢慢掉转脸来说："你弟弟出这事儿，已经有好些日子了；人家到学校告状的具体时间和情节，我也不太清楚。待会儿，我带你去问我们学校分管德育工作的周校长，他早就在办公室里等着你。"

她抬腕看看手表，已经快到晚上八点了，于是提议说："郝老师，我们是不是……”

郝老师从对方看表和“话到口边留半句”的细节中受到了启发，连忙站起身来说：“好！我们现在就去！”

办公楼与宿舍区仅有一路之隔。几分钟后，她俩已来到校长室门前。

郝老师推开门一看，办事员小姜正在整理当天的报纸。她的神情很专注，以至于没有发现门口站着两个人。

郝老师站在门槛旁，一手扶着门框，一手拢着头发问：“小姜，周校长没到办公室来吗？”

正在夹报纸的小姜抬头一看，连忙站起身来，热情地招呼她俩进屋坐。由于突然分神，她左手的小拇指被铁夹子夹了一下，疼得她咝咝咝地吸冷气。

郝老师拉起小姜的左手，把小拇指擎到眼前看了看，笑着说：“还好，还好！没破，没破！”

小姜把受伤的小拇指从右手的虎口部位插进虚握着的拳头里，一边慢慢地旋转，一边掉转脸对郝老师说：“周校长出去一下，待会儿就回来！”

郝老师看了小姜一眼，拉着金凤走近一张双人沙发，笑着说：“好的！那我们就‘坐等’吧！”

等了好一会儿，仍旧不见周校长的影子。这时，金凤的脑海里浮现出郝老师案头的一堆作文本，禁不住以商讨和请求兼而有之的口吻说：“郝老师，要不，您先回去吧！”

郝老师摇摇头说：“不用，不用！”

小姜见状也催促说：“郝老师，您上两个班级的语文课，又是班主任，谁不知道您是全校最忙的人！您回去忙着吧，这儿有我呢！”

郝老师迟疑片刻说：“也好，也好！那我就先回去！”

小姜和金凤把郝老师送到办公楼西侧的甬道旁，一步三回头地返回。

不一会儿，周校长回来了。

金凤抬眼一看，吃了一惊：站在自己面前的，竟然是令她爱恨交加的周新龙！

他还是原先的模样，正如马萨乔（十五世纪意大利著名画家）所画的圣母酷肖拉斐尔所画的圣母：只是有几分单薄，有几分清瘦。再就是，他的背微微有点儿驼。这也难怪，矮檐下，除了硬度冠军铁桦树，就连黄松的柱子，都有弯曲变形的时候，何况人的脊椎是由二十六块碎骨头拼凑成的呢！

刹那间，自己住在周家时，周新龙对她的关心和照顾、自己对周新龙朦胧的爱、与周新龙深夜长谈以及偷吃禁果的往事，一幕一幕地从金凤的脑海里闪过。

她想，假如当年周新龙在红宝县税务局的表现，不那么令人失望，两人的爱情也许能修成正果。

今天的周校长亦即往日的周新龙，尽管早已料定会有这样的场面，但是，当多年来一直让他魂牵梦绕的金凤出现在眼前时，他仍旧心神不定，不能自已。他看似漫不经心实则仔细地察看着她，以弥补这么久没有见到她的损失。他觉得，自己的“梦中情人”比原来更美了，美得像一种平和恬适的文化。

他掉转脸看了小姜一眼，突然想起什么似的，随手拿起办公桌上的一份薄薄的材料，和颜悦色地对站在一旁的小姜说：“麻烦你，把这份材料送给教务处的章主任！”

“行啊，行啊！”机灵的小姜连声应答着。她心知肚明，周校长叫她送材料是假，想支开她是真。想到这里，她接过那份材料，意味深长地瞥了两人一眼，转身就走。她早已觉察出，周校长看金凤的眼神有点儿不对劲。

小姜走后，周校长在金凤的近旁坐下，开门见山地说：“今天请你来，没有别的事情，只是想请你看一张照片！”

言毕，他拉开办公桌的抽屉，像珠宝商拿出一块从不轻易示人的天火钻石一样，拿出一个讲义夹，左翻右找。

金凤一笑：“是结婚照吗？”

他摇摇头说：“不是！”

金凤又问：“是订婚照吗？”

他摇摇头说：“也不是！”

说话间，他终于找到了那张照片。他把它正面朝下拿在手里，笑着问金凤：“你是不是想说，除了以上两种类型的照片，你就没兴趣看了？”

她点点头：“不错，没兴趣！”

“既然你没兴趣，那我也就没有必要忙着让你看了！”他把照片放在身旁的办公桌上，“那我们就先聊一会儿吧！”

她摇摇头：“没什么可聊的！”

他的心里五味杂陈。自打她以远房亲戚的身份住到他家后，他就一直把她当作自己的妹妹看待。其实，这么说还不够准确，或者说还不到位。因为在他心里的天平上，自己的妹妹周倩倩远没有她的分量重。随着时间的推移，他和她的这种原本就是比譬意义上的兄妹之情，按照人类情感的既原始又时尚的走向，顺理成章地被爱情淡化并取而代之。不仅如此，在后一种感情的顶峰阶段，他们还曾偷尝过禁果。打那以后，特别是在金凤疏远乃至憎恶他之后，他曾千百次地拷问自己，并对天发誓：愿老天爷把我放在良心的坩埚里熔化，只要发现我对金凤的爱掺杂着其他成分，我愿遭五雷轰顶！可是，不知为什么，他的苦心连同他的爱，在她的眼里，似乎分文不值。有一个时期，甚至直到目前，他怀疑是自己的妹妹周倩倩从中作梗。因为他在红宝县税务局工作时，曾和该局两位领导的千金先后有过一段时间的交往。但那绝不是爱情，而是一种谋生的手段。——他想把他俩的千金当作一座桥梁，架设在自己通往仕途的沟壑上。他曾就此事坦率地向妹妹周倩倩解释过，可妹妹怎么也不理解，视他为异类，当面骂他是“哈巴狗”“马屁精”“跳梁小丑”，并扬言要将此事告诉她的好友金凤。果然，此后不久，金凤就像一颗脱离轨道的流星，从他的情感世界里飞走了。他感到，妹妹好像一个精确度很高的罗盘，带着她对生活的理性看法，指出他偏离自己明明知道却又不愿正视的正确方向有多远。在屈辱的处境中，他不能没有一个崇高的、哪怕是假想的立足点，使他这个被人鄙视的人也可以鄙视别人，于是他就死抱住自己认定的那个虚幻的救星，把它当作血肉丰满的真救星。

由于妹妹从中作梗，抑或另有原因，他成了三国时代盗书的蒋干——两面无功式的人物。因此而使他在爱情上遭到被拒绝的屈辱，至今仍像新鲜伤口一样，无时无刻不在他的心里隐隐作痛。有些时候，特别是闲暇时分或午夜梦回，他不免担心自己的单相思——在他整个生命里沸腾着的热情——有朝一日会演绎成歌德笔下不顾死活的维特式的狂恋，最终凝结成金凤背影里一颗凄婉的泪滴。

其实，单相思并没有他想的那么可怕。只要善于向家人和朋友倾诉，及时转移注意力，迅速做回自己，很快就能从单相思的痛苦中解脱出来。

他比谁都清楚，金凤和他的妹妹周倩倩一样，性子拧得很。此时此刻，你就是把自己的心掏出来给她吃，没准她还嫌腥呢，哪有心思听你的长篇大论！——他悲哀地嘲弄着自己走投无路的处境。

想到这里，他深长地叹息一声，从办公桌上拿起照片，朝她掉转脸来说："既然没什么可聊的，那你还是看一下照片吧！"

言毕，他拿着照片晃悠了几下子，伸手递给她。

她接过照片，漫不经心地翻转过来。不看则已，一看，禁不住吃惊得睁大了眼睛！

照片上，她的弟弟金虎赤着脚，头发蓬乱，衣衫不整，左手提着一双鞋子，右手拎着一只甲鱼。那甲鱼勾头瞪眼，试图咬人，怪怕人的！

她顿时把照片上的情景与郝老师所说的事情联系在一起，急不可待地问："这到底是怎么回事？"

"昨天，城郊乡的一个粗黑大汉送来这张照片，并指着照片上的人说，你们学校的学生偷了我家汪塘里的甲鱼！这是他被我当场捉住时，一个看热闹的小伙子用手机拍下的照片。那人还说，他家汪塘里的甲鱼已经被偷了好多次，希望学校领导好好地教育教育他！……"周新龙讲述着照片的来历，"我见照片上的人有点儿面熟，再仔细一看，才认出是你弟弟金虎！于是，我连忙'封锁消息'，就连金虎的班主任郝老师，我也没具体地对她讲！"

"这可……这可怎么好？"金凤急得连话都快说不周全了。

他生怕自己露出求之不得乃至幸灾乐祸的神情从而得罪对方，便强令面部肌肉运作出一种庄重的表情，并掉转话题道："如果你不反感的话，在回答你的问题之前，我想谈谈自己对人生的看法……"

“请便！”她原本不想听，但眼下有求于人，只好姑妄听之。

“这个题目，往大里说，就像浩瀚的宇宙那么大；往小里说，就像一个人的心眼那么小。限于见闻和学识，我只能从后一角度着手……”他见金凤愿意听他倾吐心曲，不由得暗自一喜，仿佛孩子征得家长同意让他出去玩耍。

金凤看出他要大发宏论，掸掸衣袖，坐正身子，摆出一副洗耳恭听的样子。

周校长说话时，语速很慢，尽量不让自己偏于激动的情绪外显：“在我的‘心眼’里，人世间的万事万物中，唯有‘权’最为珍贵！其余的一切，诸如美食华居，名媛佳丽……只不过是它的派生物。巴尔扎克——抑或是托尔斯泰？——曾经说过，‘社会是一个大泥潭，我们要设法站在高处’。依我看，所谓‘站在高处’，就是要有‘权’，权越大就站得越高；否则就是一句空话！”

不出金凤所料，周校长无法掩饰自己激动的心情，讲着讲着，便像梭罗在瓦尔登湖畔抒发自己对“超验主义”的感受时那样激昂慷慨。

“就拿我那‘可爱的’妹妹周倩倩来说吧，去年评职称时，条件比她差得多的人，因为有当官的做后台，一个接一个地顺利通过评审关。最后，只有她独居化外、被放三危；没奈何，她只好把自己关在斗室里，让断线珠似的眼泪‘顺利通过’从娘胎里带来的泪腺……”周校长的话锋由远及近，“她怎么也不会想到，某些大权在握的人，哪怕想到地轴的倾斜度或哈姆雷特脚上的鸡眼，想到爱因斯坦的相对论或安提斯泰尼的犬儒哲学，也不会想到如何公正地为她解决职称的问题！可笑的是，就是我的这个‘可爱的’妹妹，竟然对我为了让自己‘站在高处’的某些做法大肆挞伐！”

他说这番话时脸上流露出来的表情，俨然是他所定性的卑俗现实的人格化。

金凤起初漫不经心，后来越听越入神。

一只来路不明的小飞蛾，轻盈地在她的眼前盘旋飞舞。她以手作扇赶走小飞蛾，又恢复原来的坐姿。

他像雄鹰俯冲之后振翅高飞一样，接着原先的“高端话题”大发感慨：“‘一入庙堂（做官），终生为奴。’倘若身在官场，却不知道看风视水、不会施展钩钳转阖之术，悲剧性的命运也就不可避免！透过历史的缝隙不难发现，别说常人，就连娼妓都有靠山：柳如是身后有钱谦益，董小宛有冒辟疆，侯慧卿有冯梦龙……可是，在这个世界上，有些人至死都没有看破官场的密锁暗道，没有参透人生的禅机，殊可浩叹！”

金凤听到这里，忍不住轻蔑地发问：“人生在世，一旦失去了自我，难道不觉得憋屈？”

“才不呢！”周校长不理会她话语中的蔑视，甚至蔑视她的蔑视，不以为然地摆摆手，“一入官场，你就会跟着众人进入一种说不清道不明的状态，在扭曲中失去被扭曲的感觉……不过，平心而论，在现实生活中，人们总以为自己所从事的职业是高尚的，其实这是一叶障目不见泰山！你之所以看不惯乃至鄙视某些人的职业（包括官场），只是因为你没有进入他们的生活圈子罢了。人与人之间，正如人与猴子之间、人与海豚之间一样，可谓千差万别。我们不知道猴子和海豚如何理解哲学、如何感受生活，更不知道它们知不知道我们如何理解和感受……看来，从相互间的关系看，人类和动物之间，与人类两个不同的生活圈子里的人之间，颇有相似之处——即使我们不是唯一无知的一方，至少我们肯定是无知的一方！”

金凤好似听了一堂哲学课。沉吟有顷，她若有所思地弯下腰，轻轻拂去从墙角落里卷土重来、落在她鞋面上憩息的小飞蛾。

他这才注意到，她穿着一双肉丝袜，肉色莹然可见。她的腰肢似乎不盈一握，有弱柳临风之态。这样的纤腰，是造化用了十年的工夫磋磨出来的，热烈而轻柔，像襁褓中婴儿的呼吸。

待她恢复原先的坐姿后，他沉吟有顷，继续说：“堂·吉诃德疯疯癫癫地征战，是为了他心里模拟的淑媛；我以往那些‘以屈求伸’的做法，在很大程度上则是为了你！——我认为，越是像你这样有品位的女人，就越需要权力的滋润！”

她朝他瞥了一眼。

他看到，她的双眸静若秋泓。

只有经历过惨重失去的女人，才能如此美丽。

“也许，你和我的妹妹周倩倩一样，看不起我这个‘匍匐前进’的人……”他悲哀地嘲弄着自己在爱情上所遭到的被拒绝的处境，屈辱像新鲜创伤一样在心里隐隐作痛，脸上显出一种使她倾心的奴隶般的忠诚，“不过，这也没什么！前不久，我听母亲说，她已认你做干女儿了。今后，我们即便不成眷属，总还有兄妹之情吧？——对我来说，这已经足够了！”

这番话，特别是最后一句话，已经臻于知心的地步了。这本来是恋人之间需要避免的，周新龙怎能不知道？但是现在，情到深处，他已顾不上了。原来在职场上历练出来的纯金一般的自制力，已经荡然无存，理智终于退步于情感。

正是末了这句话，让金凤心里一颤，过往的一切历历在目。是啊，有些时候，一棵小草，一朵野花，一轮秋月，一池春水，一声亲切的问候，一句暖心的话语，就会突然唤起我们模糊的记忆，令人感念旧好，想起那些随风飘散的遥远的往事。

再说，周新龙要人品有人品，要学历有学历，要思想有思想，人家究竟哪一条配不上自己？更何况，两人早已偷尝过禁果……想到这里，面前这个男人由一个有血有肉的实体，化作一个似曾相识的艺术形象，在她的脑海里一路飙升！——她突然觉得，周新龙就像狄更斯笔下柯尼太太眼中的邦布尔一样，是“一只让人无法拒绝的鸭子”。这样的想法渐渐演变成一种由淡到浓、由模糊到清晰的信念，进而升华为一个围绕着她悬浮、飞翔的精灵。

她怎么也没有想到，冥冥中居然有力量把自己对周新龙的旧情近乎完好地禁锢在心底。

其实，出现这种情况并不奇怪。抽象地想到某一个人的缺点，你也许会厌恶；但是，缺点一旦被他的性格具体地衬托出来，你会觉得他的品性产生了一个新的和谐，或者竟成了一种让人怜惜的缺陷，像古瓷上一条淡淡的裂痕，奇书里一处无关大碍的残缺，使你心窝里涌出加倍的珍惜。

再往深处一想，她觉得事情的本来面目也的确如此。自古至今，别说是两个恋人，即便是两个友人，要结束一段感情，从来就不是一件轻而易举的事，传说中的手起刀落、一刀两断，对感情从来不适用。这是因为，感情从来都是与理性无关的。

那当儿，她就如同自己所身处的校长办公室一般，周身洋溢着粉红色的青春的欢乐，怦然跳动的心仿佛是七层塔檐上悬挂的风铃，叮咚叮咚，不住地叩击着面前这个男人的名字。

周新龙忽然想起一位名人的经验之谈：在爱情问题上，男女双方、特别是男方不能伸手太快，否则就会使对方产生一种浅薄、一览无余的感觉，最终导致各奔东西。与此同时，周新龙又不主张“玩深沉”。他认为，“玩深沉”实质上就是作秀，是情感世界的迷魂阵、无底洞。他要在这两种方法中开辟出一条“中庸之道”，亦即一种不偏不倚、不左不右的方法。他相信，这种方法是一种平民化、草根化的方法，它无疑地更加切近人的本性、本能，有助于解决问题。

“来日方长，希望我俩今后多沟通、多联系！”他耸耸肩膀，让缩上来的衣服滑下一点，慢条斯理地说，“现在，我来回答你先前提出的问题，也就是那位粗黑大汉说你弟弟‘偷甲鱼’的问题……”

金凤微微颔首，表示她已经意识到他会怎么说、说什么。

他问：“难道你对此事一无所知？”

她口不从心地回答说：“对，一无所知。”

他把城郊乡那位粗黑大汉来告状的事儿，又从头至尾说了一遍，如同珠宝商把自认为最珍贵的珠宝又向顾客展示一下。

她以求救的眼神望着他：“这可怎么办？”

至于如何解决金凤所关心的问题，他早就成竹在胸。然而，为了卖关子，他没有作声，又一次拉开抽屉找东西。

她想：难道他还要让我看诸如此类的照片？

他拿出一个剪报本，很熟练地翻到其中的一页，然后把剪报本摊开。看得出来，他有备在先。

“这是我读大一时的一篇习作，发表在一家名不见经传的杂文报上。”

他把摊开的剪报本递给她，用食指在一篇题为《哲学家》的短文上点了点，“你先看一下！……不过，我声明在先：我如此敢于在你面前献丑，并非为了诗化自己的经历！”

她感到对方有点儿饶舌，但又禁不住“一睹为快”的好奇心的驱使，随手接过来。剪报本弥漫的老旧气息，该是几十年岁月才能提炼出的悠远、沉郁。

按照他的指点，她敛神屏气地看下去——

哲学家

这件事发生在物资奇缺的年代。

一天上午，新调进物资局的小罗拿着一份申请购买建房木料的报告，请教眼看就要告老还乡的余局长：“余老，写这份报告的人，请求物资局给他家解决一些建房木料。您看看，到底该不该批？”

余局长早就秃顶，油光可鉴的脑袋，看上去好似浇了一勺油。相比之下，后脑勺上稀稀落落的头发，成了沙漠化地带的对抗性的存在。这当儿，他打瞌睡一般猛然低下头，原本架在秃顶上的老花镜，顺着毫无障碍的斜坡滑落到鼻梁上，好似在演绎“山体滑坡”。

“小罗，你听我说，”余局长看完报告后，左手和右手的食指同时贴着双颊用力往上一推，两个牛眼似的镜片顿时重返绝顶，“张老耿一家五口人，常年挤在两间小屋内，我们‘批’一点儿建房木料给他，有何不可？”

小罗只有点头的份儿。

“不过，”余局长把原先掌心向上摊开的巴掌翻了个个儿，表示自己要重新立论，“‘话在人说’！全县有二十多万户，住房紧张的，何止张老耿一家？我们不批这份报告，有何不可？……小罗，听出味儿来了吧？”

小罗只有点头的份儿。

余局长看着新来的下属，面露微笑，滔滔不绝地阐述着他的“话在人说”论，看上去，颇有古希腊“含笑的哲学家”德谟克利特的风采。

她津津有味地看罢全文，觉着如此充满灵性和智慧而又幽默、犀利的文字，在世风纷扰、人心浮动的大学校园里，势必像一股掠过海面的轻风，荡起一圈圈涟漪。想到这里，她轻轻地抖着剪报本，笑着说：“写得不错！蛮逗人的！”

他觉着心里挺受用，用右手的食指在自己的鼻梁骨上轻轻一点：“现如今，我就是大权在握的‘哲学家’余局长！”

其神态之自若，不足为外人道也。

他见她的脸色由阴转晴，知道她已经“听出味儿来了”，于是决定“更上一层楼”，不显山不露水地把话题引向她所企盼的方向：“巧就巧在，我刚好分管学校的德育工作！”

……

周校长越说话越多。尽管他没有高声大气，仍然流露出一种严谨的张扬、内敛的霸气。作为唯一的听众，金凤偶尔也清音说上几句。

有了金凤的鹂语清音，周校长暗自欣喜，觉着自己的生活陡然生色、灵动起来。

金凤记不清自己是怎么和周新龙作别的。到了离住地不远的街巷时，由于路面不太平整，她下了车，推着电动车步行。小巷深处，有一丛丁香，在微黄的路灯下静谧地绽放，微风过后，看上去好似一朵游移不定的彩云。它那娇艳的宝石般的花朵，撩人遐想，仿佛它的芬芳、它的柔媚，就是为了让世间的女人们享受一种无可替代的静美。

她边走边想，不一会儿便来到家门前。她掏出钥匙开了门，只见弟弟还在灯下做作业。

弟弟以为她是为“个人的事儿”外出的，因而没问她为什么回来这么晚，只是关切地说：“姐，你从早忙到晚，早点儿休息吧！”

她说：“你也早点儿睡吧！”

弟弟揉揉眼睛，振作一下精神，声音有点儿嘶哑地说：“姐，我还有一道数学题没做好，还得再待一会儿！”

由于周新龙刚好扼守在通往“甲鱼事件”的关津要隘上，她已没有必要再为弟弟担心。正因为如此，她也就没再“盘问”弟弟，破天荒地先于弟弟上床休息了。

她觉得自己太幸福了，幸福得简直不可饶恕！——此刻，在她看来，周新龙是一个供她在烽烟迭起的人生旅途上立足存身的宝岛，一个她曾经涉足过的爱情的宝岛，止绝苦痛，始兆幸福，皆在此矣。不错，在与周新龙相处的青葱岁月里，她确实有过忧伤、有过迷茫；然而，如今细细想来，那些烦恼、那些郁闷，只不过是游走在青春肌肤上的毛细血管。正因为有了它们，自己的青春虽然不乏苦难，却也血液充盈。

接下来的几个白天与夜晚，她的内心世界由曾经的创巨痛深进入了世俗的眼睛无法看到的狂欢。她的一举一动都透出一股子灵气儿，仿佛活在云彩上。无论面对晨曦晓露，还是夕阳西下，她总觉得整个世界好像刚去过神父的小屋子告解了的人一样新鲜，而且欢欣。

她提醒自己，幸福只能在家人面前张扬。出了家门只能在心中暗喜，否则很可能刺痛别人。没事的时候，经常晒晒太阳，晒晒黑芝麻，晒晒红辣椒，千万别晒幸福。因为，幸福是一件很私密、很私人的事儿。

她决计重新定位自己，渴望回到从前。正如流行风雨千变万化，邓丽君的风花雪月最终仍然成为现代人奢侈的情感回归。

第三十章

农村里有不少像杨月华这样的女人。她们并非生来就泼辣、凌厉，只是在发现自己嫁给一个阿斗式的丈夫后，才不得不向自己的体内注入一股男性的雄风，并在精神上而不是肉体上全方位地驾驭自己的男人。她们有如张爱玲笔下的倪喜，身上有一种野蛮的生活感，随时放光发热。在这样的家庭里，女人是主心骨、设计师，家里每有重大事情，都由她们拿章程，正如北宋初年，国家每有大事，都由“大事不糊涂”的宰相吕端拿章程一样。更为难能可贵的是，她们绝不是“口头革命派”，而是在沙漠里也能开垦出绿洲的实干家。她们吃大苦、耐大劳，哪怕夫妻俩抬一桶水，都要走在后面，并暗暗将桶系朝自己身边挪一挪。人生充满温暖的爱与亲情，正是凭借平常日子里诸如此类一丝一缕的细节织就。这样的女人成就了多少家庭，成就了多少男人，她们是女人中的男人，比男人还要男人的女人。

不过，再刚强的女人也有脆弱的一面。杨月华的脆弱之处在于，她有着远远超越常人的“恋子情结”——用乡下人的话来说就是，她会“想伢子”。在她看来，儿女是自己身上掉下来的肉，在他们未成家之前，应该生活在自己目力所及的范围内。与此同时，她又是一个深明事理的人，为了儿子金虎的前程，她打心眼里同意让他进城读书，并让女儿去陪读。打那以后，她的心里时常空落落的。夜深人静难以入睡时，她常会两手轮换着，一根接一根地拉手指，拉得嘎巴嘎巴响；触到左手小拇指的断面时，她又会清泪如雨……

一天傍晚，她向丈夫提议说，进城看看两个孩子。

其时，金永耕正在全神贯注、有滋有味地抽烟，没听见她在说些什么，自然也就没搭理。

出现这种情况并不奇怪。抽烟是一种行为艺术，天下好之者夥矣。不唯芸芸众生好这一口，就连人类历史上好多叱咤风云的大英雄，尽管他们的人生底色是惊涛骇浪、是战火狼烟，然而他们不仅也爱抽烟，而且可以兼做烟民的领袖。

杨月华可管不了这许多。她扯扯衣襟，像拉钢卷门似的耷拉下眼皮来，放大音量，声色俱厉地重提原来的“议案”。

她的脸，原本有点儿“扁”，生气之后，反倒成了标准的白果脸，平添几分美艳。她要是经常生气，世界上像林青霞那样经典的、孤标傲世的冷美人，将由六位增加至七位。

老天保佑，这回子，他总算听见了。

老婆的“议案”，正对他的心路；但在表面上，他却抓耳挠腮，装出一副思之再三、最终考虑到夫妻之情、好不容易才同意的样子。

金永耕呀金永耕，这回子你总算做对了！在老婆面前，做丈夫的当拿捏时就要拿捏，不拿捏白不拿捏！

杨月华见丈夫有别于戏台上的魏延，脑后没长反骨，暗自欣喜，连忙趁热打铁，让他亲手拉开进城不可或缺的序幕——准备土特产。

在金乔庄这一带，拿得出手的土特产，大致有鸡、鸭、鹅、菜鸽、黄鳝、甲鱼、花生、大豆……他和老婆先后已经进城好几次，每一次都没空过手。以往带过哪些土特产，他的心里有一本账。这回子，他打算在“如法炮制”的基础上，把家中已有的几样东西以及一只九斤黄母鸡，也一并带去。

他说了自己的想法后，杨月华点头赞同。与此同时，作为家中的财政大臣，她又深知，家中现时颇为拮据，一时拿不出买土特产所需的钱来。

她暗自决定，次日回娘家借钱。

当天晚上，杨月华一反常规主动地和丈夫亲热之后，余勇可嘉地把回娘家借钱的事儿，摆到被窝里而不是桌面上，像美国或日本的众议院、英国的平民院、荷兰的第二院议院对待一件关系到国计民生的大事那样，心平气和地向丈夫征求意见。金永耕觉着，让老婆回娘家开口借钱，有损自己的颜面，顿时整张脸热辣辣的。所好的是，他的那张脸虽然红得如同蒸熟了的蟹壳，但夜色替他隐瞒了。

俗话说："钱是硬门槛子。"有鉴于此，他略一思忖，随即嗯了一声。这一声"嗯"，相当于高级别的领导人审阅请示报告后，在自己的姓名处画圈。

第二天上午，杨月华着手做离家外出（回娘家）的准备。她挥动扫帚，像"文革"时"横扫一切"那样，把家院的里里外外、旮旮旯旯打扫、清理了一遍。正准备歇手时，她无意中发现，猪圈西山墙的食槽部位有一个笆斗大的洞，其间只用几根酒杯一般粗细的树棍子拦着，显然不够牢固，一旦老母猪"跑窝"（发情），随时都能跑掉。这个洞原本是用石磙子拦着的，前些日子，一个来自外地的古董商，巧舌如簧，连哄带骗，花了仨瓜俩枣，买走了石磙子。如今，她越想越后悔。情急之中，她想了一个权宜之计：在并列的六根树桩上，横向绑了五根桑树棍子。这下子，由于树桩和棍子连成一体，圈门牢靠得多了。

杨月华可着劲儿推、拉儿下，圈门岿然不动，她这才放下心来回娘家去了。

老婆回娘家的第三天，金永耕一位多年不见的朋友张友田来访。

金永耕和张友田原来并不相识。十多年前，金永耕因病在县医院住院治疗，与张友田同住一室。每有闲暇，两人相谈甚欢，由病友升级为朋友。他俩这种历时久远的友谊，像亚麻布衬衣一样，虽说越洗越白，穿在身上却越来越舒服。这种情况颇为罕见。在现实生活中，往往有些人相交数十年，甚至每天上班同在一个办公室，下班后同住一幢楼，但年复一年陌若路人，感情一丁点儿不融洽，如同英国人说的那样，就像一对豪猪，浑身硬刺使两者始终保持一定的距离，更不消说各自走进对方的心里，成为推心置腹的朋友。

张友田虽为一家工厂的清洁工，却和英国前首相、二战时的“三巨头”之一——丘吉尔有着惊人的相似之处，从不知道忧愁为何物，人称“快活郎”。那一天刚到金永耕家，屁股未靠板凳，他就问：“嫂子呢？”金永耕回答说：“她回娘家去了，得过几天才回来。”张友田听罢嘿嘿嘿地笑着说：“嫂子不在家就好，今晚我不走了，待在你这儿喝酒，咱哥俩边喝边谈。”金永耕笑道：“那敢情好！”话音刚落，张友田又补上一句：“我知道你怕老婆！”

金永耕听罢，觉着脸面上挂不住，脸红脖子粗地说：“凭我这块头、这力道，居然怕老婆，你说怪吧？”

张友田说：“不怪，不怪！正常，正常！你以为我不怕老婆？没有的事！咱俩是同一战壕的战友，要不也成不了这么好的朋友。我要是不怕老婆，早就邀你到我家喝酒去了。”

宾主二人哈哈大笑。

张友田兴犹未尽，摸摸胡楂说：“除了那一刻儿工夫，平日里，老婆比日本鬼子还可恶！没有她们，咱哥俩笑得多开心、多舒畅！”

金永耕和老友所见略同，笑眯眯地接口说：“是的哕，要不是为了那一档子事，我早就把她休了！”

时近晌午，金永耕炒了几样热菜，又特意让本庄一家熟食店的女老板送来东坡肘子西柠贝串，又挖窟打闪地拿出一瓶庐州老窖。准备就绪后，便唤老友就座。

张友田应声走到旁边，两道目光在桌面上一转悠，摸摸下巴说：“谁让你这么破费的？嫂子知道，不就毁了！”

由于老婆不在身边，金永耕浑身充溢着正宗的男子汉气概，拍着胸脯说：“放心，放心，这下酒菜是我用私房钱买的！”

张友田说：“你也来这一手？”

金永耕嘿嘿一笑：“不来这一手，我还想活不想活？”

谈笑间，两人美滋滋地吃、乐悠悠地喝。

酒过三巡，菜过五味，金永耕有了几分酒意。他清清嗓门对客人说：

“几天前，不少人围在一起，你一句我一句地谈论你们厂里的事儿，‘图画钉’‘图画钉’地不停嘴。他们谈的，到底是咋回事？”

张友田听罢笑了，摸摸胡楂说：“这事儿可真笑死人了！”

金永耕说：“这么好笑？说给我听听瞧！”

你就是不问，我也准备讲出来当下酒菜呢。张友田把筷子平伸到面前的虚空里，做了一个“夹菜”的动作，接着打开了话匣子。

他说：“我们厂里最近要提拔两名副厂长、调整十多个中层干部，一些官迷心窍的人，认为时机已到，起早摸黑地朝李厂长家里跑。头脑瓜灵光的人，争着教李厂长快满三周岁的小孙子小牛画画、数指头、扮鬼脸，并确保在哄逗小牛的时间内，仔细观察、耐心把玩小牛的‘把儿’，发现问题及时汇报。他们深知，李厂长最疼爱小牛，因此，‘把儿’虽小，却是自己的前途和命运所系。与此同时，还有几个自认为有几分姿色的娘儿们，也想弄个官儿当当。每当李厂长夫人上夜班或外出时，她们便穿着能把屁股勒成两瓣的紧身连衣裙，悄悄敲开李厂长的家门……为了让这帮男女偷偷摸摸的丑行大白于天下，我趁每天晚上打扫楼梯的当儿，在李厂长家楼梯的每级台阶上，曲里拐弯地放上十多枚图画钉，一律尖儿朝上……‘跑官’的人不知就里，第二天上班时，发现自己鞋底上有图画钉，逢人就问：你说怪不怪，我鞋底上哪来的图画钉？”

金永耕听罢笑得肚子疼，用右手的食指笃笃笃地点着张友田面前的桌面说：“有你的，有你的！厂里找你做清洁工，算是找对了！”

稍停，他叹了一口气，手托下巴说：“我真想不通，这些人噔巴噔巴地跑官，到底为的哪一桩？”

张友田微微一笑，很内行地说：“老兄，这事儿明摆着：当干部的，房子住得大，车子坐得小，还有一层顶楼藏金银财宝！”

金永耕知道老朋友贪杯，当对方第三次说算了算了的时候，他便就坡下驴，接口说：“你说算了就算了，多会儿等你嫂子不在家，咱俩再喝，还由我做东。”张友田打着饱嗝，醉眼蒙眬地说：“啥时候等你弟妹……不，日本鬼子不在家，你到寒舍，由小弟做东。”

离开饭桌后，他俩好像酒足饭饱的美食家，耽于一种无名的宁静之中。这种宁静，在美食学上或许可以称作肉体的忧郁状态。

喝茶闲聊时，张友田两道目光环室一扫，看到左侧的墙壁上，贴着一刷溜儿奖状。他连忙放下茶杯，饶有兴致地走过去，反剪双手，弯腰曲背地从头至尾细看。他看到，那十多张奖状的得主都是金凤，禁不住掉转脸问：“金凤就是当年那个小丫头吗？”他一边说话，一边张开右手，用掌心上上下下地比试一个与地面的距离，意在掂量自己记忆中的“小丫头”的身高。金永耕回答说：“可不是吗？那会儿，她刚上小学和初中。”

张友田又问：“金凤如今在哪儿？”

“她在县报社工作。”金永耕只拣能给自己和女儿增光添彩的事儿说。

“什么，你女儿在县报社工作？”张友田问。

“怎么的，你觉着我女儿干不了报社的差事？”金永耕明知对方不是这个意思，仍旧明知故问。他是想乘机炫耀一下。

“不是这个意思！”张友田摇摇头说，“县报社的金凤是你女儿，我可得高看你了！”

金永耕喜滋滋地问：“为啥？”

“你别急，听我说嘛！”张友田掉转身子，返回饭桌旁边坐下，表示自己要细说根由。

金永耕跟着客人，在桌子对面坐了下来。

张友田右手探进衣袋，大拇指和食指拨开烟盒捏住一支香烟，打算边吸烟边“开讲”，但一思忖又松开了手，放弃了吸烟的念头。因为此前不久，他外出办事，顺道拜访一位友人。对方把他引进客厅，指着沿墙而放的方桌旁边的凳子，意在“请坐”。他坐下后，抬眼一看，只见桌子正中部位的墙壁上，贴着一张写有“谢绝抽烟”四个大字的“条幅”……由此他联想到，尽管城乡有别，但是没有哪一家愿意有外人在室内抽烟的。

金永耕见对方迟迟不开口，弄不清是怎么一回事。于是，他语气委婉地催促道，有话你就快点儿说嘛！

张友田抽出右手，两掌一合搓了搓，吭儿吭儿地清清嗓门，慢悠悠地打开了话匣子。他说：“我们庄上曾连玉家的大儿子曾俊，长得‘真俊’。几年前，这孩子就大学毕业了，如今是什么‘薄是厚（博士后）’——你说怪不怪，要么‘薄’，要么‘厚’，怎么能‘薄是厚’呢？——这孩子不知啥时候恋上了你的女儿，也就是县报社的金凤。听人说，他前前后后给你女儿写了三百多封信，向她求爱。你女儿虽然有时候也给他回信，但是从未答应过。曾俊如今在上海市政府一个部门工作，想和他‘谈对象’的女孩子，一抓一大把，可他一个也看不上。他把你女儿比作一只金凤凰，时常私下里对人说，像金凤这样有才有貌的女孩子，别说在上海，就是在北京也找不到！他发誓，非金凤不娶，宁愿打一辈子光棍！”

金永耕怎么也没有想到，自己的女儿金凤竟然如此出众。他既为女儿骄傲，也为曾俊惋惜。

沉吟良久，他细声细气对张友田说：“这事儿可怪不得我女儿——她已经有“下家”（对象）了！”

客人以询问的目光看着他，希望他继续说下去。

金永耕懂得客人的意思，便把女儿金凤和远房亲戚周新龙已有婚约一事，从头至尾说了一遍。

第三十一章

清晨，微风拂面，一朵朵红霞仿佛十九世纪英国风景画一般，诗意地点缀着蔚蓝色的天空。

杨月华怀揣从娘家借来的几张百元大钞，与夫君同时出动，到集镇上买齐了进城“送礼”所需的农副产品。

进入下一个程序时，金永耕侧身趴在鸡圈门旁，左臂微弯撑在地上，右手打开圈门，乜斜着眼睛静候九斤黄母鸡出来。负责把门的芦花公鸡看到他的两个眼珠日溜日溜的，以为是两只同时来布网的蜘蛛，伸出脖子，一口啄住了他的右眼皮，身子往后一挫，撕下米粒大一块！

鉴于妻妾成群，它犹豫再三，没敢偏向哪一位水蛇腰或“掌中轻”，干脆一仰脖子，自个儿咽了下去。

幸亏老天保佑，那会儿他刚好眨眼睛；要不，他的一个眼珠就要送给芦花公鸡当早点了！

他关好鸡圈门，两手捂着血肉模糊的眼睛往堂屋里跑。跑进屋子后，殷红殷红的血已从指缝间溢出来。杨月华见了，吃了一惊。知道事情的原委后，她又哭笑不得，高分贝地发表言简意赅的口头评论：“呆人祸多！”

抱怨归抱怨，事到如今，办法还是要想的。

她从旧被胎上扯了一小团棉花，蘸着酒精给他的伤口“清创”，扑上一点儿搽脸的粉，又从库存的一张膏药上剪下一小块，给他贴在伤口上。忙碌一阵之后，她左打量右打量，怎么打量也觉着不顺眼。情急之中，她拿来不久前在路上捡到的一副墨镜给他戴上。这一来，他成了“人靠衣饰马靠鞍”的有力佐证，不仅漂亮多了，而且威风多了！

可不是吗？有时候，一件外套或者背心，会超出预想地决定一个人的尊严和神圣。

忙活停当后，夫妻俩一齐上阵，终于捉住那只九斤黄母鸡，绳捆索绑之后，与其他几样从集市上买来的土特产，一块儿放在一个柳条篓子里。

大功告成后，夫妻两人各一方，同时提着篓子的边沿，朝汽车站方向走去。

到了汽车站，刚好有一辆面包车停在那儿。驾驶员见他俩带着那么多东西，要多收一张票钱。金永耕想讨价还价，又怕“憋屈”了架在鼻梁上的墨镜；杨月华想讨价还价，则怕“憋屈”了鼻梁上架着墨镜的丈夫。

最终，杨月华以孔乙己“排出九文大钱”的气度，如数付了三张票款。

金永耕坐在一个靠近车窗的座位上。转脸看时，路旁一根斜曳的树枝上，站着一只不知名的黑白相间的鸟。那鸟比喜鹊略小，穿一身黑色的燕尾服，尾羽很长，末端分叉，往外反曲。它不时地抖动一下身子，好似在同金永耕比一比，看谁更洋气。

汽车驾驶员以不亚于陈景润的耐心，直到“座无虚席”时才开车。

通往县城的是一条柏油马路。高大挺拔的响叶杨张开绿色的手臂，严严实实地遮住路基两旁小草青青的缓坡。透过车窗，可以看到伸向天边的田垄、铺向云外的河坝。大地穿着绿色的盛装，散发着浓郁的清香。到处生机盎然，一片繁荣景象。南面的小河里，一溜儿泊着几条小船，远远看去，好似董其昌遗落的一幅水墨画。

下了汽车后，金永耕叫了一辆三轮车。三轮车工人年事已高，帮他俩朝车上拿东西时气喘吁吁。杨月华原本想抱怨他，不该叫上了年纪的人。眼下，见老人这副样子，她又觉着怪可怜的。于是她问老人：“这么大年纪了，咋不在家歇着，享享‘老福’？”

老人说：“这辈子，我可享不上什么‘老福’了！”

杨月华问他是怎么回事。老人回答说，她的孙女儿去年考上市里的一所中学，她妈去陪读，别的不说，三年的房租就整整七万块！家里掏空老底，连正在长膘的猪、正在生蛋的鸡都卖了！她爸不知是因为太高兴还是太生气，如今成天痴痴迷迷、东跑西溜，不问家事……

杨月华听罢深有同感，叹息着说："如今这世道是咋的了？不知多少人家被孩子念书'念'趴塘了！"

上车后，老人如同臧克家笔下的老马，默默地负轭前行。大约过了半小时，终于到了目的地。

那天刚好是星期日，钱玉娟正在家里忙活。见亲戚上门，她连忙抢先替他俩付三轮车工人的力资。

杨月华朝老人使了个眼色，示意他收下。其实，早在汽车站未动身时，杨月华就已付过力资。

老人怔了一下，真的收下了。

踏三轮车的老人离开后，钱玉娟一边朝屋内拾掇东西，一边抱怨杨月华："每次进城，你都要带这带那的！这得花多少钱啊！"

杨月华笑道："都是些土不拉叽的东西，值不了几个钱！"

拾掇停当后，钱玉娟转脸一看，门外站着一位男子汉。那男子汉上穿带襻扣的褂子，下穿"一把撮"便裤，脚蹬圆口布鞋，鼻梁上架着墨镜，洋中有土，土中有洋，既像开明的乡绅，又像守旧的博士。他的身上似乎有一种强大的气场，远在三米之外，钱玉娟就感受到他的吐纳不凡！

愣怔良久，钱玉娟凑近杨月华的耳根，细声细气地问："站在门外的是哪一位？"

杨月华转脸一看，拍手打掌地笑道："哪一位？还不就是我家的那一位！"

钱玉娟忍俊不禁，走近金永耕说："你真是羊……"

她原本想说："你可真是'羊肉烧土豆——洋夹土'啊！"转而一想，这样说不太得体，于是改口说，"你可真是洋气啊！"

金永耕微微一笑，一声不吭地进屋落座。那一刻，他在女主人的眼神中看到了一丝以往不曾有过的东西。那就是尊重吗？

杨月华朝丈夫瞥了一眼，示意他矜持下去。亲戚怎么样？亲戚也是要讲究肩膀高低的。如果丈夫这会儿拿下面具，说自己清晨捉母鸡，准备带进城，差点儿被自家的芦花公鸡啄瞎了眼睛，热闹倒是热闹，搞笑倒是搞笑，可这么一来，丈夫在亲戚一家人的心目中还有一丁点儿分量吗？自己的男人没分量，女人的脸上还能有光吗？难怪老辈人常说，“夫贵妻荣”呢！

这下子，可苦坏了金永耕。按照他的脾性，这会儿他定然会给亲戚家扫扫院子，甚或拿块抹布，这儿擦擦，那儿抹抹。要是真能那样，他准会周身血脉畅通、神舒气爽！以往，他总以为，演员干的是“轻巧活”，上台后或哭或笑，或打或闹，再不就是假装男女睡觉，到了月份，揣在身上或压在箱底的小本子，就会自动长出钱来。不承想，自己刚上台，就有一种“吃不消”的感觉！然而，上山容易下山难，吃不消也要硬着头皮挺下去！更何况，既是老婆又是导演的杨月华，就站在自己身边！

金永耕怎么也没想到，在家里，他的地位比满地乱爬的蟑螂高不了多少；这会儿，竟然成了羊群中的骆驼！

要命的是，钱玉娟好像看出了什么破绽。她小声小气地问杨月华：“哎，你们家的那一位，是不是眼睛有点儿不对劲？”

“哪儿的事，他的眼睛好着呢！”杨月华满像回事儿地说。

钱玉娟将信将疑。

就在这当儿，钱玉娟的母亲钱老奶聊天告一段落，拎着小板凳慢悠悠地往回走。

“侨居”女儿家之后，老人渐渐养成了串门儿的习惯。可谁都知道，在城里串门儿可不是一件容易的事。在乡下，早起后家家敞着门；城里呢，从早到晚，家家都有陶潜遗风，“门虽设而常关”。大多数老人足不出户，成天守在家里，就像牡蛎紧贴着岩礁。钱老奶在数次碰壁之后，灵机一动，与另外两位年龄相仿、喜欢闲聊和外出的老姐妹相约，每天上午八点至十点左右，各人自带小板凳，到既朝阳又僻静的巷头坐一坐、聊一聊。自此，她们便改串门儿为择地闲聊。闲聊时，她们既不像“壮志未酬”的老干部那样牢骚满腹，又不像文坛愤青那样慷慨激昂，总是心平气和、恬静安适。闲聊的内容，既不是金融危机，又不是索马里海盗，更不是贝多芬的交响乐，泰戈尔的抒情诗；而是家长里短，鸡毛蒜皮。诸如，张三的孙子会尿床，李四的孙女儿长了一颗虎牙；王五的媳妇在房门帘上挂铃铛，以便警钟长鸣，打破老不正经的老公公“扒灰”的梦想。

金永耕夫妇前两次进城时，正值钱玉娟的两个弟弟家有事，老人以类似有清一代“巡抚”的身份，和女儿一道回乡下老家去了。这回是他们第一次见面。

其时，杨月华正与钱玉娟并肩坐在门旁的长凳上。钱老奶进了院门后，杨月华问钱玉娟来者何人。钱玉娟告知后，她连忙满面春风地迎上去，以儿子金虎的口吻同她打招呼：“奶奶，回来啦？”

“你是——”钱老奶退后两步，手搭凉棚儿，仰着脸打量对方。

这当儿，站在一旁的钱玉娟近前大声说：“她是金虎的妈妈！”

“噢！噢！”钱老奶点点头，继则扬了一下瘦骨嶙峋的右手，“进屋坐！进屋坐！”不料老人忘记了右手正拎着小板凳，扬手时，小板凳有一条腿像棍子一样，在杨月华旧伤未愈的腰眼间“捣”了一下，疼得她一劲儿咧嘴。

钱玉娟见了，连忙近前问：“要紧不要紧？”

杨月华忍着痛一笑：“不要紧！不要紧！”

话虽这么说，但她的痛苦表情仍旧清清楚楚地写在脸上。

“日他亲妈妈的！”钱老奶见状，气得把小板凳一摔，“怪就怪这倒霉鬼东西！”

这下可好，小板凳像武林高手掷出的飞镖，笃的一声，砸在墙角旮旯里的一个小口坛子上。

众人转脸看时，小口坛子被砸出一个足有拳头大的窟窿。

“不得了！不得了！”钱玉娟吓得脸都变色了。

“有啥大不了的，不就是一个小口坛子吗？”钱老奶心里这么想，不由得随口说了出来，“玉娟，你别着急！让些日子，我叫你兄弟送几个来！”

“几个？”钱玉娟走到墙角旮旯里，小心翼翼地拿起小口坛子的碎片，一边在窟窿处比对一边说，“只怕几百个、几千个也顶不上这一个！”

杨月华听罢心里一忽悠，连忙走近钱玉娟问：“听口气，莫非这个小口坛子有来头？”

“可不是吗？”钱玉娟站起身来，用手中的一块月牙形的碎片朝伤痕累累的小口坛子指了一下，根根节节说起坛子的来处。

原来，这个坛子是周建林的朋友黄正明拿来的。坛子小巧玲珑，坛面蓝绿略灰，底色上有金灰色的S形线条。坛面的蓝绿色被上下两条淡黄的装饰条纹拦着，装饰条纹上等距离地点着灰色小点。黄正明说，这东西是他家的传家宝。几天前，一个收古物（玩）的出价八万块，他一时吃不准，没卖。收古物的人说，要是怕我压价，那你就请懂行的打打眼，待两天我再来！黄正明觉着这话在理，再加上他又知道周建林懂这个，早饭后便把它拿来了。不巧得很，周建林到市里开会，得明天才回来。黄正明得知情况后说，那我把坛子放在这儿，等他回来再说！黄正明临走时还特意关照，晚上一定要拿进屋，防止被小偷拿走。

钱老奶听了这番话，知道自己闯下了真实不假的大祸。

可见，此前，包括钱老奶在内的人，对小口坛子有两种理解：普遍意义的垃圾和特殊意义的古董。钱老奶错把古董当垃圾了。

院子里一株开得正艳的桂花，香味带着杀伤力，压迫人的呼吸。

为了给女儿和客人留下“痛不欲生”的印象，离开“事故现场”时，钱老奶特意关照女儿钱玉娟：“我睡觉去了，吃午饭时别喊我！……我不饿！”

言毕，老人家真的到堂屋西厢房内睡觉去了。

残破的小口坛子躺在墙角旮旯里，远远看去，就像是后现代社会嘴角的一抹微笑，透溢着隐约的嘲讽和蔑视。

钱老奶走后，杨月华又用“财去人安乐”之类的老生常谈安慰钱玉娟一番。后者深长地叹息一声，给人一种“认命”的感觉。

时近正午，钱玉娟拨通了红星饭馆的电话。

杨月华见她要到饭馆订饭，连忙夺下她手中的话筒，抱怨道：“我俩常来常往，好端端地到饭馆里吃什么饭？”

“常来常往也得吃饭呀！”钱玉娟想夺过话筒，不料杨月华好似瞎奶奶抱孙子，把话筒抱得很紧，兴许一头牯牛也拉不出来。

“吃饭就得上饭店吗？”杨月华粗声大气地说，“在家随便做点儿不就得了？”

“七头八岔，今儿来不及上街买菜了！”钱玉娟说话时转脸朝堂屋门口望了一眼，门槛内侧的凳子全都空着。于是她问杨月华：“金凤她爸去哪儿了？”

杨月华连忙反身进屋，这儿张张，那儿望望。可张来望去，连丈夫的影子也没见到。

她俩你望着我，我望着你，似乎想从对方的脸上找出答案来。

恰在这时，金永耕打外面回来了。

“你干啥去了？”杨月华掉转脸来问。因为丈夫正端着架子，她说话由刚才的粗声大气变为细声细气，脸上还露着几分笑容，整个儿一副贤内助的模样。

自打来到钱玉娟家，金永耕一直站在一个虚幻的台阶上，老婆杨月华还不住地替他加高。

“闲走走！”他两手抱胸，右腿微微向斜刺里劈开，脚尖起起落落地拍打着地面。在阳光照射下，他那架在鼻梁上的墨镜，不时地闪着晃眼的褐铁色的光芒。看他那架势，起码也得是个在括号里享受正处级待遇的副处级官儿。他原本想说的是“溜达溜达”，出口时竟成了“闲走走”。天哪，“闲走走”，这不明显脱胎于关汉卿《窦娥冤》的台词“休放往来人闲走”吗？孔夫子要是活到现在，并且恰巧听到金永耕回答老婆的话，一定会竖起大拇指，当面夸赞他：“郁郁乎文哉！”

其实呢，他压根儿不是出去溜达，而是因了坐不惯抽水马桶，到街面上找公共厕所解手去了。

宁海县城和其他众多城市一样，大街上的银行、洗头房远比厕所多。那年进城给儿子买玩具“水枪”的往事，他至今记忆犹新。其时，适逢卫生大检查，看厕所的为了保持厕所里的扑鼻浓香，以便在检查中过关，全都不让他如厕。结果，他因尿急难忍，不得不连跑带奔，到南门外“放水”。也正是那一次，他“放水”后，在南门口遇到了周建林。自此，两个多年不走动的远房亲戚，有了日渐密切的交往……这一次，他的运气不错，没费多少周折，便成功地找到一个公共厕所，连同“解手”的时间在内，来去只花了一个多小时。

丈夫失而复得后，杨月华旧话重提，竭力主张不上饭馆，在家做饭。

“也好！也好！那咱就‘来人吃来物’吧！”钱玉娟朝他俩带来的九斤黄母鸡瞥了一眼。

杨月华心领神会。

按理说，她不会同意这一“杀鸡方案”。原因有两方面：其一,九斤黄母鸡是他俩带来的土特产中最为贵重的，应该留给主人享用；其二，她知道，钱玉娟不敢杀鸡，自己不会杀鸡，丈夫又不宜杀鸡（一个“副处级干部”操刀杀鸡，岂不让人笑掉大牙？）。与此同时，她又心知肚明，按照钱玉娟的脾性，决不会用太过简单的饭菜待客。

杨月华思忖有顷，下决心似的说：“行！行！行！我来杀鸡！”

“那就麻烦你了！”钱玉娟顺水推舟，“我不敢杀鸡！”

杨月华胆大艺不高，连忙去请教丈夫。

两千多年前，孔子初到卫国，卫灵公便向他请教战阵行伍之事。孔子主张救人，卫灵公却问杀人的方法，实乃相去万里。而今，金永耕也遇到了类似的情况，妻子向他请教如何杀鸡。

他在外人面前端架子（从上文可知，这是迫不得已的），但在老婆面前还是百依百顺的。这就如同官场上的某些人，出了家门风风光光，俨然一方神仙；回家后在老婆面前则低声下气，服服帖帖。

金永耕如此这般地说了一番。

得到真经后，她转脸一看，只见九斤黄母鸡张着嘴，伸着舌头大口大口地喘气。她知道母鸡渴了，于心不忍，便随手用一只瓷碗倒水给它喝。母鸡每喝一口就仰面朝天，咽下后，闭眼咂嘴，如品甘饴。那神态，那处境，不由得让人有失恭敬地想起杨月华的夫君金永耕的老本家——金圣叹（一说金圣叹姓张名喟）临刑前大口喝酒大呼痛快的逸事。胸藏秀气、见识超卓、风华绝代的文学家、文学批评家金圣叹，由于为民请命，身陷“抗粮哭庙”案，被刚刚登基的少年皇帝康熙（其时未满八岁）处以“斩立决”——原来，晚年自称“鞠躬尽瘁，死而后已”（诸葛亮语）的康熙皇帝，也是扛着屠刀登基的，刀锋直指正义、理想、才华、诗和远方。行刑日（1661 年 8 月 7 日），南京三山街法场斧钺森森、寒气凛凛。以幽默、狂放不羁著称的金圣叹，临刑前神态自若地向监斩官索酒畅饮，且饮且言：“割头，痛事也；饮酒，快事也；割头而先饮酒，痛快，痛快！”

待母鸡“痛快”过后，杨月华朝掌心里吐了口唾沫，两手一合搓了搓，挽起衣袖，从灶屋的刀架上拿了一把菜刀，提着九斤黄母鸡走到灶屋南山头。那菜刀看样子有些来头，开刃的刀口旁边，阴篆着夔纹图案，每一画都钢钩铁线，鸾跂鸿惊。她放下屠刀，等了好一会儿，也未成佛，还是一介农妇。九斤黄母鸡见女主人一脸杀气，不由得索索直抖。她有点儿心软，眼里有泪在汪汪地旋。这只母鸡可是她看着长大的，现如今，为了儿子的前程，她不得不亲手杀死它！杨月华的菩萨心肠，于此可见一斑。春秋时期以厨艺服侍齐桓公的易牙就不同了。有一次，齐桓公对他说：“世上的美味我已尝遍了，只有人肉还没吃过。不知蒸人肉是什么味道？”这本来是一句无心的戏言，易牙为了讨好主子，连忙回家把自己的长子杀掉，蒸熟了给齐桓公吃。这个马屁拍得前无古人，后无来者。易牙真是禽兽中的禽兽啊！

“船到实处，人到急处。”杨月华长长地叹了一口气，然后像美国人那样耸耸肩，仰起脸，把眼珠翻上去迅速看一眼上天。等到有了一副铁石心肠后，她用两个脚尖夹住原本就已被捆着的鸡腿，左手贴着鸡背抓住两只翅膀，右手把鸡脖子一拧往鸡翅膀的外侧一按，用左手一并抓紧并用力往后扳，这么一来，鸡脖子便被迫“迎刃”。母鸡绝望地叫着，其声哀婉，有如猿啼鹤唳。

杨月华拿起菜刀，在鸡脖子上一拉，又一拉。

刹那间，喷涌而出的鸡血如同莎士比亚的悲剧，令人目不忍睹。母鸡又蹦又跳地挣扎了好一会儿，终于躺下不动，凄厉地哀鸣一声，双目半闭，眼珠子上翻，演示出一种冷飕飕的空洞和恐怖的寂静。

说来也真奇怪，“杀戒”既开，杨月华一点儿也不害怕。这时，哪怕叫她像古罗马皇帝多米蒂安那样，杀完了基督徒，接着杀苍蝇，她也能做到。

那一刻，她忘掉了家庭、丈夫、儿女、地狱和天堂，一派杀人不眨眼的从容。

如果说，到野外打猎是一种残酷的消遣，那么，在家中杀生则是一种连消遣意识也没有的残酷。厨房及其延伸地带屠宰场所使残忍合法化，是偏执于人的利益、以其他生命为代价、孩子不能去的地方，正如明朝正统年间有个合法杀人的地方叫左顺门。难怪自信“我认识社会”的巴尔扎克认为，厨房是人世间最肮脏、最腥臭的角落。说人是高尚的动物，这是瞎扯。要知道，对大地母亲而言，人类并不比其他物种神圣。池塘边自弹自唱的蟋蟀，睡莲上端坐如蓓蕾的青蛙，空中飞翔的小鸟，林间嬉戏的野兔，与人类相比，一点儿也不差。较之它们，我们还保存着野蛮的本性。现代人的血管里所流淌的，正是茹毛饮血的远祖血管里所流淌的血液。

此刻，正在忙着做饭的钱玉娟，三番五次地考虑这么一个问题：要不要叫金凤、金虎姐弟俩来吃午饭？

她这么想，并非因为她舍不得让他俩吃；而是因为，金虎是因了看不惯钱老奶的冷眉冷眼，受不了钱老奶的冷言冷语而“离家出走”，搬到报社与姐姐同住的。叫来了，如果一老一小争吵起来，怎生是好？不叫吧，又不近人情！

就在她举棋不定的当口，已经杀好鸡子、慈悲心肠和母性业已回归的杨月华，慢腾腾地走过来，小心翼翼地把约莫五分之四的脸对着准亲家母问：“金虎呢？怎么到这会儿还不回来？”转眼工夫，她的说话声竟然如同林黛玉那么柔弱，压根儿不像刚从“杀场”下来的人。

“哟！忘记告诉你了，”钱玉娟心想，这真是哪壶不开提哪壶！于是，她急中生智，微微一笑说：“前些日子，金虎搬到报社宿舍，与他姐一起住了。

他说，比起这儿来，那儿离学校近得多！”

“这样也好！金虎‘玩心’重，姐弟俩住一起，他姐也好管着点儿！”杨月华听罢一咂摸，点了一下头。点头动作是她在同意对方回话的内容上钤印。

钱玉娟不知对方的这番话，究竟是出于真心还是碍于情面“姑妄言之”；然而，事已至此，无论对方是何种心态，只能听之任之了。她聊以自慰的是，金凤与周新龙已经重归于好，即便看在“准女婿”“准姐夫”的面子上，杨月华和她的老伴金永耕，以及金虎都不会过于在意此事的。同样，自己的母亲钱老奶也不会像以往那样，把金虎视为破门而入的异类。

主意既定，她拨打金凤的手机，一连拨打好几次，都被告知“已关机”。

杨月华得知后，连连摆手说：“算了！算了！今儿是星期天，没准姐弟俩到哪儿玩去了！”

钱玉娟心想，这倒很有可能。

接着，她到堂屋西厢房里叫母亲吃午饭。

老人摇摇头说：“你们先吃，我不饿！”

言毕，她觉着摇头后脖颈很舒服，于是又摇了几下。原来，老人患有颈椎病，活动活动脖子自然会觉得舒坦。

钱玉娟见母亲一劲儿摇头，确信她“不饿”。临走时，她又关照说：“妈，您饿了就叫我！”

钱老奶点点头。其实，她早就饿了。但因刚刚惹了祸，一颗心尚未平静下来。更为重要的是，自己曾和小金虎有过过节，今儿个要是与他的父母同桌吃饭，只怕到时候双方的脸面都有点儿挂不住。

这么一来，吃午饭时，只有三个人，一男二女：金永耕、杨月华、钱玉娟。

按待客的标准，菜肴说不上丰盛：辣椒丝炒百叶，鸡蛋炒韭菜，焖茄子，油氽花生米，猪肉炖粉条，青葱烧豆腐，老母鸡汤。

客人坐定后，钱玉娟拿来一瓶洋河大曲。

杨月华见了，连忙阻止：“今儿不喝酒！不喝酒！”

钱玉娟握着酒瓶问："咋的了？"

她不说"为什么"而说"咋的了"，仅此一端，便不难看出，她是恪守"见什么人说什么话"这一古训的。

杨月华指着正襟危坐的金永耕道："他嗓子疼！……今儿个，来了这么长时间，你听他说过几句话？"

钱玉娟想了一下，又瞥了一眼唯一的男客，掉转脸以商讨的口气对杨月华说："我俩干两杯？"

"不喝！不喝！"杨月华的目光在丈夫脸上一转悠，掉转脸来看着钱玉娟笑道，"一个大男人，睁着两眼看我俩喝酒，还不满嘴爬馋虫呀？"

钱玉娟放下酒瓶："行啊！行啊！那就改日再喝！"

此刻，金永耕并未"睁着两眼"，而是一眼睁一眼闭。——被芦花公鸡啄伤的那只眼睛，想睁也睁不开。幸亏老婆杨月华智商高，把"眼睛受伤"说成"嗓子痛"。此前，他只能靠"端架子"来掩饰眼伤，如今又多了一个"嗓子痛"，这就更加合情合理，从而向真理迈进了一步。要知道，有些时候，真理与谬误仅有一步之遥。

饭桌上没有酒，犹如舞厅里没有音响，绝对热闹不起来。当然，这是就一般情况而言。在低档次的舞厅里，人们的注意力并不在音响上。只要女的丰乳肥臀，男的肚大腰圆，哪怕没有音响，照样跳得汗流浃背、气喘吁吁。

吃饭过程中，钱玉娟时常举箸让菜。她的筷头所向，大多是盛在瓦盆里、只有鸡爪露出汤水的九斤黄母鸡。那母鸡犹如海洋中只露出一角的冰山，让人感受到它的厚重和力量。海明威把"冰山理论"用在文学创作上，女主人则把它用在厨艺上。

饭后稍事休息，他俩打道回府。临走时，钱玉娟叫了一辆去汽车站的三轮车。途中，杨月华越想越觉着心里不踏实。这也难怪，因为放心不下儿子专程来了一趟县城，结果连儿子的影子也没见到！思之再三，她决定兵分两路：一人回家，一人去报社。金永耕十分赞同她的明智之举，并像推选人大代表那样，"推选"她去报社。她生怕丈夫的一身行头吓坏了儿子，也就没谦让。主意既定，她让踏三轮车的师傅送她去报社，丈夫徒步去汽车站。

三轮车工人一估摸，去报社与去汽车站差不多远，便掉转方向往西去。

到了目的地，门卫听说她找女儿金凤，搓着两手说：“哎呀！真是不凑巧，她外出有事去了，得明天才回来！……她弟弟金虎刚刚去宿舍！”

杨月华心想，今儿个，我想找的正是儿子金虎！于是她笑着说：“那我就进去看看金虎吧！”

门卫打着放行的手势说：“行！你去吧！”

她掉转身子往里走。每到十字路口便停下来打听，去金凤宿舍怎么走。十多分钟后，她终于站在女儿宿舍的门前。金虎见了，连忙欢快地迎出门来，把母亲让进屋。

一进门，杨月华就像《沙家浜》里的沙奶奶打量新四军战士似的，捧着儿子金虎的脸看了又看。

金虎脸皮白皙，浓眉大眼，个子高挑，山间竹笋似的生机勃勃！要是出生在日本，说不定到时候要缴纳“帅哥税”——日本著名经济学家森永卓郎主张用征收“帅哥税”的方式，解决相貌平平的男子择偶难的社会问题。

“你姐呢？”

“她到市里去了！”

“到市里干啥？”

“市文联召开颁奖大会，她领奖去了。”

“怎么到这会儿还不回来？”

“我姐说，下午五点之前不到家，她就不回来了！”

一场论文答辩式的对话过后，主考官转脸看看桌角旁的闹钟，五点已过。

“这丫头，让你一人在家，她咋能放心得下？！”

“有什么不放心的？我也不是三岁伢子！”

杨月华又一次十分疼爱地打量儿子。

那一刻，她欣慰地笑了。

普天下的父母总是这样，一辈子为儿为女，风里来雨里去，辛辛苦苦劳碌一辈子，只要儿女有出息，他们就无怨无悔。

她本想在这儿住一宿，陪陪儿子。后来忽然想起，家里的老母猪怀崽已经“足月”，随时都有可能下崽，自己得赶快回去！

杨月华说了上述情况后，金虎十分着急，连忙送她去汽车站。

途中，他的心时不时地被母亲佝偻的腰身、缕缕白发打疼。

真是来得早不如来得巧，一到汽车站，她便乘上了一辆开往金乔庄方向的班车。

金虎辞别母亲，独自一人往回走。

一路上，一垄垄成熟的稻子翻着跟头送来成捆成捆的香气，空中不时掠过一对比翼的鸟儿；路两旁的田埂上，有几只花喜鹊在觅食、理喙。它们那种认真、敬业的神态，让人感慨多多、思绪绵绵。

刚走不远，在一个行人稀少的十字路口，他看到一位身材高大的牛贩子因为要如厕，随手把一头带着牛犊的母牛拴在一棵绿化树上，一步三回首地朝马路南侧的公共厕所走去。那母牛望了新主人一眼，便掉转脸来，伸出长长的舌头，在小牛身上舔呀、舔呀，好像要把全身心的爱用舌头涂在小牛的身上。

金虎的一双眼睛犹如采花的蜜蜂，贪婪地从这幅画面中汲取着……。

第三十二章

宁海县报社是一个科级单位，即便总编这样的“一把手”，也不过相当于一个科长而已。这样的芝麻官，别说在全国，就是在全省乃至全市，也像穿越大西洋的鲞鱼一样多。

然而，做官和经商一样，不可能一步登天。在官道上扑腾的哥儿们深谙此道，时刻提醒自己，必须具备寓言故事《小猫钓鱼》中那只小猫的心态，“没有大的，小的也将就”。

仅就政治才具而言，广告部宗副主任简直不亚于圣·鞠斯特和丹东。然而，他为了一己私利诬告金凤，则为大多数人所不齿。任何一个人，哪怕一时糊涂杀了情妇，亲属、朋友们或许尚能帮他隐瞒，对他照样敬重；不过，他要是不择手段，踩着别人的肩膀往上爬，就会令所有的人痛心疾首，因为那种卑鄙无耻是有计划的。

然而，人算终究不如天算。宁海县人民法院立案审理了宗副主任的“诉状”之后，认为被告金凤“拆墙”与宗母心脏病复发乃至死亡，二者仅是时间上的偶然巧合，并无因果关系，因而未予立案。

金凤得知这一消息后，十分高兴，不由得想起了赵星《不要让未来的你，讨厌现在的自己》一文中带有哲理的名言：只要你竭尽全力，上帝就会为你主持公道。

“小金，你千万不要以为，天下已经太平！”当天早晨，汪主任特意找到金凤，当面提醒道，“别看我如今不拈毛颖不读书报，青年时代，我可也是一条有名的‘书虫’。据我所知，宗某人就是莫里哀笔下的唐璜、歌德笔下的浮士德……”

金凤感到汪主任未免太过多虑。她认为，宗副主任告状已经受阻，加之自己与他并无深仇大恨，他何至于像常春藤那样缠住我不放呢？

表面看来，她的想法似乎不无道理。其实，事情远不像她想的这么简单。

上文已经说过，牛总编已就任宣传部部长，总编职位空缺。究竟由谁来接替，昔日牛总编的意向有着举足轻重的作用。宗副主任身在宦海，自然深谙个中奥妙，那就是，要想讨好如今的牛部长，就要想方设法整治“冥顽不化”的金凤。除此之外，宗副主任还把家中祖传的一件价值连城的汉代金缕玉衣送给牛总编。有人认为，宗副主任此举，是资本在天然逐利本性下的铤而走险。

生姜还是老的辣。半个月后的一天晚上，夜已深，金凤正准备上床睡觉，“忽听门环响连声”。

金凤开门一看，来人是自己的女友吕护士。

“这么晚了，你来有什么事吗？”金凤一边让客人进屋，一边惴惴不安地问。

“当然有事！”吕护士在饭桌旁边的方凳上坐下后，微微欠了一下身子，伸手拍拍另一张方凳，反客为主地招呼女主人落座。

金凤只得遵命。

灯光下，她那向两边分开的乌黑的长发，绕过微微上挑的眉梢，像瀑布一样舒缓地倾泻下来。

吕护士震惊于女主人的美貌，目不转睛地打量着。

因为时间仓促，金凤只穿一身淡红色的睡衣，脸的右侧留有枕席的印痕。尽管如此，她并未给人一种衣衫不整的印象，反倒让人一睹“睡美人”的风采。

吕护士倾身向前，压低嗓门说：“我要告诉你一件十万火急的事情！”

“什么事情？”金凤神情紧张地问。

吕护士讲了事情的来龙去脉。

原来，吕护士的老公耿进之与县委常委、组织部部长房庭春，不仅“一起同过窗”，而且“一起下过乡”。房部长早就知道吕护士是金凤的挚友，便适时地将报社已经决定辞退金凤的消息告诉耿进之。

说完这些，吕护士再三关照金凤：“俗话说：兵来将挡，水来土掩，你得赶快想办法！不到万不得已，决不能轻易丢掉饭碗！——如今要找一份工作，真的比登天还难！”

金凤点头称是。

稍停，吕护士又情真意切地说：“金凤，你放心，我和老公一定全力以赴，争取帮你渡过难关！”稍停又两手握成喇叭状，凑近金凤的耳朵亦庄亦谐地小声说：“英国社会调查中心一项调查显示，男人晚上耳根最软。到时候，我‘命令’我们家的那一位，一定要想方设法，帮你‘突围’！”

“谢谢你的好意！”金凤感激不尽地说，“不过，我有时候也觉着，这种盛着‘嗟来之食’的饭碗，丢掉也就罢了！”

吕护士听罢大为惊讶：“金凤，你这话可就说偏了！报社是共产党的报社，不是哪个私人的！你是报社正儿八经的职工，凭什么要你走你就走？你要是就这么不声不响地走了，岂不正中某些人的下怀？”

“说实话，这些年来，我在这儿，窝囊气实在受够了！”金凤叹了一口气，微微皱着好看的眉头，“难怪有人说，一个人生活在哪个单位，比生活在哪个国家更重要！”

“这话切中时弊，”吕护士微微颔首，“不过，话得说回来，‘单位’毕竟在‘国家’的管辖之下。‘单位’出了问题，职工可以一层一级地向上反映。到时候，自然有人、有药治‘单位’头头脑脑的秃头！”她的一番话既学究又土俗，既形而上又形而下。

稍停，她又忽然想起什么似的说：“十多年前，我家一位亲戚所在的红星中学，由有关部门分配来八名职工，他们来自一个倒闭的小煤窑。如今，他们每人的工资都在四千元以上；另外几位分配到学校所在地附近的一家工厂，工资只有一千多元。时隔不久，工厂关门了，他们全都成了下岗工人，迫于生计，不得不外出打工。其中有一位姓许的，腿脚不灵便，为了生活，每天还要拉着平板车，给用户送煤球。分配到红星中学的那几位同事念其可怜，每次都让他送煤球，有时还多给一点儿运费……”

金凤没等对方说完，就接口说：“时常给我家送煤球的，腿脚也不太灵便，不知道是不是你说的那一位？”

“我看八成是的！”吕护士蛮有把握地说，“你想想瞧，小小县城，在送煤球的人当中，能有几个腿脚不灵便的？”

“我也这么想呢！”

“要不，往后，他要是再给你家送煤球的话，你就不显山不露水地问一下，他是不是姓许？”

“你这么关心姓许的，莫非想让你的老公，给他找一份工作？”

“说实话，给别人找工作，我料定他没那个本事！……他的能耐，充其量也只能在‘保饭碗’的问题上，助你一臂之力！”吕护士拢拢头发，实话实说。她如果想把自己的那一位说成是无所不能的人，也许就不会说这番“实话”，以便抬高自己的身价。——这套卖俏的玩意儿，在宁海县的白领阶层中很有市场，很能叫座。

稍停，她掉转脸看看闹钟，起身告辞。

“谢谢你！”金凤把客人送到门外，又站在原处目送。直到客人第二次掉转脸，打着手势，示意她回去，她才转身进屋。

吕护士走后，她昏昏沉沉地躺在床上，一种“不知今夕是何年”的感觉油然而生。她怎么也不敢相信，自己的奋斗史刚刚开头，就有人要强行给她画上句号。

思来想去，她忽然意识到，这些年来，自己愈想在宁海报社这片土地上站稳脚跟，脚下的这片土地就愈往下沉。与此同时，她感到，脚下这片被她踩着的土地沉陷愈深，她就愈不由自主地依附于它。为了弄清这片土地的硬度，她曾像路过沼泽地的人那样，尝试着变换脚掌着地的力度和位置，谁知变来变去，结果都毫无例外地沉陷进去。万般无奈，她只好在深不可测的沼泽地里走来走去。

夜深人静，万籁俱寂。她像一个阅人无数的老人，脑海里闪过一张张熟悉而又陌生的面孔。那些曾经在尘封的历史舞台上华丽起舞的少男少女，或风华绝代，或暗伤穿心，转眼间年华老去，成了白发老翁、瘪嘴老妪；有些已经落尽繁华，长眠在地下。但是，记忆的超凡之力，纤毫毕现地复活了他们往日的神采，重现那会说话的眼睛、发自内心的微笑；昔日的美在九泉之下娓娓低语，它虽风光不再，却得到了升华。它离开尘世，只是为了变成一盏明灯，照亮通往天国的漫漫长途。

一周时间转瞬即过。

那天上午，金凤上班时，只见汪主任和水主任正襟危坐。其时，阳光从窗外斜斜地打进来，形态各异的光柱不停地摇曳、闪动，办公室内显得十分空旷、安静，带有浓厚的神秘色彩，让人想起唯灵论、“魔杖”探寻、瑜伽、自然魔术、自由手工匠、共济会纲领、巫术、占星学和炼金术；想起飞越萧山机场的那个不明飞行物，它走了，不带走一片云彩，却吹皱了我们的心。

两位“神秘主义者”同时浮出水面，是从未有过的事情。以往的惯例是，金凤上班后把办公室简单地打扫、整理过后，水主任这才“准时”来上班。汪主任呢，还得晚来个把小时；大多数情况下，则是干脆不来上班。

宁海县的各个部门，凡是快到退休年龄的人，都有两年至三年的“退休提前量”。在这段时间内，将要退休的人在领导人的眼里，早就成了一丝过眼云烟、一朵明日黄花，哪里还在乎他们上班不上班？不过，这只是事情的一个方面。另一方面，则是因为掌权者不敢得罪某些“满目青山夕照明”的老前辈，生怕他们离开阵地前杀一个回马枪。

两位主任破例地准时来上班，乃是因为金凤已经给他俩打过电话。

汪主任见办公室的门敞开着，忙朝水主任使个眼色。后者心领神会，连忙走过去把门关上。

待水主任坐下后，汪主任笑道：“要是在‘文革’期间，准会有人打小报告，说我们在开‘黑会’！”

水主任点点头说：“不错，不错！一点儿不错！”

汪主任开门见山地对水主任说：“报社决定辞退金凤，作为金凤所在部门的头头，我们该采取什么对策？”

“常言道，胳膊拧不过大腿。事已至此，我们还能有什么对策？”水主任左顾右盼，表示自己也没有好主意。

汪主任把目光投向水主任。后者心知肚明，副刊部的领军人物不依不饶，硬要他说说自己的想法。

“依我看，最好由您找牛部长……”水主任迎着汪主任的目光，“胳膊拧不过大腿”的感觉又一次掠过他的心头。

“找他？找他干吗？”汪主任摇摇头，“难道你让我找他求情？”

“我不是这个意思！”

“那是什么意思？”

“揭他的隐私，以此来掣肘他！”

“这是下策！”

“为什么？”

“头上顶着保护伞的人，‘隐私’已经像乌龟一样有了坚硬的外壳，我等奈何不了它！”

水主任凝神想了想，觉着也是。于是他问：“你认为该怎么办？”

“我认为，得到北京上访！”汪主任说。

水主任沉吟着。他想起自己的表弟游万方前年去京城上访的往事。游万方原是自行车厂技术员，月薪三千多。后因自行车市场不景气，产品滞销，该厂濒临倒闭。恰在此时，一位房产开发商看上了自行车厂的地皮，打算在那儿建一个住宅小区。这一想法与县太爷们不谋而合，他们随即披挂上阵，给自行车厂“改制”。“改制”，听起来怪文雅、洋气，其实就是“出卖”：地方政府卖工厂，工人卖工龄。游万方“卖工龄”卖了一万元，此后便成了“社会人”。一家五口，五张嘴相接，长可盈尺，好似锅炉的进料口，专等他一个人添料。游万方多次向上级有关部门反映，可是好长时间没人过问。万般无奈，他只好到北京去反映……

水主任根根节节地说了上述事件的始末，并转弯抹角地“提醒”汪主任，在“拯救”金凤的问题上，要汲取游万方的教训。

汪主任听罢，心想，人生天地间，一事当前，岂能亹亹随人作上下耶？于是，他不以为然地一笑：“黑格尔说过，‘历史给你最大的教训就是历史没有教训。’我认为，这话说到了根子上！时代在变化，历史不能告诉你路应该怎么走！”

稍停，为了进一步表明自己的观点，汪主任又接着说：“最近通读了荷马的《伊利亚特》，发现那不是一场公平的战争，诸神动手动脚太厉害！……我们报社里的某些人，这两年手脚也没闲着！表面看来，他们坐在那儿像个教书先生；但是，只要他们一抬脚一伸手，就能看清蹄蹄爪爪了！他们既然胆敢胡作非为，咱就得去找能制服他们的西天佛祖，‘度量权衡法，必资之官’，直接去北京！……只要上边发下话来，哪怕他是八朝元老、西安出土的兵马俑，也得立马滚犊子！”

“汪主任，你都这么大年纪了，还通读《伊利亚特》？”水主任大为惊讶。因为他知道，《伊利亚特》是《荷马史诗》之一，长达一万五千多行，分为二十四卷。

“这个问题提得好！”汪主任笑着说，“本来我也不打算再像年轻人那样‘求知若渴’，后来看了苏格拉底的故事，我才下决心活到老学到老！”

接着，他讲述了古希腊哲学家苏格拉底的故事。他说，苏格拉底因抵触教廷，无辜地被判死刑。一天，他听到一位狱友在唱情歌。这首歌歌词晦涩难懂，苏格拉底便请求这位狱友教他这首情歌。苏格拉底的一个学生听说了这件事，探监时不解地问：“老师，您为什么在死前一个星期还要学习新东西？”苏格拉底回答说：“与你在死前五十年还要学习新东西，是同一个原因。”

讲完故事，汪主任朝他的下属一笑：“我还不至于一个星期就死，读一读《伊利亚特》有什么不可以呢？”

水主任如闻天外魔音，如见峨眉佛光。待醒过神来后，他连声回答：“可以！当然可以！”

停了一会儿，“双边会议”又回到原来的话题。

水主任说：“小金上访的事，就按你说的办吧！”

快九点时，金凤才来上班。——与其说她是来上班，还不如说她是来“探听消息”的。

汪主任定定地看着金凤：“既然某些人算计策划如外交家，我们就要勇往直前如军人，‘追其未毕济而击之’。——你赶紧到北京去上访，以达天听！”

“对！这些家伙，若不使劲拉他们的领带，勒得他们吐舌头，他们决不服输！”水主任骑驴就磨台地附和道，“当年，拿破仑那个既不通晓军事也不懂国务知识初阶的法国佬，之所以大受欢迎，只是因为没有波将金或者苏沃洛夫式的人物和他对立罢了！”

“去北京上访？”金凤讶然反问，眼神里带着某种落不了地的思考，良久，她以商量的口吻说，“依我看，能不能再等一等？”

“等？等到什么时候？”汪主任两手一摊，好像托着两个问号，“等不是办法，世界上有些事情是永无止境的。日本长野县饭田市公司职员近藤茂有一个业余爱好，将圆周率计算到小数点后第十万亿位，它仍然无穷无尽！”

水主任想附和，一时又不知怎么说为好。

金凤一时还下不了决心，额角沁出细细的汗珠。举棋不定之时，她不得不求救于古人：“《庄子·天道》云：‘昔日子呼我牛也，而谓之牛；呼我马也，而谓之马。’事到如今，我只好毁誉随人……”

“小金，刚才这番话，果真发自你的内心吗？”汪主任大为惊讶，好像面对一个陌生的人，“这个想法，压根儿不符合你的个性呀！”

水主任表示也有同感。他目不转睛地看着金凤说：“小金，我宁愿相信庄子复活了，也不相信刚才那番话是你说的！”

金凤万万没想到，刚才那几句话，竟然如此出乎两位领导的意料。仔细一想，这种“出乎意料”又是在她自己意料之中的！——因为她先前说那番话，原本就是口不从心的。她说那番话时的心境，有点儿像小孩子在家长面前使使小性子的意味。好比一个小孩子早晨就想吃家中碗橱里的一块糖饼，可是母亲直到下午才拿给他。那时他明明馋涎欲滴，却扭捏作态地说："我不吃！"

生姜还是老的辣。汪主任率先摸透了金凤的小孩子脾气，笑着点点头："小金，不瞒你说，我已利用工作之便，多次向省、市有关部门反映过你的问题，可一直未能得到妥善解决！这回子，你去北京上访，完全不用担心有人指责你隔着锅台上炕，越级反映情况！更何况，即便越级上访，只要同去的不超过五个人，也是《信访条例》所允许的！"

金凤听得很认真。

"小金，你听我俩的，没错！"汪主任的面孔庄严如佛国，"你的人生刚刚起步，如果就这么任人摆布，你还有没有将来？……冻僵迎风站，饿死不低头。人生在世，就要活个骨气！"

水主任适时地附和道："小金，上访不是什么见不得人的事情。它的实质，就是一个人受到不公正的待遇时，借助代表正义的权力反击压制、坑害自己的邪恶势力，犹如荷兰人用钻石加工钻石！……"

"小金，我记得一位数学家说过：快乐不在于发现真理，而在于追求真理。"汪主任见金凤心有所动，继续引经据典地劝说，"你赶紧放心大胆地到北京去'追求真理'吧！最近一期的《旗飞》由我来组稿。如果有人打听你的去向，我就说，副刊部安排你出差去了！"他认为，"上访"是一种草根化的表述方式，其实质就是追求真理。

金凤觉着自己思想的齿轮，注进了两位领导润滑的油剂，转动得比平时更快、更灵活自如了。

第三十三章

乡村的黄昏很美。落日西垂时，圆润辉煌；暮色在沙滩上，像水墨在纸上一样洇开。仰望天际，黄昏和夜晚正在长庚星的注视下交棒。接下来，还有三十多颗以拉赫玛尼诺夫等音乐家命名的小行星，也会次第亮起，沉默而慈悲地注视泱泱红尘。

金凤沐浴着夕阳的余晖，带着一本厚厚的上访材料，拎着皮箱急匆匆地向火车站赶去。

假如这时候有人在注意观察她，会明显地感到她正在走向自己的一个重大决定。只有暗自拿了大主意的人，才会有这样的神情和步态。

没走多远，突然有一只鸽子从天而降，丧魂落魄似的钻进她的腋窝。与此同时，空中传来一声尖厉的怪叫。她抬眼一看，只见一只老鹰侧着两翼，像战时寻找地面目标的飞机，在她头顶上方盘旋，时不时地怪叫一声，久久不愿离去。

“穷鸟入怀，猎师不杀。”为了让鸽子避开天敌，她略一思忖，打开皮箱腾出一只装皮鞋的纸盒，在两侧及盒盖上各开一个铜钱大小的透气孔，放进瑟瑟发抖的鸽子，夹在腋下加速赶路。

到了火车站，夜色已接替了暮色。候车的人，黑压压的一片。路灯下，一个走江湖的摆着地摊，正在兜售据说能祛病延年的民间验方。摊主看上去四十来岁，留着一撮小胡子，说起话来伶牙俐齿。他见围观的人越来越多，左手按着膝盖，弯下腰，用右手拿起一本厚厚的油印小册子，站直身子，一边缓缓地来回转动手掌一边说："想当年，秦始皇要是有了这本小册子，没准会活到今天……说不定，还会招那位——呶，就是那位穿夹克衫的小伙子——做驸马哩！"在场的人听了笑成台风天的风铃，并掉转脸用目光去寻找那位姗姗来迟的"驸马"。

突然，有人喜出望外地喊了一声："火车来了！"

候车的人转脸一看，不远处的信号灯已亮；侧耳谛听，机车已在山那边鸣笛。与此同时，站台震动起来。刚刚绕过山嘴的火车头，喷出的蒸汽在山谷间铺张地弥漫，中轮的杠杆缓慢而有节奏地上下移动。不一会儿，火车进站了。

刹那间，一个个车门有如一个个蚁穴，下车、上车的人如同你来我往的蚂蚁，前呼后拥、你推我搡。

几分钟后，她终于乘上了开往北京的特快列车。

列车启动后，车厢遇到铁轨接合处有节奏地震动着，从站台、石墙、信号灯和其他暂未启动的列车旁边缓缓驶过。

此后，列车全速向北，像一条美丽的游龙，在时空里滑行。

她的座位靠近车厢。透过车窗灰绿色的贴纸，但见沿途的路灯，一盏盏袅绕着青蓝的长光，旖旎的光束直指天际。

和众多旅客一样，她感受到难以言说的愉悦。这是因为，在飞驰的列车上，你既不属于起点也不属于终点，人世间所有的困扰和纷争，所有需要争夺或退让的事物，都被隔在铁轨的两端。在这个独特的时空内，你需要留心的，只有倘然内急时厕所的门会不会打不开。舍此，你尽可闭目养神，或者凭窗远眺。当然，你如果是一位年轻得一点就炸的小伙子，也可以留心一下，车厢内有没有你心仪的姑娘；你如果是一位双十年华的姑娘，也可以环顾四周，打量打量有没有英俊帅气的小伙子。

次日拂晓，列车飞驶了九百多公里，发出一声龙吟似的长鸣，缓缓停靠在"首都迎宾门"——北京站。

由于金凤一路上精心照料，此时的鸽子已经恢复了活力，在纸盒里不安地躁动。下车后，出了检票口，走出拥挤的人群，她抓出鸽子，就要放飞时，出于好奇，她下意识地看看鸽子脚环上的号码。不看则已，看后她莫名惊诧——落难鸽子竟是表兄家的“蓝天皇后”！

惊诧之余，她猛然想起，这次来京前，她曾接到表兄从白莲市家中打来的电话。由于她对鸽子情有独钟，表兄在电话中顺便告知：前不久，家中有五只鸽子——其中包括“蓝天皇后”——参加了当地“鸽协”举办的竞翔比赛。比赛的具体路线、里程和奖励标准是：北自白莲市起，南至江亭市止，往返计两千五百公里，“竞翔状元”可得重奖三万元。眼下，她所在的北京站，离白莲市只有一百多公里。经验告诉她，“蓝天皇后”只需个把小时即可飞回；其余参赛的鸽子，绝大部分将会因为赛程太远而迷途或客死他乡；寥寥无几的竞翔高手，宽算还得一整天才能“荣归故里”。

她伫立街头，思潮翻涌。抓在手中的鸽子，扑棱扑棱地扇动翅膀，眼睛的深处燃烧着建功立业的热望。

她思前想后，面部表情刀刻似的凝重。十分钟后，她把鸽子重新放进纸盒。到达北京的第二天傍晚，她将鸽子托在掌心，举过头顶；鸽子掉转头来，婉娈顾盼。良久，它收束一下双翅，一锉身，箭一般射向蓝天……

——这是后话，不过先说了也碍不着谁。

车站大楼巍然屹立。大楼中间部位的顶端，是一个略呈穹隆形的屋顶。屋顶上，镶嵌在金属支架上的由一代伟人手书的“北京站”三个镏金大字，在晨曦掩映下闪闪发光。屋顶的两侧，各有一座金碧辉煌的钟楼。钟楼的结构，既体现了民族传统风格，也巧妙地体现出对新时代建筑艺术在细节上的包容和退让。

车窗外面，叫卖零食的喧嚣声不绝于耳。鲜红的卤猪蹄，褐色的烤鸭，热气腾腾的肉包子，皮壳破碎的茶叶蛋……散发着浓郁、诱人的香味。下车后，她腹饥难忍，于是随着人流走进车站附近的美食城里，一打听，吃一碗盖浇面都得花上十元钱。她知道，在这样的场合，客人比上帝重要，因为上帝口袋里没有钱。她口袋里虽然有钱，但是少得几近没有，因此成了“准上帝”。“准上帝”准得离开这儿，另找下家。

她像众多因囊中羞涩而需要在小事情上打算的人一样，思索有顷，以老作家柳青《创业史》里的梁生宝为榜样，找了一个偏僻的小饭馆，花了两块钱买了一碗水泡馍。她把这么廉价的东西吃得那么文雅秀气、从容豪华，仿佛她穿着珠翠罗绮的盛装，身旁有打着领结、彬彬有礼的绅士陪同一般。

那一天到小饭馆吃饭的，都是一些数芝麻咬大饼穷白相的底层人。引人注目的是，这里临窗坐着一位削肩细腰的少妇，好似凤凰来到鸡群里。她那绝无针对性、绝不个人化的微笑擦着情感的边缘错过去，犹如暗香浮动，显得高雅美丽。与少妇邻座的一位老人，吃饱了闲坐时，用指甲盖把撒落在桌面上的饼屑挨个儿推进桌缝里，就像剧作家把跑龙套人物安排在舞台深处一样。

出了小饭馆，她风度翩翩地行走在绿树掩映的人行道上。

由于自行车、电动车、摩托车等交通工具的普及，人行道已徒有虚名，行人寥若晨星。近旁的快车道、慢车道上，车来车往、人欢马叫、川流不息，好像是京城最鲜活的血液。这种氛围给外来者的感觉，与东京相比大不相同。外来者进入东京，一个个都有一种害怕被人吃掉的紧张；而同样的人进入北京，感受到的则是年轻母亲分娩时难以言说的愉悦和紧张。与大都市相比，自己栖身的小县城，分明是一位贤妻，眼波流转，你若安好，她对你微笑；你若失落，她为你撑腰。直到如今，她还能感受到自己第一次凝视那个小县城夜晚的灯火时，心里涌出的那股气息的滚烫的温度。

徜徉良久，她乘上一辆草绿色的无轨电车，前往国家信访局。在车上，她想起了曾经在《人民日报》上看到过的一首短诗，题为《北京抒情》。可惜的是，那首诗的作者和具体内容，她都忘记了，只记得那首短诗与电车有关，其中有两个自然节的结句分别为“一站，一站”“一闪，一闪”。正是因为有了这两个结句，她感到那首短诗的抒情意味特别浓郁，甚至由此联想到抒情诗人亮晶晶的瞳孔。

到了目的地，下车一看，已有几百号人等候在门外，巴望进入信访大厅提出诉求。金凤跻身排队大军中，心想，过去斩杀犯人，喧嚷程度也不过如此吧！

这时，一位“老上访”告诉她，国家信访局有三十多位接谈员，他们每年要接待一千多万人次。可以说，他们是政府部门最忙的人。

一位工作人员告诉大家，上访者反映的问题，国家信访局将及时转告地方政府。根据法律规定，地方政府必须在六十天内妥善处理。上访者如果对处理结果不满意，还有三十天的时间可以提出二次申诉。

忽然，一位衣冠不整的中年男子从门口跑进来，婴儿一般边哭边喊：“我要找妈妈！我要找妈妈！”

这种令人迷惑的精神现象，无法言状，正如一首思乡曲在流亡者的心中引起的激动无法形容一样。

众人不解：已经胡儿八杈的了，咋还哭哭啼啼地找妈妈？他想要妈妈驮还是要妈妈抱？

一位正在排队的老大爷转脸看看身旁的人，抬起右手用食指和中指敲敲自己的额头说：“他的脑袋瓜子被单位里的头儿逼坏了！……他要来找妈妈，也就是共产党替他申冤！”

金凤得知事情的原委，心想，自己进京上访这条路算是走对了！

长长的队伍好像一根铁杵，接谈员的窗口犹如一块磐石。

铁杵在磐石上越磨越短。时近晌午，金凤伸手可及磐石时，一位服务人员按照程序规定叫她出列，并领她到队伍近旁的一个房间里登记。随后，她将一份厚厚的上访材料交给一位年长的接谈员，并将该材料的内容删繁就简地复述了一遍。

年长的接谈员说：“你所反映的这些问题带有普遍性，情况也比较严重。你放心，少则十天半个月，最多不超过两个月，我们一定会通过这样或那样的途径，帮你尽快解决这些问题！”

接谈刚结束，下班的时间到了。两位戴大盖帽的警察不约而同地抚了一下帽檐，异口同声地说：“请大家下午再来！”

刹那间，“铁杵”变成了“铁流”，波翻浪涌地向门外流去。

金凤从“铁流”里分离出来后，就近找了一个住处。

傍晚，她离开旅馆，快步走向一个公交车站。她想利用返程之前的空余时间，蜻蜓点水地看一看市容市貌。

公交车站设在一个十字路口的右侧。它的南面，一座接一座一柱擎天的高楼大厦，象征着一个国家强盛；它的头颅伸入云霄，显示出自立于世界民族之林的冲天豪气。马路两旁那些合抱的苍松翠柏，足以傲视东京和纽约的通衢大道，因为它们一头连着今天，一头连着历史，它们不但属于今天的“城”“市”，还属于曾经的、今天的“都”。彼时彼地，城市的喧嚣之声珠圆玉润、游鱼出听，人间难得几回闻。——这是城市的希望之声，是附着在城市肌肤上的一种无形的、有声的文化。

她刚站稳身子，一辆黑色越野车裹挟着一股灼人的气浪，嘎的一声停在她的身旁。

车门打开后，从车上走下一个有着斧劈刀削般粗犷面孔的彪形大汉。他那模样，与其说是造化之作，还不如说是有人用笔随便涂画出来的。

她定神一看，车上除了一个矮个子司机，还有一个留着锅铲头的中年人。

彪形大汉下车后，摸摸钢针似的络腮胡子，笑吟吟地说：“小姐，我们在上访接谈处，得知你是宁海县人。我们因为有急事，必须在天亮之前赶到宁海。如果你在北京没有其他事情要办的话，想不想搭个便车？”他说起话来像个会干活的老把式，有一种泥瓦匠的熟稔感。

金凤听罢既喜出望外又深感遗憾。喜的是，搭便车回去可以节省一个单程的路费；遗憾的是，未及观赏、游览首都的市容市貌和名胜古迹。思之再三，她觉着还是以节约为要。于是，她连忙回答说：“想！当然想！”

络腮胡子说：“那就请你抓紧时间上车！”

她说：“我到住处去一下，马上就回来！”言毕匆匆而去。

“快去快来！”络腮胡子望着她的背影叮嘱一句。

“好的！好的！”她掉转脸来朗声回答。

金凤走后，锅铲头下车后伸了一个懒腰，咳嗽一声，侧转脸呸地吐了一口唾沫，抓耳挠腮地抱怨络腮胡子：“老兄，你也未免有点儿多管闲事！刚才那位小姐，未必就花不起回家的路费！”

言毕，他掏出一张面巾纸揩嘴。一枚被他无意中随手带出衣袋的硬币掉在地上，骨碌碌地朝前滚了一尺多远，不甘心地倒在地上。

络腮胡子见状，朝锅铲头舒过脸来：“我问你一个问题，硬币为什么要制成圆形的？”

锅铲头觉得对方问得蹊跷：“你问我，我问谁？”他直言直语，丝毫不隐讳自己在这方面才具不足。

“好吧！刚才这个问题，权当是你问我的，”络腮胡子微微笑着说，“硬币制成圆形的，不是为了滚动，而是为了便于叠加！”

坐在车上的矮个子听罢对锅铲头说：“听明白了没有？老大哥在启发你要懂得节约的道理呢！”

金凤的住处就在附近。大约是因为要收拾东西以及办理退房手续，她花了好长时间，才拎着装有日用品的小提包，面带笑容，一溜小跑地往回赶。快到车前时，忽然听到有人喊：“金凤！金凤！”她掉转脸朝越野车后面一看，喊她的人原来是自己在宁海报社的同事祁玉春！她身着高翻领的褐色羊毛衣，藏青色的长裤，脸上化了淡妆，看上去风雅而又洒脱。

金凤莫名惊诧，她觉着，此时此地和祁玉春相遇，就像行走在巴黎的某一条大街上，突然见到了从路易十五时代一本古老的小册子上脱落下来的一页！正想着，祁玉春已笑吟吟地来到她面前，热情地拉着她的手问长问短。当她知道金凤准备搭便车回去时，拍手打掌地说：“你瞧你瞧！到了北京，居然不到我家去看一看！——不过也怪不得你，我到北京安家你还不知道呢！”言毕立马掉转脸，对络腮胡子等人说：“你们几位能否赏光，到寒舍一聚？”

络腮胡子见祁玉春真心留客，知道金凤不可能与他们同车回去，便说：“谢谢你的美意！我们有公务在身，以后得闲再去叨扰！”稍停，他又像老大哥似的对金凤说：“你快去做客吧，我们先走了！”

金凤走近络腮胡子等人，再三表示感谢。她没有既定目标地朝他们伸过手去，几个人如同政府官员在公开场合露面似的，按照先后次序同她握了手。两者不同的是，政府官员的“次序”是由官阶高低决定的；他们则是由自己在所处生活圈子里的资历决定的。

络腮胡子指着金凤问祁玉春：“你们俩是怎么认识的？”

祁玉春微微一笑，打着手势回答说：“我和她原来是宁海报社的同事；我丈夫是房地产开发商……”

“这么说，你是辞职来北京做了全职太太，对不对？”络腮胡子阅人无数，老于世故。此时此刻，他自然明白眼前的这一位是怎么从偏远的弹丸小城，来到京城帝都的。

“你可真是活着的诸葛亮，神机妙算！”祁玉春笑道。

锅铲头一边催络腮胡子上车，一边笑着同金凤打趣道：“我们原本打算到宁海蹭吃蹭喝，这下可好，啥也蹭不着了！”

金凤亮着嗓门说：“以后你们再去宁海，请到报社找我，我一定尽地主之谊！”

越野车开走后，祁玉春领着金凤走到一辆劳斯莱斯轿车旁边。

女司机见状，连忙下车打开车门，左手掌心向下挡在车门的上方，以防她俩上车时碰着头顶；右手朝车内一指，示意她俩上车。女司机三十岁左右，笑容很灿烂，浅浅的酒窝滴溜溜打着旋儿，气质里有一种精明而又干练的成分。两人坐好后，女司机返回驾驶室。不一会儿，轿车满载着北京这座国际大都市的自由繁华与人生百态，融入各种车辆汇合成的洪流。

车窗外灯海一片，如同一个繁华浩渺的春梦，让人想起周璇婉婉啼啼唱过的夜上海。一根根电杆、一座座高楼时而急速、时而缓慢地向后退去。由于洒水车刚刚过去，地上湿漉漉的，车轮从上面碾过，好像有一只无形的巨手把粘在地上的一匹布刺啦一下撕过去似的。慢车道和人行道上，骑车或步行的红男绿女春风满面、喜气洋洋，嘴角唇边似乎隐含着一丝难以抑制的自得、自信和自豪。

途中，分列两排行进的军人齐声高唱《我是一个兵》。铿锵有力的旋律，扇动着翅膀贴着地皮上下翻飞。

金凤觉着气爽神舒。她问祁玉春："今天是出来兜风的吗？"

"你真会开玩笑！"祁玉春用臂弯轻轻触碰一下女友，"京城帝都、天子脚下，是我兜风的地方吗？"

"那你出来干啥的？"

"买吸尘器。"

"买了吗？"

"没有。"

"为什么？"

"店里脱货。店老板和我早就熟识了，他见我有另找商店购买的意思，笑着对我说，据我所知，你家已有三台出厂于不同年代的吸尘器，就不用再买了！"

"你家哪能有这么多的吸尘器？"

"我也这么问他呢。他说，现如今，中国各地的市民，每人就相当于一台吸尘器。"

"此话怎讲？"

"他说，由于受工厂污染、私家车数量剧增等因素的影响，中国已成为大气污染最严重的国家之一，百分之五十八的城市空气中所含悬浮粒子浓度超过世界卫生组织所定标准的五倍。像北京这样的国际大都市，恐怕就不是五倍、六倍的问题了。生活在这样的环境里，用吸尘器的意义何在？……我想了想，觉着也是，结果就没买。"

"难怪有人主张，如今最好在小地方过小日子呢！"

…… ……

半个多小时后，轿车驶进一个别墅区内的一幢独体别墅门前。下车后进了院门一看，别墅除了拥有令人瞠目结舌的超大体量外，还具有一般豪宅不常见的苍松翠柏、假山泳池。走进正门，但见客厅布置得跟凡尔赛宫一样，金碧辉煌、美轮美奂，经典而又不落时尚。晶莹剔透的大吊灯高悬在客厅正中，临窗摆放的红木茶几垫着大红呢毡，紫檀木的八仙桌和太师椅覆以饰有鱼虫花卉的湘绣围披，充满创意、线条优美的纳图兹沙发掩映着荷兰地毯。沙发一侧的空缺处，摆放着一架斯坦威立式钢琴。客厅南北两侧，各有一个六角形的观景凸窗，室内室外情景交融。

金凤环视室内，不由得心旷神怡，一种前所未有的被文明包围的感觉油然而生。

女主人祁玉春安排金凤落座后，示意女司机去泡茶，然后笑吟吟地和客人并肩而坐。

金凤被她的热情感动了，笑着说："这下子，我可由'作客'变为'做客'了！"

她如此"抠字眼儿"，意在拂去岁月的风尘，让往事像夜幕下城市的霓虹一样再现。原来，祁玉春在宁海报社做编辑工作时，一篇由报社记者撰写的小通讯中，把该用"做客"的地方误用为"作客"，引起读者和编者的广泛讨论。

金凤的话勾起了祁玉春对往事的回忆。一瞬间，与其说她想起了，不如说她看到了，过往岁月里的灯火阑珊处，那盏霓虹在耀眼地闪烁。

她情深意切地说："通过那次讨论，我总算知道，'作客'和'做客'，那可是两重天啊！——不过，请放心，只要有我在，你任何时候来北京，都不至于沦落到'作客'的地步！"

金凤笑道："那敢情好！"

两人谈笑间，女司机端来两杯泡好的茶，恭恭敬敬地放在主人和客人的面前。不料，女司机的右手一抖，放在客人面前的茶杯溢出少许茶水。她自觉失礼，连忙返回厨房拿来一块抹布，抹去了茶水。

这个小小的插曲改变了她俩谈话的方向。

祁玉春问："你弟弟学习成绩怎么样？"

金凤不假思索地回答说："还可以，中等偏上。"

"当年，我们在背地里常说，金凤为了弟弟，吃尽了苦头。有人甚至说，你曾到私人血站里卖过血……"

"哪有这回事！"

“你弟弟快要高中毕业了吧？”

“快了！”

“你的‘个人问题’解决了吗？”

“还没呢！”

“那得抓紧了！”

“谢谢你这么关心！”

…… ……

祁玉春端起茶杯呷了一口，掉转脸亮着嗓门对女司机说：“小刘，你可以回家了。记着，明天早一点儿来，我要陪客人出去转悠转悠！”

“我上午七点半来行不行？”女司机问，不待对方回答，她又解释说，“在此之前，我要送我母亲去车站。”

“你母亲来北京几天了？”祁玉春问。

“三天前来的。”女司机掐着指头回忆道。

“三天前来的？”祁玉春也陷入回忆里，“这么说，你还没来得及带她老人家游览游览，是吧？”

女司机点点头。

“我看这样吧：你母亲迟天把回去，明天和我们一道……”

“这……”女司机犹豫不决。

“你母亲难得来北京一趟，”女主人善解人意地说，“就这么让她回去，有朝一日回想起来，你会觉着问心有愧的！”

女司机感激之情溢于言表：“我回去后，一定把您的美意转告她！”

女司机走后，金凤问女主人：“你的那一位呢？”

“他呀，到成都去了！”祁玉春朝墙上的中国地图瞥一眼，“今早刚走，得十多天才能回来！”

“处理什么事，能要这么长时间？”金凤不解地问。在她的印象里，商界精英都是惜时如金的。

“成都有好几个刚接手的项目，他要一个一个地过堂！”祁玉春一边说，一边用右手的拇指和食指轻轻地依次扳着左手的食指、中指和无名指。

金凤感慨地说：“看来，世上三百六十行，没有哪一行是轻松的！”

“是的哩！”祁玉春点头赞同。

言毕，她忽然想起了第二天的行程安排，于是问金凤：“北京的名胜古迹很多，你看我们先去哪里？”

金凤想了一下，一时拿不定主意，于是她表示：“客随主便，随你安排吧！”

“有人说：中国人到北京不看故宫，等于没到过北京；外国人到中国不看长城，等于没到过中国。要不，我们明天先去故宫？”祁玉春用商讨的语气说。

“好的！好的！”金凤笑着点点头。故宫是她早就心驰神往的地方。

两人正谈着，忽听有人敲门。

祁玉春以为女司机落下了钥匙之类的东西，一边忙着去开门一边嘀咕道：“这个小刘，总是丢三落四的！”

谁知开门一看，敲门的竟是自己的老公！

祁玉春把老公让进屋，拍着已经迎上前来的金凤的肩膀：“这位是小金，叫金凤，是当年我在宁海报社的同事。”旋又向金凤介绍说，“这位是我的老公，姓雷，叫雷振云。”

“欢迎！欢迎！”男主人拉拉女客人的手，并自作前导，将客人和夫人带到客厅内的沙发旁坐下。

雷振云四十岁上下，一身名牌服装，胖得如同教堂耗子一般，凸起的肚皮膨亨饱满，他倘若低头看，断然看不到自己的脚尖，因为中间隆起的部位挡住了视线，臃肿的双眼皮里好像也藏满了钞票。稀稀拉拉的头发，整齐地朝后梳拢着，蘸了水，也可能是油，足以滑倒苍蝇。白皙的脸庞，压根儿没有皱纹，如同刚出笼的馒头。

“你去成都，怎么又回来了？”祁玉春不解地问。

“今早去机场时，半途中被总账会计许桂英拦住了！”男主人气喘未定，“据她说，靠近清华大学的一个楼盘，有二百零一户的首付款至今未到账！这事儿不处理好，我还顾得了成都那一头吗？”

“这可怎么得了？”女主人很懂得替老公分忧。

雷振云朝金凤舒过脸来，像一匹刚拿掉鞍子的马一样地喘着粗气，满是血丝的眼睛里红光闪耀：“别人只看到我们这些人光鲜的一面；其实，我们自有苦衷！一年到头，简直被手下的人当灭火器使！”

金凤面带笑容，温言细语地安慰了一番。

在接下来的闲谈中，雷振云得知金凤有一个远房姑母家住北京，连忙提醒道：“那你得首先到姑妈家看看；要不，以后姑妈知道了，她能没意见吗？”

金凤解释说：“姑妈和我们这一辈已经出了五服，加之多年来相互间没有走动……”

“出了五服的姑妈也是姑妈嘛！无论从哪方面看，你们之间的关系，都超过一般同事和朋友！”雷振云说到这儿似乎意识到了什么，“不过，你千万别介意，我可不是撵你走噢！”他的目光中缺乏真情潜质的影子渐渐转到光线里，成了一种真假莫辨的单纯。

金凤观察人，目光总是从他光鲜亮丽的正面绕到背后，透过表象，看清本质。不唯如此，关键时刻，她不用耳朵听，只用鼻子都能嗅出对方的话味。眼下，哪里需要男主人像祥林嫂那样“过度言说”，一个“撵”字，便让金凤周身一震：真是夫子自道，这不明明是在“撵”我走吗？

想到这里，她连忙站起身：“你说得对！我现在就到姑妈家去！”

雷振云也站起身：“瞧你急的！在我家住几天，聊聊家常，改日再去不行吗？”

“不行！不行！”金凤不容置喙地摆摆手，“正如你所说，我得‘首先’到姑妈家去！”

屋里的气氛急转直下，由火炉红泥变为千山暮雪、春风十里变为清角吹寒。

雷振云啊雷振云，不管你是存心还是口误，你刚才那句话，把客人永远地推出了你的世界。

再强大的人，内心也有不能触碰、一触碰就血流如注的雷区。

正在厨房里忙着做饭的祁玉春，走到金凤面前问：“怎么回事？”

“我得到姑妈家去！”金凤一边说一边拿起提包，头也不回地往外走。

祁玉春并不怎么挽留，而是怯怯地瞥了丈夫一眼，怯怯地对金凤说：“你等一下，我打电话给司机小刘，让她送你去！”

“对！让小刘送你！”雷振云紧走几步，赶上金凤，从衣袋里掏出手机，“你等一下，我这就给她打电话！”

“用不着，我自己打车！”金凤神态决绝地摆摆手。言毕，她提着行李，转身走到院门外，站在马路的一侧，等候出租车。

好像有约在先似的，她刚刚站定，一辆出租车疾驶而来。快到身边时，金凤抬眼一看，只见挡风玻璃后面，立着一块有“空车”字样的牌子。她连忙朝汽车方向招招手。一会儿工夫，司机将车开到她的身边。

上车后，司机问：“去哪儿？”

她小声说：“火车站。”

她既不想到姑妈家去，也无法到姑妈家去。

临走时，她回头一看，祁玉春正在拭泪。

那一刻，金凤不由得想起了《战争与和平》中的尼古拉·包尔康斯基老公爵对玛丽公爵小姐的专横，联想到祁玉春也和玛丽公爵小姐一样的处境。突然间，她好像成了一个窥破秘密的人，再也不把“全职夫人”的光鲜当成一种高度。她们每个人或许都有一把辛酸泪，只不过很少有人当街哭泣，而是如同纳兰词《采桑子·当时错》里所感慨的那样：“红泪偷垂，满眼春风百事非。”——啊，纳兰性德，你不愧是词坛圣手，心海里竟然珍藏着如此让人神迷、让人心碎的词语：红泪偷垂！

出租车路过故宫门前时，但见游人如潮，有的在留影，有的在买入场券。金凤从有关资料中得知，故宫是目前中国现存的最大、最完整的古代建筑，已经有五百多年的历史。它位于北京城的中心，是一座城中之城。故宫严格地按《周礼·考工记》中“前朝后市，左祖右社”的帝都营建原则建造，风格独特，规模宏大，气势雄伟，布局统一。她原本以为，隔日即可夙愿得偿，身入故宫一饱眼福；不料转瞬之间，竟然被人逐出家门。

那一刻，她不由得发自内心地感慨：北京太大了，大得让人找不着尊严。

快到火车站时，她忽然想起当年外国人、特别是美国人对民国学人辜鸿铭的交口赞誉：“到北京可以不看故宫，不可不看辜鸿铭。”于是，她问司机：“请问，辜鸿铭故居在哪儿？”司机摇摇头，表示不知道。

由于正值旅游淡季，到了火车站，她很顺利地买到了返程的车票。

在候车的间隙，她来到一个离车站不远的公园里，独自坐在一条棕红色的长椅上。因为又一次吃过生活之树的果子，亲口尝到了它的苦味，她这才走出人声鼎沸的候车室，争分夺秒地来到这个静谧之处。华灯初上，苍松翠柏把影子投在凹凸有致的石径上，花草丛中的昆虫婉转地低鸣，好像在吟唱一首小夜曲。一条粘有迎客标语的布幔，不知怎的斜曳着，微风过后，就像是舞剧里亚马孙女人飘拂飞扬的腰带。石径旁边有不少落叶，在微风中一个劲儿地打旋儿。她感到自己栖身的并非公园，而是一个人的心灵私宅、精神故园。她正在用自己的落寞、内心的荒凉和云烟，喂养这里的一草一木。

公园里出奇地寂静，仿佛能感知时间移易的潜息，听到青草拔节的幽响。一只不知名的夜鸟，不时地用尖细、锐利的叫声朝寂静来试锋口。但是寂静太浓了、太厚了、太漫无边际了，被鸟声磨损的浮面，瞬间就被填满，如同粗糙的墙面被人抹上一层泥，并用刮刀刮平。

她寂寞难耐，禁不住想起了一件可以疗救寂寞的往事。1849 年，林则徐途经湖南，与左宗棠泛舟湖上，相谈甚欢。林则徐叹道：“他日竟吾志者，岂惟君乎！”临别，林于舟中手书一联赠左，联云：“此地有崇山峻岭茂林修竹，斯人读三坟五典八索九丘。”她想，如果能独自在深山老林里捧读古典，真是一桩难得的人生幸事！到那时，寂寥被古典解构、融化，你可以在具有张力与定力的静穆里，对先贤圣哲心神依倚，惘惘欲随，默默地砥砺自己、提升自己。

一个多小时后，她乘上了由北京开往广州、路过宁海的火车。

她的座位靠近车窗。车窗外，夜色正浓。火车的前照灯像一把锃亮的匕首，刺向无边的黑暗。偶有悠长舒缓的汽笛声，很快便被夜色吸去。她的邻座是一位知识型女性。两人闲聊时，她又一次提及辜鸿铭。邻座听了一拍巴掌："哎哟，辜鸿铭故居位于北京东城区柏树胡同，离北京站很近，你上车前完全可以抽空去看一看！"稍停，大约是为了安慰金凤，她又接着说，"不过，大师故居已经改为王府井宾馆……"

尽管如此，金凤仍然感到很遗憾。她想，当时要是知道底细去一趟，即便故居没有了，但至少还能隐约看到当年辜老先生走出家门时见到过的景色，如同从北魏杨炫之所撰《洛阳珈蓝记》中，还能隐约看出三国人物的故居一样。

在车厢有节奏的颠簸中，她渐入梦乡，重温了自己在北京由"作客"到"做客"这一情节怪诞、不堪回首的过往。

次日一大早，火车在日夜兼程地飞驰了九百多公里之后，缓缓停靠在宁海县火车站。

出了火车站，她叫了一辆三轮车。

到报社门前下车时，老门卫连忙放下手头的事情，笑眯眯地同她打招呼："小金，出差回来啦？"

她也笑眯眯地答应："回来了！"

接着，她又问："这两天，您见到我弟弟没有？"

老门卫告诉她："你弟弟回乡下老家去了。"

"他回家干吗？"

"现在的学生回家能有啥事？要钱呗！"

金凤的心突地一跳！她想，弟弟回家要钱，家里又没有印钞机，自己的工资又很低……彼时彼地，经济上的压力，尴尬的处境，一反常规、不可遏止地使她渴念向往已久的自主生活！

与此同时，"独立之精神，自由之思想"的文化情怀，也如天光崩裂、地火迸射！

好像受到某种不可知的精灵的暗示或启发，她的脑海里突然闪过一道电光石火：索性放下“吾曹不出，如苍生何”的书生意气，立即辞职，走出自己早就想走出的“上班、下班、虚荣、对垒、谄媚、苟安”的魔力圈，按照孔子“乘桴浮于海”的古训，重返民间，择机创业！

她知道，这样的选择，与父母及有关领导和同事的传统意识、近期想象、未来预期相去甚远。

然而，她无暇顾及这些了。

第三十四章

“受尽天下百官气，养就胸中一段春。”金凤思之再三，终于向副刊部的两位主任，如实说了自己辞职的想法。

如同当年刘备与诸葛亮没有想到作为持节驻守的关羽将军竟然大意失荆州，不但做了刀下之鬼，最终导致复兴汉室的希望全盘皆翻一样，此时的汪主任和水主任也没有料到，副刊部顶梁柱金凤竟然会“临阵脱逃”。

“小金，你难道要迁地避嚣吗？”汪主任百思不得其解，“意志坚强的人，哪怕面对世界第一高峰，也要让自己成为登山好手，挑战极限……再说，‘上访’不是已经快要有结果了吗？”

金凤回答说：“这与意志是否坚强、上访成败无关！逼我走这条路的压力主要来自经济方面：就算我能保住饭碗，也‘供应’不起我的弟弟！”

她担心两位领导把她当成一个太过激进的理想主义者，故意没有言及自己对“自主生活”的向往。

汪主任听罢，掉转脸朝她招招手，拍拍身旁空着的一张藤椅，示意她到那儿坐。

她估摸着，汪主任一准要就她“辞职”一事，表明他自己的态度。

“小金，我仔细想了一下，觉着你的想法也未尝不可……”果然，不出她所料，汪主任待她落座后，端庄肃穆地说，“马克思、恩格斯有一句名言：环境创造人。事实也真是如此，天才放错了地方就是垃圾。冯唐易老，李广难封，时耶？命耶？明珠投暗，徒兴邹阳之叹；广陵散尽，益增嵇康之悲！……”

“小金，你走的路子没有错！”水主任见汪主任动了真情，随即贴船下篙，“随着包括‘三难’（读书难、看病难、买房难）在内的消费经济的到来，许多没有足够心理准备与文化准备的农民和市民，无暇也无力去做可供想象的人生筹划——多挣钱以确立存在地位的欲望压倒了这些，他们被迫卷入一场人与人之间进行财富竞争的长征。金凤，识时务者为俊杰！在时代的大潮中，我们每一个人都是浮在水中的一截老树丫杈，只有顺势而为……”

“现如今，辞职算不上什么新闻！”汪主任从先前的琼筵坐花、羽觞醉月啪哒一下转成了香葱煎猪肝的深夜大排档，“前几天报上有消息说，南方的大城市，特别是深圳，为数不少的公务员因为工资低，接二连三地辞职……”

“这条消息，我也看到了！”水主任用右手的食指轻轻地敲着桌面说，“哪怕不‘跟风’，即便从环境角度看，‘浑水不养九品莲’，宁海报社也不是金凤待的地方……”

这时，金凤忍不住笑起来。忍不住的程度之深，堪与胡适之忍不住他的“历史癖”相比。

“你笑什么？”水主任问。

“你说起话来，老是引经据典！”金凤口不从心地说。

“小丫头，好样的！”汪主任赞许地点点头，“敢于当面批评从前的顶头上司了！”

“我哪敢批评水主任？”金凤娇嗔地一笑，“只不过提个建议！”

“这个建议提得好！”汪主任竖了一下大拇指。

其实，金凤发笑是这么一回事：听说“跟风”，她想起了一个十分好笑的民间故事。那故事大意是说，从前有个国王由于滥用感情，因此瞎了一只眼。大臣们立即争相仿效，追随国王新开的时尚。为了取悦国王，每次上朝，他们就像山里的猴，一个摇球都摇球，全都把一只眼睛闭起来。谁知国王见了十分生气，扬言要把独眼的人全部杀光！

水主任朝金凤舒过脸来问：“小金，你打算如何设计自己的未来？”

“暂时还没来得及考虑这个问题！”金凤摆摆手，“不过，我相信，天无绝人之路。小时候，我常听奶奶说，老天饿不死瞎眼的麻雀……”

金凤身上透溢出的那股子喷薄欲出的强悍的生存力量，令汪主任和水主任对她刮目相看。

“小金，就按你说的办！”汪主任下决心似的说：“风筝之所以能飞上高空，就是因为它有顶风的本领，否则就永远不能升高……从今往后，你有什么难处，我和水主任一定向你伸出援手！”

“小金，你就放开手脚朝前扑腾吧！”水主任赞同地点点头，“南非前总统曼德拉说过一句广为流传的话：当我走出囚室迈向通往自由的监狱大门时，我已经清楚，自己若不能把痛苦与怨恨留在身后，那么其实我仍在狱中。”

听了两位领导的话，金凤心潮澎湃。

她深知，要想做成一件事，既要有高昂的热情，又要做好与困难作斗争的准备。花草的种子只有穿越沉重黑暗的泥土，才能在阳光下发芽微笑；雏鹰只有不畏跌打，才能练出搏击长空的翅膀。

两个礼拜后，金凤和弟弟金虎搬出报社宿舍，租住出租屋。考虑到男女有别，姐弟俩在皇恩街各租一间小屋。姐姐租的屋子略大一点儿，且有一个简易锅灶。分开居住后，吃饭仍在一起。出租屋位于门面房后面，没有商业功能，房租不太贵。刚入住时，由于环境太过寂寥，她感到这是一次自我流放。转而一想，较之中国古代的流放者，自己还算得上是幸运的。古代的流放者，大都枷锁在身，竹杖芒鞋，千里投荒。自己栖身的后街背巷，虽然寂寥，但终究还在小城的怀抱里。

行到水穷处，坐看云起时。起初，金凤常常感到自己就像当年栖身瓦尔登湖边的罗梭，来到这里是因为“想过一种经过省察的生活，去面对人生最本质的问题”。与此同时，罗梭那多姿多彩、散发着智慧清香的哲思，也像横笛吹出的乐曲一样，沁入她的心脾。

皇恩街是一条千年老街，南北走向。街头立一牌坊，牌坊上有一匾额，匾上有四个镏金大字：皇恩浩荡。老辈人说，乾隆皇帝下江南时，曾下榻在这条街巷附近的行宫。翌日晨起，皇上在巷头“方便”一把。事后，县衙拨银万两，立此牌坊，以示纪念。乍一看，这好像是小题大做。其实不然，皇帝就是皇帝，连撒尿这种小事，对他而言也是一项非常严肃、需要当作国家大事操办的系统工程。奇情壮采的《中国皇宫秘闻》一书，有一节文字记载了皇帝出巡途中撒尿的全过程。真是不看不知道，一看吓一跳，别说“全过程”，即便皇帝撒尿的“扫尾工程”，也让人叹为观止。皇帝几经折腾好不容易撒完尿后，高年宿学的太监瞥一眼皇帝面前新添的水陆道场，掉转脸对随行人员中的宫女抑扬顿挫地高喊：“抖……龙……根！……一抖，再抖，三抖！”此时，一位宫女用纤纤玉手握着皇帝的龙根，不紧不慢、颇有节奏地连抖三下，好似浔阳江头的琵琶女在弹琵琶，每一个琐细的动作，早已在她的心血里沉浸滋养，长了神经和脉络，外行人是很难学会的。接着太监高喊：“收……龙……根！”宫女应声手托龙根捧宝贝似的放回原处。太监见状又喊：“复……龙……裤！……穿……龙……袍！”几个宫女领命后，七手八脚地给皇帝着装。在这眼见得就要大功告成之际，如果皇帝尿意复至，那真可谓功败垂成，随行人员不得不重整旗鼓，来一场“二次革命”，按部就班、不乱章法地伺候皇帝撒尿。“二次革命”时有发生，因为即便是皇帝，青天白日在众多宫女的簇拥下撒尿，也必须具备良好的心理素质和老到的实战经验，绝不是依靠出巡前“泛览乎诗书之典籍”就可以了事的。

可见，在皇帝撒尿处立一牌坊，勒石以铭之，确有必要。

美国第三任总统托马斯·杰斐逊自称为“国民公仆”，罗马教皇谦称自己为“奴才的奴才”或“用人的用人”；中国的皇帝除了自称“朕”“寡人”之外，不知还有没有能让自己不觉得脸红的自称和谦称？

皇恩街被数条东西走向的街道切割成一截截“香肠”。居中部位那截“香肠”西侧的人行道旁，有一排枝叶繁茂的法国梧桐。每天傍晚，数以万计的麻雀，像遮天蔽日的蝗虫从四面八方飞来，栖息在法国梧桐高大的树冠里，叽叽喳喳地叫个不停，好似一群赚得盆满钵满、凯旋的新潮歌星。次日清晨，它们又飞往乡下寻食。有人戏说，麻雀们这种朝下乡、暮回城的生活习性，乃是受了乡镇干部的影响。这些干部在乡镇任职，却把家安在城里。每天早晨，他们驱车下乡，晚上驱车回城。两者的不同仅仅在于，一个“形（行）而上”，一个“形（行）而下”。

由于麻雀数量多得惊人，噪声聒耳还在其次，更为恼人的是雀粪。两排法国梧桐掩映下的街道上，层层叠加的雀粪，好似两条平行的白色光带。尽管麻雀已完成由“四害”之一到国家二级保护动物的华丽转身，但毕竟不能与皇上相比，县太爷们至今尚未考虑为麻雀立牌坊。

为了既保护麻雀又不影响市容，环卫部门贴出招聘启事，招聘两名临时工，主要职责就是及时清除皇恩街的雀粪。由于这项工作面广量大，工资又低，好长时间无人应聘。

一天放晚学回家时，金虎无意中看到那则招聘启事，喜不自胜。回家后，他连忙把这一“喜讯”告诉姐姐。不待姐姐表态，他又绘声绘色地说：“我俩是‘近水楼台’，揽这活儿再好不过！”

其实，金凤早就看到过那则“启事”，但她不想揽这活计。她想，工作量大、工资低倒在其次，最为棘手的问题是：时间紧。麻雀视力不佳，睡得早，“起”得迟。而环卫部门要求，每天必须在上午八点之前，将绵延不断、长达百米的雀粪清除干净。试想，这事谈何容易！

然而，正因为这份活儿难度大，才迟迟没人肯揽；再者，如果这活计很轻松，环卫处有的是环卫工人，压根儿不需要另招临时工。

这么一想，她对弟弟说：“那咱就先干着再说吧！”

当天下午，她到环卫处办理有关手续。由于正值上班高峰，大街小巷车水马龙、人欢马叫，小城像一头刚刚醒来的母狮一样地躁动不安。

接待她的是一位白胖生生的女人。她四十开外年纪，白果脸，高鼻梁，眉宇间还残存着一丝飘忽不定的青春气息，加之衣着整洁，款式新颖，看上去有一种不加修饰的伦巴第式的美。

金凤说了自己的来意后，对方热情地招呼她坐下，然后从抽屉里取出一张表格放在桌面上，用右手按着“推”到来人面前。在从窗外透进来的柱状阳光中，夹在表格上的崭新的金属夹子，耀人眼目地一闪一闪。

金凤考虑到，在报社担任编辑和记者工作时，自己的名字时常见报，为了避免麻烦，她填表时，在“姓名”一栏里随手写上“张瑞芳”三个字。写好后一想，糟糕！“张瑞芳”不是一位大名鼎鼎的电影演员吗？转而一想，又觉着这也没啥，如今故意与名人起同样名字的人多着呢！

此时，她无意中又想起了一件与两人同名有关的趣事：同盟会元老张继被袁世凯通缉时，狼狈地逃窜到日本。一个日本小子恭维他说：“你那首‘月落乌啼霜满天，江枫渔火对愁眠’写得真好啊！”殊不知，此张继非彼张继，一个是以怕老婆闻名的民国元老，一个是博览有识的唐朝诗人。

她把填好了的表格递给白胖女人。后者擎在手里从头至尾看了一遍，然后在“负责人签字”一栏内签上“田玉珍”三个字，抬起头来说：“好了，张姑娘，下个月的今天，到隔壁会计室领取第一个月的工资！”

稍停，她又补充说：“张姑娘，你要是干得好，每月除了以一千五百元工资外，还有三百元奖金！”

她略显激动地说：“我尽力而为！”

白胖女人忽然大悟似的说：“张姑娘，请你等一等，我到隔壁去拿几样东西来！”

金凤说：“好！您去，您去！”

白胖女人走后，她想，你拿东西就拿东西呗，叫我等啥呢，莫非你要送礼给我？

约莫过了烙一张饼的工夫，白胖女人回来了。只见她左手拎着一个白色的塑料桶，右手拿着一把通体红色的塑料扫帚。进屋后，她把塑料桶放在屋心里，将扫帚当拐杖一般贴在身边。金凤近前一看，塑料桶里放了好多抹布，有新的，也有旧的。

待金凤收回目光后，她用扫帚敲敲塑料桶，笑着说：“张姑娘，这些东西是你打扫时必备的，你顺便带走吧！”

“张姑娘”莞尔一笑：“谢谢！”

吃晚饭时，屋后的桑树被细雨打出毛茸茸的声响。金凤一边吃饭，一边告知弟弟应聘一事。

“好，太好了！太好了！”其时，弟弟刚夹了一小块鱼肉放进嘴里，一缕游丝似的鲜美气味从他的口腔钻入脑子，然后游向全身，以致影响了他的语言功能，把两个“太”都说成了“特”，让人听上去觉着有点儿“欧化”。

“我把要说的话说在前边，”金凤想笑又不敢笑，“从今往后，你一心读书，油瓶倒了不要你扶！大事小事，都由我来做！”

金虎不解地问：“为什么？”

她瞥了他一眼，用左手的中指和食指轻轻地点着桌面说：“这个道理明摆着，你应该懂！……”

金虎听罢，一颗心就像刚刚晒过的棉被，软绵绵、暖烘烘的。

稍停，她生怕弟弟不懂装懂，便又解释说：“这里的房租远远高于学校的住宿费，如果你成天忙于与学习无关的事情，我们租住出租屋，就失去意义了！”

“姐，我听你的！”金虎激动得泪水一劲儿在眼眶里打转转。这种不能自已的感觉在世故起来的人那儿是不存在的，只能发生于与对方有着骨肉亲情、天真朦胧的心灵。

秋夜，万籁俱寂。银河横过夜空，里面活跃着亮晶晶的小鱼。

她乘着星光月色，在长约百米的法国梧桐的浓荫下来回转悠。月光透过枝叶繁茂的树冠，洒下花花搭搭、摇摇闪闪的碎影。

返回时，弟弟的斗室里还亮着灯。她本来打算进屋去和弟弟闲聊一会儿，转而一想，又不忍打扰他。要知道，弟弟已经面临“最后的斗争”——再过一年多，他就要踏上高考的独木桥。这座独木桥，胜似大渡河上的铁索桥，朝下望一眼都令人胆战心惊。能否顺利通过，不是靠兵力、智慧和勇气，而是靠学生的命根——考分！这是一种令人无奈的悲凉情境，正如伦敦政经学院教授戴维·格雷伯在其《规则的乌托邦》一书中所言，在现实中，每个人都被纳入一种为维持竞争规则而存在的社会脉络里，无所逃于天地间。所有的人，皆被植入“经理人”的思考程序，整日被培训、被学习、被考核！……

回到自己的住地，她把塑料桶和扫帚放在门后，接着把塑料桶里的抹布一条一条拿出来放在长条板凳上。

拿出最后一条时，她发现桶里有一张揉皱了的信纸。

她漫不经心地捡起来展开一看，竟然是一封家信。写信的人是一名在校大学生。他在信中向母亲描述了美丽的大学校园、丰富多彩的大学生活，然后才开口要钱。

她觉着，这封信写得还是挺不错的。因为时下有不少大学生，写文章拖泥带水，写家信惜墨如金，有的甚至除了称呼和落款，只有一个“钱”字，紧随其后的是一个、两个乃至三个感叹号，仿佛在说，再不给钱，我就要往家里扔炸弹了！

她不愿往深处去想，简单地洗漱一下，上床睡了。

住进出租屋后，她的被褥极其简单，但睡眠一直很好。正如俗话所说：“铺的褥子盖的被，刺刺挠挠不好睡；铺穰草，盖穰草，一觉睡到早饭好。”然而，今晚不同于以往，她辗转反侧，无法成眠。无意中看到的那封信，激起了她对大学生活和爱情的向往。在她的想象中，大学是一个可以让年轻人追逐梦想、演绎青春的场所。说不清有多少次，她把自己设想成是一个十七八岁的女大学生，手捧徐志摩的诗集漫步在大学校园的曲径回廊里；走到回廊的某一个拐弯处，在肃穆雍雍的钟声里，与迎面走来的男生相视一笑，擦肩而过……而今，自己所向往的一切，早已无可挽回地随风远去！

不知过了多久，她仍无睡意。往事，如同一个倚门嗅青梅的少女，青涩涩的，冲她回眸一笑。她的心顷刻柔软，如春回的土地，往昔的记忆茂盛蓬勃起来。

枫叶飘转，一个扎羊角辫的小姑娘翩然而至。她小小年纪，便在闪闪跳跳的煤油灯光下，捧读鲁迅、巴金、茅盾、托尔斯泰、巴尔扎克、福楼拜等中外文学大师们厚如城砖的著作，深刻、凝重的哲思，闪着亮光，发着钝响。她执着地踏着文坛巨擘们的足迹，终于步入巍峨壮丽的文学殿堂……恰在此时，一阵杂乱无章的犬吠声，把她从回忆中拉了回来。

她既想重温旧梦，又想从梦中醒来。是的，行走的意义不仅是抵达，追思的意义绝非尘封。理想如此珍贵，决不能让它在孤独的梦中沉睡！

谁家的公鸡站在夜的肩膀上，把脖子伸向黎明，喔地叫了一声。

她起身后稍事梳洗，带着水桶、扫帚和抹布，来到需要打扫、清洗的人行道上。放眼长街，一盏盏昏黄的路灯，好像文坛常青树王蒙笔下的“夜的眼”。

刚刚踏上人行道，一片卷曲的梧桐叶飘然而下，像小鸟一样落在她的臂弯上。她触景生情，不由得想起南宋诗人刘翰《立秋》诗中的两句：“睡起秋声无觅处，满阶梧叶月明中。”

她打穿城而过的小河里提来一桶水，从人行道的北端开始，像航空母舰上的清洁工对飞行甲板进行异物排查和清洁保养一样，向南一小块一小块地反复检查、擦拭。每隔一会儿，就要把脏了的抹布放到水桶里淘洗一下；淘洗的次数多了，还得把污水倒掉，到街后的小河里重提干净的河水。几个回合过后，她累得腰酸背痛、头晕眼花。

她只好双膝着地，让重心落在大地母亲的胸脯上。大地激动得微微颤抖，让孝顺女儿跪着为自己洗浴、擦拭。

不远处传来嘈杂声。好像是为了呼应，一个仿佛来自地球深处的声音说，聪慧漂亮的才女应该置身于文学沙龙谈诗论文；可眼下，却在这儿干这等又脏又累的活计！这是社会生态受到破坏的一种表现！紧接着，又一个声音反驳说，如今什么形势，想找一份好工作，比通读章太炎先生的《国故论衡》还难！

两种声音表达的是同一个意思，是智者对生活的诘问。这个世界上的许多平庸，可能就是被生活拖垮了的优秀；而许多小肚鸡肠，可能就是被生活荒废了的宏大气象。

她闭起眼睛摇摇头，赶走了那声音。

定下神来后，她一边擦拭一边想，麻雀随地“遗矢”，无论外形还是歌声，都缺乏典雅的王廷气派，着实不讨人喜。但金凤在内心深处，对这种小不点儿的飞禽怀有一种深深的敬畏。麻雀视自由为生命，被人捕获后不堪忍受“牢狱”之灾，宁死不食，正如电影《肖申克的救赎》的台词所言：“有些鸟儿是注定关不住的，因为它们的每一片羽毛，都沾满了自由的光辉。”正是麻雀这种赖活着不如好死的哲学，导致至今无人囚养麻雀，从而使得它们的后代受益，终身在蓝天丽日下自由自在地飞翔。与之相比，动物园内作揖乞讨的黑熊、摇尾求食的豺狼、表演走钢丝的猴子、相互拳击的猩猩，演示如何使用卫生间的大象，在驯兽师的皮鞭下谄谀取容、满地打滚的老虎……虽生何益？离开大自然怀抱的动物，其实跟死了没有什么两样，顶多算是人类刻意保存的活标本吧！

不知谁家的狗，大约发现了“敌情”，汪地叫了一声。叫声很亮，应该是尾巴卷起来叫的。

果然，不一会儿，从不远处的酒楼上，晃晃悠悠地下来一个醉汉。

那个酒楼门前有国槐摇曳，婆娑的树影掩映着红灯绿窗，看上去让人迷茫，诱人深想。

其时，路两旁枝形的街灯，像两串夜明珠在夜色中默默地守望。

醉汉喷着酒气，豪气盖天地来到她的身旁，粗声大嗓地说：“哎哟！小姐，你这是在干啥呢？”

“我在干啥，你不是已经看到了吗？”

“看倒是看到了！只是……”

“看到了干吗还要问？”

“我问一下怎么了？难道法律上还有‘问罪’吗？”

在酒精和荷尔蒙的作用下，醉汉浑身肥肉仿佛听到了战斗的号角，迅速集合成肌肉，歪歪斜斜地近前两步，一脸怪笑地想拉扯她的衣襟。

金凤敏捷地避让着：“请你自尊一点好不好？”她不知道对方是哪一方神仙，声色俱厉地警告。

“什么‘自真（尊）’‘自假’的！”醉汉逼上前来，拉住她的手。直觉告诉她，主导眼前这个家伙的言行，显然是躺在生物性和灵性之间的知觉。

知觉不负责裁决是非，不负责品评美丑。

真是一语惊醒梦中人！金凤这才醒悟，站在自己面前的无耻之徒，犹如美国的中产阶级，是游离于精神和文化层面的垃圾，花天酒地、醉生梦死就是他们的图腾。与之谈论早已被他们扬弃抑或他们原本就不曾拥有的东西，无异于对牛弹琴，对言者和听者双方的想象力都是巨大的挑战。

对方的痞气和嚣张把金凤彻底点燃。直觉告诉她：必须当机立断，迅即寻找一个破冰之策。说时迟，那时快，她不顾一切、竭尽全力抽出手来，就像围棋里所说的“腾挪”一样避开醉汉的纠缠，往后一跃，就势爽脆爽脆地翻了几个虎跳，然后舒展双臂，傲岸而又优雅地旋转着身子。刹那间，一袭开衩的橘红色上衣，裙裾一样随着她的舞姿飘举，好似孔雀开屏，令人眼花缭乱。

醉汉看呆了，张着大嘴，口角流涎。正看得出神，但见从“舞女”鼻孔里冒出的白气扑面而来，缠在他脑袋周围，缭绕不散，且愈来愈浓，成为一团白雾，让他真真切切地体会到了什么叫“坠入五里雾中”。不经意间，他听到自己全身骨节咯咯作响，犹如爆豆。时间一分一秒地过去，“爆豆”声愈响愈烈。忽然，他感到肝肠寸断、痛不欲生。直到这时，他才觉着自己遇到了在电视中时常看到的“女侠”。惊诧之余，醉汉栗栗危惧。他想，倘若“舞女”改变招式，一个鹰爪翻子拳或八卦绝户掌袭来，自己很可能倒地吐血，一命呜呼！想到这里，他身不由己地扑通一声跪在地上，磕头如捣蒜：“小姐，你到底是人还是神？……饶命！饶命！”

话刚落音，他竟然像《三国演义》里善哭的刘备一样，呜里哇啦地哭起来了。

金凤看到醉汉的一副可怜相，随即“罢舞”，指着醉汉大声吆喝：“混账东西，滚！快滚！”

醉汉听罢如遇大赦，连忙“闪耀着脚后跟”，落荒而逃。

金凤能制服无赖，盖因她在中学读书时，曾经跟体育老师高红鹰学过“八荒六合唯我独尊功”。此功法举重若轻，姿势优美，潇洒自如，就像舞蹈一般。它是天山童姥的最高绝学，威力奇大无比，最适合女人防身自卫。当年，高老师再三叮嘱，功法在身，不到“该出手”时，千万不要出手。

醉汉走后，她失神地坐在湿漉漉的地上。刚才那个“手下败将”起初对她的蔑视，原本在她的意料之中，因为它在某种程度上具有代表性，可以说是一种普世价值观。想到这里，她内心的痛苦无以言表。假如她的胸膛被胀破，痛苦从她的胸膛里汩汩地流出来，那么这份痛苦就会像浩浩滔天的洪水那样，“沸乎暴怒，汹涌澎湃”地淹没整个世界。然而，此时此刻，这种痛苦像胎儿一样藏身于一个女人的躯体里，人们即使举着火把、打着灯笼也看不到！

突然，一道电光石火划过她的脑际——她想起了一个“站着做人，跪着做事”的故事：一位姓孙的阿姨在一个有钱人家做保姆，月薪八百元。不料，时隔一年，孙阿姨的老公患上了尿毒症，每月仅透析一项就要花上一千多元。有钱的雇主得知后对她说：“看在你可怜的份上，我每月加你五百元吧！不过，你不要偷懒。来，你先帮我把皮鞋擦一下吧！”雇主说完便把脚伸到孙阿姨面前。孙阿姨连忙蹲下来，准备替他擦皮鞋。谁知就在这当儿，雇主跺跺脚说：“依我看哪，你还是跪着擦吧！”当时，孙阿姨真想摔门走人；但一想到家里的境况，还是隐忍了。回家后，她躲在卫生间里痛痛快快地哭了一场，第二天照样若无其事地到那家干活。事后，孙阿姨说，只要我站着做人，跪着做事并不感到屈辱。

孙阿姨对人生和生活的感悟，与著名哲学家、宗教学家、国学大师任继愈老先生曾经说过的话颇有相似之处：中国文化里面，最尊贵的数字是“九”，而“九”是什么？“九”就是一个人跪在那里的样子。

只有天在上，更无山与齐。置身星空下，她越发坚信，有一个需要用心感受的灵魂的空间真实地存在着。遥望星空，她突然有了一种大气，它使她有勇气去做一个踏雪无痕履水无迹的忍者。

她依稀记得，古罗马斯多葛派哲学家们曾给人类提供一个伟大的见解：没有卑微的工作，只有卑微的工作态度。而采取什么工作态度，完全取决于我们自己——既可以愁眉苦脸地去做，也可以高高兴兴地去做。

这么一想，她决心像《麦田里的守望者》的作者塞林格所说的那样：“为了某种高尚的事业而卑贱地活着”，以阿姨为榜样，做一个“站着做人，跪着做事”的人。

女人的直觉告诉她，真的到了那一天，也许会有一些习惯于嘲笑别人的人，从不同方位向她投以鄙夷的目光。然而，由此造成的些许不悦，只不过如同她青春肌肤之上的微不足道的瑕疵，无须任何脂粉，只要进行常规的心理护肤，它便会消失得无影无踪。

第三十五章

清晨，雾渐渐地散了。在蓝天的映衬下，白云更白了，白成一个战栗的梦。一束阳光穿越楼群，法国梧桐枝叶繁茂的树冠间顿时放射出鹅黄色的火花。

此刻，在鸡鸣鸟唱声中，金凤迎着晨风，徜徉在由自己清扫、擦拭得干干净净的人行道上。极目远眺，但见翠山娇娆、草木葳蕤。俯首一看，又是一番景象。树根四周用以绿化的小草上挂满露珠，一根根细细的草茎弯成一张张微型的弓。那露珠在弓背下摇摇晃晃、闪闪亮亮，仿佛一伸手就能接住。她不忍细看，担心自己的目光会把那些露珠碰落。

不经意间，她看到一只受了伤的油蛐蛐，一瘸一拐，在人行道上缓慢地爬行。它的尾巴上，有两根棕黄色的肉质“刺”。她知道，这是一只公蛐蛐，因为母蛐蛐的尾巴上除了两根肉质“刺”，中间还有一根钙质“刺”，也就是产卵器。她担心它被行人踏着，三番五次地用脚尖“拦截”，直到它躲进墙脚下面的一个缝隙里。

红尘万丈，市声喧嚣。现实生活中，有很多人对他人的喜怒哀乐一无所知、漠不关心，遑论感知其他众生的内心世界。不能进入细微的爱里的人，也一定不能体味高层次的心灵之爱。

回家路过弟弟的住处时，只见斗室里亮着灯。她贴近窗口凝神谛听，弟弟正在读外语。自打进了超级玛丽外语补习班，弟弟的外语水平有了较大程度的提高，在班级里可以排在前 5 名，在全校可以排在前 20 名。如此坚持下去，高考时，外语成绩决不会拖弟弟的后腿。为此，她已经付出了近万元的补习费。这些补习费，大多是庞晓芸赞助的。否则，弟弟这门功课十之八九要“大红灯笼高高挂”。

回到自己的小屋，她开始忙活早饭。城里人早餐大多喜欢吃蛋炒饭或豆浆加油条；天长日久，她和弟弟已被“同化”，也跟着这么吃。然而，一直以来，她都有一种身不由己的“跟风”的感觉，倘用一句时髦的话来说，就是觉着自己“被吃饭”。今儿个时间还早，她经心着意地做了一顿家乡饭：面糊涂。她把放有大约半斤面粉的瓷钵蹾在水池里，然后轻轻、慢慢地打开水龙头，让细如麻线的自来水往瓷钵里流，那情景，让人想起花果山上的水帘洞。她左手稳住瓷钵，右手握着一双筷子在瓷钵里飞快地搅拌。不料，有时嫌水少，有时嫌水多。水少了，面粉不合拢，好像军阀混战时的中国，成了一盘散沙；水多了，面粉黏黏糊糊，成了红军长征途中的沼泽地。经过数次宏观和微观调控，面团儿才呈现出她所希望的鼠粪状（这个说法太恶心，但她家乡的人一直这么说）。这时，锅里的水也开了，她把面团儿和残存的面粉一并倒进沸水里，然后又放进加工好了的韭菜和螺蛳肉，盖上锅盖焖一会儿。大约一刻钟后，分盛两碗，加上调味品，总算大功告成。回想这一“系统工程”的前前后后，她不由得深长地叹息一声，心想：难怪“扬州八怪”的代表人物郑板桥，慨叹“难得糊涂”呢！

弟弟边吃边夸：“姐，你真行！做的面糊涂比妈妈做的好！”

金凤心想，弟弟如此“高看”她，在很大程度上是因为面糊涂里有螺蛳肉。在她的记忆中，坊间素有“河中螺，赛肥鹅”的说法。用肥鹅比螺蛳，说明后者是乡下人心目中上乘的美食。

想当年，孩提时，他不知是出于本意还是为了贬母褒父，曾说：爸做的饭真好吃，妈做的饭难吃死了！

她自己品尝一下，也觉着非常可口；加之弟弟提及妈妈，她吃着吃着，不由得想起妈妈，想起爸爸，想起家乡清亮的小河、悦耳的鸟鸣，想起儿时“争骑一竿竹，偷折四邻花”的往事……对家和亲人的思念在她的心里横生一株青藤，柔柔曼曼地不肯离去。

是啊，所谓舌尖上的中国，更确切地说，不就是味蕾上的一种乡思吗？世上谁人不思乡？也许有人会说，鲁迅先生不思乡，他从 1919 年底最后一次离开绍兴，直到 1936 年底去世，在长达 17 年的时间内从未回过老家。殊不知，鲁迅先生不回绍兴，是有特定缘由的：他痛苦的少年经历、不幸的婚姻都与绍兴有关。再者，不回故乡不代表不思念家乡，鲁迅笔下的《故乡》，庶几可作先生“思乡”的佐证。

其实，说故乡美好，并不是因为她真的如何美好，而是因为那时我们正年轻，未来空旷得像走不到头的地平线，没有方向却充满力量，无论友谊还是爱情，都因新鲜而格外美好。我们感怀的从来不是真正的故乡，而是在故乡里流淌的童年、爱情和青春。

故乡，对今天的大多数人而言，她的定义已经迥异于辞典和教科书。她不再是一个具体的“桃花源”，而是人们精神的栖息地和内心的最后向度。

日出日落又一天。金凤一到家，便如同单枪匹马的勇士陷入敌阵，被疲惫和困厄重重包围。那种疲惫和困厄，像秋收时农田里被点燃的秸秆，弥漫着火星四溅的浓烟，入侵金凤的血肉之躯，在她的神经上、血管里、骨骼间飞驰、回环、碰撞、堵塞，有了隐约的密度和质感。

翌日，因为太过劳累，她起身时，金星已跃上山尖。太阳系的九大行星中，只有金星暮西晓东，星体独大，既惹人眼目，又可平眺远望，而无强项之劳，难怪早就有诗人说它“一星如月看多时”。

金凤虽有诗人的情怀，却无诗人的闲暇，既不能像康德那样把观星变成媚俗，也不能像诸葛亮那样把观星变成巫师作法。

虽说是县城，却也像大都市一样，每一个清晨都有夜游者的倦容，都有一种恍如隔世的萎靡与阴森。

她急匆匆地来到需要她打扫、清洗的人行道上。谁知到了那儿定神一看，人行道已经被打扫得干干净净，既无落叶，也无雀粪。

这是怎么回事？

她略一思忖，近乎本能地意识到，弟弟有重大“作案”嫌疑。她最不愿意发生这种情况。因为弟弟学习紧张，除睡觉外几乎没有其他休息时间。他如果偷偷地来代劳，唯一的办法，就是减少原本就不宽裕的睡眠时间。

为了在第一时间内“破案”，她迅速返回，程门立雪一般站在弟弟蜗居的门口。

俯仰之间，她看到门前有将合未合的晚饭花。这种花暮开朝合，和月亮一齐绽放，和星星一齐旖旎，它是霞的伴侣、夜的精灵。她幼时，每到晚饭花开时，母亲便大声提醒脑子不太好使的隔壁邻居乔二奶：“二奶，该煮晚饭了，晚饭花开啦！”乔二奶听了，常会朝自家的猪圈后边瞥一眼，见晚饭花真的开了，连忙掉转脸来，张开没有门牙的嘴笑着答应道：“好啊，好啊！这就煮，这就煮！”

不大工夫，独扇板门闪开一条缝，弟弟一边伸懒腰一边打呵欠，睡眼惺忪地出现在她的眼前。

“姐，你怎么不叫我开门？”

“我怕你‘缺觉’（睡觉时间少），没叫你！”

“我哪里‘缺觉’？昨天晚上十点半上床，一觉睡到现在，都快七个小时了！”

“你不‘起夜’？”

“姐，我既不是陈胜，又不是吴广，‘起义（夜）’干吗？”

“你的睡眠质量挺好的嘛！”

“那还用说！”

几问几答，看不出有什么破绽，她只好作罢。

她关照弟弟：“你看一会儿书，姐去做早饭！”

“好的！好的！”他连声答应。

她瞥了弟弟一眼，觉着他的眼圈有点儿发黑，目光与外界似乎隔着一层超薄的毛玻璃。

这些都意味着，弟弟除了睡眠不足，还很疲劳。

早饭后，她觉着手上的皮肤干巴巴的，粗糙得很。她心知肚明，这是由于淘洗抹布时被浑水“呛”了的缘故。为了给双手以平民化的保养，她前往小商品市场去买“歪子油”（蛤蜊油）。

两年前，宁海县与浙江开发商联手，在长途汽车站附近打造了一个小商品市场，号称“宁海义乌城”。该小商品市场可谓名不虚传，凡是说得出名字的小商品，哪怕是市面上已经失传或快要失传的，比如掏耳扒、眼镊子、鞋拔子、水烟斗……到那儿都能买到。至于“歪子油”，那就更不在话下。这些廉价、实用的商品，浮游着对年老、恋旧且又贫困者救济和抚慰的气息。中产阶层以上的人群，对它们无疑地会感到刺目的陌生。

从她租住的小屋到小商品市场，大约有五华里。这一段路虽有公交车可乘，但是班次极少，等车的时间往往比步行还要长。她不想花钱买“烦心”，便一路步行。途中，她的“回头率”有增无减。这种情况再一次表明：生活的磨难只能夺女人的姿色于一时，正如我们用力把指甲掐得苍白，一松手，它便又恢复原来的血色一样。

小商品市场内人头攒动，让人疑心自己走进了《世说新语》中的山阴道，琳琅满目的商品目不暇接。她沿着市场里的一条狭窄的走道由南向北，左顾右盼，一直走到最北边，也没看到自己要买的东西。她原本就不喜欢逛商场，尤其不喜欢逛这种光线暗淡、空气不太流通的小商品市场。为着减少“寻寻觅觅”的时间，她向一位老奶奶打问。老奶奶听说要买歪子油，伸手指着不远处的一个摊位，笑道：“姑娘，要买‘歪子油’，就到‘歪子’（歪嘴）那儿买！”她谢过老奶奶，走到那个摊位前。其时，摊主正在弯腰哈背地整理东西。不一会儿，他双手拍打着裤管和衣襟站起身来。她一搭眼，想笑又不忍心笑：那人的左嘴角大幅度地歪向耳际，似乎立志要和耳朵“接轨”。

“请问，您这儿有没有蛤蜊油卖？”为了不至于“冲着和尚骂秃子”，她没说“歪子油”，而是用它的“学名”代替。

“蛤……蛤蜊油？没……没有！”摊主说话时，尽管嘴有点儿歪，但神清目爽、衣着整洁，丝毫没有那种苦兮兮讨生活的影子。

金凤眼风一扫，只见一盒歪子油混杂在其他商品里，连忙用食指一指：

“那不是吗？”

“不……不卖！”摊主连连摆手。接着又掉转身，在贴近墙根的又浅又小的水槽边跺跺脚。大约是因为他觉着，要说明事情的原委实在力不从心，所以没再作声。

相邻的一位女摊主见到这情景，替他告诉金凤，今儿早上摆摊时，他一样接一样往下拿，因为东西太多，无意中把这盒歪子油掉到水槽的污水里，弄脏了。

听罢女摊主的解说，金凤掉转脸来说：“大叔，我买回去‘搽手’的，脏不脏不打紧！”

摊主决绝地摇摇头。他的正直坦荡的性情，再一次决定了他要按自己的原则出牌。

金凤知道没有通融的余地，只得空手而回。一路上，虽然因为遭到摊主的拒绝而心有不悦，但她从他冷傲的神情中，捕捉到大多数生意人早已被商品大潮卷去的自律、自警和自爱。她从内心深处欣赏他的风骨。

刚走不远，她看到一家医院的大门两侧，有几个路边小吃摊。它们一字儿排开，散发着醉人的油腻腻的烟火气，扑鼻的香味注射一般刺激着人们的味觉神经，召唤着一个个路过的饥饿或贪馋的灵魂，像是食欲河流上的一个个渡口。

快到家时，她抬眼一看，只见在绿化树的浓荫里，站着一位似曾相识的中年妇女。她认出对方是环卫处的田主任。

“田主任，您好！”金凤连忙近前同她打招呼。

“哟，小张，我刚好要找你！”田主任母亲一般拍着她的肩膀，“顺便来看看你的‘工地’！”

听到对方称呼“小张”时，她差点儿要“更正”，说自己姓“金”不姓“张”！——她几乎忘记自己在环卫处填表时，已经改“金凤”为“张瑞芳”了。

“田主任，到我的住处坐一会儿吧！”她热情相邀。

田主任微笑着点点头：“好的，好的！”

一路上，田主任赞不绝口，夸奖“小张”工作负责，做事认真，揭去了贴在县城胸脯上的一块长溜溜的膏药。

进了小屋后，她随手拉过一张破旧的藤椅，轻轻地拍着椅背，微笑着对来人说：“请坐！”

客人落座后，她又倒了两杯开水，人各一杯。

见田主任打量小屋，她有点儿过意不去：“田主任，您瞧我住的这地方……”

“小张，住得逼仄一点没啥的！”田主任把水杯放到身旁的桌子上，“常言说得好：屋宽不如心宽……”

“小张”接口说：“话是这么说……”

田主任轻轻叹息一声，面对友人似的感慨道：“小张啊！要说住房，我家够宽敞的了，可我这心里呀！……”

“小张”忙问：“田主任，您有什么闹心的事儿吗？”

“不瞒你说，我闹心的事儿多着呢！”田主任叹息道。

“小张”沉吟着没有出声。

“最让我闹心的，就是我那宝贝儿子！”田主任接着原来的话茬儿说。

“小张”拿来水瓶，一边替客人的水杯里续水，一边轻声慢语地问：“您的儿子怎么了？”

“说起这事儿来，话可就长了！”田主任端起水杯吻了一下杯口，“我的儿子在北京上大学，都快毕业了。不知打什么时候起，他暗恋上了宁海县报社一位姓金的女编辑，时常在我面前夸她人长得漂亮，文章写得好……”

听到这里，“小张”的心扑扑直跳。

“古人云：宝剑赠给壮士，红粉赠给佳人。”田主任拍拍随身携带的坤包，“今天来你这儿，还有一件‘公事’——送歪子油给你！”

原来，由于环卫工作的特殊性，环卫处每月都要给环卫工人发放歪子油。在这一点上，临时工与正式工享受“同等待遇”。歪子油虽值不了多少钱，但比较难买。正是因为这个缘故，以田主任为首的环卫处领导，才把这件小事当大事来做。这或许就叫作“管理者要能站在自己的头脑之上”吧！

说实话，就凭这一点也不难看出，田主任是个称职的头儿。因为无数事实证明，任何一个单位，要想激发员工的工作热情，前提是让他们感到自己是所在单位的主人，而非打工仔，单位的成败得失与自己休戚相关。哪怕兴师动众，甩着分头把员工带到关帝庙前，搞个歃血为盟的仪式，要求他们有修士的虔诚与牺牲精神，也不如给员工一点儿看得见摸得着的福利或看不见摸不着的关心，更有正能量。

“太好了！”金凤看到自己期盼已久的东西，喜悦和兴奋就像浪花扑打在石岸上，只有腾跃和飞溅了。

事实也的确如此。对她而言，目前最为需要的，正是这不起眼的歪子油，而不是法国碧欧泉、美国雅诗兰黛之类国宝级的化妆品——再成熟稳重的人，再心气高傲的人，见了它们，也会涌起对青春的怀想。而她自己是没有青春的。

稍停，她又诉苦似的说：“我特地到小商品市场去买，可就是买不到！”

田主任笑了：“小商品市场卖歪子油的，只有一个‘歪子’（歪嘴）；他摊上的存货，全都被我买下了，你哪里还能买到？”

啊，原来如此！

出于感激之情，她把田主任送了一程又一程。返回时，她想到邮局买一本当月的《小说月报》，便绕道街心广场。不经意间，但见人头攒动、车水马龙。她触景生情，又一次想起一位未名诗人的名句：啊，街心广场——城市微笑的酒窝！

街心广场的一隅，一群中青年妇女正在舞剑。伴随着舒缓迂回的乐曲，她们齐刷刷地出剑、回收、转身、提腿，看上去既刚健又秀美，为弹丸小城平添一景。广场中央的草坪上，一群穿红着绿的儿童在追逐、嬉戏，一个个快乐得像人类天真的始祖。

不巧得很，那一期的《小说月报》已经卖完。

她本想买一本《诗刊》，后又作罢。

不知始于何时，她渐渐地移情于小说和散文。

原来，她和黄庄小学的夏春兰一样，对新诗每怀觖望。

早饭后，弟弟说，同桌今天过生日，他和同桌的几个朋友要去祝贺，中午不回家吃饭。

她知道，现在的学生都爱过生日。别说中学生，就连小学生乃至幼儿园的小朋友，每逢“诞辰”，都要请自己要好的朋友吃饭。

她掏出一张面值五十元的钞票，一边递给弟弟一边问：“够不够？”

弟弟见了，故作惊讶地伸了一下舌头：“哪能要这么多？”

“这还多？”她因为弟弟的惊讶而惊讶，“那你要多少？”

“这个数！”弟弟打了一个手势。

“只要十块钱？”她有点儿不相信。

“十块钱足够了！”弟弟说，“穷学生哪里有钱大吃大喝？每人一碗肉丝面而已！”

她听罢扑哧一声笑了：“看来，你们已经安享齐人之福了！”

“姐，你太高看我们了，我们哪能与‘齐人’相比？”弟弟笑着说，“齐人有一妻一妾，可我们都是光杆司令！”

晚上，她躺在床上，不由得想起了田主任的儿子对自己的暗恋。此时，一件差点儿被她忘记了的往事，突然在她的脑海里鲜活起来。

那是春节后的一天。其时，节日的气氛还笼罩着小城，大街小巷车水马龙，欢声笑语不绝于耳。她骑着电动车上班，不料在一个拐弯处和另一个骑电动车的人迎面相撞。所好的是，双方毫发无损，只是各自的电动车都受点轻伤。人没受伤，又是新年头月，两人相视一笑，各自赶路。

谁知同那人分手后，她的电动车“罢工”了，任你怎么摆弄也发动不起来。没奈何，她只好推着车朝报社方向走。前方不远处，一条黄狗正怯生生地俯下身子，伸直脖颈，歪着脑袋，想窥视一下那湛蓝湛蓝的天空。她想，世界上的一些游手好闲之徒，也是以这种好奇心远眺缓缓游弋的船只的吗？

到了传达室门口，老门卫颇为遗憾地告知说：“哎呀，金编辑，一个年轻人在我这儿等了你好久。因为家里有急事，刚走两分钟！我叫他改日再来，他说，来不成了，他们学校后天就开学！”

“他读的是县中还是市中？”金凤问。

“既不是县中，也不是市中，人家在北京上大学……”

老门卫意味深长地看了她一眼，并画蛇添足地加上一句：“那小伙子可真是一表人才！”

“他没说找我有什么事吗？”

“他带了一篇写得蛮长的稿子，”老门卫转身拉开抽屉，取出那篇稿子，“他想请你看看！”

她接稿在手，急不可待地翻看一下末页的作者姓名和住址。

“我同那小伙子开玩笑，”老门卫看着她拿在手上的沉甸甸的稿件，意犹未尽地接着先前的话题说，“你把稿子写得这么长，莫不是想乘机多看一会儿金编辑吧？”

…… ……

她估摸着，那位未曾谋面的大学生，很可能就是田主任的儿子。

她有一种莫名的激动。心想，与时下走红的“三高女”（高学历、高个子、高收入）相比，我相去甚远，究竟有什么值得一个远在北京的天之骄子日思夜想呢？难道就是因为我有一张漂亮的脸蛋吗？

午饭后，她到一个商店去买牙膏。

她一直用的是高露洁牙膏。前两天有人告诉她，高露洁牙膏有致癌物质。她原本不太相信，因为这些年来此类传说太多太多，要是听啥信啥，那就没法活了。这一次，适逢高露洁牙膏刚好用完，她决定改用另外一种。这样既能让自己心安，又对得起关心她的人。

返回途中，刚好遇到庞晓芸。

这位昔日的同事，气色比先前好多了。

庞晓芸大约看出了对方目光里的惊讶，自我解嘲地说：“我已经认命了，彻底地认命了！”

庞晓芸的丈夫是一个“除了钱什么也没有的穷人”；而庞晓芸因为弟弟读书，恰恰缺的就是钱。两人通有易无，结为夫妇。庞晓芸起初很不习惯，时常有一种“卖身”的感觉。时间长了，这种感觉逐渐淡化，几近于无。这就如同一个装了全口假牙的人，刚开始很不习惯，如同衔着一个马嚼子，恨不能把它扔掉；时间长了，也就全然习惯了。试想，蒋介石装有全口假牙，如果他因此成天感到不堪忍受，哪里还有心思一波接一波地向共产党领导的人民军队发动“围剿”呢？

庞晓芸接着说，她已经辞职，回家做“全职太太”，因而对报社的事情一无所知。稍停，她又颇为伤感地说，尽管是主动辞职，然而夜深人静之时，仍会感到莫名的凄凉，觉着自己像一袋垃圾一样，被一只无形的巨手啪一下扔得离历史三百英里远。

“快别这么想！”金凤在她的后背抚了抚，像是要抚平她内心的伤口，“人生都有缺憾。这缺憾的哲学其实很简单：连最名贵的兰花，恐怕都时常为自己不够芳香而落泪呢！”

两人分手后，她踽踽独行。快到家时，她看到十多个农民工模样的人，分成两拨，正在铣掘锹挖地刨法国梧桐。有几棵树已经倒在地上，折断的枝杈溢出的树汁，散发着浓郁温馨的气息，就像一支香水的尾调，充满了森林里才有的开阔回香。

她不知是怎么回事，连忙近前询问一位挥汗如雨的年轻人。

那人撩起衣襟擦着汗水说：“小姐，实在对不起，我也不知道是咋回事！”

这时，围观的人七嘴八舌地说开了：

“咋回事？县太爷说，这种树会招惹麻雀！”

“瞎扯啥呢？压根儿不是这回事！”

“那是咋回事？”

“咋回事？县太爷觉着，这里的法国梧桐太碍眼，蓬乱高大，看起来像县城的一撮毛！”

…… ……

进了窄狭的租住屋后，她失神地坐在床沿上，感到一种前所未有的憋闷，就像套毛衣时头和肩捂在里面出不来一样。

县太爷们的所作所为，令她暗自神伤、大失所望。这绝非因为他们的做法断了她和弟弟的生计，而是因为她觉着这些人管理城市的水平太差。

她认为，怎样对待自然环境，这是一个涉及为子孙万代造福还是造孽、人类的文明和良知能否得到继承和发扬光大的问题。马克思早就希望人类能够学会预见一切活动的长远后果。他说过，任何一种自然财富都不只是赋予哪一代人的，它们属于整个民族和人类的千秋万代。与马克思广阔、深邃的政治视野相比，这些人明显地患有严重的“短视症”。

第三十六章

恩格斯当年在给马克思的一封信中说："权利的渗透会蔓延到我们生存的每一个角落。"这话真可谓放之四海而皆准。你瞧，一位县太爷翻动几下舌头，顷刻之间便让两个小人物寝食难安。

自然界也同样如此，一只南美洲亚马孙河流域热带雨林中的蝴蝶，偶尔扇动几下翅膀，可以在两周以后引起美国得克萨斯州的一场龙卷风。

晚上，在月色如水的一片沉静中，金凤真切地感受到，自己和这座小城一样，孤寂地蜷缩在历史的角落里。一种忧心如惔的焦灼和炮烙光体的炽痛，使她坐立不安。

次日上午，她把自己对生活的感受，对前来探望的汪主任说了。

"小金，你要想开点！"汪主任听罢安慰道，"强者妨碍弱者的生存，这是大自然的法则。但是在现实生活中，这条法则已经不成其为法则，反而成了逻辑上的谬误，因为强者和弱者都同样在自己的相互关系中受苦受难，不由自主地屈从于一种来历不明的、站在生活之外的、与人类毫不相干的导向力量。千百年来，难以数计的政治家、社会学家、哲学家乃至芸芸众生，都在寻找并企图扼住这种力量，然而毫无例外地一无所获！……"

"照您这么说，人岂不是只能听天由命吗？"金凤抬起右手，张开巴掌扇走了在耳畔嗡嗡作响的一只小飞虫。原本附在她面部的脂粉气随之飘散开来，汪主任感觉到了。他想，小金以往不施粉黛，眼下忽然香气袭人，难道她有心上人了吗？

他本想打听一下，转而一想，终于作罢。因为他深知，任何个人的生存都以秘密为支撑，文明之所以如此神经质地为尊重个人的隐私而操心，其中一个很重要的原因正在于此。

“不！绝不！”汪主任接着原来的话茬儿说，“如果把我刚才所说的导向力量比作一枚导弹，人类的主观能动性就是用于拦截来袭的弹道导弹。——尽管如此，我们只能在力所能及的范围内与之抗衡，消耗、削减它的威力，最大限度地避免受它的伤害，无法像恺撒荡平高卢那样，将其彻底消灭！”

金凤似有所悟地点点头。

“小金，你一定要振作起来！”为了让金凤走出人生低谷，汪主任临走时劝勉道，“当你一无所有时，上帝会帮你倒空垃圾，让你装进有用的东西。此时，你离人生的腾飞点已经不远了！”

半个月后的一天晚上，月亮出来后，萤火虫像宝石一样，在小街背巷一闪一闪、一闪一闪。

金虎踏着月色，来到姐姐的小屋门前。邻居家的一条小花狗，一点儿也不“怯生”，围着他忽左忽右、摇头晃脑地蹦跶。安静下来后，它微微张开嘴，用湿润的嘴唇，一下接一下地触碰他赤裸的脚面。他爱怜地抱起小花狗，亲了一口，又轻轻放下。小花狗蹭着他的踝骨，欢快地尖叫着，期待他的抚摸。

因为与姐姐有事相商，情急之中，他跺了一脚，吓跑了小花狗。

听到门外有响动，金凤估摸着，准是弟弟来了。开门一看，果然不错。她连忙笑脸相迎：“小弟，进屋坐！”

进屋后，他抖落一身微寒，挨着姐姐坐下。

姐姐笑着问：“作业做好了吗？”

“做好了！”他亮着嗓门回答。

他知道，姐姐是强颜欢笑。

“姐，你知道不知道，这些天来，市民们如何评价县太爷殷大东的‘丰功伟绩’？”

“不知道！”

“六个大字：卖县中、刨法桐。”

金凤听罢笑出声来：“真是言简意赅啊！”

金虎说：“这个评语，说明市民们并不赞成卖学校、刨法桐啊！”

“要说不赞成，我们姐弟俩最不赞成；可是，不赞成有什么用？人家还不是照样卖、照样刨！”姐姐叹息着说。

金虎心想，法桐刨了，我俩的饭碗也就没了，于是适时地说出自己的“锦囊妙计”：“姐，我有个‘再就业’计划，不知你觉着怎么样？”

金凤漫不经心地打量着弟弟，好一会儿才问：“你说说瞧，什么‘再就业’计划？”

“有一天傍晚，我和另一位同学闲逛时，发现宁海市中学南边有一个规模很大的菜场……”金虎眉飞色舞，两臂张开又指尖相对慢慢地合拢，比画了一个长方形的菜场。

他不太注意自己说话的进程和思路，就像一个人长期消沉之后，现在很想补偿失去的时光似的。

“你别跑题！”金凤拍拍弟弟的肩膀，笑吟吟地说，“菜场大小，和你有什么关系？”

“姐，你别急，听我说嘛！”金虎抬起右手，摸摸毛茸茸的胡楂，“菜场里尚有少数摊位没有租出，我们可以在那儿租一个摊位……”

金凤越听越糊涂：“租摊位？租摊位干啥？”

金虎说：“每天早晨，我起早到批发市场趸批蔬菜。早饭后，我去上学，你守着摊位卖菜。你看行不行？”

“你呀，可真是个‘主意罐子’！”金凤微微一笑，不以为然地说，“晚上想了千条路，白天依然卖豆腐！”

“姐，你听我说嘛！”金虎急了，“俗话说：无商不富。当年，被父亲派到曼彻斯特做生意的恩格斯，不仅赚得盆满钵满，还爱上了一位爱尔兰姑娘呢！……”

金凤笑着打趣道：“噢！你这么着急要做蔬菜生意，莫不是也想爱上一位姑娘？”

“不是，不是！”弟弟羞得满脸绯红，“我还早着哩！”

金凤凝眉一想，觉着弟弟这个办法挺好，切实可行：一来菜场离姐弟俩的住处不太远，二来不占用弟弟上学的时间。只是担心批发市场离菜场太远——太远了，弟弟不仅要消耗大量的体力，而且要占用大量的时间。如果真的是这样，其结果，对弟弟的身体和学习都会产生负面影响。

她掂斤掂两地把这些问题想了又想，这才悄声问：“批发市场离菜场远不远？”

金虎心知肚明，姐姐是因了站在他的角度考虑问题，才有此一问，于是连忙喜形于色地回答说：“姐，你放心！不远，不远，一点儿不远！”

“‘一点儿不远’是多远？”金凤怕他“打埋伏”，摊着两手问。

“姐，你刚才说的话，让我想起了台湾盲人歌手萧煌奇自创歌词中的两句……”金虎听罢笑了。

“哪两句？”金凤饶有兴致地问。

“‘眼前的黑不是黑，你说的白是什么白？’”金虎神气活现地回答。

“你对音乐行情也挺了解的嘛！”金凤看着弟弟，用赞许的口吻说。

“姐，不瞒你说，我是全校十佳歌手之一呢！”金虎说话的声音比刘伶的酒量还高。

金凤笑着问：“真的？”

“当然是真的！”金虎神采奕奕，“我虽不像孟小冬那样五音俱全，四声皆备，膛音宽厚，没有雌音；但我懂得，天道酬勤，我在演唱方面下的苦功，与她相比，差也差不到哪儿去！”

弟弟是全校十佳歌手之一，这事儿金凤前不久也曾听说过，但她不太相信，因为弟弟平时很少唱歌。这会儿听弟弟亲口说了，她心潮难平，就像一个英国人回到了亚瑟王和他的骑士们的时代一样。

想到这些，金凤禁不住打趣道：“小弟好好努力，争取有那么一天，能像周璇或李丽华那样，一声‘郎啊’，令小草感动得直不起腰来！”

金虎红着脸说：“姐，你真会开玩笑！”

金凤引经据典：“梁启超说，凡人必须常常生活于趣味之中，生活才有价值……”

言毕，她又回到原来的话题：“小弟，从批发市场到菜场到底有多远，我还是希望你说得具体一点儿！”

金虎挠挠头皮，凝神想了一会儿，打着手势说：“我估计，往返一趟，最多十五华里吧！”

金凤听罢一怔忡：“这也就够远的了！”

“远什么？”金虎害怕姐姐打退堂鼓，红着脸申辩，“脚下稍微快点儿，也就是一个多小时的路程！加上‘拿菜’（分品种趸批蔬菜）的时间，总共不会超过两小时！”

金凤觉着，弟弟作为一个高中生，时间很紧，趸批蔬菜往返所需要的两小时，只能从原本就不宽裕的休息和睡眠时间中挤了。可弟弟是个一头撞南墙的倔性子，只要他认准要走的道儿，十八头牯牛也拉不回头！

更何况，除此之外，自己一时也想不出其他更好的办法。于是，她对弟弟说：“那就依照你说的，先干起来再说吧！”

原本以为弟弟会高兴得跳起来，没想到，他这会儿就像见到真龙的叶公，耷拉着脑袋，一声不吭。

金凤心想，弟弟准是放不下身段，害怕同学和熟人小看自己，于是开导说：“小弟，做人要能屈能伸、能上能下。香港影帝梁家辉，事业不顺时就在街头摆地摊做小贩。有顾客认出来，他也大大方方地承认：我就是梁家辉呀！……他的个人情怀，决定了他人生的精彩！”

梁家辉是金虎心目中的偶像。这会儿，偶像的金粉把他的前路映照得熠熠生辉。

一个星期六的晌午时分，金虎从新华书店买书回来，看到一辆送货的三轮卡停在一家私人商店门前，车身后面的玻璃上贴着一张写有“此车出售”

字样的纸条。他想，这真是刚渴睡就有人递来枕头！于是，他装作漫不经心的样子，向车主打听价钱。

车主是一个壮壮实实的中年汉子，扁脸，锅铲头，蒜头鼻子，左嘴角有点儿松弛地下垂，一副看破红尘的样子。一个看破红尘的人，肯定是一个曾经浪漫的人。但是，当他在生活中遭遇挫折自己又缺乏抗挫能力时，浪漫就会陷入无边的黑暗。

他朝金虎瞥了一眼，随即又掉转脸看蚂蚁上树。

金虎见状，又加大音量问："这辆车多少钱？"

中年汉子这才用右手的食指和拇指比了一个"八"字。大约是因为害怕金虎讨价还价，话音刚落，他便用有声语言强化肢体语言："我袁正林说一不二，还价免谈！"

金虎近前仔仔细细地看了一遍，觉着车子的外观还可以，只是不知道性能如何。

姓袁的看出了他的心思，摸摸下巴说："这车子的发动机是今年中秋节前一天换的，至今不到三个月，还在保修期内。买发动机的发票，我揣在身上带着呢！……"

听他这么一说，金虎决定买下这辆车。他以商讨的口气说："买车的钱，我没带在身边，请你把车开到我的住处，到时候，咱俩一手交钱一手交货。你看怎么样？"

"行！"姓袁的大声说，"你上车！"

金虎听罢上了车。

中年汉子驾驶着三轮卡，朝买主指点的方向开。三轮卡的造型和前进的速度带有侵略性，人类对宇宙和海洋的狂妄扩张，与它如出一辙。

金虎傲岸不群地站在敞篷车厢里，觉着自己犹如在那铁与血的粗粝时代，威风凛凛地检阅陆、海、空三军，不屈的头颅高过胜利者拿破仑的纪念碑！

就在那一刻，隐藏在他潜意识里的雄心壮志被激活了：将来报考西点军校！有朝一日像斯大林那样，闲暇时手捧烟斗吞云吐雾，战时身着大元帅服，号令三军，决胜千里！

他之所以如此追求军功、追求自我，乃是因为受到一种与生俱来的情感的驱使。这种情感，像种子一样在热血男儿的心里萌发。有了这种情感，才有了对军功的狂热。大丈夫志在四方，讵能郁郁焉久困笔砚间？一个人终其一生白首穷经，最多只能成为一名学者。然而，除非罕见的例外，一个学者能超越科学的范围而载入史册吗？

三轮卡开到他租住的斗室前，“阅兵仪式”宣告结束。

其时，姐姐不在家。所好的是，他们姐弟俩各自都有对方门锁的钥匙。他打开姐姐住所的门，从床头柜的小木匣里取出八百元，反身出屋递给开三轮卡的中年汉子。后者用右手接过钱，左手掌心向上掘土机似的推到他面前。他用左手的食指朝中年汉子捏着钱的右手指了指，那意思是：钱已经给你了！

姓袁的把八张老人头抖得窸窣作响：“这才八百呀！”

“你要价不就是八百吗？”金虎用左手的食指和拇指比了一个“八”字。

“八百？”姓袁的诧异道，“我明明‘说’的是这个数嘛！”

言毕，他把右手的食指像旗杆一样竖了一下，然后迅速将“旗杆”倒下，用左手比了“八”字。

看样子，先前很可能是由于他的第一根“旗杆”倒得太快，就像揭竿而起、转瞬（半年）即垮的陈胜吴广那样，结果导致金虎作了误判。

“我这车买时用了四千块，”姓袁的知道金虎弄岔了，面有愠色地说，“两年不到，咋能只卖八百块？”

金虎心想：别说我们没钱，就是有钱，也不能这么一抓一大把地往外撒呀！做贩卖蔬菜这种小本小利的生意，值得冒这么大的风险吗？

想到这些，他带着歉意说：“对不起！都怪我弄岔了！——要不这样吧：我给您二十块钱，只当您是送我回家的！……”

“用不着！”对方见他彬彬有礼，脸上的愠色褪去了，“你也不是故意的！”

言毕，他将八百块钱退还金虎，开车走了。

金虎正准备回屋，忽然听到嘭嘭嘭的响声由远及近，转脸一看，原来是姓袁的把三轮卡又开回来了。

这是怎么回事？难道他杀回马枪了？

说话间，三轮卡已开到门前。姓袁的下车后，径直走到金虎面前，握着他的手说："看样子，你的手头挺紧巴。要不这样吧：我家有一辆闲置的平板车，你拉回来先用着……"

"这？"金虎激动得不知如何是好。

"不要紧，不要紧！"姓袁的诚恳地说，"不瞒你说，我拉了十多年平板车，好容易攒了几千块钱，买了这辆三轮卡。眼下，平板车放在家里也派不上用场，你到我家去，拉回来先用着吧！"

停了一会儿，他又感慨道："现如今，有门路的人，捞钱就像秋天在树下捡树叶子，要多少有多少；我们这些小商小贩，想赚一分钱，都要汗流水爬地勤挣苦扒啊！"

言毕，他见金虎默默不语，知道对方心有所动。于是，他轻轻地拍着三轮卡的边框说："你要是吃得了苦，咱趁火接镬头，现在就请上车，到我家把平板车拉回来。兄弟我说话算话！"

这番话里的"兄弟"二字，像老铁匠钳出的铁块一样火热滚烫，出乎至诚，一下子拉近了彼此的距离。

人口学家、北京大学校长马寅初也深谙此道。1951 年 6 月 1 日，他前往北大履新，就职典礼在民主广场举行，是个大场面。致辞时，他说："兄弟既受政府任命，我就依照政府意旨做事……"一语未了，全场掌声雷动。

其实，不论职位尊卑都喜欢跟人称兄道弟，乃是民国遗风。别说混江湖的黄金荣、杜月笙，写文章的鲁迅、刘半农，宣传马克思主义的陈独秀、李大钊，就连军政界德高望重的孙中山，和无名小卒蒋介石都以兄弟相称。鲁迅甚至与其"贱内"称兄道弟，称许广平为"广平兄"。

"袁大叔，你把话都说到这个份儿上，我就跟你去一趟吧！"金虎心存感激，噙着泪水上了三轮卡。明摆着的年龄差，让他心甘情愿地自掉身价晚一辈分。

大约过了两顿饭工夫，他拉回了平板车。

姐姐回家后，金虎略去了买三轮卡一事，只说自己遇到了一位好心人袁大叔，借给他一辆平板车。并说，打明天起，咱俩就按照原来的计划行事，我起早到蔬菜批发市场趸批蔬菜，早饭后你到菜场摆摊卖菜。

金凤听罢高兴地说："好啊，好啊！我马上就到菜场管理处去联系，租一个摊位！"

第二天是星期日。傍晚时分，他拖着板车前往蔬菜批发市场。按照"菜贩子"的惯例，应该当天"起大早"去；他是在校生，自然要尽量把与读书无关的事放到假日来做。

半个小时后，他路过凤尾街。

这条长约千米的街道上，随处可见冠以"陪读"二字的店名，诸如陪读饭店、陪读小吃、陪读旅社、陪读网吧……

金虎诧为奇事。一打听，才知道这儿靠近一所名校，因而成了陪读家长的集散地，号称"陪读一条街"。这里的房价贵得惊人，每平方米售价高达两万元。房价贵，房租也跟着涨，两室一厅的"小套"，三年房租就得八万元……他想，幸亏我们没在这儿租房；要不，我读书的费用，往少里说也得翻一番。我家哪怕拆屋卖地，也拿不出这么多钱来呀！

进城后，他发现每个角落都有金钱的影子，样样都要靠金钱来决定。造币厂的大锤子，连续不断地砸在他的头上、心上！

凤尾街东西走向，他拖着板车穿街而过。街面上的道路高低不平，两旁的住户，不少人家朝街心里泼脏水。他路过一家门前时，一位老嫂子不知没留心还是怎么的，一反手，一面盆脏水泼湿了他半边脸。老嫂子不过意，叫他停下来到她家洗把脸。他摆摆手，边走边说："用不着！用不着！"

一会儿工夫，他来到街西头。抬眼一看，只见路旁一个矮矮的树墩上，坐着一位身着中山装的中年男子。他的身旁，也停放着一辆平板车，看样子也是个做生意的人。

金虎有心想同对方唠唠嗑。走到近旁时，他便把平板车停在路的左边，挨着中年男子坐了下来。

中年男子虎背熊腰，石岸般突出的眉弓，饿虎般深藏的眼睛，垂胆般挺拔的鼻梁，身着肩头打着补丁的浅灰色中山装，粗毛尼裤子，一看就知道是个靠力气吃饭的人。

他掉转脸，见到金虎，友好地一笑，算是打招呼。

闲谈中，金虎得知对方家里的大体情况：全家六口人，父母年老多病，两个女儿双双考上了县城里的一所普通高中，老婆在城里陪读。

谈到陪读一事时，对方显出一种大惑不解而又非常气愤的神情。他说，他自己当年读初中时，因为学校离家有十多里路远，父母让他住校。走读的同学，都很羡慕他。其中有一位，因为离家较远，遇到阴雨天晚上回不去，便同他一起在学校食堂里吃饭，睡觉时合睡一张床。时间长了，两人成了最要好的朋友。现在倒好，学校里有食堂、有宿舍，可家在农村的学生只要考取城里的学校，家长首先考虑的问题，就是着人进城陪读，好像学校里的饭菜有毒、床铺扎人似的。如果哪一家进城读书的学生“不幸”住校，就如同身陷囹圄一般，家长就要被人戳脊梁骨，学生本人也会暗自怨恨，认为家长对他不负责任，让他“受苦”。实际上，由于租房的家长太多，学校附近的出租屋都被手脚麻利或不怕房租高的家长们租去了；大部分家长租住的房子离学校都比较远，有的还隔着几条马路，过马路时提心吊胆；至于由家长自做的饭菜的质量，更无法跟学校相比。尽管如此，家长和他们的孩子仍然宁愿租住出租屋。这真是怪事年年有，没有如今多！

说到这儿，两人差不多同时想到自己要赶路，便大悟似的相视一笑，站起身来拍拍屁股，各自拉着板车，边走边谈。

此时，中年男子又讲起自家的两个女儿。他说，两个女儿进城读书后，他老婆进城陪读，除了吃用开支，仅房租这一项，每月就得两千块。他老婆为了减轻家庭负担，又从百忙中挤出时间，到两户人家做“钟点工”，成天忙得腰酸背痛，头晕眼花，有时还要看雇主的冷脸和白眼。他本人呢，除了种地和照顾老人，还得贩卖蔬菜。

金虎不失时机地问：“贩卖蔬菜，每天能赚多少钱？”同中年人交谈，他尽量避免使用“您”和“你”这两个人称代词。因为用“您”显得太疏远，用“你”又显得老气横秋。

中年男子抬起右手摸摸胡楂：“这就难说了！一般说来，也就赚个二三十块钱；有时运气不好，说不定还要……还要……倒贴！”他原本打算用“阔小姐开窑子——倒贴”这个歇后语，话到嘴边，他觉着，如此这般与年轻人说话有失端庄，这才“舍本求末”。

“倒贴？”金虎倒抽一口冷气，仿佛看到了自己走投无路的处境，“怎么会倒贴？”

“是啊！”中年男子点点头，右手掌一张一合，终于抓住一个在他面前炫耀舞姿的蠓虫，“做生意和赌博一样，既能赢又能输。就拿贩卖蔬菜来说吧，有时因天气不好或货源不足等原因，趸批的蔬菜成色不好，到时候卖不了，只能低价出售……”

言毕，他伸开巴掌，撮着嘴唇吹一口气，吹掉了粘在掌心的蠓虫，并顺势把掌心在板车把手上擦拭干净。

金虎摇摇头，深长地叹息一声。他原先以为，只要自己下得了力气吃得了苦，贩卖蔬菜稳赚不赔。听了中年男子的话，他这才知道，做生意同做其他事情一样，远非自己想的那么容易。

中年男子见他情绪低落，笑着安慰道：“小伙子，生活不是林黛玉，不会因为忧伤而风情万种。”

对方一语既出，金虎不由得暗自一怔，禁不住问：“你读了不少书吧？”

“读过几本，”中年男子漫不经心地回答说，“都是一些闲书。”

金虎不由得又朝他多看了一眼。

说着说着，蔬菜批发市场到了。

进了大门一看，天哪，这哪里是什么批发市场，简直就是一个战场！放眼看去，只见一辆辆满载各种蔬菜的货车，一字儿排开；站在车顶上朝车下卸货的，一个个虎背熊腰，胡儿八杈，满脸热汗，一开口不是“咱”就是“俺”，显然都是外乡人。守在货车跟前“进货”的，一个个仰着脸，两臂呈喇叭状用力向上伸展，准备接住从天而降的装着蔬菜的麻袋或蛇皮袋。混乱中，不时有人踩着别人的脚、碰着别人的脸。被踩被碰的人，愤然开骂，被骂的人立马回应。

金虎从未见过这种人山人海、势如潮涌的场面，加之新来乍到，就像一窝小猪中的“老巴子”，吃奶时费了九牛二虎之力，也很难靠上边。直到“进货大战”接近尾声时，他才买了几样别人拣剩的“落脚货”。

说起来也真巧，返回时，他刚好和先前那位同来的中年男子同行。对方见金虎“进”的货太少，主动提出把自己的匀一些给他。金虎知道这些货来之不易，怎么也不肯要。

中年男子瓮声瓮气地说：“一回生，二回熟。咱俩总算有缘，一方有难处，另一方搭把手，是啥大不了的事？”

金虎听罢，不好再说什么。他按照中年男子的指点，从对方的板车上“匀”了几样蔬菜，并按进价付了钱。

由于来回走了几十里路，到家后，他觉得灵魂都要从脚底漏出来了。抬起脚一看，脚掌已磨破。他准备找来碘酒涂一涂，又怕被姐姐看见，于是连忙穿上鞋子。

恰在此时，姐姐回来了。

他向姐姐讲述了“进货”过程中的所见所闻。他比东说西，讲得有声有色，让人觉得，他不虚此行；长此以往，他的人生将会像英国物理学家斯蒂芬·威廉·霍金心目中的宇宙一样宽广。

“小弟，你辛苦了！”金凤拍拍他的肩膀，扯扯他卷曲起来的衣襟，“赶快抓紧时间，休息一会儿！”

“没事儿！我的身体棒着哩！”他把胸脯拍得咚咚响，“杜甫‘一日上树能千回’，李白是登山家，陶渊明五十三岁辞官归隐，还能‘晨兴理荒秽，带月荷锄归’……他们这些大文人，身体都没有被文化遮蔽，难道我这个只不过读了几天书的乳臭小儿，就这么弱不禁风？”

金凤听罢，乐得咯咯咯地笑起来：“小弟呀，你真行啊！说起话来，别人不必用耳朵听，只用鼻子闻就得了！——你的每一句话，都洋溢着像玫瑰花一样扑鼻的馨香……”

“姐，你过奖了！”金虎有点儿脸红了，“不过，我有决心向你所说的方向去努力。我认为，任何一个人，只有像你刚才所比譬的那样，说出的话才能像诗一样，在他人心灵的沟槽里开花、结果！”

“小弟，你有这个志向很好啊！”金凤发自心底地鼓励道，“语言是人们发表观点、传播思想的有力武器。今后，你应该想方设法培养自己这方面的能力！”

“姐，放心吧，我不会让你失望的！”金虎当场表态。

停了一会儿，他收回思绪，把自己遇到中年男子及其乐于助人的事儿，原原本本地告诉姐姐。

金凤为此感怀不已。她想，只要好人多，这个世界就有未来！

第二天，吃罢早饭，姐姐锅头灶脑地收拾一番，又忙着到菜场去卖菜。

日已过午，她才返回。

待姐姐在小方桌旁边坐下后，金虎一边盛饭一边笑着问姐姐：“今儿个，赚了多少钱？”

金凤听了，没有作声。过了一会儿，她闪闪好看的睫毛，倾身向前，逗小孩一般，竖起左手的食指和右手中间的三个手指，动作有点夸张地在金虎的眼前摆试摆试。

“一百三十元？”他目不转睛地读着姐姐的肢体语言，兴高采烈地问。

金凤摇摇头。

“三百一十元？”他又异常欣喜地猜测说。大约因为期望值高了，他说话时，身子微微颤抖。

金凤又一次摇摇头。

“这也不是，那也不是，”金虎怎么也猜不着谜底，不由得有点儿着急了，“姐，到底赚了多少，你就告诉我吧！要不，把我急出病来，你又要像关羽大意失荆州之后，诸葛亮和刘备那样心疼了！”

“赚了十三元。”金凤如实相告。

“什么？只赚十三元？”听了姐姐的话，金虎简直不敢相信自己的耳朵。其时，他那浮现在面部的吃惊的神情，就如同看到希腊神话中的潘多拉打开“灾祸之源”的魔盒。

“是啊！”金凤拢拢溜到耳际的一绺头发，朝弟弟瞥了一眼，微微笑着说，“十三元还少吗？‘大商不图眼前利’，我们要像清朝商界精英武秉鉴那样，先经营好人脉；千万不能像麻将场上那些精于算计的玩家，总想着卡死下家、看清上家、盯死对家！……”

“不少，不少！十三元确实不少，一包好香烟才一百元！”弟弟听不进姐姐所说的“生意经”，仍旧“就钱论钱”，并把说话的重音落在“才”字上。

金凤听出了他的话味儿，耐心地开导说：“小钱不赚，大钱何来？擅长赚钱的温州人，历来奉行这样的商业哲学：‘唯利是图’不足取；‘微利是图’是正道，它能积少成多、积土成山……这与古人所说的‘不积跬步，无以致千里’，不是同样的道理吗？”

姐弟俩如此恳切、大气地谈论金钱，这是穷人的尊严。一个人能够正面地表达对于金钱的进取心，是向文明迈出的至关重要的一步。

第三十七章

云淡风轻，日照西墙。

金虎回家时，路过一个小吃店门前，看到一个卖艺的人在拉二胡。

店门左边有一张小饭桌，一群人围着桌子，或站或坐。曾向自己伸过援手的那位中年男子，坐在小饭桌旁边。金虎心里一喜，连忙朝他走过去。

中年男子朝他点点头，指着身边的一张矮凳子，示意他坐下。

卖艺人头戴礼帽，眼罩墨镜，身着马褂，一副大师派头。他拉的是刘天华的《月夜》，技艺确实了得，可谓弓随心行，弦随意转，琴声该阴之处如蛇潜行，该阳之处则有拆琴之势，既有江南小桥流水、杏花春雨的旖旎，又有北国大漠孤烟、金戈铁马的豪放。随着琴声的开合起伏，他的身体也不住地俯仰晃动。琴声起初低而柔弱，渐渐地越来越大，越来越大。到了震人耳膜、似乎不能再大时，琴声忽然拔了一个尖儿，像一只云雀扑向天际。在那极高处，琴声仍旧回环往复。几啭之后，又高一层，接连有三四叠，仿佛由傲来峰西侧攀登泰山所见到的万千气象。

就这样，他用弓弦、手指和身体语言，向听众描述一片如水的月光，月光下有群山起伏，有拱桥卧波，有灯影闪烁，有流萤飞走，正是“一曲听初彻，几年愁暂开”。

不知不觉中，一曲终了。众人意犹未尽，不料卖艺人“挂弓”后，不由分说地把二胡放进琴袋，有些变形的骨架弹簧一般挺了起来，卖艺人老羊皮袄一样厚重的眼皮随之轻捷地上下开合，浑浊的眼球逐渐明亮迸发出咄咄逼人的光。他用目光挨个儿在众人脸上抚摸一把，继则把先前摘下的墨镜又戴上，弯腰行了一个抱拳礼，口中念念有词："后会有期！"

话音刚落，一个身穿花格子上衣的小女孩，挽着他的胳膊，沿着人行道慢慢朝东走去。两个背影，一高一低、一宽一窄，像蚕茧抽丝机一样，生生地抽走一道道目光。

卖艺人走后，众人星散。

一条看上去爱凑热闹、然而不幸迟到了的卷毛狗，站在人们刚刚让出来的地盘上，尾巴卷成一个圆圈儿，望着卖艺人渐去渐远的背影，汪汪汪地叫了几声，好像在表示抗议。

金虎见中年男子要走，连忙微笑着问："大叔，看样子，您对二胡很感兴趣，是不是学拉过？"

中年男子点点头："小时候学拉过。"

"那您一定拉得不错吧？"金虎来了兴致。

"不行，不行！听起来吱吱咕咕，就跟杀鸡子似的！"中年男子说罢，嘴角微微勾起，漾出好看的弧度。

"您要是'生逢其时'，不巧被司马炎的舅舅王恺碰上，那可不得了！"金虎微笑着打趣，眉宇间隐然可见飘忽不定的书卷气。

中年男子问："我怕他怎的？"

金虎说："他让小妓吹笛子，要是稍微有点走调，立刻命人杀掉！——遇到这样的人，您到底怕不怕？"

中年男子笑道："怕！怕！怕！"

言毕，他摸摸下巴颏儿，接着原来的话茬儿解释说："'百日笛子千日箫，二胡拉断腰'，可我只拉了不到一年，就挂弓不拉了。所以，直到如今，拉二胡我还是个半瓶醋！"

"您为啥半途而废？"话一出口，金虎便觉着自己于对方有失恭敬。因为他清楚地记得，一位有哲学倾向的人曾经说过：人世间的失败只有一种，那就是半途而废。

"我父亲不给拉。他说，拉二胡也不能挣钱吃饭。街头上那些卖艺的，二胡拉得不错吧？可拉得不错又咋的？还不是跟叫花子一样！我仔细一想，觉得也是这么回事。打那以后，我便只听不拉二胡了，结果错过了到县剧团任胡琴手的机会！”中年男子说到这里，微微仰起脸，苦涩地一笑。

金虎不太同意他们父子俩的观点。因为他清楚地记得，法国人类学家克洛德·列维·斯特劳斯曾经说过：“技艺，是人在宇宙中为自己找到的位置。”

中年男子觉察到了金虎对这件事的见解。他迟疑片刻，拂去落在裤管上的一片树叶，接着原来的话茬儿说：“不过，细细想来，这事儿不能怪老爷子。从根子上说，都怪我自己没主见、没恒心，以致直到现在，还有不少人为我惋叹……”

那一刻，金虎真切地触摸到中年男子的内心世界，一如当年陈寅恪行走在广州的古旧小巷，从老街老建筑的蛛丝马迹与钩沉中，触摸到一个时代。

中年男子从衣袋里掏出一包已经开过头的香烟，从中抽出一根，在指甲盖上磕了磕，叼在嘴上，划根火柴点上，喷云吐雾地抽开了。烟雾像一种虚无缥缈的理论，毫无道理地笼罩着在场的人。

坐在中年男子对面织毛衣的一位年轻姑娘，被烟雾呛得连咳几声。接着，她扭头吐了一口痰，不料正好吐在一条小花狗的脸上。

小花狗的主人是一位打扮俏丽的少妇，显得很不高兴，目光鞭子似的瞥了一下年轻姑娘。

吐痰的姑娘并无责备少妇的意思。因为她从长相奇特的小花狗所戴的项圈上，看出它绝非等闲之辈，颇似鲁迅笔下“脖子上系着细链子，跟在中外娘儿们的脚后跟”的名犬。

中年男子觉着，都怪自己抽烟。于是，他连忙把刚吸几口的烟卷扔在地上，用脚使劲踏了踏。

如果说，“虎门销烟”维护了中华民族的利益和尊严，中年男子就地“灭烟”则提升了自己在人们心目中的形象。

事态平息后，金虎和中年男子又家长里短地聊了一会儿。

快要分手时，金虎先作自我介绍，然后说：“大叔，直到现在，我还不知道您姓什么，叫什么名字，不好称呼您……”

中年男子笑着回答说："我姓左，叫左拉。"

金虎听罢一怔忡："什么？左拉？"

中年男子看出了他的惊诧，挠挠头皮解释说："小时候，我跟邻居学拉二胡，老是左手持弓，怎么也改不过来，邻居便戏称我叫'左拉'。上小学时，班主任兼语文老师知道我有名在前，便说，左拉这个名字很好，法国有一个大作家也叫左拉。希望你今后好好练习写作，长大了也做个大作家，成为中国的左拉！"

金虎愣怔一会儿，禁不住开口问："左大叔，你上学以后，特别是到了小学三年级开设作文课以后，有没有认真练习写作？"

"练过一阵子。"

"向报刊投过稿吗？"

"投过。五年级下学期，我写的一篇作文，题目叫《记一件最难忘的事》，还在县报上发表过呢。"

"那您得继续练习呀！"

"练习倒是经常练习，可老是没有长进。后来，离开学校成了家，一家老小，大事小事我都得管，也就没有时间摸笔杆子了！"

"您不觉得可惜吗？"

"不可惜，不可惜！码字儿的事，不是人人能做的！"

金虎心想，左大叔说得不错。因为巴尔扎克说过，搞文学的人和搞外交的人一样，成千上万个蠢才中才有一个天才。

同"中国的左拉"大叔分手后，金虎时时刻刻地想到"法国的左拉"。他破天荒地意识到，光靠贩卖蔬菜之类的小打小敲，不能解决问题，而必须像法国作家左拉笔下的杜朗多那样，大手笔地修改自己的"发财宪章"。

这种想法如同兔起鹘落，突如其来，连他自己都感到吃惊。

从那一刻起，金虎脑海里的某一角落已经开始滚雷——那是一个既低徊又沉闷的雷，接近巨兽猛扑猎物之前，从喉管里发出的低吼。

两天后，他没有征得姐姐的同意，便自作主张地把平板车送还给袁大叔家，决心不再贩卖蔬菜。看他那架势，大有绝地反击、背水一战的气概。

袁大叔家住城乡接合处，门前有一个宽宽大大的院子。院子的西侧有两棵树，一棵是枣树，另一棵也是枣树。——这可是“鲁迅笔法”，估计没人敢说是啰唆。去年秋天，金虎第一次去他家。临走时，袁大叔摘了十多斤枣子，硬是要他带上。

到了袁大叔家门前，袁大婶见了，连忙招呼老伴：“老头子，小金来了！”

袁大叔连忙迎出院门，见金虎送来平板车，忙说：“你这伢子，我家又不等着这车用，你急急忙忙地送来干啥？”

他回答说：“贩卖蔬菜这事儿，我不想再做了！”

“咋的？”

“太苦太累！”

两人进屋坐定后，袁大叔想了想，接着先前的话茬儿说：“要不，你和我侄儿合伙养螃蟹？”

他想，水产养殖这玩意儿，是从水里捞钱，风险太大。想到这里，他挠挠头皮说：“养螃蟹，我一无资金，二无经验，还是缓一阵子再说吧！”

袁大叔搓着手，一副爱莫能助的样子。

两人家长里短地谈了个把小时，金虎欠欠身子，转脸向门外张望。

袁大叔看出他想告辞，看看墙上的挂钟，掉转脸来对他说：“都快十一点半了，还忙着回家，莫非我家的饭没有你家饭香？”

恰在此时，袁大婶来收拾饭桌，准备吃午饭。

原来，袁大叔早就关照过老伴，家里来了客人，午饭要早点儿做。

盛情难却，金虎只好“客随主便”。

袁大婶有一手好厨艺，只一刻儿工夫，便陆续将四菜一汤端上饭桌：红烧鱼，蒜苗炒肉丝，青菜烧百叶，炝黄瓜，海带蛋花汤。刹那间，满屋子弥漫着像草书的笔锋一般闪着微光的清香。

金虎见桌子放在屋子当中，四面都有凳子，便说：“等家里人到齐了一块儿吃吧！”

袁大叔说：“等谁？只有我们仨！”

袁大婶见金虎迷惑不解，忙说：“我家的两个孙子都在城里上学，两个人所在的学校离得很远，他们的父母‘各顾一头’，都到城里陪读去了！”

袁大叔说：“其实，那两所学校也只是二流货；跟农村学校相比，一个在地上，一个在席子上。”

袁大婶微笑着瞪了老伴一眼：“平头百姓人家的孩子，还想上好学校？做梦去吧！”

袁大叔苦笑道：“这话不假！”

稍停，他又说：“老百姓家的孩子想上好学校也行；不过，那得花钱！花‘小钱’还不行，得花‘大钱’！”

饭后，两老一小闲谈了一会儿，金虎起身告辞。

临走时，袁大叔问：“你今后打算干点啥？”

他挠挠头皮说，暂时还没想好。

“那你得好好想一想，急不得！”袁大叔提醒道，“男怕入错行，女怕嫁错郎！”

袁大叔一脸认真、关切的样子，让他觉着，自己穿着一件刺不透谎言的铠甲，这对有恩于自己的人是不公平的。

从袁大叔家回来后，金虎觉着，先前自己头脑里陡然萌生的那个计划，就像一座倒下的方尖碑一样，显得特别高大。

其时，姐姐正在门前的槐树下洗衣服。得知弟弟送还了平板车，她好似坠入五里雾中，连忙问他这是怎么回事。

他没有作答，一任这个话题悬浮在混合着槐花清香的空气中。

不一会儿，他转身从书包里拿出一本《中外短篇小说选》，捧在掌心掂了掂，然后打开书，指着首页折叠着的那一篇，闪闪睫毛，带着一种外交家的调皮神气，笑着说：“姐，你看看这篇小说！”

金凤用探究的目光审视着弟弟。她搞不清他怎么忽然对小说产生了这么浓厚的兴趣。

愣怔有顷，她伸手接过来，发现弟弟要她看的，是法国作家左拉写的短篇小说《陪衬人》。她知道，左拉不仅擅长写中、长篇小说，擅长描写人物众多的大场面，而且短篇小说写得也很出色。就短篇小说而言，在法国灿若群星的作家中，除了莫泊桑，无出其右。

她朝弟弟瞥了一眼，掉转脸坐在一张矮凳上，捧着书从头细看。

这篇小说大意是说，一个名叫杜朗多的老工业家异想天开，创办了一个“杜朗多陪衬人事务所”，专门搜罗巴黎丑女，供美女们逛街时作为“陪衬人”带在身边，以丑衬托美，使漂亮的女人更加漂亮。事务所开张后，女客盈门，她们一个个选中适合自己的丑女作为陪衬人，笑容满面地把她们带走。从此，事务所的收入之多、之快，犹如挤一个胀满奶水的乳头。

“姐，你认为写得怎样？”金虎见姐姐已经看完，连忙问。

“写得好极了！幽默、风趣，深刻、独到！”金凤赞不绝口。

她在赞赏《陪衬人》这篇小说构思奇特的同时，感到作者左拉同秘鲁作家略萨一样，深谙衬托手法的真谛。只不过前者是通过整篇文章的立意，后者是通过其作品《爱情笔记》中的人物对话来体现。在《爱情笔记》里，当甲向乙描绘“牛群在芳香的野草上徜徉”之类的美景时，乙十分生气地喊叫：快收起你牛群野草小木屋的那一套！没有现代文明的衬托，那玩意儿有啥意思？

“好！我俩看法一样！”金虎一边说一边从衣袋里掏出一张报纸，呈在姐姐面前，“姐，你再把我用红笔圈起来的这篇短文看一看……”

金凤接过报纸，笑道：“你这是在玩魔术还是咋的？”

“不是玩魔术，我是在玩‘脑筋急转弯’！”金虎回答说，脸上显现出开拓者的兴奋狂热和冒险家的激动不安。

金凤打开报纸，只见弟弟用红笔圈起来的短文来自网络，题目是《男人想长寿？娶丑女，赏美女吧！》

不看别的，这个标题就挺逗人！短文共两小节，第二小节尤其吸人眼球，让人欲罢不能：“记着，这里说的是看美女，而不是娶美女做老婆。科学家们说，男性凝视美女，其作用就像欣赏美丽的风景画一样，有助于身心健康。凝视美女十分钟，相当于做三十分钟的有氧运动。美国研究人员曾耗时五年，对二百名男性进行一项实验。结果发现，每天都能坚持凝视漂亮女性十分钟的男性，血压相对较低，脉搏跳动较慢，心脏疾病也较少，平均寿命可以延长四年至五年。”

她看完弟弟指定的小说和短文，不由得心头一亮：“小弟，姐知道你给我看这些，用意何在！”

“什么用意？”金虎问。

“我们姐弟俩创办一个‘赏美女健身馆’！”金凤蛮有把握地说。

“对呀！对呀！”金虎甩了一下头发，竖起大拇指，不住地摆试，“姐，你简直就是诸葛亮！”

“瞧你说的，这么一点儿小聪明就成了诸葛亮，逢集时，诸葛亮岂不是要挤破一条街吗？”

金虎讷讷争辩：“我只是……打个比方！”

“这个比方打得不错！”金凤拍拍弟弟的肩膀，微微笑着说。她生怕伤着弟弟的自尊心。

那一刻，金凤觉着，这一“奇招”，简直像武侠小说中的“天山折梅手”一般，横空出世，随意而来。

转而一想，在国家号召开展全民健身运动、各行各业的人保健意识逐渐增强的今天，创办这样一个颇具创意的健身馆，从理论上讲，经济效益不会差到哪儿去。

再者，此前因为久居城市，高楼大厦、红男绿女等时尚元素的碰撞，早已暗暗地激起了她的创业梦想。

金虎看到，姐姐亮晶晶的眼球里，希望的蓓蕾一点点开放。

此时，金凤又有点儿后悔，有点儿害怕。她觉着，这个项目是一个系统工程，涉及“演员”、场地等诸多问题。具体操作起来，肯定要遇到各种各样的困难，决不会像到街上买两块豆腐、二斤萝卜那么容易。

恰好也就在这当儿，金凤从弟弟的面部表情上看出，他的情绪好像也有点儿不太对劲。她生怕他改旗易帜，于是连忙给他撑腰打气：“小弟，你害怕了吧？爱尔兰作家奥斯卡·王尔德曾经说过，‘一个不危险的想法不值得被称为想法。’我觉得，这话很能启人心智、催人向上。诚然，传统的、常规的行事方式，有一定的常理，但决不能把它当成僵死的、不可改易的公式；重要的是权变，是在实践过程中对偶然的把握。只有这样，才能有个性的张扬，才能有嬗变更新的思维悟性和心灵激荡……”

金虎听罢，两眼盯着姐姐俊美的脸庞直犯迷瞪：这个滔滔不绝大发宏论的，果真是我的姐姐吗？

那一刻，金虎感到，如果不努力提升自己，他将跟不上姐姐的脚步！

见弟弟有回心转意的迹象，金凤不失时机地趁热打铁：“小弟，无数事实表明，创业固然要有‘智’，但更重要的是还得有‘勇’……不是吗？在世界军事史上，英国的骑兵之所以功勋卓著，就是因为它长期以来，一直在训练马和骑手的胆量！”

“我俩的想法确实不错，我只是担心，”金虎眉头微锁，“万一……”

“那倒未必！”金凤摆摆手，“通常情况下，老天爷总是在关节渡口温和地提醒我们。只有当我们对他的提醒置之不理时，他老人家才会重重地敲下一锤来。”稍停，她又接着说：“我觉得，人的成长，其实就是不断满足好奇心的探索与试错。”

“好啊，既然如此，那就这么办！”金虎想不到姐姐对待一件事如同妈妈用平底锅烙饼似的，翻过来掉过去地看，两面兼顾。

此时，金凤觉着自己心潮澎湃，仿佛看到骑手英姿勃发地勒马向前，耳边仿佛响起踢踏踢踏的马蹄声，强烈地感受到一种昂扬的正能量。

金虎从姐姐身上获取了生存的底气，像将要淬火炼钢的火焰一样，感到万千的温度已点燃了自己滚烫的身躯。于是，他慷慨激昂地发挥道：“不错，无数事实表明，人类生存面临的最大危机——其实，也就是我们姐弟俩当前面临的最大危机——既不是能源的枯竭，也不是地球的毁灭，更不是瘟疫的流行，而是不自信！当年，成吉思汗骑马踏上欧洲大地的时候，曾满怀豪情地在马背上唱道：这蓝蓝的天空和我们草原上的天空一样，都是我的！‘都是我的！’这句经典的话，后来在蒙古长调中多次出现过，而在我们流行的歌曲里却再也见不到了！……”

金凤听罢热血沸腾，像基督山伯爵得到一笔财宝，像笃信基督的教徒有了一个上帝。一直以来，在生活的迷宫里，她像小孩子第一次进幼儿园那样辨不清方向。自打有了突然从天而降的“发财宪章”，仿佛有一双无形的巨手拉开帷幕，她的心里终于豁然开朗！她觉着，人的一生，任何时候都不能放弃理想和希望，哪怕光亮渺小如豆，我们都要坚持举着它，即使烛火灼伤皮肤，也不能失手，否则将会失去前进的动力，陷入庸常。

她仔细一想，觉着弟弟的一番话，总的说来是值得称道的，但个别地方失之偏颇，于是心平气和地说：“小弟，流行歌曲里没有的东西，不代表现实生活中也没有。中国传统文化历来主张积极进取、无所畏惧。在我国历史上，曾有过敢于直犯‘龙颜’的魏征，有过勇于自荐的毛遂，有过弹铗而歌的冯谖；还有，革命先驱们一身傲骨、一往无前的气概，更加令人敬佩！……”

“OK！”金虎扮着鬼脸，比画了一个表示同样意思的手势。

彼时彼地，一个辉煌的大梦已在姐弟俩的心中萌生，即将在一个霞光万道的黎明抑或风和日丽的清晨破茧而出，一飞冲天。

第三十八章

崭新的时间，摇着隐喻的沙漏，步履匆匆地走向诗和远方。

姐弟俩意见统一后，便在网上发出一则招聘启事：

> 本人受异域作家招聘丑女供美女作陪衬的启发，决定反其意而用之，创办一个赏美女健身馆。自即日起招聘美女登台供男性观赏，每次演出只需出场十分钟，报酬以千计。

第二天晚上，金凤正在研读左拉的《陪衬人》，忽听有人敲门。她放下书本，开门一看，立在门外的，竟是昔日的老领导、宁海县报社副刊部汪主任！

她喜出望外，连忙把他让进蜗居，倒茶让座。

汪主任落座后，微微颔首道："今儿个，我学的是穆罕默德的办法——他想涉足大山，对山说道：你不过来，我过去！"

金凤万分感激："谢谢老领导，至今还想着我！"

"本想给你打个电话了解了解情况，可水主任告诉我，你的住处没安装电话。拨打你的手机，语音提示说已经关机……"汪主任一边说一边环视室内，仿佛在验证水主任的话是否属实。

"手机坏了好些日子了，因俗事缠身，还没来得及去维修……"金凤带着歉意解释道，"至于电话，我刚来这里，就向老板娘提出安装电话的问题。

她口头上倒是答应了，可行动上却一拖再拖……”

汪主任饶有兴致地问：“遇到这种情况，你怎么不学学俾斯麦？”

“向他学什么？”金凤莫名其妙。

“你听我说嘛！”汪主任轻轻咳嗽一声，“当年，俾斯麦租房办公时，也曾向老板娘提出安装电话的问题，并说费用由他承担，对方负责联系工人上门安装就行了。老板娘当即表示同意，可是一转脸，她就把这事儿忘到爪哇国去了。几天过后，突然从出租屋内传来砰砰两声枪响。老板娘跑过去一看，只见俾斯麦端坐桌前，放在桌子上的一把手枪，正冒着缕缕青烟。老板娘胆战心惊地问出了什么事？俾斯麦说，我要同有关人员谈事情，但是没有电话无法联系，只得打枪！老板娘听罢，立马找人来安装电话……”

“为了找人谈话就开枪，俾斯麦可真不愧是‘铁血政策’的始作俑者！”金凤笑道，“这个办法我可学不来！别说我没枪，就是有枪，我也不会打、不敢打！”

“既然如此，那我们就言归正传！”汪主任正色道，“听说你想创办一个赏美女健身馆，我和水主任觉着，准能一炮打响！——‘门头生意行不行，全看牌子硬不硬。’当然，更为重要的是，你的创业意识前卫，敢为人先！”

金凤莞尔一笑，有点儿胆怯地说：“我担心，事情一旦办砸了，自己将会身败名裂！”

汪主任害怕对方打退堂鼓，连忙引经据典：“歌德笔下的浮士德说得好：‘奇迹是信仰最宠爱的孩子。’一个人只要有信仰，便没有办不成的事。更何况，美女经济古已有之！”

“古已有之？”金凤眼睛一亮。

“是啊！”汪主任点点头。

接着，他便如数家珍地讲起来：“在咱中国，至少在两千五百年前，就已经有了美女经济。首开美女经济先河的，就是越国的相国范蠡。”

“您能不能说得具体点儿？”金凤闪闪睫毛说。

“能！当然能！”汪主任轻咳一声，“当年越国选美，西施折桂。在进京途中，男女老少，尤其是青壮年男子争相围观，造成交通堵塞。耳闻目睹，护送西施进京的越国相国范蠡脑洞大开，索性叫西施住进路旁旅社的一幢华丽小楼，而后四处张贴告示：欲看美女者，付金钱一文。”

“一文金钱相当于现在的人民币多少？”金凤问。

“这个嘛，我还没有考证过！”汪主任表示没有考证过，“不过，从西施倾国倾城的身价不难推知，应该有一定的含金量！”

“是吗？但愿如此！”金凤因为打断对方的话感到有点儿不过意。

“我相信，应该如此！”汪主任对自己的判断深信不疑。

稍停，他又接着说：“告示贴出后，四面八方的人蜂拥而至。西施登上朱楼，凭栏而立，飘飘然似仙女下凡。为一睹西施芳容，观赏者排成长龙，慷慨解囊，有的竟付钱三次之多，可谓百看不厌。三天过后，所得金钱无数……”

金凤微微一笑，露出洁白的牙齿：“看来，我们姐弟俩的这一步棋算是走对了！”

“那还用说！”汪主任热情高涨。

金凤听罢，禁不住热血沸腾。

为了让金凤进一步了解“美女经济”，汪主任又说：“辛亥革命以后，江南提督、‘辫帅’张勋驻防南京时，以重金买得秦淮名艳小毛子，宠爱异常。不料，南京很快被革命军攻破，张勋仓皇渡江逃跑，无暇顾及爱妾小毛子。不久，小毛子在下关被江浙联军宪兵队抓获。投机革命的上海滩青帮老大陈其美（蒋介石就是其手下）得知后建议：‘眼下军饷匮乏，小毛子跟张勋之前就大有艳名，不如送到上海张园，收票供人参观，每票只要四毛，到时候十万军饷唾手可得。’第九镇统制徐绍祯没有采纳这一建议——他要用美女做更大的交易。几天过后，他委派津浦路南段局长陶逊送还小毛子。果然不出徐绍祯所料，逃至徐州落脚的张勋复得小毛子喜不自胜，当即主动将其从南京劫持来的机车 14 辆、客车 80 辆悉数归还铁路局。陶逊着人把机车和客车开回南京后，众人无不感叹：妈的，还是美女值钱！”

金凤笑着问：“‘辫帅’就是鲁迅先生小说《风波》里使丈八蛇矛，‘有万夫不当之勇’的张大帅吧？”

汪主任点点头："是呀，是呀！"

金凤说："有一次，宁海二中语文组祁老师上公开课，我和我们报社的小郑一起去采访。那一天，祁老师执教的正是课文《风波》。上课时，祁老师用教鞭作'丈八蛇矛'，绘声绘色地演示，引得全班学生哄堂大笑……"

汪主任接口说："这事儿，我也曾听说过！……祁老师，那可是二中的一块牌子呀！"

金凤点点头："的确名不虚传！"

汪主任接着原来的话题说："据行家说，三流企业卖产品，二流企业卖技术，一流企业卖品牌。因此，我们要像英国、美国、加拿大、大洋洲及广大英语地区打造英语品牌那样，打造出健身馆的品牌！……真有那一天，你也就成了开风立品的金凤凰喽！"

"老领导，您太高看我了！"金凤赧然一笑。

汪主任用眼神和面部的肌肉运动，显露出一个"我可是认真的"意思。紧接着，他关切地问："创办'赏美女健身馆'，眼下有什么难处吗？"

金凤淡淡挑眉："目前的主要难处，就是没有场地！"

汪主任听罢抿了一口茶水，不紧不慢地说："上帝只用了六天时间，就把世界创造出来了；难道一个小小的场地问题，就能叫我们束手无策？"

"这么说，您有办法？"金凤喜不自胜，唇吻间闪烁着牙齿的光芒。

"当然有！"汪主任把嘴里的茶叶末子吐在掌心里，看了一眼又用手指弹打掉，"开发区新盖了一个大剧院，招租的条件十分宽松：三年不交房租，三年免缴营业税；只需预缴两万元押金……"

金凤两眼放光："那您怎么不早一点告诉我？"

"没有场地这件事，我不是刚刚知道吗？"汪主任用右手的食指轻轻地敲着桌面说，"不过，实话告诉你，我即便早就知道了，也不会提前告诉你！"

金凤大惑不解："为什么？"

"保守机密，这是天下谋略家最基本的常识，"汪主任笑道，看上去就像老爷爷同自己的小孙女儿逗趣，"诸葛亮为破曹军，巧借三日东风，本是依据自己的气象知识预测在先，他还要故弄玄虚呢，那可是对吴、蜀盟军的大都督周公瑾啊！我若事先告诉你，你很可能不知道创业的艰辛，对你的成长不利。你说是不是？”

“是！是！是！”金凤眼睛里忽然增添了明亮，“汪主任，您能不能尽快地帮我联系一下？”

“可以，可以！”汪主任一边说，一边掏出手机给开发区的骆主任打电话。谁知打来打去，对方的手机一直处于关机状态。

金凤用询问的目光看着对方。

“近来我俗事缠身……”汪主任把手机装进衣袋，“等几天，我俩到开发区去一趟！”

“那就麻烦您了！”金凤喜出望外。

“不麻烦！不麻烦！”汪主任嘴角上扬，眼神温和，面容像秋叶铺满大地一样辽阔安详。

稍停，金凤又言及在网上招聘“演员”一事。

汪主任知道，招聘“演员”是题中应有之义。正因为如此，汪主任对这一问题已经有所考虑。

“恩格斯说：时代在哪里，美女就在哪里。”汪主任引经据典，“这句话的意思是说，战争时期，美女大多在英雄身边；和平年代，美女大多在大款身边……”

金凤说：“那该怎么办？”

汪主任闻言莞尔：“常言道：白鸽子朝亮处飞。生活在大款身边的美女，大多数人的日子过得都很埋汰、很憋屈……她们未必不想到你这儿来，过上一种既能实现人生价值又能名利双收的生活！”

一个礼拜后，汪主任和金凤按照事先的约定，一道乘坐公交车前往开发区。一路秋山红叶，黄花遍地，青烟数点，仿佛用国画大师张大千的一幅山水画，做了一架数十里长的屏风。

下车后，淅淅沥沥地下起了小雨。他俩加快脚步，沿一条南北走向的大道北行，不一会儿便来到开发区办公大楼前。这楼造得画栋飞云，珠帘卷雨，古色古香，十分壮丽。汪主任此前曾到骆主任办公室来过一次，这会儿轻车熟路，沿楼梯拾级而上，上了二楼向西一拐，刚好与准备下楼的骆主任不期而遇。

真是最难风雨故人来！骆主任喜出望外，靠前一步，热情地握着汪主任的手："哎哟，汪主任！这几年，我望穿秋水君不来；今儿个，什么风把你吹来了？"

"什么风？这个风大着哩！不但把我吹来了，还把小金同志一并吹来了！"汪主任一边说，一边转过身子，恰到好处地介绍了金凤。

"欢迎！欢迎！"骆主任一边重复着少年儿童手摇鲜花、欢迎外宾时的专用词语，一边热情地同金凤握手。

汪主任见状，笑着打趣道："哎！你俩怎么一见面，就急不可待地私相授受啊？"

骆主任哈哈大笑，笑得像个罗马皇帝，意在表明，自己完全能领会汪主任那句话的俏皮之处："汪主任，论年龄，我做这位姑娘的老爸都绰绰有余！一个老得黄了苗的人，难道还能有什么想法吗？"

"骆老兄，你不必紧张嘛！"汪主任拍拍骆主任的肩膀，笑道，"金小姐是一位美人；喜欢美人是正常现象，特别是男人。这并没有什么龌龊！古希腊一位哲学家说，他来到这个世界上，一是为了看太阳，二是为了看美女；我国明代文学家、公安派代表人物袁宏道也曾说，人生至乐之事有三，一是看遍世间美色，二是听遍世间乐曲，三是尝尽天下美食……总而言之，喜欢、结识乃至结交美女，与那种一味地依附、依赖世俗男女关系的生活情趣和生活价值，完全是两码事！"

金凤心领神会，眼下，不苟言笑的汪主任一反常规地大发"美女论"，用的是卓别林式的外谐内庄的手法，意在为自己未来的事业张目。

"你这一说，我就放心了！"骆主任装作松了一口气的样子，"从今往后，我见了美女就争着同她握手，对方不想握也得握！"

"这就对了！有一位学界前辈，对漂亮女性有着非常外露的热爱。他曾对电话约访的女记者说，你若漂亮，采访时间不限；若不漂亮，二十分钟！”汪主任讲得有根有底，“可你刚才跟我们金小姐握手，连两分钟也没有，是不是金小姐不漂亮？”

话音刚落，三个人齐声笑起来。

说话间，骆主任领着两位客人上了四楼，走进办公室。

办公室里的陈设很简单，却又高贵、霸气。临窗放着一张光可鉴人的柏木办公桌，一张雕龙画凤的太师椅；办公桌正中偏左的位置立着一尊鹰雕，那苍鹰挫着身子站在悬崖上，令人有一飞冲天的感觉。

客人在沙发上落座后，骆主任给每人泡了一杯黄山毛峰，然后端着自己的茶杯坐在汪主任身旁。

外面雨势厚重，雨点硬邦邦地敲打着窗棂，然后顺势而下。金凤仿佛看见它们跳跃的颤抖，听见它们在跌落中的尖叫。

“凤凰不落无宝地，”未待主人开口，汪主任便开门见山地说明来意，“今儿个，我陪金凤小姐这只凤凰来你这块宝地，有一事相求……”

骆主任得知金凤想租用开发区的大剧院，喜出望外地笑着说：“太好了！太好了！我正愁大剧院这个丑闺女嫁不出去呢！”

“小金，你瞧，骆主任没把我们当成外人吧？”汪主任转脸对金凤说，“假如今儿个来的是其他人，哪怕大剧院十年没人过问，骆主任没准也会拿捏一下：‘哎呀，这事儿我一个人做不了主，得开‘会办会’研究研究！’”

骆主任笑着“深化”道：“不过，对方要是‘这厢有礼’了，这会那会也就可以免开了！”

人类社会几千年来的痼疾沉疴，被他以滑稽的方式一语道破。

汪主任正要开口说话，从门外走进一个干部模样的惨绿少年。此人身材高挑，衣着整洁，像希腊的神道一样俊美，脸上写着成功人士的自信和小城市长的尊严，周身带着得当的科隆香气。他尽管肚子较大，看上去仍然很帅，透溢着一种戎马式的高雅。这会儿，他一转脸，沾在衣服纤维尖尖上的细小雨滴颤颤巍巍。他低头反手拂拭几下，一抬头，看到了汪主任，看到了阔别在汪主任脸上落下的痕迹，眼神呈现出一种冷漠的涣散。等到目光锁定并辨认出对方，他连忙把右手在左腋下的衣服上擦了擦，放下雨伞，弯腰哈背地趋前一步，紧紧地拉着汪主任的手，抖了又抖，摇了又摇：“老领导，你好，你好！多年未见，多年未见了！……”他觉着，在这里与汪主任相遇，犹如三日同辉，是百年难遇的事。

汪主任觉着心里怪受用：时隔多年，自己竟然没有消解于对方广漠辽阔的忘却里。

得知汪主任的来意后，啤酒肚挨着汪主任坐了下来，竖起大拇指连连摆试：“这个主意好，来钱快！”

“哎！你可别这么说！”汪主任慢慢地摆摆手，“我们可不是为了捞钱噢！”

“老领导，据我所知，人世间的任何活动，如果不以个人利益为支撑，是很难持久的。这是一个极其简单的哲学命题。”啤酒肚隔着上衣抚摸着小山包似的肚皮说。他把重音放在“哲学”两个字上，表示昨今不同，他已经有资格与昔日的顶头上司谈论哲学了。

“蒋局长，我这个人玩不转形而上，只能形而下——喜欢小弄堂里赶猪，直来直去……”骆主任深知啤酒肚喜欢卖弄，连忙用形而下打断他的形而上，“今天的午饭，是不是由你负责？”

被称作蒋局长的人文绉绉地接口说：“鄙人穷而在下，权不我操……”

“停！”骆主任抬起张开的右手，用力往下一按，然后笑着问，“今儿个，你是专程来哭穷的吧？”

“我不是来‘哭穷’的，而是来‘哭富’的！”蒋局长被逼急了，当即连连摆手，“你很可能不知道我们的苦处：凡有招商引资任务的局级干部，每人每年可报销一定量的招待费。你如果不想方设法把这笔钱花掉，顶头上司就会说你没本事，是饭桶！弄不好，还要撸掉你的乌纱帽！”

“既然‘前方吃紧’，今天中午，我们是不是就像抗战时那样，相应地来一个‘后方紧吃’——也就是由你做东，来一席饕餮盛宴？”骆主任说话的语气里，隐含着对热衷于搞形式主义的干部们的讥讽。

“那还用说？”被称作蒋局长的人不假思索地应承下来，“独闯上海滩的厚黑大亨、有社会学博士之称的杜月笙说，人生要吃好‘三碗面’：场面、体面和情面。今儿个，无论从哪碗面的角度看，我都得请客！”

“不！不！不！刚才我只是‘闲话一句’！”骆主任欠欠身子连连摆手，“你请客，那我不就成了旅店的虱子，在家吃客了吗？”要不是为了不显山不露水地带出杜月笙的口头禅“闲话一句”，此刻他不会也无须谦让。

“依我看，在吃饭问题上，你俩就不要你拉我扯的了！”汪主任微笑着打趣道，“今儿个，小金能否留下我不敢保证；我本人呢，决心奉行猪八戒对南山大王手下小妖说的话：待我一家家吃将来！”

“那就太好了！”主人和准主人哈哈大笑，异口同声地说。两人的笑声脆生生的，手捏上去都能发出声响。

他俩的笑，从蓓蕾期到灿然吐放的全过程，像庐山瀑布之于李白，异常清晰地铺陈在客人的眼前。

“不论蒋局长刚才的话是真是假，”汪主任严正声明，“我还是要对天发誓：自掏腰包的筵席，我决不沾边！”

骆主任听罢不由得笑了：“我说汪主任，你未免也太小看人了！混到现在，还要自己花钱请客，不用别人说，自己就‘羞’死了！”

蒋局长朝汪主任掉转脸来：“老领导，不瞒你说，只要不发生第三次世界大战，在县城大大小小的酒店里，我的名字不仅能当钱用，而且是响当当的硬通货！”他说话时右嘴角上翘，颇有魏晋的玄远狂诞之风。

“这么厉害？”汪主任笑道，“真是士别三日，当刮目相看！”

蒋局长由自诩变为诉苦，把先前说过的“有钱无处用”的话，又说了一遍。

“噢，原来如此！”汪主任这才知道，原来同世界开玩笑的人，并不是他们存心要开玩笑，而是有人逼着他们要开玩笑，“刚开始，我还以为你是美国式的热络：动作很大，有口无心。”

稍停，他又对身旁的金凤说：“小金，看样子，我们今天要救蒋局长于危难之中了！”

“久闻大名，只是无缘相见！”蒋局长掉转脸看着金凤说。他忽然觉着，在漂亮小姐面前，有必要再放上一炮：“鄙人以不学之资，在人社局带领十来个兄弟混饭吃！”

不难看出，此公的头脑里，尚有刘备“耍大牌”的流风余韵。当年，刘备逢人便自言：“在下刘备，中山靖王刘胜之后。”他的这一招很管用，“刘胜之后”这张“大牌”一出手，“织席贩履”的刘备便成了连汉献帝刘协也不得不喊的“皇叔”了。

“阁下的政声，有口皆碑！”金凤随口揄扬一把。接着，她莞尔一笑，“凡所际遇，绝非偶然。蒋局长今天来这里，总不会是为了溜达溜达吧？”

“当然不是！——找骆主任有点儿小事！”蒋局长如饮甘饴。他想，这位美女刚才该不是同我的领结或马甲逗笑的吧！

“这不就‘有缘’了！”金凤莞尔一笑，“我们也一样。”

蒋局长没有作声。他没少在女人堆里摸爬滚打，却从未见过有谁像金凤这般俏丽，“众里嫣然通一顾，人间颜色如尘土”。他的目光不敢在她的脸上停留，而是偷窥似的飞快地瞭一眼，便如同差点儿中了猎人五眼枪的野兔，四下里奔突乱撞。

金凤看在眼里，禁不住暗自发笑。

恰在此时，蒋局长连打了三个很响的喷嚏。

骆主任以欣赏的目光看看金凤，又掉转脸问：“蒋局长，你对美女过敏吗？”

“不，不，不！我和普天下的男人一样，对美女情有独钟！”蒋局长再一次偷窥似的瞥了金凤一眼，“我想，刚才准是有三个女人同时惦念着我！”

他靠了从一位舅舅身上继承过来的半打笑话，在单位里早就赢得了幽默风趣、近乎高雅的名声。

“三个女人？”骆主任朝蒋局长舒过脸来，“那一定是你妈、你奶奶、你姥姥！”

众人哈哈大笑。金凤的笑声不大，但因音质甜美却脱颖而出，像薄如蝉翼的窗纱一样，飘逸在其他人的笑声之上。

蒋局长敏锐地捕捉到她的笑声。他觉着，这是一种被上帝吻过的笑声。

直到此时，他才真正弄懂什么叫“大珠小珠落玉盘”。

面对美女，蒋局长觉着自己浑身肥肉、特别是圆鼓鼓的大肚子太过碍眼，红着脸拍拍肚皮，嗫嗫道：“瞧我这肚子……”

金凤见状，忍不住扑哧一声笑起来，继则以开玩笑的口吻“开导”说：“长得胖是好兆头嘛！中国古代的名将，从汉代的淮阴侯韩信开始，三国时代的武圣关羽、唐代的凌烟阁二十四功臣、宋代的中兴四将、明代的郑成功和戚继光，直到清代的多铎和兆惠们，这些赫赫有名的人，谁不是大胖子？此外，‘反逆乱常’的安禄山，体重也达三百斤！……”

“我的个乖乖！”蒋局长按按大肚子，“我可得小心，千万别胖成安禄山！”

众人又一次不约而同哈哈大笑。

笑声刚止，汪主任的手机在衣袋里打摆子似的直抖，像软体动物的挣扎。

他起身走到屋外，定神一看，电话是老伴打来的。他连忙按了接听键。老伴在电话中说，孩子的婆奶脚崴了，下午要到医院拍片子。

汪主任的脑子里訇地响了一声，连忙掉转身子返回屋里，将家中的紧急情况告知骆主任和蒋局长。言下之意是，他不能在这儿吃午饭了。

蒋局长还想挽留：“老领导，说实话，我真的搞不懂，你都这把年纪了，咋还公事、家事一担挑，眉毛胡子一把抓？”

“没办法，阃令大于军令嘛！……”汪主任笑道，“夫人开口，我岂敢不答应？”

骆主任故作惊讶道：“看样子，汪主任的气管炎还不轻呢！”

汪主任以退为进地打趣道：“你是大观园里的薛宝钗，宁荣二府里的那点事，哪样瞒得了你？”

蒋局长见汪主任因岳母崴了脚，便像范仲淹遇到生死大事那样要“罢席”，忍不住笑了起来。那意思是，丈母娘崴了脚，好比纺织娘折了一条腿，没啥大不了的，该说的说，该笑的笑，该吃的吃，该喝的喝！

蒋某人的荒唐，在金凤看来，是他对生存状态的不可思议的另类解读。

汪主任转脸对金凤说："小金，要不，你留在这儿？"

"不！不！不！"金凤仿佛觉着有人推她下水，连连摆手，"这两天我忙得很！"

骆主任心想，汪主任扔蹦一走，孩娃丢沙包似的丢下同行者，是够为难金凤的。于是，他朝金凤舒过脸来，没有底气地说："再忙也得吃饭嘛！你留下来，点菜时，我给你点油爆河虾、沸腾鱼片、蚂蚁上树、胡椒羊蹄……啥贵我点啥！"

"骆主任，你热情好客，可是不会点菜，"汪主任一本正经地说，"要不要我教你一招？"

"当然要啊！"骆主任喜出望外，"怎么点？"

"请客那天，等客人到齐了，你就像鲁智深那样，冷不丁朝桌旁一坐，吹胡子瞪眼睛地对酒店老板娘吼道：休聒噪，有什么好酒好菜只管上来，洒家一发算你！"

骆主任听罢哈哈大笑，笑得众人跟着打哈哈。

为了不拂逆对方的美意，金凤欠欠身子，歉然一笑："这两天，我真的忙得很，得闲再来叨扰！"

汪主任就像把手按在《圣经》上为人做证那样，把手放在椅臂上替金凤落蓬下帆："小金这两天确实很忙，你俩就让她和我一起回去吧！"

骆主任因为此前已经知道金凤为"健身馆"一事忙得不可开交，率先同意放行；蒋局长见自己成了孤家寡人，只好让没法花出去的招待费暂时在腰包里待着。

第三十九章

竖起招兵旗，就有吃粮人。

两天后，一群年轻姑娘找上门来。

平心而论，她们的身材、长相，虽然不至于让广告招贴上的美女们相比之下去跳井，但是确实都挺不错，远在女性平均颜值之上。如果让她们到大酒店站吧台或是当领班，真是没说的。不过，她们还远远不是金凤理想中的美女。——金凤理想中的美女，应与风华绝代、集建筑学家和诗人的头衔于一身的“民国女神”林徽因有某些相似之处。想当年，京城的好多沙龙、特别是文学沙龙里，常有她的芳踪丽影；每逢“周六聚会”时，她时常在“太太的客厅”（林徽因和丈夫梁思成居所的客厅）里谈古说今，议论英发，在座的金岳霖、徐志摩、周培源、萧乾等洪儒硕彦，有时只能像壁脚灯仰望天花板一样仰望她。难怪当时那群聚会文人称她为“神仙姐姐”。

金凤很同情前来应聘者，但又爱莫能助。万般无奈，只好违心地搪塞道：“对不起，招聘名额已满！”

姑娘们后悔不已，埋怨自己来迟了。

其实，她们是来得最早的一拨。

事后，金凤时常因为自己说了谎话而寝食难安。

时隔不久，从网上报名且被录用的美女接踵而至。她们有的是当红女星，有的是电视台的节目主持人，有的是商界精英，有的是著名高校的校花。倘然要用笔墨描绘出她们的美，非得古希腊儒文纳那样的大手笔。

万事俱备，金凤设计了一款精美的海报，着人在大街小巷张贴：

海　报

演出节目：美女登台（供观赏）

演出地点：金凤赏美女健身馆（原开发区大剧院）；乘 7、9、12、15 路公交车直达，自驾车可走二环路

演出时间：19：00　19：30　20：00　20：30（自后天即本月 10 日起）

售票时间：16：30—18：30（自本月 9 日起）

票　　价：10 元

［附言］各位男士：

您可知道，每天只要花费 10 分钟，在鄙人创办的赏美女健身馆里凝视舞台上的美女，那就相当于做半小时的有氧运动。只要持之以恒，保证你精神抖擞，活力四射，健康长寿。

另据《百姓》杂志署名文章《看美女照 45 秒钟的反应》一文记载，美国芝加哥大学一个研究小组发现，男人只需对一张魅力迷人的美女照片看 45 秒钟，体内就会发生强烈的化学变化，进而增强事业心，提高工作效率。与之相比，男人们花费 10 分钟在本馆观赏货真价实的美女，其作用可想而知。

赏美女还有另外一个好处，就是提高人的鉴赏力。而鉴赏力和悟性一样，同是能使凡夫俗子与大诗人平起平坐的品格。因此，经常观赏美女，您也就省得劳精费神地去读那劳什子诗歌了。

举凡在敝馆登台亮相的女士，皆系名媛佳丽，艳压群芳，堪称现代版本的貂蝉（闭月）、杨玉环（羞花）、西施（沉鱼）、王昭君（落雁）。欢迎观赏！

［附注］但凡见了美女就生气，或是见了美女心里就痒痒，就走不动路

的男士，一律谢绝入场；否则，闹出人命来本馆概不负责。

金凤赏美女健身馆

×年×月×日

海报贴出后，购票者人山人海，势如钱塘大潮。不到一个小时，前三天的六千张（每场五百张，三天累计十二场）门票全部售完。不少人一票难求，不得不以高价从捷足先登的人手中“转让”。购票者以青、壮年人居多，也有少数年过花甲的。其中有一位来自农村的老人，好不容易买到一张票，气喘吁吁地坐在健身馆门旁的石凳上歇脚。有人同他打趣：“您老跑来看美女，不怕儿孙们笑话？”老人嘿嘿一笑：“咋的了？西庄上的马倔头，七十大几了，还脱光衣服让女学生画画呢！再说，国家每月发给我八十块钱，我一不抽烟二不喝酒三不搓麻将，这钱留着干啥？”

开始售票的那天晚上，在三个窗口卖票的人，先后送来合计六万元面额不同的现金。

送票钱的人走后，金凤看着堆积如山的钞票，不由得张皇失措，似乎在讶异这钱的来处的神奇，好像这钱是偷来、抢来的一般。她怎么也没想到，一夜之间，灰姑娘就圆了公主梦！

未几，弟弟金虎来了。他见了那么多钞票，不由得回想起小时候妈妈叫他到草堆旁“抱草”的情景，张开两臂抱起一沓一沓钞票，一边原地跑步一边用哆哆的童音高喊：“妈！我把烧火草抱来啦！”

他从未体验过如此别开生面、彻头彻尾的欢乐，神情里充满了对童年时代的留恋和向往。如果有时光机器能让他回到童年，他决不会先抱“烧火草”，而是会先抱一抱自己。

“你可别得意忘形！”金凤拍拍身边的凳子，示意弟弟坐下。

金虎挨着姐姐坐下后，笑着说：“姐，看来，退学这条路，你算是走对了！——准确地说，你是在无意之中走对了！”

金凤不解地问："你说这话是什么意思？"

"姐，你别急，听我说嘛！"金虎清清嗓门，摆出一副要演讲的架势，"劳伦斯·埃里森读了三所大学，没有得到一个学位，老婆一气之下跟他离了婚。但他并不灰心，经常鼓吹：只有退学才能成为世界级富豪。因为他亲眼看到，世界首富比尔·盖茨、世界第二富豪保尔·艾伦、世界第八富豪戴尔，都是从大学退学或根本就没上过大学的。后来，劳伦斯·埃里森以区区一千二百美元创办了微软公司，十多年后，《福布斯》杂志公布的全球富豪榜上，劳伦斯·埃里森以二百五十五亿美元资产排名第四位！……"

金凤见弟弟说得头头是道，也对自己的事业和明天充满了信心。

但她不赞同埃里森的观点，因为按照他的说法，读书不仅无用，而且有害。埃里森没有意识到，他正是因为读到大学，才有了创造财富的不同寻常的见解；如果他进了小学而不是大学之门短时间内便退学，目前摆在他面前的紧迫任务，恐怕不是创办微软公司，而是脱盲。当然，埃里森的说法，涵盖着反对"读书死""死读书"的倾向，这是应该肯定的。

她把自己的所思所想对弟弟说了。

言者无意，听者有心（实事求是地说，应是"言者有意"）。她说了自己的看法后，金虎觉着，姐姐的一番话有鲜明的指向，于是连忙表态："姐，你不用担心，我不会退学！——即便退学，我也要像比尔·盖茨、埃里森他们那样，等到上了大学再说！否则，撇开别的不说，我对不起姐姐对我的一片苦心！"

此时，一种早已萦绕在金凤心头的意念，终于找到了突破口，化作有声语言脱口而出："小弟，即便大学毕业了，即便成了比尔·盖茨那样的人，你也要读书！——当然不是只读课本，而是广义地读书。先前，姐只是把读书当作一种谋生的手段，现在想来，真是太可笑了！……读书不是为了温饱，不是为了升官发财，不是为了荣宗耀祖，而是为了提升自己。借助读书，你可以感受到但丁仰望星空的深邃，领略到梭罗在瓦尔登湖畔的哲思，意识到尼采抱马痛哭的绝望……换句话说，读书能让你的眼界无限开阔、心灵牧场无比丰茂！"

金虎听呆了，目不转睛地看着姐姐，好像面对一个陌生人。

稍停，金凤掉转话题说："小弟，你有没有想过，我们现在面临着另一场严峻的挑战……"

金虎尚未醒过神来，听了姐姐的话不由得一怔："什么样的挑战？"

金凤闪闪好看的睫毛："叔本华的钟摆理论说，大多数人在需求未得到满足时会陷入痛苦，在需求得到满足时会陷入无聊。人生就在这痛苦与无聊的两端像钟摆一样摆来摆去。在物质需求得到满足的情况下，能否继续保持自己对美好事物的不懈追求，这是对每一个人的极大挑战！……"

金虎听罢一咂摸，不假思索地接口说："姐，你放心！我们决不会像那些官二代、富二代、拆二代（因拆迁补偿而致富）那样，有了钱便'一人独吞，不肯分肥'，躺在钱上爬不起来！指定要尽己所能，帮助那些异地陪读的人！"他颇为俏皮地把"一定"说成"指定"，意在用东北方言强化"一定"这个概念，加深姐姐的印象。

"是呀！"金凤喜形于色，"你想，各级各类学校本来收费就多，异地陪读还要租房子住，三年房租高达六万多元，而且要在入住前一次付清。对大多数学生家长来说，这岂不是雪上加霜吗？"

自此，如何助学，成了姐弟俩"今日关注"的焦点。谈话过程中，金凤心平气和，仿佛谈的是老母鸡下了一个双黄蛋之类的家庭琐事，丝毫没有沉醉在登上道德峰巅的自慊中。

"小弟，我觉得，人生在世，如果仅仅为了拥有金钱而去拥有，或者是为了与他人攀比斗富而拥有，那就等于典当了自己的灵魂、阉割了自己的生命，沦为金钱的奴隶。彩霞、流萤、鸟语、涛声……举凡人世间美好的事物，他都可以视而不见、充耳不闻……这是一种低层次的人生！"金凤好似在"世界华人文学研讨会"上做主题演讲，滔滔不绝、旁征博引，"高层次的人生，应该为生活赋予自己认同的意义，尽力找到能长久甚至永恒存在的事物或理念，找到永恒和完美的那份愿望……每个人都可以把花在低层次生活上的时间和精力，用于追求高层次的生活！"

金虎两眼炯炯有神："姐，你别说了，我懂你的意思！"

金凤意犹未尽，接着又说："狙击手都深知，子弹在飞行过程中，会被地心吸力往下拽，使飞行路线形成抛物线。为了补偿重力的下拉，他们总是把目标设在原定目标的更远处……"

金虎连连点头，表示他懂得姐姐这番话的寓意。

金凤虽然来自乡下，但不属于里弄天井；她的世界大得很，大得里弄天井里的人看都看不见、想都不敢想。

当晚，为了守护刚刚淘来的"第一桶金"，金虎以一位商界精英为榜样，决定在姐姐租住屋的沙发上过夜。当年，那位商界精英由于顶撞上司而被解雇，不久又失去了自己的住所，不得不在朋友家的沙发上过夜。

金虎看着大捆小扎的钞票，禁不住挠挠头皮问："姐，我想不通，在赏美女这件事情上，这里的人咋就这么舍得花钱？"

"有什么想不通的？"金凤好像知道弟弟要这么发问，"这件事刚好从另一个侧面印证了博学的名贵版画收藏家施纳瓦德的公认名言：人们欣赏一幅画，无论是雷斯达尔、霍贝玛、霍尔拜因的，还是拉斐尔、牟利罗、格勒兹、塞巴斯蒂亚诺的，或是乔尔乔涅、丢勒的画，如果不是花五十法郎买来的，那就无乐趣可言。"停了一会儿，她又补充说，"当然啰，最主要的原因，还在于人们的保健意识强。离开这一点，我们能有眼下这样的成果，就谈不上是因为目标明确，而是由于歪打正着了！"

"姐，你简直是一位了不起的心理学家！"金虎俏皮地竖起大拇指，在金凤面前摆试摆试。

"谢谢夸奖！"金凤抬起右手，用食指在弟弟的额头上按了一下，笑吟吟地说。

俗话说："灯下出美人。"金凤天生丽质，这会儿在灯光的映照下，越发光彩照人。

金虎看呆了，有点儿腼腆地红着脸说："姐，我将来找对象，一定要找像你这么漂亮的女子……"

这倒是实情话。一直以来，在择偶标准方面，他确实是以姐姐为模特儿的。

“鬼东西！哪能这么跟姐姐说话？”金凤在弟弟的肩头拍了一巴掌，继则莞尔一笑。那笑容就像一道明媚的阳光，给小屋里镀了一层金。

“人家说的是心里话嘛！”金虎轻轻地跺着脚说，“街面上的那些女孩子，不是嘴大，就是眼小；不是肩膀窄，就是胯骨宽……”

金凤拍拍弟弟的肩膀，外谐内庄地说：“瞧你这做派，倒像当年林副统帅满世界选儿媳了！”

临睡觉时，金虎气呼呼地埋怨道：“姐，这几个卖票的，为啥不把钱存到银行里去？”

“这事儿怪不得他们！”金凤耐心地解释说，“每天下午四点半，负责武装押运的保安人员，便荷枪实弹地到银行里把钱取走，随后银行的营业员也就下班了！”

金虎着急道：“姐，那我们得想想办法！”

金凤见弟弟急得脸孔通红，连忙道：“明天我和银行领导联系一下，看看他们能不能特事特办！”

“姐，到时候我和你一块儿去！”

“你不上学啊？”

“明天不是礼拜天吗？”

“哎呀，你看，我已经忙昏头，‘不知今夕是何年’了！——好，到时候，咱姐弟俩一起去！”

夜静更深，窗外的灯光幽雅地稀释着夜气。

金凤睡得很浅，耳边不时传来响叶杨和夜风的絮语。

第四十章

首场演出那天晚上，山头吐月，红盘乍涌。赏美女健身馆门前的广场上，树影婆娑，人头攒动。华丽的枝形彩灯，亮得像女人尖声的叫。

从四面八方涌来的观众，好似即将举行一次盛大的集会。挤在检票口门前的观众，手持入场券烦躁不安地东张西望。因为眼见得演出时间就要到了，剧场入口处还是铁将军把门。

在人们焦急的等待中，金凤神采奕奕地走来。她皮肤白皙细嫩，吹弹可破，粉脸秀眼，风雅洒脱。她身着橘红色的外套，黑色丁恤领口虽不太低，一眼看去，仍然可见纵深地带那一片绰约的旖旎。站在她面前，看着她，你会忘记尘世间的女子，想到天使。当她用那双安详、微笑的眼睛看你时，你会觉得自己渐渐离开地面，升入了天堂。

等候入场的人忍不住从心底涌上四个字来：倾国倾城！

他们穷尽生命中所有的高峰体验，仍旧搞不懂：怎么健身馆的门还没开，美女就亮相了？

正在人们百思不得其解的时候，负责关锁门窗的临时工小吴，汗涔涔地跑到金凤面前，晃悠着手中的钥匙说："金小姐，急死我了，门锁怎么也打不开！"

话音刚落，几名特警（其中一人提着糨糊桶）鸭子凫水一般从人群中分开一条道，径直向检票口走去。

金凤心里觉着暖烘烘地舒坦。她一边朝检票口走一边想，县里对健身馆如此重视，不仅派来特警维持秩序，还让他们张贴标语，营造气氛，壮大声势，这不就是有关领导时常说的“特事特办”吗？实在太令人感动了！

说话间，两辆名牌轿车从北边驶来，缓缓地停在广场上。红色的那辆是保时捷，黑色的那辆是英菲尼迪。金凤知道，这是准备登台亮相的美女纪菲雅和王丽娜的座驾。

金凤同她俩打过招呼后，转身走到检票口前。抬眼一看，她顿觉五雷轰顶，仿佛身临漫天硝烟的流离乱世：那位提糨糊桶的特警张贴在门上的不是标语，而是一张盖有政法机关大印的封条！

“这是怎么回事？”金凤逼视着几名警察，指着封条，怒形于色地问。

“小姐，你嚷什么？老实告诉你，我们是奉命而来！”一个矮胖子挺胸凸肚，官腔十足地说。其时，他两眼朝天，双手叉腰，粘在下唇上的烟卷，一如从他嘴里伸出的炮筒，冒着缕缕青烟上下移动，好像在搜寻炮击目标。

正当金凤与警察对垒、急需援军的时候，报社汪主任从天而降，斗兽场又来了个舍生的基督徒。

“请问：你们奉的是什么人的命令？”汪主任厉声责问。平日里，他待人接物有着薛宝钗式的温厚；关节渡口，他又能像鲁智深那样挥动板斧。

矮胖子没想到半路上杀出个程咬金来，连忙如同从朽木上摘菌子似的，猛地摘下“炮筒”掷在地上，晃动着小山包一样的身躯疾步向前，摆出要以体积乘速度的架势：“你算哪根葱？赶紧滚一边乘凉去！”

汪主任对矮胖子的态度感到很震惊。他在对方的单眼皮下寻找那双曾经高看汪某人的眼睛，可是没有找到。他看到的是一双睥睨天下的眼睛。

这也难怪，从外形到心理，如今的矮胖子已经不是以往的矮胖子。如今的矮胖子虽然矮如从前，但因襟兄官升一级，他在心理上已如二战后的德国、日本一样迅速强大起来。他感到如今的自己是一部庞大机器的智力中枢，而这部机器可以轻而易举地撼动任何帝国和王国。

矮胖子“胖龄”不长。自打三年前的春天开始，也不知咋搞的，他喝水也长膘，割肉不见瘦。看样子，假以时日，他有望遥承北齐宰相杨愔。杨宰相饱读诗书，经史子集无不该贯；喜爱美食，“聚物之夭美，养吾之老饕”。皇帝高洋见杨愔肚大腰圆，一度想剖开他的肚子一探究竟，看看里面藏的到底是经书还是肥油。

“哪根葱也不是！老子是戳、天、椒！——辣得很！”汪主任用左手的食指反指着自己的鼻尖，句句话都像是西北风横扫枯枝败叶。

“哟，戳天椒？”矮胖子一脸的不屑，“今儿个，我倒是要看看，你怎么个戳法！”

“你这个杀坯，竟敢小看我？”汪主任怒不可遏，“今天，老子实话实说，你竖起耳朵听着：有的人是亚伯的后代，有的人是该隐的后代；我是混血种：对敌人是该隐，对朋友是亚伯。谁敢惹起该隐的性子，算他倒霉！”

汪主任弄不明白，自己何以又恢复了年轻时代说话声能撞倒一面墙的豪壮。其实，他并不是时常有震怒闪念的人，但此刻他捕捉到了自己心里的这种久违了的闪念。

天罡一怒，地煞现形。矮胖子踉踉跄跄地后退了几步，尽管他并不知道亚伯和该隐哪码对哪码。

“你这个东西，手爪子还没长全，就敢在老子面前掉花枪？”汪主任目光冷峻、凌厉。这种目光，只有那些超脱群伦、不怒而威的人才有，连疯人院里的武痴子见了也要安静下来。

然而，矮胖子毕竟是个无风要起几层浪、见树还要踢三脚的人。待汪主任掀起的狂飙过后，他随即鼓起当年慈禧太后向全世界宣战的勇气，顶盔掼甲、跃马横刀地杀奔而来，恶狠狠的眼睛赛过子弹上膛的手枪。

没错，他就像历史。历史平时无声无息，好像是睡着的；但是，你可不要以为它沉睡不醒了，一旦到了关键时刻，它就会毫不迟疑地伸出可怕的巨掌，亮出带钩的指甲。

汪主任早有耳闻，矮胖子有一种脑袋掉了也要跟你蹦三蹦的蛮劲。按说对付眼前这个像用英国工艺淬火的钢棍一样强硬的家伙，本该像荷兰人用钻石加工钻石那样，以强硬对强硬，用力劈华山的劲头当众扇他几个耳光。但他不愿矮化自己，仍然保持着文人遗风，与人论战动嘴不动手。

“汪主任，我本来不打算说，既然你这么关心你以往的部下，那我就拣主要的说两句！”矮胖子把衣袖朝上拽了拽，露出两条毛茸茸的胳膊，出言吐语既有情绪的铺陈，也有情节的交代，“金凤在海报中妖言惑众，信口雌黄，胡说什么……”

两人互不相让，就像抗战初期东北沦丧、华北吃紧时，两个政见不同的人在争论民族是非。世界上有些人的生命力是要通过进攻和回击来引爆的，越打生命力越旺盛。两个人中的矮胖子尤其如此。

“闭嘴！”汪主任右手用力一挥，像扔出两块砖头狠狠地砸在对方的“胡说”上，“老虎不发威，你当我是病猫！”

矮胖子像是被蜂蜇了，整张脸往一个方向抽。不知底细的人，没准还当他是在假充斯文，尽力眺望含黛的远山和壮阔的秋林。

“小子，你还嫩着哩！老子走南闯北打天下时，你还在拖着鼻涕咬指甲哩！”汪主任有一双与生俱来的火眼金睛，能从对方的凶狠里辨认出懦弱。这会儿，他一边说一边从衣袋里掏出一张叠好的报纸，迎风一抖，展开来呈在矮胖子面前。

矮胖子一声不吭。其时，他突然对自己的所作所为感到异常惊讶。出现这种情况并不奇怪：人性都有限度，一旦触及这个限度，就像针尖触及气球，再牛的人也会泄气。

汪主任从侧面看着垂头丧气的对手，但见对方长长的睫毛疲软无力。他无须看那双眼睛，也知道它们是呆呆的。

“赏美女能健康长寿，这是网上发布过、报纸上刊登着的消息，有根有据！千真万确的事情，到你嘴里咋就成了‘胡说’？”汪主任一边抖动报纸一边说。这番话一气呵成，既像狙击枪的点射，又像子母弹的地毯式轰炸。

矮胖子术穷智昏，不知道怎样才能熨平自己皱巴巴的几乎要抽筋的舌头，来平仄分明地回答这个问题。

“有什么话，你倒是说呀！”汪主任两臂交叉，逼视着对手。

“对不起，我没工夫跟你抠字眼、扯闲篇！”矮胖子忽然复活了，斜眉吊眼地说。他的这句话好比一把两面出锋的刀子，既可用来攻击，也可用来自卫。

这时，围观的人看不下去了，好几个人指着矮胖子，异口同声地说："你这个人，怎么这样蛮不讲理？"

矮胖子摊开双手，眼睛抬到眉毛上："谁不讲理？"他说话的声音介于发疯的公牛和按响的喇叭之间，目光像蛇芯子似的一伸一缩，仿佛要找到一个进攻的目标。

"你不讲理！……再胡搅蛮缠，老子一巴掌把你打到墙上，抠都抠不下来！"

一个五大三粗、农民工打扮的年轻人怒不可遏，猛扑上来抓住矮胖子的衣领，恨不能把自己四十二码的鞋拍到对方三十九码的脸上，"走！跟我到你的上司那儿去讲理！"

这一布衣之怒，大有彗星袭月、白虹贯日的气势。

至此，汪主任和矮胖子阵前对骂的程序，终于告一段落。他俩相互间的骂詈，虽然没有《西游记》中的黄风大王挥舞狼牙大棒腾云驾雾，高声断喝"老贼，拿命来，今日取你狗头"的奇观异景，却也别开生面、可圈可点。

马不停蹄投身新战场的矮胖子用手一推，身体往外一侧，就势来了个大背，试图把年轻人摔倒在地。

此时的矮胖子，庶可与当年国际舞台上的法国相埒。普法战争后，法国每况愈下，无可告救地进入衰退期，渐渐失去了欧洲大陆的霸主地位；但它因为自身优越的文化传统和大国记忆，从未放弃谋取全球强权的努力。

年轻人一转身，有如江出三峡，吞天坼地，迅雷不及掩耳地猛扑过去。那架势，好似当年"喑呜叱咤，千人皆废"的西楚霸王。

矮胖子闪转腾挪，一个反手擒拿，将年轻人的脸紧紧地压在自己的脚面上。

年轻人"就地取材"，照着他的脚面就是一口。

矮胖子疼得钻心，嘴咧得很大，像老奶奶"簸"粮食的簸箕；眼眯得很小，像少女初吻时微张的双唇。

年轻人趁他"吻"得来不及回神的当儿，奋力往上一拱。他的这一招，仿佛后羿射杀凿齿的两箭，令矮胖子防不胜防，招架不住，猛不丁儿被顶了个大仰八叉。

目睹这番酣畅淋漓的沙场血拼，人们都绷紧了脸瞪瓷了眼，大气不敢出。

矮胖子像木工打开的折尺似的，一节一节地从地上爬起来。待缓过神来后，他眼不错珠地看着年轻人，用右手的食指敲敲自己的鼻梁骨，在鼻腔里不屑地哼了一声："我就不讲理，你能搬起石头砸天？"

看样子，在他的脑海里，"讲理"一词已被消解成古旧记忆，一如朋克青年嬉皮士衬衫上的格瓦拉头像。

"你不讲理，自有讲理的地方！走！跟我们走！"两个年龄相仿的男子上前架住他，使其成为坚果夹里的一颗果仁，动一动就会碎成粉末。矮胖子缩头抱颈，战战兢兢。那副可怜巴巴的样子，不由得让人想起历史上的胆小鬼司马流。383 年，前秦皇帝苻坚倾全国之力，出动近百万大军讨伐东晋。东晋左将军司马流见强敌压境，吓得魂不附体，以至于在战前吃烤肉的时候，找不到自己的嘴在哪儿，结果在战场上被杀身亡。

矮胖子身处劣势，没有一个人出言或出手相救。如此广漠深重的孤独，矮胖子的胸膛里是无处盛放的。他满腹狐疑地嘀咕着，正如寒夜里多少游魂般的流浪者，对他们耳闻目睹的一切质疑或抒怀、评点或诅咒。

矮胖子突如其来地遇到这种意想不到的情况，哪怕糟蹋自己的老子也顾不得了。正如海盗要活命，连抢来的大洋也不得不当作弹药装进大炮！

"你们想造反吗？"矮胖子以曾国藩屡败屡战的勇气从腰间拔出九二式手枪，连着扣了两下扳机。孰料枪膛里只有三发子弹，有两个弹仓是空的。手枪的撞针碰上空弹仓不能击发，偏偏这两个都是空仓，都没有打响。真是万幸，要是弹仓爆满，矮胖子没准要撂倒一拨人。

矮胖子"挎枪"的历史长得像失眠人的夜，但因身处和平年代，他只学习了一下如何让子弹上膛、如何打开保险、如何击发，实弹射击的机会少得可怜。眼下遇到这种情况，心里十分慌乱。可见，同样是挎枪，情况各有不同。德国军人挎枪是为了实战，有人说他们是含着宝剑出生的，身体里的每个细胞都为战斗而生；而矮胖子挎枪是为了做做样子。情急之中，他胡乱地甩了一下手枪。这一甩，枪居然响了，子弹呼啸而出，击落正在枝头上跳跃的一只喜鹊！

枪就是枪，绝不是南拳北腿太极武当少林崆峒泰拳与跆拳道。更何况，矮胖子的枪法如此出类拔萃！

那一刻，诗在滴血，花垂着头。

尽管近年来人民群众的民主意识大大增强了，但他们还是认为，麻将好玩，扑克好玩，街舞好玩，网游好玩，甚至认同数学大师陈省身和文化名人胡适的“戏言”：数学好玩，《红楼梦》好玩；却从未认为枪这玩意儿好玩。在他们的潜意识里，枪，别说冒犯它，擦枪还能走火呢！

在暴力和死亡的威胁面前，沉默的人永远是大多数。

矮胖子紧张之余暗自发笑。他固执地认为，民众的得救在于一成不变的愚昧。

彼时彼地，矮胖子正如二战结束前的蒋介石，迎来了自己人生中最为绚烂的瞬间。由于当时中国在国际社会拥有前所未有的影响力，蒋介石得以在埃及开罗，与美国总统罗斯福、英国首相丘吉尔，肩并肩、面对面，坐在红海岸和煦的阳光下，共商决定人类命运的天下大事。夫人宋美龄也陪在一旁。其时，蒋介石何其志得意满，可想而知。

然而好景不长。恰在此时，新任县委书记周友群闻讯赶来了。

此前，殷大东、牛部长、宗跃宽等人，因涉嫌渎职、贪赃枉法已被公安机关逮捕，投进大牢。犹如二战期间，盟军将普鲁士这个“魔鬼”拆得连毛都不剩一根收进魔瓶。从此，欧洲因普鲁士而起的那场绵延数百年的纠葛大战，才宣告结束。

谁也没想到，这伙人说毁就一拍两散，颗粒不剩，全都进班房，仰着脖颈数椽子了！

金凤激动得不能自已，不由得想起了高尔基《海燕》里的名句：“乌云遮不住太阳——是的，遮不住的！”

周书记问清了是怎么回事，走近矮胖子说：“你这个帽翅乱抖的‘父母官’，简直无法无天！枪口能对准人民群众吗？你破坏了子弹的纪律，背叛了武器的纯洁性！……从今往后，不论遇到什么情况，都要以理服人，不得以枪压人！否则，吃不了你就兜着走！”

这一番话语，如同合金铸剑，直击要害。剑锋过处，空气中有一种绝尘的安静。

气宇轩昂的周书记，好似宇宙背景上的一篇“大散文”——晨昏线。它所呈现的大境界，是小小寰球上任何人和事物都无法比肩的。在周书记面前，自鸣得意的矮胖子，只不过是自己生命的祭文。

“你倒是说说瞧，你今天的做法对不对？”周书记不信撬不开矮胖子的嘴，心想，你的嘴哪怕是铁水浇铸的，也有漏缝的地方。

诘问既出，万喙息响。整个场地笼罩在一片理性的宁静之中。

“我……”矮胖子低着头，就像十月的狗牙霜打蔫了的秋黄瓜，一双眼睛看上去好像埋在他的胖脸里似的。

“你想说什么？倒是说呀！”周书记逼视着他。

“我错了！……”矮胖子驯服地垂下头，等待着他已经感觉到的高悬在头上的达摩克利斯之剑。

对他而言，“错了”这两个字，好像女人的一件头饰，什么时候该拿出来用一用，他心里早就有一本账。

“你怎么还不走，待在这儿还有什么事吗？”周书记定定地看着矮胖子。

很明显，周书记是在开门放狗。他知道，对这号人，不可能“毕其功于一役”，改日自然有药搽他的秃头。

“好！我这就走！”矮胖子遇赦似的，连忙掉转脸，千恩万谢地走了。此人就有这么一个长处，从来不让不待见他的领导多费口舌。

“改邪归正，永不嫌迟！”周书记望着矮胖子的背影，声色俱厉地说了一句劝人改过的民间谚语。

一桩民间纠纷，一场干戈俶扰，就这么轻而易举地由溃沠泮汗变为清波容与。想当年，即便像章太炎那样的民国伟人、国学大师，参与“春秋决狱”或许还能稍尽绵薄，要他办这种“缠讼”的事情，恐怕也只能徒唤奈何。

正常情况下，周书记喜欢用和风细雨的方法处理问题。那一天由于情况紧急，他才不得不快刀斩乱麻。正如狼烟四起之际，文豪们无暇作营构迷楼之想，只能构撰投枪匕首式的战斗檄文。

在人们期待的目光中，周书记与自己身旁的一位同事耳语几句，然后命人揭去健身馆门上的封条，开门演出。

周书记等一行人到来，犹如天使降临人间，一股春雨过后万物复苏的气息在人隙间弥漫。

有人问：“周书记也来看演出啊？”

周书记笑着说：“是啊！与民同乐嘛！”

演出开始前，不少观众建议周书记上台讲话。

周书记觉着却之不恭，健步走上舞台，面向台下鞠了一躬，轻咳一声讲了起来。

首先，他再次严厉批评了矮胖子特警知法犯法、以枪压人的违法行为，并表示县委、县政府、县公安局要认真、严肃地追究他的法律责任，该怎么处理就怎么处理，一定要向广大人民群众有一个交代。

接着，周书记说，今后，我们要像金凤一样，怀揣创业梦想，并且脚踏实地，一步一个脚印，为实现梦想而努力奋斗！

讲到这里，周书记的幽默细胞突然活跃起来。

他摸摸刚冒头的胡楂说，需要提醒大家注意的是，美女马上就要登场，各位欣赏归欣赏，可千万不能胡思乱想啊！

一个爱调皮的小伙子站起身来，一边摇晃高高举起的右手，一边大声说，周书记，你也不能胡思乱想啊！

顿时，剧场里笑声一片，掌声雷动……

坐在台下的金凤，觉着自己有如失势的凤凰，恍惚间被一阵缭绕飞升的清风托举到枝头上，举目四顾，好似在长夜漫漫的旷野中，骤然看到一颗天际明星，光耀所及，四面八方都是坦途。

时隔不久，金凤和弟弟商议，准备把他们的“第一桶金”捐献给县教育局。

弟弟听罢高兴得言不及义地说：“姐，看样子，我俩真是一娘所生！——要不，我怎么和你想到一条道儿上了？”

金凤听罢扑哧一声笑起来，一巴掌拍在他的肩头上：“去你的‘看样子’！”

当天下午快下班时，她急急忙忙地徒步赶到县教育局，奉上了自己的一腔热血、一颗红心，受到教育局党委郑书记和秦局长的热情接待。两位领导人表示，要把她捐赠的二十万元人民币，设立一项奖学金，前面冠以金凤的芳名。金凤怎么也不肯。她说：“居里夫人将自己的诺贝尔奖章给孩子当玩具，视荣誉如草芥……”

郑书记知道她接下来要说什么，笑着说：“金小姐，‘恭敬不如从命’，那我们就按照你的意见办吧！”

返回时，暮色大张。为了赶时间，金凤急急忙忙地往回走。她身着自己最喜欢的橘红色外套，秀发飘飘，像花丛中的蝴蝶、百合花中的蓓蕾。快到一个十字路口时，电锯声大作。抬眼一看，原来是园林工在修整人行道旁一棵高大的法桐树。待到近旁，一个晚归的小学生一溜小跑横穿马路，不料到了树下，他在慌乱中把一本夹在腋下的书掉到地上。正当他低头捡书时，一个粗如水牛腿的树杈咔吧咔吧地断折、下落。

金凤见状连忙冲上前去，拉住惊魂未定的小学生的衣领，掉转身子用力向路旁一推。结果，小学生得救了；她因用力过猛，跌倒在地。恰在此时，粗大的树杈从天而降，它的尖锐如匕首的半拉子断面，对着金凤——含苞待放的花蕾——泰山压顶似的穿胸而过。刹那间，殷红的血的光芒射到天的尽头，化作满天耀眼的金星……

2016 年 5—8 月初稿

2017 年 6—9 月二稿

2019 年 3—5 月三稿

2020 年 1—2 月改定

后　记

中华人民共和国成立后，特别是改革开放以来，我国的教育事业得到了长足的发展，实现了从人口大国向人力资源大国的历史性转变，谱写了中国教育史上最华丽的篇章。

普及九年义务教育，是教育战线所取得的最为突出的成就。中华人民共和国成立后，党中央就发出伟大号召，要在全国范围内普及小学教育；及至二十世纪八十年代，又决定实施九年义务教育。进入21世纪后，党和政府将义务教育所需经费全面纳入财政保障范围，从而使九年义务教育进入巩固提高的新阶段。2008年，全国小学净入学率达到99.5%，初中毛入学率达到98.5%。一个有十三亿人口的发展中国家，能够在普及教育方面取得如此巨大的成就，无疑是亘古未有的奇迹。

然而，教育事业在取得巨大成就的同时，也出现了不少问题。

问题之一，转嫁“义务”。不知从何时起，义务教育中的“义务”渐渐异化为家长为孩子缴学费的“义务”。九年义务教育的“义务”，应是针对“国家”而言。《义务教育法》明文规定：“国家实行九年义务教育”，意思是说，国家有义务满足、保障青少年受到九年义务教育。但是，不少地方政府在实际操作过程中，却将“义务”转嫁到学生家长身上。

问题之二，教育资源配备不平衡。具体说来就是，高等教育的教育资源优于基础教育，城市中、小学的教育资源优于农村中、小学。这种不平衡，导致农村中、小学教学质量无法与城市中、小学相比。为了让自己的孩子受到良好的教育，“农民兄弟”只得投亲托友，想方设法找门路让孩子进城读书。有幸进城读书的孩子，十之八九有人陪读。

拙著的主人公金凤，便是陪读大军中的一员。在此之前，她一以贯之的想法是好好读书，时刻不忘用理想之光照亮自己的人生。不幸的是，教育产业化这辆无形的战车捆绑了她，改变了她的人生走向。然而，她并未因此一蹶不振，而是在困境中执着地书写生命的华丽篇章。她以坚定的意志、顽强的毅力作底色，将生命的金粉，挥洒在她青春岁月里。斗转星移，花开花落，几经磨难，金凤终于像浴火重生的凤凰一样展翅高飞。

令人痛心的是，正值事业如日中天之际，在一次捐款资助教育事业的回程中，为了救护儿童，金凤——一朵含苞欲放的鲜花香消玉殒。天妒红颜，令人痛惜！

卡夫卡说：“写作不是为了生存，而是为了释放内心能量。”诚哉斯言，鄙人操觚染翰，侵晨昏而弗息，正是为了释放积蓄已久、揄扬大义的“内心能量”。

拙著正式出版之前，其打印稿《凤凰涅槃》（付梓时更名《巾帼之歌》）获第二届袁鹰文学奖。

2020 年 2 月 25 日于淮阴师范学院